LOS VIAJES DE TUF

Título original: *Tuf Voyaging*
Traducción: Alberto Soler
1.ª edición: diciembre 2012

© de *La estrella de la plaga*: 1985 by Davis Publications, Inc.
Procede de *Analog*, enero-febrero 1985
© de *Los panes y los peces*: 1985 by Davis Publications, Inc.
Procede de *Analog*, octubre 1985.
© de *Guardianes*: 1981 by Davis Publications, Inc.
Procede de *Analog*, octubre 1985.
© de *Una segunda ración*: 1981 by Davis Publications, Inc.
Procede de *Analog*, noviembre 1985.
© de *Una bestia para Norn*: 1986 by George R. R. Martin.
Una versión más corta y sustancialmente distinta de esta narración apareció en
Andrómeda (Orbit, UK, 1976), con copyright de Futura Publications Ltd., 1976.
© de *Llamadle Moisés*: 1978 by The Condé Nast Publications Inc.
Procede de *Analog*, febrero 1978
© de *Maná del cielo*: 1985 by Davis Publications, Inc.
Procede de *Analog*, diciembre 1985.
© Ediciones B, S. A., 2012
   Consell de Cent, 425-427 - 08009 Barcelona (España)
   www.edicionesb.com

Printed in Spain
ISBN: 978-84-666-5224-7
Depósito legal: B. 10.359-2012

Impreso por Relligats industrials del Llibre, S.L.
Av. Barcelona, 260
08750 Molins de Rei

LOS VIAJES DE TUF

GEORGE R. R. MARTIN

Traducción de Alberto Soler

GRUPO ZETA

Barcelona • Madrid • Bogotá • Buenos Aires • Caracas • México D.F. • Miami • Montevideo • Santiago de Chile

*a Roger y Judy Zelazny, quienes ayudaron
a que en Santa Fe me sintiera como en casa.*

Prólogo

Catálogo seis
Artículo número 37433-800912-5442894
Centro ShanDellor para el Progreso de la Cultura
y el Conocimiento
Departamento Xenoantropológico

Descripción artículo: cristal codificado vocalmente
Artículo encontrado en: H'Ro Brana (co/ords SQ19,
V7715, I21)
Fecha aproximada: grabado unos 276 años normales antes
de la actualidad
Clasificar en:
    razas esclavas, Hranganos
    leyendas y mitos, Hruun
    medicina
    —enfermedad, no identificada
    bases comerciales abandonadas

¿Oiga? ¿Oiga?
Sí, ya veo que funciona. Estupendo.
Soy Rarik Hortvenzy, agente no graduado, advir-

tiendo a quien pueda descubrir en el futuro mis palabras.

Está anocheciendo y para mí este crepúsculo es el último. El sol se ha hundido tras los riscos occidentales, manchando la tierra con un color rojo sangre, y ahora la noche avanza hacia mí, devorándolo todo sin piedad. Las estrellas se asoman una a una, pero la única estrella que me importa arde día y noche, noche y día. Esa estrella siempre está conmigo y es el objeto más brillante del cielo aparte del sol. Es la estrella de la plaga.

Hoy enterré a Janeel. La enterré con mis propias manos, cavando en el duro suelo rocoso desde el alba hasta la tarde, hasta que los brazos me ardieron a causa del dolor. Una vez terminada mi penosa labor, una vez hube arrojado sobre su cabeza la última palada de este maldito polvo desconocido y hube colocado la última piedra sobre su túmulo, entonces me puse en pie y escupí sobre su tumba.

Todo ha sido culpa suya. Se lo dije no una sola vez, sino muchas, mientras agonizaba y, cuando al final estuvo muy cerca, acabó admitiendo su culpabilidad. Vinimos aquí por su culpa y fue culpa suya que no nos marcháramos de aquí cuando aún podíamos hacerlo, así como que ahora esté muerta (sí, de eso no cabe duda alguna) y que yo vaya a pudrirme sin haber sido sepultado cuando llegue mi hora. Mi carne será un buen banquete para las bestias de la oscuridad, para los voladores y los cazadores nocturnos con los que en tiempos tuvimos la esperanza de comerciar.

La estrella de la plaga brilla con una blancura feroz iluminando toda esta tierra. Una vez le dije a Janeel que había algo equivocado en su luz; que una estrella como ésa debería arder con una llama rojiza. Tendría que envolverse en velos de una fantasmagórica luz escarlata y debería susurrar en la noche vagas historias de fuego y sangre. Pero esta pureza clara y blanca, ¿qué relación guarda con la plaga? Eso fue en los primeros días, cuando nuestra nave nos había depositado aquí para abrir nuestro pequeño y orgulloso centro de comercio, dejándonos luego para partir hacia nuevos destinos. Por aquel entonces, la estrella de la plaga era solamente una de las cincuenta estrellas de primera magnitud que brillaban en estos cielos ignotos, y resultaba incluso difícil distinguirla a primera vista. En esos días sonreíamos al contemplarla, nos reíamos de las supersticiones de los primitivos, de esas bestias atrasadas capaces de suponer que la enfermedad caía del cielo.

Y, sin embargo, la estrella de la plaga empezó a brillar más y más. A cada noche que pasaba su llama se hacía más fuerte, hasta ser visible incluso de día. Pero mucho antes de que eso ocurriera la epidemia ya había empezado.

Los voladores revolotean bajo el nublado cielo. En realidad su vuelo se reduce a un simple planeo y vistos desde lejos no carecen de belleza. Me recuerdan las gaviotas de sombra de mi hogar, del mar viviente que palpita en Budakhar, en el planeta Razyar. Pero aquí no hay mar, sólo cordilleras, colinas y desolación reseca, y sé demasiado bien que vistos de cerca los voladores resultan muy poco hermosos. Son criaturas flacas y terribles, la mitad de altas que un hombre. Tienen la piel áspera como el cuero y sus tendones cubren una extraña osamenta hueca. Sus alas son duras y secas como la piel de un tambor y sus garras son afiladas cual cuchillos. Bajo la gran cresta huesuda que nace como los dientes de una sierra en sus angostos cráneos, arden ojos horribles y rojizos.

Jaleen me dijo que eran inteligentes. Dijo que poseían un lenguaje. He oído sus voces, esos gemidos tan agudos que parecen destrozarte los nervios. Nunca he aprendido a hablar su lenguaje y tampoco Jaleen lo aprendió. Dijo que tenían sentimientos y que podríamos comerciar con ellos, pero ellos no deseaban comerciar con nosotros. Sabían lo bastante para robarnos, cierto, y ahí terminaba su inteligencia. Y pese a todo, tanto ellos como nosotros tenemos algo en común: la muerte.

Los voladores mueren. Los cazadores nocturnos, con sus miembros enormes y retorcidos, con sus nudosas manos provistas de dos pulgares, con sus ojos que arden, en sus cráneos llenos de protuberancias, como las ascuas de una hoguera agonizante. Sí, también ellos mueren. Su fuerza es aterradora y esos ojos, tan enormes como extraños, son capaces de ver en la negrura absoluta que reina cuando las nubes de tormenta cubren incluso el brillo de la estrella de la plaga. En sus cavernas los cazadores hablan en susurros de las grandes Mentes, los amos a los cuales sirvieron en la antigüedad, aquellos que un día volverán para conducirles nuevamente a la guerra. Pero las Mentes no acuden y los cazadores nocturnos mueren, igual que los voladores, igual que esas razas más tímidas y furtivas cuyos cuerpos encontramos en las colinas de pedernal, igual que los animales desprovistos de toda inteligencia, igual que la hierba y los árboles, igual que Janeel y que yo.

Janeel me dijo una vez que este mundo sería para nosotros un tesoro de oro y joyas, pero no ha sido más que un mundo de muerte. H'Ro Brana era su nombre en los viejos mapas, pero yo no pienso llamarlo así. Ella conocía el nombre de todas sus razas pero yo sólo recuerdo uno, *Hruun*. Ése es el nombre auténtico de los cazadores nocturnos. Dijo que eran una raza esclava de los Hranganos, el gran enemigo ahora desaparecido, derrotado hace un millar de años y cuyos esclavos fueron quedando abandonados en esa larga decadencia. Dijo que este mundo era una colonia perdida, que ahora sólo albergaba un puñado de seres inteligentes ansiosos de comerciar. Sabía muchas cosas y a la vez muy pocas, pero hoy la he enterrado, he escupido sobre su tumba y conozco la verdad. Si fueron esclavos, estoy seguro de que no lo fueron demasiado buenos, pues sus amos hicieron caer sobre ellos el infierno y la cruel claridad de esta estrella enferma.

Nuestra última nave de aprovisionamiento llegó hace medio año. Podríamos habernos marchado. Las plagas ya habían empezado. Los voladores se arrastraban sobre las cimas de los montes, desplomándose por los riscos. Fue allí donde les encontré, con la piel ardiendo y rezumando un extraño fluido, con el cuero de sus alas cubierto de enormes grietas. Los cazadores nocturnos acudieron a nosotros con el cuerpo lleno de heridas purulentas y nos compraron enormes cantidades de paraguas y lonas para protegerse de los rayos de la estrella. Cuando la nave aterrizó podríamos habernos marchado, pero Janeel dijo que nos quedáramos. Tenía nombres para esas enfermedades que mataban a los voladores y a los cazadores nocturnos. Tenía nombres para las drogas capaces de curarlas. Ella creía que cuando le das un nombre a una cosa eres capaz de comprenderla. Creía que podíamos ser sus médicos, que podíamos ganarnos su confianza de bestias y que de ese modo haríamos nuestra fortuna. Compró todas las medicinas que venían en la nave y pidió más, y entonces empezamos a tratar todas esas plagas a las cuales había dado nombre.

Cuando llegó la plaga siguiente también le dio nombre. Y a la siguiente, y a la siguiente, y a la siguiente... pero las plagas nunca cesaban. Primero se le acabaron las drogas y después se le acabaron los nombres y esta mañana he cavado su tumba. Era delgada y nunca estaba quieta, pero durante su agonía se le paralizaron los miembros y, al final, se hincharon hasta el doble de su tamaño normal. Le he dado un nombre a la cosa que la mató: la llamo Plaga de Janeel. No soy demasiado bueno con los nombres. Mi plaga es distinta de la suya y carece de nombre. Cada vez que me muevo siento correr por mis huesos una llama que parece estar viva y mi piel se ha vuelto gris y quebradiza. Cada mañana, al despertarme, encuentro las ropas de la cama cubiertas con trozos de carne que se me han caído de los huesos, empapadas con la sangre de las heridas que han dejado al caer.

La estrella de la plaga, ahora enorme, brilla sobre mí y ahora comprendo la razón de que sea blanca. El blanco es el color de la pureza y la estrella está purificando este lugar. Y, sin embargo, a su contacto todo se corrompe y muere. Debe haber una sutil ironía en ello, ¿verdad?

Trajimos muchas armas y vendimos muy pocas. Los cazadores nocturnos y los voladores no pueden usar arma alguna contra lo que está acabando con ellos y desde el principio han puesto más fe en la protección de los paraguas que en los rayos láser. Yo he cogido un lanzallamas de nuestro almacén y me he servido una copa de vino tinto.

Me quedaré aquí, sentado, gozando del frescor, pensando en voz alta ante el cristal. Beberé mi vino y miraré a los escasos voladores que aún viven, girando y bailando, recortados contra el negro telón de la noche. Están tan lejos que me parece ver a las gaviotas de sombra cuando vuelan sobre mi mar viviente. Beberé mi vino y recordaré el sonido del mar cuando sólo era un muchacho de Budakhar que soñaba con las estrellas, y cuando el vino se haya terminado usaré mi arma.

(un largo silencio)

No se me ocurre nada más que decir. Janeel conocía montones de palabras y de nombres pero esta mañana la enterré.

(un largo silencio)

Si alguna vez mis palabras llegan a ser encontradas...

(una breve pausa)

Si esto es descubierto después de que la estrella de la plaga haya palidecido otra vez, tal y como dicen los cazadores nocturnos que sucederá, no dejéis que os engañe. Este mundo no es bueno, no está hecho para vivir en él. Aquí sólo hay muerte y plagas incontables. La estrella de la plaga arderá de nuevo.

(un largo silencio)

Se me ha terminado el vino.

(fin de la grabación)

1

La estrella de la plaga

—No —dijo Kaj Nevis con voz firme—. Eso está fuera de cuestión. Cometeríamos una maldita estupidez metiendo en esto a cualquiera de las grandes transcorps.

—¡Ni hablar! —le replicó secamente Celise Waan—. Debemos llegar hasta allí, ¿cierto? Por lo tanto, necesitamos una nave. Ya he ido en naves de Salto Estelar y son perfectamente adecuadas. Las tripulaciones son de lo más corteses y la cocina supera en mucho a lo normal.

Nevis la fulminó con la mirada. Su rostro parecía haber sido construido para ello. Era todo aristas y ángulos y su lisa cabellera, peinada hacia atrás, realzaba la línea de su cráneo. Tenía una nariz grande y afilada como una cimitarra y sus ojillos negros brillaban medio ocultos por unas cejas igualmente negras y muy gruesas.

—¿Y para qué fin fueron alquiladas esas naves?

—Pues para viajes de estudio, naturalmente —replicó Celise Waan. Cogió otra bola de crema del plato que había ante ella, sosteniéndola delicadamente entre el índice y el pulgar, y se la metió en la boca—. He supervisado muchas investigaciones importantes y el Centro se encargó de proporcionar los fondos para ellas.

—Permíteme indicarte algo tan obvio como la maldita nariz de tu cara —dijo Nevis—. Éste no es un viaje de estudios. No pensamos hurgar en las costumbres sexuales de alguna raza primitiva. No vamos a ir excavando por ahí, en busca de algún oscuro conocimiento al que ninguna persona cuerda soñaría en darle importancia, tal y como tú estás acostumbrada a hacer. Nuestra pequeña conspiración pretende ir en busca de un tesoro de valor inimaginable. Y, si lo encontramos, no pretendemos entregárselo a las autoridades competentes. Me necesitas para que disponga de él, mediante canales no demasiado lícitos. Y tú confías tan poco en mí que no piensas decirme en qué consiste todo este maldito embrollo hasta encontrarnos a medio camino, y Lion ha contratado una guardaespaldas. Magnífico; todo eso me importa un comino. Pero entiendo también una cosa: no soy el único hombre poco digno de confianza que hay en ShanDellor. En este asunto puede haber grandes ganancias y mucho poder. Si piensas seguir parloteando sobre alta cocina, entonces me largo. Tengo cosas mucho mejores que hacer, en lugar de seguir aquí sentado oyendo tus tonterías.

Celise Waan lanzó un resoplido despectivo. El resoplido fue ronco y algo húmedo, como correspondía a una mujer gorda, alta y de rostro encendido como ella.

—Salto Estelar es una firma de prestigio —dijo—. Por otra parte, las leyes de salvamento...

—... no tienen el menor significado —dijo Nevis—. En ShanDellor tenemos un código legal, otro en Kleronomas y un tercero en Maya, ninguno de los cuales sirve para lo más mínimo. Y, caso de aplicarse la ley de ShanDi, entonces sólo obtendríamos una cuarta parte del valor del hallazgo, y eso en caso de obtener algo. Suponiendo que esa estrella tuya de la plaga sea la que realmente Lion piensa que es, y suponiendo que todavía sea capaz de funcionar, entonces quien la controle poseerá una abrumadora superioridad militar en el sector. Tanto Salto Estelar como todas las otras grandes transcorps son tan codiciosas e implacables como yo, eso estoy en condiciones de jurarlo. Lo que es más, son lo bastante grandes y poderosas como para que los gobiernos planetarios las tengan vigiladas constantemente. Y permíteme indicarte que somos cuatro... cinco, contando a tu adquisición. —Señaló con la cabeza a Rica Dawnstar y obtuvo por toda respuesta una gélida sonrisa—. Un nave de lujo cuenta ya con más de cinco chefs para la repostería. Incluso en una nave pequeña la tripulación nos superaría en número. Una vez hubieran comprendido lo que poseíamos, ¿crees que nos dejarían conservarlo ni un segundo?

—Si nos estafan les demandaremos —dijo la gruesa antropóloga, con un leve matiz de petulancia en su voz, mientras cogía la última bola de crema.

Kaj Nevis se rió de ella.

—¿Ante qué tribunales? ¿En qué planeta? Todo ello suponiendo que se nos permita seguir con vida, lo cual es francamente improbable dado el asunto del que hablamos. Creo que eres una mujer estúpida y fea.

Jefri Lion había estado escuchando la discusión con aire de inquietud.

—Vamos, vamos... —dijo por fin, interrumpiéndoles—. No empecemos con adjetivos desagradables, Nevis, no hace falta. Después de todo, este asunto es cosa de todos. —Lion, bajo y corpulento, vestía una chaqueta militar de camuflaje adornada con abundantes condecoraciones de una campaña ya olvidada. Con la penumbra del pequeño restaurante, la tela de la chaqueta había adoptado un color gris sucio que armonizaba admirablemente con la barba incipiente que Lion lucía en su rostro. Su frente, amplia y despejada, estaba cubierta por una leve capa de sudor. Kaj Nevis le ponía nervioso. Después de todo, ese hombre tenía una reputación. Lion miró a los demás buscando apoyo.

Celise Waan frunció los labios y clavó la mirada en el plato vacío que tenía delante, como si con ello pudiera conseguir que volviera a llenarse. Rica Dawnstar («la adquisición», tal y como Nevis la llamaba) se reclinó en su asiento con un brillo de irónica diversión en sus ojos verde claro. Bajo el mono y la chaqueta de malla plateada que vestía, su cuerpo esbelto y endurecido parecía relajado, casi indolente. Si sus patronos pensaban pasarse el día y la noche discutiendo, no era problema suyo.

—Los insultos son inútiles —dijo Anittas. Resultaba difícil adivinar lo que pensaba el cibertec. Su rostro se componía, por igual, de metal pulido, carne y plástico translúcido, sin que llegara a resultar demasiado expresivo. Los dedos de su mano derecha, de un brillante acero azulado, contrastaban con la carne de su mano izquierda, en tanto que sus ojos de metal plateado estudiaban incesantemente a Nevis, moviéndose en sus receptáculos de plástico negro—. Kaj Nevis ha planteado algunas objeciones válidas. Posee experiencia en estos asuntos y en esta zona, en tanto que nosotros carecemos de ella. ¿De qué sirve haberle metido en este asunto si ahora no estamos dispuestos a escuchar sus consejos?

—Cierto, cierto —dijo Jefri Lion—. Entonces, Nevis, ¿qué sugieres? Si debemos evitar el trato con las transcorps, ¿cómo vamos a llegar hasta la estrella?

—Necesitamos una nave —dijo Celise Waan, proclamando estentóreamente lo que era obvio.

Kaj Nevis sonrió.

—Las transcorps no poseen ningún monopolio sobre las naves. Ésa fue la razón por la que sugerí que nos reuniéramos aquí y no en la oficina de Lion. Este cuchitril se encuentra cerca del puerto y el hombre que necesitamos estará aquí, seguro...

Jefri Lion pareció vacilar al oírle.

—¿Un independiente? Algunos tienen una reputación no muy agradable, ¿no es cierto?

—Igual que yo —le recordó Nevis.

—Aun así. He oído rumores sobre contrabando e incluso sobre piratería. Nevis, ¿estamos dispuestos a correr esa clase de riesgos?

—No deseamos correr ninguna clase de riesgos —le dijo Kaj Nevis—, y no vamos a correrlos. Todo se reduce a conocer a la gente adecuada. Conozco a montones de gente. Gente adecuada y gente inadecuada. —Movió levemente la cabeza—. Volviendo a nuestro problema, voy a referirme a una mujer morena que luce un montón de joyas negras. Se llama Jessamyn Caige es la dueña de la *Libre Empresa*. No tengo ninguna duda de que estaría dispuesta a cedernos su nave a un precio muy razonable.

—Entonces, ¿ella es la persona adecuada? Espero que su nave tenga una rejilla gravitatoria: la falta de peso siempre me pone muy nerviosa.

—¿Cuándo piensas hablar con ella? —le preguntó Jefri Lion.

—No soy yo quien le hablará —replicó Kaj Nevis—. ¡Oh! de acuerdo, he utilizado antes a Jessamyn para una o dos cargas, pero no pienso correr el riesgo de viajar con ella y jamás soñaría con meterla en algo tan enorme. La *Libre Empresa* tiene una tripulación de nueve personas, más que suficientes para encargarse de mí y de la adquisición. No lo digo con ánimo de ofender, Lion, pero los demás, sencillamente, es como si no existierais.

—Desearía hacerte saber que soy un soldado —dijo Jefri Lion con voz dolorida—. He estado en combate.

—Hace unos cien años —dijo Nevis—. Tal y como iba diciendo, los demás es como si no existierais y a Jessamyn le importaría tanto matarnos como escupir en el suelo. —Sus diminutos ojos negros les contemplaron uno a uno—. Ésa es la razón de que os haga falta. De no ser por mí seríais lo bastante ingenuos como para contratar a Jessamyn o a una de las transcorps.

—Mi sobrina está trabajando con un comerciante independiente que tiene mucho éxito —dijo Celise Waan.

—¿De quién se trata? —inquirió Kaj Nevis.

—Noah Wackerfuss —replicó ella—. Su nave es la *Mundo de Gangas*.

Nevis asintió.

—Noah, el Gordo. Resultaría muy divertido, estoy seguro. Podría decir, para empezar, que su nave funciona constantemente en ingravidez. Una gravedad normal mataría a ese viejo degenerado, aunque no se perdería gran cosa. Es cierto que al menos Wackerfuss no es un tipo especialmente sediento de sangre. Hay un cincuenta por ciento de probabilidades de que no acabara matándonos. Sin embargo, es tan astuto y codicioso como todos los otros y, como mínimo, buscaría un modo de conseguir una parte del botín. En el peor de los casos, acabaría quedándose con todo. Y en su nave hay veinte tripulantes, todos mujeres. ¿Has interrogado alguna vez a tu sobrina sobre la naturaleza exacta de sus obligaciones laborales?

Celise Waan se ruborizó.

—¿Tengo que escuchar las insinuaciones de este hombre? —le preguntó a Lion—. El descubrimiento lo hice yo y no pienso permitir que me insulte este rufián de tercera, Jefri.

Lion frunció el ceño con expresión lastimera.

—Bueno, realmente deberíamos dejar de discutir. Nevis, no es necesario que sigas presumiendo de ese modo. Estoy seguro de que todos decidimos contar contigo en este asunto a causa de tu capacidad como experto. Supongo que tendrás alguna idea sobre qué persona deberíamos contratar para que nos lleve a la estrella, ¿cierto?

—Por supuesto que sí —dijo Nevis.

—¿De quién se trata? —le preguntó secamente Anittas.

—Se trata de un mercader independiente que no tiene demasiada suerte en su oficio. Además, lleva medio año atascado en ShanDellor porque no ha encontrado ninguna mercancía, así que debe estar empezando a desesperarse, al menos lo suficiente como para saltar de alegría ante la oportunidad que le ofrecemos. Tiene una nave pequeña, y en no muy buen estado, con un nombre tan largo como ridículo. La nave no es muy lujosa, pero nos llevará hasta allí y eso es lo importante. No hay ninguna tripulación por la que preocuparse, sólo él. Y él... bueno, también es un poco ridículo. No tendremos ningún problema. Es un tipo grandote, pero es blando tanto por dentro como por fuera. He oído decir que en su nave tiene algunos gatos. No le gusta mucho la gente. Bebe montones de cerveza y come demasiado. Dudo que lleve una sola arma encima. Según mis informes se las arregla a duras penas para sobrevivir, volando de un mundo a otro y vendiendo baratijas absurdas que transporta en su vieja bañera. Wackerfuss piensa que este tipo es una broma ambulante pero incluso si se equivoca, ¿qué puede hacer un solo hombre contra nosotros? Si se atreve a decir que informará a las autoridades, la adquisición y yo nos encargaremos de él y le convertiremos en comida para sus gatos.

—¡Nevis, no pienso tolerar ese tipo de ideas! —protestó Jefri Lion—. No pienso permitir que se cometa ni un solo asesinato en este asunto.

—¿No? —dijo Nevis, señalando levemente a Rica Dawnstar—. Entonces, ¿por qué contratarla? —En su sonrisa había algo indefinible pero muy desagradable y la sonrisa con que ella respondió a su gesto era una mueca de pura maldad—. De todos modos, sabía que éste era el lugar adecuado. Aquí tenemos a nuestro hombre.

De entre todos ellos, sólo Rica Dawnstar estaba algo versada en las artes de la sutileza y la conspiración por lo que tres pares de ojos se volvieron hacia la puerta y hacia el hombre que había entrado por ella. Era muy alto, casi dos metros y medio, y su barriga sobresalía sobre su delgado cinturón metálico. Tenía las manos grandes y el rostro alargado y curiosamente inexpresivo: se movía de un modo algo envarado y su piel parecía tan blanca como el hueso, al menos por lo que podía verse, y no tenía ni el menor rastro de vello. Vestía unos pantalones de un color azul brillante y una camiseta marrón de mangas anchas, recogidas a la altura de los codos.

Debió percibir que le observaban pues volvió la cabeza y les miró. Su pálido rostro continuó tan inexpresivo como antes.

Y siguió mirándoles. Celise Waan fue la primera en apartar los ojos, luego lo hizo Jefri Lion y finalmente Anittas.

—¿Quién es? —le preguntó el cíborg a Kaj Nevis.

—Wackerfuss le llama Tuffy —dijo Nevis—. Según me han dicho, su nombre auténtico es Haviland Tuf.

Haviland Tuf cogió entre sus dedos la última fortaleza estelar de color verde con tal delicadeza que, por unos instantes, pareció menos corpulento de lo que era en realidad y luego se irguió para contemplar el tablero con expresión satisfecha. El campo se había vuelto totalmente rojo: cruceros, acorazados, fortalezas estelares, colonias... todo se había vuelto rojo.

—Debo reclamar la victoria —dijo.

—Otra vez —dijo Rica Dawnstar, estirándose para desentumecer los músculos, agarrotados por las largas horas de juego. En cada uno de sus movimientos había la gracia letal de la leona y bajo su chaqueta plateada se adivinaba la forma del aguijón que guardaba en una funda pegada al hombro.

—Quizá pueda permitirme la osadía de sugerir que lo intentemos de nuevo —dijo Haviland Tuf.

Dawnstar rió.

—No, gracias —dijo—. Eres demasiado bueno en esto. Llevo el juego en la sangre, pero contigo no hay juego posible. Me he cansado de quedar la segunda.

—En las partidas que hemos jugado hasta el momento he tenido mucha suerte —dijo Haviland Tuf—. Es indudable que en estos momentos mi suerte estará agotándose y que en su próxima intentona será incapaz de reducir a la nada mis pobres fuerzas.

—Oh, sí, es indudable —replicó Rica Dawnstar sonriendo—, pero deberás perdonarme si decido posponer la intentona hasta que sufra de un caso terminal de aburrimiento. Al menos soy mejor que Lion... ¿no es cierto, Jefri?

Jefri Lion estaba sentado en una esquina de la sala de control de la nave, examinando un montón de viejos textos militares. Su chaqueta de camuflaje había adoptado la tonalidad marrón del panel de madera artificial que tenía detrás.

—El juego no sigue auténticos principios militares —dijo, con cierto disgusto en la voz—. Empleé las mismas tácticas que utilizó Stephen Cobalt Nortbstar cuando la Decimotercera Flota de la Humanidad sitió Hrakkean. El contraataque de Tuf resultaba absolutamente erróneo dadas las circunstancias y, en caso de que las reglas hubieran estado redactadas de modo correcto, habría sufrido una derrota sin paliativos.

—Cierto —dijo Haviland Tuf—, en eso me veo absolutamente superado. Después de todo, habéis tenido la fortuna de ser historiador militar, en tanto que yo soy un sencillo y humilde comerciante, por lo que no estoy familiarizado con las grandes campañas de la historia. De momento he tenido una suerte inmensa ya que las deficiencias del juego y mi buena estrella han conspirado para compensar mi ignorancia. Sin embargo, me encantaría tener la ocasión de comprender mejor los principios militares. Si tuvierais la bondad de probar suerte una vez más con el juego, estudiaré cuidadosamente todas vuestras sutilezas estratégicas, esperando, de esa manera, incorporar a mi pobre forma de jugar un enfoque más sólido y auténtico.

Jefri Lion, cuya flota plateada había sido la primera en desaparecer del tablero en cada partida jugada durante la última semana, carraspeó levemente con aire de incomodidad.

—Sí, ya... esto, Tuf, yo... —empezó a decir.

Fue oportunamente salvado por un repentino chillido y un chorro de maldiciones que surgió del compartimiento contiguo.

Haviland Tuf se puso en pie de inmediato y Rica Dawnstar le imitó una fracción de segundo después.

Salieron al pasillo justo cuando Celise Waan salía a la carrera de uno de los camarotes, persiguiendo a una veloz silueta blanca y negra que pasó junto a ellos como un rayo para meterse en la sala de control.

—¡Cogedle! —les gritó Celise Waan. Tenía el rostro muy rojo e hinchado y parecía furiosa.

La puerta era pequeña y Haviland Tuff muy grande.

—¿Se me permite inquirir para qué? —preguntó, bloqueando la entrada.

La antropóloga extendió la mano izquierda: en su palma había tres arañazos no muy largos pero sí bastante profundos, de los cuales empezaba a brotar la sangre.

—¡Mirad lo que me ha hecho! —gritó.

—Ya veo —dijo Haviland Tuf—. Y a ella, ¿qué le ha hecho!

Kaj Nevis salió del camarote con una sonrisa levemente sardónica en los labios.

—La cogió para arrojarla al otro lado de la habitación —dijo.

—¡Estaba encima de mi cama! —dijo Celise Waan—. ¡Quería echarme un rato y esa condenada criatura estaba dormida en mi cama! —Giró en redondo, encarándose con Nevis—. Y tú, será mejor que borres esa sonrisita de tu cara. Ya es bastante malo vernos obligados a vivir uno encima de otro en esta nave tan miserable como angosta, pero a lo que sencillamente me niego es a compartir el escaso espacio existente con los sucios animalejos de este hombre imposible. Y todo esto es culpa tuya, Nevis. ¡Nos metimos en esta nave por tu causa! Ahora debes hacer algo: exijo que obligues a Tuf a que nos libre de esas sucias alimañas. Lo exijo, ¿me has oído?

—Discúlpame —dijo Rica Dawnstar, que estaba inmóvil detrás de Tuf. Él se volvió a mirarla y se apartó un poco—. ¿Te referías quizás a una de estas alimañas? —preguntó sonriente, mientras avanzaba por el pasillo. Con la mano izquierda sostenía a un gato, mientras le acariciaba suavemente con la mano derecha. El gato era un animal bastante grande, de pelaje largo y grisáceo. Sus ojos arrogantes brillaban con una leve luz amarilla. Debía pesar sus buenos diez kilos pero Rica lo sostenía tan fácilmente como si hubiera sido un gatito recién nacido—. ¿Qué estás proponiendo que haga Tuf con el viejo

Champiñón, aquí presente? —le preguntó en tanto que el gato empezaba a ronronear estruendosamente.

—El que me hizo daño fue el otro, el blanco y negro —dijo Celise Waan—, pero ése es igual de perverso. ¡Mirad mi cara! ¡Mirad lo que me han hecho! Casi no puedo respirar, estoy a punto de caer gravemente enferma y cada vez que intento reposar unos minutos, me despierto con uno de esos animales encima de mi pecho. Ayer estaba tomando un pequeño refrigerio; me distraje un momento y ese animal blanco y negro volcó mi plato y empezó a jugar con mis bollos sazonados por el suelo, ¡como si fueran juguetes! Con estas bestias por aquí nada está a salvo. Ya he perdido dos lápices luminosos y mi mejor anillo rosado. Y ahora esto, ¡este ataque! Realmente, esto ya es intolerable. Debo insistir en que esos condenados bichos sean encerrados inmediatamente en la bodega con las mercancías, inmediatamente, ¿me habéis oído?

—Por fortuna gozo de una audición perfecta —dijo Haviland Tuf—. Si los objetos que faltan no han aparecido al final del viaje, será un placer para mí reembolsarle su valor. La petición hecha en lo tocante a *Champiñón* y *Desorden*, sin embargo, debo rechazarla con todo mi sentimiento.

—¡Viajo como pasajera en esta ridícula nave espacial! —le gritó Celise Waan.

—¿Debo consentir que se insulte tanto a mi inteligencia como a mis oídos? —replicó Tuf—, Señora, vuestra condición de pasajera resulta de lo más obvio y no es necesario que me lo recordéis. Sin embargo, espero que me sea permitido a mi vez recordar que esta pequeña nave que, con tanta libertad habéis insultado, es mi hogar y mi medio de vida, por pobre que sea. Lo que es más, en tanto que sois una pasajera de esta nave y por ello tenéis derecho a gozar de ciertos derechos y prerrogativas, *Champiñón* y *Desorden* deben poseer lógicamente unos derechos mucho más amplios y consistentes dado que la nave, por decirlo así, constituye su morada habitual y permanente. No tengo por costumbre aceptar pasajeros a bordo de mi *Cornucopia de Mercancías Excelentes a Bajos Precios* y, como ya habréis podido observar, el espacio disponible apenas si resulta adecuado para mis propias necesidades. Lamentablemente, en los últimos tiempos he sufrido varias vicisitudes profesionales y no me recato en confesar que mis recursos vitales se estaban aproximando a un punto muy poco satisfactorio cuando Kaj Nevis se puso en contacto conmigo. Me he esforzado al máximo para acomodarles a todos a bordo de esta nave tan injustamente despreciada, llegando al extremo de ceder mis camarotes para satisfacer ciertas necesidades colectivas y he instalado mi pobre lecho en la sala de control. Pese a mis innegables penurias económicas, estoy empezando a lamentar profundamente el estúpido impulso altruista que me hizo aceptar este viaje, especialmente teniendo en cuenta que el pago recibido apenas si ha bastado para la compra de combustible y provisiones para el viaje, así como para el pago de las tasas portuarias de ShanDi. Empiezo a temer que os habéis aprovechado maliciosamente de mi buena fe pero, con todo, soy hombre de palabra y haré cuanto esté en mi mano para haceros llegar a vuestro misterioso destino. Sin embargo, y durante el trayecto, me veo obligado a pedir que se tolere a *Champiñón* y *Desorden* al igual que yo tolero ciertas presencias a bordo.

—¡Bueno, pues no pienso hacerlo! —proclamó Celise Waan.

—No me cabía duda alguna de que... —dijo Haviland Tuf.

—No voy a soportar más tiempo esta situación —le

interrumpió la antropóloga—. No hay necesidad alguna de que estemos amontonados en un camarote como los soldados en un cuartel. Esta nave no parecía tan pequeña desde el exterior. ¿Adónde conduce esa puerta? —preguntó, extendiendo su rechoncho brazo.

—A las zonas de carga —dijo Haviland Tuf con voz inmutable—. Hay dieciséis y debo admitir que incluso la más pequeña de ellas es dos veces tan grande como mi austero aposento.

—¡Ajá! —dijo Celise Waan—. ¿Y llevamos carga?

—El compartimiento dieciséis contiene reproducciones en plástico de máscaras orgiásticas Cooglish, que desgraciadamente fui incapaz de vender en ShanDellor, situación que expuse con toda sinceridad a Noah Wackerfuss a la que respondió ofreciéndome un precio tan bajo que me dejaba sin el menor margen de beneficio. En el compartimiento doce guardo ciertos efectos personales, equipo de naturaleza variada, ciertas piezas de colección y otros objetos heterogéneos. El resto de la nave se encuentra totalmente vacío, señora.

—¡Excelente! —dijo Celise Waan—. En tal caso, vamos a convertir los compartimientos más pequeños en aposentos privados para cada uno de nosotros. Instalar camas no debería resultar demasiado complicado.

—Resultaría de lo más sencillo —dijo Haviland Tuf.

—Entonces, ¡que se haga! —replicó secamente Celise Waan.

—Como desee la señora —dijo Tuf—. ¿Desea también alquilarme un traje de presión?

—¿Cómo?

Rica Dawnstar estaba sonriendo desde hacía rato.

—Esos compartimientos no están incluidos dentro del sistema de apoyo vital —le dijo—. No hay aire, ni calor, ni presión, ni tan siquiera hay gravedad.

—Deberías encontrarte muy a gusto ahí —dijo Kaj Nevis.

—Desde luego —dijo Haviland Tuf.

El día y la noche carecían de significado a bordo de una nave espacial, pero los viejos ritmos del cuerpo humano seguían con sus eternas exigencias y la tecnología no había te nido más remedio que amoldarse a ellas. Por ello la *Cornucopia*, como todas las naves espaciales, con excepción de las enormes naves de guerra que contaban con tres turnos de tripulación y los cruceros de lujo de las transcorp, tenía un ciclo de sueño, un período de oscuridad y de silencio.

Rica Dawnstar se puso en pie y comprobó su aguijón siguiendo lo que ya era una costumbre. Celise Waan roncaba ruidosamente; Jefri Lion se agitaba en su lecho, ganando batallas dentro de los confines de su cerebro, y Kaj Nevis vagaba por entre sueños de riqueza y de poder. El cibertec también dormía, aunque el suyo era un sueño más profundo que el de los demás. Para escapar al aburrimiento del viaje, Anittas se había instalado en un catre, se había conectado al computador de la nave y luego se había apagado. Su mitad cibernética se encargaba de controlar y vigilar a su mitad biológica: su respiración era tan lenta como el avance de un glaciar e igualmente monótona, en tanto que su temperatura corporal había bajado y su consumo energético se había reducido prácticamente a cero. Pero los sensores de metal plateado que le servían de ojos de vez en cuando parecían moverse levemente, como si estuvieran siguiendo el rastro de alguna imagen invisible para los demás.

Rica Dawnstar avanzó silenciosamente por la habitación. Haviland Tuf estaba solo en la cámara de los controles. Su regazo estaba ocupado por el gato de pelo grisáceo y sus manos, pálidas y enormes, se movían sobre las teclas del computador. *Desorden*, la gata blanca y negra de menor tamaño, jugaba a sus pies. Rica había cogido un lápiz luminoso y dirigía el haz hacia el suelo, moviéndolo de un lado a otro. Tuf no la había oído entrar, porque nadie oía nunca moverse a Rica Dawnstar si ella no lo quería.

—Aún levantado... —dijo ella desde la puerta, apoyándose en el umbral.

Tuf hizo girar su asiento y la contempló con expresión impasible.

—Una deducción realmente extraordinaria —dijo—. Aquí estoy yo, activo y atareado, atendiendo a las constantes demandas de mi nave y, gracias al testimonio de ojos y oídos, es posible saltar, de modo fulgurante, a la conclusión de que no estoy dormido todavía. Unos poderes de razonamiento que me dejan atónito.

Rica Dawnstar entró en la sala de controles y se tendió en el catre de Tuf, que aún permanecía intacto después del último ciclo nocturno.

—Yo también estoy despierta —dijo sonriendo.

—Apenas si puedo creerlo —le contestó Haviland Tuf.

—Pues será mejor que lo creas —dijo Rica—. No duermo demasiado, Tuf, sólo dos o tres horas cada noche. En mi profesión es algo muy útil.

—Sin duda —dijo Tuf.

—Claro que, a bordo de una nave espacial, es más bien un inconveniente. Me aburro, Tuf.

—¿Una partida, quizá?

Rica sonrió.

—Quizá, pero de un juego distinto.

—Siempre estoy dispuesto a conocer un nuevo juego.

—Bien. Entonces, juguemos a las conspiraciones.

—No estoy familiarizado con sus reglas.

—Oh, son de lo más sencillo...

—Ya. Quizá tenga la amabilidad de extenderse un poco más al respecto.

El rostro de Tuf seguía tan inmutable como cuando Rica entró en la habitación.

—Nunca habrías podido ganar esta última partida, si Waan me hubiera apoyado en el instante en que se lo pedí —le dijo Rica con voz despreocupada—. Tuf, las alianzas pueden ser provechosas para todas las partes implicadas. A bordo de esta nave los únicos que no tenemos aliados somos tú y yo: a los dos se nos paga un sueldo y si Lion está en lo cierto respecto a la estrella de la plaga, los demás se repartirán un tesoro tan vasto que resulta casi imposible de concebir, en tanto que nosotros dos sólo recibiremos nuestros sueldos. Eso no me parece muy justo.

—La equidad suele resultar muy difícil de precisar y normalmente es aún más difícil de lograr —dijo Haviland Tuf—. Quizás albergue el deseo de que mi compensación sea más generosa pero, sin duda, muchos en mi lugar se quejarían de lo mismo. Pese a todo, mi sueldo fue negociado y aceptado en su momento.

—Las negociaciones siempre pueden reanudarse —le sugirió Rica Dawnstar—. Nos necesitan. A los dos. Se me ha ocurrido que trabajando juntos quizá pudiéramos... bueno... insistir en unos términos mejores. Digamos que una parte completa de un reparto a seis bandas. ¿Qué piensas de ello?

—Una idea intrigante en favor de la cual hay muchos argumentos —dijo Tuf—. Algunos podrían arriesgarse a sugerir que no resulta demasiado ética, cierto, pero quienes gozan de una auténtica sofisticación intelectual siempre poseen una notable flexibilidad ética.

33

Rica Dawnstar estudió durante un momento el pálido e inexpresivo rostro de Tuf y sonrió.

—No te gusta, ¿verdad, Tuf? En el fondo siempre juegas siguiendo las reglas.

—Las reglas son la esencia y el corazón de los juegos, si quiere decirlo así. Le otorgan estructura y significado a nuestras pequeñas competiciones.

—A veces es más divertido tirar el tablero al suelo de una patada —dijo Rica Dawnstar—, y también puede resultar más efectivo.

Tuf formó un puente con sus manos ante la cara.

—Aunque no me sienta demasiado satisfecho con mi escasa paga, he de cumplir mi contrato con Kaj Nevis. No deseo que en el futuro pueda hablar mal de mí o de la *Cornucopia de Mercancías Excelentes a Bajos Precios*.

Rica se rió.

—Oh, Tuf, dudo que piense hablar mal de ti. De hecho, dudo que te nombre, ya sea para bien o para mal, una vez hayas cumplido tu función y sea posible prescindir de ti. —Le gustó ver que sus palabras habían hecho pestañear a Tuf.

—Ya veo —dijo Tuf.

—¿Y no sientes ninguna curiosidad al respecto? ¿No te interesa saber adónde vamos? ¿No quieres conocer la razón por la que Lion y Waan han mantenido en secreto el destino final, hasta encontrarnos todos a bordo? ¿O la causa de que Lion contratara una guardaespaldas?

Haviland Tuf acarició lentamente el largo pelaje de *Champiñón*, pero sus ojos no se apartaron ni un segundo del rostro de Rica.

—La curiosidad es mi gran vicio. Me temo que se ha dado cuenta de ello y ahora busca explotar mi debilidad.

—La curiosidad mató al gato —dijo Rica.

—Una idea de lo más desagradable, pero que me

parece también muy improbable teniendo en cuenta la situación —comentó Tuf.

—Pero la satisfacción le hizo resucitar —añadió Rica—. Lion sabe que estamos metidos en un asunto de enormes dimensiones y altamente peligroso. Para conseguir sus fines necesitaban a Nevis o a una persona como él. Ya habían decidido un reparto entre cuatro, pero Nevis tiene el tipo de reputación que te hace dudar sobre si va a conformarse con ese reparto. Ésa es la razón de mi presencia aquí: debo ocuparme de que quede satisfecho con ello. —Rica se encogió de hombros y pasó los dedos por la funda de su aguijón—. Además, constituyo un seguro de vida contra cualquier otro tipo de complicaciones que pueden presentarse.

—¿Puedo permitirme indicar que esa misma presencia representa una complicación adicional?

Rica sonrió lúgubremente.

—Indícaselo a Lion —le dijo, poniéndose en pie y desperezándose—. Y piensa en todo eso, Tuf. Tal y como yo veo las cosas, Nevis te ha subestimado. Pero tú no debes subestimarle, y a mí tampoco. Nunca, nunca me subestimes. Quizá llegue un momento en el que desees contar con un aliado y puede que ese momento llegue más pronto de lo que piensas.

Cuando faltaban tres días para la llegada, Celise Waan se quejó nuevamente de la comida. Tuf les había servido una bruhaha de vegetales picantes al estilo de Halagreen: el plato resultaba exótico y sabroso, pero ya era la sexta vez que aparecía en la mesa durante el viaje. La antropóloga esparció los vegetales por todo el plato, con una mueca de repugnancia, y dijo:

—¿Por qué no podemos comer un poco de comida auténtica?

Tuf, en silencio, pinchó hábilmente un gran hongo

con su tenedor y lo alzó hasta tenerlo delante de la cara. Lo estuvo contemplando durante unos instantes, inclinó la cabeza a un lado para contemplarlo desde otro ángulo, lo hizo girar examinándolo atentamente y por último lo tocó con la punta del dedo.

—No consigo entender por completo la naturaleza de su queja, señora —dijo por fin—. Debo decir que, para mis pobres sentidos, este hongo resulta francamente real, aunque debo confesar también que no es sino una pequeña muestra del plato en su conjunto. Es posible que el resto del bruhaha sea una mera ilusión, pero no lo creo.

—Ya sabes a qué me refiero —dijo Celise Waan con voz aguda—. Quiero carne.

—Ah, ya —dijo Haviland Tuf—, y yo deseo ser inconmensurablemente rico. Es fácil concebir tales fantasías pero es mucho más difícil convertirlas en realidad.

—¡Estoy harta de esos condenados vegetales! —chilló Celise Waan—. ¿Pretendes decirme acaso que, en esta maldita nave, no hay ni un miserable trozo de carne?

Tuf entrelazó los dedos formando un puente con ellos.

—Ciertamente, no entraba en mis intenciones dar pie a un error tal —dijo—. Yo no como carne, pero no me importa admitir que a bordo de la *Cornucopia de Mercancías Excelentes a Bajos Precios* hay cierta cantidad de carne, aunque no hay demasiada.

En el rostro de Celise Waan apareció una furiosa satisfacción. Se volvió sucesivamente a mirar a los demás ocupantes de la mesa y vio que Rica Dawnstar intentaba ocultar una sonrisa. Kaj Nevis ni tan siquiera lo intentaba, mientras que Jefri Lion parecía inquieto.

—¿Veis? —les dijo—. Estaba segura de que se estaba guardando toda la buena comida para él. —Luego, con gestos lentos y cuidadosos, cogió su plato y lo lan-

36

zó al otro extremo de la habitación. El plato se estrelló ruidosamente en un mamparo metálico, dejando caer su contenido de buhaha picante sobre el lecho de Rica Dawnstar. Rica sonrió dulcemente.

—Acabas de cambiar tu catre por el mío, Waan —le dijo.

—No me importa —replicó Celise Waan—. Voy a conseguir una comida decente, aunque sólo sea por una vez, y supongo que ahora los demás estaréis dispuestos a conseguir vuestra parte de ella también, ¿no?

Rica sonrió.

—¡Oh, no! Querida. Es toda tuya. —Terminó su bruhaha y limpió el plato con una corteza de pan horneado con cebolla.

Lion seguía pareciendo algo inquieto y Kaj Nevis dijo:

—Si puedes conseguir que Tuf te dé esa carne, es tuya.

—¡Excelente! —proclamó ella—. ¡Tuf, tráeme la carne!

Haviland Tuf la contempló con expresión impasible.

—Cierto, el contrato que hice con Kaj Nevis requiere de mí la manutención a lo largo de todo el viaje. Sin embargo, nada se dijo sobre la naturaleza de tal manutención. Siempre acabo siendo el perdedor: ahora parece que debo plegarme a vuestros caprichos culinarios. Muy bien, ése es el pobre destino que me ha correspondido en la vida. Sin embargo, ahora me siento repentinamente dominado por un capricho particular. Ya que debo plegarme al vuestro, ¿no resultaría equitativo el que se obrara de igual modo respecto al mío?

Waan frunció el ceño con aire de sospecha.

—¿A qué te refieres?

Tuf extendió las manos ante él.

—Oh, realmente no es nada importante. A cambio

de la carne que tanto anheláis pido sólo un breve instante de indulgencia. En los últimos tiempos mi curiosidad ha aumentado hasta extremos alarmantes y me gustaría satisfacerla. Rica Dawnstar me ha advertido duque la curiosidad insatisfecha terminará seguramente matando a mis gatos.

—Estoy a favor de eso —dijo la gorda antropóloga.

—Ya... —replicó Tuf—. Sin embargo, debo insistir. Ofrezco un trato: comida del tipo que tan melodramáticamente me ha sido exigida a cambio de un pequeño dato carente de valor y que nada os ha de costar proporcionarme. No tardaremos en llegar al sistema de H'Ro Brana, el destino previsto para el viaje. Me gustaría saber la razón de dicho viaje y qué esperáis encontrar en esa estrella de la plaga sobre la cual os he oído hablar.

Celise Waan se volvió nuevamente hacia los otros.

—Hemos pagado adecuadamente para ser bien alimentados —dijo—, y ahora se me somete a chantaje. Jefri, ¡termina con todo esto!

—Bueno... —dijo Jefri Lion—. Celise, la verdad es que no veo ningún mal en que lo sepa y, de todos modos, acabará descubriéndolo en cuanto lleguemos. Quizá sea el momento de hablar.

—Nevis —dijo ella—, ¿es que no piensas hacer nada?

—¿Por qué? —le preguntó él—. No cambia nada del asunto. Díselo y obtendrás tu carne. O quizá no. A mí me da igual.

Waan clavó ferozmente los ojos en Kaj Nevis y luego con una ferocidad aún mayor su mirada se desvió hacia el pálido e inmutable rostro de Haviland Tuf. Acabó cruzándose de brazos y dijo:

—Muy bien, si no queda otro remedio, cantaré para obtener mi cena.

—Un tono de conversación normal resultará perfectamente aceptable —dijo Tuf. Celise Waan le ignoró.

—Voy a ser breve y concisa. El descubrimiento de la estrella de la plaga es mi mayor triunfo y el punto culminante de mi carrera, pero ninguno de vosotros posee la inteligencia o la cortesía necesarias para apreciar el trabajo ímprobo que me representó. Soy antropóloga en el Centro ShanDellor para el Progreso de la Cultura y el Conocimiento. Mi especialidad académica es el estudio de un tipo peculiar de culturas primitivas: las de los mundos coloniales que fueron dejados de lado en su aislamiento y que retrocedieron tecnológicamente después de la Gran Guerra. Naturalmente, muchos mundos humanos resultaron también afectados por ella y unos cuantos han sido estudiados de modo bastante amplio, pero yo trabajaba en campos menos conocidos: investigaba culturas no humanas y en particular las de los antiguos mundos esclavos de los Hranganos. Uno de los mundos que estudié fue H'Ro Brana: en tiempos era una colonia floreciente y un buen terreno de cría para los Hruun, los dactiloides y algunas otras razas esclavas menores de los Hranganos, pero hoy en día es un desierto a efectos prácticos. Las formas de vida que siguen encontrándose allí tienen existencias cortas y poco agradables, no estando muy por encima del nivel de las bestias aunque, como casi todas las culturas que han descendido a su estado actual, poseen historias sobre una edad de oro desaparecida. Pero lo más interesante de H'Ro Brana es una leyenda, una leyenda absolutamente única: La estrella de la plaga.

»Espero que se me permita recalcar el hecho de que la desolación que reina en H'Ro Brana es prácticamente total y que la población es muy escasa, a pesar de que el ambiente en principio no resulte de una dureza fuera de lo común. ¿Por qué? Bien, los descendientes degenerados, tanto de los Hruun como de los colonizadores dactiloides, poseen culturas muy dispares y son francamente hostiles unos a otros, pero poseen una respuesta común a esa pregunta: se debe a la estrella. Cada tres generaciones, cada vez que están saliendo un poco de su miserable estado habitual, a medida que la población vuelve a subir de número... entonces la estrella de la plaga aumenta su brillo más y más hasta iluminar el cielo por la noche. Cuando la estrella se convierte en el objeto más brillante del cielo, empiezan las plagas. Las epidemias barren toda H'Ro Brana y cada una es peor que la precedente. Nadie puede curarlas. Las cosechas se marchitan y los animales mueren. Tres cuartas partes de la población inteligente del planeta muere también. Los que sobreviven se ven de nuevo arrojados a una existencia brutal, y luego la estrella va palideciendo. Al menguar la luz se van las plagas de H'Ro Brana durante otras tres generaciones. Ésa es la leyenda.»

El rostro de Haviland Tuf había permanecido inmutable mientras escuchaba el relato de Celise Waan.

—Interesante —dijo por fin—. Sin embargo, me veo obligado a suponer que nuestra expedición actual no ha sido puesta en pie sólo para que vuestra carrera se vea beneficiada con la investigación de ese pasmoso mito folklórico.

—No —admitió Celise Waan—. Es cierto que en un principio tuve esa intención. La leyenda me pareció un tema excelente para una monografía e intenté obtener fondos del Centro para una investigación, pero mi petición fue rechazada. Eso me disgustó en grado sumo y creo que tenía razón para ello. Esos imbéciles y su estrechez de miras... Luego, mencioné mi disgusto y la causa de él a mi colega, Jefri Lion.

Lion carraspeó antes de hablar.

—Sí, cierto. Como ya es sabido, mi campo de estudios se centra en la historia militar. Naturalmente, la leyenda me intrigó y estuve un tiempo investigando en los bancos de datos del Centro. Nuestros archivos no son tan completos como los de Avalon y Newholme, pero no había tiempo para una investigación más completa. Debíamos obrar con rapidez. Mi teoría... bueno, en realidad es más que una teoría. De hecho, estoy prácticamente seguro de saber en qué consiste esa estrella de la plaga. ¡No es ninguna leyenda, Tuf! Es real. Admito que debe estar abandonada, sí, pero debe seguir en condiciones de operar y sus programas deben hallarse intactos más de mil años después del Derrumbe. ¿No te das cuenta? ¿No consigues adivinar de qué se trata?

—Debo admitir que me falta la familiaridad necesaria con el tema —dijo Tuf.

—Es una nave de guerra, Tuf, una nave que se encuentra en una gran órbita elíptica alrededor de H'Ro Brana. Se trata de una de las armas más devastadoras que la Vieja Tierra lanzó a los espacios, en la guerra contra los Hranganos y, a su modo, debía ser tan temible como esa mítica flota infernal de la que se habla durante los últimos tiempos anteriores al Derrumbe. ¡Pero su potencial para el bien es tan enorme como el que posee para el mal! Es el almacén de la ciencia biogenética más avanzada del Imperio Federal y un artefacto, en condiciones de operar, repleto de secretos que el resto de la humanidad ha perdido.

—Ya entiendo —dijo Tuf.

—Es una sembradora —dijo Jefri Lion—, una sembradora de guerra biológica del Cuerpo de Ingeniería Ecológica.

—Y es nuestra —dijo Kaj Nevis, con una mueca sarcástica.

Haviland Tuf clavó los ojos durante un breve instante en Nevis, movió la cabeza y se levantó.

—Mi curiosidad ha sido satisfecha —anunció—. Ahora debo cumplir con mi parte del trato.

—¡Ah! —exclamó Celise Waan—. Mi carne.

—La cantidad es abundante —dijo Haviland Tuf—, aunque debo admitir que la variedad disponible no resulta muy amplia. La preparación de la carne, para que resulte lo más placentera posible al paladar, es algo que dejo a la elección de la señora. —Se acercó a un compartimiento, tecleó un código y sacó de él una caja no muy grande que llevó hasta la mesa, sosteniéndola bajo el brazo—. Ésta es la única carne existente a bordo de mi nave. No puedo garantizar nada en lo tocante a su sabor o calidad, pero debo decir igualmente que jamás he recibido la menor queja al respecto.

Rica Dawnstar se echó a reír estruendosamente y Kaj Nevis lo hizo de modo más comedido. Haviland Tuf, con gestos lentos y metódicos, sacó de la caja una docena de latas con alimento para gatos y las colocó ante Celise Waan. *Desorden* saltó a la mesa y empezó a ronronear.

—No es tan grande como esperaba —dijo Celise Waan con voz tan petulante como de costumbre.

—Señora —dijo Haviland Tuf—, los ojos engañan con mucha frecuencia. Admito que mi pantalla principal es más bien modesta y que sólo posee un metro de diámetro, con lo cual, naturalmente, el tamaño de los objetos que aparecen en ella resulta disminuido. En cuanto a la nave, sus dimensiones son considerables.

—¿Cuáles son esas dimensiones? —dijo Kaj Nevis acercándose a la pantalla.

Tuf cruzó las manos sobre su voluminoso estómago.

—No puedo decirlo con precisión. La *Cornucopia* no

es más que una modesta nave mercante y su instrumental sensor no es todo lo delicado que yo desearía.

—Pues, entonces, dígalo de un modo aproximado —replicó Kaj Nevis con voz cortante.

—Aproximado... —repitió Tuf—. Desde el ángulo en que ahora lo muestra mi pantalla y tomando el eje más grande como «longitud», yo diría que la nave a la que nos estamos acercando tiene unos treinta kilómetros de largo y aproximadamente unos tres de ancho, dejando aparte la sección de la cúpula en la parte central, la cual es un poco más grande, y la torre delantera que yo diría tiene aproximadamente un kilómetro más que la cubierta sobre la cual se encuentra situada.

Todos se habían reunido en la sala de control, incluido Anittas, a quien la computadora había despertado de su sopor controlado cuando emergieron del hiperimpulso. Todos se quedaron callados contemplando la imagen y, por unos breves instantes, ni Celise Waan encontró nada que decir. Sus ojos parecían fascinados por la gran forma oscura que flotaba, recortándose contra las estrellas, y en la cual brillaban de vez en cuando débiles chispazos de luz, como si aquella silueta inmensa latiera con energías invisibles.

—Tenía razón —musitó por fin Jefri Lion rompiendo el silencio—. Una sembradora. ¡Una sembradora del CIE! ¡Ninguna otra nave podría ser tan enorme!

Kaj Nevis sonrió.

—¡Maldición! —dijo en voz baja y casi reverente.

—El sistema debe ser muy vasto —dijo Anittas—. Los Imperiales de la Tierra poseían una ciencia mucho más sofisticada que nosotros. Probablemente se trate de una Inteligencia Artificial.

—Somos ricos —barbotó Celise Waan, olvidando por unos instantes sus muchos y variados agravios. Cogió a Jefri Lion por las manos y empezó a bailar con él en círculos frenéticos, que parecían hacer rebotar su gorda figura en el suelo a cada paso de baile—. ¡Somos ricos, ricos, ricos! ¡Somos ricos y famosos! ¡Todos somos muy ricos!

—Eso no es totalmente correcto —dijo Haviland Tuf—. No dudo, ciertamente, que todos ustedes lleguen a ser ricos en un futuro muy próximo; por el momento, sin embargo, en sus bolsillos no hay más dinero que hace un instante. Además, ni Rica Dawnstar ni yo compartimos sus futuras perspectivas de mejora económica.

Nevis clavó en él una mirada impasible.

—¿Quejas, Tuf?

—Lejos de mí la intención de plantear objeciones —dijo Tuf con voz grave—. Estaba sencillamente corrigiendo el error de Celise Waan.

Kaj Nevis asintió.

—Estupendo —dijo—. Ahora, antes de que ninguno de nosotros se enriquezca, debemos abordar esa cosa y ver en qué estado se encuentra. Incluso un pecio vacío debería proporcionarnos una buena tarifa de salvamento, pero si esta nave se encuentra en condiciones de operar no hay límite alguno a nuestras posibles ganancias.

—Está claro que puede funcionar —dijo Jefri Lion—. Ha estado haciendo llover plagas sobre H'Ro Brana cada tres generaciones, desde hace mil años estándar.

—Ya —dijo Nevis—, bueno, sí, es cierto, pero no es todo lo que importa. Ahora se encuentra en una órbita muerta. ¿Qué pasa con los motores? ¿Y con la biblioteca celular y los computadores? Tenemos muchas cosas que comprobar. ¿Cómo podemos abordarla, Lion?

—Supongo que sería posible efectuar un contacto con sus escotillas —dijo Jefri Lion—. Tuf, esa cúpula... ¿la ves? —Señaló con el dedo.

—Mi visión no sufre el menor problema.

—Sí, ya... bueno, creo que debajo de ella se encuentra la cubierta de atraque y es tan grande como un campo de aterrizaje medio. Sí podemos hacer que esa cúpula se abra, entonces se puede meter la nave justo dentro de ella.

—Sí —dijo Haviland Tuf—. Una palabra preñada de dificultades. Tan breve y a menudo tan cargada de frustraciones y disgustos futuros. —Como para subrayar sus palabras en ese mismo instante una pequeña luz roja se encendió bajo la pantalla principal. Tuf alzó un dedo tan pálido como delgado—. ¡Atención! —dijo.

—¿Qué es? —le preguntó Nevis.

—Una conmutación —proclamó Tuf con voz solemne. Se inclinó hacia adelante y apretó un botón bastante gastado del comunicador láser.

La estrella de la plaga se desvaneció de la pantalla y en su lugar apareció un rostro de aspecto cansado y macilento. Era un hombre de edad mediana sentado en una sala de comunicaciones. Su frente estaba surcada por hondas arrugas y tenía las mejillas algo hundidas. Su cabello era negro y espeso, sus ojos de un azul grisáceo. Vestía un atuendo militar que parecía recién salido de una cinta histórica y sobre su cabeza había una gorra verde en la cual se veía brillar una dorada letra theta.

—Aquí el Arca —anunció—. Acaban de penetrar en nuestra esfera defensiva. Identifíquense o se abrirá fuego sobre ustedes. Ésta es nuestra primera advertencia.

Haviland Tuf apretó su botón de EMISIÓN.

—Aquí la *Cornucopia* —anunció con voz clara y tranquila—. Haviland Tuf al mando. *Arca*, somos comerciantes totalmente inofensivos y sin armas. Venimos de Shan-Dellor. ¿Podríamos solicitar permiso para el atraque?

Celise Waan parecía totalmente perpleja.

—Hay tripulación... —dijo—. ¡La tripulación sigue viva!

—Totalmente fascinante e inesperado —dijo Jefri Lion dándose leves tirones de la barba—. Quizá sea un descendiente de la tripulación original del CIE. ¡O quizás utilizaron el cronobucle! Con él habrían podido deformar la textura del tiempo para acelerarlo o mantenerlo casi inmóvil. Sí, habría sido posible hacer incluso eso. ¡El cronobucle!, pensad en lo que significa.

Kaj Nevis lanzó un gruñido.

—¿Han pasado mil malditos años y piensas decirme que siguen vivos? ¿Cómo demonios se supone que vamos a entendérnoslas con ellos?

La imagen de la pantalla vaciló como si estuviera a punto de esfumarse y luego se aclaró de nuevo mostrando al mismo hombre de antes, con el uniforme de los Imperiales de la Tierra.

—Aquí el *Arca*. Su ID no está en el código adecuado. Están avanzando en nuestra esfera defensiva. Identifíquense o se abrirá fuego contra ustedes. Ésta es nuestra segunda advertencia.

—¡Señor, debo protestar por ello! —dijo Haviland Tuf—. No llevamos armas y carecemos de protección. Nuestras intenciones no son ofensivas ni peligrosas. Somos pacíficos comerciantes, simples estudiosos de la misma raza que usted: la humana. Nuestras intenciones no son hostiles y, lo que es más, no tenemos a nuestro alcance medio alguno para causarle daño a un navío tan formidable como su *Arca*. ¿Debemos ser recibidos con beligerancia?

La pantalla vaciló por segunda vez y volvió a estabilizarse.

—Aquí el *Arca*. Han penetrado en nuestra esfera defensiva. Identifíquense de inmediato o serán destruidos. Ésta es nuestra tercera y última advertencia.

—Grabaciones —dijo Kaj Nevis con voz casi entusiasta—. ¡Eso es! Nada de hibernación, ningún condenado campo de estasis temporal. Ahí dentro no hay nadie. Un ordenador está emitiendo grabaciones para nosotros.

—Me temo que eso es lo correcto —dijo Haviland Tuf—. Pero se plantea una pregunta: si el computador está programado para dirigir mensajes ya grabados, a las naves que se le aproximen, ¿qué otra cosa puede estar programado para hacer?

Jefri Lion le interrumpió.

—¡Los códigos! —dijo—. ¡En mis archivos tengo un montón de códigos y secuencias de identificación del Imperio Federal recogidas en cristales! Iré a por ellos.

—Un plan excelente —dijo Haviland Tuf—, pero en él hay una deficiencia de lo más obvio, la cual consiste en el tiempo que será necesario para localizar y poder usar luego esos cristales en código. Si hubiera sido posible disponer del tiempo necesario para ponerla en práctica, habría aplaudido dicha sugerencia pero, ¡ay!, me temo que será imposible. El *Arca* nos ha disparado hace un instante. —Haviland Tuf se inclinó sobre los controles—. Voy a hacer que entremos en hiperimpulso —anunció, pero, justo cuando sus largos y pálidos dedos tocaban ya las teclas, toda la *Cornucopia* tembló violentamente. Celise Waan cayó al suelo lanzando un alarido; Jefri Lion tropezó con Anittas e incluso Rica Dawnstar se vio obligada a cogerse al asiento de Tuf para no perder el equilibrio. Entonces todas las luces se apagaron y en la oscuridad se oyó la voz de Haviland Tuf—. Me temo que hablé demasiado pronto —dijo—, o quizá, siendo más preciso, que actué demasiado tarde.

Por un instante que pareció interminable se encontraron sumidos en el silencio y en la oscuridad, llenos de terror, esperando el segundo disparo que significaría el final para todos ellos.

Y entonces, gradualmente, la oscuridad pareció hacerse algo menos densa. En las consolas que les rodeaban fueron apareciendo débiles luces, como si los instrumentos de la *Cornucopia* despertaran a una vacilante semivida.

—No estamos totalmente inutilizados —proclamó Haviland Tuf desde su asiento, con el cuerpo rígido como un palo. Sus enormes manos parecían cubrir todas las teclas del ordenador al mismo tiempo—. Voy a conseguir un informe de averías y quizás aún nos resulte posible retirarnos de aquí.

Celise Waan empezó entonces a emitir un sollozo histérico, leve al principio pero que fue progresivamente agudizándose hasta lo insoportable. Seguía caída en el suelo y no hacía intentos de levantarse. Kaj Nevis se volvió hacia ella.

—¡Cállate ya, maldita vaca! —le dijo secamente, dándole una patada. El sollozo se convirtió en un gimoteo apagado—. Si nos quedamos aquí inmóviles vamos a ser muy pronto un buen montón de carne muerta —dijo Nevis en voz alta y dominante—. El próximo disparo nos hará pedacitos. ¡Maldita sea, Tuf, mueve este trasto!

—Nuestro movimiento no ha variado en lo más mínimo —le replicó Tuf—. El disparo que nos acertó no tuvo por efecto eliminar la velocidad de nuestro avance, pero nos ha desviado un tanto de la trayectoria previa que seguíamos con rumbo al *Arca*. —Tuf se inclinó sobre los controles estudiando los diagramas de un verde claro que se unían y separaban en una de las pantallas pequeñas—. Temo que mi nave ha sufrido ciertos daños. No resultaría demasiado aconsejable entrar ahora en hiperimpulso, dado que la tensión nos reduciría indudablemente a fragmentos. Nuestros sistemas de apoyo vital han sufrido también daños y los cálculos indican que se nos acabará el oxígeno aproximadamente dentro de nueve horas.

Kaj Nevis lanzó una maldición y Celise Waan empezó a golpear la cubierta con los puños.

—Puedo conservar un poco el oxígeno, desconectándome otra vez —dijo en tono dubitativo Anittas, pero nadie le hizo caso.

—Podemos matar a los gatos —sugirió Celise Waan.

—¿Todavía podemos avanzar? —preguntó a su vez Rica Dawnstar.

—Los motores principales siguen en condiciones de funcionar —dijo Tuf—, pero sin poder conectar el hiperimpulso tardaríamos aproximadamente dos años de Shan-Dish para llegar tan sólo a H'Ro Brana. Cuatro de nosotros pueden utilizar los trajes presurizados. Las unidades virales son capaces de regenerar el aire indefinidamente.

—Me niego a vivir dos años en un traje presurizado —dijo Celise Waan sin demasiada convicción.

—Estupendo —dijo Tuf—. Dado que sólo tengo cuatro trajes y nosotros somos seis tal decisión resulta de gran ayuda. Señora, vuestro noble autosacrificio será recordado largo tiempo. Sin embargo, creo que antes de poner en ejecución este plan deberíamos tomar en consideración otra posibilidad.

—¿De qué se trata? —dijo Nevis.

Tuf hizo girar su asiento y les contempló durante unos instantes en la penumbra de la sala de control.

—Debemos mantener la esperanza de que los cristales de Jefri Lion contengan realmente el código de acceso adecuado y que ello nos permita abordar el *Arca* sin convertirnos en el blanco de su viejo armamento.

—¡Los cristales! —dijo Lion. Resultaba bastante difícil distinguirle ya que su traje de camuflaje, sometido a la oscuridad, se había vuelto de un negro total—. ¡Iré a por ellos! —Y salió corriendo de la sala de control con rumbo a sus camarotes.

Champiñón entró sin hacer ningún ruido en la sala y, de un salto, se acomodó en el regazo de Tuf. Éste empezó a pasarle la mano por el lomo y el gato se puso a ronronear ruidosamente. De un modo inexplicable, el sonido resultaba casi tranquilizador. Quizá, después de todo, aún tuvieran una oportunidad.

Pero Jefri Lion llevaba demasiado tiempo fuera de la sala de control.

Cuando por fin le oyeron volver, el sonido de sus pasos parecía cansino y derrotado.

—¿Y bien? —dijo Nevis—. ¿Dónde están?

—No están —dijo Lion—. He mirado por todas partes y no están. Habría jurado que los tenía a bordo. ¡Mis archivos! Kaj, te juro que tenía la intención de cogerlos. No podía traerlo todo conmigo, claro está, pero dupliqué casi todas las grabaciones importantes y todo lo que pensé que podía resultar útil: el material sobre la guerra y el CIE, algunas leyendas del sector. La maleta gris, ya sabes a cuál me refiero. Dentro estaba mi pequeño ordenador y más de treinta cristales. ¿Recuerdas que la noche anterior estuve repasando unos cuantos antes de dormir? Estaba examinando el material sobre las sembradoras, al menos lo poco que sabemos de ellas, y entonces me dijiste que no te dejaba dormir. Sé que tenía un cristal entero lleno de viejos códigos y tenía la intención de traerlo en este viaje. Pero no está. —Se acercó a ellos y pudieron ver que en sus manos sostenía el ordenador casi como una ofrenda—. Lo estuve repasando todo cuatro veces y también miré todos los cristales que tenía sobre la cama, en la mesa, en todas partes. Pero no está aquí. Lo siento. A menos que... a menos que alguien lo haya cogido. —Jefri Lion les miró pero nadie dijo nada—. Debo haberlos olvidado en Shan-Dellor —añadió—. Nos tuvimos que marchar tan deprisa que...

—¡Viejo estúpido! ¡Idiota senil! —dijo Kaj Nevis—. Tendría que matarte ahora mismo y ahorrar de ese modo un poco de aire para los demás.

—¡Estamos muertos! —gimoteó Celise Waan—. ¡Muertos!, ¡muertos!, ¡muertos!

—Señora —le replicó Haviland Tuf acariciando todavía a *Champiñón*—, sigue usted pecando de precipitada en sus palabras. No está usted más muerta ahora de lo que se aproximaba a la riqueza hace un rato.

Nevis se volvió hacia él.

—¿Oh, sí? ¿Alguna idea, Tuf?

—Ciertamente —dijo éste.

—¿Y bien? —le apremió Nevis.

—El *Arca* es nuestra única salvación —dijo Tuf—. Debemos entrar en ella. Sin el cristal de códigos de Jefri Lion no podemos acercarnos más para el atraque por el temor de que se nos dispare de nuevo, esto me parece obvio. Pero se me ha ocurrido una idea interesante. —Levantó un dedo—. Quizás el *Arca* no despliegue tanta hostilidad contra un blanco más pequeño, ¡digamos que contra un hombre dentro de un traje presurizado e impulsado por cohetes de aire comprimido!

Kaj Nevis no pareció demasiado convencido.

—¿Y cuando ese hombre llegue hasta el *Arca*... qué? ¿Se supone quizá que debe llamar dando golpecitos en el casco?

—No sería muy práctico —admitió Haviland Tuf—, pero creo que poseo un método mejor para solucionar dicho problema.

Todos esperaron en tanto que Tuf acariciaba a *Champiñón*.

—Adelante —acabó diciendo Kaj Nevis con impaciencia.

Tuf pestañeó.

—¿Adelante? Desde luego. Me temo que debo pedir un poco de indulgencia ya que mi cerebro se encuentra muy trastornado en estos instantes. Mi pobre nave ha sufrido daños de suma consideración. Mi modesto medio de vida yace ante mí hecho ruinas y ahora, ¿quién pagará las reparaciones necesarias? ¿Lo hará quizá Kaj Nevis, quien pronto va a disfrutar de tales riquezas? ¿Pensará tal vez inundarme generosamente con parte de ellas? Ah, lo dudo. ¿Me comprarán, quizá, Jefri Lion o Anittas una nave? Es improbable. ¿Querrá la estimada Celise Waan concederme graciosamente un extra no previsto en mi tarifa original para compensar de tal modo mi gran pérdida? Ya me ha prometido que buscará compensaciones legales en mi contra, que piensa confiscar mi pobre nave y hacer que me revoquen mi licencia de aterrizaje. Entonces, ¿cómo podré arreglármelas? ¿Quién me socorrerá?

—¡Eso no importa! —gritó Kaj Nevis—. ¿Cómo podemos entrar en el *Arca*? ¡Dijiste que tenías un método!

—¿Lo dije acaso? —le replicó Haviland Tuf—. Bien, señor, creo que estáis en lo correcto y sin embargo me temo igualmente que el peso de mis infortunios acaba de hacer que mi pobre y trastornada mente olvide esa idea. Se me ha escapado y ahora soy incapaz de pensar en nada, aparte de mi lamentable apuro económico.

Rica Dawnstar rió y le dio una sonora palmada a Tuf en la espalda.

Tuf alzó la cabeza y la miró.

—Y ahora, además, soy ferozmente golpeado por la temible Rica Dawnstar. Por favor, señora, no me toquéis.

—Esto es un chantaje —graznó Celise Waan—. ¡Habrá que meterle en prisión por esto!

—Y ahora se pone en duda mi integridad y se deja caer sobre mí un diluvio de amenazas. *Champiñón*, ¿te parece acaso extraño que me sea imposible pensar?

Kaj Nevis lanzó un bufido.

—Está bien, Tuf, has ganado. —Miró a los demás—. ¿Hay alguna objeción a que hagamos de Tuffy un participante con todos los derechos en nuestra empresa? ¿Un reparto entre cinco?

Jefri Lion tosió levemente.

—Creo que se merece como mínimo eso, si su plan funciona.

Nevis asintió.

—Ya eres parte del negocio, Tuf.

Haviland Tuf se puso en pie con movimientos lentos y cargados de dignidad, apartando a *Champiñón* de su regazo con la mano.

—¡Mi memoria vuelve! —proclamó—. En el compartimiento hay cuatro trajes presurizados. Si uno de los presentes es tan amable como para vestirse con uno de ellos y prestarme su ayuda, creo que iremos en busca de un aparato de enorme utilidad que se encuentra en el almacén número doce.

—¿Qué diablos...? —exclamó Rica Dawnstar cuando estuvieron de vuelta con su trofeo en la sala de control. Luego se rió.

—¿De qué se trata? —preguntó Celise Waan.

Haviland Tuf, que parecía inmenso con su traje azul plateado, puso los pies en el suelo y ayudó a Kaj Nevis a enderezar el objeto. Luego se quitó el casco y lo examinó con aire satisfecho.

—Es un traje espacial, señora —dijo—. Pensaba que sería obvio.

Desde luego, era un traje espacial, pero no se parecía en nada a los que habían visto antes y estaba muy claro que, fuera quien fuera su constructor, no había pensado en los se res humanos al hacerlo. Era tan alto que ni tan siquiera Tuf podía tocar el complejo adorno que coronaba su casco, el cual estaría situado a unos buenos tres metros de la cubierta, rozando casi el mamparo superior. Los brazos del traje poseían dobles articulaciones y había dos pares de ellos: los de abajo terminaban en unas pinzas relucientes provistas de dientes de sierra, en tanto que las piernas del traje habrían bastado para contener el tronco de un árbol mediano y terminaban en grandes discos circulares. En la espalda del traje, de forma abombada, se veían cuatro enormes tanques y del hombro derecho brotaba una antena de radar. El duro metal negro, con el que había sido construido, mostraba en toda la superficie intrincadas filigranas de colores rojo y oro. El traje se alzaba entre ellos como un gigante vestido con una armadura de la antigüedad.

Kaj Nevis lo señaló con el pulgar.

—Aquí lo tenemos —dijo—. ¿Y qué? ¿De qué modo nos ayudará esta monstruosidad? —Meneó la cabeza—. Yo creo que es sólo un viejo cacharro inútil.

—Por favor —dijo Tuf—, este mecanismo, al que de tal modo despreciáis, es una pieza cargada de historia. Adquirí este fascinante artefacto alienígena a un precio nada módico en Unqi, durante un viaje por el sector. Se trata de un auténtico traje de combate Unqi, señor, y se supone que pertenece a la época de la dinastía Hamerin, la cual fue depuesta hace unos mil quinientos años, mucho antes de que la humanidad alcanzara las estrellas de los Unqi. Ha sido totalmente restaurado.

—¿Qué puede hacer, Tuf? —dijo Rica Dawnstar, siempre dispuesta a ir al grano.

Tuf pestañeó.

—Sus capacidades son tan amplias como variadas y hay dos que guardan estrecha relación con nuestro problema actual. Posee un exoesqueleto multiplicador que cuando funciona a plena carga es capaz de aumentar la fuerza de quien lo ocupe en un factor aproximado de diez. Además, su equipo incluye un excelente cortador láser que ha sido concebido para penetrar aleaciones especiales de hasta medio metro de grosor, pudiendo llegar a penetrar placas mucho más considerables si éstas son de simple acero, siempre que se aplique directamente sobre el metal. Resumiendo, este viejo traje de combate será nuestro medio para entrar en esa antigua nave de guerra, que se cierne allí en la lejanía como única salvación.

—¡Espléndido! —dijo Jefri Lion, aplaudiendo.

—Puede que funcione —se limitó a comentar Kaj Nevis—. ¿Cómo se impulsa?

—Debo admitir que el equipo presenta ciertas deficiencias en lo tocante a las maniobras en el espacio —replicó Tuf—. Nuestros recursos incluyen cuatro trajes presurizados del tipo habitual pero sólo dos propulsores de aire. Me alegra informar de que el traje Unqi posee sus propios medios de propulsión y el plan que propongo es el siguiente. Me introduciré en el traje de combate y saldré de nuestra nave acompañado por Rica Dawnstar y Anittas en sus trajes presurizados con los propulsores de aire. Nos dirigiremos hacia el *Arca* tan rápido como nos sea posible y, caso de que la trayectoria concluya sin problemas, utilizaremos las inigualables capacidades de dicho traje para penetrar por una escotilla. Se me ha dicho que Anittas es todo un experto en cuanto a los viejos sistemas cibernéticos y los ordenadores de modelos anticuados. Bien, una vez dentro sin duda no tendrá demasiados problemas para hacerse con el control del *Arca* y podrá eliminar los programas hostiles que ahora la controlan. En ese momento Kaj Nevis será capaz de hacer que mi maltrecha nave se acerque al *Arca* para atracar en ella y todos nosotros nos encontraremos sanos y salvos.

Celise Waan se puso de un color rojo oscuro.

—¡Nos abandona para que muramos! —chilló—. ¡Nevis, Lion, debemos detenerles! ¡Una vez que estén en el *Arca* nos harán pedazos! No podemos confiar en ellos.

Haviland Tuf pestañeó.

—¿Por qué debe verse mi moralidad constantemente en entredicho por este tipo de acusaciones? —preguntó—. Soy un hombre de honor y el plan que acaba de ser sugerido ahora jamás me ha pasado por la cabeza.

—Es un buen plan —dijo Kaj Nevis, sonriendo y empezando a quitar los sellos de su traje presurizado—. Anittas, mercenario, a vestirse.

—¿Piensas permitir que nos abandonen aquí? —le preguntó Celise Waan a Jefri Lion.

—Estoy seguro de que no pretenden causarnos daño alguno —dijo Lion, dándose leves tirones de la barba—, y aunque lo pretendieran, Celise... ¿cómo quieres que les detenga?

—Llevemos el traje de combate hasta la escotilla principal —le dijo Haviland Tuf a Kaj Nevis mientras que Dawnstar y el cibertec se vestían. Nevis asintió, se quitó su traje con una contorsión y se unió a Tuf.

No sin ciertas dificultades lograron transportar el enorme traje Unqi hasta la escotilla principal. Tuf se quitó el traje presurizado que aún llevaba y abrió los seguros de la escotilla, luego cogió una escalerilla portátil y emprendió la difícil tarea de subir al traje Unqi.

—Un momento, Tuffy —dijo Kaj Nevis, cogiéndole por el hombro.

—Señor —dijo Haviland Tuf—, no me gusta ser tocado. Suélteme. —Se volvió a mirarle y la sorpresa le hizo pestañear. Kaj Nevis blandía un vibrocuchillo. La delgada hoja que producía un agudo zumbido y que era capaz de cortar acero sólido se movía con tal celeridad que resultaba invisible y estaba menos de un centímetro de la nariz de Tuf.

—Un buen plan —dijo Nevis—, pero debe hacerse un pequeño cambio en él—. Yo iré en el supertraje acompañando a la pequeña Rica y al cibertec. Tú vas a quedarte aquí a morir.

—No apruebo la sustitución —dijo Haviland Tuf—. Me apena enormemente ver cómo también aquí se sospecha sin el menor motivo de mis actos. Puedo asegurar, del mismo modo que se lo he asegurado antes a Celise Waan, que jamás ha pasado por mi cabeza ni la más mínima idea de traición.

—Qué extraño —dijo Kaj Nevis—. Por la mía sí y me pareció una idea excelente.

Haviland Tuf asumió su mejor aspecto de dignidad herida.

—Sus bajos planes han sido reducidos a la nada, señor —anunció—. Anittas y Rica Dawnstar están detrás de usted. De todos es sabido que Rica Dawnstar fue contratada justamente para evitar tal tipo de conducta por parte suya. Le aconsejo que se rinda ahora mismo y todo será más fácil para usted.

Kaj Nevis sonrió.

Rica llevaba el casco bajo el brazo. Estuvo examinando el cuadro que formaban Tuf y Nevis, meneó levemente su linda cabeza y suspiró.

—Tendrías que haber aceptado mi oferta, Tuf. Te dije que llegaría un momento en el cual lamentarías no contar con una aliada. —Se puso el casco, cerró los sellos y tomó uno de los propulsores de aire comprimido—. Vámonos, Nevis.

El rollizo rostro de Celise Waan se iluminó finalmente con algo parecido a la comprensión de lo que ocurría y en su honor debe decirse que esta vez no sucumbió a la histeria. Miró a su alrededor en busca de un arma y al no encontrar nada obvio, acabó agarrando a *Champiñón*, que estaba junto a ella observando los acontecimientos con curiosidad.

—¡Tú, tú... tú! —gritó, lanzando el gato al otro extremo de la habitación. Kaj Nevis, se agachó. *Champiñón* lanzó un sonoro aullido y se estrelló contra Anittas.

—Tenga la amabilidad de no molestar más a mis gatos —dijo Haviland Tuf.

Nevis, ya recobrado de la sorpresa, agitó el vibrocuchillo ante Tuf de un modo más bien desagradable y Tuf retrocedió lentamente. Nevis se detuvo un instante a recoger el traje presurizado de Tuf y lo convirtió en unos segundos en unas cuantas tiras de tejido azul y plata. Luego trepó cuidadosamente hasta el interior del traje Unqi y Rica Dawnstar se encargó de cerrarlo. Nevis necesitó cierto tiempo para entender los sistemas de control del traje alienígena, pero unos cinco minutos después el visor del casco empezó a brillar con un apagado resplandor rojo sangre y los pesados miembros superiores se movieron lentamente. Nevis movió con precaución los brazos provistos de pinzas en tanto que Anittas abría la parte interior de la doble escotilla. Kaj Nevis se metió dentro de ella caminando pesadamente y haciendo chasquear sus pinzas, seguido primero por el cibertec y luego por Rica Dawnstar.

—Lo siento, amigos —anunció ella mientras la puerta se cerraba—. No es nada personal, solamente aritmética.

—Muy cierto —dijo Haviland Tuf—. Sustracción.

Haviland Tuf estaba sentado ante los controles, inmóvil y silencioso en la oscuridad, observando el leve brillo de los instrumentos. *Champiñón*, altamente ofendido en su dignidad, se había instalado de nuevo en el regazo de Tuf y le permitía benévolamente que le acariciara para calmarle.

—El *Arca* no está disparando sobre nuestros antiguos compañeros —le dijo a Jefri Lion y Celise Waan.

—Todo ha sido culpa mía —replicó Jefri Lion.

—No —dijo Celise Waan—. La culpa es de él. —Y su gordo pulgar señaló a Tuf.

—No es usted precisamente un dechado de amabilidad y de discernimiento femenino —observó Haviland Tuf.

—¿Discernimiento? ¿Qué se supone que debo discernir? —dijo ella enfadada.

Tuf cruzó las manos ante su rostro.

—No carecemos de recursos. Para empezar, Kaj Nevis nos dejó un traje presurizado en buenas condiciones —dijo Tuf señalando hacia el traje intacto.

—Y ningún sistema de propulsión.

—Nuestro aire durará el doble de tiempo, ahora que nuestro número ha disminuido —dijo Tuf.

—Pero seguirá acabándose dentro de ese cierto tiempo —le replicó secamente Celise Waan.

—Kaj Nevis y sus acompañantes no utilizaron el traje de combate Unqi para destruir la *Cornucopia*, después de abandonarla, como muy bien podrían haber hecho.

—Nevis prefirió dejarnos abandonados para que muriéramos lentamente —replicó la antropóloga.

—No lo creo. De hecho, tengo la impresión de que muy probablemente deseaba preservar esta nave como último refugio para el caso de que su plan de abordar el *Arca* terminara mal. —Tuf se calló durante unos segundos como si estuviera pensando—. Mientras tanto tenemos refugio, provisiones y posibilidad de maniobra, aunque ésta resulte algo limitada.

—Lo único que tenemos es una nave averiada a la cual se le está terminando rápidamente el aire —dijo Celise Waan. Iba a decir algo más pero en ese mismo instante

Desorden entró dando saltos en la sala de control como una bola llena de energía y decisión. Venía entusiasmada persiguiendo una pequeña joya que ella misma impulsaba a zarpazos por la cubierta. La joya aterrizó a los pies de Celise Waan y *Desorden* se lanzó sobre ella mandándola al otro extremo, con un no demasiado decidido golpe de zarpa. Celise Waan dio un alarido—. ¡Mi anillo de piedra azul! ¡Lo he estado buscando! Condenado animal ladrón. —Se agachó y extendió la mano hacia el anillo. *Desorden* se acercó a la mano y recibió un fuerte golpe de Celise Waan, que nunca llegó a su destino. Las garras de la gata fueron más certeras y Celise Waan lanzó un nuevo alarido.

Haviland Tuf se había puesto en pie. Cogió a la gata y al anillo, colocó a *Desorden* bajo la protección de su brazo y le extendió el anillo con un gesto más bien despectivo a su ensangrentada propietaria.

—Esto es de su propiedad —dijo.

—Antes de que muera, juro que cogeré a ese animal por el rabo y le reventaré lo sesos en una pared, si es que los tiene.

—No aprecia en grado suficiente las virtudes de los felinos —dijo Tuf, retirándose de nuevo a su sillón y acariciando a *Desorden* hasta tranquilizarla igual que antes había hecho con *Champiñón*—. Los gatos son animales muy inteligentes y de hecho es bien sabido que todos ellos poseen ciertas facultades extrasensoriales. Los pueblos primitivos de la Vieja Tierra llegaron a considerarles dioses en algunos casos.

—He estudiado pueblos primitivos que adoraban la materia fecal —dijo tozudamente la antropóloga—. ¡Ese animal es una bestia sucia y repugnante!

—Los felinos son casi excesivamente limpios y remilgados —le replicó Tuf con voz tranquila—. *Desorden* no ha salido todavía de la niñez, prácticamente, y su afán de jugar y su temperamento caótico no han remitido todavía. Es muy tozuda, pero eso es sólo una parte de su encanto pues, curiosamente, es también un animal de costumbres. ¿A quién no podría acabar conmoviéndole la alegría que despliega al jugar con los pequeños objetos que encuentra? ¿Quién no es capaz de divertirse ante la conmovedora frecuencia con que extravía sus juguetes bajo las consolas de esta misma sala? Ciertamente, sólo las personas más amargadas y provistas de corazones de piedra... —Tuf pestañeó rápidamente, una, dos, tres veces. En su pálido e inmutable rostro el efecto fue el de una auténtica tormenta emocional—. Fuera, *Desorden* —dijo, apartando delicadamente a la gata de su regazo. Se puso en pie y luego se arrodilló con envarada dignidad. A cuatro patas, Haviland Tuf empezó a reptar por la sala de control tanteando bajo las consolas del instrumental.

—¿Qué hace? —le preguntó Celise Waan.

—Estoy buscando los juguetes perdidos por *Desorden* —dijo Haviland Tuf.

—¡Yo estoy sangrando, se nos acaba el aire y ahora busca juguetes de gato! —chilló exasperada.

—Creo que esto es exactamente lo que he dicho —replicó Tuf. Sacó un puñado de pequeños objetos que había bajo la consola y luego un segundo puñado. Tras meter el brazo con todo lo que pudo y examinar sistemáticamente el espacio de esa rendija recogió sus hallazgos, se puso en pie y, tras quitarse el polvo, empezó a limpiar lo que había encontrado.

—Interesante —dijo.

—¿Qué? —le preguntó ella.

—Esto le pertenece —le dijo a Celise Waan, extendiéndole otro anillo y dos lápices luminosos—. Esto es mío —dijo, poniendo a un lado otros dos lápices, tres cruceros rojos, un acorazado amarillo y una fortaleza estelar plateada—. Y esto creo que es suyo —dijo, ofreciéndole a Jefri Lion un cristal que tendría el tamaño de la uña del pulgar.

Lion estuvo a punto de dar un salto.

—¡El código!

—Ciertamente —dijo Haviland Tuf.

Después de que Tuf enviara por láser la petición de atraque hubo un instante de tensión que pareció durar eternamente. En el centro de la gran cúpula negra apareció una rendija y luego otra, perpendicular a la primera. Después hubo una tercera, una cuarta y finalmente una multitud de ellas. La cúpula se había partido en un centenar de angostas cuñas que recordaban las porciones de un pastel y que acabaron desapareciendo en el casco del *Arca*.

Jefri Lion dejó escapar el aliento que había contenido.

—Funciona —dijo, y en su voz había tanto asombro como gratitud.

—Llegué a esa misma conclusión ya hace cierto tiempo —dijo Tuf—, cuando logramos penetrar sin problemas en la esfera defensiva y no recibimos ningún disparo. Esto no es más que una confirmación.

Estuvieron observando lo que ocurría en la pantalla y vieron cómo bajo la cúpula aparecía una cubierta de aterrizaje, tan grande como muchos campos de atraque de planetas de poca importancia. En la cubierta había una serie de marcas circulares indicando lugares prefijados para posarse y varias de ellas estaban ocupadas. Mientras esperaban, vieron encenderse un anillo blanco azulado en una de las que estaban vacías.

—Muy lejos de mí la idea de indicarles la conducta a

seguir —dijo Haviland Tuf, con los ojos en los instrumentos y moviendo las manos con gestos tan cuidadosos como metódicos—. Sin embargo, me permito aconsejar que se instalen en los asientos y se pongan los cinturones. Estoy extendiendo los soportes de aterrizaje y programando la nave para posarnos en la marca indicada, pero no estoy seguro del daño que hayan podido sufrir los soportes. De hecho, no estoy muy seguro de si aún tenemos los tres soportes originales de la nave. Por lo tanto, recomiendo precaución.

La cubierta de aterrizaje se extendía bajo ellos como un océano negro y la nave empezó a hundirse lentamente en sus abismos. El anillo iluminado se fue haciendo más y más grande en una de las pantallas, en tanto que en la otra se veía la pálida luz azul de los motores gravitatorios de la *Cornucopia* iluminando fugazmente lejanos muros metálicos y las siluetas de otras naves. En una tercera pantalla vieron cómo la cúpula se estaba cerrando de nuevo. Doce afilados dientes metálicos se confundieron en una sola superficie, como si hubieran sido engullidos por un gigantesco animal del espacio.

El impacto fue sorprendentemente suave y, de pronto, con un zumbido, un siseo casi inaudible y una levísima sacudida, se encontraron posados en el área indicada. Haviland Tuf desconectó los motores y estudió durante unos segundos el instrumental y lo que se veía en las pantallas. Luego se volvió hacia sus dos pasajeros.

—Hemos atracado —anunció—, y ha llegado el momento de hacer planes.

Celise Waan estaba muy ocupada liberándose del cinturón de seguridad.

—Quiero salir de aquí —dijo—, quiero encontrar a Nevis y a esa ramera de Rica y quiero darles lo que se merecen. Al menos, lo que yo pienso que...

—Parte de lo que usted piensa, me temo, bien podría considerarse una tontería —dijo Haviland Tuf—, y opino que dicho curso de acción sería extremadamente poco inteligente. Nuestros antiguos colegas ahora deben ser considerados nuestros rivales. Dado que nos abandonaron para que muriéramos, no dudo de que sentirán un gran disgusto al descubrirnos aún con vida. Y muy bien podrían tomar medidas para rectificar tal contradicción lógica.

—Tuf tiene razón —dijo Jefri Lion mientras iba de una pantalla a otra, contemplándolas todas con idéntica fascinación. La vieja sembradora parecía haberle devuelto los ánimos al igual que la imaginación y ahora todo él irradiaba energía—. Somos nosotros contra ellos, Celise. Esto es la guerra. Si pueden nos matarán, no te quepa la menor duda. Debemos ser tan implacables como ellos y ha llegado el momento de utilizar tácticas inteligentes.

—Me inclino ante su experiencia marcial —dijo Tuf—. ¿Qué estrategia sugiere?

Jefri Lion se tiró de la barba.

—Bien, —dijo—, bien, dejadme pensar. ¿Cuál es la situación aquí? Tienen al cibertec y Anittas es, en sí mismo, ya medio ordenador. Una vez entre en contacto con los sistemas de la nave debería ser capaz de averiguar qué partes del *Arca* siguen en condiciones de funcionar y es muy posible que sea igualmente capaz de ejercer cierto control sobre ellas. Eso podría ser peligroso. Puede que ahora mismo lo esté intentando. Sabemos que llegaron aquí antes que nosotros y puede que conozcan nuestra presencia a bordo, o puede que no. ¡Quizá tengamos de nuestro lado la ventaja de la sorpresa!

—Ellos tienen la ventaja de todo el armamento —dijo Haviland Tuf.

—¡Eso no es problema! —dijo Jefri Lion, frotándose las manos con entusiasmo—. Después de todo, esta sembradora es una nave de guerra. Ciertamente, el CIE estaba especializado en la guerra biológica pero, siendo una nave militar, estoy seguro de que la tripulación debía poseer armas portátiles, fusiles, todo ese tipo de cosas. Debe existir una armería en algún lugar y lo único que debemos hacer es encontrarla.

—Sin duda —dijo Haviland Tuf.

Lion parecía ahora absolutamente entusiasmado con su perorata.

—Nuestra gran ventaja... bueno, no querría pecar de inmodestia, pero nuestra gran ventaja es que yo esté aquí. Aparte de lo que Anittas pueda descubrir en los ordenadores tendrán que ir tanteando a ciegas, pero yo he estudiado las naves del viejo Imperio Federal. Lo sé todo sobre ellas. —Frunció el ceño—. Bueno, al menos todo lo que no se ha perdido o estaba clasificado como alto secreto, pero tengo una cierta idea sobre la disposición general de estas sembradoras. Primero necesitamos encontrar el arsenal, que no debería estar demasiado lejos de aquí. El procesamiento seguido habitualmente consistía en almacenar el armamento cerca de la cubierta de atraque para que estuviera fácilmente a disposición de los grupos que salían de la nave en misiones especiales. Después de que nos hayamos armado deberíamos buscar... hummm, dejad que piense... Bueno, sí, deberíamos buscar la biblioteca celular; eso es crucial. Las sembradoras poseían enormes bibliotecas celulares, copias clónicas de material procedente de miles de mundos, conservadas en un campo de estasis. ¡Debemos averiguar si las células siguen estando en condiciones de reproducirse! Si el campo se ha estropeado y las muestras celulares se han echado a perder, todo lo que habremos conseguido será una nave enorme, pero si los sistemas se encuentran todavía en condiciones de operar, ¡entonces el *Arca* realmente no tiene precio!

—Aunque no dejo de apreciar lo importante que es la biblioteca celular —dijo Tuf—, pienso que quizá resulte de prioridad más inmediata el localizar el puente. Si nos guiamos por la quizás arriesgada pero indudablemente atractiva hipótesis de que ningún miembro de la tripulación original del *Arca* sigue vivo, transcurridos ya mil años, entonces nos encontramos solos en esta nave, con nuestros amigos por única compañía.

Quien consiga controlar primero las funciones de la nave gozará de una ventaja formidable.

—¡Buena idea, Tuf! —exclamó Lion—. Bueno, pongámonos en marcha.

—De acuerdo —dijo Celise Waan—. Quiero salir cuanto antes de esta trampa para gatos.

Haviland Tuf levantó un dedo.

—Un momento, por favor. Hay un problema a considerar. Somos tres y sólo poseemos un traje presurizado.

—Estamos dentro de una nave —dijo Celise Waan con voz francamente sarcástica—. ¿Para qué necesitamos trajes?

—Quizá para nada —admitió Tuf—. Es cierto que el campo de aterrizaje parece funcionar como una enorme escotilla y mis instrumentos indican que ahora nos encontramos rodeados por una atmósfera de oxígeno y nitrógeno, totalmente respirable, que fue bombeada al interior una vez se hubo completado el proceso de cerrar la cúpula.

—Entonces, Tuf, ¿dónde está el problema?

—Sin duda me estoy excediendo en la cautela —dijo Haviland Tuf—, pero debo confesar que siento cierta inquietud. El *Arca*, a pesar de hallarse abandonada y a la deriva, sigue indudablemente cumpliendo ciertas funciones y de ello dan prueba las plagas que regularmente asolan H'Ro Brana al igual que la eficiencia con la que supo defenderse al aproximarnos. Todavía no tenemos ninguna idea de por qué fue abandonada y tampoco sabemos qué le sucedió a la tripulación, pero me parece claro que su intención era hacer que el *Arca* siguiera con vida. Quizá la esfera defensiva exterior no fuera sino la primera de una serie de líneas defensivas automatizadas.

—Una idea de lo más intrigante —dijo Jefri Lion—. ¿Trampas?

—De tipos bastante especiales. La atmósfera que nos aguarda ahí fuera puede estar literalmente repleta de plagas desconocidas o de epidemias propagables por contagio biogenético. ¿Podemos atrevernos a correr ese riesgo? Me sentiría mucho mejor dentro de un traje presurizado aunque cada uno de nosotros es libre de tomar su propia decisión.

Celise Waan parecía inquieta.

—El traje debería llevarlo yo —dijo—. Sólo tenemos uno y creo que se me debe esa consideración después de la brutalidad y escasa educación con que se me ha tratado.

—Señora, no es necesario que nos metamos de nuevo en esa discusión —dijo Tuf—. Nos encontramos en una cubierta de aterrizaje y a nuestro alrededor veo otras nueve espaciónaves de diseños variados. Una de ellas es un caza Hruun, otra un mercante Rianés y veo dos cuyo diseño no me resulta nada familiar. Y cinco son claramente algún tipo de lanzaderas, ya que son todas iguales. Su tamaño es superior al de mi pobre nave aquí presente y sin duda son parte del equipo original del *Arca*. Dada mi experiencia pasada doy por sentado que estas lanzaderas poseerán trajes presurizados y por lo tanto tengo la intención de utilizar el único traje que nos queda y registrar esas naves que tenemos tan cerca, hasta haber encontrado trajes para los otros dos.

—No me gusta —replicó secamente Celise Waan—. Tuf sale fuera en tanto que nosotros seguimos aquí dentro, atrapados.

—La vida está repleta de vicisitudes similares —dijo Tuf—, y en un instante u otro, todos debemos aceptar algo que no nos gusta.

Tuvieron ciertos problemas con la escotilla. Se trataba de una pequeña compuerta de emergencia y tenía controles manuales. El hacer funcionar la puerta exterior, atravesarla y dejarla luego cerrada fue fácil, pero la puerta interior era un asunto totalmente distinto y no tan sencillo de resolver. Apenas la puerta exterior quedó cerrada la gran recámara se llenó nuevamente de aire, pero la puerta interior parecía atascada. Rica Dawnstar lo intentó en primer lugar pero la gran rueda metálica se negó a girar y la palanca no cedía.

—¡FUERA DE MI CAMINO! —dijo Kaj Nevis, con su voz convertida en un ronco graznido por los circuitos comunicadores del traje de combate Unqi, y elevada a un nivel casi insoportable por los altavoces externos del mismo. Avanzó pesadamente hacia la puerta con sus enormes pies en forma de disco resonando en el metal de la cubierta y los grandes brazos superiores del traje de combate aferraron la rueda para hacerla girar. La rueda se resistió durante un momento y luego empezó a torcerse con un chirrido para acabar soltándose de la puerta.

—Buen trabajo —dijo Rica y se rió.

Kaj Nevis gruñó algo que resultó ininteligente, pero que resonó como un trueno en la gran estancia. Agarró la palanca e intentó moverla pero lo único que consiguió fue partirla.

Anittas se acercó a los resistentes mecanismos de la puerta.

—Hay unos botones de código —dijo señalando hacia ellos—. Si conociéramos la secuencia del código adecuado sin duda nos dejaría entrar automáticamente. También hay una conexión para ordenador. Si puedo conectar con él, quizá logre extraer el código correcto del sistema.

—¿ENTONCES A QUÉ ESPERAS? —le preguntó Kaj Nevis en tanto que el visor de su casco ardía con un lúgubre resplandor rojizo.

Anittas alzó los brazos y extendió las manos en un ademán de impotencia. Con las partes más obviamente orgánicas de su cuerpo cubiertas por el tejido azul y plata de su traje presurizado y sus ojos plateados visibles al otro lado del plástico parecía más que nunca un robot. Kaj Nevis, dominándole con su gran talla, parecía un robot mucho más enorme.

—Este traje no ha sido diseñado correctamente —dijo Anittas—. No puedo conectar con el ordenador si no me lo quito.

—¡ENTONCES, HAZLO! —dijo Nevis.

—¿Será seguro hacerlo? —preguntó Anittas—. No estoy totalmente...

—Aquí dentro hay aire —dijo Rica Dawnstar, indicando con un gesto los controles de la pared.

—Ninguno de los dos os habéis quitado el traje —replicó Anittas—. Si cometo un error y abro la puerta exterior, en vez de la interior, puedo morir antes de que me sea posible cerrar otra vez.

—¡PUES NO COMETAS NINGÚN ERROR! —retumbó la voz de Kaj Nevis.

Anittas se cruzó de brazos.

—Puede que el aire no sea seguro, Kaj Nevis. Esta

nave lleva mil años a la deriva, abandonada. Incluso el sistema más sofisticado puede fallar en todo o en parte con el paso del tiempo. No estoy dispuesto a poner en peligro mi persona.

—¡AH!, ¿NO? —tronó Kaj Nevis. Se oyó un chirrido y uno de los brazos inferiores se alzó lentamente. La pinza metálica se abrió, cogiendo al cibertec por la cintura y apretándole contra la pared más cercana. Anittas sólo logró lanzar un chillido de protesta antes de que uno de los brazos superiores del traje Unqi se acercara a él. Una mano colosal recubierta de metal negro aferró el cierre de su traje y dio un tirón. El casco y toda la parte superior de su traje cedieron con un crujido, Anittas estuvo a punto de perder la cabeza junto con la mitad de su traje—. ¡DEBO CONFESAR QUE ME GUSTA ESTE TRAJE! —proclamó Kaj Nevis y le dio una leve sacudida al cibertec con la pinza. Otra parte del traje se rompió y por debajo de la tela metalizada empezó a brotar la sangre—. ¡ESTÁS RESPIRANDO!, ¿NO?

De hecho Anittas estaba prácticamente hiperventilándose. Logró mover la cabeza, asintiendo.

El traje de combate le derribó al suelo de un empujón.

—¡ENTONCES!, ¡AL TRABAJO! —le dijo Nevis.

En ese instante fue cuando Rica Dawnstar empezó a ponerse nerviosa. Retrocedió unos pasos con disimulo y se apoyó en la puerta exterior, alejándose de Kaj Nevis todo lo posible y, mientras Anittas se quitaba los guantes y los restos de su traje hecho pedazos, intentó analizar la situación. Anittas deslizó su mano derecha, la metálica, dentro de la conexión del ordenador. Rica había colocado la funda de su arma sobre el traje por lo que el aguijón le resultaba accesible pero de repente su presencia no le resultó tranquilizadora como de costumbre. Examinó el grueso metal de la armadura Unqi y se preguntó si no habría cometido una idiotez al escoger su aliado. Estaba claro que una tercera parte del botín era algo mucho más ventajoso que la pequeña tarifa de Jefri Lion pero... ¿y si Nevis había decidido que el reparto no iba a ser entre tres?

Oyeron un ruido repentino y agudo y la puerta interior empezó a deslizarse a un lado. Detrás de ella había un pasillo no muy ancho que se perdía en la oscuridad. Kaj Nevis avanzó hasta el umbral y examinó el pasillo en tanto que su visor lanzaba reflejos escarlata sobre las paredes. Luego se volvió lentamente hacia ellos.

—¡TÚ, MERCENARIA! —le dijo a Rica Dawnstar—. VE A EXPLORAR.

Rica tomó una rápida decisión.

—Vale, vale, jefe —contestó. Sacó su arma y avanzó rápidamente hacia la puerta, cruzándola y metiéndose en el corredor, siguiéndolo durante unos diez metros hasta llegar a una encrucijada. Una vez allí se detuvo y se volvió a mirar. Nevis, con su enorme coraza metálica, llenaba prácticamente todo el hueco de la puerta. Anittas permanecía inmóvil a su lado. El cibertec, normalmente tan callado, tranquilo y eficiente, temblaba un poco—. No os mováis de ahí —les gritó Rica—. ¡No parece seguro! —Luego se volvió, escogió una dirección al azar y echó a correr como si la persiguiera el diablo.

Haviland Tuf tardó mucho más de lo que había previsto en localizar los trajes. La nave más próxima era el caza Hruun, una máquina de color verde literalmente repleta de armamento que parecía perfectamente cerrada desde dentro y aunque Tuf la rodeó varias veces, estudiando los instrumentos que le parecieron tener como función la de permitir la entrada a la nave, no logró obtener el resultado que deseaba por mucho que los manipuló. Finalmente tuvo que ceder en sus intentos y siguió hacia otra nave.

La segunda nave, que era una de las desconocidas, resultó estar totalmente abierta y Tuf la recorrió con cierta fascinación intelectual. Su interior era un laberinto de angostos pasillos cuyos muros eran tan irregulares y rugosos como los de una caverna, pero que resultaban blandos al tacto. El instrumental resultaba imposible de entender. Una vez encontró los trajes presurizados, éstos le parecieron en condiciones de funcionar, pero totalmente inútiles para cualquier ser cuya estructura superase el metro y fuera de simetría bilateral.

La tercera, el mercante Rianés, había sido prácticamente desguazada y Tuf no logró encontrar nada útil.

Finalmente no le quedó más remedio que dirigirse hacia una de las cinco lanzaderas que estaban algo más lejos, alineadas en sus soportes de lanzamiento. Eran grandes, más que su nave, y sus cascos de color negro estaban llenos de desperfectos, pero, a pesar de ello y de las extrañas alas que tenían en la cola, estaba claro que habían sido construidas por seres humanos y parecían hallarse en buen estado. Tuf logró finalmente entrar en una de ellas: en un soporte había una placa metálica con la silueta de algún animal legendario grabada en ella y debajo una leyenda proclamando que el nombre de la nave era *El Grifo*. Los trajes se encontraban donde él había esperado encontrarlos y su estado era notablemente bueno teniendo en cuenta que tenían como mínimo mil años de edad. Eran bastante abigarrados, de color dorado y en el pecho de cada traje había una letra theta de oro. Tuf escogió dos trajes y cruzó nuevamente con ellos la llanura sumida en penumbra de la zona de aterrizaje, dirigiéndose hacia la bola metálica, ennegrecida y más bien maltrecha, que se alzaba sobre sus tres soportes de aterrizaje.

Cuando llegó a la base de la rampa que ascendía hasta la escotilla principal de su nave, estuvo a punto de tropezar con *Champiñón*.

El gato estaba sentado en el suelo y al ver a Tuf se acercó a él, emitiendo un maullido quejumbroso y frotándose contra su bota.

Haviland Tuf se quedó inmóvil por un instante y contempló a su gato. Luego se inclinó con cierta dificultad, lo cogió en brazos y lo estuvo acariciando durante uno o dos minutos. Cuando subió por la rampa hasta la escotilla, *Champiñón* fue detrás de él y Tuf se vio obligado a impedirle la entrada. Tuf pasó por las compuertas llevando un traje en cada mano.

—Ya era hora —dijo Celise Waan al entrar Tuf.

—Ya te dije que Tuf no nos había abandonado —añadió Jefri Lion.

Haviland Tuf dejó caer los trajes presurizados al suelo donde se quedaron formando, un confuso montón de tela verde y oro.

—*Champiñón* está fuera —dijo Tuf con voz totalmente desprovista de inflexiones.

—Bueno, pues sí —dijo Celise Waan—, lo está. —Cogió uno de los trajes y empezó a ponérselo. Le venía algo estrecho por la cintura, ya que al parecer los miembros del Cuerpo de Ingeniería Ecológica no habían sido tan abundantes en carnes como ella—. ¿No había una talla más grande? —dijo con voz quejosa—. ¿Está seguro de que todavía funcionan?

—Parecen sólidos —dijo Tuf—. Será necesario introducir en los tanques de aire las bacterias vivientes que aún quedan en los cultivos de la nave. ¿Cómo pudo salir *Champiñón*?

Jefri Lion carraspeó con expresión algo preocupada.

—Esto... sí —dijo—. Celise tenía miedo de que no

fueras a volver, Tuf. Llevabas tanto tiempo fuera... Pensé que nos habías dejado abandonados aquí.

—Una sospecha francamente baja e infundada —dijo Tuf.

—Ya, claro... —dijo Lion, apartando la mirada y tendiendo la mano hacia el otro traje.

Celise Waan se puso una bota y cerró los sellos de protección.

—Todo es culpa tuya —le dijo a Tuf—. Si no hubieras tardado tanto tiempo en volver, no me habría puesto nerviosa.

—Cierto —dijo Tuf—. ¿Y puedo arriesgarme a preguntar qué relación hay entre su nerviosismo y la situación de *Champiñón*?

—Bien, pues pensaba que no ibas a volver y debíamos salir de aquí —dijo la antropóloga, sellando su segunda bota—. Pero con tanto hablar de plagas me habías puesto muy nerviosa y por eso metí al gato en la escotilla y la abrí. Intenté coger a ese condenado animal blanco y negro pero no paró de correr y además me soltó un bufido. Ese otro en cambio se dejó coger. Lo dejé ahí fuera y hemos estado observándolo por las pantallas. Imaginé que así podríamos ver si se ponía enfermo o no. Si no había ningún tipo de síntomas... bueno, entonces probablemente podíamos correr el riesgo de salir ahí fuera.

—Me parece comprender el principio teórico —dijo Haviland Tuf.

Desorden entró dando brincos en la estancia, jugando con algo. Vio a Tuf y se dirigió hacia él, balanceándose como si fuera un cachorro.

—Jefri Lion, por favor —dijo Tuf—, coja a *Desorden* y llévela a los camarotes y déjela confinada allí.

—Yo... sí, claro —dijo Lion y cogió a *Desorden*, que en ese instante jugueteaba a su lado—. ¿Por qué?

—De ahora en adelante prefiero tener a *Desorden* a salvo y bien lejos de Celise Waan —dijo Tuf.

Celise Waan, con el casco bajo el brazo, lanzó un resoplido despectivo.

—Oh, tonterías. Ese animal de color gris se encuentra perfectamente.

—Permítame mencionar un concepto con el cual quizá no se halle convenientemente familiarizada —dijo Haviland Tuf—. Se lo suele denominar periodo de incubación.

—¡Mataré a esa perra! —dijo Kaj Nevis en tono amenazador mientras él y Anittas se abrían paso por una gran habitación en tinieblas—. ¡Maldita sea!, ya no se puede conseguir ni una mercenaria medianamente decente... —La enorme cabeza del traje de combate se volvió hacia el cibertec con el visor brillando levemente—. ¡Date prisa!

—No puedo dar zancadas tan largas como tú con ese traje —dijo Anittas apresurando el paso. Le dolían los costados por el esfuerzo de mantener el ritmo de Nevis. Su mitad cibernética era tan fuerte como el metal con el que estaba hecha y tan rápida como sus circuitos electrónicos, pero su mitad biológica no era sino pobre carne cansada y herida. De los cortes que le habían causado Nevis en la cintura todavía manaba un poco de sangre. Además, tenía mucho calor y se encontraba algo mareado—. Ya no está muy lejos —dijo—. Por este pasillo y luego a la izquierda, la tercera puerta. Es una subestación de relativa importancia, lo noté al conectarme. Allí podré unirme al sistema principal. —Y descansaré, pensó. Se encontraba increíblemente cansado y su mitad biológica palpitaba dolorosamente.

—¡QUIERO LAS MALDITAS LUCES ENCENDIDAS!

—ordenó Nevis—. Y LUEGO QUIERO QUE LA ENCUEN-
TRES, ¿ME HAS ENTENDIDO?

Anittas asintió y trató de caminar un poco más rápido.
Ya hacía rato que dos puntos de luz roja ardían en sus
mejillas sin que sus ojos metálicos pudieran percibirlos.
Sintió que su visión se nublaba y oyó un fuerte zumbido
en los oídos. Anittas se detuvo.

—¿QUÉ SUCEDE AHORA? —le preguntó Nevis.

—Estoy experimentando ciertas pérdidas funcionales
—dijo Anittas—. Debo llegar hasta la sala del ordenador
y comprobar mis sistemas. —Se dispuso a reemprender
la marcha y vaciló. Entonces su sentido del equilibrio le
traicionó por completo y se sintió caer.

Rica Dawnstar estaba segura de haberles despistado.
Kaj Nevis resultaba muy impresionante con su gigantesco
traje metálico, sin duda, pero no resultaba precisamente
silencioso al moverse. Rica tenía una visión tan buena
como los gatos de Tuf, lo cual resultaba otra ventaja en su
profesión. Donde podía ver, corría, y en aquellos lugares
que estaba totalmente a oscuras, tanteaba las paredes tan
rápida y silenciosamente como podía. Esta parte del *Arca*
era un laberinto de pasillos y compartimientos. Rica se
fue abriendo paso a través de él, girando y desviándose,
volviendo a veces sobre sus pasos y escuchando siempre
cautelosamente el estruendo metálico producido por los
pasos de Nevis, que fue haciéndose más y más débil hasta
terminar por desvanecerse.

Sólo entonces, una vez supo que se encontraba a salvo, empezó a explorar el lugar en el cual se hallaba. En los
muros había placas luminosas. Algunas respondieron a su
contacto, pero otras no. Siempre que le resultó posible fue
encendiéndolas. La primera sección que atravesó había

sido claramente destinada para alojamientos. Consistía en pequeñas habitaciones dispuestas a lo largo de pasillos no muy amplios y en cada una de ellas había una cama, un escritorio, una consola de ordenador y una pantalla. Algunas habitaciones estaban vacías y muy limpias pero en otras encontró camas por hacer y ropas esparcidas por el suelo, pero incluso ésas parecían bastante limpias.

O los ocupantes se habían marchado la noche anterior o el *Arca* había mantenido toda esta parte de la nave cerrada, inaccesible y en perfecto estado, hasta que su presencia la había activado de algún modo desconocido.

La sección siguiente no había sido tan afortunada. Aquí las habitaciones estaban llenas de polvo y escombros. En una de ellas encontró un esqueleto de mujer, acostado todavía en un lecho que hacía siglos se había convertido en una desnuda armazón metálica. Rica pensó que un poco de aire podía provocar grandes diferencias.

Los pasillos acababan desembocando en otros pasillos bastante más amplios. Rica examinó brevemente las salas de almacenaje, algunas llenas de equipo y otras en las que sólo había cajas vacías. Vio también laboratorios de un blanco impoluto, en una sucesión aparentemente interminable, a ambos lados de un pasillo tan grande como los bulevares de Shandicity. El pasillo acabó conduciéndola a un cruce con otro aún mayor. Rica vaciló durante unos segundos y sacó su arma. Por aquí se debe llegar a la sala de control, pensó. Al menos, se debe llegar a algún sitio importante. Una vez en el pasillo de mayor anchura vio algo en un rincón, unas siluetas borrosas que estaban medio ocultas en pequeñas hornacinas de la pared. Rica avanzó hacia ellas cautelosamente.

Cuando estuvo más cerca se rió y guardó el arma. Las siluetas eran solamente una hilera de vehículos no muy grandes, cada uno de los cuales tenía dos asientos y tres grandes ruedas tipo balón. Las hornacinas de los muros parecían ser los lugares donde se efectuaba la recarga.

Rica sacó uno de los vehículos y se instaló de un ágil salto en el asiento, conectando el interruptor. Por los indicadores parecía que el vehículo estaba cargado al máximo; incluso tenía un faro y éste resultaba una bendición capaz de hacer retroceder las tinieblas delante de ella. Sonriendo, Rica enfiló el gran corredor. No iba muy de prisa, desde luego, pero... ¡qué diablos!, al menos, iba por fin a un sitio concreto.

Jefri Lion les condujo hasta el arsenal y allí Haviland Tuf mató a *Champiñón*. Lion blandía una linterna y su haz luminoso iba de un lado a otro por las paredes, revelando los montones de fusiles láser, lanzagranadas, pistolas ultrasónicas y granadas de luz, mientras Lion lanzaba exclamaciones de nerviosismo y emoción a cada nuevo descubrimiento. Celise Waan se estaba quejando de que no se encontraba familiarizada con las armas y que no se creía capaz de matar a nadie. Después de todo, era una científica y no un soldado y todo esto le parecía francamente digno de bárbaros.

Haviland Tuf sostenía a *Champiñón* en sus brazos. Cuando Tuf salió nuevamente de la *Cornucopia* y le cogió, el enorme gato había ronroneado estruendosamente pero ahora estaba muy callado, sólo de vez en cuando emitía un ruidito lamentable, mezcla de maullido y jadeo ahogado. Cuando Tuf intentó acariciarlo se le quedaron entre los dedos mechones del suave pelaje grisáceo. *Champiñón* lanzó un gemido. Tuf vio que algo le estaba creciendo dentro de la boca. Era una telaraña formada por finos cabellos negros que brotaban de una masa oscura y aspecto de hongo. *Champiñón* lanzó un nuevo gemido, esta vez más fuerte, y se debatió entre los brazos de Tuf, arañando inútilmente con sus garras la tela metalizada del traje. Sus grandes ojos amarillos estaban velados por una película acuosa.

Los otros dos no se habían dado cuenta, tenían la cabeza muy ocupada con asuntos mucho más importantes que el gato junto al, que Tuf había viajado durante toda su vida. Jefri Lion y Celise Waan estaban discutiendo. Tuf apretó el cuerpo de *Champiñón*, inmovilizándolo pese a sus esfuerzos por liberarse. Le acarició por última vez y le habló con voz suave y tranquila. Luego, con un gesto rápido y seguro, le rompió el cuello.

—Nevis ya ha intentado matarnos —estaba diciéndole Jefri Lion a Celise Waan—. No me importa lo mucho que pienses quejarte, pero debes cumplir con la parte de trabajo que te corresponde. No puedes esperar que Tuf y yo llevemos todo el peso de nuestra defensa. —Tras el espeso plástico de su visor, Lion la miró, frunciendo el ceño—. Ojalá supiera algo más sobre ese traje de combate que lleva Nevis —dijo Lion—. Tuf, ¿un láser puede penetrar esa armadura Unqi? ¿O resultaría más efectivo algún tipo de proyectil explosivo? Yo diría que un láser... ¿Tuf? —Se dio la vuelta y con el movimiento, el haz luminoso de la linterna hizo oscilar violentamente miles de sombras en las paredes—. ¿Dónde estás, Tuf?

Pero Haviland Tuf se había ido.

La puerta que daba a la sala del ordenador se negaba a ceder. Kaj Nevis le dio una patada y el metal se abolló por el centro mientras que la parte superior quedaba separada del marco. Nevis la pateó una y otra vez, estrellando su enorme pie acorazado con una fuerza increíble contra el metal de la puerta que, comparativamente, era más delgada. Luego, apartó a un lado los destrozados fragmentos de la puerta y entró en la sala, llevando el cuerpo de Anittas en sus brazos inferiores.

—¡ME GUSTA ESTE MALDITO TRAJE! —dijo. Anittas lanzó un gemido.

La subestación vibraba con un leve zumbido subsónico, como un siseo de inquietud animal. Luces de colores se encendían y apagaban en los controles como enjambres de luciérnagas.

—En el circuito —dijo Anittas, moviendo débilmente la mano, en lo que tanto podía ser una señal como un espasmo—. Llévame al circuito —repitió. Las partes de su cuerpo que seguían siendo orgánicas tenían un aspecto horrible. Su piel estaba cubierta por un sudor negruzco y de cada poro rezumaban gotitas de líquido negro como el ébano. De la nariz le chorreaba un continuo flujo de mucosidad y su único oído orgánico sangraba abundantemente. No podía mantenerse en pie ni caminar y también parecía estar perdiendo la capacidad de hablar. El apagado resplandor rojo del casco teñía su piel con una tonalidad carmesí que empeoraba todavía más su aspecto general—. De prisa —le dijo a Nevis—. El circuito, por favor, llévame hasta el circuito...

—¡CALLA O TE DEJARÉ CAER AHORA MISMO! —le respondió Nevis. Anittas se estremeció como si la voz amplificada del traje fuera una agresión física. Nevis examinó la sala hasta encontrar la consola de conexión y fue hasta ella dejando al cibertec en una silla de plástico blanco que parecía fundirse con la consola y el suelo metálico. Anittas gritó.

—¡CÁLLATE! —repitió Nevis. Cogió torpemente el brazo del cibertec, casi arrancándoselo del hombro. Resultaba bastante difícil calibrar adecuadamente su fuerza dentro del maldito traje y manipular objetos pequeños era aún más difícil, pero no pensaba quitárselo. Le gustaba el traje, sí, le gustaba mucho. Anittas gritó de nuevo pero Nevis no le hizo caso. Finalmente logró hacer que los dedos metálicos del cibertec quedaran extendidos y los metió dentro del circuito—. ¡YA ESTÁ! —dijo, retrocediendo un par de pasos.

Anittas se derrumbó hacia adelante y su cabeza se estrelló contra la consola de metal y plástico. Tenía la boca abierta en un rictus de agonía y por ella empezó a brotar sangre mezclada con un fluido muy espeso que se parecía bastante al aceite. Nevis le contempló con el ceño fruncido. ¿Habría llegado demasiado tarde a la sala del ordenador? ¿Se habría muerto ya el maldito cibertec, dejándole abandonado cuando más falta le hacía?

Entonces las luces empezaron a encenderse por hileras y el zumbido se hizo aún más fuerte. Luego las luces empezaron a encenderse y apagarse cada vez más de prisa. Anittas estaba dentro del circuito.

Rica Dawnstar avanzaba por el gran pasillo y, pese a las circunstancias, en esos instantes estaba casi alegre. De pronto la oscuridad que había ante ella se convirtió en luz. Los paneles del techo fueron saliendo uno por uno de su largo sueño y, a lo largo de kilómetros y kilómetros de nave, el negro de la noche cedió ante un día tan brillante que durante un instante tuvo que cerrar los ojos.

Frenó el vehículo, sorprendida, y observó cómo la ola de luz se prolongaba a lo lejos. Se volvió hacia atrás y vio que el pasillo de donde había venido. seguía sumido en las tinieblas.

Entonces se dio cuenta de algo que, antes, en la oscuridad, no había resultado tan obvio. En el suelo había seis delgadas líneas paralelas. Estaban hechas de plástico traslúcido y sus colores eran rojo, azul, amarillo, verde, plateado y púrpura. Sin duda, cada línea debería llevar a un sitio distinto. El único problema era que ignoraba adónde.

Pero mientras observaba las líneas, la de color plateado empezó a brillar como iluminada desde dentro hasta que ante su vehículo palpitó una delgada cinta de luminosidad plateada. Al mismo tiempo el panel que tenía sobre su cabeza se oscureció. Rica frunció el ceño y, poniendo en marcha el vehículo, avanzó un par de metros, abandonando las sombras y volviendo a la luz. Pero cuando se detuvo, el panel se apagó igual que el anterior. La cinta plateada del suelo seguía palpitando rítmicamente.

—De acuerdo —dijo Rica—, lo haremos a tu modo.

Puso nuevamente en marcha el vehículo y avanzó por el corredor, dejando tras de ella otra vez la oscuridad.

—¡Viene! —chilló Celise Waan al iluminarse el pasillo, dando casi un salto en el aire.

Jefri Lion se quedó inmóvil con el ceño fruncido. En las manos sostenía un rifle láser y en la cintura llevaba un lanzador de dardos explosivos y una pistola ultrasónica. Atado a la espalda en un arnés, tenía un enorme cañón de plasma. Además, una cartuchera de bombas mentales colgaba de su hombro derecho, en tanto que del izquierdo pendía otra con granadas luminosas y en el muslo se había atado una vaina con un enorme vibrocuchillo. En el interior de su casco dorado Lion sonreía sintiendo el nervioso latir de su sangre. Estaba dispuesto a todo. No se había encontrado tan bien desde hacía un siglo, cuando estuvo por última vez en mitad de la acción con los Voluntarios de Skaeglay, enfrentándose a los Ángeles Negros. Al diablo todo ese polvoriento saber académico: Jefri Lion era un hombre de acción y ahora volvía a sentirse joven.

—Silencio, Celise —dijo—. No viene nadie. Somos solamente nosotros. Se han encendido las luces y eso es todo.

Celise Waan no pareció demasiado convencida. También ella iba armada, pero su rifle láser colgaba flojamente de sus manos rozando el suelo porque ella aseguraba que pesaba demasiado. Jefri Lion no estaba demasiado tranquilo pensando en lo que podía suceder si intentaba utilizar una de sus granadas luminosas.

—Mira —dijo ella señalando hacia adelante—, ¿qué es?

Jefri Lion vio que en el suelo había dos cintas de plástico, una negra y la otra anaranjada, que se encendió un segundo después.

—Debe ser algún tipo de guía manejada por el ordenador —dijo—. Sigámosla.

—No —dijo Celise Waan.

Jefri Lion la miró con expresión malhumorada.

—Oye, Celise, yo estoy al mando y harás todo lo que yo te diga. Podemos enfrentarnos a cualquier cosa que se nos ponga por delante, así que en marcha.

—¡No! —replicó tozudamente Celise Waan—. Estoy cansada y este lugar no me parece nada seguro, así que no pienso seguir avanzando.

—Es una orden clara y directa —dijo Jefri Lion con impaciencia.

—Oh, ¡ni hablar! No puedes darme órdenes. Tengo Sabiduría completa y tú eres sólo un Erudito Asociado.

—No estamos en el Centro —le replicó Lion irritado—. ¿Piensas venir?

—No —dijo ella, sentándose en el suelo en mitad del pasillo y cruzándose de brazos.

—Entonces, muy bien. Que tengas buena suerte. —Jefri Lion le dio la espalda y empezó a seguir la cinta de color naranja. Detrás de él, inmóvil, su ejército siguió con los brazos cruzados y le contempló marchar en tozudo silencio.

Haviland Tuf había llegado a un lugar muy extraño.

Había recorrido interminables corredores en tinieblas llevando en brazos el flácido cuerpo de *Champiñón*, sin apenas pensar, sin tener ningún plan ni destino concretos. Finalmente, uno de los angostos corredores le había llevado a lo que parecía ser una gran caverna cuyas paredes quedaban muy lejos de él. De pronto se sintió engullido por el vacío y la oscuridad y cada paso de sus botas despertaba un sinfín de ecos en las paredes distantes. Había ruidos en la oscuridad. Primero un leve zumbido que apenas si podía oírse haciendo un gran esfuerzo y luego un ruido de líquido, como el incansable movimiento de algún océano subterráneo que careciere de límites. Pero, como se recordó a sí mismo Haviland Tuf, ahora no se encontraba bajo tierra. Estaba perdido en una vieja nave espacial, llamada el *Arca*, rodeado de personas malvadas, con *Champiñón* en brazos, muerto por sus propias manos.

Siguió caminando durante un tiempo imposible de precisar. Sus pisadas resonaban en la oscuridad. El suelo era liso y perfectamente llano, como si fuera a continuar eternamente. Mucho tiempo después tropezó con algo en la oscuridad. No iba muy de prisa y no se hizo daño, pero con el golpe dejó caer a *Champiñón*. Extendió las manos, decidido a saber con qué objeto había chocado, pero le resultaba difícil saberlo llevando los espesos guantes del traje. Al menos se pudo dar cuenta de que tenía gran tamaño y era de forma curva.

Entonces se encendieron las luces.

Para Haviland Tuf no fue ninguna explosión cegadora. En este lugar la luz era débil y no muy brillante. Al proyectarse desde el techo hasta el suelo, arrojaba por todas partes ominosas sombras negras y las áreas iluminadas cobraban una curiosa tonalidad verdosa, como si estuvieran cubiertas con alguna especie de musgo fosforescente.

Tuf contempló lo que le rodeaba y le pareció que más que una caverna era como un túnel. Pensó que debía haber recorrido casi un kilómetro de un lado a otro pero su anchura no resultaba nada comparada con su longitud: debía ir a lo largo de todo el eje principal de la nave, pues parecía perderse en el infinito en ambas direcciones de dicho eje. El techo era una confusión de sombras verdosas y, muy por encima de él, resonaban los débiles ecos metálicos de cada sonido al chocar con sus curvas casi invisibles. Había máquinas, muchas máquinas. En las paredes había subestaciones del ordenador, extraños aparatos que no se parecían a nada visto antes por Haviland Tuf, así como mesas de trabajo con toda clase de servomecanismos que iban de lo enorme a lo diminuto.

Pero el rasgo principal de aquel grandioso lugar eran las cubas.

Había cubas por todas partes. A lo largo de las paredes había hileras interminables de ellas y en el techo se veían asomar también sus rechonchas siluetas. Algunas eran inmensas y sus muros traslúcidos habrían bastado para cobijar a la *Cornucopia*, y en todos los espacios disponibles se veían celdillas tan grandes como la mano de un hombre, miles y miles de ellas, subiendo del suelo al techo como colmenas de plástico. Los ordenadores y las estaciones de trabajo palidecían insignificantes en comparación con ellas, y era fácil pasar por alto los pequeños detalles de la estancia. Haviland Tuf se dio cuenta por fin de donde procedía el ruido líquido que había estado oyendo. La luz verdosa le permitió ver que casi todas las cubas estaban vacías, pero había algunas (una aquí, dos algo más lejos) que parecían estar repletas de líquidos coloreados que hervían o eran agitados por los leves movimientos de siluetas borrosas contenidas en su interior.

Haviland Tuf permaneció un largo tiempo inmóvil contemplando aquel paisaje colosal, sintiéndose muy diminuto en comparación. Finalmente dejó de mirar y se inclinó para recoger nuevamente a *Champiñón*. Al hacerlo se dio cuenta de lo que le había hecho tropezar en la oscuridad: era una cuba de tamaño mediano cuyas paredes transparentes se curvaban alejándose de él. Estaba llena de un espeso fluido amarillento en el interior del cual se agitaban, de vez en cuando, chorros de otro color rojo vivo. Tuf oyó un leve gorgoteo y sintió una débil vibración, como si en el interior de la cuba algo se moviera. Se acercó a ella y, alzando la cabeza, miró en su interior.

Dentro de la cuba, flotando en el líquido, sin haber nacido pero vivo, el tiranosaurio le devolvió su mirada.

En el circuito no había dolor. En el circuito se carecía de cuerpo. En el circuito era sólo mente, una mente pura y blanca, y era parte de algo mucho más grande y poderoso que él o que cualquiera de los otros. En el circuito era más que humano y más que una máquina, más que un simple organismo cibernético. En el circuito era algo parecido a un dios. El tiempo no era nada dentro del circuito, pues él era tan veloz como el pensamiento, como los circuitos de silicio que se abrían y cerraban, como los mensajes que iban y venían por sus tendones superconductores o como el destello de los microláser que tejían sus telarañas invisibles en la matriz central. En el circuito tenía mil ojos y mil oídos, mil manos que podían convertirse en puños para golpear con ellos. En el circuito podía estar al mismo tiempo en todas partes.

Era Anittas. Era el *Arca*. Era un cibertec. Era más de quinientas estaciones y monitores satélite, era veinte 7400 Imperiales gobernando los veinte sectores de la nave desde veinte subestaciones repartidas por ella, era Maestre de Combate, Descifrador de Códigos, Astrogador, Doctor de Motores, Centro Médico, Archivo de la Nave, Biblioteca, bio-biblioteca, Microcirujano, Encargado de los Clones, Mantenimiento y Reparaciones, Comunicaciones y Defensa. Era todos los programas de la nave y todos sus ordenadores, todos los sistemas de apoyo principal y todos los sistemas de apoyo secundario y terciario. Tenía mil doscientos años de edad y medía treinta kilómetros de largo y su corazón era la matriz central, que apenas si tenía dos metros cuadrados, pero que, al mismo tiempo, era prácticamente infinita. Podía tocar cualquier lugar de la nave y todos a la vez y su conciencia era capaz de cabalgar a lo largo de los circuitos, bailando y ramificándose, fluyendo por los láser. La sabiduría le inundaba como un feroz torrente, como un gran río que hubiera enloquecido con toda la fría, dulce, blanca y tranquila potencia de un cable de alto voltaje. Era el *Arca*. Era Anittas. Y se estaba muriendo.

En lo más hondo de sus entrañas, en los intestinos de la nave, en la subestación diecisiete junto a la compuerta nueva, Anittas dejó que sus ojos de metal plateado se enfocaran en Kaj Nevis. Sonrió. La expresión resultaba grotesca en su mitad de rostro humana. Sus dientes eran de acero al cromo.

—Estúpido —le dijo a Nevis.

El traje de combate dio un paso amenazador hacia

él. Una pinza se levantó como por voluntad propia con un chirrido metálico, abriéndose y cerrándose.

—¡TEN MUCHO CUIDADO CON LO QUE DICES!

—He dicho estúpido y eso es lo que eres —replicó Anittas. Su risa era un sonido horrible, porque estaba llena de dolor y ecos metálicos y sus labios sangraban abundantemente, dejando húmedas manchas rojizas sobre la plata brillante de la dentadura—. Has sido la causa de mi muerte, Nevis, y todo ha sido en vano, por pura impaciencia. Te lo podría haber dado todo. La nave está vacía, Nevis. Está vacía y todos han muerto. Y el sistema también está vacío. Estoy solo aquí dentro. No hay ninguna otra mente en los circuitos. La nave es una idiota, Kaj Nevis. El *Arca* es una gigantesca idiota. Los Imperiales de la Tierra tenían miedo. Lograron crear una auténtica Inteligencia Artificial. Oh, sí, poseían sus grandes naves de guerra provistas de IA y tenían sus flotas robot; pero las IA tenían mentes propias y hubo algunos incidentes. Todo está en las crónicas. Primero fue Kandabaer y lo que ocurrió junto a Lear, y luego las rebeliones de la *Alecto* y del Golem. Las sembradoras eran demasiado potentes y eso ya lo sabían muy bien cuando las construyeron. El *Arca* podía albergar a doscientos tripulantes, entre estrategas y científicos, eco-ingenieros y oficiales o marineros, y además era capaz de transportar a más de mil soldados y podía alimentarles a todos, operando a plena capacidad, y era capaz de asolar mundos enteros, ¡oh, sí! Y todo funcionaba mediante el sistema, Nevis, pero el sistema es muy seguro y es muy grande, es un sistema muy sofisticado, un sistema que puede repararse y defenderse a sí mismo y hacer mil cosas a la vez. ¡Ah!, si pudiera contártelo todo. Los doscientos tripulantes serían para que funcionara con toda eficiencia, pero podrías haber hecho funcionar la nave con sólo uno de ellos, Nevis.

No habría funcionado de un modo muy eficiente y no se habría acercado ni de lejos a lo que podía dar de sí, pero es posible. Y no puede funcionar por sí sola, carece de cerebro, no hay ninguna IA, está esperando órdenes, pero bastaría con un solo hombre para decirle lo que debe hacer. ¡Un hombre! ¡Habría sido tan fácil para mí! Pero Kaj Nevis se impacientó y por ello voy a morir.

Nevis se acercó a él.

—NO PARECES A PUNTO DE MORIR —dijo abriendo y cerrando sus pinzas con un chasquido amenazador.

—Pero voy a morir —dijo Anittas—. Estoy absorbiendo energía del sistema para reforzar mi mitad cibernética y con ello puedo hablar de nuevo. Pero me estoy muriendo. Las plagas, Nevis. En sus últimos días la nave apenas si tenía tripulación, sólo quedaban treinta y dos, y entonces hubo un ataque, un ataque Hruun. Descifraron el código, abrieron la cúpula y lograron aterrizar. Eran más de cien y avanzaron por la nave como una tormenta destructora. Estaban venciendo, iban a conquistar la nave. Los defensores retrocedieron luchando a cada paso. Sellaron secciones enteras del *Arca*, dejándolas vacías de atmósfera, desconectando toda la energía. De ese modo lograron matar a unos cuantos de los Hruum. Tendieron emboscadas y lucharon metro a metro. Aún sigue habiendo lugares de la nave en los que nada funciona, calcinados por la batalla, lugares que ni el potencial del *Arca* puede reparar. Dejaron sueltas en la atmósfera plagas, epidemias y parásitos, y de sus tanques de cultivo hicieron emerger sus pesadillas preferidas. Y lucharon y murieron y vencieron. Cuando todo hubo terminado los Hruum habían muerto. Y, ¿sabes una cosa, Kaj Nevis? Sólo quedaban cuatro defensores. Uno de ellos estaba muy malherido, otros dos estaban enfermos y el último estaba ya agonizando. ¿Te gustaría conocer sus nombres?

No, ya pensaba que no. Careces de curiosidad, Kaj Nevis. A Tuf le gustaría conocerlos, al igual que le habría gustado al viejo Lion.

—¿TUF? ¿LION? ¿DE QUÉ ESTÁS HABLANDO? LOS DOS HAN MUERTO.

—Incorrecto —dijo Anittas—. Se encuentran ahora mismo a bordo del *Arca*. Lion ha descubierto la armería. Se ha convertido en un arsenal ambulante y viene a por ti. Tuf ha encontrado algo todavía más importante. Rica Dawnstar está siguiendo la cinta plateada que terminará llevándola hasta la sala de control y el asiento del capitán. Ya ves, Kaj Nevis, toda la vieja pandilla está a bordo. He despertado todas las partes del *Arca* que siguen en funcionamiento y les estoy guiando prácticamente a cada paso del camino.

—ENTONCES, ¡DETENLES! —ordenó Nevis. Sin vacilar, la enorme pinza metálica se extendió y rodeó la garganta biometálica de Anittas. Una leve presión y la pinza se cubrió de un espeso fluido negruzco—. ¡DETENLA AHORA MISMO!

—Aún no he terminado mi historia, Kaj Nevis —dijo el cibertec, con su boca convertida en una masa sanguinolenta—. Los últimos Imperiales sabían que les sería imposible continuar. Cerraron la nave, entregándola al vacío, al silencio y a la nada estelar. Temían otro ataque de los Hruum o quizá, con el tiempo, de seres desconocidos. Convirtieron la nave en un pecio, aunque no estuviera completamente abandonado. Le dijeron al *Arca* que se defendiera, ¿comprendes? Dejaron montados el cañón de plasma y los láser exteriores y mantuvieron en funcionamiento la esfera defensiva, como bien tuvimos que aprender a nuestra costa. Y programaron la nave para que se vengara de un modo terrible en su nombre, para que volviera una vez y otra a H'Ro Brana, de donde habían llegado los Hruun. Para que soltara sobre ese planeta su regalo de plaga, muerte y epidemias. Para evitar que los Hruun pudieran volverse inmunes a ellas, sometieron sus tanques de plaga a una radiación continua con la cual consiguieron mutaciones incesantes y establecieron un programa de manipulación genética automática, con el cual se iban creando continuamente virus nuevos y cada vez más letales.

—TODO ESTO NO ME IMPORTA —dijo Kaj Nevis—. ¿HAS DETENIDO A LOS DEMÁS? ¿PUEDES MATARLES? TE LO ADVIERTO, HAZLO AHORA MISMO O MORIRÁS.

—Ya estoy muerto de todos modos, Kaj Nevis —dijo Anittas—, eso ya te lo he explicado. Las plagas... dejaron también una línea secundaria para el interior de la nave. Por si alguien entraba de nuevo en ella, el *Arca* había sido programada para despertar por sí misma y llenar los corredores de atmósfera. ¡Oh, sí! Pero de una atmósfera emponzoñada con doce portadores de plagas distintas. Los tanques de la plaga han estado funcionando durante mil años, Kaj Nevis, hirviendo incesantemente, efectuando mutaciones continuas. La enfermedad que he contraído carece de nombre. Creo que es algún tipo de espora. Hay antígenos, medicinas, vacunas. El *Arca* se ha encargado de irlas manufacturando, pero es demasiado tarde para mí, es demasiado tarde. La he respirado y ahora está devorando mi parte biológica. Mi parte cibernética no puede ser devorada. Podría haberte entregado la nave, Kaj Nevis. Tú y yo juntos habríamos podido tener el poder de un dios. En lugar de eso, moriremos.

—TÚ MORIRÁS —le corrigió Nevis—: Y LA NAVE ES MÍA.

—Creo que no. Kaj Nevis, le he propinado unas buenas patadas a esta gigantesca idiota dormida, y ahora vuelve a estar consciente. Sigue siendo una idiota, cierto, pero está despierta y preparada para recibir órdenes. Pero tú no posees ni el conocimiento ni la capacidad para darlas. Estoy conduciendo a Jefri Lion directamente hacia aquí y Rica Dawnstar está a punto de llegar a la sala principal de controles. Lo que es más...

—¡BASTA YA! —dijo lacónicamente Nevis. La pinza aplastó el metal y el hueso, separando la cabeza del cibernet con un seco chasquido. La cabeza rebotó en el pecho de Nevis y luego cayó al suelo, rodando un par de metros. Un chorro de sangre brotó del cuello y un grueso cable que emergía de él emitió un último e inútil zumbido, despidiendo un chispazo blanco azulado antes de que el cuérpo de Anittas se derrumbara nuevamente sobre la consola del ordenador. Kaj Nevis apartó el brazo y giró en redondo, golpeando una y otra vez la consola hasta convertirla en una ruina, dispersando los fragmentos de plástico y metal por el suelo de la habitación.

Entonces se oyó un agudo zumbido metálico.

Kaj Nevis se volvió con el visor reluciendo, buscando la fuente del sonido.

Y en el suelo vio la cabeza, mirándole. Los ojos, esos ojos de metal plateado, giraron en sus órbitas, enfocándole. La boca se movió en una sonrisa ensangrentada.

—Y lo que es más, Kaj Nevis —le dijo la cabeza—. He activado la última línea defensiva programada por esos Imperiales. El campo de estasis ha cedido. Las pesadillas están despertando. Los guardianes van a ir en tu busca, para destruirte.

—¡MALDITO SEAS! —gritó Nevis. Su enorme pie cayó sobre la cabeza del cibertec con todo el peso del traje de combate. El acero y el hueso se partieron bajo el impacto y Nevis movió el pie de un lado a otro durante unos segundos interminables, moviéndolo hasta que bajo el metal del traje no hubo nada sino una pasta roja grisácea en la que se distinguían partículas de metal plateado.

Y entonces, por fin, logró que el silencio reinara en la habitación.

Durante unos dos kilómetros, o puede que aún más, las seis cintas corrían paralelas entre sí, aunque sólo la cinta plateada estaba iluminada. La primera en separarse fue la roja, desviándose hacia la derecha en una encrucijada. La cinta púrpura terminaba un kilómetro después, ante una gran puerta que resultó ser la entrada a un inmaculado complejo de cocinas y comedores automatizados. Rica Dawnstar sintió la tentación de hacer una pausa, y explorarlo, pero la cinta plateada no dejaba de parpadear y las luces del techo se estaban apagando una a una, como instándola a continuar por el pasillo principal.

Finalmente, el pasillo terminó. Se curvó gradualmente hacia la izquierda y desembocó en otro pasillo igual de grande. El punto de reunión era una rotonda colosal de la que partían media docena de corredores no tan grandes y dispuestos en forma radial. El techo quedaba a gran distancia por encima de su cabeza. Rica miró hacia arriba y vio como mínimo tres niveles más, conectados unos con otros mediante puentes, pasarelas y grandes balconadas circulares. En el centro de la rotonda había un gran tubo que iba desde el suelo hasta el techo. Estaba claro que era algún tipo de ascensor.

La cinta azul seguía uno de los radios, en tanto que la amarilla seguía por otro y la verde por un tercero. La cinta plateada llevaba en línea recta a las puertas del ascensor, que se abrieron al acercarse ella. Rica condujo su vehículo hasta dejarlo pegado al tubo del ascensor, lo paró y bajó de él. Durante un segundo no supo qué hacer. Las puertas del ascensor parecían invitarla a que entrara, pero ahí dentro tuvo la impresión de que se encontraría indefensa, como encerrada en una trampa.

Su vacilación duró demasiado tiempo.

Todas las luces se apagaron.

Sólo la cinta plateada seguía brillando, delgada como un dedo que indicara hacia adelante. Y el ascensor tampoco se había apagado.

Rica Dawnstar frunció el ceño, desenfundó su arma y se metió dentro.

—Arriba, por favor —dijo en voz alta. Las puertas se cerraron y el ascensor se puso en movimiento.

Jefri Lion, aunque cargado de armas, iba andando con paso bastante rápido. Se encontraba aún mejor desde que había dejado atrás a Celise Waan. De todos modos, aquella mujer no era más que una molestia y dudaba que tuviera alguna utilidad en un combate. Había estado pensando en si resultaría más conveniente avanzar con cautela, pero decidió que no. No tenía miedo de Kaj Nevis ni de su traje de combate. Oh, sí, no le cabía duda de que la armadura era formidable, pero después de todo había sido fabricada por alienígenas y Lion iba ahora armado con los ingenios mortíferos de los Imperiales de la Tierra, los frutos de la tecnología militar del Imperio Federal de la Vieja Tierra, en su momento más sofisticado antes del Derrumbe. Nunca había oído hablar de los Unqi, por lo que no debían ser muy buenos como fabricantes de armas. Sin duda; no eran más que una oscura raza esclava de los Hranganos. Si encontraba a Nevis, le ajustaría las cuentas en un momento y también se encargaría de esa traidora, Rica Dawnstar. De ella y de su estúpido aguijón. Le gustaría ver cómo se las arreglaba con su aguijón para enfrentarse a un cañón de plasma. Sí, le gustaría mucho verlo.

Lion se preguntó qué planes estaría haciendo Nevis y los suyos respecto al *Arca*. Sin duda, debía tratarse de algo ilegal o inmoral. Bueno, no importaba demasiado porque iba a ser él quien se apoderase de la nave: él, Jefri Lion, Erudito Asociado en Historia Militar en el Centro ShanDellor, antaño Segundo Analista Táctico de la Ala Tercera de los Voluntarios de Skaeglay. Iba a capturar una sembradora del CIE, con la ayuda de Tuf, si es que le encontraba, pero iba a capturarla fuera como fuera. Y, después, nada de vender la nave para conseguir un mezquino provecho personal. No, llevaría la nave hasta Avalon, a la gran Academia del Conocimiento Humano, y se la entregaría con la única condición de que él iba a ser el encargado de estudiarla. El proyecto era tan colosal que muy bien podía ocuparle todo el resto de su vida y cuando hubiera terminado, el nombre de Jefri Lion, erudito y soldado, sería pronunciado con voz tan respetuosa como el del mismísimo Kleronomas, que había creado la Academia y hecho de ella lo que era ahora.

Lion iba andando por el centro del pasillo con la cabeza hacia atrás, siguiendo la cinta de color naranja, y mientras caminaba empezó a silbar una canción de marcha que había aprendido en los Voluntarios de Skaeglay, unos cuarenta años antes. Silbaba y caminaba, caminaba y silbaba.

Hasta que la cinta se apagó.

Celise Waan permaneció largo rato sentada en el suelo con los brazos apretados fuertemente contra el pecho y el rostro paralizado en una mueca de malhumor. Siguió sentada hasta que ya no pudo oír el ruido de las pisadas de Lion. Siguió sentada y meditó sobre todos los insultos y humillaciones que se había visto obligada a soportar. Todos eran unos imbéciles maleducados, del primero al último. Había cometido un grave error al comprometerse con una tripulación tan indigna e irrespetuosa. Anittas era más una máquina que un hombre, Rica Dawnstar era una mocosa insolente, Kaj Nevis era pura y simplemente un criminal y para Haviland Tuf, no existía ningún término adecuado. Al final, incluso su colega Jefri Lion había resultado no ser digno de confianza. La estrella de la plaga era su descubrimiento y era ella quien se lo había revelado y, ¿qué había obtenido a cambio? Incomodidad, malos tratos y, finalmente, que la abandonaran. Bueno, pues Celise Waan no pensaba soportarlo por más tiempo. Había decidido que no compartiría la nave con ninguno de ellos. El descubrimiento era suyo y volvería a Shandicity para reclamarlo, acogiéndose a las leyes de salvamento de ShanDellor, tal y como era su derecho, y si alguno de sus desgraciados excompañeros tenía alguna queja al respecto tendrían que llevarla a los tribunales. Mientras tanto, no pensaba dirigirles nunca más la palabra. No, nunca más.

Estaba empezando a dolerle el trasero y sentía que se le iban a dormir las piernas. Llevaba demasiado tiempo sentada en la misma postura. Además, le dolía la espalda y tenía hambre. Se preguntó si en esta nave abandonada habría algún sitio donde pudiera obtener una comida decente. Quizá lo hubiera. Los ordenadores parecían funcionar, así como los sistemas defensivos; incluso las luces funcionaban. Por lo tanto, era muy posible que las despensas estuvieran también en condiciones de operar. Se puso en pie y decidió ir a echar una mirada.

Haviland Tuf tenía claro que estaba ocurriendo algo. El nivel de ruido en la gran estancia estaba subiendo de modo lento pero apreciable. Ahora resultaría fácil distinguir un zumbido grave y los gorgoteos se habían echo también más perceptibles. Y en la cuba del tiranosaurio el fluido de suspensión parecía estar volviéndose menos espeso y sus colores habían cambiado. El líquido rojo se había esfumado, quizás absorbido por alguna bomba, y el líquido amarillo se volvía más transparente a cada segundo que pasaba. Tuf vio cómo un servomecanismo empezaba a desplegarse en un costado de la cuba. Aparentemente, le estaba dando una inyección al reptil aunque Tuf tuvo cierta dificultad en observar los detalles dada la poca luz.

Haviland Tuf decidió que había llegado el instante de efectuar una retirada estratégica. Empezó a moverse, alejándose de la cuba que contenía al dinosaurio, y cuando no llevaba recorrida aún gran parte de la estancia pasó ante una de las zonas con terminales de ordenador y mesas de trabajo que había observado antes. Tuf se detuvo ante ella.

No le había costado mucho comprender la naturaleza y el propósito de la estancia a la cual había ido a parar por casualidad. El corazón del *Arca* contenía una vasta biblioteca de células en la que había muestras de tejido procedentes de millones de animales y plantas distintos, así como virus procedentes de una incontable serie de mundos, tal y como le había dicho Jefri Lion. Esas muestras eran reproducidas por clonación cuando los tácticos y los eco-ingenieros de la nave lo creían apropiado: de ese modo el *Arca* y sus naves hermanas, ya convertidas en polvo, podían crear enfermedades capaces de diezmar la población de planetas enteros; insectos con los que destruir sus cosechas; ejércitos de animales capaces de reproducirse velozmente, para sembrar el caos en la cadena ecológica y alimenticia, o incluso terribles depredadores alienígenas con los cuales aterrorizar al enemigo. Pero todo debía empezar mediante el proceso de clonación.

Tuf había descubierto la sala donde se realizaba dicho proceso. Las zonas de trabajo incluían equipo claramente destinado a las complejas manipulaciones de la microcirugía, en tanto que las cubas, indudablemente, eran el lugar donde las muestras celulares eran cuidadas hasta alcanzar la madurez. Lion le había hablado también del campo temporal, ese perdido secreto de los Imperiales de la Tierra, un campo magnético capaz de afectar a la textura del mismísimo tiempo, aunque sólo en una zona muy reducida y con un gran coste energético. De ese modo, los clones podían alcanzar la madurez en cuestión de horas o ser mantenidos, vivos e inmutables, durante milenios.

Haviland Tuf contempló pensativo los ordenadores, y bancos de trabajo y luego sus ojos se posaron en el cadáver de *Champiñón*, aún entre sus manos.

El proceso de clonación empezaba con una sola célula...

Las técnicas debían estar sin duda almacenadas en el computador y quizás hubiera incluso un programa de instrucciones. «Ciertamente», se dijo a sí mismo Haviland Tuf. Parecía lo más lógico. Naturalmente, él no era un cibertec pero sí era un hombre inteligente que había pasado prácticamente toda su vida de adulto manipulando los más variados tipos de ordenadores.

Haviland Tuf se acercó al banco de trabajo y depositó con delicadeza a *Champiñón* bajo la micropantalla, conectando luego la consola. Al principio los controles le resultaron ininteligibles pero siguió estudiándolos con insistencia.

Después de unos minutos estaba totalmente concentrado en ellos, tan absorto que no se dio cuenta del gorgoteo que empezó a oírse detrás de él, cuando el fluido amarillo de la cuba que contenía al dinosaurio, aspirado por una bomba, fue bajando lentamente de nivel.

Kaj Nevis se abrió paso a través de la subestación buscando algo que matar.

Estaba enfadado, enfadado consigo mismo por haber sido tan impaciente y tan poco cuidadoso. Anittas podía haber sido útil y Nevis ni tan siquiera había pensado en la posibilidad de que el aire de la nave estuviera lleno de plagas. Naturalmente, habría tenido que acabar matando al maldito cibertec, pero eso no habría resultado difícil. Ahora, todo se estaba complicando. Nevis tenía la sensación de estar a salvo dentro del traje, pero no se encontraba tranquilo. No le había gustado nada enterarse de que Tuf y los otros habían logrado abordar la nave. Tuf sabía mucho más sobre el condenado traje que él, después de todo, y quizá también conociera cuáles eran sus puntos débiles.

Kaj Nevis ya había logrado localizar sin ayuda uno de esos puntos débiles: el aire estaba empezando a terminarse. Un traje presurizado moderno, como el de Tuf, llevaba en sus filtros unas bacterias que convertían el dióxido de carbono en oxígeno, tan rápidamente como un ser humano podía convertir el oxígeno en dióxido de carbono, con lo cual no había ningún peligro de que el aire se terminara a menos que los malditos bichos microscópicos se murieran. Pero este traje de combate era primitivo. Su provisión de aire era bastante grande pero no resultaba ilimitada. Los cuatro tanques en la espalda del gran traje poseían una buena capacidad, pero el indicador del casco, si lo había interpretado correctamente, le decía que uno de los tanques ya estaba vacío. Aún le quedaban tres, cierto, y con eso debía tener tiempo más que suficiente para librarse de los demás, siempre que lograra encontrarles. De todos modos, Nevis no estaba tranquilo. El aire que le rodeaba era perfectamente respirable, cierto, pero no pensaba quitarse el casco ni un segundo, después de lo que le había ocurrido al cibertec. La parte orgánica de Anittas se había corrompido con una rapidez que Nevis todavía encontraba difícil de creer y la gelatina negra que había devorado al cibertec desde el interior era lo más horrible que Kaj había visto en toda su existencia, aunque en ella había presenciado bastantes cosas nada agradables. Kaj Nevis había llegado a la decisión de que prefería morir de asfixia antes de quitarse el traje.

Pero ese peligro podía ser eliminado. Si la maldita *Arca* había podido ser contaminada también podía ser limpiada. Encontraría la sala de control y se las ingeniaría para conseguirlo, bastaría con un solo sector limpio. Naturalmente, Anittas había dicho que Rica Dawnstar se encontraba ya en la sala de control, pero Nevis no pensaba dejarse asustar por ello. De hecho, sentía cierto entusiasmo ante la idea de encontrarse con ella.

Escogió una dirección al azar y se puso en marcha, mientras sus pies metálicos retumbaban sobre el suelo. Que le oyeran, no le importaba. Le gustaba este traje.

Rica Danwstar se había instalado en el asiento del capitán y estaba examinando las lecturas que había logrado proyectar en la pantalla principal. El asiento, grande y cubierto de un plástico muy cómodo, le daba la sensación de estar en un trono. Era un buen sitio para descansar, pero el problema era que desde él lo único que podía hacer era descansar. Resultaba claro que el puente había sido diseñado para que el capitán se mantuviera en su trono y les diera órdenes a los demás oficiales. En el puente superior había nueve estaciones de control y en el pozo inferior había otras doce y serían esos oficiales los encargados de efectuar la programación de los aparatos y de oprimir todos los botones necesarios. Como no había sido lo bastante previsora para hacer que la acompañaran nueve subordinados, Rica no tenía otro remedio que ir de un lado a otro del puente y de una estación a otra para intentar que el *Arca* se pusiera de nuevo en funcionamiento.

El trabajo era tedioso y prolongado. Cada vez que introducía sus órdenes en una subestación equivocada no se producía ningún resultado útil, pero a medida que iba avanzando, paso a paso, estaba logrando entender el funcionamiento del puente. Al menos, eso le parecía.

Y, al menos, estaba a salvo. Ése había sido su primer objetivo, dejar cerrado el ascensor para que nadie más pudiera utilizarlo y sorprenderla. Mientras estuviera aquí arriba y ellos estuvieran abajo, Rica tenía la carta ganadora en sus manos. Cada sector de la nave tenía su propia subestación y cada una de las funciones especializadas, desde la defensa hasta la clonación pasando por la propulsión y el almacenamiento de datos, tenía su propia subconexión y su puesto de mando. Pero, desde aquí arriba, podía controlarlo todo y dejar sin efecto las órdenes que otra persona pudiera introducir en los sistemas. Siempre que se diera cuenta de ello, claro, y siempre que lograra averiguar cómo hacerlo... ése era el problema. Sólo podía encargarse de una estación cada vez y sólo podía hacerla funcionar cuando lograba entender al fin la secuencia de órdenes adecuada. Cierto, lo estaba consiguiendo a base de pruebas y errores, pero su avance resultaba lento y más bien torpe.

Se dejó caer en su trono acolchado y examinó la pantalla, sintiéndose orgullosa de sí misma. Al parecer había logrado obtener un informe completo sobre la situación de la nave. El *Arca* ya le había dado un informe de averías en los sectores y sistemas que habían permanecido sin funcionar durante mil años, esperando unas reparaciones que se encontraban más allá de la capacidad de la nave. Ahora le estaba explicando cuál era la programación actual en curso.

El listado biodefensivo resultaba especialmente aterrador y no parecía terminar nunca. Rica no había oído hablar en su vida de casi ninguna de las enfermedades a las que se había dado rienda suelta para recibirles, pero todas ellas parecían muy desagradables a juzgar por sus nombres. Anittas, de ello no cabía duda, debía formar parte en esos instantes del gran programa que estaba más allá del universo. Su siguiente objetivo, el más obvio, debía ser el incomunicar el puente con el resto de la nave, someterlo a radiación, desinfectarlo y buscar un medio para introducir en él aire no contaminado. De lo contrario, dentro de uno o dos días como mucho, su traje iba a resultarle más bien incómodo.

En la pantalla apareció un mensaje:

BIODEFENSA FASE UNO (MICRO)
INFORME COMPLETO
BIODEFENSA FASE DOS (MACRO)
INFORME EN CURSO

Rica frunció el ceño. ¿Macro? ¿Qué diablos quería decir eso? ¿Plagas enormes?

BIOARMAS PREPARADAS Y DISPONIBLES: 47

A continuación la pantalla mostró una críptica información consistente en una larga serie de especies indicadas por sus números. La lista resultaba aburrida y Rica se inclinó nuevamente en el trono del capitán. Cuando la lista terminó en la pantalla aparecieron más mensajes.

TODOS LOS PROCEDIMIENTOS DE
CLONACIÓN TERMINADOS
AVERÍAS EN CUBAS: 671, 3312, 3379
TODAS LAS AVERÍAS HAN SIDO REPARADAS
CAMPO DE ESTASIS DESCONECTADO
CICLO DE APERTURA EN CURSO

Rica no estuvo muy segura de que ese mensaje le hubiera gustado. Ciclo de apertura, pensó. ¿Qué iba a salir de allí una vez abierto? Por otro lado, Kaj Nevis seguía andando suelto por ahí y si este dispositivo defensivo de segunda fase era capaz de causarle molestias, distraerle o acabar con él, todo ello redundaría en beneficio suyo. Por otra parte, tenía por delante la pesada tarea de buscar la forma de librarse de todas las plagas actuales y no le hacían falta más problemas.

Los informes empezaron a desfilar por la pantalla a un ritmo más veloz.

ESPECIE # 22-743-88639-04090
MUNDO NATAL: VILKAKIS
NOMBRE COMÚN: DRÁCULA ENCAPUCHADO

Rica se irguió en su asiento. Había oído hablar de Vilkakis y de los dráculas encapuchados: unas criaturas muy desagradables. Creyó recordar que se trataba de alguna especie de chupador de sangre provisto de alas y con hábitos nocturnos. Era más bien estúpido, pero poseía una increíble sensibilidad al sonido y su agresividad rayaba en lo irracional. El mensaje desapareció y en su lugar apareció otro.

INICIANDO APERTURA

Un instante después fue reemplazado por otra línea de caracteres que se encendió y apagó tres veces, para luego esfumarse.

TERMINADA

Veamos, ¿como iba a poder desayunarse un drácula encapuchado a Kaj Nevis? Rica pensó que era algo más bien improbable, al menos mientras llevara ese ridículo traje acorazado.

—¡Magnífico! —dijo en voz alta. Ella no disponía de ningún traje similar y eso significaba que por el momento los problemas que estaba creando el *Arca* eran para ella y no para Nevis.

ESPECIE # 13-612-71425-88812
MUNDO NATAL: MATADERO
NOMBRE COMÚN: GATOS DEL INFIERNO

Rica no tenía ni la menor idea de lo que podía ser un gato del infierno, pero no sentía tampoco ningún deseo especial de averiguarlo. Había oído hablar de Matadero, por supuesto, un mundo pequeño y bastante raro que había engullido a tres oleadas sucesivas de colonizadores y cuyas formas de vida se creía que eran muy poco agradables. Pero, ¿serían lo bastante desagradables para abrirse paso a dentelladas por el traje metálico de Nevis? Le parecía dudoso.

INICIANDO APERTURA

¿Cuántas criaturas pensaba escupir la nave? Unas cuarenta y algo, recordó.

—Maravilloso —dijo con voz apagada. La nave se iba a

llenar con más de cuarenta monstruos famélicos, cualquiera de ellos perfectamente capaz de comerse a la hija favorita de su madre para desayunar. No, esto no iba a ser nada útil. Rica se levantó y examinó el puente. ¿A qué estación debía acudir para ponerle fin a esta mascarada?

TERMINADA

Rica se dirigió con paso decidido a la zona que antes había identificado como la estación encargada de los procedimientos defensivos y le indicó que cancelara su programación actual.

ESPECIE # 76-102-95994-12965
MUNDO NATAL: JAYDEN DOS
NOMBRE COMÚN: TELARAÑA AMBULANTE

Ante ella parpadeó una hilera de luces y la pequeña pantalla de la consola le indicó que la esfera defensiva exterior del *Arca* estaba desconectada. Pero, mientras tanto, en la pantalla principal seguían desfilando los mensajes.

INICIANDO APERTURA

Rica dejó escapar un chorro de maldiciones. Sus dedos se movieron velozmente sobre la consola intentando distinguir el sistema que no controlaba la esfera defensiva exterior (la cual, por otra parte, deseaba siguiera conectada) y que dirigía la fase dos de la biodefensa. La máquina no parecía comprenderla muy bien.

TERMINADA

Finalmente logró obtener una respuesta del tablero: estaba en la consola equivocada. Torció el gesto y se dio la vuelta. Naturalmente. Esta consola controlaba la defensa exterior y los sistemas de armamento. Tendría que haber alguna estación encargada del biocontrol.

ESPECIE # 54-749-37377-84921
MUNDO NATAL: PSC92, TSC749, SIN NOMBRE
NOMBRE COMÚN: ARIETE RODANTE

Rica se dirigió a la estación contigua.

INICIANDO APERTURA

El sistema respondió a su petición de que cancelara los procedimientos con una pregunta algo perpleja. No había ningún procedimiento activado en este subsistema.

TERMINADA

Cuatro, pensó Rica con amargura.
—Ya es suficiente —dijo en voz alta. Se dirigió hacia la siguiente estación y tecleó en ella una orden de cancelación. Luego, sin esperar a que se produjera o no algún efecto, fue a la consola siguiente y tecleó otra orden de cancelación, acto seguido corrió a la siguiente.

ESPECIE # 67-001-00342-10078
MUNDO NATAL: TIERRA (EXTINGUIDO)
NOMBRE COMÚN: TIRANOSAURUS REX

Ahora estaba corriendo. Carrera, teclear la orden, carrera, teclear la orden, carrera...

INICIANDO APERTURA

Dio la vuelta a todo el puente tan rápidamente como le fue posible. Cuando hubo terminado no estaba segura de qué orden y de qué estación habían sido las buenas, pero en la pantalla se leía el siguiente mensaje:

CICLO DE APERTURA CANCELADO
BIOARMAS ABORTADAS: 3
BIOARMAS LIBERADAS: 5
BIOARMAS PREPARADAS Y DISPONIBLES: 39

BIODEFENSA FASE DOS (MACRO)
INFORME TERMINADO

Rica Danwstar permaneció inmóvil con los brazos en jarras y el ceño fruncido. Cinco sueltos. No estaba demasiado mal, después de todo. Creyó que lo había conseguido cuando sólo iban cuatro, pero debía haber tardado una fracción de segundo más de la cuenta. Oh, bueno, de todos modos, ¿qué diablos era un tiranosaurus rex?

Al menos, ahí fuera no había nadie más que Nevis.

Sin la cinta para guiarle, Jefri Lion no había tardado demasiado en perderse a través del laberinto de corredores interconectados. Había acabado adoptando una política muy sencilla: escoger los más anchos con preferencia a los demás, girar a la derecha si los corredores tenían el mismo tamaño y bajar siempre que resultara posible. De momento, parecía funcionar. Ya había oído un ruido.

Se pegó a la pared más próxima, aunque su intento de ocultarse resultó algo comprometido por el incómodo bulto del cañón de plasma que llevaba a la espalda, y escuchó. Sí, estaba claro que era un ruido y que estaba por delante de él. Pisadas. Pisadas bastante ruidosas aunque todavía algo lejanas y que venían en su dirección. Debía de ser Kaj Nevis dentro de su traje de combate.

Sonriendo con satisfacción, Jefri Lion quitó el cañón de plasma del soporte y empezó a montar su trípode.

El tiranosaurio lanzó un rugido.

Haviland Tuf pensó que el sonido era francamente aterrador. Apretó los labios con firmeza en una mueca de disgusto y logró meterse, otro medio metro más, hacia el interior del nicho. Decididamente, no estaba nada cómodo. Tuf era un hombre de gran tamaño y aquí dentro no había mucho sitio. Estaba sentado con las piernas dificultosamente dobladas bajo el cuerpo, tenía la espalda tan retorcida que empezaba a dolerle y cada vez que movía la cabeza se golpeaba con la parte superior del nicho. Sin embargo, no le parecía la peor de las situaciones posibles. El lugar era pequeño, cierto, pero le había ofrecido refugio y había logrado ser lo bastante rápido como para llegar hasta él. También había sido una suerte que el banco de trabajo, con todos sus servomecanismos, su terminal de ordenador y su microvisor, estuviera dispuesto sobre una mesa de metal muy gruesa que iba sólidamente sujeta al suelo y a la pared, no siendo la frágil pieza de mobiliario habitual que habría podido ser fácilmente barrida a un lado.

De todos modos, Haviland Tuf no estaba del todo complacido consigo mismo. Tenía la sensación de estar haciendo el ridículo y de que su dignidad había sido seriamente puesta a prueba. No cabía duda de que su habilidad para concentrarse en lo que tenía entre manos, en un momento dado, resultaba digna de elogio pero, con todo, dicho grado de concentración bien podía considerarse como un defecto si le permitía a un reptil carnívoro de siete metros de alto acercársele sin ser advertido.

El tiranosaurio lanzó otro rugido. Tuf pudo sentir cómo la pared vibraba por encima de su cabeza y de pronto las enormes fauces del dinosaurio aparecieron unos dos metros por delante de su rostro al inclinarse la bestia hacia él, apoyándose en su gruesa cola para no perder el equilibrio e intentando cogerle. Por fortuna la cabeza del reptil era demasiado grande y el nicho demasiado pequeño. El tiranosaurio se apartó y lanzó un alarido de frustración que hizo rebotar un sinfín de ecos por toda la estancia. Su cola se agitó nerviosamente estrellándose contra la mesa de trabajo y haciéndola temblar. Algo se hizo pedazos en lo alto de la mesa y Tuf frunció el ceño.

—Vete —dijo con toda la firmeza de que fue capaz, apoyando las manos sobre su estómago e intentando que su expresión fuera de lo más inmutable.

El tiranosaurio no le hizo el menor caso.

—Tus vigorosos esfuerzos no te servirán de nada —le indicó Tuf—. Eres demasiado grande y la mesa es demasiado resistente, como ya habrías comprendido si tuvieras el cerebro algo mayor que una seta. Lo que es más, indudablemente eres un clon, producido mediante el registro genético contenido dentro de un fósil y, por lo tanto, podría decirse que yo tengo más derecho a la vida que tú, dado que tú eres un ser extinguido y deberías seguir en tal estado. ¡Largo de aquí!

La réplica del tiranosaurio fue un furioso empellón hacia adelante y un resoplido que tuvo como efecto lanzar sobre Tuf un pequeño diluvio de saliva. Su cola golpeó una vez más el suelo.

Cuando percibió por primera vez un movimiento por el rabillo del ojo Celise Waan lanzó un chillido de pánico.

Dio un paso hacia atrás y giró en redondo para enfrentarse... ¿a qué? Ahí no había nada. Pero ella estaba segura de haber visto algo cerca de esa puerta abierta. Sin embargo, ¿qué había sido? Nerviosa, desenfundó su pistola de dardos. Había dejado en el suelo su rifle láser hacía ya un rato. Pesaba mucho y era incómodo de llevar. El esfuerzo de cargar con él había empezado a resultarle agotador y además dudaba mucho de que fuera capaz de acertar algo con él. La pistola le había parecido mucho más adecuada. Tal y como le había explicado Jefri Lion lanzaba dardos de explosivo plástico, por lo cual no le sería necesario dar realmente en el blanco y bastaría con acercarse a él.

Avanzó cautelosamente hacia la puerta y se detuvo junto a ella, levantando la pistola. Quitó el seguro y se arriesgó a echar un rápido vistazo en el interior.

No había nadie. Se dio cuenta de que debía ser algún tipo de almacén. Estaba lleno de equipo sellado con plástico protector y dispuesto en enormes pilas sobre flotadores. Examinó el lugar, cada vez más nerviosa, pensando que quizá lo hubiera imaginado todo... pero no. Cuando ya iba a darse la vuelta lo vio de nuevo, una silueta no muy grande pero si muy veloz que apareció en el límite de su campo visual y se esfumó antes de que pudiera distinguirla con claridad.

Pero esta vez había logrado ver dónde se escondía. Celise Waan se lanzó en su persecución, sintiéndose ahora algo más reconfortada, después de todo, la silueta era realmente pequeña.

Dio la vuelta a una pila de equipo y se dio cuenta de que la tenía acorralada. Pero, ¿qué era? Celise Waan avanzó un par de pasos sosteniendo en alto su arma.

Era un gato.

Un gato que la contemplaba fijamente, agitando la cola a un lado y a otro. Aunque como gato resultaba algo extraño, desde luego: era muy pequeño, casi parecía un cachorro. Tenía el cuerpo de un blanco muy pálido con brillantes rayas escarlatas, la cabeza resultaba de un tamaño algo superior al normal y en ella ardían dos asombrosos ojos carmesíes.

Otro gato, pensó Celise Waan. Justo lo que necesitaba: otro gato.

El gato dio un bufido.

Celise Waan retrocedió, levemente sobresaltada. Los gatos de Tuf se le habían enfrentado de vez en cuando, especialmente esa desagradable criatura blanquinegra. Pero no así. Ese bufido había resultado más parecido a un siseo, casi propio de un reptil. No estaba muy segura del porqué, pero le había dado miedo. Y su lengua... parecía tener una lengua muy larga y bastante peculiar.

El gato lanzó otro bufido.

—Ven, gatito —le dijo ella—. Ven aquí, gatito.

El animal la contempló sin moverse y sin pestañear, impávido. Luego arqueó el cuerpo hacia atrás y le escupió. El escupitajo dio de lleno en el centro de su visor. Era una espesa materia verdosa que le impidió ver durante unos segundos hasta que se limpió el visor con el dorso de la mano.

Celise Waan decidió que ya había tenido suficiente gatos que soportar.

—Gatito bonito, ven hasta aquí —dijo—. Tengo un regalo para ti.

El gato lanzó otro bufido y arqueó el lomo preparándose para escupir de nuevo.

Celise Waan, con un gruñido, le hizo volar en mil fragmentos.

El cañón de plasma le ajustaría perfectamente las cuentas a Kaj Nevis. De eso Jefri Lion no tenía la menor duda. La resistencia del metal con que estaba hecho el traje alienígena era un factor conocido, claro, pero si era comparable a la de los trajes acorazados que llevaban las tropas de asalto del Imperio Federal durante la Guerra de los Mil Años, quizá pudiera repeler el disparo de un láser, soportar pequeñas explosiones o resistir sin problemas un ataque sónico, pero un cañón de plasma era capaz de fundir cinco metros del más sólido acero de un solo disparo. Una buena bola de plasma era capaz de convertir al instante cualquier tipo de armadura personal en metal fundido y Nevis habría quedado incinerado antes de tener tiempo suficiente como para entender qué le había pasado.

La dificultad radicaba en el tamaño del cañón. Era grande y difícil de llevar y la versión teóricamente portátil, con su pequeña pila energética, precisaba casi un minuto entero después de cada disparo para generar otra bola de plasma en su cámara de fuerza. Jefri Lion era consciente de que si su primer disparo fallaba era muy improbable que tuviera tiempo de hacer un segundo intento. Peor aún, incluso con su trípode, el cañón de plasma resultaba difícil de manejar y él llevaba muchos años sin haber pisado un campo de batalla e incluso durante su servicio activo el punto fuerte de Lion había radicado en su mente y en su sentido táctico, no en sus reflejos. Después de haber pasado tantas décadas en el Centro ShanDellor no tenía mucha confianza en la coordinación que pudiera haber en un momento dado entre sus ojos y sus manos.

Así pues, Jefri Lion preparó un plan.

Por suerte, los cañones de plasma habían sido empleados con frecuencia para perímetros automatizados y éste poseía la secuencia de fuego automático y la minimente de los modelos habituales. Jefri Lion dispuso el trípode en el centro de un pasillo bastante ancho, aproximadamente a unos veinte metros de una encrucijada. Lo programó con un campo de tiro muy angosto y luego calibró el cubo de fijación de blancos con toda la precisión que pudo conseguir. Después, puso en marcha la secuencia de fuego automático y retrocedió unos pasos con satisfacción. En el interior de la pila vio cómo empezaba a formarse la bola de plasma, haciéndose cada vez más y más brillante. Un minuto después se encendió la luz que indicaba que el cañón estaba listo para disparar. Una vez dispuesta, la minimente del arma era mucho más veloz y poseía una precisión infinitamente superior a la que Lion podía esperar si utilizaba el arma en posición manual. El blanco programado era el centro de la intersección de pasillos que tenía delante, pero sólo dispararía contra objetos cuyas dimensiones excedieran los límites preprogramados.

Por lo tanto, Jefri Lion podía meterse en pleno centro del campo de tiro del arma sin ningún temor, pero Kaj Nevis, dentro de su colosal traje de combate, se iba a encontrar con una sorpresa muy caliente. Ahora lo único que debía hacer era llevar a Nevis a la posición adecuada.

La idea era digna de un genio táctico como el de Napoleón, de Chin Wu o incluso de Stephan Cobalt Northstar. Jefri Lion estaba infinitamente complacido de sí mismo.

Mientras Lion había estado esperando el cañón de plasma el ruido de las pisadas se había ido haciendo más fuerte, pero en el último minuto, aproximadamente, se habían ido debilitando de nuevo. Estaba claro que Nevis había cambiado de rumbo y que no iba a presentarse en la posición adecuada por voluntad propia. Muy bien, pensó Jefri Lion: él se encargaría de llevarle hasta allí.

En la gran pantalla de forma curva, el *Arca* iba girando sobre sí misma en una sección tridimensional.

Rica Danwstar, que había abandonado el trono del capitán por una posición no tan cómoda pero más eficiente en una de las estaciones del puente, estudió atentamente la imagen y los datos que iban apareciendo bajo ella con cierto disgusto en la expresión. Al parecer, tenía más compañía de la que había creído.

El sistema representaba a las formas de vida dentro de la nave como puntos de un brillante color rojo. Había seis puntos. Uno de ellos se encontraba en el puente y dado que Rica se encontraba obviamente sola, era ella. Pero, ¿cinco más? Aunque Anittas siguiera con vida, sólo habrían debido verse en la imagen otros dos puntos. La imagen no tenía sentido.

Quizá el *Arca* no fuera realmente un pecio abandonado, después de todo. Quizá todavía hubiera alguien a bordo. A no ser por el hecho de que el sistema afirmaba representar al personal autorizado del *Arca* como puntos verdes, de los cuales no se veía ninguno en la pantalla.

¿Más ladrones de cadáveres? No parecía muy probable.

El único significado posible de lo que veía era que Tuf, Lion y Waan habían logrado abordar la nave, después de todo, aunque no supiera cómo. Además, según los sistemas de la nave había algo vivo en la cubierta de aterrizaje.

Muy bien, eso sí encajaba. Seis puntos rojos querían decir ella, Nevis y Anittas (¿cómo había logrado sobrevivir a las malditas plagas? Los sistemas insistían en que la imagen mostraba sólo organismos vivos) más Tuf, Waan y Lion. Uno de ellos seguía a bordo de la *Cornucopia* en tanto que los demás...

Era fácil localizar a Kaj Nevis. Los sistemas mostraban también a las fuentes de energía como pequeñas estrellas amarillentas y sólo uno de los puntos rojos estaba rodeado por un halo de tales estrellas. Tenía que ser Nevis dentro de su traje de combate.

Pero, ¿qué era ese segundo punto amarillo de mucho mayor tamaño que ardía en uno de los pasillos vacíos de la cubierta seis? Debía de tratarse de una fuente energética condenadamente fuerte pero, ¿qué era? Rica no lo entendía. Junto a ella había visto antes otro punto rojo, pero se había alejado y ahora daba la impresión de estar siguiendo a Nevis, del cual estaba cada vez más cerca.

Mientras tanto, también había puntos negros: las bioarmas del *Arca*. El gran eje central que atravesaba de un extremo a otro el cilindro asimétrico de la nave estaba prácticamente atestado de puntos negros, pero al menos estos permanecían inmóviles. Otros puntos negros, que debían ser los animales liberados de las cubas, avanzaban por los corredores. Sólo que... había más de cinco. Había, por ejemplo, todo un grupo de puntos negros, quizá treinta o más organismos individuales, fluyendo como un borrón de tinta a través de la pantalla, emitiendo de vez en cuando prolongaciones fugaces. Una de esas prolongaciones se había acercado a un punto rojo y se había apagado de golpe.

También había un punto rojo en el área del eje central.

Rica pidió una imagen de ese sector y la pantalla que no paraba de moverse, como si se tratara de algún combate, pensó Rica, mientras estudiaba las letras que aparecían bajo la imagen. Ese punto negro en particular era la especie #67-001-00342-10078, el tiranosaurus rex. No cabía duda de que era grande, desde luego.

Se dio cuenta, con cierto interés, de que una luz roja y uno de los puntos negros se estaban acercando a Kaj Nevis. Eso iba a resultar interesante. Aparentemente,

115

iba a perderse toda la diversión, porque ahí abajo estaba a punto de armarse un auténtico infierno.

Y ella estaba aquí sentada, sana y salva en la sala de control. Rica Danwstar sonrió.

Kaj Nevis andaba por un corredor, sintiéndose más irritado a cada segundo que pasaba, cuando de repente el mundo entero pareció explotar sobre su nuca. En el interior del casco el sonido resultante fue espantoso. La fuerza del golpe le hizo caer hacia adelante y el traje se estrelló de bruces en el suelo. Sus reflejos habían sido demasiado lentos para permitirle absorber parte del impacto con los brazos.

Pero al menos se había encargado de casi toda la fuerza del choque y Nevis se encontraba ileso. Mientras seguía tendido en el suelo, hizo una rápida comprobación de sus indicadores y luego sonrió con una mueca lobuna: el traje de combate no había sufrido el menor daño y no tenía ninguna brecha. Rodando sobre sí mismo, logró ponerse trabajosamente en pie.

A veinte metros de distancia, en la encrucijada de los dos corredores, vio a un hombre con un traje presurizado verde y oro, armado como si acabara de saquear un museo militar, que sostenía una pistola en su mano enguantada.

—¡Volveremos a encontrarnos, guardia negro! —gritó la figura a través de los altavoces de su casco.

—CIERTO, LION —replicó Nevis—. ME ALEGRA MUCHO VERTE. VEN AQUÍ Y TE DARÉ UN BUEN APRETÓN DE MANOS. —Nevis hizo chasquear las pinzas del traje. La pinza derecha seguía manchada aún con la sangre del cibertec y Nevis esperó que Lion no se hubiese dado cuenta de ello. Era una lástima que su láser tuviera un alcance tan limitado, pero no importaba. Lo único que debía hacer era coger a Lion, quitarle sus juguetes y luego entretenerse un ratito con él, quizá arrancarle las piernas, haciendo luego un agujero en su traje y dejando que la condenada atmósfera de la nave se encargara del resto.

Kaj Nevis dio un paso hacia adelante.

Jefri Lion siguió inmóvil, alzó su pistola de dardos, apuntándola cuidadosamente con las dos manos, y disparó.

El dardo le dio a Nevis de lleno en el pecho. La explosión fue estruendosa pero esta vez estaba preparado para el impacto. Sintió un cierto dolor en los oídos pero apenas si se movió. Algunas zonas de la intrincada filigrana del traje se habían ennegrecido pero ése era el único daño sufrido.

—VAS A PERDER, VIEJO —dijo Nevis—. ME GUSTA ESTE TRAJE.

Jefri Lion no le respondió. Con gestos rápidos y metódicos enfundó nuevamente su pistola de dardos, cogió el rifle láser y se lo llevó al hombro, apuntando y disparando.

El haz luminoso rebotó en el hombro de Nevis y dio en una pared, abriendo en ella un pequeño agujero chamuscado.

—Una microcapa reflectante —dijo Lion, colgándose de nuevo el rifle a la espalda.

Nevis había cubierto ya más de tres cuartas partes de la distancia que les separaba con sus potentes zancadas y Jefri Lion pareció darse cuenta por fin del peligro que corría. Con un gesto de pánico se dio la vuelta y echó a correr por uno de los pasillos, desapareciendo del campo visual de Nevis.

Kaj Nevis aceleró el paso y se lanzó tras él.

Haviland Tuf era la paciencia personificada.

Estaba sentado tranquilamente con las manos cruzadas sobre su gran estómago y soportando el dolor de cabeza que le habían producido los repetidos golpes dados por el tiranosaurio sobre la mesa que le protegía. Estaba haciendo todo lo posible por ignorar el continuo martilleo que abollaba lentamente el metal por encima de su cabeza, haciendo su situación todavía más incómoda, así como los escalofriantes rugidos del animal y las tan melodramáticas como excesivas muestras de apetito carnívoro que, de vez en cuando, impulsaban al tiranosaurio a inclinarse por encima de la mesa y chasquear fútilmente sus abundantes colmillos frente al refugio de Tuf. Para conseguirlo, Tuf intentaba concentrarse en un buen plato de moras rodelianas cubiertas con miel de abeja y mantequilla, procuraba recordar qué planeta en particular poseía la cerveza más fuerte y aromática y planeaba una estrategia tan nueva como soberbia con la cual dejar hecho pedazos a Jefri Lion en su siguiente partida, si es que llegaba a darse tal ocasión.

Por fin sus planes acabaron dando fruto.

El reptil, enfurecido, aburrido y frustrado, se marchó.

Haviland Tuf esperó hasta no oír el menor ruido en el exterior de su refugio y luego, retorciéndose con dificultad, se quedó por unos instantes tendido en el suelo hasta que las agujas al rojo vivo que le atormentaban las piernas fueron calmándose un poco. Después, reptando cautelosamente, asomó la cabeza al exterior.

Una tenue luz verdosa, un leve zumbido y lejanos ruidos de gorgoteo.

Ni el menor movimiento en ningún sitio.

Haviland Tuf salió con grandes precauciones de su refugio.

El dinosaurio había golpeado numerosas veces los

restos del diminuto cadáver de *Champiñón* con su enorme cola y el espectáculo hizo que Tuf sintiera un dolor inconmensurable y una feroz amargura. El banco de trabajo estaba irremisiblemente destrozado.

Pero había muchos otros y lo único que precisaba era una célula.

Haviland Tuf tomó una muestra de tejido y se dirigió con paso cansino hacia el siguiente banco de trabajo. Esta vez se cuidó mucho de permanecer atento por si se producía un eventual ruido de pisadas que indicara la vuelta del dinosaurio.

Celise Waan estaba contenta. No cabía duda de que había actuado con decisión y eficacia. Esa repugnante criatura parecida a un cachorro de gato no volvería a causarle molestias. Tenía el visor todavía un poco sucio allí donde lo había alcanzado el escupitajo del animal pero, aparte de ello, el encuentro se había saldado con un excelente resultado. Enfundó el arma con una floritura no del todo necesaria y volvió al pasillo.

La mancha de su visor la molestaba un poco. Estaba casi a la altura de sus ojos y oscurecía su campo visual. La frotó con el dorso de la mano, pero eso sólo pareció lograr que el visor se ensuciara todavía más. Agua, eso era lo que hacía falta. Bien, de todos modos había salido en busca de comida y donde hay comida siempre se encuentra también agua.

Caminó con paso vivo por el pasillo, dio la vuelta a una esquina y se detuvo como fulminada por un rayo.

A menos de un metro delante de ella había otra de esas condenadas criaturas de aspecto felino, contemplándola con aire insolente.

Esta vez Celise Waan actuó desde el principio con

decisión. Su mano fue en busca de su pistola, pero tuvo algunos problemas para desenfundarla y su primer disparo no acertó del todo al repugnante animal, haciendo explotar en mil pedazos la puerta de una habitación cercana. La explosión fue ensordecedora. El gato lanzó un bufido, arqueó el lomo, escupió igual que había hecho el primero y salió corriendo.

Celise Waan recibió este segundo escupitajo en el hombro izquierdo. Intentó apuntar mejor pero el visor cubierto de suciedad lo hacía bastante difícil.

—¡Narices! —dijo en voz alta e irritada. Cada vez le resultaba más difícil ver. El plástico que tenía delante de los ojos parecía estarse cubriendo de niebla y aunque los bordes de su visor seguían despejados, cuando miraba hacia adelante lo veía todo borroso y distorsionado. Necesitaba realmente limpiar el casco.

Avanzó en la dirección por la que había parecido ver huir al animal, moviéndose lentamente para no tropezar, mientras intentaba oír algo. Le pareció percibir un leve sonido de garras como si el animal estuviera cerca de ella, pero resultaba imposible estar segura.

El visor se estaba poniendo cada vez en peor estado y en esos momentos mirar a través de él era ya como hacerlo por un cristal esmerilado. Todo había cobrado un color blanquecino y sólo veía vagas siluetas. No puedo seguir así, pensó Celise Waan, no puedo seguir así ni un instante más. ¿Cómo podía cazar a esa repulsiva criatura felina si estaba medio ciega? Y, lo que era aún peor, ¿cómo saber adónde se dirigía? No había forma de evitarlo, tendría que quitarse ese maldito casco.

Pero entonces recordó a Tuf y sus lúgubres advertencias sobre la posibilidad de que la atmósfera de la nave estuviera contaminada. ¡Claro que Tuf era un hombre ridículo y un estúpido! ¿Acaso había visto alguna prueba de esa contaminación? No, ninguna en absoluto. Había sacado de *Cornucopia* a ese enorme gato gris y, desde luego, el animal no había parecido sufrir lo más mínimo con la experiencia. La última vez que lo había visto, Tuf lo llevaba en brazos. Naturalmente, había estado discurseando pomposamente sobre períodos de incubación, pero lo más probable era que sólo estuviera intentando asustarla. Por el modo en que obraba con ella parecía gozar cada vez que ofendía su delicada sensibilidad, como por ejemplo al gastarle aquella broma repugnante con la comida para gatos. Sin duda le parecería perversamente divertido el que hubiera logrado asustarla lo suficiente como para hacerla permanecer durante semanas en ese traje incómodo y apestoso que, además, le venía estrecho.

De pronto se le ocurrió que muy probablemente esas criaturas parecidas a gatos que la estaban atormentando eran obra de Tuf y esa sola idea hizo enfurecer enormemente a Celise Waan. ¡Ese hombre era un bárbaro!

Ya casi no podía ver nada. El centro del visor se había vuelto completamente opaco.

Tan decidida como irritada, Celise Waan quitó los sellos protectores del casco y lo arrojó tan lejos como pudo.

Aspiró hondo. El aire de la nave era ligeramente frío y había en él una cierta sequedad no del todo agradable, pero al menos no estaba tan rancio como el reciclado por su traje. ¡Vaya, si era bueno! Celise Waan sonrió. En el aire no había nada pernicioso. Ya tenía ganas de encontrar a Tuf y ajustarle las cuentas como se merecía, aunque sólo fuera de palabra.

Entonces miró hacia abajo y se quedó atónita.

Su guante, el dorso de la mano izquierda, la mano que había usado para limpiarse el escupitajo del gato. En el tejido de color dorado había ahora un gran agujero e

121

incluso el en tramado metálico que había bajo la superficie parecía, bueno, ¡corroído!

¡Ese gato, ese condenado gato! Si ese escupitajo hubiera llegado a darle en la piel habría... habría... De pronto recordó que ahora ya no llevaba casco. En el otro extremo del pasillo hubo un movimiento fugaz y otro animal parecido a un gato emergió de una puerta abierta.

Celise Waan lanzó un chillido, blandió su pistola y disparó tres veces en rápida sucesión. Pero el animal era demasiado veloz para ella y en una fracción de segundo había vuelto a esfumarse.

No estaría a salvo hasta que esa pestilente criatura hubiera sido liquidada, pensó. Si dejaba que huyera podía saltar sobre ella en cualquier momento cuando estuviera desprevenida, tal y como le gustaba tanto hacerlo a ese molesto cachorro blanco y negro de Tuf. Celise Waan puso un nuevo cargador de dardos explosivos en su pistola y avanzó cautelosamente en persecución del animal.

El corazón de Jefri Lion latía como no lo había hecho durante años. Le dolían las piernas y su respiración se había convertido en un ronco jadeo. Su organismo rebosaba de adrenalina. Intentó correr aún más rápido. Faltaba poco: este pasillo, dar la vuelta a la esquina y luego quizá veinte metros hasta la próxima intersección.

El suelo temblaba cada vez que Kaj Nevis plantaba en él uno de los pesados discos metálicos que le servían de pies y en una o dos ocasiones Jefri Lion estuvo a punto de tropezar, pero el peligro parecía aumentar todavía más la emoción que sentía. Estaba corriendo como si aún fuera joven y ni tan siquiera las zancadas de Nevis, monstruosamente aumentadas por el traje, eran capaces de alcanzarle, por el momento. Aunque sabía que su perseguidor acabaría atrapándole si la persecución se prolongaba demasiado.

Mientras corría cogió una granada luminosa de su bandolera y cuando oyó una de las malditas pinzas de Kaj Nevis chasquear a un metro escaso de su espalda, Jefri Lion le quitó el seguro y la arrojó por encima del hombro, apretando aún más el paso y dando la vuelta, por fin, a la última esquina.

Al doblarla se volvió justo a tiempo para ver cómo una silenciosa flor de cegadora luz blanco azulada se abría en el corredor que había dejado apenas hacía un segundo. Sólo la luz reflejada por los muros bastó para dejar deslumbrado a Jefri Lion durante unos instantes. Retrocedió cautelosamente, observando la intersección de pasillos. La granada tendría que haberle quemado las retinas a Nevis y la radiación bastaba para matarle en unos segundos.

La única señal que había de Nevis era una enorme sombra, de una negrura absoluta, que se proyectaba más allá de la intersección de los corredores.

Jefri Lion se batió en retirada, jadeando.

Y Kaj Nevis, andando muy despacio, apareció en la esquina. Su visor estaba tan oscurecido que parecía casi negro pero, mientras Lion le observaba, el brillo rojo volvió a encenderse lentamente hasta alcanzar su intensidad habitual.

—¡MALDITO SEAS TÚ Y TODOS TUS JUGUETES ESTÚPIDOS! —retumbó la voz de Nevis.

Bueno, pensó Jefri Lion, no importaba. El cañón de plasma se encargaría de él, no cabía duda de eso, y ahora sólo estaba a unos diez metros de la zona de fuego.

—¿Abandonas, Nevis? —le desafió, avanzando sin prisas hacia la zona de fuego—. ¿Quizás el viejo soldado ha resultado demasiado rápido para ti?

Pero Kaj Nevis no se movió.

Por un momento Jefri Lion se quedó perplejo. ¿Le

habría logrado alcanzar la radiación, después de todo, a pesar de su traje? No, era imposible. Pero Nevis no podía abandonar ahora la cacería, no cuando Lion le había logrado llevar con tanto trabajo hasta la zona de fuego y su sorpresa en forma bola de plasma.

Nevis se rió.

Estaba mirando por encima de la cabeza de Lion.

Jefri Lion alzó los ojos justo a tiempo de ver cómo algo abandonaba su escondite en el techo y se lanzaba aleteando sobre él. La criatura era negra como la pez y se impulsaba con unas oscuras y enormes alas de murciélago. Tuvo una fugaz visión de unos ojos rasgados de color amarillo en los cuales ardían dos angostas pupilas rojizas. Luego la oscuridad le envolvió como una capa y una carne, húmeda y rugosa como el cuero, tapó su boca ahogando su grito de sorpresa y pavor.

Rica Danwstar pensó que, de momento, todo era muy interesante.

Una vez se había logrado dominar el sistema y comprender los mandos, se podía descubrir un montón de cosas. Por ejemplo, se podía descubrir la masa aproximada y la configuración corporal de todas esas lucecitas que se movían en la pantalla. El ordenador era incluso capaz de preparar una simulación tridimensional siempre que se le pidiera educadamente, cosa que Rica hizo.

Ahora todo estaba empezando a encajar.

Así que, después de todo, Anittas había desaparecido de la escena. El sexto intruso, el de *Cornucopia*, era solamente uno de los gatos de Tuf.

Kaj Nevis y su supertraje andaban persiguiendo a Jefri Lion por la nave. Pero uno de los puntos negros, un drácula encapuchado, acababa de caer sobre Lion.

El punto rojo que representaba a Celise Waan había dejado de moverse aunque no se había apagado. La gran masa negra de puntos se estaba acercando a ella.

Haviland Tuf estaba solo en el eje central, metiendo algo dentro de una cuba clónica e intentando pedirle al sistema que activara el campo temporal. Rica dejó que la orden siguiera su curso.

Y el resto de las bioarmas andaban sueltas por los corredores.

Rica decidió que lo mejor sería dejar que las cosas se aclararan un poco por sí mismas antes de que ella interviniera.

Mientras tanto, había logrado desenterrar el programa necesario para limpiar de plaga el interior de la nave. Primero tendría que cerrar todos los sellos de emergencia, clausurando cada sector de modo individual. Luego podría dar principio al proceso: evacuación de atmósfera, filtración, irradiación con un factor de redundancia masiva, incorporado en pro de la seguridad y finalmente, cuando la atmósfera nueva llenara la nave, instalación en ella de los antígenos adecuados. Complicado y largo, pero efectivo.

Y Rica no tenía ninguna prisa.

Lo primero que le había fallado fueron las piernas.

Celise Waan estaba tendida en el centro del pasillo, en el que había caído, con la garganta oprimida por el terror. Todo había ocurrido tan de repente. En un momento dado había estado corriendo por el pasillo persiguiendo al maldito gato y de pronto había sufrido un terrible mareo que la había dejado excesivamente débil como para continuar. Había decidido descansar un instante para recuperar el aliento y se había sentado en el suelo, pero no había notado un gran alivio. Luego, al querer levantarse porque se notaba cada vez peor, las piernas se le doblaron cual si estuvieran hechas de goma y Celise Waan se derrumbó de bruces en el suelo.

Después de eso sus piernas se habían negado a moverse y ya ni tan siquiera podía sentirlas. De hecho, no tenía sensación alguna por debajo de la cintura y la parálisis estaba trepando lentamente por su cuerpo. Aún podía mover los brazos, pero cuando lo hacía notaba un agudo dolor y sus movimientos eran tan torpes como lentos.

Tenía la mejilla apretada contra el suelo. Intentó alzar la cabeza y no lo consiguió. De pronto todo su torso se estremeció con una insoportable punzada de dolor.

A dos metros de distancia uno de los animales parecidos a gatos asomó por una esquina y clavó en ella sus enormes y aterradores ojos. Su boca se abrió en un lento bufido.

Celise Waan intentó no chillar.

Aún tenía la pistola en la mano. Lenta y temblorosamente la fue arrastrando hasta que estuvo delante de su rostro. Cada movimiento era una agonía. Luego apuntó tan bien como pudo, bizqueando para distinguir el punto de mira, y disparó.

El dardo dio en el blanco.

Y Celise Waan recibió un diluvio de fragmentos de animal. Uno de ellos, húmedo y repugnante, aterrizó sobre su mejilla.

Se sintió un poco mejor. Al menos había logrado matar al animal que la atormentaba y estaba a salvo de eso. Seguía enferma e indefensa, claro, y quizá lo mejor sería descansar. Sí, dormiría un poco y después se encontraría mejor.

Otro animal apareció de un salto en el pasillo.

126

Celise Waan intentó moverse y vio que el esfuerzo era inútil. Cada vez le pesaban más los brazos.

Al primer animal le siguió un segundo. Celise arrastró nuevamente su arma hasta tenerla junto a la mejilla e intentó apuntar. Un tercer animal apareció junto a los otros dos, distrayéndola, y el dardo erró el blanco, explotando inofensivamente a lo lejos.

Uno de los gatos le lanzó un escupitajo. Le dio de lleno entre los ojos.

El dolor resultaba absolutamente increíble. Si hubiera podido moverse, se habría arrancado los ojos de las cuencas y habría rodado por el suelo, dando alaridos y arañándose la piel. Pero no podía moverse. Lanzó un chillido casi inaudible.

Su visión se convirtió en una borrosa mancha de color y luego se esfumó.

Oyó... patas. Ruido de patas acolchadas, leve y sigiloso. Patas de gato.

¿Cuántos había?

Celise sintió un peso en la espalda. Y luego otro, y otro. Algo golpeó su paralizada pierna derecha y sintió vagamente cómo se desplazaba por encima de ella.

Sintió el ruido de un escupitajo y su mejilla se incendió.

Estaban por todas partes, encima de ella, arrastrándose a su alrededor. Podía notar su duro pelaje en una mano. Algo le mordió la nuca. Gritó pero el mordisco continuó y se hizo más hondo, pequeños dientes puntiagudos que se afianzaron en su carne y empezaron a tirar de ella.

Otro mordisco en un dedo. Sin saber cómo, el dolor le dio fuerzas y logró mover la mano. Al hacerlo se alzó una cacofonía de bufidos a su alrededor, las irritadas protestas de los animales. Sintió que le mordían la cara, la garganta, los ojos. Algo estaba intentando meterse dentro de su traje.

Movió la mano lenta y torpemente. Apartó cuerpos de animales, recibió mordiscos y siguió moviéndola. Tanteó su cinturón y por último sintió el objeto duro y redondo entre sus dedos. Lo sacó del cinturón y lo acercó a su rostro, sosteniéndolo con toda la fuerza que le quedaba.

¿Dónde estaba el gatillo para armarla? Su pulgar recorrió el objeto, buscando. Ahí. Le dio media vuelta y luego lo apretó tal y como Lion le había dicho.

Cinco, recitó en silencio, cuatro, tres, dos, uno.

Y, en su último instante, Celise Waan vio la luz.

Kaj Nevis se había reído mucho contemplando el espectáculo.

No sabía qué demonios era esa condenada cosa, pero había resultado más que suficiente para entendérselas con Jefri Lion. Cuando cayó sobre él le rodeó con las alas y durante unos cuantos minutos Lion luchó y se debatió, rodando por el suelo con la criatura tapándole la cabeza y los hombros. Parecía un hombre luchando con un paraguas y el resultado era de una irresistible comicidad.

Finalmente Lion acabó quedándose inmóvil. Sólo sus piernas se agitaban de vez en cuando débilmente. Sus gritos cesaron y en el corredor se oyó un rítmico sonido de succión.

Nevis estaba tan divertido como contento de lo que había pasado, pero se imaginó que lo mejor sería no dejar ningún cabo suelto. La criatura estaba absorta alimentándose de Lion, y Nevis se acercó a ella tan silenciosamente como pudo, lo cual no era gran cosa, y la agarró. Cuando la arrancó de los restos de Jefri Lion se oyó un ruido parecido al que hace una botella al ser descorchada.

Maldición, pensó Nevis, un trabajo de todos los diablos. Toda la parte frontal del casco de Lion estaba reventada. La criatura poseía una especie de pico para chupar, de una consistencia cercana a la del hueso, y lo había clavado directamente en el visor de Lion, absorbiéndole después la mayor parte del rostro. Un espectáculo bastante feo, a decir verdad. La carne parecía casi derretida y en algunas zonas asomaba el hueso.

El monstruo aleteaba locamente en sus brazos y emitía un chillido bastante desagradable, a medio camino entre el gimoteo y el zumbido. Kaj Nevis extendió su brazo, apartándolo tanto como pudo, y dejó que aleteara mientras lo estudiaba. La criatura atacó su brazo, una y otra vez, pero no consiguió resultado alguno. Le gustaban esos ojos. Eran realmente malignos y aterradores. Pensó que la criatura podía resultar útil y se imaginó lo que pasaría una noche si soltaba de golpe doscientas cosas de su especie en Shandicity. ¡Oh, sí! estarían dispuestos a pagar el precio que pidiera. Le darían lo que pidiera, fuera lo que fuera: dinero, mujeres, poder, incluso el condenado planeta entero si eso era lo que deseaban. Iba a ser muy divertido poseer semejante nave.

Mientras tanto, sin embargo, esta criatura en concreto podía acabar siendo más bien una molestia.

Kaj Nevis agarró un ala con cada mano y la partió en dos. Luego, sonriendo, regresó por donde había venido.

Haviland Tuf comprobó de nuevo los instrumentos y ajustó delicadamente el flujo del líquido. Una vez satisfecho, cruzó las manos sobre el estómago y se acercó a la cuba en cuyo interior giraba un líquido opaco de un color entre el rojo y el negro. Al contemplarlo Tuf sintió algo parecido al vértigo, pero sabía que eso era sólo un efecto colateral del campo de estasis. En ese pequeño tanque, tan diminuto que casi podía rodearlo con las dos manos, se estaban desplegando vastas energías primigenias e incluso el tiempo se aceleraba para cumplir sus órdenes. Verlo le producía una extraña sensación de reverencia y temor.

El baño nutritivo se fue aclarando gradualmente hasta volverse casi traslúcido y en su interior a Tuf le pareció por un segundo que podía distinguir ya una silueta oscura que cobraba forma, creciendo y creciendo visiblemente. Todo el proceso ontogenético se desarrollaba ante sus mismos ojos. Cuatro patas, sí, ya podía verlas. Y una cola. Tuf llegó a la conclusión de que eso sólo podía ser una cola.

Regresó a los controles. No deseaba que su creación fuera vulnerable a las plagas que habían acabado con *Champiñón*. Recordó la inoculación que el tiranosaurio había recibido muy poco antes de su inesperada y más bien molesta liberación. Sin duda tenía que existir un modo para administrar los antígenos y la profilaxis adecuada antes de completar el proceso de nacimiento. Haviland Tuf empezó a buscar cuál era exactamente ese modo.

El *Arca* estaba casi limpia. Rica había sellado ya las barreras en tres cuartas partes de la nave y el programa de esterilización seguía su curso, con la lógica automatizada e inexorable que le era propia. La cubierta de aterrizaje, la sección de ingeniería, la sala de máquinas, la torre de control, el puente y nueve sectores más aparecían ahora con un pálido y limpio color azul en la imagen de la gran pantalla. Sólo el gran eje central, los corredores principales y las áreas de laboratorios cercanas a él seguían teñidas por ese rojo casi corrosivo que indicaba una atmósfera repleta de enfermedades y muerte en una miríada de formas distintas.

Eso era justamente lo que Rica Danwstar deseaba. En esos sectores centrales, conectados entre sí, estaba teniendo lugar otro tipo de proceso que poseía una lógica igualmente implacable. La ecuación final de ese proceso, no le cabía duda, la dejaría como única dueña y señora de la sembradora y de todo su conocimiento, poder y riqueza.

Dado que el puente ya estaba limpio, Rica se había quitado el casco y daba gracias de haber podido hacerlo. También había pedido un poco de comida. En concreto, una gruesa tajada proteínica, obtenida de una criatura llamada bestia de carne, que el *Arca* había mantenido en un suculento estasis durante mil años, y que había engullido acompañada por un gran vaso de agua dulce y helada que sabía ligeramente a miel de Milidia. Mientras observaba los informes que fluían en la pantalla, había ido comiendo y bebiendo, disfrutando enormemente a cada bocado.

Las cosas se habían simplificado considerablemente ahí abajo. Jefri Lion había salido de escena y en cierto modo le parecía lamentable. Era un hombre inofensivo, aunque su ingenuidad resultara a veces insoportable. Celise Waan estaba también fuera de juego y, por sorprendente que pareciera, se las había arreglado para llevarse consigo a los gatos del infierno. Kaj Nevis se había encargado del drácula encapuchado.

Sólo quedaban Nevis, Tuf y ella.

Rica sonrió.

Tuf no representaba ningún problema. Estaba muy ocupado fabricando un gato y siempre había un modo sencillo y rápido para eliminarle. No, el único obstáculo real que se interponía aún entre Rica y el trofeo final era

Kaj Nevis y el traje de combate Unqi. Lo más probable era que en esos instantes Kaj se encontrara realmente confiado y eso era bueno. Que siguiera así, pensó Rica.

Terminó de comer y se lamió los dedos. Pensaba que ya había llegado el momento de su lección zoológica. Pidió los informes existentes sobre las tres bioarmas que todavía vagaban por la nave y pensó que si alguna de ellas resultaba eliminada no debía preocuparse. Después de todo, le quedaban aún treinta y nueve más en el campo de estasis, esperando el momento de la liberación. Podía escoger a su verdugo sin ningún tipo de problemas.

¿Un traje de combate? Lo que tenía a su disposición era mejor que cien trajes de combate.

Una vez hubo terminado de leer los perfiles zoológicos Rica Danwstar sonreía ampliamente.

Basta de reservas y precauciones. El único problema era hacer las presentaciones del modo adecuado. Comprobó la geografía de la zona en la gran pantalla y trató de pensar en lo tortuosa que podía llegar a ser, en último extremo, la mente del viejo Kaj Nevis.

Rica sospechaba que no lo suficiente.

Los malditos pasillos seguían interminablemente y nunca parecían llevar a ningún sitio que no fueran más pasillos. Sus indicadores mostraban que ya estaba usando el aire del tercer tanque. Kaj Nevis sabía que era imprescindible encontrar rápidamente a los demás y quitarles de en medio para poder dedicarse luego a resolver el problema de cómo demonios funcionaba aquella condenada nave.

Estaba recorriendo un pasillo especialmente largo y amplio cuando, de repente, una especie de cinta plástica incrustada en el suelo empezó a relucir bajo sus pies.

Nevis se detuvo y frunció el ceño.

La cinta relucía casi como si intentara indicarle algo. Iba en línea recta hacia adelante y luego torcía por la siguiente intersección de pasillos penetrando en el de la derecha.

Nevis dio un paso hacia adelante y la parte de cinta que tenía a la espalda se apagó.

Le estaban indicando que fuera hacia algún sitio. Anittas había dicho algo respecto a que estaba conduciendo a varias personas dentro de la nave justo antes de recibir su pequeño corte de pelo. ¿Así que lo hacía de ese modo? ¿Sería quizá posible que el cibertec gozara todavía de algún tipo de vida dentro del ordenador del *Arca*? Nevis lo dudaba. Anittas le había dado la impresión de estar muerto y bien muerto y Kaj tenía mucha experiencia en cuanto a cómo hacer que alguien se muriera. Entonces, ¿de quién se trataba ahora? Rica Danwstar, por supuesto. Tenía que ser ella. El cibertec dijo que la había conducido hasta la sala de control.

Entonces, ¿a dónde estaba intentando llevarle?

Kaj Nevis lo estuvo meditando durante unos instantes. Dentro de su traje de combate tenía la sensación de que era invulnerable a casi todo pero, ¿por qué correr riesgos? Además, Dawnstar era una perra traicionera y entraba perfectamente dentro de lo posible que estuviera pensando en hacerle dar vueltas y vueltas sin rumbo hasta que se le terminara el aire.

Se dio la vuelta con ademán decidido y partió en dirección opuesta a la indicada por la seductora cinta plateada.

Al llegar a la siguiente encrucijada una cinta verde se encendió de repente, señalando hacia su izquierda.

Kaj Nevis giró hacia la derecha.

El pasillo terminaba abruptamente ante dos ascensores en forma de espiral. Cuando Nevis se detuvo, uno de los ascensores empezó a subir, moviéndose como un sacacorchos. Nevis torció el gesto y se dirigió hacia el que no se había movido.

Bajó tres niveles y, al llegar al fondo, se encontró en un pasillo angosto y oscuro. Antes de que Nevis pudiera decidirse por una de las dos direcciones posibles oyó un chirrido metálico y de la pared emergió un panel que cerró la entrada por la derecha.

Así que la perra seguía intentándolo, pensó con furia, y se volvió hacia la izquierda. El corredor parecía irse ensanchando pero se volvía todavía más oscuro. De vez en cuando se distinguían confusamente enormes masas de viejas máquinas. A Nevis no le gustó nada su aspecto.

Si Dawnstar pensaba que iba a poderle conducir como una oveja a su trampa, sólo con cerrar unas cuantas puertas, pronto se daría cuenta de cuán equivocada estaba. Nevis se volvió hacia la parte del pasillo que había quedado cerrada por el panel, levantó el pie y le dio una buena patada. El ruido fue ensordecedor. Siguió dándole patadas y luego empezó a usar también los puños, empleando toda la fuerza aumentada que le daba el exoesqueleto del traje.

Luego, sonriendo, pasó sobre los restos del panel destrozado y entró en el oscuro pasillo que Dawnstar había intentado dejar fuera de su alcance. El suelo era de metal y las paredes casi le rozaban los hombros. Nevis pensó que debía tratarse de algún tipo de acceso para reparaciones, pero quizás acabara llevándole hasta un lugar importante. ¡Demonios!, tenía que conducir a un lugar importante. De lo contrario, ¿por qué había querido impedirle la entrada en él?

Siguió andando, haciendo resonar sus pies sobre las placas metálicas del suelo. El pasillo se hacía cada vez más oscuro, pero Kaj Nevis estaba decidido a llegar hasta el final. En un punto del trayecto el pasillo giraba hacia la derecha y se estrechaba hasta tal punto que tuvo que retraer los brazos dentro del traje y esforzarse mucho para poder pasar.

Una vez lo hubo conseguido vio delante suyo un pequeño cuadrado luminoso. Nevis se dirigió hacia él pero se detuvo en seco un instante después. ¿Qué era aquello?

Ante él, flotando en el aire, había lo que parecía una especie de mancha negra.

Kaj Nevis avanzó hacia ella cautelosamente.

La mancha negra no era muy grande y tenía forma redondeada, bastante parecida al puño de un hombre. Nevis se mantuvo a un metro de distancia y la estudió. Parecía otra criatura tan condenadamente fea como la que se había tomado a Jefri Lion de cena, pero aún más extraña. Vista de cerca tenía un color marrón oscuro y su piel parecía estar echa de rocas. De echo, casi parecía ser una roca. La única razón para que Nevis la creyera dotada de vida era su boca, un húmedo agujero negro que se abría en la piel rocosa de la criatura. El interior de la boca era de un color verdoso y no paraba de palpitar. Nevis distinguió unos dientes o algo que se les parecía mucho, pero que estaban hechos de metal. Le pareció ver que había tres hileras de ellos, medio escondidos por una carne verde de aspecto gomoso que latía lenta y rítmicamente.

Lo más extraño e increíble de la criatura era su movilidad. Al principio Nevis pensó que flotaba en el aire pero, al acercarse un poco más, vio que se había equivocado. Estaba suspendida en el centro de una telaraña increíblemente fina cuyas hebras eran tan delgadas que resultaban prácticamente invisibles. De hecho, las terminaciones de las hebras eran invisibles. Nevis logró ver las partes más gruesas y cercanas a la criatura, pero la telaraña parecía hacerse más y más fina a medida que se iba extendiendo y, al final, resultaba imposible ver los puntos en que se pegaba a las paredes, el suelo o el techo, por mucho que intentara encontrarlos.

Entonces, era una araña. Y muy rara. Su aspecto rocoso le hizo pensar que debía tratarse de una forma de vida basada en el silicio. Había oído hablar de cosas parecidas en sus viajes, pero resultaban condenadamente raras. Así que estaba ante una especie de araña de silicio. Estupendo.

Kaj Nevis se acercó un poco más. Maldición, pensó. La telaraña o lo que había creído que era la telaraña, no era tal. ¡Maldita sea!, esa condenada cosa no estaba sentada en el centro de la telaraña. Era parte de ella. Se dio cuenta de que las delgadas hebras brillantes crecían de su cuerpo, aunque apenas si pudo distinguir las uniones con éste. Y había más de las que había creído en un principio... Había centenares, quizá millares incluso, la mayor parte demasiado delgadas para que se las pudiera distinguir desde lejos, pero si se las miraba desde el ángulo adecuado se podía percibir el reflejo plateado de la luz de ellas.

Nevis retrocedió un paso, algo intranquilo pese a la seguridad que le daba su traje acorazado y sin tener realmente una buena razón para ello. Detrás de la araña de silicio se veía brillar la luz al final del pasillo. Ahí debía encontrarse algo importante y por eso había intentado con tal empeño Rica Dawnstar mantenerle alejado.

Eso es, pensó con satisfacción. Probablemente ahí debía estar la maldita sala de control y en su interior debía estar Rica agazapada, y esa estúpida araña era su última línea defensiva. Sólo de verla le entraban escalofríos pero, ¿qué demonios podía hacerle?

Kaj Nevis alzó su pinza derecha disponiéndose a partir la telaraña.

Las pinzas metálicas, manchadas aún de sangre, se cerraron sin ningún problema sobre la hebra más cercana. Y un instante después fragmentos de metal Unqui manchados de sangre se estrellaron sobre las placas del suelo.

La telaraña empezó a vibrar.

Kaj Nevis contemplo atónito su brazo inferior derecho. Le faltaba la mitad de la pinza, limpiamente cortada. Sintió en su garganta el sabor amargo de la bilis y retrocedió primero un paso, luego otro y otro más, poniendo más distancia entre él y la cosa del pasillo.

Mil hebras delgadísimas se convirtieron en un millar de patas. Al moverse dejaron mil agujeros en el metal de las paredes y bastó con que tocaran el suelo para que lo perforasen.

Nevis echó a correr. Logró mantenerse por delante de la criatura hasta llegar al estrechamiento del pasillo que había cruzado antes.

Aún estaba retrayendo los enormes brazos del traje y debatiéndose con furor cuando la telaraña ambulante le atrapó.

Nevis la vio avanzar hacia él oscilando sobre una multitud de patas invisibles, con su boca palpitante. Nevis gritó aterrado, y mil brazos de silicona mononuclear le envolvieron.

Nevis alzó uno de los enormes brazos del traje para aferrar la cabeza de la criatura y reducirla a pulpa, pero las patas estaban por todas partes a la vez, ondulando lánguidamente a su alrededor hasta encerrarle. Se lanzó contra ellas y las patas atravesaron fácilmente el metal, la carne y el hueso. Un chorro de sangre brotó de su brazo amputado y Nevis apenas si tuvo tiempo para gritar.

Un segundo después, la telaraña ambulante se cerró sobre él.

Una grieta fina como un cabello apareció en el plástico de la cuba vacía y el gatito la golpeó con una pata. La grieta se hizo un poco más grande. Haviland Tuf se inclinó sobre él y cogió al gatito con una mano, acercándolo luego a su rostro. No era muy grande y parecía algo débil. Quizás había empezado demasiado pronto el proceso de nacimiento. Tendría más cuidado en su próximo intento, pero por esta vez la inseguridad de su posición y el tener que vigilar constantemente para que un tiranosaurio inquieto no interrumpiera su trabajo, habían dado como resultado, al parecer, una prisa excesiva.

De todos modos, le pareció que había tenido bastante éxito. El gatito maulló y Haviland Tuf pensó que sería necesario alimentarle con un biberón de leche, tarea que le pareció fácilmente realizable. El gatito apenas si podía abrir los ojos y su largo pelaje gris estaba todavía mojado a causa de los fluidos en los que había estado sumergido hasta hacía muy poco. ¿Habría sido alguna vez *Champiñón* realmente tan pequeño?

—No puedo llamarte *Champiñón* —le dijo solemnemente a su nuevo compañero—. Es cierto que genéticamente tú y él sois iguales, pero *Champiñón* era *Champiñón*, en tanto que tú eres tú y no me gustaría empezar a crearte confusiones. Te llamaré *Caos*, con lo que resultarás un compañero muy adecuado para *Desorden*. —El gatito se agitó en la palma de su mano y le guiñó un ojo como si le hubiera entendido. Claro que, como bien sabía Tuf, todos los felinos poseen ciertas cualidades extrasensoriales.

Ya no le quedaba nada por hacer allí. Quizás había llegado el momento de buscar a sus anteriores y poco fiables compañeros para intentar alcanzar con ellos cierto arreglo que resultara mutuamente beneficioso. Sosteniendo a *Caos* junto a su cuerpo, Haviland Tuf se puso en marcha dispuesto a encontrarlos.

Cuando la luz roja que representaba a Nevis desapareció de la pantalla, Rica Danwstar pensó que casi todo estaba listo. Ya sólo quedaban ella y Tuf, lo cual, a efectos prácticos, significaba que era dueña y señora del *Arca*.

¿Qué diablos iba a hacer con ella? Resultaba difícil responder a esa pregunta. ¿Venderla a un consorcio de armamentos o al mundo que ofreciera el precio más alto? Dudoso. No confiaba en nadie que poseyera tanto poder. Después de todo, el poder corrompe. Quizá debiera conservarla en sus manos, pero vivir dentro de ese cementerio iba a resultar espantosamente solitario por mucho que su propia corrupción la hiciera inmune a las tentaciones del poder. Siempre podía buscar una tripulación, claro. Llenar la nave de amigos, amantes y subordinados. Sólo que, ¿cómo confiar en ellos? Rica frunció el ceño. Bueno, el problema era bastante espinoso, pero tenía mucho tiempo para resolverlo. Ya pensaría en ello después.

En esos instantes tenía un problema más urgente a considerar. Tuf había salido ahora mismo de la cámara central de clonación y se había metido en los pasillos. ¿Qué hacer con él?

Rica estudió la pantalla. La telaraña seguía en su cubil, caliente y cómodo, probablemente alimentándose todavía con Nevis. Las cuatro toneladas del ariete rodante se encontraban en el corredor principal de la cubierta seis, moviéndose de un lado a otro como una gigantesca bola de cañón viviente y no muy lista, rebotando en las paredes y buscando vanamente algo orgánico sobre lo que rodar, aplastándolo, para luego digerirlo.

El tiranosaurio se encontraba en el nivel adecuado. ¿Qué estaría haciendo? Rica tecleó los controles pidiendo información más detallada y sonrió. Si podía fiarse de los informes estaba comiendo. ¿Comiendo qué? Por unos momentos no supo qué pensar y de pronto lo comprendió. Debía de estar engullendo los restos de Jefri Lion y el drácula encapuchado, ya que el lugar donde se encontraba parecía el mismo donde habían muerto.

Pensándolo bien, estaba bastante cerca de Tuf. Por desgracia, cuando se puso otra vez en marcha lo hizo en la dirección errónea. Quizá pudiera prepararle una cita.

Claro que no debía subestimar a Tuf. Ya había logrado escapar por una vez al reptil y quizá pudiera escapar de nuevo. Incluso si le atraía al nivel en que se encontraba el ariete tendría el mismo tipo de problema. Tuf poseía cierta astucia animal e innata. Jamás lograría engañarle de un modo tan tosco como al viejo Nevis, ya que era demasiado sutil. Recordó las partidas que habían disputado a bordo de la *Cornucopia* y la forma en que Tuf las había ganado todas.

¿Soltar quizá unas cuantas bioarmas más? Sería fácil hacerlo.

Rica Danwstar vaciló unos instantes. Ah, qué diablos, pensó, hay un modo más sencillo de hacerlo. Ya iba siendo hora de ponerse manos a la obra personalmente.

En uno de los brazos del trono del capitán había una delgada diadema de metal iridiscente que Rica había sacado antes de un compartimiento. La cogió y la hizo pasar brevemente por un lector para comprobar los circuitos, poniéndosela luego en la cabeza con una inclinación algo osada. Después se puso el casco, selló su traje y tomó su arma. Una vez más en la brecha...

Recorriendo los pasillos del *Arca*, Haviland Tuf encontró una especie de vehículo consistente en una pequeña plataforma descubierta provista de tres ruedas. Llevaba cierto tiempo de pie y antes de ello había estado escondiéndose bajo una mesa por lo cual agradeció sumamente la ocasión de sentarse. Puso en marcha el vehículo, ajustando la velocidad para que no fuera demasiado aprisa, se reclinó en el asiento y miró hacia adelante. *Caos* iba cómodamente instalado en su regazo.

Tuf recorrió varios kilómetros de pasillo. Como conductor, era metódico y cauteloso. Se detenía en cada encrucijada, miraba a derecha e izquierda y sopesaba las posibles opciones antes de actuar. Se desvió por dos veces, en parte obedeciendo a la lógica y en parte al más puro capricho, pero, normalmente, iba por los pasillos más anchos. En una ocasión detuvo el vehículo y bajó de él para explorar una hilera de puertas que le parecieron interesantes. No vio nada digno de mención y no encontró a nadie. De vez en cuando, *Caos* se removía en su regazo.

Y de pronto vio a Rica Danwstar.

Haviland Tuf detuvo su vehículo en el centro de una gran intersección. Miró a la derecha y pestañeó varias veces. Miró a la izquierda y luego, con las manos sobre el estómago, se quedó quieto viendo cómo ella se le acercaba lentamente.

Rica se detuvo a unos cinco metros de distancia.

—¿Dando un paseo? —le dijo. En la mano derecha llevaba su ya familiar aguijón y en la izquierda una serie de tiras que llegaban hasta el suelo.

—Ciertamente —dijo Haviland Tuf—. He estado muy ocupado durante un tiempo. ¿Dónde se encuentran los demás?

—Muertos —dijo Rica Danwstar—. Fallecidos. Se han ido. Han sido eliminados del juego y nosotros dos somos los últimos, Tuf. La partida se acaba.

—Una situación muy familiar —dijo Tuf con voz átona.

—Ésta es la última partida, Tuf —dijo Rica Danwstar—. No habrá otra. Y esta vez gano yo.

Tuf acarició a *Caos* y no le respondió.

—Tuf —dijo ella con voz amistosa—, en todo este asunto tú eres el único inocente. No tengo nada contra ti. Coge tu nave y márchate.

—Si con ello se hace referencia a la *Cornucopia de Mercancías Excelentes a Bajos Precios* —dijo Haviland Tuf—, ¿me está permitido mencionar que sufrió graves daños y que aún no han sido reparados?

—Entonces, coge alguna otra nave.

—Creo que no lo haré —dijo Tuf—. Mi reclamación en cuanto a la propiedad del *Arca* quizá no sea tan fundada como la de Celise Waan, Jefri Lion, Kaj Nevis y Anittas. Pero si me dices que todos ellos han fallecido, tengo la seguridad de que resulta tan fundada, al menos, como la tuya.

—No del todo —dijo Rica Danwstar, alzando su arma—. Esto le da ventaja a la mía.

Haviland Tuf contempló al gatito que tenía en el regazo.

—Que ésta sea tu primera lección sobre la dureza del universo —le dijo en voz alta—. ¿De qué sirve la justicia y el juego limpio cuando uno de los bandos tiene un arma, en tanto que el otro no? La violencia brutal lo gobierna todo y la inteligencia y las buenas intenciones son pisoteadas sin piedad. —Miró a Rica Danwstar y dijo—: Señora, debo reconocer su ventaja, pero me veo obligado igualmente a protestar. Los miembros de nuestro grupo ya fallecidos me admitieron en esta empresa, dándome el derecho a una parte igual de los beneficios, antes de que abordáramos el *Arca*. Que yo sepa, nunca se hizo una proposición similar en lo tocante a su persona y ello me otorga una ventaja legal. —Alzó un dedo—. Lo que es más, pienso argumentar que la propiedad es algo que viene con el uso y con la habilidad para ejercer dicho uso. Para proceder del modo más adecuado posible, el *Arca* debería estar al mando de la persona que ha demostrado el talento, el intelecto y la voluntad de utilizar lo más efectivamente posible sus múltiples capacidades. Afirmo que yo soy tal persona.

Rica Danwstar se rió.

—Oh, ¿de veras?

—Ciertamente —dijo Haviland Tuf, cogiendo a *Caos* y levantándole para que Rica pudiera verlo—. Contemplad mi prueba. He explorado esta nave y he logrado dominar los secretos de la técnica de clonación de los desaparecidos Imperiales de la Tierra. Resultó ser una experiencia tan impresionante como embriagadora y estoy impaciente por repetirla. De hecho, he decidido abandonar la grosera llamada de la profesión mercantil, por la más noble de ingeniero ecológico. Tengo la esperanza de que no tengáis la intención de interponeros en mi camino. Tened la seguridad, señora, de que os devolveré a ShanDellor y me ocuparé personalmente de que se os abone hasta la última fracción de la paga prometida por Jefri Lion y por los demás.

Rica Danwstar meneó la cabeza con incredulidad.

—Tuffy, no tienes precio —dijo. Dio un paso hacia adelante, haciendo girar el aguijón en su dedo—. ¿Crees entonces que tienes derecho a poseer la nave porque puedes usarla y yo no?

—Ésa es exactamente la razón de mi teoría —dijo Tuf aprobadoramente.

Rica rió de nuevo.

—Ten, no me hace falta esto —le dijo con voz alegre, y le arrojó el arma.

Tuf extendió la mano y la cogió al vuelo.

—Al parecer mi, reclamación acaba de verse fortalecida, tan inesperada como decisivamente. Ahora me es posible amenazar con el uso de este arma.

—No lo harás —replicó ella—. Reglas, Tuf. Tú siempre juegas siguiendo las reglas. Yo soy la que siempre prefiere darle una patada al tablero de juego. —Extendió la mano en la que llevaba el manojo de tiras—. ¿Sabes qué he estado haciendo mientras que tú creabas un gatito clínico?

—Obviamente, no —dijo Haviland Tuf.

—Obviamente —repitió Rica con voz sardónica—. He estado en el puente, Tuf, jugando con el ordenador y aprendiendo prácticamente todo lo que necesito saber sobre el CIE y su *Arca*.

—Ya —pestañeó Tuf.

—Ahí arriba hay una gran pantalla —dijo ella—. Puedes considerarla como un gran tablero de juego, Tuf. He estado observando cada movimiento. Las piezas rojas erais tú y los demás. También yo era una pieza roja. Y las piezas negras, las bioarmas, como gusta de llamarlas el sistema, aunque yo prefiero llamarlas monstruos. Es más corto y no tan pomposo.

—Sin embargo, es una palabra cargada de connotaciones —dijo Tuf.

—Oh, ciertamente. Pero vayamos al asunto principal. Atravesamos la esfera defensiva e incluso logramos manejar la defensa de plagas, pero Anittas logró que le mataran

144

y decidió vengarse un poco, por lo cual dejó sueltos a los monstruos utilizados para la segunda línea defensiva. Y yo me quedé sentada ahí arriba y estuve viendo cómo las piezas negras y las rojas se perseguían mutuamente. Pero faltaba algo, Tuf. ¿Sabes qué era?

—Sospecho que se trata de una pregunta retórica —dijo Tuf.

—Ciertamente —le imitó Rica Danwstar y se rió—. ¡Faltaban las piezas verdes, Tuf! El sistema estaba programado para representar a los intrusos en rojo, a sus propias bioarmas en negro y al personal autorizado del *Arca* en verde. Naturalmente, no había puntos verdes y eso me hizo empezar a meditar, Tuf. Estaba claro que los monstruos eran una defensa a utilizar en último extremo, claro, pero... ¿había sido concebida para utilizarla sólo cuando la nave era un pecio abandonado?

Tuf cruzó las manos sobre su vientre.

—Pienso que no. La existencia de esa pantalla y sus capacidades de información, implican la existencia de alguien que pudiera observarla. Aún más, si el sistema estaba codificado para mostrar al personal de la nave, a los intrusos y a los defensores monstruosos, de forma simultánea y en varios colores, entonces debe tomarse en consideración la posibilidad de que los tres grupos mencionados estuvieran a bordo y en acción al mismo tiempo.

—Sí —dijo Rica—. Y ahora, la pregunta clave.

Haviland Tuf vio que algo se movía detrás de ella en el corredor.

—Mis disculpas pero... —empezó a decir.

Rica le indicó que callara con un gesto impaciente.

—Si estaban dispuestos a soltar esos horrores enjaulados que poseían para repeler a un ataque en una situación de emergencia, ¿cómo podían evitar que sus propios hombres murieran ante ellos?

—Un dilema interesante —admitió Tuf—. Siento grandes deseos de conocer la respuesta a dicho enigma, pero me temo que deberé posponer tal placer. —Se aclaró la garganta y añadió—: No siento el menor deseo de interrumpir tan fascinante discurso pero con todo me siento obligado a señalar que...

El suelo se estremeció.

—Sí —dijo Rica sonriendo.

—Me siento obligado a señalar —repitió Tuf—, que un dinosaurio carnívoro de más bien gran tamaño acaba de aparecer en el corredor y que en estos momentos intenta sorprendernos, aunque no lo hace demasiado bien.

El tiranosaurio lanzó un rugido.

Rica Danwstar no se inmutó.

—¿De veras? —dijo y se rió—. No esperarás realmente que me deje sorprender por el viejo truco de «hay un dinosaurio a tu espalda». Esperaba algo mejor de ti, la verdad.

—¡Protesto! Soy totalmente sincero —Tuf puso en marcha el motor de su vehículo—. De ello da fe la rapidez con que he activado este aparato para huir del avance de la criatura. ¿Cómo es posible tanta suspicacia, Rica Danwstar? Estoy seguro de que el estruendoso caminar de la bestia y su rugido deben resultar perfectamente audibles.

—¿Qué rugido? —dijo Rica—. No, Tuf, seamos serios. Te estaba explicando algo muy importante. La respuesta es que olvidamos una pequeña pieza del rompecabezas total.

—Ciertamente —dijo Tuf. El tiranosaurio se abalanzaba sobre ellos a una velocidad alarmante. Estaba de bastante mal humor y sus rugidos hacían difícil oír las palabras de Rica Danwstar.

—El Cuerpo de Ingeniería Ecológica era algo más que una fábrica de clones, Tuf. Eran científicos y militares, así como ingenieros genéticos de primera categoría. Podían recrear las formas de vida de centenares de mundos y darles la chispa vital en sus cubas, pero eso no era todo lo que podían hacer. También podían juguetear con el DNA, cambiar esas formas de vida, ¡diseñarlas nuevamente para que se adecuaran a sus propósitos!

—Por supuesto —dijo Tuf—. Pido excusas pero me temo que debo salir huyendo de este dinosaurio. —El reptil se encontraba ahora a unos diez metros detrás de Rica y de pronto se detuvo. Su cola golpeó la pared y el vehículo de Tuf se estremeció ante el impacto. De sus fauces brotaban chorros de saliva y sus pequeñas patas delanteras arañaban el aire con frenesí.

—Sería una grave descortesía —dijo Rica—. Verás, Tuf, ahí está la respuesta. Esas bioarmas, esos monstruos, fueron mantenidos en estasis durante mil años y puede que aún más tiempo. Pero no eran monstruos normales. Habían sido clonados para un propósito especial, para defender a la nave contra los intrusos, y habían sido manipulados genéticamente para ello y sólo para ello. —El tiranosaurio dio un paso y luego otros dos. Ahora se encontraba justo detrás de ella y su sombra cubría por entero el cuerpo de Rica, sumiéndolo en las tinieblas.

—Manipulados, ¿de qué modo? —le preguntó Haviland Tuf.

—Pensaba que jamás me harías esa pregunta —dijo Rica Danwstar. El tiranosaurio se inclinó hacia adelante, rugió y luego, abriendo su enorme boca, rodeó con sus fauces la cabeza de Rica—. Psiónica —dijo ella desde el interior de la boca del reptil.

—Ciertamente —dijo Haviland Tuf.

—Una simple capacidad psiónica —anunció Rica

desde el interior de la boca del tiranosaurio. Extendió la mano y le quitó algo de entre los dientes, emitiendo un leve ruido de repugnancia—. Algunos de esos monstruos carecían prácticamente de cerebro, eran todo instinto. Se les dio una aversión instintiva básica y a los monstruos más complicados se les hizo controlables mediante la psiónica. Los instrumentos de control eran simples identificadores psi: unos aparatos pequeños y muy lindos parecidos a diademas. Lo único que hace es obligar a ciertos monstruos a que me rehúyan y a otros a que me obedezcan. —Sacó la cabeza de la boca del dinosaurio y le dio una sonora palmada en la mandíbula—. Abajo, chico —le dijo.

El tiranosaurio rugió de nuevo y agachó la cabeza. Rica Danwstar desenredó cuidadosamente el manojo de tiras y éste resultó ser un arnés que empezó a colocar encima del dinosaurio.

—Le he estado controlando durante toda nuestra conversación —le dijo a Tuf en tono despreocupado—. Yo le llamé para que viniera. Tiene hambre. Se ha comido a Lion, pero Lion era más bien pequeño, ya estaba muerto y no ha comido nada más desde hace mil años.

Haviland Tuf miró el aguijón que tenía en la mano. En esos momentos le pareció aún peor que inútil y, además, no era un buen tirador.

—Me encantaría fabricar para él un clon de estegosaurio.

—No, gracias —dijo Rica mientras terminaba de ajustar el arnés—, ahora no se puede dejar la partida. Querías jugar, Tuffy, pero me temo que has perdido. Tendrías que haberte ido cuando te ofrecí esa oportunidad. Vamos a examinar nuevamente tu reclamación, ¿quieres? Lion, Nevis y los demás te ofrecieron una parte, sí, pero ¿de qué? Me temo que ahora vas a recibir una parte completa, lo quieras o no. Una parte completa de lo mismo que consiguieron ellos. Así queda liquidado tu argumento legal y en cuanto a tu pretensión basada en la utilidad superior —le dio otra palmada al dinosaurio y sonrió—, creo haber demostrado que puedo utilizar el *Arca* de un modo más efectivo que tú. Baja un poquito más. —El reptil se inclinó todavía más y Rica Danwstar se instaló en la silla de montar que había sujetado a su cuello—. ¡Arriba! —le ordenó secamente y el reptil se incorporó.

—Por lo tanto, dejamos a un lado moralidad y legalidad, volviendo nuevamente a la violencia —dijo Tuf.

—Me temo que así es —dijo Rica desde lo alto de su tirano lagarto. El reptil avanzó lentamente, como si ella estuviera probando un mecanismo aún no muy familiar—. No digas que no he jugado limpiamente, Tuf. Tengo al dinosaurio pero tú tienes mi aguijón. Puede que, con suerte, consigas dar en el blanco. De ese modo, los dos estamos armados. —Se rió—. Sólo que yo estoy armada, bueno, hasta los dientes.

Haviland Tuf, sin moverse, le arrojó su arma. Fue un buen lanzamiento y Rica, con un pequeño esfuerzo, pudo cogerla.

—¿Qué sucede? —le dijo—. Te rindes.

—Tantos escrúpulos sobre el juego limpio me han impresionado —dijo Tuf—. No deseo jugar con ventajas de ningún tipo. Dado que la argumentación expuesta tiene su fuerza, me inclino ante ella. Ahí hay un animal —acarició a su gatito—, y aquí, en mis manos, también hay uno. Ahora ya tienes un arma. —Puso en marcha su vehículo y salió marcha atrás de la intersección de pasillos, rodando velozmente por el que tenía detrás suyo, a la máxima aceleración de la que era capaz el motor yendo en aquel sentido.

—Como desees —dijo Rica Danwstar. El juego había

terminado y ahora sentía una cierta tristeza. Tuf estaba haciendo girar su vehículo para huir normalmente y no marcha atrás. El tiranosaurio abrió su enorme boca y la saliva fluyó sobre sus dientes de medio metro de longitud. Su rugido nacía de un hambre feroz, que había empezado por primera vez hacía un millón de años y, rugiendo, el reptil se lanzó sobre Tuf.

Y, rugiendo, recorrió el trecho de pasillo que le separaba de la intersección.

Veinte metros más lejos, la minimente del cañón de plasma tomó conocimiento de que algo superior en tamaño a las dimensiones de su blanco programado había entrado en la zona de fuego. Hubo un chasquido casi inaudible.

Haviland Tuf no estaba de cara al resplandor. Su cuerpo se interpuso entre *Caos* y la espantosa ola de calor y de ruido. Por fortuna, ésta duró sólo un instante, aunque aquel lugar olería a reptil quemado durante años y haría falta cambiar amplias secciones del suelo y las paredes.

—Yo también tenía un arma —le dijo Haviland Tuf a su gatito.

Mucho tiempo después, cuando el *Arca* ya estaba limpia y tanto él como *Caos* y *Desorden* estaban cómodamente instalados en la suite del capitán, a la cual había trasladado todos sus efectos personales después de haber dispuesto de los cadáveres, hecho las reparaciones posibles e imaginado un medio de calmar a la increíblemente ruidosa criatura que vivía en la cubierta seis, Haviland Tuf empezó a registrar metódicamente la nave. Al segundo día logró encontrar ropas, pero tanto los hombres como las mujeres del CIE habían sido más bajos que él y considerablemente más delgados, por lo cual ninguno de los uniformes le iba bien.

Pese a todo, logró encontrar algo que sí fue de su agrado. Se trataba de una gorra verde que encajaba perfectamente en su calva y algo blanquecina cabeza. En la parte delantera de la gorra, en oro, se veía la letra theta que había sido la insignia del cuerpo.

—Haviland Tuf —le dijo a su imagen en el espejo—, ingeniero ecológico.

No sonaba mal del todo, pensó.

2

Los panes y los peces

Se llamaba Tolly Mune, pero le habían llamado montones de cosas.

Quienes entraban por primera vez en su dominio utilizaban su título con cierta deferencia. Había sido Maestre de Puerto durante más de cuarenta años y antes de eso había sido Ayudante del Maestre de Puerto, un puesto exótico y pintoresco, en la gran comunidad orbital conocida oficialmente como el Puerto de S'uthlam. En el planeta, ese cargo era sólo otra casilla más, dentro de los organigramas burocráticos, pero en su órbita el Maestre de Puerto era a la vez el juez, el jefe ejecutivo, el alcalde, el legislador, el jefe de mecánicos, el árbitro y el jefe de policía, todo en uno. Por lo tanto, se referían a ella como la M. P.

El Puerto había empezado siendo pequeño y había ido creciendo a lo largo de los siglos, a medida que la población en aumento de S'uthlam convertía el planeta en un mercado de importancia cada vez mayor y una encrucijada clave en la red del comercio interestelar dentro del sector. En el centro del puerto se hallaba la estación, un asteroide hueco de unos dieciséis kilómetros de diámetro, con sus zonas de estacionamiento, talleres, dormitorios, laboratorios y comercios. Seis estaciones la habían precedido, cada una mayor que la anterior y cada una envejecida y finalmente superada por el paso del tiempo. La más antigua había sido construida hacía tres siglos, no era más grande que una nave espacial de tamaño medio y estaba unida a la Casa de la Araña como un grueso brote metálico emergiendo de una patata de piedra.

El nombre que recibía ahora era el de Casa de la Araña ya que se encontraba en el centro de una intrincada telaraña de metal plateado que resplandecía en la oscuridad del espacio. Irradiando de la estación en todas direcciones había dieciséis grandes ejes: el más nuevo tenía cuatro kilómetros de largo y aún estaba en construcción. Siete de los originales (el octavo había sido destruido en una explosión) extendían sus doce muelles como afiladas cuchillas en el espacio. Dentro de los grandes tubos estaba la industria del Puerto: almacenes, factorías, astilleros, aduanas y centros de embarque, además de todas las instalaciones de carga, descarga y reparaciones concebibles para todos los tipos de naves espaciales conocidas en el sector. Largos trenes neumáticos corrían por el centro de los tubos, transportando carga y pasajeros de una puerta a otra así como a la ruidosa y abarrotada conexión de la Casa de la Araña y a los ascensores que había bajo ella.

De esos tubos brotaban otros de menos tamaño; y de ellos, otros aún menores que se entrecruzaban a través del vacío, uniéndolo todo en una retícula cuya complejidad iba aumentando, de año en año, a medida que se le iban haciendo más y más adiciones.

Y entre las hebras de esa telaraña se encontraban las moscas: lanzaderas que aterrizaban y despegaban de la superficie de S'uthlam, con cargas demasiado grandes o volátiles para los ascensores; naves mineras que traían mineral o hielo de los Abismos; cargueros con alimentos de los asteroides granjeros terraformados, situados más al interior del sistema, a los que se conocía colectivamente como la Despensa. Y todo tipo de tráfico interestelar, desde los lujosos cruceros de placer de las Transcorp hasta los mercantes que procedían de mundos tan cercanos como Vandeen o tan lejanos como Caissa y Newholme, pasando por las flotas mercantes de Kimdiss, las naves de combate de Bastión y Ciudadela e incluso las naves alienígenas de los Hruun Libres, los Raheemai, los Getsoides y otras especies todavía más extrañas. Todos acudían al Puerto de S'uthlam y todos eran bienvenidos a él.

Quienes vivían en la Casa de la Araña, los que trabajaban en los bares y restaurantes, los encargados de transportar las cargas, de venderlas y comprarlas así como de reparar y proveer de combustible a las naves, se llamaban a sí mismos, honoríficamente, hiladores. Para ellos y para las moscas que iban allí, con la frecuencia suficiente como para ser consideradas habituales, Tolly Mune era Mamá Araña: irascible, mal hablada y normalmente malhumorada, aterradoramente competente, ubicua e indestructible, tan grande como una fuerza de la naturaleza y dos veces peor que ella. Algunos de ellos, los que se habían atravesado en su camino cuando no debían hacerlo o los que se habían ganado su odio, no la apreciaban ni pizca y, para ellos, la Maestre de Puerto era la Viuda de Acero.

Era una mujer de huesos grandes y buena musculatura, no demasiado atractiva y tan delgada como cualquier s'uthlamés auténtico, pero al mismo tiempo tan alta (casi dos metros) y tan corpulenta (esas espaldas...) que en la superficie habían llegado a considerarla casi como un fenómeno de circo. Su rostro estaba tan surcado de arrugas como un viejo y confortable asiento de cuero desgastado por el tiempo. Tenía cuarenta y tres años locales, lo que se aproximaba a los noventa años estándar, pero no parecía haber cumplido ni una hara más de los sesenta, lo cual atribuía a una vida entera en órbita. «La gravedad es lo que te envejece», decía siempre. Con la excepción de algunos balnearios de lujo, los hospitales y los hoteles para turistas situados en la Casa de la Araña, así como los grandes cruceros que poseían rejillas gravitatorias, el Puerto giraba en una eterna carencia de peso y la caída libre era el ámbito natural de Tolly Mune.

Tenía el cabello de un color gris acerado y cuando trabajaba se lo recogía en un apretado moño. Pero cuando estaba libre lo dejaba fluir tras ella como la cola de un cometa, agitándose a cada uno de sus movimientos. Y se movía mucho. Su cuerpo, grande, enjuto, desgarbado y huesudo era tan firme como grácil. Podía nadar a través de los radios de la telaraña y los corredores, estancias y parques de la Casa de la Araña con la fluidez de un tiburón en el agua, agitando sus largos brazos y sus piernas, delgadas pero musculosas, en un continuo tocar y empujar que la llevaban siempre adonde quería. Nunca llevaba calzado y sus pies eran casi tan hábiles como sus manos.

Incluso en el espacio, allí donde los más veteranos hiladores llevaban trajes incómodos y se movían torpemente a lo largo de sus cables de seguridad, Tolly Mune escogía siempre la movilidad y los dermotrajes ajustados al cuerpo. La protección que éstos ofrecían contra las radiaciones duras de S'ulstar era mínima, pero Tolly parecía encontrar un orgullo enfermizo en el azul oscuro de su piel y cada mañana tragaba píldoras anticancerígenas a puñados para no tener que someterse a la lenta y poco ágil seguridad. Una vez se hallaba bajo la brillante negrura enmarcada por la telaraña era la señora de todo. Llevaba propulsores de aire en la muñeca y en el tobillo y no había nadie más experto que ella en su manejo. Volaba libremente de una mosca a otra, haciendo una comprobación aquí y una visita allá, asistiendo a todas las reuniones, supervisando el trabajo, dando la bienvenida a las moscas más importantes, contratando, despidiendo y, en general, resolviendo cualquier tipo de problema que pudiera presentarse.

Una vez en el centro de su telaraña, la Maestre de Puerto, Tolly Mune, Mamá Araña, la Viuda de Acero, era todo aquello que siempre había deseado ser.

No había tarea alguna que pudiera resistírsele y estaba orgullosa de cómo había utilizado las cartas que se le repartieron en el juego de la vida.

Durante uno de los ciclos nocturnos, la despertó de su profundo sueño el zumbido de llamada del comunicador. Era su Ayudante.

—Será mejor que se trate de algo condenadamente importante —dijo, clavando su dura mirada en la imagen de la videopantalla.

—Será mejor que vayas al Control —le respondió él.

—¿Por qué?

—Se acerca una mosca —dijo—. Una mosca grande.

Tolly Mune frunció el ceño.

—No te habrías atrevido a despertarme por una tontería. Suéltalo.

—Una mosca realmente muy grande —recalcó él—. Tienes que verlo. Es la mosca más condenadamente enorme que he visto jamás. Mamá, no estoy bromeando, esta cosa debe tener unos treinta kas de largo.

—Infierno, infierno —dijo ella en el último momento carente de complicaciones de toda su vida: aún no había conocido a Haviland Tuf.

Se tragó un puñado de píldoras anticancerígenas, de un vivo color azulado, haciéndolas pasar con un buen sorbo de cerveza, y estudió la holoimagen que se alzaba ante ella.

—Una nave realmente grande —dijo en tono despreocupado—. ¿Qué diablos es?

—El *Arca* es una sembradora de bioguerra del Cuerpo de Ingeniería Ecológica —replicó Haviland Tuf.

—¿El CIE? —dijo ella—. ¿En serio?

—¿Debo repetir mis palabras, Maestre de Puerto Mune?

—¿El Cuerpo de Ingeniería Ecológica del viejo Imperio Federal... ahora? —le preguntó ella—. ¿El que tenía su base en Prometeo? ¿Los especialistas en clonación y bioguerra, los que podían fabricar todo tipo de catástrofes ecológicas a medida? —Mientras pronunciaba esas palabras estudiaba atentamente el rostro de Tuf. Su figura dominaba el centro de su pequeña, atestada, revuelta y normalmente demasiado concurrida oficina en la Casa de la Araña. Su proyección holográfica se alzaba entre el amasijo de objetos en ingravidez, como una especie de inmenso fantasma blanco. De vez en cuando una bola de papel arrugado flotaba a través de él.

Tuf era grande. Tolly Mune se había encontrado moscas a las cuales les encantaba aumentar sus holos para dar la impresión de que eran más altos de lo que eran en realidad. Quizá Haviland Tuf estuviera haciendo exactamente eso pero, sin saber muy bien porqué, le parecía que no era tal el caso. No le daba la impresión de ser esa clase de hombre. Y ello quería decir que en realidad medía como unos dos metros y medio de talla, con lo cual superaba en más de medio metro al hilador más alto que había visto en su vida y la estatura de éste ya era tan fenomenal como la de la propia Tolly. Los s'uthlameses eran un pueblo de baja estatura debido a sus genes y a su alimentación.

El rostro de Tuf era absolutamente indescifrable. Lenta y tranquilamente cruzó sus largos dedos sobre el bulto de su estómago.

—Exactamente —le dijo—. Una erudición histórica digna de envidia.

—Vaya, gracias —replicó ella amistosamente—. Si me equivoco corríjame pero, aun contando con mi erudición histórica, me parece recordar que el Imperio Federal se derrumbó hace... bueno, unos mil años. Y el CIE se esfumó también. Lo dispersaron, lo hicieron volver a Prometeo o a la Vieja Tierra, fue destruido en combate, abandonó el espacio humano... lo que sea. Por supuesto, y según se dice, los naturales de Prometeo siguen poseyendo una buena parte de la vieja técnica biológica, pero no suelen venir mucho por aquí y no estoy segura de ello. Pero sí he oído decir que son muy celosos en cuanto a compartir sus conocimientos. Por lo tanto veamos si he entendido bien: ahí está una sembradora del viejo CIE, que sigue en funcionamiento y que usted ha encontrado por pura casualidad, siendo también la única persona que se encuentra a bordo.

—Correcto —dijo Haviland Tuf.

Tolly sonrió.

—Y yo soy la Emperatriz de la Nebulosa del Cangrejo.

El rostro de Tuf no se movió ni un milímetro.

—Me temo que en tal caso se me ha puesto en comunicación con la persona equivocada. Yo deseaba hablar con la Maestre de Puerto de S'uthlam.

Tolly tomó otro sorbo de cerveza.

—Yo soy la condenada Maestre de Puerto —le replicó secamente—. Tuf, ya basta de tonterías. Está usted sentado ahí, dentro de una nave que se parece muy sospechosamente a una nave de guerra y que, casualmente, es treinta veces más grande que nuestro mayor acorazado de la flotilla defensiva planetaria, y está poniendo extremadamente nervioso a un montón muy grande de gente. La mitad de los gusanos de tierra de los grandes hoteles creen que se trata de una nave alienígena venida para robarnos el aire y comerse a nuestros niños, y la otra mitad está segura de que se trata sólo de un efecto especial amablemente previsto por nosotros para su diversión. En estos mismos instantes centenares de ellos están alquilando trajes y trineos de vacío y dentro de un par de horas estarán reptando por encima de su casco. Y mi gente tampoco tiene ni la menor idea de qué hacer. Por lo tanto, Tuf, vayamos al condenado meollo del asunto. ¿Qué quiere?

—Me siento decepcionado —dijo Tuf—. He llegado hasta aquí a costa de grandes dificultades para consultar con los cibertecs e hiladores de Puerto S'uthlam, cuyas capacidades son famosas muy lejos de aquí y cuya reputación por su conducta ética y honesta no es superada en ningún otro lugar. No pensaba encontrarme con esta inesperada agresividad y con tales sospechas infundadas. No pido nada más que ciertas alteraciones y algunos arreglos.

Tolly Mune le escuchaba sólo a medias. Estaba contemplando los pies de la proyección holográfica, junto a los cuales acababa de aparecer una criatura pequeña y cubierta de pelo blanco y negro.

—Tuf —dijo, sintiendo la garganta algo reseca—, discúlpeme, pero hay alguna condenada especie de alimaña, frotándose contra su pierna. —Dio otro sorbo a su cerveza.

Haviland Tuf se agachó y cogió al animal.

—Maestre de Puerto Mune —dijo—, los gatos no pueden ser calificados de alimañas sin cometer un grave error. A decir verdad, el felino es un enemigo implacable de casi todos los parásitos y plagas, pero éste no es sino uno de los muchos atributos fascinantes y benéficos de esta admirable especie. ¿Sabe que en tiempos lejanos la humanidad les adoró como dioses? Ésta es *Desorden*.

La gata empezó a emitir una especie de ronquido ahogado, al acunarla Tuf en el hueco de uno de sus enormes brazos y empezar a pasarle lenta y sosegadamente la mano por su pelaje.

—Oh —dijo ella—. Un... un animal doméstico, ¿se dice así? Los únicos animales existentes en S'uthlam son los que nos comemos, pero de vez en cuando recibimos visitantes que poseen animales domésticos. No deje que su... ¿felino?

—Ciertamente —dijo Tuf.

—Bueno, no le deje salir de la nave. Recuerdo que cuando era ayudante de M.P. en una ocasión tuve un jaleo absolutamente espantoso. Una mosca que debía tener el cerebro estropeado perdió a su maldito animal, justo cuando teníamos de visita a ese enviado alienígena y nuestras patrullas de seguridad les confundieron. Le resultaría casi imposible creer lo nervioso que se puso todo el mundo.

—La gente suele excitarse en demasía muchas veces —dijo Haviland Tuf.

—¿De qué clase de reparaciones y cambios me hablaba?

Tuf respondió con un encogimiento de hombros.

—Pequeñas cosas que sin duda serán fácilmente realizables para expertos tan eficientes como los suyos. Tal y como he señalado, el *Arca* es ciertamente una nave muy antigua y las vicisitudes de la guerra y la falta de cuidados han dejado sus marcas en ella. Hay cubiertas enteras y sectores a oscuras y sin funcionar que han sido dañados incluso más allá de las admirables capacidades de autorreparación que posee el navío. Deseo que tales partes sean reparadas y puestas de nuevo en pleno funcionamiento.

»Por otra parte, como quizá ya sepa por sus estudios históricos, el *Arca* tenía una tripulación de doscientos hombres. Se encuentra lo suficientemente automatizada como para que me haya resultado posible hacerla funcionar yo solo, pero no sin ciertos inconvenientes, debo admitirlo. El centro de mando, localizado en la torre del puente, representa un agotador viaje diario desde mis aposentos y, además, he descubierto que el puente no ha sido adecuadamente diseñado para satisfacer mis necesidades. Tengo que ir constantemente de una estación de control a otra para ejecutar la multitud de complejas tareas requeridas para el manejo de la nave. Existen también otras funciones para las cuales debo abandonar el puente y viajar de un lado a otro de esta inmensa nave. Y hay tareas que me ha resultado imposible llevar a cabo pues, al parecer, requerirían mi presencia simultánea en dos o más lugares separados por kilómetros de distancia y situados en cubiertas distintas. Cerca de mis aposentos se encuentra una pequeña pero cómoda sala de comunicaciones auxiliares, que parece estar en perfecto funcionamiento. Me gustaría que sus cibertecs reprogramaran y diseñaran otra vez los sistemas de mando para que en el futuro me resulte posible llevar a cabo todo lo que necesite desde aquí, sin necesidad de realizar el agotador viaje diario hasta el puente. A decir verdad, sin que ni tan siquiera deba levantarme de mi asiento.

»Aparte de esas tareas de mayor importancia tengo en mente unas pocas alteraciones más. Puede que alguna modernización, incluso. Me gustaría añadir un cocina con todas las especias y condimentos posibles, así como una biblioteca de recetas para que pueda tomar unas colaciones más variadas e interesantes al paladar que los nada atractivos aunque nutritivos menús militares que el *Arca* está ahora programada para servir. Una amplia provisión de vinos y cervezas, los mecanismos necesarios para que, en el futuro, pueda fermentar mis propios licores durante los prolongados viajes espaciales y también aumentar mis posibilidades recreativas adquiriendo algunos libros, hologramas y cristales musicales de este último milenio. Ah, también algunos nuevos programas de seguridad y unos cuantos cambios de poca importancia y complejidad. Ya le daré una lista completa.

Tolly Mune le había estado escuchando con asombro creciente.

—Maldición —dijo al terminar Tuf—. Entonces, ¿realmente tiene una nave sembradora del CIE?

—Ciertamente —dijo Haviland Tuf, con un tono de voz que a ella le pareció algo envarado.

Tolly sonrió.

—Mis disculpas. Voy a reunir una cuadrilla de cibertecs especializados y les mandaré allí, a gritos si hace falta, para que echen un vistazo, con lo cual podrán darle una valoración. De todos modos, no se haga ilusiones. Con una nave tan grande, hará falta bastante tiempo antes de que empiecen a solucionarlo todo. Será mejor que disponga también algún tipo de patrulla de seguridad o tendrá a todo tipo de mirones y curiosos andando por la nave y robándole recuerdos de ella. —Sus ojos recorrieron pensativos de arriba a abajo su holograma—. Le necesitaré para que hable con mi cuadrilla y les indique dónde están las cosas, pero después será mejor que no se meta en su camino y les deje a su aire. No puede meter esa condenada monstruosidad en la telaraña, es infernalmente grande. ¿Tiene algún modo de salir de ahí?

—El *Arca* se encuentra equipada con todas las lanzaderas necesarias y todas ellas funcionan —dijo Haviland

Tuf—, pero no tengo grandes deseos de abandonar la comodidad de mis aposentos. Mi nave es realmente lo bastante grande como para que mi presencia no resulte un serio inconveniente durante los trabajos.

—Demonios, usted y yo lo sabemos, pero ellos trabajan mejor si no creen tener a alguien mirando por encima de sus espaldas —dijo Tolly Mune—. Por otra parte, había pensado que le gustaría airearse un poco fuera de esa lata. ¿Cuánto tiempo ha estado encerrado en ella?

—Varios meses —admitió Tuf—, aunque no me encuentro lo que se dice estrictamente solo. He gozado de la compañía de mis gatos y me he ocupado muy placenteramente aprendiendo lo que el *Arca* es capaz de hacer y aumentando mis conocimientos de ingeniería ecológica. Con todo, admitiré que quizá se imponga ahora un poco de diversión. La oportunidad de catar una nueva cocina es siempre apreciable.

—¡Espere a probar la cerveza de S'uthlam! Y el Puerto posee también otras diversiones, como gimnasios y deportes, hoteles, salones de droga, sensorías, casas de sexo y apuestas, teatro en vivo.

—Poseo cierta pequeña habilidad en algunos juegos —dijo Tuf.

—Y también está el turismo —dijo Tolly Mune—. Puede coger el tubotrén por el ascensor hasta la superficie y todos los distritos de S'uthlam serán suyos para que los explore.

—Ciertamente —dijo Haviland Tuf—. Ha conseguido intrigarme Maestre de Puerto Mune. Me temo que soy curioso por naturaleza. Es mi gran debilidad. Por desgracia, mis fondos excluyen la posibilidad de una estancia prolongada.

—No se preocupe por ello —le replicó ella sonriendo—. Lo pondremos todo en la factura de reparaciones y luego ya nos arreglaremos. Ahora, métase en su condenada lanzadera y venga hasta... veamos... ahora tenemos vacía la cubierta nueve-once. Vea primero la Casa de la Araña y luego coja el tren hacia abajo. Debería resultarle condenadamente interesante: ya está en las noticias, por si quiere saberlo. Los gusanos de tierra y las moscas van a caer sobre usted como una plaga.

—Quizás esa perspectiva le resultara atrayente a un pedazo de carne en descomposición —dijo Haviland Tuf—, pero a mí no.

—Bueno —dijo la Maestre de Puerto—, entonces vaya de incógnito.

El camarero del tubotrén apareció con una bandeja de bebidas, un poco después de que Haviland Tuf se hubiera abrochado el cinturón, disponiéndose para el descanso. Tuf había probado la cerveza de S'uthlam en los restaurantes de la Casa de la Araña, y la había encontrado aguada, con poco cuerpo y notablemente desprovista de sabor.

—Quizás entre sus ofertas se incluyan algunos productos destilados de fuera del planeta, destilados de malta —dijo—. De ser ése el caso, me alegraría adquirir uno.

—Por supuesto —dijo el camarero y extrajo de su bandeja una ampolla llena de un líquido marrón oscuro en la cual había una etiqueta en letras cursivas que Tuf reconoció como la escritura de ShanDellor. Le ofreció una pequeña tarjetaplaca y Tuf marcó en ella su número de código. La moneda de S'uthlam era la caloría y el precio del recipiente era unas cuatro veces y media el contenido calórico de la cerveza.

—La importación —le explicó el camarero.

Tuf sorbió su bebida con rígida dignidad, mientras el

tubotrén iba cayendo, por el ascensor hacia la superficie del planeta. El viaje no era demasiado cómodo. Haviland Tuf había descubierto que el precio de los pasajes en la clase estelar resultaba prohibitivo y, por lo tanto, se había instalado en clase especial, que venía en segundo lugar después de la clase estrella, sólo para descubrirse, encajado casi a presión, en un asiento aparentemente diseñado para un niño de S'uthlam (un niño, además, no demasiado crecido), situado en una hilera de ocho asientos similares divididos por un angosto pasillo central.

Por fortuna, la casualidad le había deparado el asiento del pasillo pues, de no ser por ello, el trayecto le hubiera resultado difícilmente soportable. Incluso en ese asiento resultaba imposible moverse sin rozar el delgado y desnudo brazo de la mujer que tenía a su izquierda, un contacto que Tuf encontraba extremadamente repulsivo. Cuando se irguió en su asiento, tal y como solía hacer, su coronilla golpeó el techo, con lo cual se vio obligado a inclinarse y, como resultado de ello, a aguantar una rigidez creciente y muy molesta en su cuello. Tuf pensó que en la parte trasera del tubotrén debían encontrarse las plazas de primera, segunda y tercera clase y se decidió a evitar, al precio que fuera, sus dudosas comodidades.

Una vez empezó el descenso, la mayor parte de los pasajeros cubrieron sus cabezas con capuchones para asegurar la intimidad y escogieron la diversión que más les apetecía. Haviland Tuf vio que las ofertas incluían tres programas musicales distintos, un drama histórico, dos bobinas de fantasía erótica, una conexión de negocios, algo que se definía en la lista como «pavana geométrica» y estimulación sensorial directa del centro del placer. Tuf estuvo pensando en investigar la pavana geométrica, pero descubrió que la capucha de intimidad resultaba demasiado pequeña para su cabeza, dado que la longitud y anchura de su cráneo excedían en mucho las dimensiones normales en S'uthlam.

—¿Es usted la gran mosca? —preguntó una voz desde el otro lado del pasillo.

Tuf alzó la mirada. Los demás pasajeros estaban sumidos en silencioso aislamiento con las cabezas envueltas por sus oscuros cascos desprovistos de toda abertura. Aparte de los camareros, que se encontraban en la parte trasera del vagón, el único pasajero que seguía en el mundo real era el hombre sentado junto al pasillo, una fila más atrás que Tuf. Tenía el cabello largo y recogido en trencillas, la piel de color cobrizo y unas mejillas más bien fofas que le etiquetaban como no perteneciente a este mundo, de un modo tan claro como el mismo Tuf.

—La gran mosca, ¿no?

—Soy Haviland Tuf, ingeniero ecológico.

—Sabía que era usted una mosca —dijo el hombre—. Yo también lo soy. Me llamo Ratch Norren y soy de Vandeen. —Extendió su mano hacia Tuf.

Haviland Tuf le miró.

—Estoy familiarizado con el viejo ritual del estrechamiento de manos, señor. Me he dado cuenta de que no lleva usted armas. Tengo entendido que esta costumbre fue establecida, en sus inicios, para dejar bien claro tal hecho. Yo también me encuentro desarmado. Ya puede usted retirar la mano, si es tan amable.

Ratch Norren la retiró con una sonrisa.

—Como una cabra, ¿eh? —dijo.

—Señor —dijo Haviland Tuf—, no soy una cabra ni soy una mosca grande. Había pensado que tal hecho le resultaría evidente a cualquier persona de una inteligencia normal. Quizás en Vandeen los promedios intelectuales varían.

Ratch Norren alzó la mano y se dio un pellizco en

la mejilla. La mejilla era muy carnosa y rosada y estaba cubierta por un polvo rojizo. El pellizco que se propinó parecía bastante fuerte. Tuf decidió que o se trataba de un tic particularmente psicopático o era un gesto típico de Vandeen, cuyo significado se le escapaba por completo.

—Todo eso de las moscas —dijo el hombre—, es el modo de hablar en este sitio. Es un idioma. A los que no son de aquí les llaman moscas.

—Ciertamente —dijo Tuf.

—Usted ha llegado en la gran nave de guerra, ¿no? ¿La que salía en todas las noticias? —Norren no esperó a que le respondiera—. ¿Por qué lleva esa peluca?

—Estoy viajando de incógnito —le dijo Haviland Tuf—, aunque al parecer usted ha logrado descubrir mi disfraz.

Norren se pellizcó nuevamente la mejilla.

—Llámame Ratch —dijo, examinando atentamente a Tuf—. El disfraz no me parece especialmente bueno. Con peluca o sin ella, sigue siendo un enorme gigantón grueso y con cara de hongo.

—En el futuro emplearé el maquillaje —dijo Tuf—. Por fortuna, ninguno de los nativos de aquí ha sido capaz de tanta perspicacia como usted.

—Son demasiado corteses para mencionarlo. La gente de S'uthlam es así. Hay tantos... La mayor parte de ellos no pueden permitirse ningún tipo de auténtica intimidad y por eso respetan mucho a los demás. En público, harán como si no le vieran y no le dirán nada, a no ser que usted deje claro que así lo desea.

—Los habitantes de Puerto S'uthlam con los que me he encontrado hasta ahora no me parecieron excesivamente reticentes, ni tampoco sobrecargados por el peso de una elaborada etiqueta —dijo Haviland Tuf.

—Oh, los hiladores son diferentes —replicó con un

gesto despreocupado Ratch Norren—. Ahí arriba todo es más relajado. Oiga, ¿puedo darle un pequeño consejo? No venda aquí esa nave suya, Tuf. Llévela a Vandeen. Le daremos un precio mucho mejor por ella.

—No entra en mis intenciones vender el *Arca* —replicó Tuf.

—Venga, no hace falta que se ande con tapujos conmigo —dijo Norren—. De todos modos, no tengo la autoridad necesaria para comprarla, ni tampoco los medios. Ojalá los tuviera. —Rió en voz alta—. Lo único que debe hacer es ir a Vandeen y ponerse en contacto con nuestra junta de Coordinadores. No lo lamentará. —Miró a su alrededor, como si estuviera asegurándose de que los camareros seguían bien lejos y que los demás pasajeros aún soñaban bajo sus cascos. Luego bajó aún más la voz hasta convertirla en un murmullo de conspirador—. Además, incluso si el precio no fuera un factor a considerar, he oído decir que esa nave suya tiene un poder francamente terrorífico, ¿no? No querrá entregarle a S'uthlam un poder tal. No miento, créame, les aprecio, realmente les aprecio. Vengo aquí regularmente por negocios y son buena gente, si se les toma en pequeños grupos pero... Tuffer, hay *tantos* y lo único que hacen es reproducirse y reproducirse como si fueran unos malditos roedores. Ya verá, ya. Hace un par de siglos hubo una gran guerra local justo por eso. Los sutis estaban metiendo colonias por todas partes y comprando todas las propiedades que se les ponían a tiro y si resultaba que ya había alguien viviendo ahí lo único que debían hacer era reproducirse hasta superarles en número. Al final tuvimos que acabar con ello.

—¿Tuvimos? —dijo Haviland Tuf.

—Vandeen, Skrymir, el Mundo de Henry y Jazbo, oficialmente, pero nos ayudaron un montón de neutrales, ¿comprende? El tratado de paz dejó a los nativos de

S'uthlam dentro de su propio sistema solar. Pero si les da esa nave infernal suya, Tuf, puede que logren escapar de él.

—Tenía entendido que se trataba de un pueblo singularmente honorable y dotado de un gran sentido ético.

Ratch Norren se pellizcó nuevamente la mejilla.

—Honorables, éticos... claro, claro. Son estupendos para hacer negocios con ellos y las chavalas conocen unos cuantos trucos eróticos de esos que te hacen quedar sin aliento. Ya se lo digo yo, tengo cien amigos sutis y les aprecio mucho a todos, pero entre mis cien amigos deben tener como unos mil críos. Esta gente no para de reproducirse, Tuf, ése es el problema, si quiere hacer caso de Ratch. Son unos vitaleros, ¿me entiende?

—Ciertamente —dijo Haviland Tuf—. Y, si se me permite preguntarlo, ¿qué es un vitalero?

—Los vitaleros —replicó Norren con impaciencia—, son antientrópicos, adoradores de los niños, devotos de la doble hélice y gente a quien le encanta chapotear en el gran estanque genético. Son fanáticos religiosos, Tuffer, están locos por la religión. —Habría seguido hablando, pero el camarero estaba volviendo por el pasillo con las bebidas y Norren se reclinó nuevamente en su asiento.

Haviland Tuf alzó un largo y cálido dedo para detener el avance del camarero.

—Otra ampolla, por favor —dijo. Durante el resto del viaje permaneció encogido en silencio, sorbiendo pensativamente su cerveza.

Tolly Mune flotaba en su abarrotada habitación, bebiendo y pensando. Una de las paredes era una enorme pantalla de vídeo, de seis metros de largo y tres de alto. Normalmente, Tolly la preparaba para que mostrara grandes panoramas. Le gustaba el efecto producido por una ventana sobre las grandes montañas heladas de Skrymir o los cañones resecos de Vandeen, con sus veloces torrentes de aguas blancas, así como también el de las interminables ciudades iluminadas de la propia S'uthlam, extendiéndose a través de la noche, con la brillante torre plateada que era la base del ascensor subiendo hasta perderse en el oscuro cielo sin luna, rozando y superando a las casastorre de clase estelar que tenían cuatro kas de alto.

Pero esta noche, en su pared se veían las estrellas y, enmarcada por ellas, la austera majestad metálica de la inmensa nave estelar llamada el *Arca*. Incluso en una pantalla tan grande como la suya, una de las prebendas de su poder como Maestre de Puerto, el verdadero tamaño de la nave resultaba imposible de apreciar.

Y lo que representaba, tanto en sus esperanzas como en sus amenazas, bien lo sabía Tolly Mune, era aún mayor que la misma *Arca*.

Oyó el zumbido del comunicador en un lado de la habitación. Sabiendo que el ordenador no la habría molestado de no ser ésa la llamada que estaba esperando, dijo:

—La recibiré —las estrellas se volvieron borrosas y el *Arca* se disolvió. La pantalla mostró por unos instantes un torbellino de colores líquidos antes de que éstos se convirtieran en el rostro del Primer Consejero Josen Rael, el líder de la mayoría en el Gran Consejo Planetario.

—Maestre de Puerto Mune —dijo él. Con los implacables poderes de aumento de la pantalla, Tolly pudo percibir claramente la tensión que había en su largo cuello, lo apretados que estaban sus flacos labios y el duro brillo de sus ojos marrón oscuro. Se había empolvado la coronilla, de la que empezaba a caerle el pelo, pero a pesar de ello ya se le veían algunas gotitas de sudor.

—Consejero Rael —replicó ella—. Es muy amable al llamarme. ¿Ha examinado los informes?

—Sí. ¿Esta llamada cuenta con escudos protectores?

—Desde luego —dijo ella—. Hable con toda libertad.

Josen Rael lanzó un suspiro. Llevaba ya diez años siendo una parte imprescindible de la política planetaria. Primero había accedido a los noticiarios como consejero de guerra, luego había ascendido al cargo de consejero de agricultura y, durante cuatro años estándar había sido el líder de la facción que tenía la mayoría en el consejo de los tecnócratas, lo cual lo convertía en el hombre más poderoso de S'uthlam. El poder había acabado por darle un aspecto cansado y viejo y Tolly Mune jamás le había visto tan mal como ahora.

—Entonces, ¿está segura de los datos? —dijo—. ¿Sus cuadrillas no han cometido ningún error? No necesito decirle que este asunto es demasiado crucial y no quiero errores. ¿Es realmente una sembradora del CIE?

—Es una maldita sembradora —dijo Tolly Mune—. Tiene averías y le hace falta un buen montón de reparaciones, pero ese condenado trasto sigue más o menos en condiciones de funcionar y la biblioteca celular está intacta. Lo hemos verificado.

Rael se pasó sus largos dedos de puntas achatadas por su rala cabellera blanca.

—Supongo que debería sentirme jubiloso. Cuando todo esto haya terminado tendré que fingirlo para las noticias, pero, en estos momentos, no puedo pensar en otra cosa que no sea el peligro. Hemos tenido una reunión del consejo a puerta cerrada. No podemos correr el riesgo de que haya filtraciones hasta que todo se haya solventado. El consejo estuvo ampliamente de acuerdo: tecnócratas, expansionistas, ceros, el partido eclesiástico, las facciones extremistas... —Se rió—. Jamás había visto tal unanimidad en toda mi carrera. Maestre de Puerto Mune, necesitamos esa nave.

Tolly Mune había previsto que diría eso. No llevaba tantos años siendo Maestre de Puerto para no haber comprendido el funcionamiento político de la sociedad que se agitaba en la superficie del planeta. S'uthlam llevaba ya toda la vida de Tolly sumida en una crisis interminable.

—Intentaré comprarla —dijo—. En sus comienzos, antes de encontrar el *Arca*, ese tal Haviland Tuf era un mercader independiente. Mis cuadrillas descubrieron su vieja nave en la cubierta de aterrizaje, en pésimo estado. Los mercaderes son todos unos abortos codiciosos y eso debería trabajar en favor nuestro.

—Ofrézcale lo que sea —dijo Josen Rael—. ¿Me ha entendido, Maestre de Puerto? Tiene usted una disponibilidad presupuestaria ilimitada.

—Comprendido —dijo Tolly Mune. Pero aún le quedaba otra pregunta por hacer—. Y... ¿y si no quiere venderla?

Josen Rael vaciló.

—Sería muy difícil —murmuró—. Debe venderla. Una negativa resultaría trágica. No para él. Quizá para nosotros.

—Si no quiere venderla —repitió Tolly Mune—, necesito saber qué alternativas de acción hay.

—Debemos tener la nave —le dijo Rael—. Si ese Tuf no piensa atender a razones entonces no tendremos elección. El Gran Consejo ejercerá su derecho de dominio eminente y la confiscará. A él se le compensará adecuadamente, claro.

—¡Maldición! Está hablando de apoderarnos por la fuerza de la nave.

—No —dijo Josen Rael—. Todo se haría del modo más correcto, ya lo he comprobado. En una emergencia, el bien de la mayoría está por encima de los derechos de la propiedad privada.

—Oh, infiernos y maldiciones, Josen, eso no es más que condenada retórica —dijo Mune—. Tenía más sentido común cuando estaba aquí arriba. ¿Qué le han hecho ahí abajo?

Josen torció el gesto y, por unos instantes, se pareció un poco al joven que había trabajado con ella, durante un año, cuando era ayudante del Maestre y él, tercer administrador para el comercio interestelar. Luego sacudió la cabeza y el político viejo y cansado apareció de nuevo.

—No me gusta nada todo esto, Mamá —dijo—, pero, ¿qué otra opción nos queda? He visto los cálculos. Tendremos muchedumbres hambrientas dentro de veintisiete años a menos que se haga algún avance científico decisivo, y no hay ninguno a la vista. Antes de eso los expansionistas conseguirán de nuevo el poder y puede que tengamos otra guerra. Pase lo que pase, morirán millones, quizá miles de millones. Contra todo eso, ¿qué son los derechos de un solo hombre?

—No pienso discutir, Josen, aunque ya sabes que hay quienes estarían dispuestos a ello. Pero no importa. Quieres ser práctico, ¿no? Pues te daré algunas malditas cosas prácticas en las que ir pensando. Incluso si compramos legalmente la nave de Tuf, habrá un jaleo de mil infiernos con Vandeen y Skrymir y el resto de los aliados, pero dudo de que vayan a intentar algo. Si nos apoderamos de ella por la fuerza, las coordenadas son muy distintas y nos llevan a un lugar también muy distinto, un lugar bastante feo. Puede que hablen de piratería. Pueden definir el *Arca* como una nave militar, cosa que era, dicho sea de paso, y condenadamente capaz de liquidar mundos enteros. Entonces dirán que estamos violando el tratado y vendrán nuevamente a por nosotros.

—Yo hablaré con sus enviados personalmente —dijo Josen Rael con voz cansada—. Les aseguraré que mientras los tecnócratas ocupen el poder, el programa de colonización no volverá a ponerse en marcha.

—¿Y aceptarán tu condenada palabra de honor? Y un maldito infierno cornudo lo harán. ¿Piensas asegurarles que los tecnócratas no perderán nunca el poder y que nunca deberán entendérselas con los expansionistas? ¿Cómo lograrás eso? ¿Estás planeando utilizar el *Arca* para establecer una dictadura benévola?

El consejero apretó los labios y en su morena nuca apareció un leve rubor.

—Me conoces lo suficiente como para decir eso. De acuerdo, hay riesgos. Pero la nave es un recurso militar formidable, eso no debemos olvidarlo. Si los aliados se movilizan contra nosotros, tendremos la carta ganadora.

—Tonterías —dijo Tolly Mune—. Le hacen falta reparaciones y tenemos que aprender a dominarla. La tecnología que supone esa nave lleva mil años perdida. Nos pasaremos meses estudiándola, puede que años, antes de que podamos realmente utilizar ese maldito aparato. Pero no tendremos esa oportunidad. La flota vandeeni llegará en cuestión de semanas para quitárnosla de entre las manos y las demás flotas no tardarán mucho en seguirla.

—Nada de todo esto es asunto suyo, Maestre de Puerto —dijo Josen Rael fríamente—. El Gran Consejo lo ha discutido todo largamente.

—No intentes asustarme con el rango, Josen. A mí, no. ¿Recuerdas cuando se te fue la mano con los narcos y decidiste salir al espacio para ver lo deprisa que cristalizaba la orina fuera? Yo te convencí para que no se te congelara el aparato, querido Primer Consejero. Ahora, límpiate tus condenadas orejas y escúchame. Puede que la guerra no sea asunto mío, pero el comercio sí lo es.

El Puerto es nuestro cordón umbilical. En estos mismos instantes tenemos que importar ya el treinta por ciento de nuestras calorías brutas...

—El treinta y cuatro por ciento —le corrigió Rael.

—El treinta y cuatro por ciento —concedió Tolly Mune—. Y los dos sabemos que esa cifra no hará sino ir subiendo. Pagamos por esa comida con nuestra tecnología, tanto en bienes manufacturados como en los servicios que prestamos en el Puerto. Damos servicio y reparaciones a más naves espaciales que cualquiera de los otros cuatro mundos del sector, por no hablar de las que construimos. ¿Y sabes por qué? Porque me han salido callos en mi condenado culo para dejar bien claro que somos los mejores. El mismo Tuf lo dijo. Vino aquí para las reparaciones porque tenemos una reputación. Una reputación de ser honestos, de jugar limpio y de tener ética, al mismo tiempo que una gran competencia técnica. ¿Qué va a ser de esa reputación si confiscamos su maldita nave? ¿Cuántos comerciantes más van a venir aquí trayéndonos sus naves, para que las reparemos, si nos sentimos con la libertad de tomar lo que nos venga en gana? ¿Qué va a ser de mi condenado Puerto?

—Es cierto que eso tendría un efecto adverso —admitió Josen Rael.

Tolly Mune le miró fijamente y emitió un sonido tan potente como grosero.

—Nuestra economía quedaría en ruinas —dijo en voz átona.

Ahora Rael estaba sudando profusamente y pequeños ríos de líquido corrían por su ancha frente. Sacó un pañuelo del bolsillo y se limpió el sudor.

—Entonces, Maestre de Puerto Mune, es fácil ver que eso no debe ocurrir. Debe impedir que se llegue a tal extremo.

176

—¿Cómo?

—Compre el *Arca* —dijo—. Delego en usted plena autoridad, dado que parece entender tan bien la situación. Haga que este Tuf vea la luz. La responsabilidad es suya.

—Movió la cabeza y la pantalla quedó en blanco.

Haviland Tuf estaba en S'uthlam jugando al turista.

Resultaba imposible negar que, a su modo, el planeta era impresionante. Durante sus años de mercader, saltando de una estrella a otra en la *Cornucopia de Mercancías Excelentes a Bajos Precios*, Haviland Tuf había visitado más mundos de los que podía recordar en un momento dado, pero le parecía muy improbable que S'uthlam fuera a borrarse demasiado pronto de su memoria.

Había presenciado buena cantidad de espectáculos capaces de quitar el aliento: las torres cristalinas de Avalón, las telarañas celestes de Aracne, los mares eternamente en movimiento de Viejo Poseidón y las montañas de basalto negro de Clegg. Pero la ciudad de S'uthlam (ya que los viejos nombres se habían convertido en simples distritos y barrios y las viejas ciudades se habían unido en una monstruosa megalópolis hacía ya siglos) podía rivalizar con cualquiera de esos lugares.

A Tuf siempre le habían gustado de modo especial los edificios altos y ahora, tanto de día como de noche, no se cansaba de observar el paisaje ciudadano desde las plataformas situadas a grandes alturas, de un kilómetro y hasta nueve. No importaba lo alto que subiera: las luces parecían infinitas, extendiéndose en todas direcciones hasta perderse en la distancia, sin un solo lugar oscuro que rompiera su interminable sucesión. Edificios de cuarenta y de cincuenta pisos, que parecían cajas sin ningún rasgo distintivo, se alzaban casi pegados unos a otros en hileras interminables, viviendo en la perpetua semioscuridad de las torres cristalinas que las superaban en altura para beber el sol. Los nuevos niveles se construían sobre niveles que a su vez se alzaban sobre niveles aún más antiguos. Las aceras móviles se unían y se alejaban unas de otras formando dibujos tan intrincados como laberintos y bajo la superficie fluía una red de gigantescas carreteras subterráneas donde los tubotrenes y las cápsulas de entrega se lanzaban como proyectiles a través de las tinieblas, a cientos de kas por hora. Y bajo esas carreteras había sótanos y subsótanos y túneles y pasadizos. Toda una ciudad duplicada que alcanzaba bajo el suelo las mismas profundidades que su gemela de cristal arañaba en las alturas.

Tuf había visto las luces de la metrópolis a bordo del *Arca* y desde su órbita la ciudad ya le había parecido engullir medio continente. Vista desde la superficie parecía lo bastante grande como para tragarse galaxias enteras. Había otros continentes y ellos también ardían por la noche con las luces de la civilización. En el mar luminoso no había zonas de tinieblas. Los habitantes de S'uthlam no tenían espacio para malgastar en lujos, como parques o jardines. Tuf no lo desaprobaba. Siempre había pensado que los parques eran una institución malsana, diseñada básicamente para recordarle a la humanidad civilizada cuán tosca, incómoda y feroz había sido la vida, cuando no había más remedio que vivirla en plena naturaleza.

Haviland Tuf había estado en muchas culturas durante sus viajes y, a su juicio, la cultura de S'uthlam no era inferior a ninguna de las que había visto. El planeta estaba lleno de variedad y asombrosas posibilidades, y su riqueza era tal que hacía pensar al mismo tiempo en la vitalidad y en la decadencia. S'uthlam era un mundo cosmopolita, perfectamente insertado en la red que unía una estrella con otra, y saqueaba a su capricho la música, el drama y los sensoria importados de otros planetas. Utilizaba esos constantes estímulos para transformar incesantemente su propia matriz cultural. La ciudad ofrecía más variedades de diversión y entretenimiento de lo que Tuf había encontrado antes en un solo lugar. Si un turista deseara experimentarlos todos, tendría que estar ocupado durante varios años.

A lo largo de sus años como viajero, Tuf había visto la avanzada ciencia y la magia tecnológica de Avalón y Newholme, Tober-en-el-Velo, Viejo Poseidón, Baldur, Aracne y una docena de planetas más que marcaban la primera línea del progreso humano. La tecnología que veía ahora en S'uthlam rivalizaba con cualquiera de ellas. Para empezar, el ascensor orbital ya era una hazaña impresionante. Se suponía que la Vieja Tierra había construido obras semejantes en los lejanos días anteriores al Derrumbe y Newholme había erigido uno en el pasado, solamente para verlo caer durante la guerra. Pero, en ningún otro lugar había presenciado Tuf una obra de ingeniería tan colosal, ni siquiera en la mismísima Avalón, donde se había estudiado la posibilidad de ascensores como ése y habían terminado por rechazarse debido a razones económicas. Y tanto las aceras móviles como los tubotrenes o las factorías eran modernos y eficientes. Hasta el gobierno parecía funcionar.

S'uthlam era un mundo de maravillas.

Haviland Tuf lo observó y viajó por él y examinó sus maravillas durante tres días antes de volver a su habitación pequeña e incómoda, aunque de primera clase, en el piso número setenta y nueve de una torre hotelera. Cuando estuvo allí, hizo venir al encargado.

—Deseo hacer los arreglos precisos para volver de inmediato a mi nave —dijo, sentado en la estrecha cama que había hecho brotar de la pared, ya que las sillas le resultaban incómodas y demasiado pequeñas. Luego cruzó plácidamente sus grandes y pálidas manos sobre su vientre.

El encargado, un hombrecillo que apenas si tendría la mitad de la talla de Tuf, pareció algo preocupado.

—Tenía entendido que su estancia iba a prolongarse durante diez días más —dijo.

—Correcto —replicó Tuf—. Sin embargo, en la misma naturaleza de todo plan ya entra su mutabilidad. Deseo volver a mi nave en órbita tan pronto como sea posible. Le guardaría una extremada gratitud si se encargara de todos los trámites, señor.

—¡Hay tanto que aún no ha visto!

—Ciertamente. Con todo, pienso que lo visto hasta ahora, aunque tomado como muestra representativa de todo un planeta puede resultar pequeña, ya es suficiente.

—¿No le gusta S'uthlam?

—Padece de un exceso de s'uthlameses —replicó Haviland Tuf—. Podría mencionar también algunos otros defectos. —Alzó un dedo tan largo como lechoso—. La comida es nauseabunda y en su mayor parte ha sido reciclada químicamente a partir de una materia prima básicamente desagradable y repleta de colores tan lejos de lo normal como de lo agradable. Lo que es más, las raciones no son en lo más mínimo convincentes. Quizá pudiera arriesgarme a mencionar también la constante y molesta presencia de los reporteros. He aprendido a identificarles por las cámaras multifoco que llevan en el centro de la frente, igual que un tercer ojo. Puede que usted mismo los haya visto acechando en sus pasillos, en el sensorio o en el restaurante. Por lo que he podido calcular, me parece que su número asciende a la veintena.

—Usted es una celebridad —dijo el encargado—, una

figura pública. Toda S'uthlam desea saber más sobre usted. Pero estoy seguro de que si su deseo era no conceder entrevistas, los fisgones no habrán osado entrometerse en su intimidad, ya que la ética de su profesión...

—No dudo de que la han observado al pie de la letra —concluyó Haviland Tuf—, tal y como debo admitir que han mantenido su distancia. Sin embargo, al volver cada noche a esta habitación francamente insuficiente, he visto los noticiarios y he sido acogido con escenas en las que figuraba yo mismo, contemplando la ciudad, comiendo alimentos que parecían de goma y visitando algunas atracciones típicas, por no hablar de ciertas entradas en instalaciones sanitarias. Debo confesar que la vanidad es uno de mis grandes defectos. Pero aún así, los atractivos de la fama no han tardado en marchitarse para mí. Lo que es más, casi todos los ángulos con que han sido grabadas dichas escenas me han parecido muy poco halagadores y el humor de los comentaristas de esos noticiarios me ha parecido rayano en lo ofensivo.

—Eso es fácil de resolver —dijo el encargado—. Tendría que haber acudido a mí antes de hoy. Podemos alquilarle un escudo de intimidad. Se abrocha el cinturón y si cualquier mirón se le acerca a menos de veinte metros el aparato se encargará de paralizar su tercer ojo y además le proporcionará una terrible jaqueca.

—Pero hay algo que no resulta tan fácil de solucionar —observó Tuf con el rostro impasible—. La absoluta falta de vida animal que he observado durante estos días.

—¿Alimañas? —dijo el anfitrión, aterrado—. ¿Está preocupado porque no tenemos alimañas?

—No todos los animales entran en esa categoría —dijo Haviland Tuf—. Hay muchos planetas en los cuales los pájaros, los perros y otras especies son animales domésticos, queridos y mimados. Por ejemplo, yo adoro a los gatos. Un mundo realmente civilizado siempre mantiene un lugar para los felinos. Pero, en S'uthlam, al parecer, el populacho no sabría distinguirlos de los piojos y de las sanguijuelas. Cuando hice los arreglos para mi visita a este mundo, la Maestre de Puerto Tolly Mune me aseguró que sus hombres se encargarían de mis gatos y acepté sus palabras al respecto. Sin embargo, dado que ningún nativo de este mundo se ha encontrado jamás ante ningún animal de una especie que no sea la humana, me parece que tengo razones para interrogarme sobre el tipo de cuidados que están recibiendo actualmente.

—Tenemos animales —protestó el encargado—. Están en las agrofactorías. Hay muchos animales, los he visto en las cintas.

—No lo pongo en duda —dijo Tuf—. Pese a todo, una cinta de un gato y un gato son dos cosas muy distintas y requieren un trato también distinto. Las cintas pueden guardarse en una estantería, pero los gatos no. —Levantó un dedo y apuntó con él al encargado—. Sin embargo, todo ello no es realmente asunto grave y entra en la categoría de las pequeñas quejas. El meollo del asunto, tal y como he mencionado antes, se encuentra más en el número de los s'uthlameses y no en sus maneras. Caballero, aquí hay demasiada gente. He recibido empujones desde que he llegado hasta hoy mismo. En los establecimientos dedicados a la restauración, las mesas se encuentran demasiado cerca unas de otras, las sillas no bastan para contenerme y más de una vez algún desconocido se ha sentado junto a mí clavándome rudamente el codo en el estómago. Los asientos de los teatros y los sensorios resultan angostos e incómodos. Las aceras están repletas de gente, los pasillos se encuentran siempre atestados, los tubos rebosan. En todas partes hay gente que me toca sin mi permiso y sin mi consentimiento.

El encargado esgrimió una sonrisa profesional.

—¡Ah, la humanidad! —dijo con súbita elocuencia—. ¡La gloria de S'uthlam! ¡Las masas que se agitan, el mar de rostros, el interminable desfile, el drama de la vida! ¿Hay acaso algo tan tonificante como el contacto con nuestro prójimo?

—Puede que no —dijo Haviland Tuf secamente—. Con todo, creo que ya me he tonificado lo suficiente. Aún más, permítame decir que el s'uthlamés medio es demasiado bajo para llegarme al hombro y por lo tanto se ha visto obligado u obligada a contactar con mis brazos, mis piernas o mi estómago.

La sonrisa del encargado se desvaneció.

—Caballero, su actitud no me parece la más adecuada. Para apreciar bien nuestro mundo, debe aprender a verlo con los ojos de un s'uthlamés.

—No siento grandes deseos de ir caminando sobre mis rodillas —dijo Haviland Tuf.

—No se opondrá usted a la vida, ¿cierto?

—No, ciertamente —replicó Haviland Tuf—. La vida me parece infinitamente preferible a su alternativa. Sin embargo, y dadas mis experiencias, creo que todas las buenas cosas pueden ser llevadas hasta extremos desagradables y tal me parece ser el caso de S'uthlam. —Alzó una mano pidiendo silencio antes de que el encargado pudiera contestarle—. Siendo más preciso —prosiguió Tuf—, he llegado a sentir algo parecido a la fobia, aunque sin duda sea algo excesivo y precipitado, respecto a ciertos especímenes vivos con los que el azar me ha deparado encuentros durante mis viajes. Algunos de ellos han expresado una abierta hostilidad hacia mi persona, dirigiéndome epítetos claramente insultantes en cuanto a mi masa y mi talla.

—Bueno —dijo el encargado, ruborizándose—, lo

siento pero usted... bueno, usted es bastante... quiero decir, bastante grande, y en S'uthlam no entra dentro de lo socialmente aceptable el... bueno, el exceso de peso.

—Caballero, el peso no es sino una función de la gravedad y, por lo tanto, resulta extremadamente dúctil. Lo que es más, no me siento dispuesto a concederle la más mínima autoridad para que emita juicios sobre mi peso, tanto si es para calificarlo de excesivo como de adecuado a la media o inferior a ella, dado que siempre estamos tratando con criterios subjetivos. La estética varía de un mundo a otro, al igual que los genotipos y la predisposición hereditaria. Caballero, me encuentro perfectamente satisfecho con mi masa actual y para volver al asunto que nos ocupa, deseo terminar mi estancia aquí mismo.

—Muy bien —dijo el encargado—. Le reservaré un pasaje en el primer tubotrén de mañana por la mañana.

—No me parece satisfactorio. Desearía marcharme de inmediato. He examinado los horarios y he descubierto que dentro de tres horas sale un tren.

—Está completo —le replicó con cierta sequedad el encargado—. En ése sólo quedan plazas de segunda y tercera clase.

—Lo soportaré tan bien como pueda —dijo Haviland Tuf—. No tengo la menor duda de que un contacto tan apretado, con tales cantidades de prójimo, me dejará altamente tonificado y revigorizado cuando abandone mi tren.

Tolly Mune flotaba, en el centro de su oficina, en la posición del loto, contemplando desde lo alto a Haviland Tuf.

Tenía una silla especial para las moscas y los gusanos de tierra que no estaban acostumbrados a la carencia de gravedad. No resultaba una silla demasiado cómoda, a decir verdad, pero estaba clavada en el suelo y poseía un arnés de red que mantenía a su ocupante en el sitio. Tuf había logrado instalarse en ella con una algo torpe dignidad y se había colocado el arnés, abrochándolo con el máximo cuidado, en tanto que ella se había puesto cómoda, aproximadamente a la altura de su cabeza. Un hombre del tamaño y estatura de Tuf no debía estar nada acostumbrado a tener que mirar hacia arriba en una conversación y Tolly Mune pensaba que con eso podía obtener cierta ventaja psicológica.

—Maestre de Puerto Mune —dijo Tuf, que no parecía en lo más mínimo incomodado por su posición respecto a Tolly—, debo protestar. Comprendo que las repetidas referencias que se han hecho de mi persona, calificándome de mosca, son meramente un efecto del pintoresco argot local y que no contienen ningún tipo de oprobio. Sin embargo, no puedo sino sentirme un tanto molesto ante lo que es un intento muy claro de... digamos de arrancarme las alas.

Tolly Mune sonrió.

—Lo siento, Tuf —dijo—. Nuestro precio no sufrirá ninguna variación.

—Ciertamente —dijo Haviland Tuf—. Variación, una palabra de lo más interesante. Si no me encontrara algo impresionado ante la presencia de un personaje de su categoría y no me inquietara la posibilidad de resultar ofensivo, podría llegar incluso al extremo de sugerir que esa falta de variación se aproxima a la rigidez. La cortesía me prohíbe hablar de codicia, avaricia o piratería espacial, para definir la opinión que me están mereciendo estas negociaciones un tanto espinosas. Sin embargo, me permito señalar que la suma de cincuenta millones de unidades básicas es varias veces mayor que el producto planetario bruto de una buena cantidad de mundos.

—Son mundos pequeños —dijo Tolly Mune—, y éste ha de ser un trabajo muy grande. Ahí fuera hay una nave absolutamente enorme.

Tuf permaneció impasible.

—Concedo que el *Arca* es realmente una gran nave, pero me temo que ello no tiene relación con el asunto que nos ocupa. A no ser que sea costumbre suya el utilizar tarifas por metro cuadrado y no por hora de trabajo.

Tolly Mune se rió.

—Oh, no estamos hablando de equipar a un viejo carguero con unos cuantos anillos de pulsación nuevos o de reprogramar su navegador de vuelo. Estamos hablando de miles de horas de trabajo, incluso contando con tres cuadrillas completas trabajando un turno triple; estamos hablando de un enorme trabajo de sistemas, realizado por los mejores cibertecs que poseemos, y de fabricar repuestos y piezas de maquinaria que no se han utilizado desde hace cientos de años. Y eso sólo para empezar. Tendremos que examinar esa condenada pieza de museo suya, antes de empezar a ponerla patas arriba o puede que de lo contrario nunca seamos capaces de volver a montarla. Tendremos que traer a unos cuantos especialistas del planeta para que vengan por el ascensor. Puede que incluso tengamos que acudir a gente de fuera del sistema. Piense en la energía, el tiempo y las calorías necesarias. Para empezar, calcule solamente las tasas de puerto, Tuf. Esa cosa tiene treinta kilómetros de largo. No puede entrar en la telaraña. Tendremos que construir un muelle especial a su alrededor e incluso entonces ocupará, por sí sola, los diques que habríamos podido utilizar para trescientas naves normales. Tuf, no tenga ningún deseo de saber lo que puede costar eso... —Hizo algunos rápidos cálculos en su ordenador de pulsera y meneó la cabeza—. Si está aquí durante un mes local, lo que es una hipótesis realmente optimista, sólo las tasas de puerto son ya un millón de calorías, aproximadamente: más de trescientas mil unidades básicas en su moneda.

—Ciertamente —dijo Haviland Tuf.

Tolly Mune extendió las manos en un gesto de impotencia.

—Si no le gusta nuestro precio, naturalmente siempre puede acudir a algún otro sitio.

—La sugerencia me parece poco práctica —dijo Haviland Tuf—. Por desgracia, y por sencillas que sean mis demandas, al parecer tan sólo un puñado de mundos poseen la capacidad necesaria para darles satisfacción, lo cual no me parece un comentario muy halagüeño sobre el estado actual de las proezas tecnológicas de la raza humana.

—¿Sólo un puñado? —Tolly Mune alzó levemente una de las comisuras de su boca—. Quizá hemos puesto un precio demasiado bajo a nuestros servicios.

—Señora —dijo Haviland Tuf—, tengo la seguridad de que no será usted capaz de aprovecharse groseramente de mi ingenua franqueza.

—No —replicó ella—. Tal y como ya dije, nuestro precio no va a sufrir variación alguna.

—Al parecer hemos llegado a un callejón sin salida, tan incómodo como espinoso. Usted tiene su precio pero yo, desgraciadamente, no tengo la suma de dinero precisa para satisfacerlo.

—Jamás lo habría imaginado. Con una nave como la suya, pensaba que tendría calorías para quemar, si así lo deseaba.

—Sin duda pronto emprenderé una lucrativa carrera en el campo de la ingeniería ecológica —dijo Haviland Tuf—. Por desgracia, aún no he empezado a practicarla y, en mis anteriores actividades comerciales, sufrí recientemente ciertos inexplicables reveses financieros. Quizá le interesen algunas excelentes reproducciones plásticas de las máscaras para orgía de Cooglish. Colgadas en una pared representan una decoración tan estimulante como inhabitual y se dice también que poseen ciertas propiedades místicas y afrodisíacas.

—Me temo que no me interesan —dijo Tolly Mune—, pero, Tuf, ¿sabe una cosa? Hoy es su día de suerte.

—Temo que se me esté haciendo objeto de una broma —dijo Haviland Tuf—. Aún en el caso de que me vaya a decir que existe un precio especial reducido a la mitad o una oferta del tipo dos por uno en cuanto a los servicios ofrecidos, no me encuentro en la posición más óptima para aprovecharla. Voy a ser brutal y amargamente sincero, Maestre de Puerto Mune, y admitiré que en estos momentos sufro una disfunción temporal de fondos.

—Tengo una solución —dijo Tolly Mune.

—¿De veras? —dijo Tuf.

—Tuf, usted es un comerciante. No le hace falta realmente una nave tan grande como el *Arca*, ¿verdad que no? Y no sabe nada sobre ingeniería ecológica. Ese pecio que ha encontrado no puede servirle de nada, pero posee un considerable valor tasado como salvamento. —Sonrió con cálida amabilidad—. He hablado con la gente de ahí abajo y el Gran Consejo tiene la impresión de que su mejor opción consiste en vendernos la nave.

—Su preocupación por mí es conmovedora —dijo Haviland Tuf.

—Le pagaremos una tarifa de salvamento muy generosa —dijo ella—. El treinta por ciento del valor estimado de la nave.

—Dicha estimación será hecha por ustedes —dijo Tuf con voz átona.

—Sí, pero eso no es todo. Además, pensamos añadir a la tarifa un millón de unidades base en efectivo y le daremos una nueva nave. Una Salto Largo Nueve totalmente por estrenar. Es nuestro carguero más grande y posee una cocina totalmente automatizada. Puede llevar seis pasajeros perfectamente acomodados, tiene rejilla gravitatoria, dos lanzaderas, sus bodegas son lo bastante grandes como para soportar perfectamente la comparación con las grandes naves mercantes de Avalón y Kimdissi, posee triple redundancia, y un ordenador último modelo de la serie Chico Listo activado por voz, e incluso la posibilidad de ir armado si ello es lo que usted desea. Será el mercader independiente mejor equipado de todo el sector.

—Muy lejos de mí el despreciar semejante generosidad —dijo Tuf—. Sólo el pensar en la oferta hace que me dé vueltas la cabeza, pero aunque no me cabe ni la menor duda de que me encontraría mucho más cómodo a bordo de la nueva espacionave que me ofrece, he llegado a sentir cierto estúpido y sentimental afecto por el *Arca*. Por muy arruinada e inútil que se encuentre, lo cierto es que sigue siendo la última sembradora del Cuerpo de Ingeniería Ecológica que existe. Y, habiendo desaparecido ya dicho cuerpo, es un pedazo vivo de la historia, un monumento a su valor y a su genio que, después de todo, no carece tampoco de ciertos usos insignificantes. Hace algún tiempo, cuando viajaba en solitario por el espacio, sentí de pronto el fantástico capricho de abandonar la incierta vida del comerciante, para abrazar, en vez de ella, la profesión de ingeniero ecológico. Por muy falta de racionalidad y muy ignorante que fuera esta decisión, sigue pareciéndome provista de atractivo y temo que poseo el gran vicio de la tozudez. Por lo tanto, Maestre de Puerto Mune, debo rechazar su oferta con gran sentimiento. Me quedaré con el *Arca*.

Tolly Mune efectuó una pequeña contorsión que la hizo girar en redondo y luego se impulsó levemente en el techo, quedando de tal modo justo ante la cara de Tuf y en la posición adecuada para amenazarle con un dedo.

—¡Maldición! —dijo—, no tengo la paciencia suficiente como para ir regateando cada una de estas condenadas calorías, Tuf. Soy una mujer muy ocupada y no tengo ni el tiempo ni la energía precisos para sus juegos de mercader. Venderá la nave. Usted lo sabe y yo también, así que terminemos de una vez. Diga el precio. —Le golpeó suavemente la nariz con el dedo—. Diga —golpecito— el —golpecito— precio.

Haviland Tuf se desabrochó bruscamente del arnés y con una patada salió despedido de la silla. Era tan enorme que la hizo sentir pequeña, a ella, que había sido considerada gigantesca durante la mitad de su vida.

—Tenga la amabilidad de no agredir más mi pobre persona —dijo—, ya que ello no puede tener ni el menor efecto positivo sobre mi decisión. Me temo que se ha formado usted una opinión tremendamente errónea de mí, Maestre de Puerto Mune. Es cierto que he sido comerciante, sí, pero siempre fui pobre. Quizá porque nunca llegué a dominar esas artes del cambalache y regateo del que tan injustamente me acaba de atribuir. He puesto perfectamente en claro cuál es mi posición. El *Arca* no está en venta.

—Siento cierto afecto hacia usted a causa de los años que pasé ahí arriba —dijo con voz más bien fría Josen Rael en el comunicador—, y no puedo negar que su historia como Maestre de Puerto ha sido ejemplar. De no ser así, ahora mismo le quitaría ese cargo. ¿Le ha dejado volver a su nave? ¿Cómo ha podido hacerlo? La consideraba dotada de más sentido común...

—Y yo te consideraba un político —dijo Tolly Mune con voz algo despectiva—. ¡Josen, piensa en las condenadas ramificaciones que habría tenido el asunto si hubiera hecho que los de seguridad se lanzaran sobre él en mitad de la Casa de la Araña! Tuf no es exactamente lo que se dice fácil de esconder, ni tan siquiera cuando se pone esa ridícula peluca y pretende ir de incógnito. Este lugar está atestado de nativos de Vandeen, Jazbot, el Mundo de Henry... Di cualquier planeta que se te ocurra y habrá alguien procedente de allí y todos están vigilando a Tuf y vigilando el *Arca*, esperando a ver qué haremos. Ya ha sido contactado por un maldito agente de Vandeen. Se les vio conversar en el tubotrén.

—Ya lo sé —dijo el Consejero con expresión de disgusto—. De todos modos, se tendría que... ¿no habría algún modo de cogerle sin que nadie se diera cuenta?

—¿Y luego qué hago con él? —dijo Tolly Mune—. ¿Le mato y le echo por una escotilla al exterior? No soy capaz de hacer eso, Josen, y ni tan siquiera se me ocurriría la idea de encargárselo a otra persona. Y si lo intentas te denunciaré a los noticiarios y haré que toda la condenada casa te caiga encima.

Josen Rael se limpió el sudor de la frente.

—También otras personas tienen principios. No eres la única —dijo como a la defensiva—. Ni se me ocurriría tal idea. Pero debemos conseguir esa nave y, ahora que Tuf está otra vez dentro de ella, nuestra tarea se ha vuelto todavía más difícil. El *Arca* posee unas defensas formidables. He estado haciendo preparar algunos planes de estimación y dicen que quizá pudiera resistir un ataque de toda nuestra Flota Defensiva Planetaria.

—Oh, ¡por todos los infiernos!, Josen, ahora se encuentra a unos cinco kas del final del tubo nueve. ¡Un maldito ataque a toda escala de cualquiera, probablemente destruiría el Puerto y haría que el ascensor se derrumbara encima de tu condenada cabeza! No te pongas nervioso, mantén la cremallera bien cerrada y deja que yo me encargue de esto. Lograré que venda y lo haré legalmente.

—Muy bien —replicó el Consejero—. Te daré un poco más de tiempo pero te advierto que el Gran Consejo está siguiendo todo este asunto muy de cerca y se están empezando a impacientar. Tienes tres días. Si para entonces Tuf no ha puesto la huella de su pulgar en el documento de transferencia, tendré que enviar ahí arriba a las tropas de asalto.

—No te preocupes —dijo Tolly Mune—, tengo un plan.

La sala de comunicaciones del *Arca* era larga y más bien estrecha. Sus paredes estaban cubiertas con largas hileras de pantallas, a oscuras en esos momentos. *Desorden*, la revoltosa gata de pelaje blanquinegro, estaba durmiendo enroscada sobre las piernas de Haviland Tuf, en tanto que *Caos*, el gato de color gris, apenas salido de su infancia, iba y venía sobre los anchos hombros de Tuf, frotándose en su cuello y ronroneando estruendosamente. Tuf había cruzado las manos pacientemente sobre su estómago, mientras varios ordenadores examinaban y revisaban su programa, transmitiéndolo, comprobándolo, transfiriéndolo y sometiéndolo a todas las pruebas imaginables.

Ya llevaba cierto tiempo esperando. Una vez que la pavana geométrica de la pantalla hubo llegado a su conclusión, aparecieron ante él los rasgos de una mujer s'uthlamesa de edad ya avanzada.

—Encargada —anunció ella—. Bancos de Datos del Consejo.

—Soy Haviland Tuf, de la nave espacial *Arca* —anunció él a su vez.

Ella sonrió.

—Le he reconocido gracias a los noticiarios. ¿En qué puedo ayudarle? —Pestañeó, sorprendida—. ¡Aj!, hay algo en su cuello...

—Es un gatito, señora —dijo él—, y es muy amistoso. —Alzó la mano y rascó a *Caos* debajo de la mandíbula—. Pido su ayuda en cierto asunto de escasa importancia. Dado que soy un desesperado esclavo de mi propia curiosidad y siempre ardo en deseos de aumentar mis magros conocimientos, me he estado entreteniendo últimamente en estudiar la historia de su planeta, así como sus costumbres, folfklore, política, hábitos sociales, etcétera. Por supuesto, ya me he procurado los textos básicos al respecto, así como los servicios de datos populares, pero existe una información en particular que hasta ahora no he conseguido obtener. No dudo de que es una nadería presumiblemente fácil de encontrar, si hubiera tenido la sabiduría suficiente para saber dónde debía buscarla, pero sin embargo se encuentra inexplicablemente ausente de todas las referencias de datos que he comprobado hasta el momento. Persiguiendo este pequeño dato me he puesto en contacto con el Centro de Procesado Educacional S'uthlamés y la mayor biblioteca de su planeta y ambos me han indicado que acudiera a usted. Por lo tanto, aquí estoy.

El rostro de la Encargada había adoptado un aire reservado e indescifrable.

—Ya entiendo. Los bancos de datos del consejo no se encuentran generalmente abiertos al público, pero quizá me sea posible hacer una excepción. ¿Qué anda buscando?

Tuf levantó el dedo.

—Tal y como ya he dicho, se trata de una insignificante brizna de información, pero le quedaría enormemente agradecido si tuviera la bondad de responder a mi pregunta, apaciguando con ello el fuego de mi curiosidad. ¿Cuál es, con toda precisión, la población actual de S'uthlam?

El rostro de la mujer se hizo más frío y grave.

—Esa información no es de libre acceso —dijo con voz inexpresiva y la pantalla quedó en blanco.

Haviland Tuf permaneció inmóvil durante unos segundos antes de llamar de nuevo al servicio de datos que había estado utilizando.

—Me interesa una descripción general de la religión en S'uthlam —le dijo al programa de búsqueda—, y en particular sobre las creencias y sistemas éticos de la Iglesia de la Vida en Evolución.

Unas cuantas horas después, Tuf estaba totalmente absorto en su texto, jugueteando distraídamente con *Desorden*, la cual se había despertado con hambre y ganas de pelea, cuando recibió una llamada de Tolly Mune.

Guardó la información que había estado examinando e hizo aparecer su rostro en otra de las pantallas de la sala.

—Maestre de Puerto... —dijo.

—He oído decir que intenta meter la nariz en los altos secretos planetarios, Tuf —dijo ella, sonriéndole.

—Le aseguro que no era ésa mi intención —replicó Tuf—, pero en cualquier caso soy un espía de muy poca efectividad, dado que mi intentona acabó en un absoluto fracaso.

—Cenemos juntos —dijo Tolly Mune—, y quizá pueda responderle a esa pregunta sin importancia.

—Ciertamente —dijo Haviland Tuf—. En tal caso, Maestre de Puerto, permítame que la invite a cenar en el *Arca*. Mi cocina, aunque no resulte excepcional, sí es mucho más sabrosa y abundante que el término medio disponible en su Puerto, puedo asegurarlo.

—Me temo que no puede ser —dijo Tolly Mune—. Tengo demasiadas malditas cosas que atender, Tuf, y no puedo abandonar mi sitio. De todos modos, no deje que le empiecen a rugir las tripas. Acaba de llegar un gran carguero de la Despensa, nuestros asteroides granja, que se encuentran a poca distancia de aquí, formados de tierra y condenadamente fértiles. La M.P. siempre tiene derecho de pernada sobre las calorías recién llegadas: ensalada de neohierba fresca, jamones de cerdo de túnel con salsa de azúcar cande, vainas picantes, pan de hongos, fruta con auténtica crema de calamar y cerveza. —Sonrió—. Cerveza importada.

—¿Pan de hongos? —dijo Haviland Tuf—. No consumo carne animal, pero el resto de su menú me ha parecido altamente atractivo. Me alegrará sumamente aceptar su amable invitación. Si tiene la bondad de disponer de un muelle para mi llegada, me desplazaré hasta ahí en la *Mantícora*.

—Use el cuatro —dijo ella—. Está muy cerca de la Casa de la Araña. ¿Ése es *Caos* o *Desorden*?

—*Desorden* —replicó Tuf—. *Caos* ha partido para entregarse a sus misteriosas ocupaciones, tal y como suelen hacer los gatos.

—Nunca he visto un animal vivo —dijo Tolly Mune con cierta animación.

—Entonces, traeré a *Desorden* conmigo para contribuir de esta manera a su ilustración.

—Hasta pronto —y Tolly Mune cerró la comunicación.

Cenaron con un cuarto de gravedad.

La Sala de Cristal estaba pegada a la Casa de la Araña y su parte exterior era una cúpula de plastiacero transparente como un cristal. Más allá de las invisibles paredes de la cúpula, les rodeaba la negra claridad del espacio con sus fríos y limpios campos de estrellas y el intrincado dibujo de la telaraña. Debajo estaba el exterior rocoso de la estación con los tubos de transporte que se entrelazaban de un lado a otro de la superficie, las redondas hinchazones de los habitáculos que se aferraban al punto de conexión, los minaretes tallados y las brillantes flechas de las torres de los hoteles clase estelar que se alzaban hacia la fría oscuridad. Justo por encima de ellos se cernía el inmenso globo del planeta S'uthlam, de un azul pálido con zonas marrones en las que giraban las nubes. El ascensor se lanzaba hacia él como un proyectil, cada vez más arriba, hasta que el gigantesco tubo se convertía en una delgada hebra reluciente que terminaba por perderse de vista. Las perspectivas del paisaje eran asombrosas y en algunos momentos podían resultar incluso inquietantes.

La estancia solía utilizarse sólo para ocasiones de importancia y la última había sido hacía tres años, cuando Josen Rael había subido al Puerto para atender a un dignatario en visita oficial. Pero Tolly Mune estaba decidida a todo. La comida había sido preparada por un chef de un crucero de lujo de la Transcorp, que había tomado prestado durante una noche; la cerveza se la había proporcionado un comerciante que iba al Mundo de Henry; la vajilla era una valiosa antigüedad procedente del Museo de Historia Planetaria; la gran mesa de ébano de fuego, una reluciente madera negra cruzada por vetas escarlatas, bastaba para acoger a doce comensales, y del servicio se encargaba una tan silenciosa como discreta falange de camareros vestidos con librea oro y negro.

Tuf entró con su gato en brazos, examinó el esplendor de la mesa y luego alzó la mirada hacia las estrellas y la telaraña.

—Se puede ver el *Arca* —le dijo Tolly Mune—. Está ahí, ese punto brillante de la telaraña, arriba a la izquierda.

Tuf miró donde le indicaba.

—¿Se trata de un efecto conseguido mediante proyección tridimensional? —preguntó acariciando al gato.

—No, diablos. Esto es totalmente real, Tuf. —Sonrió—. No se preocupe, está a salvo. Ese plastiacero tiene tres capas de grosor y no es probable que se nos caigan encima ni el planeta ni el ascensor y las posibilidades de que nos acierte un meteoro son astronómicamente pequeñas.

—Percibo una gran cantidad de tráfico —dijo Haviland Tuf—. ¿Cuáles son las posibilidades de que la cúpula sea golpeada por un turista pilotando un trineo de vacío alquilado, algún trazador de circuitos perdido o un anillo de pulsación quemado?

—Más elevadas —admitió Tolly Mune—. Pero si ocurriera eso, todas las compuertas quedarían selladas automáticamente, sonarían alarmas y se abriría un refugio de emergencia. Es obligatorio en toda construcción cercana al vacío. Son reglas del Puerto. Por lo tanto y en el improbable caso de que eso suceda, tendremos dermotrajes, aparatos respiratorios e incluso una antorcha láser por si queremos intentar arreglar el daño antes de que las cuadrillas lleguen aquí. Pero sólo ha ocurrido dos o tres veces en todos los años de existencia del Puerto, así que disfrute del paisaje y no se ponga demasiado nervioso.

—Señora —dijo Haviland Tuf con gran dignidad—, no estaba nervioso, sólo sentía curiosidad.

—Claro —dijo ella y le indicó su asiento con un gesto. Tuf se instaló rígidamente en él y permaneció absolutamente inmóvil, acariciando lentamente el pelaje blanquinegro de su gata, en tanto que los camareros empezaban a traer las bandejas del aperitivo y las cestillas con el pan de hongos aún caliente. Había dos tipos básicos de aperitivo: pastelillos rellenos de queso picante y paté de hongos y lo que parecían ser pequeñas serpientes o quizá gusanos grandes, hervidos en una aromática salsa de color anaranjado. Tuf le dio dos de estos últimos a *Desorden* y fueron devorados con entusiasmo. Luego tomó un pastelillo, lo olió y le dio un delicado mordisco. Después de tragarlo movió la cabeza.

—Excelente —proclamó.

—Así que eso es un felino —dijo Tolly Mune.

—Ciertamente —replicó Tuf cogiendo un poco de pan de hongos. Al romper en dos la barra, de su interior se alzó una nubecilla de vapor. Luego se dedicó a untarlo metódicamente con una gruesa capa de mantequilla.

Tolly Mune cogió también un poco de pan y se quemó los dedos con la corteza. Pero no lo dejó ver, no pensaba mostrar la más mínima debilidad teniendo a Tuf delante.

—Muy bueno —dijo después del primer bocado—. Sabe, Tuf, la comida de la cual vamos a disfrutar... bueno, la mayoría de los s'uthlameses no comen nunca tan bien.

—Ese hecho no se me había escapado, en efecto —dijo Tuf, alzando otra serpiente entre el índice y el pulgar y sosteniéndola ante *Desorden*, que trepó por su brazo para cogerla.

—De hecho —dijo Tolly Mune—, el contenido en calorías de esta comida se aproxima al que un ciudadano medio consume en toda una semana.

—Por lo concentrado de los sabores y por el pan, me aventuraría a sugerir que nuestros placeres gustativos han superado ya a los de un s'uthlamés medio durante toda su vida —dijo Tuf con el rostro impasible.

La ensalada fue colocada sobre la mesa. Tuf la probó y declaró que era buena. Tolly Mune se dedicó a ir removiendo la comida que tenía en el plato y esperó a que los camareros se hubieran retirado a sus lugares, junto a las paredes.

—Tuf —dijo—, creo que tenía una pregunta para hacerme.

Haviland Tuf alzó la mirada del plato y la contempló fijamente. Su largo y pálido rostro seguía tan inmóvil e inexpresivo como antes.

—Correcto —dijo. También *Desorden* la estaba mirando y sus pupilas rasgadas eran tan verdes como la neohierba de sus ensaladas.

—Treinta y nueve mil millones —dijo Tolly Mune con voz seca y tranquila.

Tuf pestañeó.

—Vaya —dijo.

—¿Sólo ese comentario? —dijo Tolly sonriendo.

Tuf contempló el gran globo de S'uthlam que flotaba sobre sus cabezas.

—Dado que solicita mi opinión, Maestre de Puerto, me arriesgaré a decir que pese al formidable tamaño del planeta que tenemos sobre nosotros, no puedo sino interrogarme sobre su capacidad máxima. Sin pretender con ello hacer la más mínima censura a sus costumbres, cultura y civilización, se me ocurre la idea de que una población de treinta y nueve mil millones de personas podría ser considerada como un tanto excesiva.

Tolly Mune sonrió.

—¿De veras? —Se apoyó en el respaldo, llamó a un camarero y pidió que trajeran bebidas. La cerveza era de un color amarronado, espumosa y fuerte. Se sirvió en grandes jarras de cristal tallado, para manejar las cuales hacían falta las dos manos. Tolly levantó la suya con cierta dificultad viendo cómo el líquido se removía dentro de la jarra—. Es lo único de la gravedad a lo que nunca podré acostumbrarme —dijo—. Los líquidos deberían estar siempre dentro de ampollas para apretar, maldita sea. Estos trastos me parecen condenadamente incómodos, como un accidente esperando siempre a desencadenarse. —Tomó un sorbo y, al levantar de nuevo la cabeza, lucía un bigote de espuma—. Pese a todo, es buena —añadió, limpiándose la boca con el dorso de la mano—. Bueno, Tuf, ya es hora de que dejemos este maldito juego de esgrima —siguió diciendo, mientras depositaba la jarra en la mesa, con el excesivo lujo de precauciones de quien no estaba acostumbrada ni tan siquiera a la escasa gravedad actual—. Es obvio que ya sospecha que padecemos un problema de población o jamás se le habría ocurrido hacer preguntas al respecto. Y, además, ha estado buscando montones de datos e informaciones de todo tipo. ¿Con qué fin?

—Señora, la curiosidad es mi más triste aflicción —dijo Tuf—, y sólo intentaba resolver el enigma de S'uthlam, teniendo quizás además una levísima esperanza de que, en el curso de mi estudio, topara con algún medio para resolver el callejón sin salida en el que nos encontramos actualmente.

—¿Y? —dijo Tolly Mune.

—Acaba usted de confirmar la teoría que yo había construido sobre su exceso de población. Con ese dato en su sitio todo se vuelve muy claro. Esas ciudades inmensas trepan hacia lo alto, porque deben proporcionar sitio donde vivir a una población siempre creciente, al mismo tiempo que luchan fútilmente para preservar sus áreas agrícolas de ser engullidas por las ciudades. Su orgulloso

Puerto está impresionantemente atareado y su gran ascensor no para de moverse, porque no poseen la capacidad suficiente para dar de comer a su propia población y por lo tanto deben importar alimentos de otros planetas. Se les teme y puede que incluso se les odie, pues hace siglos intentaron exportar su problema de población mediante la emigración y la anexión de sus vecinos, hasta que se les detuvo violentamente mediante la guerra. Su pueblo no tiene animales domésticos, porque S'uthlam carece de espacio para cualquier especie que no sea la humana o no constituya un eslabón directo, eficiente y necesario de la cadena alimenticia. Como promedio, los individuos de su pueblo son claramente más pequeños de lo que es corriente en el ser humano, debido a los rigores sufridos durante siglos de privaciones alimenticias y un racionamiento, disimulado pero real, puesto en vigor mediante el uso de la fuerza. De ese modo una generación sucede a otra, cada vez de menor talla y más delgada que la anterior, luchando por subsistir con unos recursos en constante disminución. Todas esas calamidades se deben directamente a su exceso de población.

—No parece usted aprobar todo eso, Tuf —dijo Tolly Mune.

—No pretendía hacer ninguna crítica. Su pueblo no carece de virtudes. Son industriosos, saben cooperar entre sí, poseen un alto sentido de la ética, son civilizados e ingeniosos, en tanto que su tecnología, su sociedad y especialmente su ritmo de avance intelectual son dignos de admiración.

—Nuestra tecnología —dijo Tolly Mune secamente—, es la única cosa que por el momento ha salvado nuestros condenados traseros. Importamos el treinta y cuatro por ciento de nuestras calorías brutas. Producimos puede que otro veinte por ciento con el cultivo de la tierra susceptible de uso agrícola que todavía nos queda. El resto de nuestra comida viene de las factorías alimenticias y es procesada a partir de sustancias petroquímicas. Ese porcentaje sube cada año y no puede sino subir. Sólo las factorías de alimentos pueden mantener el ritmo necesario para que la curva de población no las deje atrás. Sin embargo, hay un condenado problema.

—Se les está terminando el petróleo —aventuró Haviland Tuf.

—Sí, se nos está terminando el maldito petróleo —dijo Tolly Mune—. Un recurso no renovable y todas esas cosas, Tuf.

—Indudablemente, sus clases gobernantes deben de saber aproximadamente en qué momento llegará el hambre.

—Dentro de veintisiete años normales —dijo ella—, más o menos. La fecha cambia constantemente con las alteraciones que sufren una serie de factores. Puede que tengamos una guerra antes de que llegue el hambre, o eso creen algunos de nuestros expertos. O puede que tengamos una guerra y además hambre. En cualquiera de los dos casos tendremos montones de muertos. Somos un pueblo civilizado, Tuf, tal y como usted mismo ha dicho. Somos tan condenadamente civilizados que le resultaría difícil creerlo. Somos cooperativos, tenemos ética, nos gusta afirmar continuamente la vida y todo ese parloteo, pero incluso eso está empezando a romperse en mil pedazos. Las condiciones en las ciudades subterráneas están empeorando y llevan ya generaciones empeorando y algunos de nuestros líderes han llegado ya al extremo de afirmar que ahí abajo están retrocediendo evolutivamente, que se están convirtiendo en una maldita especie de alimañas. Asesinatos, violaciones, todo tipo de crímenes en los que interviene la violencia y los índices aumentan cada año.

En los últimos dieciocho meses hemos tenido dos casos de canibalismo y todo eso se volverá aún peor en los años venideros. Irá aumentando con la condenada curva de población. ¿Estás recibiendo mi transmisión, Tuf?

—Ciertamente —dijo él con voz impasible.

Los camareros volvieron con nuevos platos. Esta vez se trataba de una bandeja repleta de carne que aún humeaba a causa del horno y había también disponibles cuatro clases de vegetales distintos. Haviland Tuf permitió que le llenaran el plato hasta rebosar de vainas picantes, raíz dulce y nueces de manteca. Luego, le pidió al camarero que cortara unas pequeñas tajadas de carne para *Desorden*. Tolly Mune se sirvió un grueso pedazo de carne que sumergió con una salsa marrón, pero, después del primer bocado, descubrió repentinamente que no tenía apetito y se dedicó a ver cómo Tuf iba engullendo el contenido de su plato.

—¿Y bien? —acabó diciéndole.

—Quizá pueda prestarles un pequeño servicio en relación con su problema —dijo Tuf, mientras pinchaba expertamente con su tenedor un buen puñado de vainas.

—Puede prestarlo —dijo Tolly Mune—. Véndanos el *Arca*. Es la única solución existente, Tuf. Lo sé. Diga usted qué precio desea. Estoy apelando a su condenado sentido de la moral. Venda y salvará millones de vidas, puede que miles de millones. No solamente será rico, sino que también será un héroe. Diga esa palabra y bautizaremos nuestro maldito planeta con su nombre.

—Una idea interesante —dijo Tuf—. Sin embargo, y a pesar de mi vanidad, me temo que sobreestima grandemente las proezas del perdido Cuerpo de Ingeniería Ecológica. En todo caso el *Arca* no se encuentra en venta, tal y como ya le he informado. Pero, ¿puedo arriesgarme quizás a sugerir una solución bastante obvia a sus dificultades? Si resulta eficaz me encantaría permitir que se bautizara una ciudad o un pequeño asteroide con mi nombre.

Tolly Mune rió y bebió un considerable trago de cerveza. Lo necesitaba.

—Adelante, Tuf. Dígalo. Dígame cuál es la solución obvia y fácil.

—Acuden a mi cerebro toda una plétora de términos —dijo Tuf—. El meollo del concepto es el control de la población, que puede ser conseguido mediante el control de los nacimientos por sistemas bioquímicos o mecánicos, la abstinencia sexual, el condicionamiento cultural o las prohibiciones legales. Los mecanismos pueden variar, pero el resultado final debe ser el mismo. Los s'uthlameses deben procrear menos.

—Imposible —dijo Tolly Mune.

—En lo más mínimo —dijo Tuf—. Hay otros mundos mucho más antiguos y menos avanzados que S'uthlam y lo han conseguido.

—Eso no importa, ¡maldición! —dijo Tolly Mune. Hizo un gesto brusco con su jarra y un poco de cerveza cayó sobre la mesa, pero no le hizo caso—. No va a ganar ningún premio por su original idea, Tuf. La idea no resulta nueva ni mucho menos. De hecho tenemos una fracción política que lleva propugnándola desde hace... ¡diablos!, desde hace cientos de años. Les llamamos los ceros. Quieren reducir a cero la tasa de aumento de la curva de población. Yo diría que quizás un siete o un ocho por ciento de los ciudadanos les apoya.

—Es indudable que el hambre masiva aumentará el número de partidarios de su causa —observó Tuf, levantando su tenedor repleto de raíz dulce. *Desorden* lanzó un maullido aprobatorio.

—Para entonces ya será condenadamente tarde y eso lo

sabe usted muy bien, ¡maldición! El problema es que nuestras ingentes masas de población no creen realmente que vaya a pasar todo eso, no importa lo que digan los políticos o las horribles predicciones que puedan oír en las noticias. Ya hemos oído todo eso antes, dicen, y que me cuelguen si no es cierto. La abuela y el abuelo oyeron predicciones similares sobre el hambre que se avecinaba, pero S'uthlam siempre ha podido evitar la catástrofe, hasta ahora. Los tecnócratas se han mantenido en la cima del poder durante siglos gracias a que han estado perpetuamente aplazando el día del derrumbe. Siempre encuentran una solución. La mayoría de los ciudadanos tienen absoluta confianza en que siempre encontrarán una solución.

—Las soluciones a que se refiere son, por naturaleza propia, meros aplazamientos —comentó Haviland Tuf—. Estoy seguro que de ello debe resultar obvio. La única solución verdadera es el control de la población.

—No nos comprende, Tuf. Las restricciones sobre los nacimientos son un anatema para la inmensa mayoría de los s'uthlameses. Jamás conseguirá que un número realmente significativo de gente las acepte y, desde luego, no conseguirá que lo hagan sólo para evitar una maldita catástrofe irreal en la que, de todos modos, ninguno de ellos cree. Unos cuantos políticos excepcionalmente estúpidos e idealistas lo han intentado y se les hizo caer de la noche a la mañana, denunciándoles como personas inmorales y opuestas a la vida.

—Ya veo —dijo Haviland Tuf—. Maestre de Puerto Mune, ¿es usted una mujer de fuertes convicciones religiosas?

Ella torció el gesto y bebió un poco más de cerveza.

—¡Diablos, no! Supongo que soy agnóstica. No lo sé, no pienso demasiado en ello. Pero también pertenezco a los cero, aunque es algo que no admitiré nunca ahí abajo. Muchos hiladores son de los cero. En un sistema tan pequeño y cerrado como el Puerto, los efectos de una procreación incontrolada se harían muy pronto condenadamente aparentes y serían condenadamente terribles. Ahí abajo, ¡maldición!, la cosa no está tan clara. Y la Iglesia... ¿está familiarizado con la Iglesia de la Vida en Evolución?

—Tengo cierta familiaridad sucinta con sus preceptos —dijo Tuf—, aunque debo admitir que la he adquirido muy recientemente.

—S'uthlam fue colonizada por los ancianos de la Iglesia de la Vida en Evolución —dijo Tolly Mune—. Venían huyendo de la persecución religiosa en Tara y se les perseguía a causa de que procreaban tan condenadamente deprisa que estaban amenazando con apoderarse del planeta por su simple número, cosa que al resto de nativos no les gustaba ni pizca.

—Un sentimiento muy comprensible —dijo Tuf.

—Eso fue lo mismo que terminó con el programa de colonización, lanzado por los expansionistas hace unos cuantos siglos. La Iglesia... bueno, su creencia básica es que el destino de la vida consciente es llenar todo el universo, que la vida es el bien definitivo y último. La antivida es el mal definitivo. La Iglesia cree que la vida y la antivida mantienen una especie de carrera entre sí. La Iglesia dice que debemos evolucionar a través de estados cada vez más elevados, en conciencia y genio, hasta llegar a una especie de eventual divinidad y que debemos conseguir tal divinidad a tiempo de evitar la muerte calórica del universo. Dado que la evolución trabaja mediante el mecanismo biológico de la procreación, lo que debemos hacer es procrear, expandiendo y enriqueciendo continuamente el estanque genético y llevando nuestra semilla hasta los astros. Restringir los nacimientos... si lo hacemos, quizás estuviéramos interfiriendo con el siguiente paso en la evolución humana, quizás estuviéramos abortando a un genio, a un protodiós, al portador de un cromosoma mutante que sería capaz de hacer ascender a la raza ese peldaño siguiente de la escalera, tan cargado de trascendencia.

—Creo haber comprendido lo esencial de su credo —dijo Tuf.

—Somos un pueblo libre, Tuf —dijo Tolly Mune—. Hay diversidad religiosa, libertad de culto y todo eso. Tenemos además Erikaners, Cristeros Viejos y Niño del Soñador. Tenemos bastiones de los Ángeles de Acero y comunas del Crisol, lo que se le ocurra. Pero más del ochenta por ciento de la población sigue perteneciendo a la Iglesia de la Vida en Evolución y sus creencias son más fuertes ahora que en ningún otro momento. Miran a su alrededor y ven los frutos obvios de las enseñanzas de la Iglesia. Cuando se tiene a miles de millones de personas se tiene a millones de genios y se tiene, además, el estímulo de una virulenta fertilización cruzada, de una competición salvaje en busca del progreso y de unas necesidades increíbles. Por lo tanto, ¡maldición!, es muy lógico que S'uthlam haya conseguido llevar a cabo avances tecnológicos casi milagrosos. Ven nuestras ciudades y el ascensor, ven a los visitantes que acuden de un centenar de mundos para estudiar aquí, ven cómo estamos eclipsando a todos nuestros vecinos. No ven una catástrofe y los líderes de la Iglesia no paran de repetir que todo irá estupendamente, ¡por qué demonios van a permitir que a la gente se le impida procrear! —Le dio un fuerte golpe a la mesa y se volvió hacia un camarero—. ¡Tú! —le dijo secamente—. Más cerveza y rápido. —Luego se volvió hacia Tuf—. Por lo tanto, no me suelte esas ingenuas sugerencias. Las restricciones de nacimientos son impracticables dada nuestra situación. Es imposible. ¿Lo ha entendido, Tuf?

—No hay ninguna necesidad de impugnar mi inteligencia —dijo Haviland Tuf y acarició a *Desorden*, que se había instalado de nuevo en su regazo después de haberse atracado de carne—. El apuro en que se encuentra S'uthlam me ha llegado al corazón. Haré todo lo que esté en mi mano para aliviar las calamidades de su planeta.

—Entonces, ¿nos venderá el *Arca*? —le preguntó ella secamente.

—Ésa es una hipótesis carente de base —le replicó Tuf—. Sin embargo, haré ciertamente cuanto se encuentre dentro de mis capacidades como ingeniero ecológico antes de partir rumbo a otros mundos.

Los camareros estaban trayendo ya el postre: grandes frutas jugosas de color verde azulado que nadaban en cuencos de espesa crema. *Desorden* olió la crema y saltó sobre la mesa para emprender una investigación más concienzuda, en tanto que Haviland Tuf alzaba la fina cuchara de plata que habían puesto ante él.

Tolly Mune meneó la cabeza.

—Llévenselo —dijo bruscamente—, es demasiado condenadamente espesa para mí. Sólo quiero una cerveza.

Tuf la miró y levantó un dedo.

—¡Un instante! No serviría de nada permitir que su ración de este delicioso postre se desperdiciara. Estoy seguro de que a *Desorden* le encantará.

La Maestre de Puerto tomó un sorbo de su nueva jarra y frunció el ceño.

—Se me han terminado las palabras, Tuf. Estamos ante una crisis. Necesitamos esa nave. Ésta es su última oportunidad. ¿Quiere venderla?

Tuf la miró y *Desorden* avanzó rápidamente hacia el cuenco del postre.

—Mi posición no ha variado.

—Entonces, lo siento —dijo Tolly Mune—. No quería verme obligada a hacer esto. —Chasqueó los dedos. En el silencio que siguió a ese instante, durante el cual sólo se había oído el ruido de la gata lamiendo la crema, el chasquido resonó como un disparo. A lo largo de los muros cristalinos los altos y serviciales camareros metieron la mano bajo sus elegantes libreas negro y oro sacando de ellas pistolas neurales.

Tuf parpadeó y movió la cabeza, primero a la derecha y luego a la izquierda, estudiando por turno a cada uno de los hombres, mientras *Desorden* empezaba con la fruta.

—¡Traición! —dijo con voz átona—. Me encuentro gravemente decepcionado. Mi confianza y mi buena disposición natural han sido cruelmente utilizadas en mi contra.

—Tuf, condenado estúpido, usted me obligó a...

—Tal abuso del rango no hace sino exacerbar la traición en lugar de justificarla —dijo Tuf con la cuchara en la mano—. ¿Voy a ser ahora, por ventura, asesinado en secreto y con la peor de las villanías?

—Somos gente civilizada —dijo Tolly Mune con voz irritada, enfadada con Tuf, con Josen Rael, con la condenada Iglesia de la Vida en Evolución y, por encima de todo, con ella misma por haber llegado a tal extremo—. No, nada de eso. Ni tan siquiera vamos a robar esa maldita nave suya por la que tanto se preocupa. Todo esto es legal, Tuf. Se encuentra arrestado.

—Ciertamente —dijo Tuf—. Por favor, acepte mi rendición. Siempre estoy entusiásticamente dispuesto a cumplir con las leyes locales. ¿Cuáles son los cargos por los que voy a ser juzgado?

Tolly Mune sonrió sin ningún entusiasmo, sabiendo muy bien que esta noche en la Casa de la Araña su nombre volvería a ser la Viuda de Acero. Luego señaló hacia el otro extremo de la mesa, en el cual *Desorden* estaba sentada lamiéndose cuidadosamente los bigotes llenos de crema.

—Importación ilegal de alimañas dentro del Puerto de S'uthlam —dijo.

Tuf depositó cuidadosamente su cuchara en la mesa y plegó las manos sobre el vientre.

—Me parece recordar que traje aquí a *Desorden* a resultas de una clara invitación por su parte.

Tolly Mune sacudió la cabeza.

—No servirá de nada, Tuf. Tengo grabada toda nuestra conversación. Es cierto que dije no haber visto jamás un animal vivo, pero eso es simplemente una afirmación y ningún tribunal podría llegar a considerarla como una incitación para que cometiera una violación criminal de nuestros reglamentos sanitarios. Al menos, ninguno de nuestros tribunales. —En su sonrisa había cierto matiz de disculpa.

—Ya veo —dijo Tuf—. En tal caso, pasemos por alto las siempre engorrosas y lentas maquinaciones legales. Me declaro culpable y estoy dispuesto a pagar la multa que corresponda a esta leve infracción.

—Muy bien —dijo Tolly Mune—. La multa es de cincuenta unidades base. —Hizo un gesto y uno de los camareros avanzó hacia la mesa y se apoderó de la gata—. Naturalmente —concluyó Tolly—, la alimaña debe ser destruida.

—Odio la gravedad —le dijo Tolly Mune a un sonriente Josen Rael una vez hubo terminado su informe sobre la cena—. Me agota y odio pensar en lo que toda esa condenada tensión le hace a mis músculos y órganos internos. ¿Cómo podéis vivir los gusanos de ese modo, día tras día? ¡Y toda esa condenada comida! La engullía de una forma casi obscena y todos esos olores...

—Maestre de Puerto, tenemos asuntos más importantes que discutir —dijo Rael—. ¿Está todo listo? ¿Le hemos cogido?

—Tenemos a su gata —dijo ella con voz lúgubre—. Para ser más exactos, tengo a su gata. —Como si hubiera estado esperando esas palabras *Desorden* lanzó un maullido y pegó la cabeza a la rejilla de plastiacero de la jaula que los hombres de seguridad habían erigido en uno de los rincones de su habitación. *Desorden* maullaba muchísimo. Estaba claro que la ingravidez no le resultaba nada cómoda y cada vez que intentaba moverse empezaba a girar sobre sí misma sin lograr controlarse. Cada vez que la gata se golpeaba con la rejilla, Tolly Mune no podía reprimir un leve pinchazo de culpabilidad—. Estaba segura de que él habría sellado el documento de transferencia sólo para salvar a ese condenado animal.

Josen Rael no parecía muy alegre.

—La verdad es que su plan no me parece demasiado bueno, Maestre de Puerto. En el nombre de la vida, ¿por qué iba alguien a entregar un tesoro de la magnitud del *Arca* para preservar un espécimen animal? Y menos aún cuando, según me ha dicho, posee otras alimañas del mismo tipo a bordo de su nave.

—Porque está emocionalmente muy unido a esta alimaña en particular —dijo Tolly Mune con un suspiro—. Pero Tuf es mucho más tozudo de lo que pensaba. Se dio cuenta de que yo estaba fanfarroneando.

—Entonces, destruya al animal. Demuéstrele que estamos hablando en serio.

—¡Oh, Josen, un poco de cordura! —replicó ella con

211

impaciencia—. ¿Y dónde estaríamos entonces? Si llevo adelante el plan y mato a esa maldita bestia, entonces me quedo sin nada. Tuf lo sabe y sabe que yo lo sé y sabe que yo sé que él lo sabe. Al menos ahora tenemos algo que él desea. Estamos en tablas.

—Cambiaremos las leyes —sugirió Josen Rael—. A ver, sí. ¡La pena por introducir alimañas en el Puerto debería incluir la confiscación de la nave usada para dicho acto de contrabando!

—Condenadamente genial —dijo Tolly Mune—. Es una pena que estén prohibidas las leyes con efectos retroactivos.

—Todavía no he oído ningún plan mejor por su parte.

—Josen, ello se debe a que todavía no tengo ninguno. Pero ya lo tendré. Discutiré con él, le engañaré, no lo sé. Conocemos sus debilidades: la comida, sus gatos. Puede que haya algo más y que podamos utilizarlo. Conciencia, libido, una debilidad hacia el juego o la bebida... —se quedó callada y empezó a pensar—. El juego —repitió—, claro... Le gusta jugar. Apuntó con un dedo hacia la pantalla—. No se meta en esto. Me dio tres días y mi tiempo todavía no se ha terminado. Mantenga bien firme la cremallera. —Con un gesto hizo esfumarse sus rasgos de la gran pantalla y en su lugar puso la oscuridad del espacio, con el *Arca* flotando ante un telón de estrellas inmóviles.

La gata pareció reconocer la imagen de la pantalla y emitió un maullido quejumbroso. Tolly Mune la miró con el ceño fruncido y pidió que la pusieran en comunicación con su encargada de seguridad.

—Tuf —ladró—, ¿dónde está ahora?

—Está en el Hotel Panorama del Mundo, en su sala de juegos clase estelar, Mamá —respondió la encargada de ese turno.

—¿El Panorama del Mundo? —gimió ella—. ¿Así que ha acabado eligiendo un maldito palacio para gusanos, eh? ¿Qué tienen ahí, gravedad completa? Oh, infiernos, no importa. Cuida de que no se mueva de ahí. Ahora bajo.

Le encontró jugando a la canasta a cinco. Tenía delante una pareja de gusanos de tierra ya mayores; un cibertec al que habían suspendido de empleo y sueldo por saquear sistemas, unas cuantas semanas antes, y un negociador comercial, más bien obeso y paliducho, de Jazbo. De guiarse por el montón de fichas que había ante él, Tuf estaba ganando bastante. Tolly hizo chasquear los dedos y la camarera se acercó rápidamente con una silla. Tolly Mune se instaló junto a Tuf y le tocó suavemente el brazo.

—Tuf —dijo.

Él volvió la cabeza y se apartó un poco de ella.

—Tenga la amabilidad de no ponerme las manos encima, Maestre de Puerto Mune.

Ella retiró la mano.

—¿Qué está haciendo, Tuf?

—Por el momento estoy poniendo a prueba una estratagema, tan nueva como interesante, recién inventada por mí en contra del Negociador Dez. Me temo que quizás acabe resultando que carece de fundamento científico, pero el tiempo lo dirá. Hablando en un sentido más amplio, estoy esforzándome por ganar una magra cantidad de unidades base mediante la aplicación del análisis estadístico y la psicología práctica. Debo decir que S'uthlam no resulta nada barata, Maestre de Puerto Mune.

El jazboíta, con su larga cabellera empapada con aceites irisados y su obeso rostro lleno de cicatrices, rió roncamente, exhibiendo con ello una pulida dentadura negra en la que había incrustadas diminutas joyas carmesí.

—Hago un desafío, Tuf —dijo, tocando un botón que había junto a su puesto y que hizo centellear brevemente sus cartas sobre la superficie iluminada de la mesa.

Tuf se inclinó por un segundo hacia adelante.

—Ciertamente —replicó. Un dedo pálido y muy largo se movió en el gesto preciso y su propia jugada se encendió dentro del círculo—. Me temo que ha perdido, señor. Mi experimento ha resultado triunfante, aunque no dudo de que ello se ha debido a un mero capricho de la fortuna.

—¡Maldito sea usted y su condenada fortuna! —dijo el jazboíta, poniéndose en pie con cierta dificultad. Unas cuantas fichas más cambiaron de manos.

—Así que sabe jugar —dijo Tolly Mune—. Pero eso no le servirá de nada, Tuf. En estos lugares los juegos siempre están amañados a favor de la casa. Jugando, nunca logrará ganar todo el dinero que le hace falta.

—No soy totalmente consciente de tal realidad —dijo Tuf.

—Hablemos.

—Ya lo estamos haciendo.

—Hablemos en privado —dijo ella subiendo un poco el tono de voz.

—Durante nuestra última discusión en privado fui atacado por hombres provistos de pistolas neurónicas, se me agredió verbalmente, fui cruelmente engañado, se me privó de una compañía muy querida y, como remate, se me impidió gozar de mi postre. No me encuentro muy favorablemente predispuesto a nuevas invitaciones de dicho tipo.

—Le invito a una copa —dijo Tolly Mune.

—Muy bien —replicó Tuf. Se levantó con rígida dignidad, recogió sus fichas y se despidió de los demás jugadores. Tolly y Tuf se dirigieron a un reservado situado al otro extremo de la sala de juegos. Tolly Mune jadeaba un poco a causa del esfuerzo que le imponía la gravedad. Una vez dentro de él se derrumbó sobre los almohadones, pidió dos narcos helados y cerró la cortina a continuación.

—El ingerir bebidas narcóticas tendrá un efecto muy escaso sobre mis capacidades decisorias, Maestre de Puerto Mune —dijo Haviland Tuf—, y aunque me encuentro perfectamente dispuesto a recibir su generosa oferta e invitación, como justa compensación a su anterior falta de hospitalidad civilizada, mi posición sigue sin haber variado.

—¿Qué quiere, Tuf? —le dijo ella con voz agotada después de que llegaron las bebidas. Los grandes vasos estaban cubiertos de escarcha y en su interior el licor azul cobalto ardía con un gélido resplandor.

—Al igual que todos los seres humanos tengo muchos deseos. Por el momento, lo que deseo con mayor urgencia es tener de nuevo junto a mí, sana y salva, a *Desorden*.

—Ya le propuse que cambiáramos el animal por la nave.

—Ya hemos discutido dicha propuesta y la he rechazado por ser muy poco equitativa. ¿Debemos volver otra vez a discutir el asunto?

—Tengo un nuevo argumento —dijo ella.

—¿De veras? —Tuf probó su bebida.

—Consideremos ahora el asunto de la propiedad, Tuf. ¿Cuál es su derecho para considerarse dueño del *Arca*? ¿Acaso la ha construido? ¿Tuvo algún papel en su creación? No, ¡demonios!

—La encontré —dijo Tuf—. Es cierto que tal descubrimiento lo hice acompañado por cinco personas más y no puedo negar que sus títulos sobre dicha propiedad

215

resultaban, en ciertos casos, superiores al mío. Sin embargo, ellos han muerto y yo sigo vivo, lo cual fortalece considerablemente mi posición. Lo que es más, actualmente me encuentro en posesión de dicha nave y en muchos sistemas éticos la posesión es la clave y, en más de una ocasión, el factor determinante en cuanto respecta a la propiedad.

—Hay mundos en los que todos los objetos de valor pertenecen al estado y en ellos su maldita nave habría sido requisada de inmediato.

—Me doy cuenta de ello, créame, y tengo gran cuidado de evitar dichos mundos cuando elijo mi destino —dijo Haviland Tuf.

—Tuf, si quisiéramos, podríamos apoderarnos de su maldita nave por la fuerza. Quizá sea el poder lo que da la propiedad, ¿no?

—Es cierto que a sus órdenes se encuentra la feroz lealtad de ingentes masas de lacayos armados con lásers y pistolas neurónicas, en tanto que yo me encuentro totalmente solo. No soy sino un humilde comerciante y un ingeniero ecológico que no ha superado el rango de neófito y como única compañía tengo la de mis inofensivos felinos. Sin embargo, no carezco de ciertos recursos propios. Entra dentro de mis posibilidades teóricas el haber programado ciertas defensas en el *Arca* susceptibles de hacer dicho asalto mucho más difícil de lo que pudiera creerse en un principio. Por supuesto que dicha idea es una pura teoría, pero haría bien en prestarle la debida consideración. En cualquier caso, una acción militar brutal sería ilícita según la jurisprudencia de S'uthlam.

Tolly Mune suspiró.

—Ciertas culturas opinan que la propiedad viene dada por la capacidad de usar el bien poseído. Otras optan por la necesidad de usarlo.

—Estoy levemente familiarizado con dichas doctrinas.

—Bien. S'uthlam necesita el *Arca* más que usted, Tuf.

—Incorrecto. Necesito el *Arca* para practicar la profesión que he escogido y para ganarme la vida. Lo que su mundo precisa en estos momentos no es tanto la nave en sí como la ingeniería ecológica. Por dicha razón le ofrecí mis servicios y me encontré con que mi generosa oferta era despreciada y tildada de insuficiente.

—La utilidad —le interrumpió Tolly Mune—. Tenemos todo un maldito mundo lleno de brillantes científicos. Usted mismo admite que es sólo un comerciante. Podemos usar el *Arca* mejor que usted.

—Sus brillantes científicos son casi todos especialistas en física, química, cibernética y otros campos semejantes. S'uthlam no se encuentra particularmente avanzada en áreas como la biología, la genética o la ecología. Esto es algo que me parece doblemente obvio. Si poseyeran expertos, como parece usted afirmar, en primer lugar no les resultaría tan urgente la necesidad de poseer el *Arca* y, en segundo lugar, sus problemas ecológicos no habrían sido dejados de lado, como lo han sido hasta alcanzar las proporciones actuales, francamente ominosas. Por lo tanto, pongo en duda su afirmación en cuanto a que su pueblo sea capaz de utilizar la nave de modo más eficiente. Desde que he llegado a poseer el *Arca*, y durante todo mi viaje hasta aquí, no he parado de consagrarme al estudio y, por lo tanto, creo que puedo atreverme a sugerir que ahora soy el único ingeniero ecológico dotado de ciertas cualificaciones existentes en el espacio humano, excluyendo posiblemente a Prometeo.

El largo y pálido rostro de Haviland Tuf no había variado de expresión. Cada una de sus frases era articulada cuidadosamente y luego disparadas en gélidas e

217

interminables salvas. A pesar de ello, Tolly Mune tuvo la sensación de que tras la impenetrable fachada de Tuf había una debilidad: el orgullo, el ego, una vanidad que podía utilizar para sus propios fines. Tolly alzó un dedo y lo blandió ante él.

—Palabras, Tuf, nada más que malditas palabras. Puede hacerse llamar ingeniero ecológico, si le place, pero eso no quiere decir nada en absoluto. Puede hacerse llamar melón de agua, si le parece, ¡pero tendría un aspecto condenadamente ridículo sentado en un cuenco lleno de crema!

—Ciertamente —dijo Tuf.

—Le hago una apuesta —dijo ella, disponiéndose a jugarse el todo por el todo—. Apuesto a que no tiene ni maldita idea sobre qué hacer con esa condenada nave.

Haviland Tuf pestañeó y formó un puente con sus manos sobre la mesa.

—Una proposición interesante —dijo—. Prosiga.

Tolly Mune sonrió.

—Su gata contra su nave —dijo—. Ya he explicado cuál es nuestro problema. Resuélvalo y tendrá de vuelta a *Desorden* sana y salva. Fracase y nos quedaremos con el *Arca*.

Tuf levantó un dedo.

—En el plan hay un defecto básico. Aunque se me impone una tarea formidable no siento repugnancia ante la idea de aceptar tal desafío, pero sugiero que los premios se encuentran muy desequilibrados. El *Arca* y *Desorden* me pertenecen, aunque me haya sido robada la posesión de esta última de un modo legal, si bien nada escrupuloso. Por lo tanto, de ello se desprende que, si gano, lo único que consigo es recuperar la posesión de algo que, al empezar, ya era justamente mío, en tanto que el posible premio de la otra parte es mucho mayor. No me parece equitativo y tengo una contraoferta preparada. Vine a

S'uthlam para conseguir ciertas reparaciones y cambios en mi nave. En el caso de que triunfe, quiero que dichos trabajos se lleven a cabo sin coste alguno para mí.

Tolly Mune se llevó el vaso a la boca a fin de conseguir un instante para considerar la oferta de Tuf. El hielo había empezado a derretirse, pero el narco aún conservaba su potente sabor.

—¿Cincuenta millones de unidades base regaladas? Eso es condenadamente excesivo.

—Tal era también mi opinión —dijo Tuf.

Tolly sonrió.

—Puede que la gata fuera suya en un principio —dijo—, pero ahora es nuestra. En cuanto a las reparaciones, Tuf, haré una cosa: le daré crédito.

—¿En qué términos y con qué índice de interés? —preguntó Tuf.

—Empezaremos inmediatamente los trabajos —dijo ella, aún sonriendo—. Si gana, cosa que no va a suceder, tendrá a la gata de vuelta y le daremos un préstamo libre de intereses por el coste de la factura. Puede pagarnos con el dinero que vaya ganando ahí fuera —agitó vagamente la mano señalando al resto del universo—, trabajando en su maldita ingeniería ecológica. Pero tendremos una especie de hipoteca sobre el *Arca* y si no ha pagado la mitad del dinero en cinco años, o su totalidad en diez, entonces la nave será nuestra.

—La cifra original de cincuenta millones era excesiva —dijo Tuf—, y resulta claro que había sido hinchada con el único y exclusivo propósito de obligarme a la venta de mi nave. Sugiero que nos pongamos de acuerdo en una suma de veinte millones como base para el acuerdo

—Ridículo —respondió ella secamente—. Por ese precio ni tan siquiera podríamos llegar a pintar su condenada nave. Pero haré una rebaja: cuarenta y cinco.

—Veinticinco millones —sugirió Tuf—. Dado que me encuentro solo a bordo del *Arca* no es necesario que todas las cubiertas y sistemas funcionen a un nivel óptimo. Que algunas de las cubiertas más lejanas no estén en condiciones de operar, no resulta de una importancia decisiva. Afinaré mi lista inicial de peticiones para que incluya tan sólo las reparaciones que deben hacerse para mi seguridad, comodidad y conveniencia.

—Me parece justo —dijo ella—. Bajaré a cuarenta millones.

—Treinta —insistió Tuf—, me parece una cifra ampliamente satisfactoria.

—No regateemos por unos cuantos millones —dijo Tolly Mune—. Va a perder, por lo que todo esto no tiene ninguna importancia.

—Mi punto de vista al respecto difiere un tanto del suyo. Treinta millones.

—Treinta y siete —dijo ella.

—Treinta y dos —replicó Tuf.

—Está claro que vamos a ponernos de acuerdo en los treinta y cinco, ¿no? ¡Hecho! —dijo Tolly extendiendo la mano.

Tuf la miró fríamente.

—Treinta y cuatro —dijo con voz tranquila.

Tolly Mune se rió, apartó la mano y dijo:

—¿Qué importa? Treinta y cuatro.

Haviland Tuf se puso en pie.

—Tómese otra copa —dijo ella abriendo los brazos—. Para festejar nuestra pequeña apuesta.

—Me temo que debo rechazar la invitación —dijo Tuf—. Ya haré ese festejo una vez haya ganado la apuesta. Por el momento, tengo mucho trabajo que hacer.

—No puedo creerlo —dijo Josen Rael en un tono de voz más bien estridente. Tolly Mune había puesto el volumen de sus comunicados bastante alto para ahogar de ese modo las constantes e irritantes protestas de su prisionera felina.

—Josen, concédeme al menos un poco de inteligencia —dijo ella con voz quejosa—. Mi idea es condenadamente brillante.

—¡Apostar con el futuro de nuestro mundo! ¡Miles de millones de vidas! ¿Estás esperando seriamente que sancione ese ridículo pacto que habéis concluido?

Tolly Mune dio un sorbo a su ampolla de cerveza y suspiró. Luego, con una voz idéntica a la que habría utilizado para explicarle algo a un niño especialmente duro de mollera, dijo:

—No podemos perder, Josen. Piénsalo un poco, si es que esa cosa que tienes dentro del cráneo no está demasiado atrofiada por la gravedad, como les ocurre a todos los gusanos, y sigue siendo capaz de tener ideas. ¿Para qué demonios queríamos el *Arca*? Para alimentarnos, naturalmente; para evitar el hambre, para resolver el problema y para llevar a cabo un condenado milagro biológico. Para multiplicar los panes y los peces.

—¿Panes y peces? —dijo el Primer Consejero, aún perplejo.

—Un número infinito de veces. Es una alusión clásica, Josen; creo que cristiana. Tuf va a intentar hacer bocadillos de pescado para treinta mil millones de personas. Yo pienso que sólo conseguirá llenarse la cara de harina y atragantarse con una espina, pero eso no importa. Si fracasa conseguiremos su maldita sembradora de un modo limpio y legal. Si triunfa ya no vamos a necesitar el *Arca* nunca más. En ambos casos habremos ganado y tal como lo he planteado la apuesta, incluso si Tuf gana nos seguirá debiendo treinta y cuatro millones. Si por algún milagro consigue salir con bien de todo esto, seguimos teniendo bastantes posibilidades de acabar teniendo la nave, porque no podrá cumplir los términos de pago de su condenada factura. —Bebió un poco más de cerveza y le sonrió—. Josen, tienes mucha suerte de que no desee tu puesto. ¿Se te ha ocurrido alguna vez que soy mucho más lista que tú?

—Mamá, también eres mucho menos política —dijo él—, y dudo que fueras a durar ni un solo día en mi puesto. De todos modos me resulta imposible negar que te las apañas muy bien en el tuyo. Supongo que tu plan es viable.

—¿Supones? —replicó ella.

—Hay realidades políticas a considerar. Los expansionistas quieren la nave; debes entenderlo... como una especie de seguro para el día en que recobren el poder. Por suerte están en minoría. En la votación conseguiremos superarles.

—Cuida de que ocurra así, Josen —dijo Tolly Mune. Cerró la conexión y se quedó flotando en la penumbra de su habitación. En la pantalla apareció nuevamente la imagen del *Arca*. Sus cuadrillas estaban trabajando ahora a su alrededor, preparando un muelle temporal. Luego ya vendría algo más permanente. Esperaba que el *Arca* estuviera por ahí durante unos cuantos siglos, así que les haría falta un sitio para guardar ese condenado artefacto e, incluso en el caso de que algún fantástico capricho de la suerte hiciera que Tuf se saliera con la suya, hacía ya algún tiempo que la telaraña debía haberse ampliado y, con ello, conseguirían alojar a centenares de naves. Con Tuf pagando la factura, le había parecido una estupidez retrasar por más tiempo la construcción. En esos instantes estaban montando un largo tubo de plastiacero traslúcido, pieza a pieza. El tubo uniría la enorme sembradora al extremo del muelle principal de modo que, tanto los cargamentos de piezas como las cuadrillas de trabajo, pudieran llegar hasta ella con mayor facilidad. En el interior de la nave ya había unos cuantos cibertec, conectados al sistema de ordenadores, reprogramándolo para acomodar los programas a las demandas de Tuf y, de paso, desmantelando cualquier tipo de trampa o defensa interna que pudiera haber dejado instalada. Eso eran órdenes secretas emanadas directamente de la Viuda de Acero; algo que Tuf ignoraba por completo. Se trataba de una simple precaución suplementaria, por si resultaba ser un mal perdedor.

No quería monstruos o plagas emergiendo de su regalo una vez que abriera la caja.

En cuanto a Tuf, sus fuentes le habían dicho que tras abandonar la sala de juegos del hotel apenas sí había salido de su sala de ordenadores. Avalada por su autoridad como Maestre de Puerto, los bancos de datos del consejo habían accedido finalmente a darle toda la información que precisara y, por lo que Tolly sabía, precisaba grandes cantidades de ella. Los ordenadores del *Arca* se encontraban también atareados trabajando en amplias series de cálculos y simulaciones.

Tolly Mune se veía obligada a reconocer eso en favor de Tuf: lo estaba intentado con todo entusiasmo.

La jaula del rincón se estremeció levemente al estrellarse *Desorden* contra uno de sus lados. La gata emitió un leve maullido de dolor y Tolly sintió pena por ella. También Tuf le daba pena. Quizá, cuando hubiera fracasado, pudiera encargarse de que le entregaran esa nave que le había ofrecido en un principio.

Pasaron cuarenta y siete días.

Durante ese tiempo, las cuadrillas trabajaron en series

de tres turnos, de tal modo que la actividad alrededor del *Arca* era tan constante e incansable como frenética. La telaraña se extendió hacia la sembradora y acabó sumergiéndola. Los cables serpentearon a su alrededor como lianas en la selva y una red de tubos neumáticos entraba y salía de sus escotillas como si fuera un moribundo cuidadosamente atendido en el mejor de los centros médicos. De su casco brotaron las burbujas de plastiacero como si fueran enormes verrugas plateadas; tentáculos de acero y aleaciones especiales se entrecruzaron por ella como venas y los trineos de vacío zumbaban junto a su inmensa silueta como insectos con aguijones de fuego. Por todo el lugar, tanto dentro como fuera de la nave, se veía el incesante ir y venir de las cuadrillas de trabajadores. Pasaron cuarenta y siete días. El *Arca* fue reparada, modernizada, abastecida y mejorada.

Pasaron cuarenta y siete días sin qué Haviland Tuf saliera ni un solo minuto de su nave. Al principio estuvo viviendo en su sala de ordenadores, según informaron las cuadrillas, con las simulaciones funcionando día y noche y torrentes de datos rugiendo a su alrededor. Durante las últimas semanas se le había visto con cierta frecuencia en su pequeño vehículo de tres ruedas recorriendo el eje central de la nave, de treinta kilómetros de longitud, con una gorra verde en la cabeza y un pequeño gato de pelaje grisáceo en su regazo. Apenas si parecía fijarse en los s'uthlameses que trabajaban en la nave pero, de vez en cuando, se dedicaba a calibrar los instrumentos de una subestación cualquiera o comprobaba las interminables series de cubas, tanto grandes como pequeñas, que se alineaban junto a esos muros ciclópeos. Los cibertec se dieron cuenta de que había en curso ciertos programas de clonación y de que el cronobucle estaba funcionando y consumía enormes cantidades de energía. Cuarenta y siete días pasaron con Tuf viviendo en una soledad casi total, trabajando incesantemente con la única compañía de *Caos*.

Durante esos cuarenta y siete días Tolly Mune no habló ni con Tuf ni con el Primer Consejero Josen Rael. Sus deberes como Maestre de Puerto, descuidados por completo durante la crisis del *Arca*, fueron más que suficientes para mantenerla ocupada. Tenía disputas que escuchar y resolver, ascensos que revisar, construcciones por supervisar, diplomáticos llenos de condecoraciones a los que agasajar antes de facturarlos vía ascensor, presupuestos que diseñar y muchas nóminas que sellar con su pulgar. Y también tenía que entendérselas con una gata.

Al principio Tolly Mune temió lo peor. *Desorden* se negaba a comer, parecía incapaz de llegar a un arreglo con la falta de peso, ensuciaba la atmósfera de los aposentos de la Maestre de Puerto con sus deyecciones e insistía en emitir los sonidos más lamentables y penosos que la Maestre de Puerto había tenido jamás la desgracia de oír. Llegó a preocuparse tanto que hizo venir a su jefe de alimañas. Éste le aseguró que la jaula resultaba lo bastante grande y que las porciones de pasta proteínica eran más que adecuadas para la gata. Pero ella no estuvo de acuerdo y siguió poniéndose enferma, maullando y bufando hasta que Tolly Mune estuvo segura de que la locura, ya fuera humana o felina, estaba a la vuelta de la esquina.

Finalmente, se decidió a tomar algunas medidas urgentes. Primero descartó la pasta proteínica y empezó a darle de comer a la gata la carne que Tuf había enviado del *Arca*. La ferocidad con que fueron atacados los pedazos de carne por *Desorden*, nada más introducirlos entre los barrotes de la jaula, le resultó bastante tranquilizadora. Después de consumir uno de ellos en un tiempo récord, llegó a lamerle los dedos a Tolly Mune. La sensación le resultó muy extraña, pero no del todo desagradable. Además, la gata empezó a frotarse contra los costados de la caja, como si deseara ser tocada. Tolly así lo hizo, no muy decidida, y como recompensa obtuvo un sonido mucho más agradable que todos los emitidos anteriormente por *Desorden*. El tacto de su pelaje blanquinegro le pareció casi sensual.

Ocho días después la dejó salir de su jaula. Pensó que el recinto de la oficina, mucho más amplio, bastaría como prisión. Apenas Tolly Mune abrió la puerta, *Desorden* salió de ella dando un salto, pero cuando el salto la hizo cruzar la habitación como un cohete fuera de control, empezó a emitir salvajes bufidos de miedo e incomodidad. Tolly partió en su busca impulsándose de una patada y logró cogerla, pero la gata se debatió ferozmente en sus manos, trazando largos arañazos en su piel. Después de que el meditec hubiera curado sus heridas, Tolly Mune hizo una llamada a seguridad.

—Que requisen una habitación en el Panorama del Mundo —dijo—, una que tenga control gravitatorio. Quiero que pongan la rejilla a un cuarto de gravedad.

—¿Quién es el invitado? —le preguntaron.

—Una prisionera del Puerto —respondió ella secamente—, armada y peligrosa.

Después del traslado, visitaba el hotel cada día al terminar su jornada, al principio estrictamente para alimentar a su rehén y comprobar su bienestar. A los quince días, sin embargo, ya se estaba quedando el tiempo suficiente para aumentar su dieta en unas cuantas calorías y darle a la gata el contacto personal que tanto parecía anhelar. La personalidad del animal había cambiado de un modo espectacular. Cuando Tolly abría la puerta para su inspección diaria emitía ruidos de placer (aunque seguía intentando escapar a cada ocasión), se frotaba contra su pierna sin la menor provocación, nunca sacaba las uñas e incluso daba la impresión de estar engordando. Cada vez que Tolly Mune se permitía sentarse, *Desorden* saltaba instantáneamente a su regazo. La vigésima jornada del nuevo cautiverio, Tolly se quedó a dormir allí y seis días después trasladó temporalmente su residencia al hotel.

Pasaron cuarenta y siete días y, para entonces, *Desorden* ya se había acostumbrado a dormir junto a ella, enroscada sobre la almohada, rozando con su pelaje blanquinegro la mejilla de Tolly Mune.

El día número cuarenta y ocho Haviland Tuf llamó. Si le sorprendió ver a su gata en el regazo de la Maestre de Puerto, no dio la menor muestra de ello.

—Maestre de Puerto Mune... —dijo.

—¿Aún no se ha rendido? —le preguntó ella.

—En lo más mínimo —replicó Tuf—. De hecho, estoy preparado para reclamar el precio de mi victoria.

La reunión era demasiado importante para ser celebrada mediante enlaces de vídeo por muy protegidos que estuvieran contra todo tipo de indiscreción. Josen Rael había llegado a la conclusión de que quizá Vandeen tuviera medios para traspasar los escudos. Al mismo tiempo, dado que Tolly Mune había llevado directamente todos los tratos con Tuf y quizá pudiera comprender sus reacciones mucho mejor que el Consejo, resultaba imperativo que estuviera presente y su aversión por la gravedad fue considerada carente de importancia. De ese modo, Tolly Mune cogió el ascensor para dirigirse a la superficie, por primera vez en más años de los que le gustaba recordar, y fue transportada en un taxi aéreo a la cámara más elevada de la torre del consejo.

La enorme estancia poseía cierta dignidad espartana. Se encontraba dominada por una colosal mesa de conferencias cuya brillante superficie era toda ella un inmenso monitor. Josen Rael estaba sentado en el sitio más importante, ocupando un sillón negro en el cual se distinguía el globo de S'uthlam en relieve tridimensional.

—Maestre de Puerto Mune... —la saludó mientras ella avanzaba penosamente hasta un asiento libre situado al otro extremo de la mesa.

La estancia se hallaba repleta de poder: el consejo interno, la élite de la facción tecnocrática, los burócratas situados en los puestos clave. Media vida había pasado para Tolly Mune desde su última visita a la superficie, pero veía los noticiarios y pudo reconocer a muchos de ellos, como el joven canciller de agricultura rodeado por sus secretarios, sus ayudantes para la investigación botánica y el desarrollo oceánico, y a los encargados del procesado alimenticio. También se encontraban presentes el consejero de guerra y su ayudante ciborg; el administrador de transportes; la encargada de los bancos de datos y su jefe de analistas; los consejeros de seguridad interna, ciencia y tecnología, relaciones interestelares e industria; el comandante de la Flotilla Defensiva; el oficial más antiguo de la policía mundial. Todos movieron la cabeza y la contemplaron con rostros desprovistos de expresión.

En favor suyo, debe decirse que Josen Rael prescindió de toda formalidad.

—Han dispuesto de una semana para estudiar las cifras de Tuf, así como las semillas y muestras que nos ha proporcionado —preguntó—. ¿Y bien?

—Es difícil emitir un juicio preciso —dijo el jefe de analistas—. Puede que sus cifras den en el blanco o puede que estén totalmente equivocadas por basarse en unas suposiciones iniciales erróneas. No podré emitir un juicio preciso hasta que... bueno, digamos que harán falta varias cosechas y varios años como mínimo. Todas las cosas que Tuf ha clonado para nosotros, tanto las plantas como los animales, son desconocidas en S'uthlam. Hasta que no las hayamos sometido a duras experiencias para decidir cómo van a comportarse bajo condiciones s'uthlamesas, no podemos estar seguros de la diferencia que van a suponer en el estado actual de las cosas.

—Si es que van a suponer alguna —dijo la consejera de seguridad interna, una mujer tan baja como fornida.

—Cierto —admitió el analista.

—Creo que se muestran demasiado conservadores —les interrumpió el consejero de agricultura. Era el miembro más joven del consejo y como tal solía hablar de un modo algo impetuoso. En ese momento sonreía tan ampliamente que su flaco rostro daba la impresión de ir a partirse en dos mitades—. Mis informes son claramente brillantes. —Ante él había un montón de cristales de datos. Los extendió como si fueran fichas de juego y, escogiendo uno, lo introdujo en su terminal. Bajo la cristalina superficie de la mesa empezaron a desplegarse líneas de cifras y letras—. Aquí está nuestro análisis de lo que él llama omnigrano —dijo el consejero—. Increíble, realmente increíble. Un híbrido creado mediante cirugía genética y totalmente comestible. Totalmente comestible, señores consejeros, todas y cada una de sus partes. El tallo tiene una altura semejante a la de la neohierba, es muy alto en contenido de carbohidratos y posee una textura algo crujiente que no resulta nada desagradable, si se aliña un poco, pero su utilidad básica es la de forraje para el ganado. Las mazorcas proporcionan un grano excelente con una relación entre materia comestible y partes secas superior a la del nanotrigo o la del arroz. La cosecha es fácil de transportar, puede almacenarse y conservarse casi para siempre sin necesidad de refrigeración, es imposible que sufra daños y posee un alto contenido proteínico. ¡Y las raíces son tubérculos comestibles! No sólo eso: además crece tan condenadamente rápido que nos dará un número de cosechas por temporada doble al actual. Estoy meramente avanzando hipótesis, claro está, pero he calculado que si plantamos omnigrano en nuestras zonas dedicadas actualmente al nanotrigo, neohierba y arroz recogeremos tres o cuatro veces más calorías que ahora.

—Debe tener algunas desventajas —protestó Josen Rael—. Parece demasiado bueno para ser cierto. Si este omnigrano es tan perfecto, ¿por qué no hemos oído hablar de él con anterioridad? Lo cierto es que Tuf no puede haberlo creado en estos últimos días por sí solo.

—Claro que no. Hace siglos que existe. Encontré una referencia a él en nuestros bancos de datos, lo crean o no. Fue creado por el CIE durante la guerra para proveer a las necesidades militares. Crece de prisa, que es lo ideal cuando uno no está demasiado seguro de si podrá recoger las cosechas que siembra o de si va a terminar convertido en... bueno, en abono para ellas. Pero nunca fue adaptado a los usos civiles ya que su sabor se consideraba demasiado inferior a lo normal. No es que resulte horrible o ni tan siquiera desagradable, compréndanme, sólo se le consideraba inferior al de los cereales ya existentes. Además, agota el suelo de cultivo en un plazo muy breve.

—Ajá —dijo la consejera de seguridad interna—. Así que en realidad ese pretendido regalo es una trampa, ¿no?

—Considerado por sí mismo, cierto. Puede que tengan cinco años o más de cosechas soberbias y luego vendría el desastre. Pero Tuf nos ha enviado también unos cuantos animales... unas criaturas increíbles, supergusanos y otro tipo de aireadores del suelo, así como un simbiante, una especie de levadura capaz de crecer allí donde se cultive el omnigrano sin hacerle daño, viviendo de... y escúchenme bien ahora, por favor, viviendo de la polución del aire y de algunos tipos de sustancias petroquímicas obtenidas como subproductos inútiles en nuestras factorías. Puede usar todo esto para restaurar el suelo y fertilizarlo. —Extendió las manos hacia ellos—. ¡Es un descubrimiento increíble! Si nuestros investigadores hubieran descubierto algo así ya habríamos declarado el día de fiesta planetario para conmemorarlo.

—¿Y lo demás? —preguntó secamente Josen Rael. En el rostro del primer consejero no se reflejaba ni una mínima fracción del entusiasmo que iluminaba el de su joven subordinado.

—Casi igual de increíble —fue su réplica—. Los océanos... nunca hemos podido obtener una cosecha calórica medianamente decente de ellos, teniendo en cuenta su tamaño y nuestra última administración casi acabó con ellos gracias a la pesca masiva practicada por sus barredoras. Tuf nos proporciona casi una docena de peces nuevos y de crecimiento muy rápido, así como abundancia de plancton —rebuscó en el montón de cristales que tenía delante, cogió otro y lo insertó en su terminal—. Vean, por ejemplo, esta variedad de plancton. Está claro que recubrirá casi todo el mar, haciéndolo impracticable, pero el noventa por ciento de nuestro comercio se hace por vía subterránea o aérea, así que no importa. Los peces se alimentarán de él hasta alcanzar cantidades increíbles y, en condiciones adecuadas, el plancton aumentará hasta cubrir el mar con una enorme alfombra verde grisácea que tendrá unos tres metros de promedio.

—Una perspectiva alarmante —dijo el consejero de guerra—. ¿Es comestible? Quiero decir si es comestible para los seres humanos.

—No —dijo el consejero de agricultura con una sonrisa—. Pero cuando se pudra será una admirable materia prima para nuestras factorías alimenticias sustituyendo a ese petróleo que está a punto de agotarse.

En el otro extremo de la mesa Tolly Mune se echó a reír estruendosamente. Todos se volvieron a mirarla.

—¡Que me condenen! —dijo—. Después de todo, nos ha dado los panes y los peces.

—El plancton no es realmente un pez —replicó el consejero.

—Si vive en el maldito océano es un condenado pez, al menos para mí.

—¿Panes y peces? —preguntó el consejero de industria.

—Siga con su informe —dijo Josen Rael con cierta impaciencia—. ¿Había algo más?

Lo había. Por ejemplo, un liquen comestible capaz de crecer en las montañas más altas y otro que era capaz de sobrevivir incluso sin aire y sometido a la más dura radiación.

—Más asteroides para la Despensa —proclamó el consejero de agricultura—, sin necesidad de pasar décadas terraformándolos y sin tener que gastar miles de millones de calorías para ello.

Había también lianas parásitas capaces de infestar todos los pantanos ecuatoriales de S'uthlam hasta sumergirlos por completo desplazando de ellos a las aromáticas pero venenosas formas de vida nativas que ahora crecían allí en lujuriante profusión. Había una gramínea llamada habas de nieve que podía crecer en el hielo de la tundra, así como los tubérculos de túnel capaces de perforar incluso la tierra escondida bajo un glaciar con enormes conductos provistos del aire que sería retenido por las nueces marrones, de consistencia carnosa y leve sabor a mantequilla. Había ganado, cerdos, aves y peces mejorados genéticamente (entre ellos un pájaro que, según proclamaba Tuf, era capaz de eliminar la enfermedad que más preocupaba en esos momentos a la agricultura de S'uthlam), así como setenta y nueve variedades de hongos y setas comestibles, totalmente desconocidas, que podían cultivarse en la oscuridad de las ciudades subterráneas y alimentarse con los desperdicios humanos producidos por éstas.

Cuando el consejero hubo terminado su informe, en la gran cámara reinó un profundo silencio.

—Ha ganado —dijo Tolly Mune, sonriendo. El resto de la mesa estaba contemplando a Josen Rael, como esperando su decisión, pero ella no tenía la menor intención de que darse sentada en silencio y jugar a la alta política—. ¡Que me condenen! Tuf lo ha logrado.

—Eso aún no lo sabemos —dijo la encargada de los bancos de datos.

—Pasarán años antes de que tengamos estadísticas realmente significativas— dijo el analista.

—Puede que haya alguna trampa —dijo el consejero de la guerra—. Debemos ser cautelosos.

—¡Oh! ¡Al infierno con todo eso! —exclamó Tolly Mune—. Tuf ha probado que...

—Maestre de Puerto —le interrumpió Josen Rael con voz seca.

Tolly Mune cerró la boca. Jamás le había oído utilizar ese tono con anterioridad. El resto de la mesa le estaba mirando también con cierta sorpresa.

Josen Rael sacó un pañuelo y se limpió el sudor de la frente.

—Lo que ha probado con todo esto Haviland Tuf, sin lugar a duda alguna, es que el *Arca* es demasiado valiosa para nosotros y que no podemos ni soñar en perderla. Ahora discutiremos el mejor modo de apoderarnos de ella y de reducir al mínimo las pérdidas humanas y las repercusiones diplomáticas.

A continuación le hizo una seña a la consejera de seguridad interna.

La Maestre de Puerto Tolly Mune permaneció sentada en silencio oyendo su informe y luego aguantó en idéntico mutismo la hora de discusión que siguió al informe: en ella se habló de tácticas, de la posición diplomática más adecuada a tomar, de cómo se podía utilizar con mayor eficiencia la sembradora, de qué departamento debía encargarse de ella y de cuáles serían las declaraciones efectuadas a los noticiarios. La discusión parecía destinada a durar como mínimo la mitad de la noche, pero Josen Rael dijo con firmeza que no se levantaría la sesión hasta que todo hubiera quedado resuelto a la perfección. Se pidió comida, se enviaron a buscar diferentes informes, se hizo llamar y se despidió luego a subordinados y especialistas. Josen Rael dio órdenes de que no se les interrumpiera bajo ningún pretexto. Tolly Mune escuchó en silencio y, finalmente, se puso en pie con cierta dificultad.

—Lo siento —se disculpó—, es... es la condenada gravedad. No estoy acostumbrada a ella. ¿Dónde está el... el sanitario más...?

—Por supuesto, Maestre de Puerto —dijo Josen Rael—. Está fuera, en el cuarto pasillo, la cuarta puerta al final.

—Gracias —respondió ella. Apenas Tolly Mune hubo salido tambaleándose de la estancia se reanudó la discusión. A través de la puerta cerrada parecía el zumbido de una colmena muy atareada. Haciéndole una apresurada seña al policía de guardia se alejó rápidamente y torció a la derecha.

Una vez fuera del campo visual del policía, echó a correr.

Cuando llegó al tejado pidió un taxi aéreo.

—Al ascensor —le ordenó secamente—, y echando chispas. —Luego le enseñó su tarjeta de prioridad.

Un tren estaba a punto de salir, pero iba completo. Tolly Mune exigió un asiento de clase estelar.

—Una emergencia en la telaraña —dijo—. Tengo que volver a casa a toda prisa. —El trayecto de subida se hizo a una velocidad récord, ya que después de todo, ella era Mamá Araña, y cuando llegó a la Casa de la Araña ya tenía esperándola un transporte listo para llevarla a sus habitaciones.

Apenas estuvo dentro de ellas, cerró la puerta y conectó el comunicador, tecleando el código adecuado para que en la transmisión apareciera el rostro de su ayudante. Luego intentó comunicarse con Josen Rael.

—Lo lamento —dijo el computador con su mayor simpatía cibernética—, pero en estos instantes se encuentra reunido y no se le puede molestar. ¿Desea dejar un mensaje?

—No —dijo ella. Luego envió su propia imagen, dirigiendo esta vez la llamada al encargado de los trabajos en el *Arca*—. ¿Qué tal va todo, Frakker?

Parecía cansado pero logró dirigirle una sonrisa.

—Lo estamos haciendo a la perfección, Mamá —dijo—. Creo que ya hemos terminado con un noventa por ciento del trabajo, más o menos. Dentro de seis o siete días todo estará listo y no quedará más que la limpieza por hacer.

—El trabajo ya ha terminado —dijo Tolly Mune.

—¿Cómo? —replicó él con su expresión de sorpresa.

—Tuf nos ha estado mintiendo —dijo ella, intentando parecer lo más sincera y enfadada posible—. Es un tramposo, un condenado aborto, y no pienso dejar que las cuadrillas trabajen ni un segundo más para él.

—No comprendo —dijo el cibertec.

—Lo siento, Frakker, pero el resto de los detalles son alto secreto. Ya sabes cómo funcionan este tipo de asuntos. Sal del *Arca* ahora mismo, salid todos, cibertecs, obreros, hombres de seguridad. Todos. Os doy una hora y luego iré allí en persona y si encuentro alguien a bordo de ese condenado pecio que no sea Tuf o su bicho de todos los demonios, pienso mandar sus culos a la Despensa más de prisa de lo que tú podrías pronunciar Viuda de Acero, ¿me has entendido?

—Esto... sí.

—¡He dicho ya! —gritó Tolly Mune—. Muévete, Frakker.

Apagó la pantalla, conectó el escudo de máxima seguridad e hizo una última llamada. Haviland Tuf, siguiendo sus irritantes costumbres, había dado instrucciones al *Arca* de que no recibiera ninguna comunicación mientras dormía y le hicieron falta quince preciosos minutos para encontrar la frase adecuada con la cual convencer a la estúpida maquinaria de que se trataba de una auténtica emergencia.

—Maestre de Puerto Mune —respondió Tuf al materializarse finalmente su imagen ante ella, ataviado con un albornoz ridículamente lanudo ceñido por una amplia tira de tela alrededor de su enorme vientre—. ¿A qué debo el singular placer de esta llamada?

—El trabajo está hecho en un noventa por ciento —dijo Tolly Mune—. Todo lo importante está arreglado y tendrá que apañárselas con lo que no hayamos tenido tiempo de arreglar. Estoy sacando a mi gente de ahí a toda prisa. Se habrán ido todos dentro de... unos cuarenta minutos. Cuando haya transcurrido ese plazo, Tuf, quiero verle fuera de mi Puerto.

—Ciertamente —dijo Haviland Tuf.

—Puede navegar perfectamente por el espacio —dijo

ella—, he visto los cálculos y los informes. Hará pedazos el muelle pero no hay tiempo para desmontarlo y me parece que de todos modos resulta un precio pequeño a cambio de lo que nos ha dado. Conecte el impulso espacial y salga del sistema. No se le ocurra mirar detrás de usted, a menos que quiera convertirse en una maldita estatua de sal.

—Me temo que no he logrado comprenderla —dijo Haviland Tuf.

Tolly Mune suspiró.

—Yo tampoco lo entiendo, Tuf, yo tampoco... No discuta conmigo y prepárese para la salida.

—¿Debo suponer acaso que su Gran Consejo encontró mi humilde oferta satisfactoria en cuanto solución a su crisis, por lo cual he resultado vencedor de nuestra pequeña apuesta?

Tolly Mune lanzó un gemido desesperado.

—Sí. Ya que le hace tanta ilusión oírlo se lo diré: nos ha entregado unas especies soberbias, el omnigrano les volvió locos, la levadura fue un auténtico golpe de genio... Ha ganado, es usted soberbio, es maravilloso. Ahora, salga pitando de ahí, Tuf, antes de que alguien tenga la idea de hacerle una pregunta sin importancia a la vieja y achacosa Maestre de Puerto y descubran que me he largado de su reunión.

—Debo decir que tal apresuramiento no me gusta demasiado —replicó Haviland Tuf, cruzando las manos con toda la calma sobre su vientre y contemplándola fijamente.

—Tuf —dijo Tolly Mune, prácticamente rechinando los dientes—. Ha ganado su condenada apuesta, pero perderá su nave si no despierta de una vez y aprende rápidamente este nuevo baile. ¡En marcha! ¿Quiere que se lo deletree, maldición? Le han traicionado, Tuf. Violencia. Perfidia. En este mismo instante el Gran Consejo de S'uthlam está discutiendo los últimos detalles de cómo apoderarse de su persona y del *Arca*, así como del tipo de perfume más adecuado para hacer que ese feo asunto no huela tan mal. ¿Me ha entendido ahora? Apenas hayan terminado de hablar y no creo que tarden mucho, empezarán a dar órdenes y entonces la gente de seguridad caerá sobre usted con sus trineos de vacío y sus pistolas neurónicas. La Flota Defensiva Planetaria tiene ahora mismo, dentro de la telaraña, cuatro navíos del tipo protector y dos acorazados y si les dan la alerta puede que ni siquiera tenga usted tiempo de empezar a moverse. No quiero ninguna condenada batalla espacial haciendo pedazos mi Puerto y matando a los míos...

—Una repugnancia de lo más comprensible —dijo Tuf—. Ahora mismo iniciaré los preparativos para la programación de la salida. Sin embargo, aún nos queda por resolver una pequeña dificultad.

—¿Cuál? —dijo ella, con los nervios de punta.

—*Desorden* sigue hallándose bajo su custodia. No puedo abandonar S'uthlam hasta que no me haya sido devuelta sana y salva.

—¡Olvide a ese condenado animal!

—Entre mis abundantes dones no se halla el de la memoria selectiva —dijo Tuf—. He cumplido mi parte de nuestro acuerdo. Debe entregarme a *Desorden* o habrá infringido nuestro contrato.

—No puedo —le replicó Tolly Mune irritada—. Todas las moscas, gusanos e hiladores de la estación saben que esa maldita bestia es nuestra rehén. Si tomo un tren con *Desorden* bajo el brazo, se darán cuenta de ello y alguien empezará a preguntar por ahí. Si espera el tiempo necesario para que le devuelva esa gata lo pondrá en peligro todo.

—Pese a ello —dijo Haviland Tuf—, debo insistir.

—¡Maldito sea! —gritó la Maestre de Puerto, desconectando la pantalla con un furioso golpe.

Nada más llegar al gran atrio del hotel el encargado la recibió con una brillante sonrisa.

—¡Maestre de Puerto! —le dijo con expresión de felicidad—. Qué alegría verla... Ya sabrá que la están buscando. Si quiere recibir la llamada en mi oficina particular...

—Lo siento —dijo ella—, tengo asuntos muy urgentes que atender. La recibiré en mi habitación. —Pasó junto a él casi corriendo y fue hacia los ascensores.

En el exterior de la habitación se encontraban los centinelas que ella misma había colocado ahí.

—Maestre de Puerto Mune —dijo el de la izquierda—. Nos dijeron que si aparecía por aquí, debía llamar inmediatamente a la oficina de seguridad.

—Claro, claro —replicó ella—. Bajen ahora mismo al atrio y no pierdan ni un segundo.

—¿Hay algún problema?

—Uno bastante gordo. Se están peleando. No creo que el personal del hotel sea capaz de controlar las cosas por sí solo.

—Nos ocuparemos de ellos, Mamá —dijeron, echando a correr.

Tolly Mune entró en la habitación sintiendo el alivio que representaba su gravedad reducida a un cuarto comparada con la gravedad completa de los pasillos y del atrio. Más allá de las tres capas de plastiacero transparente de la ventana, se distinguía el enorme globo de S'uthlam, la superficie rocosa de la Casa de la Araña y el resplandor de la telaraña. Incluso podía ver la brillante línea del *Arca*, iluminada por la luz amarilla de S'ulstar.

Desorden estaba dormida sobre la almohada flotante que había ante la ventana, pero nada más entrar la gata despertó y, de un salto, estuvo en el suelo, ronroneando estruendosamente y corriendo hacia ella.

—Yo también me alegro de verte —dijo Tolly Mune, cogiendo al animal—, pero debo sacarte de aquí sin perder ni un segundo. —Miró a su alrededor buscando algo que fuera lo bastante grande como para ocultar a su rehén.

La unidad de comunicaciones empezó a zumbar pero no le hizo el menor caso y siguió buscando.

—¡Maldición! —dijo, furiosa. Tenía que esconder a esa condenada gata pero, ¿cómo? Intentó envolverla en una toalla, pero a *Desorden* la idea no pareció gustarle en lo más mínimo.

La pantalla se iluminó, sin duda obedeciendo a un código de alta seguridad, y Tolly Mune se encontró contemplando la cabeza del jefe de seguridad del Puerto.

—Maestre de Puerto Mune —le dijo, todavía con cierta deferencia. Tolly se preguntó cuánto tiempo iba a durar ese trato una vez hubiera entendido la situación—. Al fin la encuentro. El Primer Consejero parece creer que tiene usted algún tipo de dificultades. ¿Algún problema?

—En absoluto —dijo ella—. ¿Hay alguna otra razón para molestarme, Danja?

El jefe de seguridad pareció encogerse visiblemente.

—Mis disculpas, Mamá. Las órdenes... Nos dieron instrucciones de localizarla sin perder ni un instante e informar de su paradero.

—Pues cúmplalas —dijo ella.

Danja volvió a disculparse y la pantalla se oscureció. Estaba claro que nadie le había informado todavía sobre lo que ocurría en el *Arca*. Bueno, al menos eso le daba un poco más de tiempo. Tolly Mune registró metódicamente una vez más la habitación, tardando sus buenos diez minutos para ponerla patas arriba intentando encontrar algo que pudiera servirle para esconder a *Desorden* y finalmente decidió que era una causa perdida. Tendría que salir con ella de la habitación, dirigirse a los muelles y requisar un trineo de vacío, dermotrajes y un receptáculo para la gata. Fue hacia la puerta, la abrió, salió al pasillo...

... y vio a los guardias corriendo hacia ella.

Retrocedió de un salto y volvió a meterse en la habitación. *Desorden* emitió un maullido de protesta. Tolly Mune le echó todos los cerrojos a la puerta y conectó el escudo de intimidad, aunque ello no pareció intimidar a los guardias, que empezaron a golpear la puerta.

—Maestre de Puerto Mune —dijo uno de ellos al otro lado de la puerta—, no había ninguna pelea. Abra, por favor, tenemos que hablar.

—Largo —replicó ella secamente—. Es una orden.

—Lo siento, Mamá —dijo el guardia—, quieren que llevemos a esa bestia abajo. Dicen que son instrucciones directas del consejo.

La unidad de comunicaciones comenzó a zumbar y unos segundos después la pantalla se iluminó. Esta vez era la consejera de seguridad interna en persona.

—Tolly Mune —le dijo—, se la busca para someterla a interrogatorio. Ríndase de inmediato.

—Aquí me tiene —le respondió Tolly Mune con idéntica sequedad a la empleada por ella—. Hágame sus malditas preguntas. —Los guardias seguían golpeando la puerta.

—Explique las razones de que haya vuelto ahí —dijo la consejera.

—Trabajo aquí —le replicó Tolly Mune con voz melosa.

—Sus acciones se encuentran en grave desacuerdo

con la política decidida por el consejo y no han sido aprobadas por éste.

—Tampoco las decisiones del Gran Consejo han sido aprobadas por mí —dijo la Maestre de Puerto. *Desorden* miró la pantalla y le bufó.

—Tenga la amabilidad de considerarse bajo arresto.

—No pienso hacerlo. —Cogió una gruesa mesita que había junto a la pantalla (algo que resultaba bastante fácil con un cuarto de gravedad) y se la arrojó. Los rechonchos rasgos de la consejera se desintegraron en un diluvio de chispas y pedazos de cristal.

Mientras tanto los guardias habían estado manipulando los circuitos de la puerta usando un código de seguridad. Tolly lo contrarrestó, apelando a su prioridad como Maestre de Puerto, y oyó cómo uno de ellos maldecía.

—Mamá —dijo el otro—, todo esto no servirá de nada. Abra ahora mismo. No podrá salir de aquí y en diez o veinte minutos habremos logrado cancelar su orden de prioridad.

Tolly Mune se dio cuenta de que tenía razón. Estaba encerrada en la habitación y cuando hubieran conseguido abrir la puerta todo habría terminado. Miró a su alrededor, desesperada, buscando un arma, un modo de huir... algo. Pero no había nada.

Muy lejos, en uno de los extremos de la telaraña, el *Arca* brillaba iluminada por el sol de S'uthlam. Ahora ya debía encontrarse a salvo. Tolly esperaba que Tuf hubiera tenido el suficiente sentido común como para cerrar la nave una vez hubiera salido de ella el último obrero. Pero, ¿sería capaz de irse sin *Desorden*? Bajó la cabeza y le acarició la espalda.

—Tantos problemas por tu culpa —dijo. *Desorden* ronroneó. Tolly Mune miró de nuevo al *Arca* y luego a la puerta.

—Podríamos bombear gas ahí dentro —decía uno de los guardias—. Después de todo, esa habitación no es hermética.

Tolly Mune sonrió.

Dejó nuevamente a *Desorden* sobre la almohada, se subió a una silla y quitó la tapa del sensor de emergencia. Llevaba mucho tiempo sin hacer ningún trabajo así y le costó unos cuantos segundos encontrar los circuitos y unos cuantos más imaginar un modo con el cual convencer al sensor de que había una fuga de aire en la ventana.

Una vez lo hubo conseguido la sirena empezó a gemir estruendosamente casi junto a su oído. Se oyó un repentino siseo y las jambas de la puerta se cubrieron de espuma al activarse los sellos de seguridad. La gravedad se desconectó unos segundos antes de que lo hiciera el flujo de aire y al otro extremo de la habitación se descorrió un panel, revelando el hueco donde se guardaba el equipo de emergencia.

Tolly Mune no perdió ni un segundo. Dentro del hueco había equipos de respiración, propulsores de aire y media docena de paquetes con dermotrajes. Se vistió con uno de ellos y cerró los sellos.

—Ven aquí —le dijo a *Desorden*. Al parecer, a la gata no le gustaba el ruido—. Ten cuidado, no rompas la tela con esas uñas. —Metió a *Desorden* dentro de un casco, conectándolo luego a un dermotraje vacío y a un equipo de respiración que puso a máximo funcionamiento, más allá del límite de presión recomendado. El dermotraje se infló como un globo. La gata arañó inútilmente el interior metalizado del casco y lanzó un maullido lastimero—. Lo siento —dijo Tolly Mune, dejando flotar a *Desorden* en el centro de la habitación mientras quitaba la antorcha láser de los soportes—. ¿Quién dijo que era una maldita falsa alarma? —proclamó, impulsándose de una patada hacia la ventana, antorcha en ristre.

—Quizá desee tomar un poco de vino especiado con hongos —dijo Haviland Tuf. *Desorden* estaba frotándose en su pierna y *Caos* se había subido a su hombro, agitando su larga cola gris de un lado a otro y contemplando fijamente a la gata blanquinegra como si estuviera intentando recordar de quién se trataba exactamente—. Parece estar cansada.

—¿Cansada? —dijo Tolly Mune y se rió—. Acabo de quemar la ventana de un hotel clase estelar, he cruzado kilómetros de vacío con sólo propulsores de aire como motor, utilizando las piernas para llevar a remolque una gata metida en un dermotraje inflado. Tuve que dejar atrás a la primera escuadra de seguridad que soltaron de la sala de guardia del muelle y luego tuve que utilizar mi antorcha láser para averiar el trineo del segundo grupo que mandaron en mi busca, esquivando durante todo ese tiempo sus trampas y sin dejar de remolcar a su condenada bestia. Luego tuve que pasar media hora arrastrándome por el casco del *Arca*, dando golpes en él como si se me hubiera derretido el cerebro y viendo durante todo ese tiempo como mi Puerto se volvía loco. Perdí dos veces a la gata y tuve que ir en su busca antes de que cayera hacia S'uthlam y cada vez que se me iba la mano con uno de los propulsores las dos salíamos despedidas hacia el infinito. Luego se me echó encima un maldito acorazado y pude gozar de unos maravillosos instantes de tensa emoción, preguntándome cuándo diablos pensaba conectar su esfera defensiva y luego pude contemplar el asombroso espectáculo de fuegos artificiales que tuvo lugar cuando la flota decidió poner a prueba sus pantallas. Tuve mucho tiempo durante el cual pensar si iban a localizarme mientras me arrastraba como un insecto sobre la piel de un condenado animal y después *Desorden* y yo mantuvimos una soberbia e interesante conversación cuyo tema era qué haríamos si se les ocurría mandar una oleada de trineos contra nosotras. Acabamos decidiendo que yo les echaría un solemne sermón y que ella les sacaría los ojos a zarpazos. Y entonces, por fin, nos localizó y tuvo la bondad de meternos dentro del *Arca* justo cuando la maldita flota empezaba a soltar sus andanadas de torpedos, ¿Cómo se le ha ocurrido decir que puedo estar cansada?

—No hace falta emplear el sarcasmo —dijo Haviland Tuf.

Tolly Mune lanzó un resoplido.

—¿Tiene algún trineo de vacío?

—Sus hombres dejaron abandonados cuatro en su prisa por marcharse.

—Estupendo. Cogeré uno de ellos.

Una mirada a los instrumentos le indicó que Tuf había puesto finalmente la sembradora en movimiento.

—¿Qué está pasando ahí fuera?

—La flota sigue persiguiéndonos —dijo Tuf—. Los acorazados *Doble Hélice* y *Charles Darwin* encabezaban el cortejo con sus escoltas protectoras no muy lejos y hay toda una cacofonía de comandantes que profieren las más rudas amenazas, declamando frases marciales y prometiendo pactos que no me parecen demasiado sinceros. De todos modos sus esfuerzos no darán resultado alguno. Mis pantallas defensivas, soberbiamente restauradas por sus cuadrillas hasta alcanzar su plena potencia, son más que suficientes para detener cualquier arma que pueda hallarse en el arsenal de S'uthlam.

—No las someta a pruebas excesivas —dijo Tolly Mune

con cierta amargura—. Limítese a conectar el impulso espacial apenas me haya largado y desaparezca de aquí.

—Me parece un consejo excelente —dijo Haviland Tuf.

Tolly Mune se volvió hacia las hileras de videopantallas que colmaban las paredes de la larga y angosta sala de comunicaciones, ahora convertida en centro de control para Tuf. Encogida en su silla y algo aplastada por la gravedad, había adquirido de pronto el aspecto correspondiente a sus años y, además, los notaba.

—¿Qué será de usted? —le preguntó Haviland Tuf.

Ella le miró.

—Oh, una pregunta realmente interesante. Caeré en desgracia y seré arrestada. Se me despojará de mi cargo, puede que se me juzgue por alta traición. No se preocupe, no me ejecutarán. Eso sería una actitud antivital. Supongo que terminaré en una granja penal de la Despensa. —Suspiró.

—Ya veo —dijo Haviland Tuf—. Quizá desee ahora considerar de nuevo mi oferta en cuanto a transporte fuera del sistema s'uthlamés. Sería para mí un placer llevarla a Skrymir o al Mundo de Henry. Caso de que deseara apartarse aún más del lugar en que ha cometido sus aparentes delitos, tengo entendido que Vagabundo es un lugar de lo más encantador durante sus Largas Primaveras.

—Me está sentenciando a pasar una vida bajo el peso de la gravedad —dijo ella—. No, Tuf, gracias. Éste es mi mundo. Y ésta es mi maldita gente, volveré con ella y aceptaré lo que me caiga encima. Además, tampoco usted va a salir tan bien librado del asunto. —Le apuntó con un dedo—. Está en deuda conmigo, Tuf.

—Creo recordar que la deuda asciende a treinta y cuatro millones —dijo Tuf.

Tolly Mune sonrió.

—Señora —dijo Tuf—, si puedo atreverme a preguntar...

—No lo hice por usted —se apresuró a contestar ella.

Haviland Tuf pestañeó.

—Le pido excusas si aparentemente demuestro una curiosidad excesiva en lo tocante a sus motivos, ya que no es tal mi intención. Temo que un día u otro la curiosidad va a ser la causa de mi perdición pero no puedo sino preguntar, ¿por qué lo hizo?

Tolly Mune, Maestre de Puerto, se encogió de hombros.

—Créalo o no, lo hice por Josen Rael.

—¿El Primer Consejero? —y Tuf pestañeó de nuevo.

—Por él y por los demás. Conocí a Josen cuando estaba comenzando. No es malo, Tuf. No lo es. Ninguno de ellos es malo. Son hombres y mujeres decentes que actúan siguiendo lo que piensan que es su deber. Sólo quieren alimentar a sus hijos.

—No comprendo del todo su lógica —dijo Haviland Tuf.

—Yo asistí a la reunión, Tuf. Estuve ahí sentada, le oí hablar lo que el *Arca* les había hecho. Eran gente honesta, dotada de ética y sentido del honor pero el *Arca* ya les había convertido en una pandilla de estafadores y embusteros. Creen en la paz y ya estaban hablando de la guerra que quizá se verían obligados a librar para no perder la maldita nave suya. Todo su credo se basa en la sacra santidad de la vida humana y estaban discutiendo como unos estúpidos la cantidad de muertes que podían llegar a ser precisas para ello, empezando por la suya. ¿Ha estudiado alguna vez historia, Tuf?

—No puedo pretender ser un gran experto en ella, pero tampoco puedo alegar una absoluta ignorancia de lo sucedido en tiempos pretéritos.

—Hay un proverbio de la Vieja Tierra, Tuf. Dice que el poder corrompe y que el poder absoluto corrompe de un modo absoluto e irremisible.

Haviland Tuf guardó silencio. *Desorden* se instaló de un salto en sus rodillas, haciéndose una bola. Tuf empezó a pasar su enorme y pálida mano por el lomo de la gata.

—El sueño del *Arca* ya había empezado a corromper mi mundo —dijo Tolly Mune—. ¿Qué infiernos habría ocurrido cuando su posesión fuera una realidad para nosotros? No querría encontrar la respuesta a esa pregunta.

—Ciertamente —dijo Tuf—. Y de esa pregunta creo que surge inmediatamente otra.

—¿Cuál?

—Yo controlo el *Arca* —dijo Tuf—, y por lo tanto tengo en mis manos algo que se aproxima al poder absoluto.

—Oh, sí —dijo Tolly Mune.

Tuf aguardó en silencio.

Tolly Mune sacudió la cabeza.

—No lo sé —dijo—. No he pensado lo suficiente en todo esto. Quizás estaba tomando las decisiones a cada momento, sin meditar sobre ellas. Puede que sea la mayor imbécil en años luz a la redonda...

—No me parece que lo crea seriamente —dijo Tuf.

—Quizás haya pensado que era mejor que se corrompiera usted y no los míos. Quizás haya pensado que Haviland Tuf era sólo un ingenuo inofensivo. O quizá me haya guiado por el instinto —lanzó un suspiro—. Ignoro si existe un hombre incorruptible pero caso de existir, bueno, Tuf, caso de existir creo que es usted. El último y maldito inocente. Estaba dispuesto a perderlo todo por ella. —Señaló a *Desorden*—. Por una gata, una maldita alimaña de todos los diablos —pero al decir eso estaba sonriendo.

—Ya entiendo —dijo Haviland Tuf.

La Maestre de Puerto se incorporó con un gesto de cansancio.

—Ahora ha llegado el momento de volver y soltarle ese discurso a un público no tan dispuesto al aplauso —dijo—. Indíqueme dónde están los trineos y avíseles de que voy a salir.

—Muy bien —dijo Tuf y alzó un dedo—. Sólo queda un punto más por aclarar. Dado que sus cuadrillas no completaron el total del trabajo preestablecido, no me parece equitativo que se me imponga la factura en su totalidad de treinta y cuatro millones. Sugiero hacer un pequeño ajuste. ¿Le parecerían aceptables treinta y tres millones quinientos mil?

Tolly Mune le contempló durante unos segundos.

—¿Qué importa? —acabó diciendo—. Nunca volverá.

—No estoy de acuerdo en esa afirmación —dijo Haviland Tuf.

—Intentamos robar su nave —replicó ella.

—Cierto. Quizá resultara más justa entonces la suma de treinta y tres millones y se pudiera considerar el resto como una especie de multa.

—¿Está planeando realmente volver? —dijo Tolly Mune.

—Dentro de cinco años vencerá el primer pago del préstamo —dijo Tuf—. Lo que es más, en ese instante se podrá juzgar el efecto que mis pequeñas contribuciones han tenido sobre su crisis de alimentos, si es que lo han tenido. Puede que para entonces resulte necesario ejercer un poco más la ingeniería ecológica.

—No puedo creerle —dijo ella, atónita.

Haviland Tuf levantó la mano hasta su hombro y rascó a *Caos* justo detrás de la oreja.

—¡Ah! —dijo en tono de reproche— ¿por qué siempre se pone en duda lo que decimos?

Pero el gato no le contestó.

3

Guardianes

A Haviland Tuf la Exposición Bioagrícola de los Seis Mundos le había decepcionado enormemente.

Había pasado un día tan largo como agotador en Brazelourn, recorriendo de un lado a otro las cavernosas salas de exhibición, deteniéndose en algunos lugares para inspeccionar brevemente un nuevo híbrido de cereal o un insecto mejorado genéticamente. Aunque en la biblioteca celular del *Arca* había material de clonación para literalmente millones de especies vegetales y animales procedentes de incontables planetas, Haviland Tuf siempre estaba dispuesto a aprovechar cualquier ocasión de mejorar y aumentar dicho surtido.

Pero muy poco de lo expuesto en Brazelourn le había parecido prometedor y, a medida que transcurrían las horas, Tuf sintió que le iba invadiendo el aburrimiento y la incomodidad, perdido entre aquellas multitudes que vagaban con aire indiferente por el lugar. Había gente por todas partes: granjeros de los túneles de Vagabundo, con sus pieles de un color marrón oscuro; terratenientes de Areeni, cubiertos de plumas y perfumes; los sombríos habitantes del lado nocturno de Nueva Jano, codeándose con los abigarrados nativos de su eterno ecuador y, naturalmente, montones de nativos. Todos hablaban demasiado alto y miraban con molesta curiosidad a Tuf. Algunos habían llegado al extremo de tocarle, haciendo aparecer un fruncimiento de ceño en su pálido rostro.

Por último, decidido a apartarse de la muchedumbre, Tuf pensó que tenía hambre. Se abrió paso a través de los visitantes con una digna expresión de incomodidad y acabó emergiendo en la gran sala de exposición de Ptolan, una cúpula de cinco pisos de altura. En el exterior de la sala había cientos de vendedores que habían instalado sus puestos entre los enormes edificios y, de entre los más próximos, el que parecía menos ocupado era el que vendía pasteles de cebolla. Por ello, Tuf decidió que en esos momentos un pastel de cebolla convendría admirablemente a sus deseos.

—Caballero —le dijo al vendedor—, desearía un pastel.

El vendedor de pasteles era más bien entrado en carnes, tenía las mejillas rosadas y lucía un grasiento delantal. Abrió su caja térmica, metió la mano en su interior, protegiéndola antes con un guante, y extrajo de ella un pastel humeante. Lo puso en el mostrador ante Tuf y le miró por primera vez.

—Oh, es usted uno de los grandes —dijo.

—Ciertamente, señor —le contestó Haviland Tuf. Cogió el pastel y le dio un mordisco con expresión inmutable.

—No es del planeta —observó el vendedor de pasteles—. Y tampoco creo que venga de ningún sitio cercano.

Tuf terminó su pastel con tres precisos mordiscos más y se limpió los dedos cubiertos de grasa con una servilleta.

—Ha logrado usted dar con lo obvio, señor —dijo, extendiendo un dedo largo y calloso—. Otro —pidió.

El vendedor sacó otro pastel sin dirigirle la palabra y con cierta cara de enfado, dejando que Tuf lo comiera en relativa tranquilidad. Mientras iba saboreando la crujiente corteza y el aromático interior del pastel, Tuf se dedicó a observar las multitudes que iban y venían por entre las hileras de puestos, así como las cinco grandes salas que se levantaban una sobre otra. Cuando hubo terminado de comer se volvió hacia el vendedor de pasteles con su rostro tan vacío de expresión como de costumbre.

—Caballero, por favor, desearía hacerle una pregunta.

—¿Cuál? —dijo el vendedor sin demasiada amabilidad.

—He visto cinco salas de exposición que he ido visitando por turno. —Las señaló con el dedo—. Brazelourn, Valle Areen, Nueva Jano, Vagabundo y ahora, aquí, Ptolan. —Tuf cruzó las manos sobre su enorme estómago—. Cinco, señor mío. Cinco salas, cinco mundos. Sin duda, dado que soy forastero, no me encuentro lo suficientemente familiarizado con algún punto muy sutil de las costumbres locales y ello es el motivo de mi presente perplejidad. En los lugares que he visitado antes, durante mis viajes, un acontecimiento que se hiciera llamar a sí mismo Exhibición Bioagrícola de los Seis Mundos debería incluir muestras procedentes de seis mundos. No sucede tal cosa aquí. ¿Podría usted aclararme las razones de ello?

—De Namor no vino nadie.

—Ya veo —dijo Haviland Tuf.

—Por los recientes problemas que hubo, naturalmente —añadió el vendedor.

—Ahora todo me resulta claro —dijo Tuf—. O, si no todo, al menos una parte. Quizá tuviera usted la amabilidad de servirme otro pastel y explicarme cuál era la naturaleza de dichos problemas. Soy curioso, señor. Es mi gran vicio, siempre lo he tenido.

El vendedor de pasteles se puso nuevamente el guante y abrió la caja térmica.

—Ya sabe lo que suelen decir: la curiosidad te da apetito.

—Ciertamente —dijo Tuf—, aunque debo confesar que jamás había oído este refrán con anterioridad.

El vendedor frunció el ceño.

—No, lo he dicho mal. El apetito te vuelve curioso, eso es... No importa. Mis pasteles le quitarán el hambre.

—Ah —dijo Tuf, cogiendo el pastel—. Siga, por favor.

Y el vendedor de pasteles le explicó, con bastante lentitud y abundantes digresiones, los problemas que había sufrido recientemente el planeta Namor.

—Como puede ver —concluyó finalmente—, es comprensible que no acudieran a la feria con tanto jaleo. No tenían gran cosa que exhibir.

—Por supuesto —dijo Haviland Tuf, limpiándose los labios—. Los monstruos marinos pueden resultar muy molestos.

Namor era un planeta de color verde oscuro. Carecía de lunas y estaba rodeado por un cinturón de nubes doradas no demasiado espeso, El *Arca* salió con un último estremecimiento del hiperimpulso y se instaló majestuosamente en órbita a su alrededor. Haviland Tuf fue de un asiento a otro en el interior de su larga y angosta sala de comunicaciones, estudiando el planeta en una docena de los centenares de pantallas que colmaban la estancia. Haciéndole compañía tenía a tres gatitos de pelaje grisáceo, que saltaban por encima de las consolas e instrumentos, deteniéndose únicamente el tiempo necesario para propinarse juguetones zarpazos entre ellos. Tuf no les prestaba la menor atención.

Al ser un planeta predominantemente acuático, Namor sólo poseía una masa de tierra lo bastante grande como para ser visible desde la órbita del *Arca*. No era demasiado grande pero, una vez aumentada por las pantallas, resultó consistir en miles de islas dispersas a lo largo de interminables archipiélagos que parecían crecientes lunares sembrados sobre los profundos océanos verdosos, como un collar roto que tachonara las aguas con su esplendor. En otras pantallas se distinguían las luces de las ciudades y pueblos del lado nocturno y puntos intermitentes de energía indicaban las instalaciones iluminadas por el sol.

Tuf lo estuvo contemplando todo y luego se instaló ante otra pantalla, la conectó y empezó a jugar una partida de un juego de estrategia con el ordenador. Un gatito subió de un salto a su regazo y se quedó dormido. Tuf puso mucho cuidado en no despertarle y unos minutos después un segundo gatito saltó sobre él y empezó a morderle, por lo que Tuf los puso a los dos en el suelo.

Hizo falta aún más tiempo del que había previsto Tuf pero, finalmente, el desafío llegó, tal y como había sabido que llegaría.

—Nave en órbita —decía el mensaje—, nave en órbita. Aquí el control de Namor. Diga cuál es su nombre y el motivo de su viaje. Diga cuál es su nombre y el motivo de su viaje, por favor. Hemos enviado naves interceptoras. Diga cuál es su nombre y el motivo de su viaje.

La transmisión procedía de la masa de tierra principal y Tuf puso las coordenadas de origen en el ordenador. Mientras tanto, el *Arca* se había encargado de localizar a la nave que se les estaba aproximando (pues sólo parecía haber una) y su imagen apareció en otra pantalla.

—Soy el *Arca* —le dijo Tuf al Control de Namor.

El Control de Namor era una mujer de rostro más

bien rechoncho y rala cabellera marrón, sentada ante una consola y vestida con un uniforme verde oscuro con algunas cintas doradas. Frunció el ceño y desvió por un segundo la mirada, sin duda hacia algún superior instalado en otra consola.

—*Arca* —le dijo—, indique cuál es el mundo de su origen. Por favor, indique cuál es su mundo de origen y el motivo de su viaje.

El ordenador le indicó que la otra nave se estaba comunicando con el planeta y otras dos pantallas se encendieron. En una de ellas se veía a una mujer joven y delgada con la nariz bastante prominente. Estaba en el puente de mando de una nave. En la otra se veía a un hombre de edad ya avanzada ante una consola. Los dos vestían uniformes de color verde y estaban conversando rápidamente en código. El ordenador necesitó menos de un minuto para descifrarlo y después de ello Tuf pudo oír la conversación.

—... que me cuelguen si sé quién es —estaba diciendo la mujer de la nave—. Nunca he visto una nave tan enorme. Dios mío, mírela... ¿Lo están recibiendo todo? ¿Ha contestado?

—*Arca* —seguía diciendo la mujer regordeta—, diga cual es su mundo de origen y el motivo de su viaje, por favor. Aquí el Control de Namor.

Haviland Tuf interceptó la otra conversación e hizo los arreglos necesarios para hablar con todos a la vez.

—Aquí el *Arca* —dijo—. No tengo mundo de origen, estimados señores, y mis intenciones son totalmente pacíficas. Pretendo dedicarme al comercio y atender las consultas que se me hagan. Me he enterado de sus trágicas dificultades y, conmovido ante sus apuros, he acudido para ofrecerles mis servicios.

La mujer de la nave pareció sorprendida.

—¿Qué diablos es usted..? —empezó a decir y se calló a mitad de la frase. El hombre parecía igualmente perplejo pero no dijo nada, limitándose a contemplar boquiabierto el pálido e inexpresivo rostro de Tuf.

—*Arca*, aquí el Control de Namor —dijo la mujer regordeta—. No estamos abiertos al comercio. Repito, no estamos abiertos al comercio. Nos encontramos bajo la ley marcial.

Para entonces la mujer de la nave ya había logrado dominarse un poco.

—*Arca*, aquí la Guardiana Kefira Qay, comandante de la *Navaja Solar*. Estamos armados, *Arca*: explíquese mejor. Es mil veces mayor que cualquier comerciante que hayamos visto nunca. *Arca*, explíquese o disparamos.

—Ciertamente —dijo Haviland Tuf—, aunque las amenazas no le servirán de gran cosa, Guardiana. Me siento profundamente ofendido y vejado. He venido hasta aquí desde la distante Brazelourn para ofrecerles mi ayuda y mi consuelo y ahora soy recibido con amenazas y hostilidad —un gatito se instaló de un salto en su regazo y Tuf lo cogió con una de sus manazas y lo depositó sobre la consola que tenía delante, de forma que el visor pudiera captarlo. Luego lo contempló con ojos doloridos—. Ya no queda confianza en el género humano —le dijo al gatito.

—No dispare, *Navaja Solar* —dijo el hombre de edad avanzada—. *Arca*, caso de que sus intenciones sean realmente pacíficas será mejor que se explique. ¿Qué es? No tenemos mucho tiempo, *Arca*, y Namor es un planeta pequeño y escasamente desarrollado. Nunca hemos visto una nave semejante. Explíquese, por favor.

Haviland Tuf acarició al gatito.

—Ah, siempre debo enfrentarme a la suspicacia —le dijo—. Tienen mucha suerte de que mi corazón sea bondadoso y amable o de lo contrario me limitaría a partir, dejándoles abandonados a su destino. —Luego clavó sus ojos directamente en el visor y dijo—: Caballero, soy el *Arca* y mi nombre es Haviland Tuf. Soy el amo, el capitán y toda la tripulación de esta nave. Me han dicho que enormes monstruos surgidos de los abismos marinos de su planeta les causan graves problemas. Muy bien. Les libraré de ellos.

—*Arca*; aquí la *Navaja Solar*. ¿Cómo se propone conseguirlo?

—El *Arca* es una sembradora del Cuerpo de Ingeniería Ecológica —dijo Haviland Tuf con envarada formalidad—. Soy ingeniero ecológico y especialista en guerra biológica.

—Imposible —dijo el hombre—. El CIE fue barrido hace un millar de años junto con el Imperio Federal. Ya no existe ninguna de sus sembradoras.

—¡Cuán lamentable! —dijo Haviland Tuf—, hete aquí que me encuentro sentado sobre un espejismo. Sin duda y ahora que me ha informado de la inexistencia de mi nave, me hundiré a través del casco para caer en su atmósfera, dentro de la cual arderé hasta consumirme.

—Guardián —dijo Kefira Qay desde la *Navaja Solar*—, puede que esas sembradoras ya no existan, pero me estoy acercando bastante de prisa a un objeto que según me indican mis sensores tiene unos treinta kilómetros de largo. No parece ser ninguna ilusión.

—De momento aún no he empezado a caer —admitió Haviland Tuf.

—¿Realmente puede ayudarnos? —le preguntó la mujer sentada en el Control de Namor.

—¿Por qué siempre deben ser puestas en duda mis afirmaciones? —le preguntó Tuf al gatito.

—Jefe de Guardianes, debemos darle la oportunidad de probar lo que dice —insistió el Control de Namor.

Tuf alzó la mirada.

—Pese a que se me ha insultado, amenazado y puesto en duda, sigo conmovido por su situación actual y ello me impulsa a quedarme. Quizá pueda permitirme el sugerir que la *Navaja Solar*... Bien, digamos que me utilice de muelle. La Guardiana Qay podría subir a bordo, cenaría conmigo y mantendríamos una pequeña conversación. Estoy seguro de que sus sospechas no pueden extenderse a la conversación, el más civilizado de todos los pasatiempos humanos.

Los tres Guardianes conferenciaron apresuradamente entre sí y luego con una persona o personas que no aparecían en la pantalla, en tanto que Haviland Tuf seguía sentado y jugaba con el gatito.

—Te llamaré *Sospecha* —le dijo—, para de tal modo conmemorar mi recepción en este planeta. Tus demás compañeros de camada serán *Duda*, *Hostilidad*, *Ingratitud* y *Estupidez*.

—Aceptamos su propuesta, Haviland Tuf —dijo la Guardiana Kefira Qay desde el puente de la *Navaja Solar*—. Prepárese para ser abordado.

—Ciertamente —respondió Tuf—. ¿Le gustan las setas?

La cubierta de lanzaderas del *Arca* eran tan grande como un campo de aterrizaje de primera clase y parecía casi un almacén de espacionaves averiadas. Las lanzaderas del *Arca* se encontraban pulcramente dispuestas en sus soportes. Eran cinco naves negras e idénticas, de perfiles angulosos y cortas alas triangulares que se arqueaban hacia atrás, diseñadas para el vuelo atmosférico y todavía en buen estado. Pero había algunas otras naves no tan impresionantes. Un navío mercante de Avalón, en forma de lágrima, parecía a punto de hacerse pedazos sobre sus tres soportes. A su lado había un caza cubierto de las cicatrices del combate y una nave-león de Kaaleo cuyos complicados adornos hacía bastante tiempo que se habían oscurecido. Alrededor de ellas se alzaban montones de naves aún más extrañas y difíciles de identificar.

La gran cúpula que se alzaba sobre la cubierta se dividió en un centenar de segmentos parecidos a las porciones de un pastel y reveló un pequeño sol amarillo rodeado de estrellas y una nave en forma de mantarraya, de un apagado color verdoso y que tendría más o menos el tamaño de una de las lanzaderas. La *Navaja Solar* se posó en la cubierta y la cúpula se cerró tras ella. Una vez las estrellas hubieron quedado nuevamente ocultas, la cubierta se llenó de atmósfera y Haviland Tuf apareció unos instantes después.

Kefira Qay emergió de su nave apretando firmemente los labios, pero ningún control, por férreo que fuera, podía ocultar del todo el pasmo que ardía en sus ojos. Dos hombres armados, con monos de color oro y verde la seguían.

Haviland Tuf se dirigió hacia ellos en su vehículo de tres ruedas.

—Me temo que la invitación a cenar incluía sólo a una persona, Guardiana Qay —dijo al ver a la escolta—. Lamento cualquier posible malentendido, pero debo insistir al respecto.

—Muy bien —dijo ella, volviéndose hacia la escolta—. Esperad aquí, ya tenéis las órdenes pertinentes. —Una vez se hubo sentado junto a Tuf añadió—: La *Navaja Solar* hará pedazos su nave, si no vuelvo sana y salva dentro de dos horas.

Haviland Tuf la miró y pestañeó.

—Espantoso —dijo—. Allí donde voy mi cálida hospitalidad es recibida con desconfianza y amenazas de violencia. —Puso el vehículo en marcha.

Avanzaron en silencio por un laberinto de salas y corredores interconectados y acabaron entrando en un gigantesco túnel en penumbra que parecía extenderse en ambas direcciones a lo largo de toda la nave. Cubas transparentes de cien tamaños distintos cubrían las paredes y el techo hasta perderse de vista. La mayoría estaban vacías y cubiertas de polvo, pero en unas cuantas había líquidos multicolores dentro de los cuales se removían siluetas confusas. No había el menor sonido a excepción de un lento gotear que parecía venir de muy lejos. Kefira Qay lo examinaba todo, pero guardaba silencio. Recorrieron unos tres kilómetros a lo largo del túnel.

Finalmente Tuf se desvió hacia una pared que se abrió ante ellos. Unos instantes después frenó el vehículo y bajaron de él.

Tuf escoltó a la Guardiana Kefira Qay hasta una habitación pequeña y austera en la cual se había dispuesto una suntuosa cena. Empezaron tomando sopa helada, dulce, picante y negra como el carbón. Continuando después con ensalada de neohierba aliñada con jengibre. El plato principal era un enorme hongo asado que casi rebosaba de la gran bandeja en que estaba servido y al que rodeaban una docena de vegetales distintos con variadas salsas. La Guardiana pareció disfrutar enormemente de la cena.

—Al parecer mi humilde cocina ha sido de su gusto —observó Haviland Tuf.

—Hacía mucho tiempo que no comía bien —replicó Kefira Qay—. En Namor siempre hemos dependido del mar para nuestro sustento. Normalmente el mar se ha mostrado generoso, pero desde que empezaron nuestros problemas... —Alzó el tenedor en el cual había pinchado un vegetal oscuro y más bien rugoso cubierto de una salsa marrón amarillenta—. ¿Qué estoy comiendo? Es delicioso.

—Raíz de pecador de Rhiannon, con salsa de mostaza —dijo Haviland Tuf.

Qay la comió y dejó el tenedor sobre la mesa.

—Pero Rhiannon está muy lejos... ¿Cómo ha podido...? —No completó la frase.

—Por supuesto —dijo Tuf, apoyando el mentón en las manos y estudiando su rostro—. Todo esto ha sido obtenido en el *Arca* aunque su origen podría remontarse a una docena de planetas distintos. ¿Le gustaría tomar un poco más de leche sazonada?

—No —murmuró ella, contemplando los platos vacíos—. Entonces, no mentía. Es usted lo que dice ser y esta nave es una sembradora de... ¿cómo les llamó?

—El Cuerpo de Ingeniería Ecológica, del largamente difunto Imperio Federal. No había demasiadas y todas, salvo una, fueron destruidas durante las vicisitudes de la guerra. Sólo el *Arca* sobrevivió, vacía y abandonada durante todo un milenio. Pero no debe usted preocuparse por los detalles. Baste con decir que la encontré y la puse en funcionamiento.

—¿La encontró?

—Tengo la impresión de que ésas han sido exactamente mis palabras y espero que en el futuro me preste mayor atención cuando hablo. No siento la menor inclinación ni deseo de repetirme. Antes de encontrar el *Arca* me ganaba humildemente la vida con el comercio. Mi antigua nave sigue todavía en la cubierta y es posible que la viera.

—Entonces, es realmente un mercader...

—¡Por favor! —dijo Tuf con voz indignada—. Soy un ingeniero ecológico y el *Arca* es capaz de remodelar planetas enteros, Guardiana. Cierto que estoy solo y que en sus tiempos esta nave contó con doscientos tripulantes y que me falta el largo entrenamiento que se les daba siglos antes a quienes ostentaban la letra de oro, el sello de los Ingenieros Ecológicos. Pero, a mi modesta manera, no me va del todo mal. Si Namor desea hacer uso de mis servicios no dudo que podré ayudarles.

—¿Por qué? —le preguntó con ciertas suspicacia la Guardiana—. ¿Por qué se muestra tan ansioso de ayudarnos?

Haviland Tuf extendió sus pálidas y enormes manos en un gesto de impotencia.

—Sé muy bien que puedo dar la impresión de ser un estúpido, pero no puedo evitarlo. Mi naturaleza es generosa y siempre la conmueven las calamidades y el sufrimiento. Me resultaría tan imposible abandonar a su pueblo, en su presente apuro, como hacerle daño a uno de mis gatos. Me temo que los Ingenieros Ecológicos estaban hechos de un material más duro que yo, pero no puedo cambiar mi naturaleza sentimental. Por ello, aquí estoy ahora, sentado ante usted, dispuesto para hacer todo lo que pueda.

—¿No quiere nada a cambio?

—Trabajaré sin ninguna recompensa —dijo Tuf—. Naturalmente, tendré gastos y por ello debo imponer una pequeña tarifa para satisfacerlos. Digamos... tres millones de unidades. ¿Le parece justo?

—Justo... —dijo ella con sarcasmo—. Yo diría que es un precio bastante elevado. Ya hemos visto antes otros como usted, Tuf. Mercaderes armados y aventureros que han venido para enriquecerse con nuestra miseria.

—Guardiana —le dijo Tuf con cierto reproche en el tono—, me juzga usted tremendamente mal. Mi provecho personal es minúsculo. El *Arca* es muy grande y costosa. ¿Bastaría quizá con dos millones? No puedo creer que sea capaz de negarme esa miserable suma de dinero. ¿Acaso su planeta no vale tanto?

Kefira Qay suspiró y en su delgado rostro apareció por primera vez el cansancio.

—No —acabó admitiendo—, no si puede hacer lo que promete. Claro que no somos ricos y que deberé consultar con mis superiores, ya que la decisión no me corresponde sólo a mí —se puso en pie con cierta brusquedad—. ¿Puedo usar su sistema de comunicaciones?

—Cruce la puerta y siga por la izquierda. Por el pasillo azul. La quinta puerta a la derecha —Tuf se levantó con pesada dignidad y empezó a despejar la mesa, mientras la Guardiana salía de la habitación.

Una vez de regreso, se encontró con que Tuf había abierto una botella de licor de un vívido color escarlata y ahora estaba acariciando un gato blanco y negro que se había aposentado sobre la mesa.

—Está contratado, Tuf —dijo Kefira Qay, sentándose de nuevo—. Dos millones. Después de que haya ganado esta guerra.

—De acuerdo —dijo Tuf—. Discutamos su situación mientras tomamos unas copas de esta deliciosa bebida.

—¿Es alcohólica?

—Levemente narcótica.

—Una Guardiana no utiliza jamás estimulantes o depresores. Somos un gremio de combatientes. Sustancias como ésa ensucian el cuerpo y disminuyen los reflejos. Debemos mantenernos siempre vigilantes, pues ésa es nuestra misión: vigilar y proteger.

—Muy loable —dijo Haviland Tuf al mismo tiempo que llenaba su copa.

—La *Navaja Solar* no sirve de nada aquí y el control de Namor ha dicho que necesitamos sus capacidades combativas ahí abajo.

—Entonces haré todo lo posible por acelerar su partida. ¿Y usted?

—Se me ha relevado de la nave —dijo ella torciendo el gesto—. Vamos a esperar a que nos envíen los datos de la situación actual y yo me quedaré con usted para ayudarle y actuar como oficial de enlace.

El agua, tranquila e inmóvil, parecía un plácido espejo verde que se extendía hasta el horizonte.

Hacía calor. La brillante luz del sol se derramaba a través de una tenue capa de nubes doradas. La nave permanecía inmóvil en el agua con sus costados metálicos brillando con un resplandor azul plata. Su cubierta se había convertido en una pequeña isla de actividad dentro del pacífico océano. Hombres y mujeres que parecían insectos se atareaban con las redes y dragas, medio desnudos a causa del calor. Una gran garra metálica llena de fango y algas emergió goteando de las aguas y fue vaciada por una escotilla. En toda la cubierta se veían recipientes con gigantescos peces de un blanco lechoso calentándose bajo el sol.

De pronto, sin razón aparente, muchos empezaron a correr. Algunos se detuvieron abandonando sus tareas y miraron a su alrededor, confundidos, en tanto que otros, sin darse cuenta de nada, seguían trabajando. La gran garra metálica, ahora abierta y vacía, giró colocándose nuevamente sobre el agua y se sumergió justo cuando otra garra emergía en el lado opuesto de la nave. Ahora había más gente corriendo. Dos hombres chocaron entre sí y cayeron al suelo.

Entonces el primer tentáculo apareció junto a la nave.

El tentáculo subió y subió. Era mucho más largo que las garras empleadas para arañar el fondo marino y su grosor era como el de un hombre corpulento, estrechándose en la punta hasta el tamaño de un brazo. El tentáculo era blanco, pero su blancura parecía vagamente sucia y lechosa. En su parte inferior se veían unos círculos rosados tan grandes como platos, círculos que temblaban y latían a medida que el tentáculo se iba enroscando sobre la enorme nave cosechadora. Allí donde terminaba, el tentáculo se convertía en un confuso haz de tentáculos más pequeños, oscuros como serpientes, que no paraban de moverse.

El tentáculo siguió subiendo y luego bajó de nuevo, apresando a la nave. Algo se movió al otro lado; algo pálido que se agitaba bajo la superficie verdosa del agua, y un segundo tentáculo emergió del mar. Luego aparecieron un tercero y un cuarto. Uno de ellos se debatía alrededor de la draga y otro estaba envuelto con los restos de una red como si hubiera llevado encima un velo, pero aquello no parecía estorbarle en lo más mínimo. Ahora todo el mundo corría, todos, salvo quienes habían sido apresados por los tentáculos. Uno de ellos se había enroscado alrededor de una mujer que tenía un hacha con la que golpeaba frenéticamente, debatiéndose bajo la presa de aquel pálido miembro, hasta que de pronto se estremeció en una violenta convulsión y quedó inmóvil. El tentáculo la dejó caer y se apoderó de otra víctima, en tanto que de las pequeñas heridas dejadas por el hacha fluía lentamente un líquido blanco.

Veinte tentáculos habían surgido del mar cuando la nave escoró violentamente hacia estribor. Los supervivientes resbalaron por la cubierta cayendo al mar. La nave siguió inclinándose más y más. Algo estaba tirando de ella, haciéndola hundirse. El agua inundó la cubierta y penetró por las escotillas. Unos instantes después, la nave empezó a partirse en dos.

Haviland Tuf congeló la imagen en la gran pantalla: el mar verdoso y el sol color oro, el navío hundido y los pálidos tentáculos que lo rodeaban.

—¿Fue el primer ataque? —preguntó.

—Sí y no —contestó Kefira Qay—. Antes hubo otra cosechadora y dos hidroplanos de pasajeros que desaparecieron misteriosamente. Hicimos investigaciones, pero no pudimos encontrar la causa. En este caso, por azar, había un equipo de noticias bastante cerca. Estaban haciendo una grabación con fines educativos. Se encontraron con mucho más de lo que habían esperado grabar.

—Ciertamente —dijo Tuf.

—Por suerte iban en un transporte aéreo. La retransmisión de esa noche estuvo a punto de causar un pánico colectivo, pero las cosas no empezaron a ponerse realmente serias hasta que se perdió otra nave. Entonces los guardianes empezaron a comprender hasta dónde llegaba el problema. Haviland Tuf seguía contemplando la pantalla con el rostro totalmente impasible e inexpresivo, las manos apoyadas en la consola. Un gatito blanco y negro empezó a juguetear con sus dedos.

—Vete, *Estupidez* —dijo, cogiendo al gatito y depositándolo suavemente en el suelo.

—Aumente una porción de tentáculo. Uno cualquiera bastará —le sugirió la Guardiana, todavía inmóvil a su espalda.

Sin decir palabra Tuf hizo lo que le pedía. Una segunda pantalla se encendió, mostrando un plano tomado más de cerca y algo granuloso, en el que se veía un gran cilindro de tejido pálido curvándose sobre la cubierta.

—Échele una buena mirada a las ventosas —dijo Qay—. ¿Distingue las zonas rosadas?

—La tercera empezando desde el extremo tiene la parte interior más oscura. Y, aparentemente, dentro de ella hay dientes.

—Sí —dijo Kefira Qay—. Ocurre en todos los tentáculos. Las partes exteriores de esas ventosas están hechas de una especie de tendón cartilaginoso. Cuando se extienden sobre algo, crean una zona de vacío tan fuerte que es prácticamente imposible desprenderlas del objeto que han agarrado. Al mismo tiempo, cada una de ellas es una boca. Dentro de ese tendón se encuentra una parte más suave de carne rosada que puede moverse dejando al descubierto los dientes, tres hileras de dientes en forma de sierra, mucho más afilados de lo que parece. Ahora, mueva la imagen hacia los anillos del extremo.

Tuf manipuló los mandos e hizo aparecer otra imagen aumentada en una tercera pantalla. Ahora se distinguían claramente los tentáculos más pequeños.

—Ojos —dijo Kefira Qay—. Al extremo de cada uno de los anillos hay veinte ojos. Los tentáculos no tienen que andar tanteando a ciegas. Pueden ver lo que están haciendo perfectamente.

—Fascinante —dijo Haviland Tuf—. ¿Qué hay bajo el agua? ¿Cuál es la fuente de esos brazos terribles?

—Después verá disecciones y fotos de especímenes muertos, así como alguna simulación por computador. La mayor parte de los especímenes que hemos logrado obtener no se encontraban en muy buen estado. El cuerpo de esas bestias se parece a una copa invertida, algo así como una vejiga a medio inflar, y está rodeado por un gran anillo de hueso y músculos que sirve de ancla a esos tentáculos. La vejiga se llena de agua y puede vaciarse a voluntad permitiéndole subir a la superficie o descender hasta lo más hondo de los océanos. El principio es idéntico al de los submarinos. Aunque es sorprendentemente fuerte, el animal no pesa demasiado. Lo que hace es vaciar su vejiga para subir a la superficie, agarrándose a lo que encuentra y empezando a llenarla de nuevo. La capacidad de esa vejiga es sorprendente y, tal como puede ver, el animal es enorme. Si llega a ser necesario puede llenar de agua los tentáculos y expelerla a presión por sus bocas, con lo cual le resulta posible inundar la nave y acelerar el proceso. Así pues, los tentáculos son a la vez brazos, bocas, ojos y mangueras vivientes.

—¿Y dice que su gente no había visto nunca a esas criaturas hasta que fueron atacados?

—Así es. Existe un primo de esa cosa. Al menos era bien conocido en los primeros tiempos de la colonización. Se trataba de un cruce entre la medusa y el pulpo y tenía veinte tentáculos. Muchas especies del planeta están construidas de un modo similar: poseen una vejiga central, un cuerpo o una concha quitinosa con veinte piernas y zarcillos o tentáculos dispuestos en anillo. El que he mencionado era carnívoro al igual que estos monstruos, pero tenía un anillo de ojos en el cuerpo central, en lugar de tenerlo al final de los tentáculos. Además, sus tentáculos no podían funcionar como mangueras y eran mucho más pequeños, aproximadamente como un ser humano. Solían emerger a la superficie en la plataforma continental, especialmente en las zonas fangosas donde abundaban los peces. Éstos eran su presa habitual, aunque más de un nadador tuvo una muerte horrible entre sus tentáculos.

—¿Puedo preguntar qué fue de ellos? —dijo Tuf.

—Eran una verdadera molestia. Sus terrenos de caza coincidían con las áreas que más falta nos hacían. Zonas del mar poco hondas en las que abundaban los peces, la hierba de mar y las algas frutales, así como los fangales donde se crían las almejas camaleón y los balancines. Antes de que fuera posible pescar o cosechar las riquezas del mar de un modo seguro, tuvimos que limpiarlo de esas bestias. Lo hicimos. ¡Oh! aún quedan unos cuantos, pero son bastante raros.

—Ya veo —dijo Haviland Tuf—. Y esta formidable criatura, este submarino viviente devorador de naves que constituye tan tremenda plaga para su mundo ¿tiene algún nombre?

—Acorazado namoriano —dijo Kefira Qay—. Cuando apareció por primera vez nuestra teoría fue que se trataba de un habitante de las grandes simas que de algún modo había llegado a la superficie. Después de todo, Namor sólo lleva habitada un centenar escaso de años. Apenas si hemos empezado a explorar las zonas más profundas del mar y no sabemos demasiado sobre los posibles habitantes de las simas. Pero, a medida que más y más barcos eran atacados y hundidos llegó a ser obvio que nos estábamos enfrentando a todo un ejército de esos malditos acorazados.

—Una flota —le corrigió Haviland Tuf.

Kefira Qay frunció el ceño.

—Lo que sea, a un montón de ellos y no a un solo espécimen. En ese punto la teoría fue que alguna inimaginable catástrofe había tenido lugar en lo más hondo del océano y que les había obligado a huir de ahí.

—No parece usted dar mucho crédito a tal teoría —dijo Tuf.

—Nadie cree en ella, ya que se ha probado que es imposible. Los acorazados no podrían resistir las presiones de tales abismos y por lo tanto en el momento actual ignoramos de dónde vienen. Sólo sabemos que aquí están —concluyó con una mueca de disgusto.

—Ciertamente —dijo Haviland Tuf—. Sin duda debieron adoptar medidas contra ellos.

—Claro. Pero es un juego en el que llevamos las de perder. Namor es un planeta joven y carece de la población o los recursos necesarios para enfrentarse al tipo de combate en el que nos hemos visto metidos. Tres millones de namorianos viven esparcidos en nuestros océanos, en algo así como diecisiete mil islas de mayor o menor tamaño. Otro millón vive en Nueva Atlántida, nuestro único continente. La mayoría de nuestra gente vive de la pesca o del cultivo marino. Cuando todo esto empezó había apenas cincuenta mil Guardianes. Nuestro gremio nació en las tripulaciones de las naves que trajeron a los colonos de Vieja Poseidón y Acuario hasta aquí. Siempre les hemos protegido pero, antes de que llegaran los acorazados, nuestra labor era bastante simple. Tenemos un planeta pacífico en el cual hay pocos conflictos verdaderamente importantes. Existía cierta rivalidad étnica entre los poseidonitas y los acuarianos, pero no pasaba a mayores. Los Guardianes se encargaban de la defensa planetaria con la *Navaja Solar* y otras dos naves del mismo tipo, pero casi todo nuestro trabajo estaba relacionado con los incendios y el control de inundaciones, la ayuda en caso de catástrofes naturales, las funciones policiales y ese tipo de cosas. Teníamos unos cien hidrodeslizadores armados como patrulleras y los usamos durante un tiempo para escoltar a las naves de pesca, logrando algunas victorias. Pero, en realidad, no son rivales adecuados para los acorazados. Muy pronto llegó a quedar claro que, de todos modos, había más acorazados que patrulleras.

—Lo que es más, las patrulleras no se reproducen en tanto que estos acorazados imagino que sí deben hacerlo —dijo Tuf. *Estupidez* y *Duda* jugueteaban en su regazo.

—Exactamente. Lo intentamos, pese a todo. Dejamos caer cargas de profundidad sobre ellos cada vez que podíamos detectarlos bajo el mar y cuando salían a la superficie les atacábamos con torpedos. Matamos a centenares. Pero quedaban muchos centenares más, y cada patrullera que perdíamos era imposible de reemplazar. Namor carece de una base tecnológica digna de tal nombre. Cuando las cosas iban mejor, importábamos lo que nos hacía falta de Brazelourn y Valle Areen. Nues-

271

tra gente cree que la vida debe ser sencilla y, de todos modos, el planeta es incapaz de mantener una industria importante. Es pobre en metales pesados y prácticamente carece de combustibles fósiles.

—¿Cuántas patrulleras les quedan a los Guardianes? —le preguntó Haviland Tuf.

—Puede que unas treinta. Ya no nos atrevemos a utilizarlas. Un año después del primer ataque los acorazados dominaban completamente nuestras rutas marítimas. Todas las grandes naves cosechadoras se habían perdido, centenares de pequeñas explotaciones habían sido abandonadas o destruidas, la mitad de nuestros pescadores independientes habían muerto y la otra mitad se acurrucaba asustada en los muelles. En estos momentos, prácticamente nada que sea humano se atreve a surcar los mares de Namor.

—¿Sus islas quedaron aisladas unas de otras?

—No del todo —replicó Kefira Qay—. Los Guardianes tenían veinte transportes aéreos con armamento y existía aproximadamente otro centenar de ellos sin armas, contando con los pequeños vehículos en manos privadas. Los requisamos todos y los armamos tan bien como nos fue posible. También estaban los dirigibles, claro. Los transportes aéreos son difíciles de conservar en buenas condiciones aquí y su mantenimiento resulta caro. Todas las piezas de repuesto deben llegar de fuera y no tenemos muchos técnicos bien entrenados, por lo cual casi todo el tráfico aéreo, antes de los problemas con los acorazados, se realizaban mediante los dirigibles. Son bastante grandes, están propulsados por energía solar y contienen helio. La flota de dirigibles era bastante grande, casi un millar. Ellos se encargaron de aprovisionar las islas pequeñas, donde había una mayor amenaza de hambre inminente. Otros dirigibles, así como las naves de los Guardianes, se encargaron de continuar el combate. A salvo en el aire, dejamos caer sobre los acorazados productos químicos, venenos y explosivos. Con eso logramos destruir a miles de ellos, aunque el precio resultó tremendo. Su número era mayor allí donde se encontraban nuestras zonas de pesca más fértiles y los lechos fangosos de escasa profundidad, con lo cual nos vimos obligados a destruir y envenenar precisamente las zonas de mar que más desesperadamente necesitábamos. Pero no teníamos otra elección y, durante un tiempo, creíamos estar venciendo. Incluso hubo algunas naves pequeñas que salieron de pesca y consiguieron volver sanas y salvas, gracias a la escolta aérea de los Guardianes.

—Resulta obvio que no fue ése el resultado final del conflicto —dijo Haviland Tuf—, o no estaríamos aquí sentados hablando. —*Duda* le propinó un buen zarpazo a *Estupidez*, dándole en plena cabeza. El gatito resbaló por la rodilla de Tuf y cayó al suelo. Tuf se inclinó y le cogió—. Tenga —dijo, entregándoselo a Kefira Qay—, hágame el favor de sostenerlo un rato. Su pequeña guerra me está distrayendo de la nuestra.

—Yo... sí, claro. —La Guardiana cogió al gatito blanco y negro en su mano con cierta cautela y éste se acurrucó entre sus dedos—. ¿Qué es? —le preguntó.

—Un gato —dijo Tuf—. Pero si sigue sosteniéndolo como si fuera una fruta podrida, acabará saltando de su mano. Tenga la amabilidad de ponerlo en su regazo. Le aseguro que es totalmente inofensivo.

Kefira Qay, todavía no muy segura de ello, medio puso, medio dejó caer, al gatito sobre sus rodillas. *Estupidez* lanzó un maullido y estuvo a punto de resbalar pero logró clavar sus diminutas uñas en la tela del uniforme y sostenerse.

—¡Oh! —dijo Kefira Qay—. Tiene espolones.

—Son zarpas o garras —dijo Tuf, corrigiéndola—. Son pequeñas y resultan incapaces de hacer el menor daño.

—No estarán envenenadas, ¿verdad?

—No lo creo —dijo Tuf—. Acarícielo, empezando por la cabeza y siguiendo hacia atrás. Eso le calmará.

Kefira Qay tocó la cabeza del gatito con gesto inseguro.

—Por favor —dijo Tuf—. Me refería a que lo acariciase, no a que le diera golpecitos.

La Guardiana hizo como le decía y *Estupidez* empezó inmediatamente a ronronear. Kefira Qay se quedó paralizada y miró a Tuf con expresión de horror.

—Está temblando —dijo—, y hace un ruido.

—Dicho tipo de respuesta suele considerarse favorable —la tranquilizó Tuf—. Le suplico que continúe con sus caricias y con lo que me estaba diciendo, si tiene la bondad.

—Por supuesto —dijo la Guardiana, acariciando de nuevo a *Estupidez*. El gatito se removió en su rodilla y acabó adoptando una postura más cómoda—. Si quiere poner la otra cinta continuaré —le dijo.

Tuf hizo desaparecer de la pantalla a la nave partida en dos, así como al acorazado, y en su lugar apareció otra escena: un día de invierno, ventoso y muy frío, al parecer. El agua tenía un color oscuro y estaba bastante revuelta. El viento la agitaba levantando pequeños remolinos de espuma blanca. Un acorazado flotaba en el mar con sus enormes tentáculos extendidos a su alrededor, dándole el aspecto de una enorme flor monstruosamente hinchada, a la deriva sobre el oleaje. La cámara que tomaba la imagen pasó sobre él y dos brazos, rodeados por su corola de serpientes, se alzaron débilmente del agua, pero el aparato se encontraba demasiado lejos para correr peligro. Por lo que se veía en los bordes de la imagen se encontraban en la góndola de un gran dirigible plateado y la cámara estaba filmando a través de una portilla de cristal bastante grueso. La cámara cambió de ángulo y Tuf vio que su dirigible formaba parte de un convoy de tres, desplazándose con majestuosa indiferencia sobre un enfurecido oleaje.

—El *Espíritu de Acuario*, el *Lila D.* y el *Sombra del Cielo* —dijo Kefira Qay—. Se dirigían hacia un grupo de pequeñas islas situado al Norte, en el cual el hambre ha estado haciendo estragos. Piensan evacuar a los supervivientes para llevarlos a Nueva Atlántida —en su voz había una sombra de tensión—. Esta grabación fue realizada por el *Sombra del Cielo*, el único dirigible que sobrevivió. Mire atentamente la pantalla.

Los dirigibles avanzaban invencibles y serenos por el aire. De pronto, justo delante de la silueta azul plateada del *Espíritu de Acuario* se distinguió un movimiento bajo las aguas, como si algo se removiera bajo el velo verde oscuro del mar. Era algo grande, pero no se trataba de un acorazado ya que su color era oscuro y no pálido. El agua se fue haciendo más y más negra y de pronto pareció saltar en un inmenso surtidor hacia el cielo. En la imagen apareció una gigantesca cúpula, oscura como el ébano, que fue haciéndose más grande, como si fuera una isla que emergiera de los abismos, hasta concretare en una silueta negra y de piel rugosa como el cuero, rodeada de veinte largos tentáculos negros. La silueta crecía segundo a segundo hasta que dejó de tocar las aguas. Sus tentáculos colgaban fláccidamente bajo ella, dejando caer chorros de agua, a medida que ascendía. De pronto empezaron a extenderse y Tuf vio que la criatura era tan grande como el dirigible que avanzaba hacia ella. Cuando tuvo lugar el encuentro fue como si dos inmensos leviatanes del cielo hubieran decidido aparearse. La inmensidad negra se situó encima del dirigible y sus brazos lo rodearon en un mortífero abrazo. La cubierta exterior del dirigible fue desgarrada y las celdillas de helio se arrugaron más y más hasta reventar. El *Espíritu de Acuario* se retorció cual un ser vivo, marchitándose en el negro abrazo de su amante. Cuando todo hubo terminado la cosa negra dejó caer sus restos al mar.

Tuf congeló la imagen, clavando sus solemnes ojos en las figurillas que saltaban de la góndola a una muerte segura.

—Otra de esas cosas destruyó el *Lila D.* en el trayecto de vuelta —dijo Kefira Qay—. La *Sombra del Cielo* sobrevivió para narrar la historia, pero en su siguiente misión también fue destruido. Más de un centenar de dirigibles y doce naves se perdieron en la primera semana después de que aparecieran los globos de fuego.

—¿Globos de fuego? —preguntó Haviland Tuf, acariciando a *Duda*, instalado sobre la consola—. No vi ningún fuego.

—El nombre fue acuñado cuando destruimos por primea vez una de esas malditas criaturas. Una nave de los Guardianes logró acertarle con un proyectil de alto poder explosivo y la bestia estalló como una bomba. Luego se desinfló y cayó ardiendo al mar. Son extremadamente inflamables. Basta con un láser y se encienden como la yesca.

—Hidrógeno —dijo Haviland Tuf.

—Exactamente —confirmó la Guardiana—. Nunca hemos logrado capturar uno entero, pero logramos adivinarlo a partir de los trozos rescatados. Esas cosas pueden generar corriente eléctrica en su interior. Toman agua y luego realizan una especie de electrólisis biológica. Expelen el oxígeno en el agua o el aire y eso les ayuda a moverse. Podría decirse que son una especie de reactores movidos por aire. El hidrógeno llena unos sacos en forma de globos y les ayuda a subir. Cuando desean retirarse de nuevo al agua, abren una especie de pliegues en su parte superior... Fíjese, ahí está. Entonces, todo el gas escapa y el globo de fuego vuelve a bajar hacia el océano. La piel externa es parecida al cuero y muy resistente. No son muy rápidos, pero sí bastante inteligentes. A veces se esconden en los bancos de nubes y se apoderan de las naves que pasan volando bajo ellos sin las debidas precauciones. Y no tardamos en descubrir, para nuestra desesperación, que se reproducen tan rápido como los acorazados.

—Muy intrigante —dijo Haviland Tuf—. Me arriesgo a sostener la hipótesis de que con la aparición de los globos de fuego perdieron el dominio del aire, igual que ya habían perdido el del mar.

—Así fue, más o menos —admitió Kefira Qay—. Nuestros dirigibles eran demasiado lentos como para correr el riesgo de enfrentarse a ellos. Intentamos mantener las cosas en funcionamiento, mandándolos en convoyes escoltados por naves de los Guardianes, pero incluso eso acabó fracasando. El día del Alba de Fuego, yo estaba ahí, al mando de una nave armada con ocho cañones. Fue terrible...

—Siga —dijo Tuf.

—El Alba de Fuego —murmuró con voz cansada la Guardiana—. Estábamos... teníamos treinta dirigibles, treinta. Un convoy enorme, protegido por doce naves armadas. El viaje era largo. Teníamos que ir de Nueva Atlántida hasta Mano Rota, un grupo de islas bastante importante. Cuando estaba amaneciendo el segundo día de viaje, justo cuando el Este empezaba a enrojecer, el mar empezó a... a hervir bajo nosotros. Era como una marmita de sopa que ha llegado a subir. Había miles,

Tuf, miles. Las aguas enloquecieron en un remolino de espuma y las criaturas fueron subiendo hacia el cielo, una multitud de gigantescas sombras oscuras que se nos venían encima desde todas las direcciones. Las atacábamos con nuestros láser, con proyectiles explosivos, con todo lo que teníamos. Era como si el mismísimo cielo estuviera en llamas. Todas esas cosas estaban llenas a reventar de hidrógeno y el aire estaba tan enriquecido por el oxígeno que habían secretado, que casi mareaba el respirarlo. Después llamamos a ese día, el Alba de Fuego. Fue terrible. Se oían gritos por todas partes, había globos ardiendo en todo el cielo, nuestros dirigibles se hacían pedazos a nuestro alrededor, con sus tripulaciones en llamas. En el mar esperaban los acorazados. Les vi apoderarse de quienes habían caído de los dirigibles, vi cómo esos pálidos tentáculos se enroscaban a su alrededor, arrastrándoles hacia los abismos. Cuatro dirigibles sobrevivieron a esa batalla, cuatro. Perdimos todas las naves con todas sus tripulaciones.

—Una historia espantosa —dijo Tuf.

En los ojos de Kefira Qay ardía un brillo de locura. Estaba acariciando a *Estupidez* con un ritmo ciego y mecánico, con los labios muy apretados y los ojos clavados en la pantalla, allí donde el primer globo de fuego seguía flotando inmóvil por encima del cadáver retorcido del *Espíritu de Acuario*.

—Desde entonces —dijo por último—, nuestra vida se ha convertido en una continua pesadilla. Hemos perdido los mares y en las tres cuartas partes de Namor reina la escasez. En algunos sitios la gente muere de hambre. Sólo Nueva Atlántida sigue teniendo los alimentos suficientes, ya que sólo allí se practica con cierta extensión la agricultura. Los Guardianes han seguido luchando. La *Navaja Solar* y nuestras otras dos naves espaciales han sido puestas en servicio. Efectúan bombardeos en zonas determinadas, dejan caer veneno y evacuan algunas de las islas de menor tamaño. Con el resto de las naves aéreas que nos queda, hemos logrado mantener cierto contacto con las islas más alejadas. Y, naturalmente, tenemos la radio. Pero estamos a punto de perder la guerra. En el último año más de veinte islas han dejado de comunicar. En media docena de esos casos mandamos patrullas para investigar y las que volvieron dieron siempre el mismo informe. Cadáveres por doquier, pudriéndose al sol. Los edificios aplastados, convertidos en ruinas. Las alimañas y los gusanos dándose un festín con los cuerpos. Y en una de esas islas encontraron otra cosa, algo aún más aterrador. Fue en la isla Estrella de Mar. Allí vivían casi cuarenta mil personas y antes de que el comercio se interrumpiera, contaba con un espaciopuerto de buen tamaño. Cuando Estrella de Mar cesó de emitir fue un rudo golpe para nosotros. Cambie la imagen, Tuf, cámbiela.

Tuf apretó una hilera de mandos en la consola.

En la playa había algo muerto, pudriéndose sobre la arena color índigo.

Esta vez no se trataba de una cinta sino de una foto. Haviland Tuf y la Guardiana Kefira Qay tuvieron tiempo más que suficiente para estudiar el objeto que yacía inmóvil sobre la arena, rodeado por un reguero de cadáveres humanos cuya proximidad servía para hacerse una buena idea de su auténtico tamaño. Tenía la forma de un cuenco invertido y era tan grande como una casa. Su piel semejante al cuero estaba cubierta de grietas, por las que rezumaba un fluido purulento. Era de un color gris con manchones verdes. Como los radios que brotan del cubo de una rueda, el cuerpo central de la cosa estaba rodeado de apéndices: diez tentáculos verdosos salpicados de bocas de un blanco rosado y, alternando con ellos, diez miembros de un aspecto más duro y rígido, negros y obviamente provistos de articulaciones.

—Patas —dijo Kefira Qay con voz amarga—. Era capaz de caminar, Tuf. Al menos, antes de que acabaran con él. Sólo hemos descubierto ese ejemplar, pero fue suficiente. Ahora ya sabemos la razón de que nuestras islas vayan quedando silenciosas, Tuf. Vienen del mar. Son criaturas como ésa, puede que más grandes o más pequeñas, caminando sobre sus diez patas como arañas y cogiendo a sus presas para devorarlas con los otros diez tentáculos. El caparazón es grueso y muy resistente. No basta con un láser o un proyectil explosivo para matarlo, como ocurre con los globos de fuego. Ahora supongo que ya lo comprende todo: Primero el mar, luego el cielo y ahora, también la tierra. La tierra. Emergen del agua a millares, derramándose sobre la arena como una marea horrenda. La semana pasada perdimos otras dos islas. Quieren barrernos del planeta. Sin duda, algunos podrán sobrevivir en Nueva Atlántida, en lo más alto de las montañas, pero será una vida dura, cruel y breve. Hasta que Namor nos arroje alguna nueva especie de pesadilla para terminar con nosotros. —En su voz se percibía ahora el agudo filo de la histeria.

Haviland Tuf desconectó su consola y todas las pantallas se oscurecieron.

—Cálmese, Guardiana —le dijo, volviéndose hacia ella—. Sus temores me resultan comprensibles, pero son innecesarios. Ahora comprendo mucho mejor la naturaleza de su apuro y estoy de acuerdo en que resulta trágico, sí, pero no es desesperado.

—¿Sigue creyendo que puede ayudarnos? —dijo ella—. ¿Solo? ¿Usted y esta nave? Oh, no piense que estoy intentando desanimarle. Nos aferraremos a cualquier brizna de salvación pero...

—Pero no me cree —dijo Tuf, en tanto que de sus

labios brotaba un leve suspiro—. *Duda* —le dijo al gatito gris, alzándolo en su blanca manaza—, realmente has sido bautizado con toda propiedad. —Se volvió nuevamente hacia Kefira Qay—. No soy hombre rencoroso y han pasado ustedes por crueles penalidades, así que no pienso prestar la menor atención al modo despectivo en que se me considera tanto a mí como a las habilidades que poseo. Y ahora, si tiene la bondad de excusarme, tengo mucho que hacer. Su gente me ha enviado gran cantidad de informes detallados sobre esas criaturas, así como un resumen general de la ecología namoriana. Le doy las gracias por sus informaciones.

Kefira Qay frunció el ceño, levantó a *Estupidez* de su rodilla y lo dejó en el suelo, poniéndose luego en pie.

—Muy bien —dijo—. ¿Cuándo estará preparado?

—No puedo responder a tal pregunta con precisión —replicó Tuf—, a menos que me sea posible empezar a trabajar inmediatamente con mis simulaciones de datos. Puede que dentro de un día sea posible empezar. Puede que haga falta un mes o puede que requiera más tiempo.

—Si tarda usted demasiado, le resultará difícil cobrar luego sus dos millones —le contestó ella con sequedad—. Todos habremos muerto.

—Ciertamente —dijo Tuf—. Pero lucharé para evitar que los acontecimientos tomen tal rumbo. Ahora, si tiene la bondad de marcharse, empezaré a trabajar y ya hablaremos nuevamente durante la cena. Pienso servir estofado vegetal al estilo de Arion, con un aperitivo previo de hongos de fuego, naturales de Thorite, para ir despertando el hambre.

Qay lanzó un ruidoso suspiro.

—¿Otra vez hongos? —se quejó—. Hoy ya hemos tomado setas fritas con pimientos y luego setas con crema ácida.

—Me encantan las setas —dijo Haviland Tuf.

—Yo estoy harta de ellas —dijo Kefira Qay. *Estupidez* empezó a frotarse en su pierna y ella le miró con el ceño fruncido—. ¿No podríamos tomar algo de carne o de pescado? —Su rostro cobró una expresión pensativa y algo nostálgica—. Llevo años sin comer una concha de fango, incluso sueño con ella de vez en cuando. Basta con abrirla y luego se echa mantequilla dentro. La carne se come con cuchara, es blanda. ¡No se puede imaginar lo delicado de su sabor! O un poco de aleta de sabre. ¡Ah, sería capaz de matar por un poco de aleta de sabre acompañada de neohierba!

Haviland Tuf no se inmutó en lo más mínimo.

—En esta nave no se comen animales —dijo, empezando a trabajar sin prestarle más atención. Kefira Qay se marchó y *Estupidez* salió corriendo tras ella—. Muy adecuado —murmuró Tuf—, ciertamente muy adecuado.

Cuatro días y muchas setas después, Kefira Qay empezó a mostrarse apremiante y le pidió resultados a Haviland Tuf.

—¿Qué está haciendo? —le preguntó durante la cena—. ¿Cuándo piensa actuar? Usted sigue encerrado en su cuarto y, cada día, las condiciones en Namor van empeorando. Hace una hora hablé con el jefe de Guardianes mientras usted se entretenía con sus ordenadores. Pequeña Acuario y las Hermanas que Bailan se han perdido en el tiempo que usted y yo llevamos aquí sin hacer nada productivo, Tuf.

—¿Sin hacer nada productivo? —dijo Haviland Tuf—. Guardiana, no me estoy entregando a la ociosidad. Nunca lo hice y no pretendo empezar ahora. Estoy trabajando. Tengo una enorme masa de información por digerir.

Kefira Qay dio un resoplido.

—Supongo que se referirá a una gran masa de hongos por digerir —dijo. Se puso en pie, apartando a *Estupidez* de su regazo. El gatito y ella se habían convertido, últimamente, en compañeros casi inseparables—. En Pequeña Acuario vivían doce mil personas —añadió—, y prácticamente otras tantas en las Hermanas que Bailan. Piense en ello mientras hace la digestión, Tuf.

Giró en redondo y salió de la habitación.

—Ciertamente —dijo Haviland Tuf, concentrándose de nuevo en su pastel de flor dulce.

Pasó una semana antes de que se produjera otro enfrentamiento,

—¿Y bien? —le preguntó la Guardiana en el pasillo, plantándose ante Tuf cuando éste se dirigía con su pesada dignidad hacia su cuarto de trabajo.

—Perfectamente —replicó él—. Buenos días, Guardiana Qay.

—No tienen nada de buenos —dijo ella con voz irritada—. El Control de Namor me ha informado de que las Islas del Amanecer han dejado de emitir. Las hemos perdido y con ellas se han perdido también doce naves, junto con todos los barcos que se encontraban en sus puertos. ¿Qué dice de eso?

—Un acontecimiento muy trágico y lamentable —dijo Tuf.

—¿Cuándo estará listo?

Tuf se encogió de hombros.

—No puedo contestar a tal pregunta. No me he impuesto una tarea precisamente sencilla, créame. El problema es complicado, muy complicado. Sí, ciertamente, ésa es la palabra adecuada. Quizá podría arriesgarme a calificarlo de auténtico enigma, pero le aseguro que del mismo modo que los tristes apuros de Namor han despertado toda mi simpatía, este problema al que me enfrento tiene movilizado por completo a mi intelecto.

—Eso es todo lo que le parece a usted, Tuf, ¿verdad? ¿Un problema?

Haviland Tuf frunció levemente el ceño y cruzó las manos ante él, apoyándolas luego sobre el prominente bulto de su estómago.

—Ciertamente, es un problema —dijo.

—No. Es algo más que eso. No estamos jugando. Ahí abajo muere gente, gente de verdad. Mueren porque los Guardianes no son capaces de enfrentarse a ese desafío y porque usted no está haciendo nada. Nada.

—Cálmese. Tiene mi garantía personal de que estoy trabajando incesantemente en pro de su bienestar. Debe pensar que mi tarea no es tan sencilla como la suya. Está muy bien dejar caer bombas sobre los acorazados o disparar con un alto explosivo a un globo de fuego para ver cómo se incendia, pero esos métodos tan simples como espectaculares no les han servido de nada, Guardiana, o de muy poco. La ingeniería ecológica exige un esfuerzo muy superior. Estoy analizando los informes de sus líderes, de sus biólogos marinos y de sus historiadores. Reflexiono y estudio. Hago planes con los que encarar la situación y luego efectúo simulaciones en los grandes ordenadores del *Arca*. Más tarde o más temprano hallaré la respuesta.

—Que sea pronto —dijo Kefira Qay con dureza—. Namor quiere resultados y yo estoy de acuerdo con ellos. El Consejo de Guardiana se está impacientando. Que sea pronto, Tuf, no tarde. Se lo advierto —se hizo a un lado y le dejó pasar.

Kefira Qay pasó la siguiente semana y media evitando a Tuf, tanto como le era posible. Cada día iba a la sala de comunicaciones y mantenía en su interior largas discusiones con sus superiores en el planeta, durante las cuales se le comunicaban las últimas noticias. Todas las noticias eran malas.

Finalmente llegó el momento en que fue incapaz de aguantar más y con el rostro lívido de furor irrumpió en la habitación, siempre medio a oscuras, que Tuf llamaba su «sala de guerra», le encontró sentado ante una consola de ordenador, contemplando las pantallas en las que se veía un frenético despliegue de líneas rojas y azules atrapadas en una rejilla.

—¡Tuf! —rugió. Él apagó la pantalla y giró para enfrentarse a ella, apartando de su regazo a *Ingratitud*. Medio oculto por las sombras, Haviland Tuf la contempló con expresión inmutable—. El Consejo de Guardianes me ha dado una orden —le dijo.

—Muy afortunado para usted —replicó Tuf—. He observado que la reciente inactividad la ha estado poniendo cada vez más inquieta.

—El Consejo quiere acción inmediata, Tuf. Inmediata. Hoy. ¿Lo ha entendido?

Tuf cruzó las manos y apoyó el mentón sobre ellas, en una actitud muy parecida a la de la plegaria.

—¿Acaso debo tolerar no tan sólo la hostilidad y la impaciencia, sino también el insulto a mi inteligencia? Ya he comprendido todo lo que me hace falta comprender en cuanto a sus Guardianes, puedo asegurárselo. Lo único que no comprendo es la tan peculiar como obstinada ecología de Namor. Hasta que no haya logrado tal comprensión, no puedo actuar.

—Actuará —dijo Kefira Qay y de pronto en su mano pareció brotar un láser que apuntaba directamente al vasto estómago de Tuf—. Actuará ahora mismo.

285

Haviland Tuf no hizo el menor movimiento.

—Violencia —dijo, en un tono de leve reproche—. Quizá fuera posible, antes de que me agujeree, condenando con ello tanto a su propia persona como a su mundo, que se me conceda una oportunidad para explicarme, ¿no?

—Adelante —dijo ella—, le escucharé. Durante un tiempo.

—Excelente —dijo Haviland Tuf—. Guardiana, en Namor está ocurriendo algo muy extraño.

—Vaya, se ha dado cuenta —dijo ella secamente, sin que el láser se moviera ni un milímetro.

—Ciertamente. Están siendo destruidos por una plaga de lo que, a falta de un término mejor, debemos llamar colectivamente monstruos marinos. En menos de doce años han aparecido tres especies y cada una de ellas parece ser nueva o, al menos desconocida. Eso me parece altamente improbable. Su gente lleva en Namor cien años y sin embargo sólo recientemente han trabado conocimiento con esas criaturas a las que llaman acorazados, globos de fuego o caminantes. Es como si algo tenebrosamente análogo a mi *Arca* estuviera librando contra ustedes una guerra biológica, pero resulta claro que no es así. Nuevos o no, estos monstruos son nativos de Namor y son producto de la evolución local. Sus parientes cercanos llenan los mares, desde las conchas de fango hasta las medusas danzarinas. Por lo tanto, ¿dónde nos lleva todo eso?

—No lo sé —dijo Kefira Qay.

—Yo tampoco —dijo Tuf—. Sigamos pensando. Esos monstruos marinos procrean de modo increíble. El mar está repleto de ellos, llenan el aire y son capaces de conquistar islas de considerable población. Matan. Pero no se matan entre ellos y al parecer no tienen ningún otro enemigo natural. Los crueles frenos de todo ecosistema normal no se aplican en este caso. He estudiado con gran interés los informes de sus científicos y casi todo lo referente a esos monstruos marinos es fascinante, pero quizá lo más misterioso e intrigante sea el hecho de que no saben nada sobre ellos excepto en su forma adulta. Enormes acorazados surcan los mares hundiendo los barcos de pesca, monstruosos globos de fuego revolotean por sus cielos. Dónde, si puedo hacer tal pregunta, ¿dónde se encuentran los pequeños acorazados y las crías de los globos de fuego? Sí, ¿dónde están?

—En las profundidades del mar.

—Quizá, Guardiana, quizá. No puede asegurarlo y yo tampoco puedo hacerlo. Esos monstruos son criaturas realmente formidables y, sin embargo, he visto predadores igual de formidables en otros mundos, pero su número no llega ni a centenares ni a millares. ¿Por qué? Ah, porque los jóvenes, o los huevos, o los alevines son mucho menos formidables que sus progenitores y la mayor parte de ellos mueren antes de alcanzar su temible madurez. Aparentemente, ello no sucede en Namor, no sucede en lo más mínimo. ¿Cuál puede ser el significado de todo esto? Sí, ciertamente, ¿cuál puede ser? —Tuf se encogió de hombros—. No puedo decirlo, pero sigo trabajando en ello y pienso seguir esforzándome hasta haber resuelto el enigma de ese mar excesivamente prolífico que existe en su mundo.

Kefira Qay no parecía demasiado convencida.

—Y mientras tanto, nuestra gente muere. Muere y a usted no le importa.

—Protesto ante... —empezó a decir Tuf.

—¡Silencio! —dijo ella moviendo el arma—. Hablaré con Namor y les transmitiré su pequeño discurso. Hoy hemos perdido contacto con Mano Rota. Cuarenta y tres islas, Tuf. No me atrevo ni a pensar en cuánta gente quiere decir ese número. Todas han desaparecido en un solo día. Hubo unas cuantas transmisiones de radio casi ininteligibles, histeria y luego el silencio. Y mientras tanto usted se queda sentado hablando de acertijos y enigmas. Basta ya. Queremos que actúe, ahora mismo. Insisto en ello o, si lo prefiere, se trata de una amenaza. Luego ya nos encargaremos de resolver los cómos y los porqués de todo este asunto pero, por el momento, vamos a terminar con ellos sin perder el tiempo haciéndonos tantas preguntas.

—En tiempos —contestó Haviland Tuf—, existió un mundo absolutamente idílico con la excepción de un pequeño defecto, un insecto que tenía el tamaño de una mota de polvo. Era una criatura decididamente inofensiva, pero se la encontraba por doquier ya que se alimentaba con las esporas microscópicas de un hongo que flotaba en el aire. La gente de ese mundo odiaba al minúsculo insecto que, a veces, volaba en nubes tan espesas que llegaban a tapar el sol. Cada vez que los ciudadanos de ese planeta salían al exterior los insectos aterrizaban sobre ellos a miles, cubriendo sus cuerpos con un sudario viviente. Por lo tanto, alguien que proclamaba ser ingeniero ecológico se ofreció a resolver su problema. Introdujo en el planeta un insecto procedente de otro mundo muy lejano, más grande, capaz de alimentarse con esas motas de polvo viviente. El plan funcionó de modo admirable. Los nuevos insectos se multiplicaron y se multiplicaron, careciendo de enemigos naturales dentro del ecosistema, hasta barrer completamente de él a la especie nativa. Fue un gran triunfo. Por desgracia, hubo efectos colaterales imprevistos. El invasor, habiendo destruido una forma de vida, se dirigió hacia otros objetivos más beneficiosos para el planeta. Muchos insectos nativos del planeta se extinguieron. Los equivalentes locales de los pájaros, privados de sus presas habituales e incapaces de digerir al insecto alienígena, también sufrieron enormes pérdidas. Las plantas fueron incapaces de realizar la polinización como antes. Bosques y selvas enteras se marchitaron y empobrecieron y las esporas del hongo que había sido el alimento del molesto insecto original proliferaron libres de todo control natural. El hongo empezó a crecer en todas partes, sobre los edificios, sobre las cosechas, incluso sobre los animales vivos. Para decirlo brevemente, todo el ecosistema fue puesto patas arriba de modo irremisible. Si hoy decidiera visitar ese mundo no encontraría más que un páramo de muerte, con la única excepción de ese terrible hongo. Tales son los frutos de la acción precipitada y del estudio insuficiente. Si se obra sin comprender adecuadamente las cosas, pueden correrse graves riesgos.

—También se corre el peligro de ser destruido irremisiblemente caso de no hacer nada —dijo Kefira Qay con expresión obstinada—. No, Tuf. Sabe contar historias realmente aterradoras, pero estamos desesperados. Los Guardianes aceptarán los riesgos, sean cuales sean. Tengo mis órdenes y a menos que decida actuar, usaré esto. —Movió la cabeza señalando a su láser.

Haviland Tuf se cruzó de brazos.

—Si utiliza el arma —dijo—, estará obrando como una estúpida. Sin duda podrían llegar a comprender el funcionamiento del *Arca*, con tiempo. La tarea les llevaría años y usted misma acaba de admitir que no disponen de esos años. Trabajaré para ustedes, pero actuaré solamente cuando me considere preparado para hacerlo. Soy ingeniero ecológico y como tal tengo una integridad profesional, aparte de la personal. Y debo indicarle que sin mis servicios no tienen ustedes la más mínima esperanza. Ni la más mínima. Por lo tanto, dado que usted lo sabe y que yo lo sé también, prescindamos de más dramas. No va a usar el arma.

Durante unos segundos Kefira Qay pareció a punto de echarse a llorar.

—Usted... —dijo, aturdida. Su láser vaciló unos milímetros y luego su expresión volvió a endurecerse—. Se equivoca, Tuf —dijo—. Lo usaré.

Haviland Tuf permaneció en silencio.

—No lo usaré con usted —añadió Kefira Qay—. Lo usaré con sus gatos. Mataré a uno de ellos cada día, hasta que se decida a obrar. —Movió ligeramente la muñeca y el arma dejó de apuntar a Tuf. Ahora apuntaba a la pequeña silueta de *Ingratitud*, que iba y venía de un lado a otro de la estancia, husmeando entre las sombras—. Empezaré con ése —dijo la Guardiana—. Cuando cuente tres, dispararé.

El rostro de Tuf seguía perfectamente impasible.

—Uno —dijo Kefira Qay.

Tuf siguió sentado sin hacer el menor movimiento.

—Dos —dijo ella.

Tuf frunció el ceño y en su frente blanca como la tiza aparecieron unas diminutas arrugas.

—Tres —balbuceó Kefira Qay.

—No —se apresuró a decir Tuf—. No dispare. Haré lo que me ha pedido. Puedo empezar el proceso de clonación dentro de una hora.

La Guardiana guardó nuevamente el láser en su funda.

De ese modo, a regañadientes, Haviland Tuf emprendió su guerra particular.

Durante el primer día estuvo sentado en su sala de guerra, con los labios apretados y sin decir palabra, accionando los mandos de su gran consola, pulsando botones resplandecientes y teclas que hacían brotar de la nada fantasmagóricos hologramas. En el interior del *Arca* líquidos espesos de casi todos los colores imaginables gorgoteaban y hervían dentro de las cubas, hasta ahora vacías, que colmaban la penumbra el eje principal, en tanto que muchos especímenes de la enorme biblioteca celular eran sacados de su sitio, rociados y manipulados por minúsculos servomecanismos, tan sensibles como las manos del mejor cirujano concebible. Tuf no estuvo presente en ninguno de esos procesos. Sentado ante sus mandos, iba dando las órdenes que hacían nacer un clon tras otro.

Durante el segundo día actuó exactamente igual.

Al tercer día se puso en pie y recorrió lentamente los kilómetros del eje principal a lo largo de los cuales empezaban a crecer sus hijos, ahora ya bajo la forma de confusas siluetas que se removían débilmente o permanecían inmóviles en los tanques de líquido traslúcido. Algunos de los tanques eran tan grandes como la cubierta de aterrizaje del *Arca*, en tanto que otros eran tan pequeños como la uña de su meñique. Haviland Tuf se detuvo ante cada uno de ellos, estudiando los diales, los medidores y las mirillas relucientes con tranquila concentración, haciendo pequeños ajustes de vez en cuando. El día estaba ya terminado para cuando llegó a la parte central de la hilera de tanques.

Durante el cuarto día completó su inspección.

Al quinto día puso en funcionamiento el cronobucle.

—El tiempo es su esclavo —le dijo a Kefira Qay cuando ésta la interrogó sobre dicho aparato—. Puede hacer que vaya muy despacio o puede obligarle a que corra como el rayo. Vamos a hacer que corra y de ese modo los guerreros que estoy creando podrán alcanzar su madurez mucho más rápidamente de lo que sería posible siguiendo el curso natural de las cosas.

Durante el sexto día estuvo muy ocupado en la cubierta de aterrizaje, modificando dos lanzaderas para que fueran capaces de transportar a las criaturas que estaba fabricando, instalando en su interior tanques de varios tamaños y llenándolos luego de agua.

A la mañana del séptimo día se reunió con Kefira Kay cuando ésta desayunaba y le dijo:

—Guardiana, estamos listos para empezar.

Ella pareció algo sorprendida.

—¿Tan pronto?

—No todas mis criaturas han llegado ya a su plena madurez, pero no importa. Algunas son monstruosamente grandes y deben ser trasladadas antes de que lleguen a su tamaño adulto. El proceso de clonación continuará, por supuesto. Debemos poseer un número suficiente de criaturas que asegure su viabilidad, pero en estos momentos ya hemos llegado a un estadio en el cual resulta posible empezar la siembra de los océanos de Namor.

—¿Cuál es su estrategia? —le preguntó Kefira Qay.

Haviland Tuf apartó su plato a un lado y frunció los labios.

—Guardiana, mi estrategia actual es tan tosca como prematura y se basa en unos conocimientos más bien insuficientes. No aceptaré ninguna responsabilidad en lo tocante a su éxito o fracaso. Sus crueles amenazas me han impulsado a obrar con una premura muy poco conveniente.

—De todos modos —le replicó ella secamente—, ¿qué está haciendo?

Tuf cruzó las manos sobre el vientre.

—El armamento biológico, como todos los demás tipos de armamento, presenta muchas formas y tamaños. El modo más adecuado de acabar con un enemigo humanoide es darle con un láser en el centro de la cabeza. En términos biológicos, el equivalente podría ser un enemigo natural o un predador adecuado, o una plaga que atacara solamente a dicha especie. Dado que me faltaba el tiempo necesario, no he tenido la oportunidad de preparar una solución tan económica.

»Existen otros métodos menos satisfactorios. Podría introducir en su mundo una enfermedad capaz de liquidar a los acorazados, los globos de fuego y los caminantes, por ejemplo. Existen varios candidatos posibles para tal papel pero sus monstruos marinos tienen parientes próximos en muchas especies de vida marina, con lo cual dichos tíos y primos también sufrirían tal enfermedad. Mis proyecciones indican que prácticamente tres cuartas partes de la vida marina de Namor serían vulnerables a un ataque de ese tipo. Como otra alternativa, tengo a mi disposición hongos de crecimiento muy veloz y animales microscópicos que serían capaces de colmar literalmente sus océanos eliminando de ellos todo tipo de vida. Claro que dicha elección me ha parecido igualmente insatisfactoria ya que su resultado final sería imposibilitar la vida de los seres humanos en Namor. Continuando con mi analogía de hace unos instantes, esos métodos son el equivalente biológico de matar a un individuo de la especie humana, haciendo explotar un ingenio termonuclear de baja potencia sobre la ciudad en la cual reside habitualmente, y por dicha razón he terminado descartándolos.

»En vez de ello he acabado optando por lo que podría denominarse como una estrategia de fuego a discreción, introduciendo muchas especies nuevas en la ecología namoriana con la esperanza de que algunas de ellas puedan acabar resultando enemigos naturales efectivos y capaces de ir diezmando las filas de sus monstruos marinos. Algunos de mis guerreros son animales tan grandes como letales y son lo bastante formidables como para encontrar presa fácil incluso a sus temibles acorazados. Otros son pequeños pero veloces, cazadores semiocasionales que forman jaurías y se reproducen a gran velocidad. Hay otros que son casi invisibles y tengo la esperanza de que encuentren a esos monstruos de pesadilla en sus etapas más jóvenes y menos potentes, reduciendo de tal modo su número. Por lo tanto y como ya habrá comprendido, mi estrategia es múltiple y variada. Estoy usando toda la baraja y no limitándome a una sola carta. Dado su tajante ultimátum, era mi única opción posible —Tuf le dirigió una seca inclinación de cabeza—. Tengo la esperanza de que se encuentre satisfecha, Guardiana Qay.

Ella frunció el ceño, pero no le respondió.

—Bien, caso de que haya terminado con esas deliciosas gachas de hongos —dijo Tuf—, podemos empezar. No deseo que saque la impresión de que estoy perdiendo el tiempo deliberadamente. Doy por sentado que posee usted un perfecto entrenamiento como piloto, ¿no?

—Sí —le replicó ella con brusquedad.

—¡Excelente! —dijo Tuf—. Entonces, le daré instrucciones en cuanto a la peculiar idiosincrasia de mi lanzadera. Dentro de una hora ya habrá sido cargada hasta los topes y podrá empezar su primer viaje. Seguiremos largas trayectorias rectilíneas sobre sus mares e iremos descargado nuestra carga en sus revueltas aguas. Yo me encargaré de pilotar el *Basilisco* en el hemisferio norte y usted se encargará de la *Mantícora* en el sur. Si este plan le parece aceptable, dirijámonos hacia las rutas que he planeado —y Haviland Tuf se levantó con envarada dignidad.

Durante los veinte días siguientes Haviland Tuf y Kefira Qay cruzaron de un extremo a otro los peligrosos cielos de Namor, trazando con sus viajes una lenta rejilla sobre el océano y sembrándolo con su carga. La

Guardiana sentía una extraña alegría durante esos viajes. Era agradable estar de nuevo en acción y, además, lo que hacía le daba cierta esperanza. Ahora los acorazados, los globos de fuego y los caminantes tendrían que vérselas con sus propias pesadillas, recogidas al azar de una cincuentena de planetas.

De Viejo Poseidón llegaron las anguilas vampiro, las *nessies** y las enmarañadas masas de las telarañas de hierba, afiladas como navajas e igualmente mortíferas.

De Acuario, Tuf había clonado los cuervos negros, los aún más veloces cuervos escarlata, las bolas de algodón venenoso y la tan fragante como carnívora hierba de la dama.

Del Mundo de Jamison, las cubas habían hecho surgir a los dragones de arena, a los dreerantes y una docena más de especies ofidias, tanto grandes como pequeñas, de casi todos los colores imaginables.

Y de la Vieja Tierra la biblioteca celular había rebuscado hasta encontrar a los gigantescos tiburones blancos, las barracudas, los pulpos gigantes y las orcas, dotadas de tal astucia que se las podía calificar de medio inteligentes.

Sembraron Namor con el monstruoso kraken gris de Lissador y el kraken azul de Ance, no tan grande como el otro; con las colonias de medusas de Noborn; con los látigos giratorios de Daronian y el encaje sangriento de Cathaday, así como los peces fortaleza de Dam Tullian, la pseudoballena de Gulliver y el ghrin'da de Hruun-2, al mismo tiempo que utilizaban miniaturas como las navajas de Avalón, los parásitos caesni de Ananda y las mortíferas avispas acuáticas de Deirdran, que se reproducían por

---

* *Nessie* es el apelativo, medio cariñoso medio burlón, con que se conoce en el mundo anglosajón al famoso monstruo del Lago Ness. (*N. del T.*)

huevos y eran capaces de construir nidos enormes. Para que se encargaran de los globos de fuego habían traído una incontable variedad de especies capaces de surcar el aire: mantas de aguijón, las alas-navaja de un brillante rojo anaranjado, rebaños enteros de los aulladores semiacuáticos. Y una criatura espantosa, de un pálido color azulado, medio planta y medio animal, prácticamente sin peso y capaz de flotar en el viento, acechando dentro de las nubes como una telaraña viviente y dotada de un hambre feroz. Tuf la llamaba la-hierba-que-llora-y-suspira y le aconsejó a Kefira Qay que, en lo sucesivo, no volara nunca a través de las nubes.

Plantas y animales, engendros que no eran ni una cosa ni otra, depredadores y parásitos, criaturas negras como la noche o de brillante colorido junto a otras que eran casi invisibles por su total ausencia de color, seres extraños y tan hermosos que resultaba imposible describirlos o tan horribles que su aspecto era inconcebible, nativos de mundos cuyos nombres ardían con un fuego imperecedero en la historia del hombre, en tanto que algunos otros eran casi desconocidos. Un infinito repertorio de especies. Día tras día el *Basilisco* y la *Manticora* cruzaron como rayos los mares de Namor, demasiado veloces y mortíferos para los globos de fuego que vagaban al acecho de su presa, dejando caer sus armas vivientes con toda impunidad. Después de cada viaje al *Arca* y, una vez en ella, Haviland Tuf y uno o más de sus gatos, buscaban la soledad en tanto que Kefira Qay solía llevarse con ella a *Estupidez* y se encerraba en la sala de comunicaciones para enterarse de las últimas noticias.

—El Guardián Smitt informa haber avistado seres extraños en el Estrecho Naranja. No hay ninguna señal de acorazados.

—Un acorazado avistado en Batthern, combatiendo

encarnizadamente con una cosa provista de tentáculos que le doblaba en tamaño. ¿Dice que es un kraken gris? Muy bien. Tendremos que ir aprendiendo todos esos nombres, Guardiana Qay.

—La Franja de Mullidor informa que una familia de mantas de aguijón ha instalado su residencia en los acantilados. La Guardiana Horn dice que cortan a los globos de fuego como si fueran cuchillos vivientes. Dice que los globos se agitan indefensos y que luego se deshinchan para caer al mar sin poder defenderse. ¡Magnífico!

—Hoy hemos tenido noticias de Playa Indigo, Guardiana Qay. Una historia muy extraña. Tres caminantes emergieron a toda prisa del agua, pero no se trataba de ningún ataque. Estaban como enloquecidos e iban de un lado a otro aparentemente sufriendo enormes dolores, y de todas sus articulaciones colgaban una especie de sogas pálidas y pegajosas. ¿Qué era?

—En la costa de Nueva Atlántida ha encallado hoy un acorazado muerto. La *Navaja Solar* avistó otro espécimen muerto en su patrulla occidental. Estaba pudriéndose en el agua. Varias especies desconocidas lo estaban haciendo pedazos.

—La *Espada Estelar* se desplazó ayer a las Cumbres de Fuego y no vio más de media docena de Globos de Fuego. El Consejo de Guardianes está pensando en reanudar los vuelos aéreos en trayectos no muy largos, empezando con las Perlas de la Concha, como prueba. ¿Qué opina de ello, Guardiana Qay? ¿Cree aconsejable que corramos el riesgo o le parece prematuro?

Cada día llegaban nuevos informes y a cada nuevo vuelo de la *Mantícora* Kefira Qay sonreía más ampliamente. Pero Haviland Tuf seguía callado e impasible.

Cuando ya llevaban treinta y cuatro días de guerra, el jefe de Guardianes Lysan habló con ella.

—Bueno, hoy se ha encontrado otro acorazado muerto. Debió ser toda una batalla. Nuestros científicos han estado analizando los restos contenidos en su estómago y al parecer se había estado alimentando exclusivamente de orcas y kraken azules.

Kefira Qay torció levemente el gesto y luego se encogió de hombros.

—En Boreen encalló hoy un kraken gris —le dijo unos cuantos días después el Jefe de Guardianes Moen—. Los habitantes se quejan del olor e informan que presenta huellas gigantescas de mordiscos circulares. Es obvio que se trata de un acorazado, pero debe ser mucho más grande de lo habitual. —Qay se removió incómoda al oír esa noticia.

—Todos los tiburones parecen haberse esfumado del Mar Ambarino. Nuestros biólogos no encuentran ninguna explicación válida para ello. ¿Qué opina? Pregúntele a Tuf, ¿quiere? —Kefira Qay escuchaba en silencio, sintiendo algo parecido al temor.

—Una noticia muy extraña para ustedes. Se ha visto algo moviéndose por la Fosa Coterina. Tenemos informes tanto de la *Navaja Solar* como del *Cuchillo Celeste* y también varias confirmaciones de patrullas aéreas. Dicen que es algo enorme, una auténtica isla viviente, que se lo lleva todo a su paso. ¿Es algo suyo? Si lo es, puede que hayan cometido un error de cálculo. Dicen que se está comiendo a las barracudas, a las agujas terrestres y a las navajas a millares. —Kefira Qay no supo qué responder.

—Otra vez se han visto globos de fuego en las cercanías de Playa Mullidor, a centenares. No sé si debo creer en los informes pero dicen que las mantas de aguijón pasan junto a ellos sin hacerles caso. ¿Creen que...?

—Hemos vuelto a divisar parientes de los acorazados, ¿increíble, no? Creíamos que se habían extinguido. Hay montones y se están comiendo a las especies más pequeñas de Tuf como si nada. Tienen que...

—Se han divisado acorazados utilizando sus chorros de agua para derribar del cielo a los aulladores...

—Algo nuevo, Kefira, un volador... bueno, quizá sería mejor decir una especie de planeador. Hay enjambres enteros de ellos y remontan el vuelo desde la espalda de los globos de fuego. Ya han derribado tres naves y las mantas no pueden competir con ellos...

—... se acabó, se lo repito, ya no queda ni una, esas cosas que se escondían entre las nubes han muerto todas. Los globos las están haciendo pedazos, el ácido no les afecta, están viniendo a montones...

—... más avispas acuáticas muertas, centenares de ellas, miles, dónde están...

—... otra vez caminantes. Castillo del Alba ya no emite, creo que ha sido destruida por ellos. No podemos entenderlo. La isla estaba rodeada de encaje sangriento y colonias de medusas. Tendría que haber resistido, a menos que...

—... Playa Indigo lleva una semana sin emitir...

—... treinta, cuarenta globos de fuego en los alrededores de Cabben. El Consejo teme que...

—... no hay noticias de Lobbadoon...

—... un pez fortaleza muerto, tan grande como media isla...

—... los acorazados se metieron dentro del puerto y...

—... caminantes...

—... Guardiana Qay, hemos perdido a la *Espada Estelar*, creemos que ha sido encima del Mar Ártico. La última transmisión era muy confusa pero pensamos...

Kefira Qay se puso en pie, casi temblando, y giró en redondo para huir de la sala de comunicaciones y de todas sus pantallas que balbuceaban informes de muerte, destrucción y derrota. Haviland Tuf estaba inmóvil ante ella, su rostro pálido e impasible, con *Ingratitud* plácidamente sentada en su hombro izquierdo.

—¿Qué está pasando? —le preguntó la Guardiana.

—Guardiana, había creído que le resultaría obvio a cualquier persona de una inteligencia normal. Estamos perdiendo. Puede que ya nos hayan derrotado.

Kefira Qay luchó heroicamente para no gritar.

—¿No piensa hacer nada? ¿No piensa contraatacar? Todo es culpa suya, Tuf. No es un ingeniero ecológico. Es un simple comerciante que ni tan siquiera sabe lo que está haciendo. Ésa es la razón de que...

Haviland Tuf alzó la mano pidiendo silencio.

—Por favor —dijo—, ya he tolerado considerables vejaciones por su parte y no deseo ser aún más insultado. Soy un hombre tranquilo, de ánimo benevolente y amable, pero incluso yo puedo acabar cediendo a la ira si la provocación es suficiente para ello. En estos momentos se está acercando a dicho punto. Guardiana, no pienso aceptar ninguna responsabilidad en lo tocante a este desafortunado rumbo de los acontecimientos. Esta apresurada guerra biológica en la cual nos hemos comprometido no fue idea mía. Fue su poco civilizado ultimátum el que me obligó a cometer ciertos actos, no muy inteligentes, para aplacarla con ellos. Por suerte, mientras usted ha pasado las noches regocijándose ante victorias tan ficticias como pasajeras, yo he continuado mi trabajo. He trazado el mapa de su mundo en mis ordenadores y en ese gráfico he ido observando las múltiples etapas por las cuales ha pasado dicha guerra. He duplicado su biosfera en uno de mis tanques de mayor tamaño y he sembrado en él muestras de vida namoriana clonadas a partir de especímenes muertos, un pedazo de tentáculo por aquí y un fragmento de caparazón por allá. He observado lo que ocurría, lo he analizado y por último he logrado llegar a ciertas conclusiones. Por supuesto que siguen siendo provisionales pero lo que ahora está ocurriendo en Namor tiende a confirmar mi hipótesis. Por todo ello, Guardiana, le pido que cese en sus intentos difamatorios. Tras una refrescante noche de sueño bajaremos a Namor y una vez allí intentaré poner fin a su guerra.

Kefira Qay se le quedó mirando sin apenas atreverse a creer que sus temores pudieran ceder nuevamente paso a la esperanza.

—Entonces, ¿tiene la respuesta?

—Ciertamente. ¿No ha quedado claro por mis palabras anteriores?

—¿De qué se trata? —le preguntó ella—. ¿Algunas criaturas nuevas? Quiero decir... ha estado clonando algo, ¿no? ¿Es alguna plaga? ¿Algún monstruo?

Haviland Tuf alzó nuevamente la mano.

—Paciencia. Antes debo estar seguro. Se ha burlado de mí y no ha dejado de acosarme con tan constante vigor que dudo, una vez llegado el momento, antes de exponerme nuevamente al ridículo por confiarle mis planes. Primero quiero probar su validez. Mañana hablaremos de todo. No habrá vuelo guerrero con la *Mantícora*. En lugar de ello, quiero que vaya a Nueva Atlántida y arregle una sesión plenaria del Consejo de los Guardianes. Por favor, encárguese de transportar a quienes se encuentren en islas demasiado alejadas.

—¿Y usted? —le preguntó Kefira Qay.

—Yo me reuniré con el consejo llegado el momento. Antes debo llevar tanto mis planes como mi criatura a Namor para una misión particular. Creo que iremos en el *Fénix*, sí, creo que el *Fénix* será perfectamente adecuado para conmemorar el resurgimiento de su planeta de entre las cenizas. Es cierto que se trata de cenizas algo húmedas, pero son cenizas de todos modos.

Kefira Qay se reunió con Haviland Tuf en la cubierta de aterrizaje unos instantes antes de la hora fijada para el despegue. La *Mantícora* y el *Fénix* se encontraban en sus soportes de lanzamiento rodeadas por una confusa multitud de naves medio destruidas. Haviland Tuf estaba tecleando con rapidez en un miniordenador que llevaba abrochado a la muñeca. Iba cubierto con una especie de gabán hecho de vinilo gris, provisto de numerosos bolsillos y unas hombreras más bien aparatosas. Una gorra marrón y verde, en la que brillaba la insignia de los Ingenieros Ecológicos, cubría con una algo pretenciosa inclinación su calva cabeza.

—Ya he hablado con el Control de namor y el Cuartel General de los Guardianes —le dijo Kefira Qay—. El Consejo está reuniéndose. Me encargaré de transportar una media docena de jefes de Guardianes, procedentes de los distritos más alejados, con lo cual todos estarán presentes. ¿Y usted, Tuf? ¿Está preparado? ¿Se encuentra ya a bordo su misteriosa criatura?

—Pronto lo estará —dijo Haviland Tuf con un pestañeo.

Pero Kefira Qay no se dio cuenta de ese gesto, pues no le estaba mirando a la cara sino más abajo.

—Tuf —dijo—, hay algo en su bolsillo. Y se mueve. —Con expresión de incredulidad, Kefira Qay vio como algo reptaba bajo el vinilo gris, formando arrugas en el tejido.

—Ah —dijo Tuf—, ciertamente. —Y entonces la cabeza emergió de su bolsillo, contemplando los alrededores con franca curiosidad. La cabeza pertenecía a un gatito negro como el azabache y provisto de unos brillantes ojos amarillos.

—Un gato —murmuró con cierta amargura Kefira Qay.

—Posee usted una capacidad perceptiva rayana en lo increíble —dijo Haviland Tuf. Sacó nuevamente al gatito de su bolsillo y lo sostuvo en su blanca manaza, mientras le rascaba detrás de la oreja—. Éste es *Dax* —dijo con voz solemne. *Dax* tenía apenas la mitad del tamaño de sus congéneres aún no adultos y se parecía mucho a una bolita de pelo negro, aunque tenía un aspecto curiosamente flácido e indolente.

—Maravilloso —replicó la Guardiana—. ¿*Dax*, eh? ¿De dónde ha salido éste...? No, no es preciso que me responda, ya puedo adivinarlo. Tuf, ¿no tenemos por hacer cosas mucho más importantes que ir jugando con gatos?

—No me lo parece —dijo Haviland Tuf—. Guardiana, no aprecia usted a los gatos en la medida suficiente. Son las más civilizadas de todas las criaturas y no puede llamarse auténticamente civilizado a un mundo sin gatos. ¿Ya sabe usted que desde épocas inmemoriales todos los gatos han poseído ciertos poderes psíquicos. ¿Sabía que ciertas culturas de la Vieja Tierra los adoraban como a dioses?

—Por favor —le dijo ella con irritación—. No tenemos tiempo para una discusión sobre gatos. ¿Piensa llevar con usted a esa pobre criatura hasta Namor?

Tuf pestañeó.

—Ciertamente. Esta pobre criatura, tal y como usted la ha calificado despectivamente, es la salvación de Namor y creo que, dadas las circunstancias, quizá se imponga tenerle un cierto respeto.

Kefira Qay le miró como si se hubiera vuelto loco.

—¿Qué? ¿Eso? ¿Él? Quiero decir... ¿*Dax*? ¿Está hablando seriamente? Debe ser una broma, ¿no? Deber ser una broma de mal gusto, una locura. Debe tener algo dentro del *Fénix*, algún inmenso leviatán capaz de limpiar el mar de esos acorazados, algo, cualquier cosa, no sé. Pero no puede referirse a... no puede referirse a... a eso.

—Pues sí, me refiero a él —dijo Haviland Tuf—. Guardiana, me resulta francamente agotador verme obligado una y otra vez a proclamar lo obvio. Dada su insistencia les proporcioné krakens, mantas de aguijón y encaje sangriento, pero no han resultado eficaces. Por lo tanto, y después de haberlo meditado mucho, he clonado a *Dax*.

—Un gatito —dijo ella—. Piensa utilizar un gatito contra los acorazados, los globos de fuego y los caminantes. ¡Un minúsculo gatito!

—Ciertamente —dijo Haviland Tuf. La contempló durante unos segundos con el ceño fruncido, confinó nuevamente a *Dax* en el interior de su inmenso bolsillo y le dio la espalda, dirigiéndose hacia el *Fénix* que permanecía esperándole.

Kefira Qay se estaba poniendo muy nerviosa. Los veinticinco jefes Guardianes que dirigían la defensa de todo Namor, estaban también empezando a inquietarse después de largas horas de espera en la Torre del Rompeolas, en Nueva Atlántida. De hecho, algunos llevaban ya todo el día en las estancias del consejo. La gran mesa de conferencias estaba atestada de listados, comunicadores personales y vasos de agua vacíos. Ya se habían servido dos comidas y luego se habían eliminado sus restos. El Jefe Alis estaba hablando con voz apremiante y altiva al jefe Lysan, delgado y de expresión austera, junto a la gran ventana curva que dominaba el extremo más alejado de la estancia. Ambos comenzaron a mirar de vez en cuando a Kefira Qay en forma bastante significativa. A su espalda el sol empezaba a ocultarse y la gran ensenada se teñía de escarlata. La escena era tan bella que resultaba difícil prestar atención a los puntitos brillantes, cada uno de los cuales correspondía a una de las naves de los Guardianes, que patrullaban incesantemente.

Ya casi era de noche, los miembros del consejo se removían con gruñidos de impaciencia en sus grandes sillones acolchados y Haviland Tuf no había hecho aún acto de presencia.

—¿Cuándo dijo que estaría aquí? —le preguntó por quinta vez el jefe Khem.

—No fue demasiado preciso al respecto, jefe de Guardianes —le replicó con cierta inquietud, también por quinta vez, Kefira Qay.

Khem frunció el ceño y tosió levemente.

De pronto uno de los comunicadores empezó a zumbar y el jefe Lysan lo cogió sin perder ni un segundo.

—¿Sí? —dijo—. Entiendo. Muy bien. Escóltenle hasta aquí —dejó nuevamente el comunicador sobre la mesa y golpeó levemente el borde con la mano, pidiendo silencio. Los demás miembros del consejo ocuparon sus asientos, interrumpieron sus conversaciones y se irguieron para prestar atención. En la gran estancia reinó el silencio más completo—. Era la patrulla. La nave de Tuf ha sido divisada. Me alegra poder informarles de que ya viene. —Y, mirando a Kefira Qay, añadió—: Por fin.

La Guardiana se sintió todavía más nerviosa. Ya resultaba bastante malo que Tuf les hubiera hecho esperar, pero empezaba a temer horrores al instante de su entrada en la sala con *Dax* asomando de su bolsillo. Qay no había logrado encontrar palabras con las que informar a sus superiores de que Tuf se proponía salvar Namor con un gatito negro. Se removió en su asiento, acariciándose con nerviosismo las prominentes aristas de su nariz. Tenía la impresión de que iba a pasar un mal rato.

La cosa fue mucho peor de lo que se había imaginado.

Todos los jefes de Guardianes esperaban, rígidos y silenciosos, con la mirada fija en las puertas. Éstas se abrieron y Haviland Tuf cruzó el umbral, escoltado por cuatro guardias armados que vestían monos dorados. Tenía un aspecto lamentable. Al caminar sus botas emitían húmedos ruidos de succión y su gabán estaba cubierto de barro. Tal y como había pensado, *Dax* asomaba de su bolsillo izquierdo con las patas fuera y sus grandes ojos examinando cuanto le rodeaba. Pero los jefes de Guardianes no estaban mirando al gatito. Bajo el otro brazo, Haviland Tuf llevaba una roca fangosa que tendría el tamaño aproximado de una cabeza humana. La roca estaba cubierta por una gruesa capa de barro marrón verdoso y un reguero de agua fluía de ella para caer sobre la lujosa alfombra.

Sin decir palabra Tuf se encaminó directamente hacia la mesa de conferencias y dejó la roca en su centro. En ese momento Kefira Qay distinguió los tentáculos, pálidos y delgados como hilos, y se dio cuenta de que no era una roza, después de todo.

—¡Una concha de fango! —dijo en voz alta, sorprendida. No resultaba extraño que hubiera sido incapaz de reconocerla al principio. Había visto muchas con anterioridad; pero no hasta después de ser lavadas y hervidas y de que les hubieran quitado los anillos. Normalmente se las servía con un martillo y un cincel para abrir el caparazón, que tenía una consistencia parecida a la del hueso, acompañándolas con mantequilla derretida y especias.

Los Jefes Guardianes contemplaron el objeto con asombro durante unos instantes y luego empezaron a hablar todos a la vez, con lo que la cámara del consejo se convirtió en una ininteligible confusión de voces superpuestas.

—... es una concha de fango, no comprendo...

—¿Qué significa todo esto?

—Nos hace esperar todo el día y luego se presenta ante nosotros cubierto de barro y porquería. La dignidad del consejo está...

—... oh, debe hacer unos dos años que no he comido...

—... es imposible que ése sea el hombre que va a salvarnos...

—... está loco, no hace falta más que...

—... tiene algo en el bolsillo, ¿qué es? ¡Mirad! ¡Dios mío, se ha movido! Os digo que está vivo, vi cómo...

—¡Silencio! —La voz de Lysan atravesó el tumulto como un cuchillo. La estancia fue acallándose a medida que los jefes de Guardianes se volvían hacia él, uno a uno—. Nos hemos reunido atendiendo a su petición —le dijo Lysan con cierto sarcasmo a Tuf—. Esperábamos que nos traería una respuesta y en vez de eso, aparentemente, nos ha traído la cena.

Alguien se rió al otro extremo de la mesa.

Haviland Tuf contempló con el ceño fruncido sus manos embarradas y luego se las limpió con gestos lentos y delicados en su gabán. Sacó a *Dax* de su bolsillo y depositó el aletargado cachorro negro sobre la mesa. *Dax* bostezó, se estiró minuciosamente y luego fue hacia el jefe de Guardianes más próximo, el cual le contempló con ojos horrorizados y se apresuró a retirar lo más posible su asiento de la mesa. Tuf, mientras tanto, se había quitado su enorme gabán, que chorreaba de agua y fango y, tras buscar un sitio donde guardarlo, acabó colgándolo del rifle láser de uno de sus guardianes. Sólo entonces se volvió hacia la mesa de conferencias.

—Estimados Jefes de Guardianes —dijo—, lo que contemplan ante ustedes no es precisamente la cena y en esa misma actitud es donde se encuentra la raíz de todos sus problemas. Es el embajador de la raza que comparte Namor con ustedes y su nombre, lamentablemente, está mucho más allá de mis miserables capacidades. Su gente se enfadaría muchísimo si se lo comieran.

Finalmente alguien le trajo un mazo a Lysan y éste lo empleó durante el tiempo necesario y con tal contundencia que logró atraer la atención de todos y el tumulto fue acallándose lentamente. Haviland Tuf había permanecido impasible durante el griterío, con los brazos cruzados sobre el pecho y el rostro totalmente carente de expresión. Sólo una vez restaurado el silencio abrió nuevamente la boca.

—Quizá deba explicarme —dijo.

—Está loco —exclamó el Jefe Harvan, mirando alternativamente a Tuf y a la concha de barro—, está loco de remate.

Haviland Tuf cogió a *Dax* de la mesa, se lo puso encima del brazo y empezó a pasarle la mano por el lomo.

—Incluso en nuestro momento de triunfo debemos vernos insultados y sometidos al escarnio —le dijo al gatito.

—Tuf —dijo Lysan desde la cabecera de la mesa—, lo que sugiere es imposible. Hemos explorado Namor con bastante detalle en el siglo que llevamos aquí y estamos seguros de que no hay en él razas inteligentes. No hay ciudades, no hay caminos, no hay señales de ninguna civilización ni tecnología anterior a la nuestra, no hay ruinas ni artefactos. No hay nada, ni encima del mar ni debajo de él.

—Lo que es más —dijo una mujer entrada en carnes y de cara rojiza—, es imposible que las conchas de fango sean inteligentes. Concedo que poseen cerebros del tamaño de un ser humano, pero eso es todo lo que tienen. Carecen de ojos, orejas y narices, no tienen prácticamente ningún equipo sensorial salvo el necesario para el tacto. Lo único que poseen como órganos para la manipulación son esos anillos y son tan débiles que, apenas si bastarían para levantar un guijarro. De hecho, sólo sirven para anclar sus cuerpos en el lecho marino. Son hermafroditas y francamente poco evolucionadas, siendo capaces de movimiento sólo durante su primer mes de vida, antes de que su caparazón se endurezca y adquiera el peso de la etapa adulta. Una vez que se enraízan en el fondo y se cubren de barro no vuelven a moverse nunca más. Se quedan en el mismo sitio durante cientos de años.

—Durante millares —dijo Haviland Tuf—, pues son criaturas de una longevidad más que notable. Todo lo que ha dicho es indudablemente correcto, pero las conclusiones que saca de tales hechos son erróneas. Han dejado que les cegara la belicosidad y el temor. Si hubieran intentado no dejarse arrastrar por su situación personal y se hubieran tomado el tiempo necesario para pensar lo suficiente, tal y como hice yo, no tengo ni la menor duda de que incluso para sus mentes militares habría resultado obvio que no se hallaban ante una catástrofe natural. Sólo las maquinaciones de alguna inteligencia hostil podían explicar de un modo satisfactorio el trágico curso de los acontecimientos en Namor.

—No pretenderá hacernos creer que... —empezó a decir alguien.

—Caballeros —le interrumpió Haviland Tuf—, tengo la esperanza de que me escuchen y si dejan de hablar a la vez se lo explicaré todo. Entonces podrán escoger entre creerme o no, según sea su capricho. En tal caso, tomaré lo que se me debe y partiré. —Tuf miró a *Dax*—. Idiotas, *Dax*. Estamos rodeados de idiotas vayamos, adonde vayamos. —Luego se giró hacia los Jefes de Guardianes y prosiguió—. Tal y como ya he dicho, estaba claro que alguna inteligencia se encontraba detrás de todo esto y la dificultad era encontrar de qué inteligencia se trataba. Estuve examinando el trabajo de sus biólogos, tanto vivos como ya fallecidos; leí todo lo que pude hallar sobre su flora y fauna y recreé a bordo del *Arca* bastantes formas de vida nativa. No me pareció que entre ellas se encontrara ningún candidato a dicho papel, ya que las señales típicas de la vida inteligente incluyen un cerebro más bien grande, sofisticados sensores biológicos, movilidad y algún tipo de órgano manipulador, tal como el pulgar oponible. En ningún lugar de Namor me resultaba posible hallar una criatura de tales características y, pese a ello, mi hipótesis era correcta. Por lo tanto, y dada la carencia de candidatos probables, tuve que concentrarme en los improbables.

»Con tal fin estudié la historia de los problemas actuales y de inmediato hice varios descubrimientos interesantes. Creían que sus monstruos marinos habían emergido de las simas tenebrosas del mar pero, ¿cuál fue el lugar de sus primeras apariciones? En las zonas cercanas a la costa y de poca profundidad, aquellas en las que se practicaba extensamente la pesca y la agricultura marítima. ¿Qué había en común en tales zonas? Ciertamente, y ello debe admitirse, una abundancia desacostumbrada de vida, pero no la misma vida. Los peces que pueblan las aguas de Nueva Atlántida no frecuentan las de Mano Rota. Pero logré encontrar dos excepciones interesantes, dos especies que podían hallarse virtualmente por doquier. Las conchas de fango, yaciendo inmóviles en sus lechos marinos durante el lento paso de los siglos y, en un principio, esos lejanos antepasados de los acorazados actuales. La vieja raza nativa de Namor tiene otro nombre para ellos: les llaman guardianes.

»Una vez hube llegado a tal punto, sólo era cuestión de trabajar en ciertos detalles y confirmar mis sospechas. Podría haber llegado a estas mismas conclusiones mucho antes, de no haber sido por las groseras interrupciones de la oficial de enlace Kefira Qay, quien no dejaba de perturbar mi concentración en el estudio y que acabó obligándome a perder el tiempo, mediante modos refinadamente crueles, en la creación de los kraken grises, las navajas y multitud de criaturas semejantes. En el futuro tendré gran cuidado de rehuir dicho tipo de relaciones en mi trabajo.

»Sin embargo, el experimento no careció por completo de utilidad, pues confirmó mi teoría sobre cuál era la verdadera situación de Namor y ello me espoleó a seguir adelante. Los estudios geográficos me mostraron que la mayor concentración de monstruos se daba en las zonas donde había conchas de fango y los combates más encarnizados se habían dado en tales lugares. Estaba claro que esas criaturas, que tan deliciosamente comestibles le parecen a su gente, eran sus misteriosos enemigos. Más, ¿cómo era posible? Esas criaturas tenían grandes cerebros, cierto, pero les faltaban todos los demás rasgos que asociamos a la inteligencia tal y como la conocemos. ¡Y ése era el centro del enigma! Estaba claro que su inteligencia no era como la que nos es conocida y familiar, pues, ¿qué clase de ser inteligente podría vivir bajo el mar, inmóvil, ciego, sordo y desprovisto de cualquier clase de estimulación sensorial? Estuve meditando en ello y, caballeros, la respuesta es obvia. Una inteligencia como ésa debía poseer medios de contacto con el mundo, que nosotros no tenemos y debía poseer igualmente sus propias formas de sentir y comunicar. Una inteligencia de tal tipo debía ser telepática, ciertamente. Cuanto más lo pensaba más obvio me parecía.

»Por lo tanto, ya sólo quedaba poner a prueba mis conclusiones. Con dicho fin engendré a *Dax*. Caballeros, todos los felinos poseen ciertas trazas de habilidades psiónicas. Hace muchos siglos, en los días de la Gran Guerra, los soldados del Imperio Federal combatieron a enemigos dotados de terribles poderes psi: las Mentes Hranganas y los sobrealmas *githyanki*. Para luchar contra enemigos tan formidables, los ingenieros genéticos tuvieron que acudir a los felinos, aumentando y aguzando enormemente sus habilidades psiónicas y haciéndoles capaces de comunicar extrasensorialmente con los seres humanos. *Dax* pertenece a ese tipo tan especial de felinos.»

—¿Quiere decir que esa cosa nos está leyendo la mente? —le preguntó secamente Lysan.

—Sí, al menos si hay algo que valga la pena leer en ella —dijo Haviland Tuf—. Pero lo más importante de todo es que, mediante *Dax*, pude establecer contacto con esa vieja raza, a la que ustedes han bautizado ignominiosamente como conchas de fango. Una raza totalmente telepática.

»Durante un número incontable de milenios su raza vivió en paz y tranquilidad bajo los mares de este mundo. Son una raza lenta y filosófica y su número se contaba en miles de millones, estando cada individuo unido a los demás, siendo cada uno parte del gran todo racial y, al mismo tiempo, una personalidad propia. En cierto sentido eran inmortales, pues todos compartían las experiencias de todos y la muerte de uno solo no era nada para el todo. Sin embargo, las experiencias no eran algo que abundara demasiado en el mar inmutable y, durante la mayor parte de sus vidas, los individuos de la raza se consagraban al pensamiento abstracto, a la filosofía y a extrañas meditaciones oceánicas que ni ustedes ni yo podemos realmente comprender. Se les podría calificar de músicos silenciosos ya que su raza ha tejido enormes sinfonías de sueños, canciones que nunca tendrán final.

»Antes de que la humanidad llegara a Namor, pasaron millones de años sin tener auténticos enemigos, aunque no siempre había sido así. En los inicios de este húmedo planeta, los océanos estaban llenos a rebosar de seres a los cuales el sabor de los soñadores les parecía tan placentero como a ustedes. Pero, incluso entonces, la raza ya comprendía los principios de la genética y la evolución. Con su gran red de mentes unidas entre sí, fueron capaces de manipular la textura básica de la vida, con mucha más habilidad que cualquier ingeniero genético. Y de ese modo acabaron creando a sus guardianes, formidables predadores con el imperativo biológico de proteger a los seres que ustedes llaman conchas de fango. Eran los antepasados lejanos de los actuales acorazados y, desde el momento de su creación, se encargaron de guardar los lechos de la raza, en tanto que los soñadores volvían a componer sus sinfonías de pensamientos.

»Entonces llegaron los colonos de Acuario y Viejo Poseidón. Perdidos en sus meditaciones los soñadores no se enteraron realmente de tal llegada durante muchos años. Durante este tiempo, los colonos pescaron, cosecharon el mar y descubrieron el sabor de las conchas de fango. ¡Jefes de Guardianes!, deben pensar por unos instantes en lo que representó su descubrimiento para ellos. Cada vez que un miembro de la raza era sumergido en agua hirviente todos compartían sus sensaciones. Para los soñadores fue como si de pronto hubiera evolucionado un predador tan terrible como nuevo, surgiendo de la nada, en un lugar que a ellos les interesaba muy poco. El continente. No tenían ni la menor idea de que pudieran ser inteligentes, ya que no podían concebir una inteligencia capaz de comunicarse por telepatía, del mismo modo que a ustedes les resultaba inconcebible una inteligencia ciega, sorda, inmóvil y comestible. Para ellos, las cosas que se movían y que eran capaces de manipular los objetos, alimentándose de carne, eran meros animales y no podían ser otra cosa.

»El resto ya lo saben o pueden imaginárselo. Los soñadores son una raza lenta, perdida en sus inmensas canciones y su respuesta fue igualmente lenta. Primero se limitaron a ignorarles, creyendo que el ecosistema se encargaría de poner coto a sus rapiñas. Pero no sucedió así y pronto les pareció que estos nuevos depredadores carecían de enemigos naturales. Se reproducían de un modo constante y veloz y muchos millares de mentes de la raza cayeron en el silencio. Finalmente tuvieron que volver a los saberes casi olvidados de su lejano pasado y despertaron para protegerse a sí mismos. Aceleraron la reproducción de sus guardianes, hasta que encima de sus lechos marinos hubo auténticos enjambres de sus protectores, pero esos seres, que en el pasado tan admirablemente se habían bastado para defenderles de sus enemigos, no era un rival adecuado para ustedes. Y de ese modo no les quedó más remedio que tomar nuevas medidas. Sus mentes dejaron a un lado la gran sinfonía y, formando un todo, examinaron la situación y la comprendieron. Después empezaron a crear nuevos guardianes, guardianes lo bastante temibles como para protegerles de esta nueva y terrible némesis. Así empezó todo. Cuando el *Arca* llegó a su planeta, Kefira Qay me obligó a desencadenar sobre su pacífico dominio una multitud de nuevas amenazas y los soñadores se vieron obligados a

314

retroceder. Pero la lucha les había hecho más rápidos y su respuesta no tardó en llegar. En un corto lapso de tiempo empezaron a soñar nuevos guardianes y los enviaron al combate contra las criaturas que yo había dejado sueltas en Namor. Incluso ahora, cuando les estoy hablando en esta imponente torre del Consejo, una terrible multitud de nuevas especies se agita bajo los océanos y no tardarán en turbar su descanso durante los años venideros. A no ser, naturalmente, que se firme la paz. Esa decisión es totalmente suya. Yo no soy más que un humilde ingeniero ecológico y no se me ocurriría, ni en sueños, imponerles una cosa u otra. Sin embargo, ésa es mi sugerencia, y la hago con todo el fervor y la convicción de que soy capaz. Aquí tienen al embajador que yo personalmente he sacado del mar y bien podría añadir que al precio de bastantes incomodidades. Los soñadores se encuentran ahora más bien inquietos, pues cuando sintieron a *Dax* entre ellos, mediante su mente, entraron en contacto con la mía, su universo se hizo repentinamente un millón de veces más grande. Hoy mismo han descubierto las estrellas y, aún más, que no se encuentran solos en el cosmos. Creo que se mostrarán razonables, dado que la tierra no les sirve de nada y el pescado no les parece un alimento digno de tal nombre, con *Dax* y conmigo aquí presentes, ¿podemos empezar la conferencia?

Pero cuando Haviland Tuf se calló hubo un largo intervalo de silencio. Los jefes de Guardianes permanecían inmóviles, con el rostro lívido y aturdido. Uno a uno fueron desviando la mirada de los impasibles rasgos de Tuf y acabaron posándola en el caparazón fangoso, en el ser que reposaba sobre la mesa.

Y, finalmente, Kefira Qay logró hablar.

—¿Qué quieren? —preguntó con voz temblorosa.

—Principalmente —dijo Haviland Tuf—, quieren

dejar de ser considerados como alimento, lo cual me parece una proposición francamente muy comprensible. ¿Qué contestan a ello?

—Dos millones no es suficiente —dijo Haviland Tuf cierto tiempo después, sentado en la sala de comunicaciones del *Arca*. *Dax* estaba tranquilamente instalado en su regazo, aunque le faltaba la acostumbrada y frenética energía de los demás gatitos. En un rincón de la estancia, *Sospecha* y *Hostilidad* se perseguían velozmente entre ellos.

En la pantalla los rasgos de Kefira Qay se torcieron en una mueca de suspicacia.

—¿A qué se refiere? Tuf, ése fue el precio que acordamos. Si está intentando engañarnos...

—¿Engañarles? —Tuf suspiró—. ¿La has oído, *Dax*? Después de todo lo que hemos hecho, se nos sigue agrediendo despreocupadamente con ese tipo de acusaciones desagradables. Sí, desagradables e infundadas, por extraña que parezca esa palabra aplicada a mis acciones. —Miró nuevamente hacia la pantalla—. Guardiana Qay, recuerdo perfectamente cuál fue el precio acordado. Por dos millones de unidades base, me encargué de resolver sus dificultades. Analicé, medité y acabé dando con la teoría capaz de proporcionarles el traductor que tan urgentemente necesitaban. He llegado al extremo de entregarles veinticinco gatos telépatas, cada uno conectado a uno de sus Jefes de Guardianes, para facilitar las comunicaciones que deban tener lugar después de mi marcha. También ello se encuentra incluido en los términos de nuestro acuerdo inicial, ya que resultaba necesario para resolver el problema. Y, dado que en el fondo de mi corazón soy más bien un filántropo que un negociante, por no mencionar mi profunda comprensión de los sentimientos humanos, incluso le he permitido que se quedara con *Estupidez*, dado que éste llegó a encariñarse de modo claramente exagerado con usted por razones que me resultan totalmente incomprensibles. Tampoco pienso exigir precio alguno por ello.

—Entonces, ¿por qué pide tres millones más? —le preguntó Kefira Qay.

—Por un trabajo innecesario que me vi cruelmente obligado a realizar —replicó Tuf—. ¿Desea que le haga una descripción más detallada de dicho trabajo?

—Sí, me gustaría mucho que me la hiciera —dijo ella.

—Muy bien. Por los tiburones, las barracudas y los pulpos gigantes. Por las orcas, los kraken grises y los kraken azules; por el encaje sangriento y las medusas. Veinte mil unidades por cada uno. Por los peces fortaleza, cuarenta mil. Por la hierba-que-llora-y-susurra, ochenta... —Y así continuó durante un tiempo muy, muy largo.

Una vez hubo terminado Kefira Qay apretó los labios con firmeza y dijo:

—Someteré su factura al Consejo de los Guardianes. Pero puedo decirle ahora mismo que sus peticiones me parecen injustas y desorbitadas y que nuestra balanza comercial no es lo suficientemente buena como para permitir semejante salida de divisas fuertes. Puede esperar en órbita durante un centenar de años, Tuf, pero no conseguirá cinco millones.

Haviland Tuf alzó las manos en un ademán de rendición.

—Ah... —dijo—. De modo que una vez más, por culpa de mi natural confianza en los otros, debo sufrir una pérdida... entonces, ¿no recibiré mi paga?

—Dos millones —dijo la Guardiana—. Tal y como fue acordado.

—Supongo que podía resignarme a esta decisión, tan cruel como falta de ética, y aceptarla como una de las duras lecciones de la vida. Muy bien, así sea. —Acarició lentamente a *Dax*—. Se ha dicho una y otra vez que quienes no saben aprender de la historia están condenados a repetirla y el único culpable de este desdichado giro de los acontecimientos soy yo mismo. Vaya, pero si hace tan sólo unos cuantos meses estuve contemplando un drama histórico sobre una situación análoga a la actual. En el drama se veía a una sembradora como la mía que libraba a un pequeño planeta de una molestísima plaga, sólo para computar que el ingrato gobierno de dicho planeta se negaba a pagar. Si hubiera sido más inteligente, eso me habría enseñado a exigir mi pago por adelantado. —Suspiró—. Pero no fui inteligente y por ello ahora debo sufrir las consecuencias —acarició nuevamente a *Dax* y guardó silencio durante unos instantes—. Puede que a su Consejo de Guardianes le interese contemplar dicha cinta por razones de pura y simple distracción. Se trata de un holograma totalmente dramatizado. La interpretación es buena y además proporciona fascinantes perspectivas sobre el poder y las capacidades de una nave como ésta. Me pareció altamente educativo. Su título es *La sembradora de Hamelin*.

Naturalmente, le pagaron.

4

Una segunda ración

Era más una costumbre que una afición y, desde luego, no se trataba de algo adquirido deliberadamente o por pura malicia. Sin embargo, lo indudable era que Haviland Tuf no podía librarse ya de ese rasgo de su carácter. Coleccionaba naves espaciales.

Quizás hubiera resultado más preciso decir que acumulaba naves espaciales. Lo innegable era que el sitio para ello no le faltaba. Cuando Tuf puso por primera vez el pie en el *Arca* encontró en su interior cinco lanzaderas negras con alas triangulares; el casco medio destrozado de un mercante de Rhiannon, con su típico vientre protuberante, y tres naves alienígenas: un caza Hruun, fuertemente armado y otras dos naves mucho más extrañas, cuyas historias y constructores seguían siendo un enigma para él. A esa abigarrada flota se había añadido el estropeado navío mercante del propio Tuf, la *Cornucopia de Mercancías Excelentes a Bajos Precios*.

Eso fue solamente el principio. En sus viajes, Tuf no tardó en descubrir que las naves se iban acumulando en su cubierta de aterrizaje, al igual que el polvo se acumula bajo la consola de un ordenador y los papeles parecen reproducirse sobre el escritorio de un burócrata.

En Puerto Libre el monoplaza del negociador había

resultado tan estropeado por el fuego del enemigo, al forzar el bloqueo impuesto, que Tuf no tuvo otro remedio que transportarlo, durante el regreso, en su lanzadera *Mantícora*. Naturalmente, lo hizo una vez hubo concluido el contrato. De ese modo adquirió otra nave.

En Gonesh los sacerdotes del dios elefante jamás habían visto un elefante. Tuf se encargó de clonar para ellos unos cuantos rebaños y, para luchar contra la monotonía, incluyó en su entrega unos cuantos mastodontes, un mamut lanudo y un colmillo de trompeta de Trigya. Los goneshi, que deseaban no tener ningún contacto comercial con el resto de la humanidad, habían pagado su factura con la flota de viejas espacionaves, en las que sus antepasados habían llegado para colonizar el planeta. Tuf había logrado vender dos de las naves a los museos y el resto de la flota había ido a parar al desguace pero, siguiendo un capricho momentáneo, se quedó con una.

En Karaleo había logrado vencer al Señor del Orgullo Dorado Calcinado por la Llama en una apuesta consistente en beber más que el contrario y había ganado una lujosa nave-león como premio a sus esfuerzos, aunque el perdedor había tenido el poco generoso detalle de quitar casi todos los adornos de oro sólido que había en el casco antes de entregársela.

Los Artífices de Mhure, que se enorgullecían desusadamente de sus obras, habían quedado complacidos con las astutas dragoneras, que Tuf les había entregado para poner freno a su plaga de ratas aladas, y le entregaron una lanzadera de hierro y plata en forma de dragón con enormes alas de murciélago.

Los Caballeros de San Cristóbal, cuyo mundo sede había perdido gran parte de sus encantos, debido a las depredaciones infligidas en él por enormes saurios volantes a los que llamaba dragones (en parte por lo solemne de tal nombre y en parte debido a una auténtica falta de imaginación), habían acabado igualmente complacidos cuando Tuf les proporcionó a los jorges, unos diminutos simios sin vello a quienes nada les gustaba más que atracarse con huevos de dragón. Por lo tanto, los caballeros le habían entregado una nave que se parecía a un huevo hecho de piedra y madera. Dentro de la yema había unos cómodos asientos recubiertos con cuero de dragón pulido al aceite, cien fantásticas palancas de latón y un mosaico de cristales esmerilados allí donde habría debido encontrarse la telepantalla. Los muros de madera estaban adornados con ricos tapices hechos a mano, representando grandes hazañas de los caballeros. Naturalmente, la nave jamás podría funcionar. En la pantalla no podía verse nada, las palancas no producían el menor efecto si se las movía y los sistemas de apoyo vital eran incapaces de cumplir dicha misión. Sin embargo, Tuf la aceptó.

Y, de este modo, había ido recogiendo una nave aquí y otra allá hasta que su cubierta de aterrizaje empezó a parecer un basurero estelar. Por ello, cuando Haviland Tuf decidió volver a S'uthlam, pudo escoger entre una amplia gama de naves.

Hacía mucho tiempo que había llegado a la conclusión de que volver en el *Arca* no resultaría muy inteligente. Después de todo, cuando había salido del sistema s'uthlamés lo había hecho con la Flota Defensiva Planetaria detrás de él, francamente decidida a confiscar su sembradora. Los s'uthlameses eran un pueblo altamente avanzado y provisto de una tecnología muy sofisticada que, sin duda alguna, habrían conseguido hacer sus naves de guerra mucho más veloces y peligrosas en los cinco años que Tuf llevaba sin visitarles. Por lo tanto, parecía imponerse una discreta exploración inicial y, afortunadamente, Haviland Tuf se tenía por un verdadero maestro del disfraz.

Desconectó el hiperimpulso del *Arca* en la fría oscuridad del espacio interestelar, a un año luz de S'ulstar, y bajó a la cubierta de aterrizaje para inspeccionar su flota. Acabó decidiéndose por la nave-león. Era grande y rápida, tanto su sistema de impulso estelar como los de apoyo vital estaban en buenas condiciones y Karaleo se encontraba lo bastante lejos de S'uthlam como para hacer improbable el comercio entre dos mundos, con lo cual los posibles fallos que cometiera en el curso de su impostura pasarían seguramente inadvertidos. Antes de partir, Haviland Tuf tiñó su lechosa piel, se puso una barba rojo dorada y una desordenada melena del mismo color, pegó sobre sus ojos unas cejas de aire más bien feroz y envolvió su ventrudo e imponente corpachón con todo tipo de pieles multicolores (sintéticas) y cadenas de oro (que en realidad eran meras imitaciones de latón) hasta llegar a parecerse, como una gota de agua a otra, a un noble de Karaleo. La mayor parte de sus gatos permanecieron sanos y salvos en el *Arca*, pero se llevó a *Dax*, el gatito telépata de color negro e inmensos ojos dorados, metiéndolo en uno de sus profundos bolsillos. Le dio a su nave un nombre verosímil y adecuado, la llenó hasta los topes con hongos estofados, que antes había liofilizado, escogió dos barriles de la espesa Malta de San Cristóbal, programó el ordenador con algunos de sus juegos favoritos y emprendió el viaje.

Cuando apareció en el espacio normal cerca del globo de S'uthlam y sus enormes muelles orbitales, Tuf fue interpelado de inmediato. En la enorme pantalla de la sala de control (a la cual se le había dado la forma de un gran ojo, otra interesante afectación típica de Karaleo) aparecieron los rasgos de un hombrecillo con aire de cansancio.

—Aquí Control de la Casa de la Araña, Puerto de S'uthlam —dijo a modo de identificación—. Le tenemos en pantalla, mosca. Identificación, por favor.

Haviland Tuf extendió la mano activando su comunicador.

—Aquí el *Feroz Rugidor del Veldt** —dijo con voz impasible y carente de toda inflexión—. Deseo que se me asegure permiso para atracar.

—Menuda sorpresa —dijo el encargado de control con aburrido sarcasmo—. Muelle cuatro-treinta-siete. Corto. —Su rostro fue reemplazado por un diagrama en el cual se indicaba la posición del muelle en relación al resto de la estación orbital. Luego la transmisión se interrumpió.

Una vez hubo atracado, un equipo de aduanas subió a bordo. Una mujer inspeccionó sus bodegas vacías, efectuó luego una tan rápida como rutinaria comprobación de que su rara nave no iba a explotar, a fundirse o a causar cualquier otro tipo de daño a la estación y recorrió rápidamente los pasillos en busca de alimañas. Mientras tanto Tuf fue largamente interrogado sobre su punto de origen, su destino, el negocio que le traía a S'uthlam y otros dos detalles particulares de su viaje. Sus respuestas, todas ellas falsas, fueron introducidas en un ordenador de bolsillo. Ya casi habían terminado, cuando *Dax* emergió con aire adormilado del bolsillo de Tuf y clavó sus ojos en la inspectora de aduanas.

—¿Qué? —dijo ella, sobresaltada, poniéndose en pie tan abruptamente que casi dejó caer el ordenador.

El gatito (que en realidad era ya casi un gato pero seguía siendo el más joven de todos los que Tuf poseía) tenía un largo y sedoso pelaje, tan negro como los abismos del espacio, unos brillantes ojos dorados y una curiosa indolencia en todos sus movimientos. Tuf lo sacó del bolsillo, lo puso sobre su brazo y le acarició.

—Es *Dax* —le dijo a la inspectora. Los s'uthlameses

* En Sudáfrica, extensión de tierra llana cubierta de hierba y en la cual prácticamente no hay árboles. *(N. del T.)*

tenían la desconcertante costumbre de considerar a todos los animales como alimañas y Tuf no deseaba que la inspectora actuara de modo precipitado al respecto—. Es totalmente inofensivo, señora.

—Ya sé lo que es —le respondió ella secamente—. Manténgalo bien lejos de mí. Si decide lanzarse a mi cuello se meterá en un buen apuro, mosca.

—Ciertamente —dijo Haviland Tuf—. Haré cuanto esté en mi mano para controlar su ferocidad.

La inspectora pareció algo aliviada.

—¿No es más que un gato pequeño, verdad? ¿Cómo se les llama... gatines?

—Posee usted un astuto conocimiento de la zoología —replicó Tuf.

—No tengo ni idea de zoología —dijo la inspectora de aduanas, apoyando la espalda en su asiento y aparentemente más tranquila—, pero de vez en cuando miro los programas de vídeo.

—Entonces, no me cabe duda de que habrá visto algún programa educativo —dijo Tuf.

—Qué va —replicó la mujer—, nada de eso, mosca. Me gustan más los de aventuras y romances.

—Ya veo —dijo Haviland Tuf—. Y supongo que en uno de tales dramas debía figurar un felino, ¿verdad?

Ella asintió y en ese mismo instante su colega emergió por la escotilla.

—Todo limpio —dijo la otra inspectora. Entonces vio a *Dax*, instalado cómodamente en los brazos de Tuf, y sonrió—. Vaya, una alimaña gato —dijo con voz despreocupada—. Es bastante gracioso, ¿verdad?

—No dejes que te engañe —dijo la primera inspectora de aduanas, advirtiéndola—. Se muestran amables y suaves y en un abrir y cerrar de ojos te pueden arrancar los pulmones a zarpazos.

—Parece bastante pequeño para eso —dijo su compañera.

—¡Ja! Recuerda el que salía en *Tuf y Mune*.

—*Tuf y Mune* —repitió Haviland Tuf sin el menor asomo de expresión en su voz.

La segunda inspectora tomó asiento junto a la primera.

—*El Pirata y la Maestre del Puerto* —añadió.

—Él era el implacable señor de la vida y de la muerte y viajaba en una nave tan grande como el sol. Ella era la reina araña, desgarrada entre el amor y la lealtad. Juntos cambiaron el mundo —dijo la primera inspectora.

—Si le gustan ese tipo de cosas puede alquilarlo en la Casa de la Araña —le explicó la segunda inspectora—. Además, sale un gato.

—Ciertamente —dijo Haviland Tuf, pestañeando. *Dax* empezó a ronronear.

Su dique se encontraba a cinco kilómetros del eje del muelle, por lo que Haviland Tuf se vio obligado a utilizar un tubotrén neumático para dirigirse al centro del Puerto.

Fue implacablemente oprimido por todos lados. En el tren no había asientos de ninguna clase y tuvo que soportar que un extraño le clavara rudamente el codo en las costillas, la fría máscara de plastiacero de un cibertec, a unos pocos milímetros de su cara y el resbaladizo caparazón de algún alienígena, rozándole la espalda cada vez que el tren reducía la velocidad. Cuando desembarcó fue como si el vagón hubiera decidido vomitar la sobrecarga de seres humanos que había ingerido. La plataforma era un caos de ruido y confusión, en tanto que a su alrededor se apelotonaba un tropel de gente que iba y venía en todas direcciones. Una joven, de baja estatura y rasgos afilados como la hoja de un estilete, agarró sus pieles sin ningún tipo de invitación previa y le sugirió que se dirigieran a un salón sexual. Apenas había logrado Tuf deshacerse de ella cuando se encontró prácticamente encima a un reportero de los noticiarios, equipado con un tercer ojo en forma de cámara, y fue informado de que éste se hallaba realizando un artículo sobre moscas más extrañas de lo habitual y deseaba entrevistarle.

Tuf le apartó de un empujón y se dirigió con ciertas dificultades hacia un puesto que vendía escudos de intimidad. Adquirió uno y lo colgó de su cinturón, consiguiendo con ello un cierto respiro. Cuando le veían los s'uthlameses desviaban cortésmente la mirada al darse cuenta de que tal era su deseo y con ello tuvo libertad para abrirse paso a través del gentío sin ser apenas molestado.

Su primera parada fue en un establecimiento de vídeos. Pidió una habitación con diván, ordenó que le trajeran una ampolla de, la más bien acuosa, cerveza de S'uthlam y alquiló una copia de *Tuf y Mune*.

Su segunda parada fue en la oficina principal del Puerto.

—Caballero —le dijo al hombre sentado tras la consola de recepción—, espero que tenga la amabilidad de contestar a una pregunta. ¿Sigue ocupando Tolly Mune el cargo de Maestre del Puerto en S'uthlam?

El secretario le miró de arriba abajo y lanzó un suspiro.

—Moscas... —dijo con voz algo cansada—. Naturalmente, ¿quién iba a estar si no?

—Ciertamente, quién si no —replicó Haviland Tuf—. Es de la mayor importancia que la vea de inmediato.

—¿Ah, sí? Lo será para usted, pero también lo es para mil personas más. ¿Su nombre?

—Me llaman Weemowet. Vengo de Karaleo y soy propietario de *Feroz Rugido del Veldt*.

El secretario torció levemente el gesto e introdujo los datos en la consola. Luego se volvió a reclinar en su silla flotante, esperando, y unos instantes después meneó la cabeza.

—Lo siento, Weemowet —dijo—. Mamá está muy ocupada y el ordenador nunca ha oído hablar de usted, su nave o su planeta. Puedo conseguirle una cita para dentro de una semana más o menos, siempre que me diga el motivo de la misma.

—No me parece demasiado satisfactorio. Mi asunto es de naturaleza muy personal y preferiría ver a la Maestre de Puerto inmediatamente.

El secretario se encogió de hombros.

—Canta o lárgate, mosca. No se puede hacer otra cosa.

Haviland Tuf reflexionó durante unos instantes y luego se llevó la mano hasta su peluca y dio un tirón. La peluca abandonó su cráneo con un leve ruido de succión y fue seguida prontamente por la barba.

—¡Observe bien! —dijo—. No soy realmente Wee-mowet. Soy Haviland Tuf disfrazado. —Y arrojó peluca y barba sobre la consola.

—¿Haviland Tuf? —dijo el secretario.

—Correcto.

El secretario se rió.

—Ya he visto ese dramón, mosca. Si usted es Tuf, yo soy Stephan Cobalt Northstar.

—Él lleva muerto más de un milenio. Sin embargo, soy Haviland Tuf.

—Pues no se le parece en nada —dijo el secretario.

—Viajo de incógnito, disfrazado bajo la identidad de un noble de Karaleo.

—Oh, claro, lo había olvidado.

—Parece usted tener una memoria muy flaca. ¿Le dirá

a la Maestre de Puerto Mune que Haviland Tuf ha vuelto a S'uthlam y desea hablar con ella inmediatamente?

—No —le replicó con cierta sequedad al secretario—, pero tenga por seguro que esta noche se lo contaré a todos mis amigos durante la orgía.

—Deseo entregarle la cantidad de dieciséis millones quinientas mil unidades base —dijo Tuf.

—¿Dieciséis millones quinientas mil unidades base? —dijo el secretario, impresionado—. Eso es un montón de dinero.

—Posee usted una aguda percepción de lo obvio —dijo Tuf con voz impasible—. He descubierto que la ingeniería ecológica es una profesión altamente lucrativa.

—Me alegro por usted —dijo el secretario y se inclinó hacia adelante—. Bueno, Tuf, Weemowet o como quiera que se llame, todo esto me ha divertido mucho, pero tengo cosas que hacer. Si no recoge su peluca y desaparece de mi vista dentro de unos segundos, tendré que llamar a los de seguridad. —Estaba a punto de extenderse algo más sobre dicho tema pero, de pronto, su consola emitió un zumbido—. ¿Sí? —dijo por el comunicador que llevaba en la cabeza, frunciendo el ceño—. ¡Ah, sí, claro, Mamá. Bueno, es alto, muy alto, como unos dos metros y medio y tiene tanta barriga que resulta casi obsceno verle. Hmmmm... No, un montón de pelo... bueno, al menos tenía un montón hasta que se lo arrancó y lo tiró sobre mi consola. No. Dice que está disfrazado. Sí. Dice que tiene dieciséis millones que darle.

—Dieciséis millones y quinientas mil unidades base —le corrigió Tuf, siempre amante de la precisión.

—Claro. Ahora mismo, Mamá. —Cerró la conexión y miró a Tuf con franco asombro—. Quiere verle. —Extendió la mano y añadió—. Por esa puerta. Con cuidado, en su oficina no hay gravedad.

—Conozco la aversión que siente la Maestre de Puerto hacia la gravedad —dijo Haviland Tuf. Recogió su peluca, ahora inútil, se la metió bajo el brazo, avanzó con tiesa dignidad hacia la puerta que le habían indicado y ésta se abrió para recibirle.

Estaba esperándole en su oficina, flotando en el centro de un revuelto montón de objetos, con las piernas cruzadas y su larga cabellera, color plata y hierro, ondulando perezosa mente alrededor de su delgado y franco rostro como una guirnalda de humo.

—Así que ha vuelto —le dijo al aparecer Tuf en su campo visual como un globo a la deriva.

Haviland Tuf no se encontraba nada cómodo con la ausencia de gravedad. Con cierta dificultad logró aproximarse a la silla para los visitantes, la cual estaba firmemente anclada a lo que habría debido ser el suelo de la oficina, y se ató a ella, cruzando luego sus manos sobre la amplia curva de su estómago. Su peluca, ahora abandonada, empezó a flotar siguiendo las corrientes de aire.

—Su secretario se negó a transmitir mi mensaje —le dijo—. ¿Cómo llegó a sospechar que podía tratarse de mí?

Tolly Mune sonrió.

—¿Qué otra persona era capaz de llamar a su nave *Feroz Rugido del Veldt*? —dijo—. Además, hoy está a punto de cumplirse el plazo de los cinco años y tenía la sensación de que pertenecía usted a ese tipo de personas que siempre son puntuales, Tuf.

—Ya veo —dijo Haviland Tuf. Con deliberada dignidad metió la mano en el interior de sus pieles sintéticas, abrió el cierre de su bolsillo interior y sacó de él una cartera de vinilo en la que se veían encajadas, las hileras de cristales de datos—. Señora, es para mí un sumo placer entregarle la suma de dieciséis millones quinientas mil unidades base, como pago de la primera mitad de la deuda que tengo con el Puerto de S'uthlam en concepto de restauración y aprovisionamiento del *Arca*. Descubrirá que los fondos se hallan sanos y salvos en los más adecuados depósitos financieros de Osiris, ShanDellor, Viejo Poseidón, Ptolan, Lyss y Nuevo Budapest. Los cristales le permitirán acceder a ellos.

—Gracias —dijo ella. Cogió la cartera, la abrió, examinando durante unos segundos su interior y luego la soltó. La cartera ascendió por el aire hasta reunirse con la peluca abandonada—. No sabía muy bien cómo, pero estaba segura de que encontraría usted ese dinero, Tuf.

—Su fe en mi agudeza como negociante me resulta de los más tranquilizadora —dijo Haviland Tuf—. Y ahora, pasando a ese vídeo...

—¿*Tuf y Mune*? ¿Así que lo ha visto?

—Ciertamente —dijo Tuf.

—¡Maldición! —dijo Tolly Mune con una sonrisa algo torcida—. Y bien, Tuf... ¿qué le ha parecido?

—Me siento obligado a confesar que, por razones bastante obvias evocó en mí cierta fascinación enfermiza. La idea de un drama como ése posee un innegable atractivo para mi vanidad, pero su ejecución material dejaba mucho que desear.

Tolly Mune se rió.

—¿Qué le molestó más?

Tuf alzó uno de sus largos dedos.

—Para resumirlo en una sola palabra, la falta de precisión.

Ella asintió.

—Bueno, el Tuf del vídeo pesa más o menos la mitad que usted, diría yo. Además, su rostro posee una movilidad mucho mayor, su modo de hablar no era, ni de lejos, tan envarado y poseía la musculatura de un hilador joven, así como la coordinación de un acróbata, pero al menos le afeitaron la cabeza para aumentar la autenticidad del espectáculo.

—Llevaba bigote —dijo Haviland Tuf—, en tanto que yo no.

—Pensaron que eso le daba un aire más gallardo y aventurero. Si tanto le preocupa, piense en lo que hicieron conmigo. No me importa que le quitaran cincuenta años a mi edad y tampoco que realzaran mi aspecto hasta hacerme parecer una princesa de Vandeen. Pero, ¡esos condenados pechos!

—Sin duda deseaban resaltar al máximo la certeza de que pertenecía usted al reino de los mamíferos —dijo Tuf—. Todo ello podría considerarse como alteraciones menores dirigidas a presentar un espectáculo de mayor interés estético, pero me molestan mucho las salvajes libertades que fueron tomadas en cuanto a mis opiniones y a mi filosofía de la vida, lo cual considero asunto mucho más serio. En particular me molesta y debo discrepar en cuanto a mi discurso final, en el cual opino que el genio de la humanidad, en continua evolución, será capaz de resolver todos los problemas y que eso será efectivamente lo que pase en el futuro, de la misma forma en que la ingeniería ecológica ha liberado a los s'uthlameses, para que, al fin, puedan multiplicarse sin temor ni límite alguno evolucionando hasta lograr la grandeza final de la divinidad. Ello se encuentra en absoluta contradicción con las opiniones de las cuales le hice partícipe por aquel entonces, Maestre de Puerto Mune. Si es capaz de recordar nuestras conversaciones le dije muy claramente que cualquier solución a su problema alimenticio, ya fuera de naturaleza ecológica o tecnológica, debía acabar ineludiblemente no siendo más que un parche momentáneo, caso de que su pueblo siguiera sin practicar algún control de la reproducción.

—Usted era el héroe —dijo Tolly Mune—. No podían consentir que pareciera hablar en contra de la vida, ¿verdad?

—También he encontrado otros defectos en el argumento. Quienes hayan tenido el infortunio de asistir a la emisión de dicho vídeo, habrán recibido una imagen salvajemente distorsionada de lo que sucedió hace cinco años. *Desorden* es una gata inofensiva, aunque algo juguetona, cuyos antepasados llevan siendo animales domésticos desde el amanecer de la historia humana y creo recordar que cuando usted se apoderó traidoramente de ella utilizando un tecnicismo legal y forjando con él un artero plan para obligarme a entregar el *Arca*, tanto ella como yo nos rendimos pacíficamente. No hubo nunca hombre alguno de los servicios de seguridad que fuera hecho pedazos por sus garras y, por descontado, mucho menos seis de ellos.

—Me arañó una vez en la mano —dijo Tolly Mune—. ¿Alguna cosa más?

—Sólo puedo sentir aprobación hacia la política y conducta de Josen Rael y el Alto Consejo de S'uthlam —dijo Tuf—. Es cierto que dicho Consejo y en particular el Primer Consejero Real actuaron de modo poco ético y falto de escrúpulos pero debo proclamar que en ningún momento ordenó Josen Rael que se me sometiera a tortura y que tampoco mató a ninguno de mis felinos para doblegar mi voluntad.

—Tampoco sudaba tanto —dijo Tolly Mune—, jamás llegó a babear. La verdad es que era un hombre bastante decente. —Suspiró—. Pobre Josen...

—Y, finalmente, llegamos al meollo de la cuestión. Sí, ciertamente, el meollo, el punto crucial. Una palabra extraña si uno se toma el tiempo necesario para paladearla, pero totalmente adecuada a la discusión actual. El meollo, Maestre de Puerto Mune, era y es la naturaleza de nuestra apuesta. Cuando traje aquí a mi nave para que fuera reparada y aprovisionada, su Consejo decidió apoderarse de ella. Me negué a venderla y dado que no tenían ningún pretexto legal para confiscar el *Arca*, confiscó a *Desorden* en tanto que alimaña y luego amenazó con destruirla a menos que yo sellara con mi pulgar el documento de transferencia. ¿Le parece esencialmente correcto todo lo anterior?

—Me lo parece —dijo Tolly Mune con una sonrisa amistosa.

—Logramos resolver este callejón sin salida mediante una apuesta. Yo intentaría solventar la crisis alimenticia sufrida por S'uthlam mediante la ingeniería ecológica, impidiendo con ello la hambruna inminente que les amenazaba. Si fracasaba, el *Arca* era suya. Si tenía éxito se me devolvería a *Desorden* y además se llevarían a cabo todas mis peticiones anteriores concernientes a la nave y se me concederían diez años para pagar la factura.

—Cierto —dijo ella.

—Por lo que yo recuerdo, en ningún momento se incluyó el conocimiento carnal de su cuerpo en los términos de dicho pacto, Maestre de Puerto Mune. Yo sería desde luego el último en negar la bravura que demostró en los momentos de adversidad, cuando el Consejo cerró los tubos neumáticos y clausuró los muelles. Puso en peligro tanto su carrera como su persona; hizo pedazos una ventana de plastiacero; voló a través de kilómetros de inhóspito vacío, llevando sólo un dermotraje y contando como único medio de locomoción con unos propulsores de aire; logró esquivar a las patrullas de seguridad durante todo el trayecto y, finalmente, escapó por un escaso margen a la destrucción cuando su Flota Defensiva Planetaria me atacó. Incluso un hombre tan sencillo y desprovisto de fantasía como yo, debo admitir que dichos actos poseen cierta cualidad heroica. E, incluso, romántica, y en los tiempos de la antigüedad podrían haber acabado originando una leyenda. Sin embargo, el propósito de ese tan melodramático como osado viaje era devolver a *Desorden* sana y salva a mi custodia, tal y como había sido estipulado en nuestro acuerdo, y no el entregar su cuerpo, Maestre Mune, a mis... —Tuf pestañeó— a mis afanes concupiscentes. Lo que es más, usted dejó perfectamente claro entonces que sus actos fueron motivados por el sentido del honor y el miedo a que la influencia corruptora del *Arca* contaminara a sus líderes. Tal y como yo lo recuerdo, ni la pasión física ni el amor romántico jugaron parte alguna en sus cálculos.

La Maestre de Puerto Tolly Mune sonrió.

—Mírenos, Tuf. Somos una pareja más bien improbable de amantes que se encontraron entre las estrellas. Pero debo admitir que de ese modo la historia gana mucho.

El largo y pálido rostro de Tuf seguía inmóvil e inexpresivo.

—Estoy seguro de que no pensará usted defender ese vídeo, tan grosero como falto de exactitud —le dijo con voz átona.

La Maestre de Puerto volvió a reír.

—¿Defenderlo? ¡Infiernos y maldición! Yo lo escribí.

Haviland Tuf pestañeó seis veces seguidas.

Antes de que hubiera logrado articular una contestación la puerta de deslizó a un lado y los mirones de los noticiarios entraron en la oficina como un enjambre enloquecido. Habría como mínimo dos docenas de ellos y todos hablaban a la vez haciendo preguntas, más bien impertinentes, que se confundían entre sí. En el centro de cada frente se veía el rápido guiñar del tercer ojo y se oía su leve zumbido.

—Oiga, Tuf, póngase de perfil y sonría.

—¿Tiene algún gato aquí?

—Maestre de Puerto, ¿piensa aceptar un contrato de matrimonio?

—¿Dónde está el *Arca*?

—¡Eh! ¡Que se abracen bien fuerte!

—Oiga, mercader, ¿dónde se ha puesto tan moreno?

—¿Y el bigote?

—¿Tiene usted alguna opinión sobre *Tuf y Mune*, Ciudadano Tuf?

—¿Qué tal anda *Desorden* estos días?

Inmóvil en su silla provista de arneses, Haviland Tuf, miró primero hacia arriba y luego hacia abajo. Luego, moviendo la cabeza en una larga serie de gestos tan rápidos como precisos, examinó el enjambre de mirones que le rodeaba. Pestañeó y siguió callado. El torrente de preguntas no se interrumpió hasta que la Maestre de Puerto Tolly Mune se abrió paso nadando sin el menor esfuerzo a través de la jauría, apartando a los mirones con ambas manos, y se instaló junto a Tuf. Luego pasó un brazo por debajo del suyo y le besó levemente en la mejilla.

—¡Infiernos y maldición! —dijo—. Mantengan quietas sus dichosas cremalleras, acaba de llegar. —Levantó la mano—. Lo siento, nada de preguntas. Invocamos al derecho de intimidad. Después de todo, han pasado cinco años. Deben concedernos un poco de tiempo para que volvamos a conocernos mutuamente.

—¿Irán juntos al *Arca*? —preguntó uno de los reporteros más agresivos, flotando a medio metro de la cara de Tuf, mientras su tercer ojo zumbaba incesantemente.

—Por supuesto —dijo Tolly Mune—. ¿Dónde si no?

Cuando el *Feroz Rugido del Veldt* se encontraba ya bien lejos de la telaraña y dirigiéndose hacia el *Arca*, Haviland Tuf se dignó hacer una visita al camarote que le había asignado a Tolly Mune. Había tomado una ducha y se había frotado hasta eliminar todos los restos de su disfraz. Su rostro parecía una hoja de papel blanco y resultaba tan indescifrable como ésta. Vestía un mono de color gris, sin ningún adorno, que poco hacía para ocultar su formidable tripa y una gorra de color verde, con la insignia dorada de los Ingenieros Ecológicos, cubría su calva.

Tolly Mune estaba tomando una ampolla de Malta de San Cristóbal pero, al verle entrar, se levantó con una sonrisa.

—Una cerveza condenadamente buena —dijo—. Vaya, ¿quién es? Veo que no es *Desorden*.

—*Desorden* se halla sana y salva en el *Arca* junto con su compañero y sus gatitos, aunque, a decir verdad, ya no se les puede calificar con mucha precisión de tales. La población felina de mi nave ha crecido tanto desde mi última visita a S'uthlam, aunque no de forma tan precipitada como parece inclinada a hacerlo la población humana de S'uthlam. —Con gestos algo envarados, Haviland Tuf ocupó un asiento—. Le presento a *Dax*. Aunque naturalmente, cada felino es especial, bien podría decirse, sin faltar a la verdad, que *Dax* entra en lo extraordinario. Es bien sabido que todos los gatos poseen ciertos poderes psíquicos pero, debido a unas circunstancias más bien fuera de lo corriente, con las que me topé en el planeta conocido como Namor, inicié un programa para expandir y hacer más potente esa habilidad innata en los felinos. *Dax* es el resultado final de dicho programa, señora mía. Compartimos un cierto lazo muy peculiar y *Dax* posee una habilidad psíquica que se encuentra muy lejos de lo rudimentario.

—Siendo breves —dijo Tolly Mune—, acabó clonando un gato capaz de leer mentes.

—Su perspicacia sigue siendo tan aguda como siempre, Maestre de Puerto —replicó Tuf, cruzando luego las manos—. Tenemos mucho por discutir. Quizá tenga la amabilidad de explicarnos por qué me ha pedido que traiga nuevamente el *Arca* a S'uthlam, la razón de que haya insistido en acompañarme y, lo más crucial de todo, por qué se me ha enredado en este engaño tan extraño como pintoresco, llegando al extremo de tomarse ciertas libertades físicas con mi persona.

Tolly Mune suspiró.

—Tuf, ¿recuerda cómo estaban las cosas cuando nos despedimos hace cinco años?

—Mi memoria no ha sufrido ninguna merma —dijo Haviland Tuf.

—Estupendo. Entonces, recordará que me dejó metida en un lío de mil diablos.

—Preveía usted la inmediata deposición de su cargo como Maestre de Puerto, el juicio, acusada de alta traición, y la condena de reclusión en una granja penal en la Despensa —dijo Tuf—. Pese a ello, rechazó mi oferta de llevarla gratuitamente a cualquier otro sistema estelar de su elección, prefiriendo, en vez de ello, volver para enfrentarse a la prisión y a la caída en desgracia.

—No sé qué diablos soy, pero soy s'uthlamesa —dijo ella—. Tuf, son mi gente. Puede que a veces se porten como unos condenados idiotas, pero, ¡maldición!, siguen siendo mi gente.

—Su lealtad me parece sin duda encomiable. Dado que sigue siendo Maestre de Puerto, asumo que las circunstancias han cambiado.

—Yo las cambié —dijo Tolly Mune.

—Ya veo.

—Tuve que hacerlo. De lo contrario hubiera pasado el resto de mi vida conduciendo una cosechadora a través de la neohierba mientras la gravedad me iba haciendo pedacitos —torció el gesto—. Apenas volví al Puerto, los de seguridad me hicieron prisionera. Había desafiado al Consejo, roto las leyes, causado daños en abundantes propiedades, y le había ayudado a huir con una nave que deseaban confiscar. Condenadamente dramático, ¿no le parece?

—Mi opinión carece de toda relevancia en este asunto.

—Tan dramático, de hecho, que debía considerarse un crimen de enorme magnitud o un acto de enorme heroicidad. Josen no sabía qué hacer. Nos habíamos llevado siempre muy bien y ya le he dicho que, en el fondo, no era un mal hombre. Pero era Primer Consejero y sabía cuál era su obligación. Debía juzgarme por traición. Y yo tampoco soy estúpida, Tuf. Sabía lo que debía hacer. —Se inclinó hacia adelante, acercándose a él—. No estaba muy contenta con las cartas que me habían correspondido, pero debía jugarlas o retirarme. Para salvar mi algo huesudo trasero, debía destruir a Josen, debía desacreditarle a él y a la mayor parte del Consejo. Tenía que convertirme en una heroína y a él en un villano, en términos que estuvieran perfectamente claros para el peor retrasado mental de las ciudades subterráneas.

—Ya entiendo —dijo Tuf. *Dax* estaba ronroneando. La Maestre de Puerto decía la más pura verdad—. De ahí el hinchado melodrama que fue llamado *Tuf y Mune*.

—Necesitaba calorías para los gastos legales —dijo ella—. Eso era muy cierto, ¡maldición!, pero además lo utilicé como excusa para venderle mi historia de los hechos a una de las grandes redes. Digamos que... bueno, que sazoné un poco la historia. Estaban tan entusiasmados que decidieron emitir una versión dramatizada después de haber conseguido la exclusiva de las noticias. Para mí fue un auténtico placer proporcionarles el argumento. Tuve un colaborador, claro está, pero yo fui dictando lo que debía escribir. Josen nunca llegó a entender lo que estaba pasando. No era un político tan astuto como creía y, además, el oficio nunca le gustó lo suficiente. Y tuve ayuda.

—¿De qué fuente? —inquirió Tuf.

—Básicamente de un joven llamado Cregor Blaxon.

—Su nombre me resulta desconocido.

—Estaba en el Consejo, ocupando el cargo de consejero para agricultura. Un puesto de lo más crucial, Tuf, y Blaxon era su ocupante más joven en toda la historia de S'uthlam. Además, era el miembro más joven del Consejo. Usted pensará que él estaba satisfecho con eso, ¿no?

—Por favor, no cometa la presunción de intentar adivinarme el pensamiento a menos que durante mi ausencia haya logrado desarrollar habilidades psiónicas. No se me ocurriría pensar tal cosa, señora. He descubierto que se comete un gran error creyendo que los seres humanos son capaces de alcanzar tarde o temprano los límites de su satisfacción.

—Cregor Blaxon era, y es, un hombre muy ambicioso —dijo Tolly Mune—. Formaba parte de la administración de Josen: los dos eran tecnócratas, pero Blaxon aspiraba a ocupar el asiento de Primer Consejero y allí era donde Josen Rael había plantado sus posaderas.

—Creo que entiendo sus motivos.

—Blaxon se convirtió en mi aliado. Para empezar, ya estaba realmente impresionado con todo lo que usted nos había entregado. El omnigrano, los peces y el plancton, las levaduras, todos esos malditos hongos... Y se dio cuenta de lo que estaba pasando. Usó todo su poder para abreviar las pruebas biológicas y plantar directamente sus productos en las cosechas, pasando por alto todas las prioridades y aplastando a los imbéciles que intentaron frenar las cosas. Josen Rael estaba demasiado preocupado para enterarse de ello.

—El político inteligente y eficaz es una especie virtualmente desconocida en la galaxia —dijo Haviland Tuf—. Quizá debería conseguir una muestra celular de Cregor Blaxon para la biblioteca del *Arca*.

—Se está adelantando un poco.

—El final de la historia me resulta obvio. Aunque pueda parecer que hablo impulsado por la vanidad, me aventuré a suponer que mi pequeño esfuerzo en el dominio de la ingeniería ecológica fue considerado todo un éxito y que los enérgicos pasos dados por Cregor Blaxon para poner en práctica mis soluciones hicieron aumentar grandemente su fama y buen crédito.

—Lo llamó el Florecimiento de Tuf —dijo Tolly Mune con una leve sonrisa sarcástica—. Los noticiarios aceptaron en seguida el término: el Florecimiento de Tuf, una nueva edad de oro para S'uthlam. Muy pronto tuvimos hongos comestibles creciendo en las paredes de nuestras cloacas y pusimos en funcionamiento colosales granjas de setas en cada ciudad subterránea. Inmensas alfombras de chales de Neptuno cubrieron la superficie de nuestros mares y en sus profundidades los peces que nos había proporcionado empezaron a multiplicarse a un ritmo asombroso. Plantamos su omnigrano en vez de la neohierba y el nanotrigo y la primera cosecha nos dio casi el triple de calorías. Su trabajo de ingeniería ecológica puede clasificarse como de clase nova, Tuf.

—Tomo nota de dicho cumplido con la debida satisfacción —dijo Tuf.

—Afortunadamente para mí, el Florecimiento se hallaba ya en plena eclosión cuando *Tuf y Mune* empezó a ser exhibido y aún faltaba bastante para que fuera sometida a juicio. Creg no paraba de alabar cada día su brillantez ante los noticiarios y le decía a un público de miles de millones que nuestra crisis alimenticia estaba resuelta, solucionada, que todo había terminado bien. —La Maestre de Puerto se encogió de hombros—. De ese modo y por razones particulares le convirtió en un héroe. Era necesario si deseaba ocupar el sitio de Josen. Y eso ayudó a convertirme en una heroína. Todo fue encajando perfectamente hasta formar un maldito y enorme nudo. Fue el jaleo más endemoniadamente grande que pueda llegar a imaginarse, pero le ahorraré el resto de los detalles. Al final del jaleo, Tolly Mune fue absuelta y se le devolvió nuevamente el cargo con todos los honores posibles. Josen Rael cayó en desgracia, fue abandonado por sus seguidores y se vio obligado a dimitir. La mitad del Consejo dimitió con él. Cregor Blaxon se convirtió en el nuevo líder tecnocrático y ganó las siguientes elecciones. Ahora es el Primer Consejero. El pobre Josen murió hace dos años. Y usted y yo nos hemos convertido en seres legendarios, Tuf, los amantes más famosos y celebrados desde... ¡Oh! ¡infiernos!, desde todas esas parejas románticas de los viejos tiempos. Ya sabe, Romeo y Julieta, Sansón y Dalila, Sodoma y Gomorra o Marx y Lenin.

En el hombro de Tuf *Dax* se agitó levemente y empezó a emitir un ronco gruñido de temor. Pequeñas garras atravesaron la tela del mono que vestía Tuf y se clavaron en su carne. Haviland Tuf pestañeó, alzó la mano y acarició al gatito en un ademán tranquilizador.

—Maestre de Puerto Mune, veo que sonríe ampliamente y sus noticias no parecen indicar nada, aparte del sobado y sin embargo eternamente popular final feliz, pero *Dax* se ha asustado, como si bajo tan plácida superficie hirviera un torbellino de emociones. Puede que esté pasando por alto una parte crucial de la historia.

—Sólo una nota a pie de página, Tuf —dijo la Maestre de Puerto.

—Ciertamente. ¿En qué podría consistir dicha nota?

—Veintisiete años, Tuf. ¿Hace sonar eso alguna sirena de alarma en su cabeza?

—Ciertamente. Antes de que se embarcara en mi programa de ingeniería ecológica sus cálculos indicaban que S'uthlam se hallaba a veintisiete años de la hambruna, dado el alarmante crecimiento de la población y los cada vez menores recursos alimenticios.

—Eso era hace cinco años —dijo Tolly Mune.

—Ciertamente.

—Veintisiete menos cinco.

—Veintidós —replicó Tuf—. Supongo que debe haber alguna finalidad oculta en este ejercicio de aritmética elemental.

—Faltan veintidós años —dijo la Maestre de Puerto Tolly Mune—. Pero, claro, eso fue antes del *Arca*, antes de que el genial ecólogo Tuf y la osada hilandera Mune lo arreglaran todo, antes de que tuviera lugar el milagro de los panes y los peces, antes de que el valeroso joven llamado Cregor Blaxon recogiera los frutos del Florecimiento de Tuf.

Haviland Tuf volvió la cabeza hacia el gatito que tenía en el hombro.

—Detecto cierta nota de sarcasmo en su voz —le dijo a *Dax*.

Tolly Mune suspiró, metió la mano en el bolsillo y sacó de él un estuche de cristales de datos.

—Ahí tienes, querido mío —dijo, lanzándolos al aire.

Tuf alargó la mano y pilló al vuelo el estuche con su pálida manaza sin decir palabra.

—Todo lo necesario está ahí. Sacado directamente de los bancos de datos del Consejo. Naturalmente, forma parte de los archivos clasificados como supersecreto. Todos los informes, proyecciones y análisis, exclusivamente para ser vistos por personas de la mayor confianza. ¿Lo entiende? Ésa es la razón de que me mostrara tan condenadamente misteriosa y de que nos dirigiéramos al *Arca*. Creg y el Consejo estimaron que nuestro romance iba a ser una pantalla magnífica. Que los incontables espectadores de noticiarios pensaran que estábamos haciendo el amor apasionadamente., sin enterarnos de nada más. Mientras tengan la cabeza llena de románticas imágenes del pirata y la Maestre de Puerto abriéndose paso entre las llamas de nuevas fronteras sexuales, no se detendrán a pensar en qué estamos haciendo realmente y todo podrá hacerse con la cautela necesaria. Queremos panes y peces, Tuf, pero esta vez los queremos servidos en una fuente bien tapada, ¿lo entiende? Ésas son mis instrucciones.

—¿Cuál es la previsión más reciente? —dijo Haviland Tuf con voz átona.

Dax se irguió repentinamente en su hombro, lanzando un bufido de alarma.

Tolly Mune tomó un poco de cerveza y se dejó caer cansinamente en su sillón. Cerró los ojos y dijo:

—Dieciocho años. —Ahora parecía realmente la mujer de cien años de edad que era y no una joven de sesenta años. En su voz había un agotamiento infinito—. Dieciocho años —repitió—, y sigue bajando.

Tolly Mune podía ser muchas cosas, pero no era una provinciana. Habiendo pasado la vida en S'uthlam, con sus ciudades tan vastas como continentes y sus miles de millones de habitantes, sus torres que se alzaban diez kas hasta el cielo, sus enormes carreteras subterráneas a gran distancia de la superficie y su gran ascensor orbital, no se dejaba impresionar fácilmente por el tamaño de algo. Pero en el *Arca* la invadía una sensación indefinible.

Lo había notado desde que llegó, cuando la enorme cúpula de la cubierta de aterrizaje se abrió bajo ellos y Tuf hizo descender el *Feroz Rugido del Veldt* en las tinieblas, posándolo finalmente entre sus lanzaderas y sus naves espaciales en ruinas, justo en el centro del tenue anillo azulado que ardía con una luz apagada en una especie de bienvenida. La cúpula se cerró nuevamente sobre ellos y la atmósfera fue bombeada en la cubierta. Para llenar un espacio tan grande, en el corto espacio de tiempo empleado, el aire tuvo que fluir a su alrededor con la fuerza de una galerna, aullando y gimiendo. Finalmente, Tuf abrió la escotilla y la precedió por una barroca escalinata que brotaba de la boca de la nave-león como una lengua dorada. En la cubierta les esperaba un pequeño vehículo de tres ruedas. Tuf pasó de largo junto a las naves muertas y abandonadas, algunas mucho más extrañas e incomprensibles de lo que nunca había visto Tolly Mune anteriormente. Tuf conducía en silencio, sin mirar ni a derecha ni a izquierda. *Dax* parecía una flácida bola de piel sin huesos que alguien hubiera dejado sobre sus rodillas, ronroneando sin cesar.

Tuf le asignó toda una cubierta para ella. Centenares de literas, terminales de ordenador, laboratorios, pasillos, baños y sanitarios, salas de recreo, cocinas y ningún ocupante salvo ella. En S'uthlam un espacio tan grande habría albergado a mil personas en apartamentos más diminutos que los armarios utilizados en el *Arca* para guardar el equipo. Tuf desconectó la rejilla gravitatoria en ese nivel, sabiendo que ella prefería moverse sin gravedad.

—Si me necesita, me encontrará en mis aposentos de la cubierta superior. Allí hay gravedad normal —le dijo—. Tengo la intención de consagrar todas mis energías a los problemas de S'uthlam. No le pido ni su consejo ni su asistencia. Maestre de Puerto, le aseguro que no pretendo ofenderla con mis palabras, pero he tenido la amarga experiencia de que tales relaciones dan muchos más problemas que soluciones y sólo servirán para distraerme. Si hay una respuesta a su tremendo apuro, llegaré a ella más pronto mediante mis propios medios y sin que se me moleste continuamente. Programaré un rumbo sin demasiadas prisas hacia S'uthlam y su telaraña y tengo la esperanza de que cuando lleguemos me encontrará en condiciones de resolver sus dificultades.

—Si no puede hacerlo —le recordó ella con cierta sequedad—, nos quedaremos con la nave, ésos eran los términos del acuerdo.

—Soy plenamente consciente de ellos —dijo Haviland Tuf—. Por si se diera el caso de que acabara cansándose del encierro, el *Arca* puede ofrecerle una gama muy completa de ocupaciones, entretenimientos y diversiones. Deseo igualmente que utilice con toda libertad los equipos automáticos de cocina. Sus capacidades no igualan a mis menús personales, pero estoy seguro de que saldrán muy bien librados de toda posible comparación con lo que se come habitualmente en S'uthlam. Puede usted hacer todas las colaciones que desee durante el día, pero me complacería que cenara conmigo cada noche a las dieciocho horas, tiempo de la nave. Tenga la bondad de ser puntual. —Y, con estas últimas palabras, se marchó.

El sistema de ordenadores que gobernaba la nave, observaba rigurosamente los ciclos del día y de la noche para simular de tal modo las condiciones de un planeta normal. Tolly Mune se pasó noches enteras ante un monitor holográfico, contemplando dramas que tenían varios milenios de antigüedad y que habían sido grabados en mundos convertidos ya en leyenda. Los días transcurrían dedicados a la exploración: primero la cubierta que Tuf le había cedido y luego el resto de la nave. Cuanto más veía y aprendía, más atónita e inquieta se iba sintiendo Tolly Mune.

Pasó días enteros sentada en el puesto del capitán, situado en la torre de control, que Tuf había abandonado por no ser demasiado conveniente para sus necesidades, contemplando secciones en el cuaderno de bitácora escogidas al azar y proyectadas luego en la gran pantalla.

Caminó por un laberinto de pasillos y cubiertas, descubrió tres esqueletos en zonas apartadas del *Arca* (sólo dos de ellos eran humanos) y le sorprendió encontrar un cruce de pasillos donde los resistentes mamparos de acero especial estaban ennegrecidos y algo resquebrajados, como si hubieran soportado los efectos de un intenso calor.

Pasó horas en una librería que había hallado, tocando los viejos libros y sosteniendo en sus manos los tomos compuestos por delgadas hojas de metal o plástico y maravillándose al descubrir algunos fabricados con papel auténtico.

Volvió a la cubierta de aterrizaje y estuvo inspeccionando alguna de las naves en ruinas que Tuf había ido amontonando en ella. Fue a la armería y contempló una aterradora colección de armas, algunas de ellas tan viejas que ya no funcionaban, otras imposibles de reconocer, varias absolutamente prohibidas en todos los mundos civilizados.

Recorrió la inmensa penumbra del eje central, que perforaba la nave de un extremo al otro, y el eco de sus pisadas resonó en el techo a lo largo de sus treinta kas de extensión, respirando algo agitadamente al final del trayecto. A su alrededor había cubas de clonación, tanques de crecimiento, aparatos de microcirugía y una asombrosa profusión de terminales de ordenador. El noventa por ciento de los tanques estaban vacíos pero, de vez en cuando, la Maestre de Puerto encontró vida en su interior. Pegó la nariz al cristal polvoriento y mucho más grueso de lo normal, distinguiendo en el fluido traslúcido tenues siluetas de criaturas que estaban vivas, algunas tan pequeñas como su mano y otras tan grandes como un turbotrén. Todo aquello la hizo estremecer.

A decir verdad, toda la nave parecía algo más fría de lo normal y, sin saber exactamente por qué, Tolly Mune empezó a tenerle cierto miedo.

El único sitio verdaderamente cálido era la pequeña parte de cubierta superior en la cual Haviland Tuf pasaba sus días y sus noches. La angosta sala de comunicaciones que había hecho convertir en su centro de control era cómoda y acogedora. Sus aposentos estaban sobrecargados de muebles barrocos y más bien viejos, así como el asombroso surtido de objetos abigarrados que había ido acumulando a lo largo de sus viajes. La atmósfera olía a cerveza y a alimentos, el eco de sus pisadas resultaba casi inaudible y allí había luz, ruido y vida. También había gatos.

Los gatos de Tuf eran libres para moverse a su antojo por casi toda la nave, pero aparentemente, la mayoría preferían no alejarse mucho de él. Ahora tenía siete. *Caos*, un gato de imponente talla y largo pelaje gris con ojos imperiosos y un indolente aire de mando, era el señor de aquellos lugares. La mayor parte del tiempo se le podía encontrar sobre la consola principal de Tuf, en la sala de control, agitando de un lado a otro su grueso rabo como si fuera un metrónomo. *Desorden* había perdido algo de energía y ganado bastante peso en cinco años. Al principio no pareció reconocer a la Maestre de Puerto, pero después de unos cuantos días se impuso de nuevo la vieja familiaridad, *Desorden* pareció reanudar su relación en el mismo punto anterior a su interrupción, acompañaba algunas veces a Tolly en sus vagabundeos.

Y después estaban *Ingratitud*, *Duda*, *Hostilidad* y *Sospecha*.

—Los gatitos —decía Tuf siempre que se refería a ellos, aunque en realidad ahora ya eran gatos adultos—, nacieron de *Caos* y *Desorden*, señora. En principio la camada contaba con cinco crías, pero dejé a *Estupidez* en Namor.

—Siempre es mejor dejar atrás a la estupidez —dijo ella—. Aunque jamás habría imaginado que fuera posible para Haviland Tuf separarse de un gato.

—*Estupidez* acabó sintiendo un inexplicable cariño por una joven, tan molesta como impredecible en sus reacciones, que era natural de dicho planeta —replicó él—. Dado que yo tenía muchos gatos y ella ninguno, me pareció un gesto adecuado. Aunque el felino es una criatura tan espléndida como admirable, por desgracia sigue siendo relativamente escasa en nuestra tristemente moderna galaxia. Por ello, mi innata generosidad y mi sentido del deber para con mi prójimo, me impulsó a ofrecer el regalo de la especie felina a un mundo como Namor. Una cultura con gatos es más rica y humana que otra privada de esa compañía absolutamente incomparable a cualquier otra.

—Cierto —dijo Tolly Mune con una sonrisa. *Hostilidad* estaba cerca de ella y la Maestre de Puerto la cogió cuidadosamente, se la puso en el regazo y empezó a pasarle la mano por el lomo. Tenía un pelaje increíblemente suave—. Les ha dado nombres más bien raros.

—Quizá resulten más adecuados a la naturaleza humana que a la felina —dijo Tuf, mostrándose de acuerdo—. Se los di movido por un capricho momentáneo.

Ingratitud, Duda y *Sospecha* eran grises, como su padre, en tanto que *Hostilidad* era blanco y negro, como *Desorden*. *Duda* era estrepitoso y más bien gordo, *Hostilidad* agresivo y de genio fácil, *Sospecha* era muy tímido y adoraba esconderse bajo el asiento de Tuf. Pero, a todos les encantaba jugar entre sí y parecían considerar a Tolly Mune como una fuente interminable de sorpresas fascinantes. Cada vez que visitaba a Tuf empezaban a subírsele por encima. A veces aparecían en los sitios más improbables. Un día *Hostilidad* aterrizó sobre su hombro, mientras subía por una escalera móvil y la sorpresa la dejó sin aliento y un tanto aturdida. Acabó acostumbrándose a la presencia de *Duda* en su regazo, durante las comidas, mendigando siempre trocitos de comida.

Y también estaba el séptimo gato: *Dax*.

Dax tenía el pelo negro como la noche y ojos que parecían pequeñas lamparillas de oro. *Dax* era la alimaña más dormilona que había visto en toda su vida y prefería que le llevaran en brazos que caminar. *Dax* andaba siempre asomando por el bolsillo de Tuf o por debajo de su gorra, cuando no estaba instalado en sus rodillas o apostado en su hombro. *Dax* nunca jugaba con los otros gatos, casi nunca hacía ruido y su mirada de oro era capaz de hacer mover incluso la señorial masa de *Caos* del asiento, que en, un momento dado, era codiciado por los dos. El gatito negro estaba siempre con Tuf.

—Es como su sombra —le dijo Tolly Mune durante una sobremesa, cuando ya llevaba a bordo del *Arca* casi veinte días, señalándole con un cuchillo—. Eso le convierte a usted en... ¿qué palabra era la utilizada?

—Había varias —replicó Tuf—. Brujo, mago, hechicero. Creo que dicha nomenclatura deriva de los mitos de la Vieja Tierra.

—Le va muy bien —dijo Tolly Mune—. A veces tengo la sensación de que estoy en una nave encantada.

—Con ello, Maestre de Puerto, no hace sino sugerirme aún más la conveniencia de confiar en mi intelecto por encima de las sensaciones. Acepte mi más profunda seguridad de que si existieran fantasmas u otro tipo de entidades sobrenaturales, estarían representadas a bordo del *Arca* bajo la forma de muestras celulares para que fuera posible su clonación. Nunca he encontrado tales muestras. Mi repertorio de mercancías incluye especies tales como los dráculas encapuchados, los espectros del viento, los licántropos, los vampiros, la hierba de la bruja, las gárgolas ogro y otras de nombres análogos, pero no se trata de artículos míticos, siento confesarlo.

Tolly Mune sonrió.

—Mejor.

—¿Un poco más de vino? Pertenece a una excelente cosecha de Rhiannon.

—Estupenda idea —dijo ella, sirviéndose un poco más en la copa. Habría preferido una ampolla, ya que los líquidos al descubierto eran objetos traicioneros, siempre aguardando la ocasión de esparcirse, pero empezaba a tolerar su presencia—. Tengo la garganta reseca. No le hacen falta monstruos, Tuf. Su nave puede destruir mundos enteros sin recurrir a ellos.

—Es obvio —dijo Tuf—. Y resulta igualmente obvio que es capaz de salvarlos.

—¿Como en nuestro caso? ¿Tiene un segundo milagro guardado en la manga, Tuf?

—Por desgracia los milagros pertenecen al mismo terreno mítico de los fantasmas y los duendes y en mis mangas no guardo otra cosa que mis brazos. Sin embargo, el intelecto humano sigue siendo capaz de tener ideas que desmerecen muy poco de los milagros. —Se puso en pie lentamente hasta el máximo de su imponente talla—. Si ha terminado ya su pastel de cebolla y su vino quizá tenga la bondad de acompañarme a la sala del ordenador. He estado trabajando con suma diligencia en su problema y he logrado alcanzar ciertas conclusiones al respecto.

Tolly Mune se apresuró a levantarse.

—Vaya delante —le dijo.

—Fíjese bien —dijo Haviland Tuf. Oprimió una tecla y en una pantalla apareció un gráfico.

—¿Qué es? —le preguntó Tolly Mune.

—Los cálculos de hace cinco años —contestó él. *Dax* subió de un salto a su regazo. Tuf extendió la mano y acarició al gatito negro—. Los parámetros usados entonces eran las cifras correspondientes a la población s'uthlamesa de aquellos momentos y el crecimiento predecible por aquel entonces. Mi análisis indicaba que los recursos alimenticios adicionales introducidos en su sociedad, mediante lo que Cregor Blaxon tuvo la amabilidad de bautizar como el Florecimiento de Tuf, tendrían que haberles proporcionado como mínimo noventa y cuatro años antes de que el espectro del hambre, a escala planetaria, amenazara nuevamente a S'uthlam.

—Bueno, ese cálculo en concreto ha demostrado no tener más valor que una cazuela de alimañas hervidas —dijo Tolly Mune con cierta sequedad.

Tuf levantó el dedo.

—Un hombre menos firme que yo podría sentirse levemente herido ante lo que esas palabras pueden llegar a implicar en cuanto a errores en mis cálculos. Por fortuna soy de naturaleza fría y tolerante y debo decirle que incurre usted en un grave error, Maestre de Puerto Mune. Mis predicciones eran todo lo precisas y correctas que era posible en ese momento.

—Entonces, ¿está diciéndome que no tenemos el desastre y el hambre contemplándonos a dieciocho años de distancia? Que tenemos, ¿cuánto ha dicho?, casi un siglo. —Meneó la cabeza—. Me gustaría creerle, pero...

—No he dicho tal cosa, Maestre de Puerto. Dentro de los márgenes tolerables de error, los últimos cálculos hechos en S'uthlam me han parecido perfectamente correctos, al menos por lo que he sido capaz de comprobar.

—No es posible que las dos predicciones sean correctas —dijo ella—. Es imposible, Tuf.

—Señora mía, se equivoca. Durante los cinco años transcurridos los parámetros han cambiado. Espere un segundo. —Extendió la mano y oprimió otro botón. Una nueva línea de aguda curvatura brotó en la pantalla—. Esta línea representa el incremento actual de la población en S'uthlam. Fíjese en su ascenso, Maestre de Puerto: la constante es asombrosa. Si fuera más inclinado a la poesía incluso me atrevería a decir que se remonta como una flecha hacia los cielos. Por fortuna no soy de temperamento propenso a tales debilidades. Soy un hombre incapaz de andarse con rodeos y siempre hablo en calidad de tal. —Levantó un dedo—. Antes de que sea posible tener la esperanza de rectificar su situación actual, es necesario entender cómo ha llegado a su estado presente. Estos cálculos resultan perfectamente claros. Hace cinco años empleé los recursos del *Arca* y, si se me permite la osadía de no hablar por una vez con mi habitual modestia, logré proporcionarles un servicio extraordinariamente eficiente. Los s'uthlameses no perdieron el tiempo y en seguida se dedicaron a deshacer todo lo que yo había conseguido. Permítame expresarlo de un modo sucinto, Maestre de Puerto. Apenas el Florecimiento hubo empezado a echar raíces, por así decirlo, su pueblo volvió corriendo a sus aposentos privados y dio rienda suelta a sus afanes de paternidad y a sus impulsos concupiscentes, empezando a reproducirse más aprisa que nunca. El tamaño medio de las familias es mayor ahora que hace cinco años en 0,0072 personas, y su ciudadano promedio se convierte en padre 0,0102 años antes que en mi primera visita. Quizá sueñe usted con protestar, diciendo que los cambios son muy pequeños, pero cuando ese factor se introduce en la colosal población de su mundo y es modificado además por todo el resto de parámetros relevantes, la diferencia resultante es dramática. La diferencia, para ser exactos, que va de noventa y cuatro años a dieciocho.

Tolly Mune contempló durante unos segundos las líneas que se entrecruzaban en la pantalla.

—¡Infiernos y maldición! —murmuró—. Tendría que haberlo imaginado, maldita sea. Por razones obvias esta información se considera como alto secreto pero, de todos modos, debía haberlo supuesto antes. —Apretó las manos hasta convertirlas en puños—. ¡Maldición e infierno! —repitió—. Creg convirtió ese condenado Florecimiento en un verdadero carnaval mediante los noticiarios y no me extraña que haya acabado pasando esto. ¿Por qué no tener hijos, ahora que el problema alimenticio ha sido resuelto? El maldito Primer Consejero lo ha dicho. Al fin han llegado los buenos tiempos, ¿no? Todos los malditos ceros han resultado ser, una vez más, unos malditos alarmistas antivida, los tecnócratas han logrado hacer otro milagro. ¿Cómo se puede dudar de que lo conseguirán una vez y otra y otra y otra...? Oh, sí. Por lo tanto, sé un buen miembro de la Iglesia, ten más hijos, ayuda a la humanidad para que evolucione hasta convertirse en un ente divino y culmine así su destino. ¿Eh? ¿Por qué no?

—Emitió un bufido asqueado—. Tuf, ¿por qué la gente actúa siempre como si fuera estúpida?

—Esa incógnita me resulta aún más indescifrable que el dilema de S'uthlam —dijo Tuf—, y me temo no estar preparado para resolverla. Mientras tanto y ya que se ha dedicado a repartir culpabilidades, Maestre de Puerto, creo que bien podría asignarse una parte. Fueran cuales fueran las engañosas impresiones transmitidas por el Primer Consejero, Cregor Blaxon, lo cierto es que para la mente colectiva de su pueblo fueron confirmadas por esa desgraciada frase final, puesta en boca del actor que me representaba en *Tuf y Mune*.

—De acuerdo, ¡maldita sea! Soy culpable, yo ayudé para que se llegara al embrollo actual. Pero todo eso queda en el pasado y la pregunta es, ¿qué podemos hacer ahora?

—Me temo que poca cosa —dijo Haviland Tuf con el rostro impasible—. Al menos usted.

—¿Y usted? Logró hacer una vez el milagro de los panes y los peces. ¿No puede servirnos una segunda ración de panes y peces, Tuf?

Haviland Tuf pestañeó.

—Ahora soy un ingeniero ecológico mucho más experimentado de lo que era en mi primer intento de lidiar con el problema de S'uthlam. Me encuentro más familiarizado con la gama de especies contenidas en la biblioteca celular del *Arca* y el efecto de cada una sobre los ecosistemas individuales. Incluso he sido capaz de aumentar levemente mi gama de muestras durante el curso de mis viajes y, ciertamente, puedo ayudarles —apagó las pantallas y cruzó las manos sobre el estómago—. Pero habrá un precio.

—¿Un precio? Ya le pagamos su maldito precio, ¿recuerda? Mis cuadrillas se encargaron de reparar su condenada nave.

—Lo hicieron, ciertamente, al igual que yo reparé su ecología. No estoy pidiendo nuevas reparaciones ni suministros para el *Arca* esta vez. Sin embargo parece que su gente ha estropeado nuevamente su ecología de tal modo que necesitan otra vez mis servicios y, por lo tanto, me parece igualmente equitativo que se me compense por los esfuerzos a realizar. Tengo muchos gastos y el principal de ellos sigue siendo mi formidable deuda al Puerto de S'uthlam. Mediante una incansable y agotadora labor, en mundos tan numerosos como dispersos, he logrado reunir la primera mitad de los treinta y tres millones de unidades base que se me impusieron como factura, pero aún me queda por pagar otra mitad y sólo tengo otros cinco años para conseguirla. ¿Puedo afirmar acaso que me resultará posible hacerlo? Quizá la próxima docena de mundos que visite gocen de ecologías sin tacha o quizá se hallen tan empobrecidos que me vea obligado a concederles fuertes descuentos, si es que pretendo ofrecerles mis servicios. Día y noche me atormenta mi inmensa deuda y, a menudo, interfiere en la claridad y precisión de mis pensamientos, haciéndome de ese modo menos efectivo en el ejercicio de mi profesión. A decir verdad, acabo de tener la repentina intuición de que si debo luchar con el vasto desafío representado por el actual problema de S'uthlam, podría actuar mucho mejor si mi mente estuviera despejada y libre de problemas.

Tolly Mune había estado esperando algo parecido. Ya se lo había mencionado a Creg y éste le había dicho que gozaba de libertad presupuestaria, dentro de ciertos límites. Pese a todo, Tolly Mune frunció el ceño.

—¿Cuánto quiere, Tuf?

—Me viene a la mente, como un rayo, la suma de diez millones —dijo él—. Dado que se trata de una cifra redonda podría ser fácilmente sustraída de mi factura sin plantear peliagudos problemas aritméticos.

—Es demasiado, ¡maldición! —dijo ella—. Quizá pudiera lograr que el Consejo estuviera de acuerdo en una reducción digamos que de... dos millones. No más.

—Pongámonos de acuerdo mejor en nueve millones —dijo Tuf. Uno de sus largos dedos rascó a *Dax* tras su diminuta oreja negra y el gato volvió silenciosamente sus ojos dorados hacia Tolly Mune.

—Nueve no me parece un compromiso demasiado equitativo entre diez y dos —dijo ella secamente.

—Soy mejor como ingeniero ecológico que como matemático —dijo Tuf—. ¿Quizás ocho?

—Cuatro y ni uno más. Cregor me matará por esto.

Tuf clavó en ella sus ojos impasibles y no dijo nada. Su rostro seguía frío, inmóvil e inexpresivo.

—Cuatro y medio —dijo ella vacilando bajo el peso de su mirada. Sentía también los ojos de *Dax* clavados en ella y de pronto se preguntó si ese maldito gato no estaría leyéndole la mente—. ¡Maldita sea! —dijo, señalándole con el dedo—, ese pequeño bastardo negro, sabe hasta donde estoy autorizada para llegar, ¿no?

—Una idea muy interesante —dijo Tuf—. Siete millones podrían parecerme una suma aceptable. Me encuentro bastante generoso hoy.

—Cinco y medio —escupió ella. ¿De qué servía continuar así?

Dax empezó a ronronear estruendosamente.

—Lo cual deja una limpia y manejable cantidad de once millones de unidades base a pagar dentro de cinco años —dijo Tuf—. Aceptado, Maestre de Puerto Mune, con una condición más.

—¿De qué se trata? —le preguntó ella con cierta suspicacia.

—Le presentaré mi solución a usted y al Primer Consejero Cregor Blaxon en una conferencia pública que debe ser presenciada igualmente por cámaras de todas las redes existentes en S'uthlam, y difundida en directo a todo el planeta.

Tolly Mune se rió.

—¡Imposible! —dijo—. Creg nunca estará de acuerdo, ya puede ir olvidando esa idea.

Haviland Tuf permaneció sentado, acariciando a *Dax*, sin decir palabra.

—Tuf, no comprende las dificultades. La situación es... ¡maldita sea!, la situación es explosiva. Tiene que ceder en eso.

Tuf siguió en silencio.

—¡Infiernos y maldición! —exclamó ella—. Le haré una propuesta: escriba lo que pretende decir en la conferencia y deje que le echemos un vistazo. Si no dice nada que pueda causar problemas, supongo que será posible aceptarlo.

—Prefiero que mis palabras en ese momento resulten espontáneas —dijo Tuf.

—Podríamos grabar la conferencia y emitirla luego, después de haberla pulido un poco si hiciera falta —replicó ella.

Haviland Tuf siguió callado. *Dax* la contemplaba sin pestañear.

Tolly Mune clavó durante unos segundos la mirada en aquellos ojos dorados que parecían saberlo todo y acabó lanzando un suspiro.

—De acuerdo, ha ganado —dijo—. Cregor se pondrá furioso, pero yo soy una maldita heroína y Haviland Tuf un conquistador que ha regresado al escenario de sus victorias. Así que supongo que podré hacerle tragar la idea. Pero, Tuf, ¿por qué?

—Un capricho —dijo Haviland Tuf—, algo que suele ocurrirme con gran frecuencia. Quizá deseo saborear unos instantes bajo los focos de la publicidad y gozar de mi papel como salvador o quizá deseo meramente demostrarle a todos los s'uthlameses que no llevo bigote.

—Creeré antes en ogros y duendes que en ese montón de mentiras —dijo Tolly Mune—. Tuf, ya sabe que hay muchas razones por las cuales debe mantenerse en secreto el tamaño de nuestra población y la gravedad de la crisis alimenticia, ¿no? Razones políticas y... ¿no estará pensando en abrir la caja de esos secretos y dejar suelta alguna alimaña en particular, verdad?

—Una idea de lo más interesante —dijo Tuf, pestañeando, con su rostro desprovisto de toda expresión.

Dax ronroneó.

—Aunque no estoy acostumbrado a dirigirme al público ni al cruel brillo de la publicidad —empezó diciendo Haviland Tuf—, he sentido, pese a todo, la necesidad y la responsabilidad de aparecer ante ustedes y explicarles ciertas cosas.

Se encontraba ante una pantalla de cuatro metros cuadrados situada en el salón de convenciones más grande de toda la Casa de la Araña. La capacidad de la estancia era de mil asientos y se encontraba llena hasta rebosar. Había, para empezar, veinte filas de reporteros que habían aprovechado todo el espacio disponible y en la frente de cada uno de los cuales funcionaba una minicámara que registraba toda la escena. En la parte trasera se encontraban los curiosos: hiladores e hilanderas de todas las edades y profesiones, desde los cibertecs y los burócratas hasta los especialistas en erotismo y los poetas, así como gusanos de tierra acomodados que habían utilizado el ascensor para no perderse el espectáculo y moscas de los más lejanos sistemas estelares que se encontraban en esos momentos por casualidad presentes en la telaraña. En la plataforma, y además de Tuf, se encontraban la Maestre de Puerto Mune y el Primer Consejero Cregor Blaxon. La sonrisa de Blaxon parecía algo forzada. Quizás estuviera recordando cómo las cámaras de los reporteros habían grabado el largo e incómodo momento durante el cual Tuf estuvo contemplando fijamente, sin hacer ni un solo movimiento, la mano extendida que Blaxon le había ofrecido. También Tolly Mune parecía algo nerviosa.

Haviland Tuf, sin embargo, tenía un aspecto impresionante. Superaba en estatura a cualquier hombre o mujer de la estancia. Vestía su gabán de vinilo gris, que casi rozaba el suelo, y se cubría la cabeza con su gorra verde del CIE en la que brillaba la insignia dorada del cuerpo.

—Primero —dijo—, permítaseme recalcar que no llevo bigote. —La afirmación provocó una carcajada general—. También deseo recalcar que su estimada Maestre de Puerto y yo jamás hemos mantenido relaciones íntimas, pese a todo lo que puedan afirmar sus vídeos, aunque no tengo ni la menor razón para dudar que es una hábil practicante de las artes eróticas, cuyos favores serían tenidos en alto aprecio por cualquiera capaz de entregarse a dicho tipo de diversión. —La horda de reporteros, como una bestia de cien cabezas, se volvió para clavar sus ojoscámara en Tolly Mune. La Maestre de Puerto, estaba medio encogida en su asiento y se frotaba las sienes con una mano. El suspiro que lanzó pudo ser oído en la cuarta fila de asientos—. Dichos datos son de naturaleza relativamente poco grave —prosiguió Tuf—, y se los ofrezco únicamente en interés de la veracidad. La razón principal de que haya insistido en esta reunión, sin embargo, es profesional más que personal. No tengo ni la menor duda de que todos los espectadores de esta emisión conocen el fenómeno que su Consejo llamó el Florecimiento de Tuf.

Cregor Blaxon sonrió y asintió con la cabeza.

—Me veo obligado a pensar, sin embargo, que no son conscientes de la inminencia de lo que, con cierta osadía, llamaré el Marchitamiento de S'uthlam.

Al oír dichas palabras la sonrisa del Primer Consejero se marchitó inmediatamente y la Maestre de Puerto Tolly Mune no pudo reprimir una mueca. Los reporteros giraron nuevamente en masa para enfocar a Tuf.

—Son ustedes realmente afortunados. Soy un hombre que sabe hacer honor a sus deudas y obligaciones y por ello mi oportuno regreso a S'uthlam me ha permitido intervenir una vez más en su ayuda. Sus líderes no han sido francos al respecto y no les han dicho toda la verdad. De no ser por la ayuda que voy a prestarles, su mundo se enfrentaría al hambre masiva en el breve plazo de dieciocho años.

A ello siguió un instante de silencio asombrado y luego, en el interior de la estancia, estalló el desorden. Finalmente, se consiguió restaurar el orden echando por la fuerza a varias personas, pero Tuf pareció no enterarse de ello.

—En mi última visita puse en marcha un programa de ingeniería ecológica que produjo espectaculares aumentos en sus provisiones alimenticias, utilizando para ello medios relativamente convencionales, como la introducción de nuevas especies de plantas y animales diseñadas para maximizar su productividad agrícola sin alterar seriamente su ecología. Es indudable que todavía es posible hacer algún esfuerzo en tal dirección, pero me temo que ya se ha rebasado, con mucho, el punto en que los beneficios obtenidos no serían suficientes y en que dicho tipo de planes resultarían de escasa utilidad para S'uthlam. Por lo tanto, esta vez, he aceptado como fundamental la necesidad de hacer alteraciones radicales tanto en su ecosistema como en su cadena alimenticia. Puede que algunos de ustedes encuentren mis sugerencias desagradables, pero les aseguro que las demás opciones a las que se enfrentan (entre las cuales podría citar el hambre, las plagas o la guerra) serían más desagradables. Por supuesto, la elección sigue siendo suya y ni en sueños se me ocurriría la posibilidad de arrogarme tal decisión.

La atmósfera de la estancia se había vuelto tan gélida como la de un almacén criogénico y en ella reinaba un silencio completo, sólo interrumpido por el leve zumbido de las minicámaras. Haviland Tuf levantó un dedo.

—Número uno —dijo. La pantalla que tenía detrás se iluminó con una imagen emitida directamente por los ordenadores del *Arca*. La imagen correspondía a una monstruosa e hinchada criatura, grande como una montaña, de piel aceitosa y reluciente. El inmenso corpachón de la criatura parecía brillar como si estuviera hecho de una gelatina rosada—. La bestia de carne —dijo Haviland Tuf—. Una parte bastante significativa de sus zonas agrícolas se encuentra dedicada a criar rebaños de animales que proporcionan carne. Dicha carne es el deleite de una pequeña y acomodada minoría de s'uthlameses que pueden permitirse tal lujo y gozan consumiendo materia animal previamente cocinada. El sistema resulta extremadamente falto de eficiencia. Esos animales consumen muchas más calorías de las que proporcionan una vez sacrificados y, al ser producto de la evolución natural, la mayor parte de su masa corporal no resulta comestible. Por lo tanto, sugiero que eliminen dichas especies de su mundo sin perder más tiempo.

»Las bestias de carne, como la aquí representada, se encuentran entre los triunfos más notables de la ingeniería genética. Con excepción de un pequeño núcleo, dichas criaturas son una masa indiferenciada de células en perpetua reproducción y en ellas no hay ningún desperdicio de masa corporal como el representado por rasgos no esenciales. No pueden moverse, carecen de nervios y también de órganos sensoriales. Si se decidiera utilizar una metáfora para referirse a ellas, la más adecuada sería la de cánceres gigantes comestibles. La carne de dichas criaturas contiene todos los elementos esenciales para el ser humano y posee un alto índice de proteínas, vitaminas y minerales. Una bestia de carne adulta, creciendo en el sótano de una torre de apartamentos s'uthlamesa, puede proporcionar en un año tanta carne comestible como dos de sus rebaños actuales y los pastos ahora empleados para criar dichos rebaños se encontrarían así liberados para el cultivo agrícola.

—¿Y a qué saben esas condenadas cosas? —gritó alguien en la parte trasera de la sala.

Haviland Tuf desvió ligeramente la cabeza para mirar a quien le había interpelado.

—Como no consumo carne animal, me es imposible responder a dicha pregunta basándome en mi experiencia personal. Sin embargo, me imagino que la bestia de carne le resultaría francamente sabrosa a cualquiera que estuviera muriéndose de hambre. —Levantó la mano y dijo—: Continuemos. —La imagen que había tras él cambió, mostrando ahora una planicie iluminada por dos soles que no parecía tener fin. La planicie estaba repleta de plantas tan altas como el mismo Tuf. Tenían los tallos y las hojas de un negro aceitoso y la parte superior de los tallos se inclinaba bajo el peso de unas vainas blancas e hinchadas de las cuales goteaba un espeso fluido lechoso. Su aspecto era francamente repulsivo.

—Se las llama, por razones que ignoro, vainas jersi —dijo Tuf—. Hace cinco años les entregué el omnigrano, cuya producción calórica por metro cuadrado es muy superior a la del nanotrigo, la neohierba y todos los demás tipos de vegetales alimenticios que habían estado cultivando hasta dicho momento. He visto durante mi estancia que han plantado el omnigrano de forma extensiva y que han cosechado abundantes beneficios de él. También sé que han continuado plantando nanotrigo, neohierba, vainas picantes y muchos otros tipos de frutas y vegetales, sin duda en pro de la variedad y el placer culinario. Todo eso debe cesar. La variedad culinaria es un lujo que los s'uthlameses ya no pueden permitirse y, a partir de ahora, su norte debe ser la eficiencia calórica. Cada metro cuadrado de tierra agrícola de S'uthlam y de esos asteroides que llaman la Despensa debe ser inmediatamente entregado a las vainas jersi.

—¿Qué es el jugo que gotea de las vainas? —preguntó alguien.

—¿Esa cosa es una fruta o un vegetal? —inquirió uno de los reporteros.

—¿Se puede hacer pan con ellas? —preguntó otro.

—La vaina jersi —replicó Tuf—, no es comestible.

Al momento se desencadenó un estruendoso griterío. Cien personas distintas agitaban la mano, chillaban, hacían preguntas y pretendían hablar a gritos.

Haviland Tuf esperó tranquilamente hasta que de nuevo se hizo el silencio.

—Cada año —dijo—, tal y como podría explicar el Primer Consejero aquí presente, caso de que sintiera la inclinación de hacerlo, sus tierras agrícolas entregan un porcentaje cada vez menor de las necesidades calóricas requeridas por la creciente población de S'uthlam. La diferencia la compensan la cada vez mayor producción de sus factorías alimenticias, donde las sustancias petroquímicas son procesadas y convertidas en galletas, pastas y todo tipo de productos alimenticios cuidadosamente concebidos. Por desgracia, el petróleo es un recurso de renovación imposible y está empezando a terminarse. Dicho proceso puede ser retrasado, pero su desenlace es inexorable. Sin duda es posible importar una parte de otros mundos, pero dicho oleoducto interestelar no es ilimitado. Hace cinco años introduje en sus océanos una variedad de plancton llamado chal de Neptuno, colonias del cual están ahora mismo empezando a llenar sus playas y a flotar sobre el oleaje de las plataformas continentales. Una vez muerto y en putrefacción, el chal de Neptuno puede servir como sustituto a las sustancias petroquímicas utilizadas por dichas factorías.

»Las vainas de jersi podrían ser consideradas una analogía, no acuática, a dicho plancton. Producen un fluido que posee ciertas semejanzas bioquímicas con el petróleo no refinado. Es lo bastante parecido a éste como para que sus factorías alimenticias, después de un cierto proceso de puesta a punto que será fácil de realizar en un planeta de su indudable capacidad tecnológica, puedan usarlo de modo eficiente y procesarlo hasta su transformación en material alimenticio. Debo recalcar, sin embargo, que no es posible plantar una cierta cantidad de dichas vainas aquí y allá como suplemento a sus cosechas actuales. Para obtener el máximo beneficio, deben ser plantadas por doquier, sustituyendo completamente el omnigrano, la neohierba y el resto de flora en la que hasta ahora se ha confiado para la satisfacción de sus necesidades alimenticias.

En la parte trasera de la estancia una mujer más bien delgada se subió al asiento para que fuera posible distinguirla pese a la multitud.

—Tuf, ¿quién es usted para decirnos ahora que debemos prescindir de todos los alimentos auténticos? —gritó con voz iracunda.

—¿Yo, señora? No soy más que un humilde ingeniero ecológico que practica su profesión y no es mía la tarea de tomar decisiones. Mi tarea, que obviamente no va a recibir ninguna gratitud, consiste en presentarles los hechos y sugerirles ciertos remedios posibles que podrían resultar eficaces aunque poco agradables. Después serán el gobierno y el pueblo de S'uthlam quienes deban tomar la decisión final en cuanto a qué rumbo seguir. —El público estaba empezando a ponerse nuevamente inquieto. Tuf levantó un dedo—. Silencio, por favor. No tardaré en concluir con mi discurso.

La imagen de la pantalla cambió una vez más.

—Ciertas especies y tácticas ecológicas que introduje hace cinco años, utilizadas entonces por primera vez en S'uthlam, pueden y deben seguir siendo empleadas. Las granjas de setas y hongos existentes bajo las ciudades subterráneas deberían ser mantenidas y ampliadas. Poseo algunas variedades nuevas de hongos que enseñar. Es ciertamente posible utilizar métodos más eficientes para la cosecha marítima y, entre ellos, se incluye el uso tanto del lecho oceánico, como el de su contenido líquido. El crecimiento del chal de Neptuno puede ser estimulado y aumentado hasta que cubra cada metro cuadrado de la superficie acuática de S'uthlam. Las habas de nieve y las patatas de túnel, que ya poseen, siguen siendo especies óptimas para las regiones polares. Sus desiertos han sido obligados a florecer en tanto que sus pantanos han sido desecados y convertidos en zonas productivas. Todo lo que resultaba posible hacer en la tierra o en el mar está ya siendo puesto en vías de realización, por lo cual nos resta el aire. Por lo tanto, propongo la introducción de todo un ecosistema viviente en las zonas más altas de su atmósfera.

»Detrás de mí pueden ver en la pantalla el último eslabón de esta nueva cadena alimenticia que me propongo forjar para S'uthlam. Esta enorme criatura oscura con sus alas negras de forma triangular es un jinete del viento, natural de Claremont, llamado también *ororo*, pariente lejano de especies mejor conocidas como el banshee negro de Alto Kavalaan o la manta látigo de Hemador. Es un predador de la zona más alta de la atmósfera, un cazador capaz de vuelo planeado que vive siempre en soledad, una criatura de los vientos que nace y muere en ellos sin tocar nunca la tierra o el mar. Los jinetes del viento no tardan en morir si aterrizan, ya que les resulta imposible remontar nuevamente el vuelo. En Claremont la especie es más bien pequeña y su peso leve, siendo los informes, en cuanto a su carne, acordes en calificarla de dura y parecida al cuero. Consume cualquier pájaro que tenga la desgracia de aventurarse en sus zonas de presa y también varias clases de microorganismos que se hallan en el aire, tales como hongos volantes y levaduras que nacen en la atmósfera. También me propongo introducirlos en la atmósfera de S'uthlam. Mediante la ingeniería genética he producido un jinete del viento a la medida de S'uthlam, que tiene veinte metros de punta de un ala a la otra. Posee también la capacidad de bajar casi hasta la altura de un árbol medio y su masa corporal es aproximadamente unas seis veces la de su modelo original. Un pequeño saco de hidrógeno situado tras sus órganos sensoriales le permitirá mantenerse en vuelo pese a dicho peso superior. Con todos los vehículos aéreos que S'uthlam tiene a su disposición no les resultará difícil cazarlos, encontrando en ellos una excelente fuente de proteínas.

»Para ser completamente sincero y honesto, debo añadir que esta modificación ecológica tiene cierto precio. Los microorganismos, los hongos y las levaduras se reproducirán muy rápidamente en los cielos de S'uthlam, ya que no tienen enemigos naturales. Las partes más elevadas de sus torres residenciales se verán cubiertas de levadura y hongos, con lo cual se hará necesario aumentar la frecuencia con que sean limpiados. La mayor parte de las especies de aves s'uthlamesas y las que han sido introducidas en este mundo procedentes de Tara y Vieja Tierra morirán, desplazadas por este nuevo ecosistema aéreo. Cuando todo haya sido hecho, los cielos se oscurecerán, con lo cual se recibirá una cantidad de radiación solar apreciablemente menor, sufriéndose también ciertos cambios permanentes de clima. Sin embargo, según mis cálculos, ello no tendrá lugar hasta dentro de unos trescientos años. Dado que en un plazo mucho más breve el desastre se hará ineludible de no tomar medidas inmediatas, sigo recomendando el rumbo de acción que acabo de exponer.

Los reporteros se levantaron de un salto y empezaron a formular preguntas a voz en grito. Tolly Mune seguía derrumbada en su asiento con el ceño fruncido. El Primer Consejero, Cregor Blaxon, estaba muy tieso e inmóvil, con los ojos clavados hacia adelante, contemplando el vacío y con una rígida sonrisa en su flaco rostro.

—Un instante, por favor —dijo Haviland Tuf encarándose al torbellino de voces y gritos—. Estoy a punto de terminar. Ya han oído mis recomendaciones y ya han visto las especies con las cuales pretendo rediseñar su ecología. Ahora, esperen un momento. Suponiendo que su Consejo decida poner en marcha el uso de la bestia de carne, las vainas jersi y el ororo tal y como yo he indicado, los ordenadores del *Arca* han calculado que se producirá una significativa mejora en su crisis alimenticia. Tengan la bondad de mirar.

Todos los ojos fueron hacia la pantalla. Incluso Tolly Mune giró la cabeza y el Primer Consejero, Cregor

Blaxon, con la sonrisa aún en los labios, se levantó de su asiento para enfrentarse valerosamente a ella, con los pulgares metidos como garfios en los bolsillos de su traje. En la pantalla apareció una cuadrícula y luego una línea roja y otra verde, a medida que los datos se alineaban sobre un eje y las cifras de población en el otro.

El tumulto se calmó.

El silencio invadió nuevamente la gran sala.

Incluso en la parte más alejada de la plataforma oyeron cómo Cregor Blaxon carraspeaba.

—Eh, Tuf, esto... —dijo—... debe tratarse de un error.

—Caballero —dijo Haviland Tuf—, le aseguro que no lo es.

—Es... ah... Bueno, ¿es el antes, no? No puede ser el después... —Señaló con el dedo hacia la pantalla—. Quiero decir que... mire, toda esa ingeniería ecológica, el no cultivar nada salvo las vainas, nuestro mares cubiertos con chal de Neptuno, los cielos oscureciéndose a causa de todo ese alimento que vuela, las montañas de carne en cada sótano.

—Bestias de carne —le corrigió Tuf—, aunque debo conceder que el referirse a ellas como «montañas de carne» posee cierta potencia evocadora. Primer Consejero, al parecer posee usted el donde emplear el lenguaje con vigor y de encontrar términos fáciles de recordar.

—Todo eso —dijo Blaxon sin dejarse amilanar—, es francamente radical, Tuf. Yo me atrevería a decir que tenemos derecho a esperar una mejora igualmente radical de las condiciones, ¿no?

Algunos partidarios suyos empezaron a lanzar gritos, vitoreándole.

—Pero esto —terminó de hablar el Primer Consejero—, este cálculo dice que... bueno, quizá lo estoy interpretando mal.

—Primer Consejero —dijo Haviland Tuf—, y pueblo de S'uthlam, lo está interpretando correctamente. Si adoptan todas y cada una de mis sugerencias lo cierto es que conseguirán posponer el día de su catastrófico ajuste de cuentas con el hambre. Lo pospondrán, caballero, no lo eliminarán. Tendrán falta de alimentos en dieciocho años, tal y como indican sus cálculos actuales, o dentro de ciento nueve, como indica este cálculo, pero estoy absolutamente seguro de que acabarán teniéndola. —Levantó un dedo—. La única solución auténtica y permanente no puede hallarse a bordo de mi *Arca* sino en las mentes y en las glándulas de cada ciudadano s'uthlamés. Deben imponerse inmediatamente un control de nacimientos. ¡Deben detener de inmediato su incontenible e indiscriminada reproducción!

—Oh, no —gimió Tolly Mune. Pero, habiendo previsto desde hacía rato esas palabras, se puso en pie como un rayo y avanzó hacia Haviland Tuf, pidiendo a gritos que intervinieran los hombres de seguridad antes de que en la sala se desencadenara el infierno.

—El rescatarle se está convirtiendo en una maldita costumbre —dijo Tolly Mune mucho tiempo después, cuando ya estaban de nuevo en el seguro refugio del *Fénix*, anclado en su dique del muelle seis. Dos pelotones completos de seguridad, armados con pistolas neurónicas y enredaderas, montaban guardia fuera de la nave, manteniendo a distancia suficiente la furia de la multitud—. ¿Tiene algo de cerveza? —le preguntó—. ¡Infiernos y maldición!, no me iría nada mal una. —El regreso a la nave había sido más bien agotador incluso con los guardias flanqueándoles. Tuf corría con un extraño galope poco grácil, pero Tolly Mune se había visto obligada a reconocer que era capaz de una sorprendente velocidad—. ¿Qué tal se encuentra? —le preguntó.

—Una concienzuda sesión de limpieza ha podido eliminar de mi persona casi todos los salivazos —dijo Haviland Tuf, instalándose con rígida dignidad en su asiento—. Encontrará cerveza en el compartimiento refrigerado que hay bajo el tablero de juegos. Sírvase cuanta le apetezca, naturalmente. —*Dax* empezó a trepar por la pierna de Tuf clavando sus diminutas garras en la tela del mono azul claro que se había puesto después de llegar a la nave. Tuf extendió una pálida manaza y le ayudó a subir—. En el futuro —le dijo al gato—, me acompañarás en todo momento y con ello tendré aviso suficiente de cuando vayan a desencadenarse semejantes exhibiciones de emotividad.

—Esta vez el aviso ya había sido más que suficiente —le dijo Tolly Mune cogiendo una cerveza—, y aún lo habría sido más si me hubiera dicho que pensaba condenar nuestras creencias, nuestra Iglesia y todo nuestro maldito modo de vida. ¿Esperaba que le dieran una medalla?

—Me habría conformado con una salva de aplausos.

—Se lo advertí hace mucho tiempo, Tuf. En S'uthlam no resulta muy popular mostrarse contrario a la vida.

—Me niego a que se me imponga tal etiqueta —dijo Tuf—, pues me alineo firmemente al lado de ésta. A decir verdad cada día la estoy creando en mis cubas. Siento una decidida repugnancia personal hacia la muerte, me disgusta en grado sumo la entropía y caso de que fuera invitado a la muerte calórica del universo puedo asegurar que cambiaría inmediatamente de planes. —Alzó un dedo—. Sin embargo, Maestre de Puerto Mune, dije lo que debía ser dicho. La procreación ilimitada tal y como la predica su Iglesia de la Vida en Evolución y tal como la practica la mayor parte de S'uthlam, excluyendo a su misma persona y al resto de ceros, es tan irresponsable como estúpida ya que produce un incremento geométrico de la población que terminará sin duda alguna haciendo derrumbarse a la orgullosa civilización de S'uthlam.

—Haviland Tuf, el profeta del apocalipsis —dijo la Maestre de Puerto con un suspiro—. Creo que les gustaba más cuando era un intrépido ecologista y un gallardo amante.

—En todos los lugares que he visitado he descubierto que los héroes son una especie en peligro. Puede que resulte más agradable estéticamente cuando profiero tranquilizadoras falsedades a través de un filtro de pelos faciales, en vídeos melodramáticos que apestan a falso optimismo y complacencia postcoito. Ello no me parece sino otro síntoma más de la gran enfermedad s'uthlamesa, el ciego afecto que sienten hacia las cosas tal y como les gustaría que fueran y no hacia las cosas tal y como son. Ha llegado el momento de que su mundo contemple la verdad sin afeites, ya sea la de mi rostro carente de vello o la práctica certeza de que el hambre está muy cerca de su planeta.

Tolly Mune sorbió un poco de cerveza y le miró.

—Tuf —dijo— ¿recuerda mis palabras de hace cinco años?

—Me parece recordar que en aquel entonces habló usted bastante.

—Al final —dijo ella con cierta impaciencia—, cuando decidí ayudarle a huir con el *Arca*, en vez de ayudar a que Josen Rael se la quitara. Me preguntó el porqué lo había hecho y yo le expliqué mis razones.

—Dijo —citó Tuf con voz solemne— que el poder corrompe y que el poder absoluto corrompe de modo irremisible, que el *Arca* ya había corrompido al Primer

Consejero Josen Rael y a sus hombres y que yo me encontraba mejor equipado para estar en posesión de la sembradora, ya que era incorruptible.

Tolly Mune le sonrió sin mucho entusiasmo.

—No del todo, Tuf. Dije que no creía en la existencia de un hombre totalmente incorruptible pero que, si existía, usted se acercaba mucho a él.

—Ciertamente —dijo Tuf acariciando a *Dax*—. Admito la corrección.

—Ahora está consiguiendo que empiece a tener dudas —dijo ella—. ¿Sabe lo que hizo durante esa conferencia? Para empezar, ha conseguido derribar otro gobierno. Creg no podrá sobrevivir a esto. Le dijo al planeta entero que es un mentiroso. Puede que sea cierto y que resulte justo. Usted le hizo y ahora le ha destruido. Los Primeros Consejeros no parecen durar demasiado en cuanto aparece usted, ¿verdad? Pero eso no importa en realidad. También le dijo a unos... bueno, aproximadamente a treinta mil millones de miembros de la Iglesia de la Vida en Evolución que sus más apreciadas creencias religiosas son tan válidas como un dolor de tripas. Dijo también que toda la base de la filosofía tecnocrática que ha dominado la política del Consejo durante siglos estaba equivocada. Tendremos suerte si las próximas elecciones no nos devuelven a los expansionistas y, si ello ocurre, tendremos guerra. Vandeen, Jazbo y el resto de los aliados no consentirán otro gobierno expansionista. Es probable que me haya arruinado, otra vez. Siempre, claro está, que no aprenda a recuperarme del revolcón, más rápidamente que hace cinco años. En vez de una amante interestelar, ahora soy la típica burócrata vieja y retorcida a la cual le gusta mentir sobre sus escapadas sexuales y además he ayudado a un ciudadano antivida —suspiró—. Parece decidido a causar mi desgracia, Tuf, pero eso no es nada.

Sé cuidar de mi persona. Lo principal es que ha decidido cargar con el peso de imponerle la política a seguir a una población superior a los cuarenta mil millones de personas con sólo una muy vaga noción de las posibles consecuencias. ¿Cuál es su autoridad? ¿Quién le dio ese derecho?

—Podría sostener que todo ser humano tiene el derecho a proclamar la verdad.

—¿Y también el derecho de exigir que esa verdad sea transmitida a todo el planeta mediante las redes de noticias y vídeo? ¿De dónde vino ese condenado derecho? —replicó ella—. Hay varios millones de personas en S'uthlam que pertenecen a la facción de los cero, incluida yo misma. No dijo nada que no llevemos años repitiendo. Sencillamente, lo dijo mucho más alto.

—Soy consciente de ello. Pero tengo la esperanza de que mis palabras de esta noche, sin importar cuán amargamente hayan sido recibidas, tengan finalmente un efecto beneficioso sobre la política y la sociedad s'uthlamesa. Puede que Cregor Blaxon y sus tecnócratas comprendan finalmente que no puede existir una auténtica salvación en lo que él llama el Florecimiento de Tuf y que usted una vez calificó como el milagro de los panes y los peces. Es posible que, a partir del punto actual, pueda darse un cambio tanto en la política como en la opinión, y quizá pueda darse el caso de que sus ceros triunfen en las próximas elecciones.

Tolly Mune torció el gesto.

—Eso es condenadamente improbable y usted debería saberlo muy bien. Incluso si los ceros ganaran sigue planteada la pregunta de qué diablos podríamos hacer. —Se inclinó hacia adelante—. ¿Tendríamos quizás el derecho a imponer por la fuerza el control de población? Tengo mis dudas, pero eso tampoco importa demasiado.

Lo que intento dejar claro es que Haviland Tuf no posee ningún maldito monopolio sobre la verdad y que cualquier cero habría sido capaz de soltar su maldito discurso. ¡Infiernos!, la mitad de esos condenados tecnócratas conocen perfectamente la situación. Creg no es ningún idiota y tampoco lo era el pobre Josen. Lo que le ha permitido actuar de ese modo era el poder, Tuf, el poder del *Arca*, la ayuda que está en su mano concedernos o negarnos según le venga en gana.

—Ciertamente —dijo Tuf y pestañeó—. No puedo discutirlo ya que la historia ha confirmado ampliamente la triste verdad de que las masas irracionales siempre se han alineado detrás del poderoso y no del sabio.

—¿Cuál de los dos es usted, Tuf?

—No soy más que un humilde...

—Sí, sí —le interrumpió ella malhumorada—. Ya lo sé, es un condenadamente humilde ingeniero ecológico, un humilde ingeniero ecológico que ha decidido jugar a profeta. Un humilde ingeniero ecológico que ha visitado S'uthlam exactamente dos veces en toda su vida, durante un total de quizá cien días y que, pese a ello, se considera competente para derribar nuestro gobierno, desacreditar nuestra religión y leerle la cartilla a unos cuarenta mil millones de perfectos desconocidos, sobre el número de niños que deberían tener. Puede que mi gente sea idiota, puede que no sepan ver más allá de sus narices y puede que estén ciegos pero, Tuf, siguen siendo mi gente. No puedo aprobar el modo en que ha llegado aquí y ha intentado remodelarnos siguiendo sus ilustrados valores personales.

—Niego tal acusación, señora. Sean cuales sean mis opiniones personales no estoy buscando imponérselas a S'uthlam. Sencillamente, me he impuesto la tarea de aclarar ciertas verdades y hacer que su población tome conciencia de ciertas frías y duras ecuaciones matemáticas, cuya suma final da como resultado el desastre y que no pueden ser cambiadas por creencias, oraciones o romances melodramáticos emitidos por sus redes de vídeo.

—Se le está pagando por... —empezó a decir Tolly Mune.

—Una cantidad insuficiente —le interrumpió Tuf.

Tolly Mune no pudo evitar una leve sonrisa.

—Se le está pagando por su trabajo como ingeniero ecológico, Tuf, no para que nos instruya en cuanto a política o religión. No, gracias.

—De nada, Maestre de Puerto Mune, de nada. —Tuf cruzó las manos formando un puente—. Ecología —dijo—. Considere lentamente la palabra, si es tan amable. Medite sobre su significado. Un ecosistema puede ser comparado a una gran máquina biológica, creo yo, y caso de que dicha analogía se desarrolle lógicamente, la humanidad debe ser vista como parte de tal máquina. No pongo en duda que es una parte muy importante, quizás un motor o un circuito clave, pero en ningún caso se encuentra separada del mecanismo, tal y como muy a menudo se piensa falazmente. Por lo tanto, cuando una persona como yo cambia la ingeniería de un sistema ecológico debe necesariamente remodelar a los seres humanos que viven dentro de él.

—Tuf, me está empezando a dar miedo. Lleva demasiado tiempo solo en esta nave.

—No comparto dicha opinión —replicó Tuf.

—La gente no es como los anillos de pulsación gastados y no se la puede recalibrar como a una vieja tobera, supongo que lo sabe.

—La gente es mucho más compleja y recalcitrante que cualquier componente mecánico, electrónico o bioquímico —dijo Tuf en tono conciliador.

—No me refería a eso.

—Y los s'uthlameses son particularmente difíciles —añadió Tuf.

Tolly Mune sacudió la cabeza.

—Recuerde lo que he dicho, Tuf. El poder corrompe.

—Ciertamente —dijo él, pero dado el contexto de su conversación, Tolly Mune no logró entender muy bien a qué estaba asintiendo con tal palabra. Haviland Tuf se puso en pie—. Mi estancia aquí está llegando a su fin —dijo—. En este mismo instante el cronobucle del *Arca* se encuentra acelerando el crecimiento de los organismos contenidos en mis tanques de clonación. El Basilisco y la *Mantícora* se están preparando para efectuar la entrega, dando por sentado que Cregor Blaxon o quien le suceda acabarán aceptando mis recomendaciones. Yo diría que dentro de diez días, S'uthlam tendrá sus bestias de carne, sus vainas jersi, sus ororos y todo lo necesario. En ese momento partiré, Maestre de Puerto Mune.

—Y una vez más seré abandonada por mi amante, que se marcha a las estrellas —dijo Tolly Mune con tono burlón—. Puede que consiga sacar algo de eso, quién sabe...

Tuf miró a *Dax*.

—Ligereza de ánimo —dijo—, mezclada con algo de amargura para darle sabor. —Alzó nuevamente la mirada y pestañeó—. Creo que le he prestado un gran servicio a S'uthlam —dijo—. Lamento cualquier molestia personal que haya podido ser causada por mis métodos, Maestre de Puerto. No era mi intención. Permítame que intente compensarla con una minucia.

Ella ladeó la cabeza y le miró fijamente.

—¿Cómo piensa hacerlo, Tuf?

—Una nadería —dijo Tuf—. Estando a bordo del *Arca* no pude sino percatarme del afecto con el cual trataba a los gatitos, y también me di cuenta de que dicho afecto no carecía de retribución. Me gustaría entregarle mis dos gatos como muestra de estimación y aprecio.

Tolly Mune lanzó un bufido.

—¿Tiene quizá la esperanza de que el pavor causado por ellos impedirá que los hombres de seguridad me arresten apenas vuelva? No, Tuf, aprecio la oferta y me siento tentada a decir que sí pero, realmente, debe recordar que las alimañas son ilegales en la telaraña. No podría tenerlos conmigo.

—Como Maestre de Puerto de S'uthlam posee la autoridad necesaria para cambiar las reglas pertinentes.

—Oh, claro, ¿resultaría muy bonito, no? Antivida y encima corrompida. Sería realmente lo que se dice toda una personalidad popular.

—Sarcasmo —le informó Tuf a *Dax*.

—¿Y qué pasaría cuando me quitaran el cargo de Maestre de Puerto? —dijo ella.

—Tengo una fe absoluta en que será capaz de sobrevivir a esta tempestad política, de igual modo que supo capear la anterior —dijo Tuf.

Tolly Mune lanzó una carcajada algo rencorosa.

—Pues me alegro por usted pero, realmente, no, gracias, no funcionaría.

Haviland Tuf permanecía en silencio con el rostro inmutable. Después de un tiempo alzó la mano.

—He logrado dar con una solución —dijo—. Además de mis dos gatitos le entregaré una nave estelar. Ya sabrá que tengo cierto exceso de ellas. Puede conservar los gatitos en la nave y técnicamente se encontrarán fuera de la jurisdicción del Puerto. Llegaré al extremo de entregarle comida suficiente para cinco años y con ello nadie podrá decir que les está dando a esas supuestas alimañas calorías necesitadas por seres humanos que pasan hambre. Para reforzar un poco más su vapuleada imagen pública puede decirle a los noticiarios que esos dos felinos son rehenes con los cuales garantiza mi prometido regreso a S'uthlam dentro de cinco años.

Tolly Mune dejó una sonrisa algo tortuosa fuera abriéndose paso por sus austeros rasgos.

—Eso podría funcionar, ¡maldita sea! Está haciendo la oferta muy difícil de rechazar. ¿Ha dicho también una nave?

—Ciertamente.

Tolly Mune sonrió, ya sin reservas.

—Es demasiado convincente, Tuf. De acuerdo. ¿Cuáles serán los dos gatos?

—*Duda* —dijo Haviland Tuf—, e *Ingratitud*.

—Estoy segura de que ahí hay encerrada alguna alusión —dijo ella—, pero no pienso romperme la cabeza intentando encontrarla. ¿Y comida para cinco años?

—Comida suficiente hasta el día en que hayan transcurrido cinco años y vuelva nuevamente para pagar el resto de mi factura.

Tolly Mune le miró, recorriendo con sus ojos el pálido e inexpresivo rostro de Tuf, sus blancas manos cruzadas sobre su prominente estómago, la gorra que cubría su calva cabeza y el gatito negro que reposaba en su regazo. Le miró durante un largo espacio de tiempo y de pronto, sin que pudiera atribuirlo a ninguna razón en particular, su mano tembló levemente haciéndole derramar un poco de cerveza que le mojó la manga. Sintió el frío del líquido penetrando la tela y el minúsculo riachuelo que iba bajando hacia su cintura.

—¡Oh, que alegría! —dijo—. Tuf, Tuf y siempre Tuf. No sé si podré esperar.

5

Una bestia para Norn

Cuando el hombre delgado le encontró, Haviland Tuf, estaba sentado, sin compañía alguna, en el rincón más oscuro de una cervecería de Tamber. Tenía los codos apoyados en la mesa y su calva coronilla casi rozaba la viga de madera pulida que sostenía el techo. En la mesa había ya cuatro jarras vacías, con el interior estriado por círculos de espuma, en tanto que una quinta jarra, medio llena, casi desaparecía entre sus enormes manos.

Si Tuf era consciente de las miradas curiosas que, de vez en cuando, le dedicaban los demás clientes, no daba señal alguna de ello. Sorbía su cerveza metódica y lentamente con el rostro absolutamente impasible. Su solitaria presencia en el rincón del reservado resultaba más bien extraña.

Pero no estaba totalmente solo. *Dax* dormía sobre la mesa, junto a él, convertido en un ovillo de pelo oscuro. De vez en cuando, Tuf dejaba su jarra de cerveza y acariciaba distraídamente a su inmóvil compañero, pero *Dax* no abandonaba por ello su cómoda posición entre las jarras vacías. Comparado con el promedio de la especie felina, *Dax* era tan grande como Haviland Tuf lo era comparado con los demás hombres.

Cuando el hombre delgado entró en el reservado de

Tuf, éste no abrió la boca. Lo único que hizo fue alzar la mirada hacia él, pestañear y aguardar a que fuera el recién llegado quien diera comienzo a la conversación.

—Usted es Haviland Tuf, el vendedor de animales —dijo el hombre delgado. Estaba tan flaco que impresionaba verle. Vestía de negro y gris y tanto el cuero como las pieles parecían colgar sobre su cuerpo formando bolsas y arrugas aquí y allá. Pese a ello, resultaba claro que era hombre acomodado, ya que llevaba una delgada diadema de bronce medio escondida por su abundante cabellera negra y sus dedos estaban adornados con multitud de anillos.

Tuf rascó a *Dax* detrás de una oreja.

—No basta con que nuestra soledad deba sufrir esta intromisión repentina —le dijo al animal. En su retumbante voz de bajo no había ni pizca de inflexión—. No es suficiente con que se viole nuestro dolor. También debemos soportar las calumnias y los insultos, a lo que parece. —Alzó nuevamente la mirada hacia el hombre delgado y añadió—: Caballero, ciertamente soy Haviland Tuf y quizá pudiera llegar a decirse que mi comercio tiene algo que ver con los animales, pero quizá también sea posible que no me tenga por un mero vendedor de animales. Quizá me considere un ingeniero ecológico.

El hombre delgado movió la mano con cierta irritación y, sin esperar a que le invitaran, tomó asiento frente a Tuf.

—Tengo entendido que posee una vieja sembradora del CIE, pero eso no le convierte en ingeniero ecológico, Tuf. Todos los ingenieros ecológicos han muerto y de eso ya hace algunos siglos. Pero si prefiere que le llamen así, a mí no me importa. Necesito sus servicios. Quiero adquirir un monstruo, una bestia enorme y feroz.

—Ah —dijo Tuf, dirigiéndose de nuevo al gato—. Desea comprar un monstruo. El desconocido que se ha instalado en mi mesa, sin que le haya invitado, desea comprar un monstruo. —Tuf pestañeó—. Lamento informarle de que su viaje ha resultado inútil. Los monstruos, señor mío, pertenecen por entero al reino de lo mitológico, al igual que los espíritus, los hombres-bestia y los burócratas competentes. Más aún, en estos momentos no me dedico a la venta de animales, ni a ninguno de los variados aspectos de mi profesión. En este momento me encuentro consumiendo la excelente cerveza de Tamberkin y llorando una muerte.

—¿Llorando una muerte? —dijo el hombre delgado—. ¿Qué muerte? —No parecía muy dispuesto a irse.

—La muerte de una gata —dijo Haviland Tuf—. Se llamaba *Desorden* y llevaba largos años siendo mi compañera, señor mío. Ha muerto hace muy poco tiempo en un mundo llamado Alyssar, al cual la mala fortuna me llevó para hacerme caer en manos de un príncipe bárbaro notablemente repulsivo —sus ojos se clavaron en la diadema—. Caballero, ¿no será usted por casualidad un príncipe bárbaro?

—Claro que no.

—Tiene usted suerte, entonces —dijo Tuf.

—Bueno, Tuf, lamento lo de su gata. Ya sé lo que siente actualmente, sí, créame. Yo he pasado mil veces por ello.

—Mil veces —repitió Tuf con voz átona—. ¿Considera quizás excesivo el esfuerzo de cuidar adecuadamente a sus animales domésticos?

El hombre delgado se encogió de hombros.

—Los animales se mueren, ya se sabe. Es imposible evitarlo. La garra, el colmillo y todo eso, sí, claro, es su destino. Me he acostumbrado a ver cómo mis mejores animales morían ante mis ojos y... Pero ése es justamente el motivo de que desee hablar con usted, Tuf.

—Ciertamente —dijo Haviland Tuf.

—Me llamo Herold Norn. Soy el Maestro de Animales de mi Casa, una de las Doce Grandes Casas de Lyronica.

—Lyronica —repitió Tuf—. El nombre no me resulta del todo desconocido. Un planeta pequeño y de poca población, según creo recordar, y de costumbres más bien salvajes. Puede que ello explique sus repetidas transgresiones de las maneras civilizadas.

—¿Salvaje? —dijo Norn—. Eso son tonterías de Tamberkin, Tuf. Un montón de condenados granjeros... Lyronica es la joya del sector. ¿Ha oído hablar de nuestros pozos de juego?

Haviland Tuf rascó nuevamente a *Dax* detrás de la oreja, siguiendo un ritmo bastante peculiar, y el enorme gato se desenroscó con mucha lentitud, bostezando. Luego abrió los ojos y clavó en el hombre delgado dos enormes pupilas doradas, ronroneando suavemente.

—Durante mis viajes he ido recogiendo por azar algunas briznas de información —dijo Tuf—, pero quizá tenga usted la bondad de ser más preciso, Herold Norn, para que así, *Dax* y yo, podamos considerar su proposición.

Herold Norn se frotó las manos y movió la cabeza en un gesto de asentimiento.

—¿*Dax*? —dijo—. Claro, claro. Un animal muy bonito, aunque personalmente nunca me han gustado demasiado los animales incapaces de pelear. Siempre he afirmado que, sólo en la capacidad para matar se encuentra la auténtica belleza.

—Una actitud muy peculiar —comenzó Tuf.

—No, no —dijo Norn—, en lo más mínimo. Tengo la esperanza de que los trabajos realizados aquí no le hayan hecho contagiarse con los ridículos prejuicios de Tamber.

Tuf sorbió el resto de su cerveza en silencio y luego hizo una seña pidiendo otras dos jarras. El camarero se las trajo rápidamente.

—Gracias —dijo Norn, una vez tuvo delante una jarra llena hasta los bordes de líquido dorado y espumante.

—Continúe, por favor.

—Sí, sí. Bien, las Doce Grandes Casas de Lyronica compiten en los pozos de juego. Todo empezó... ¡Oh!, hace siglos de ello. Antes de tales competiciones las Casas luchaban entre ellas, pero el modo actual resulta mucho mejor. El honor de la familia se mantiene intacto, se hacen fortunas en cada competición y nadie resulta herido. Verá, cada una de las Casas controla grandes residencias que se encuentran esparcidas por el planeta y, dado que la tierra apenas si está poblada, la vida animal prolifera de un modo espléndido. Hace muchos años, los Señores de las Grandes Casas empezaron a divertirse con peleas de animales aprovechando una época de paz. Se trataba de un entretenimiento muy agradable y hondamente enraizado en la historia. Puede que ya conozca usted la vieja costumbre de las peleas de gallos y ese pueblo de la Vieja Tierra llamado romano, que solía enfrentar entre sí en un gran anfiteatro a todo tipo de bestias.

Norn se calló para tomar un sorbo de cerveza, esperando una respuesta. Tuf siguió callado, acariciando a *Dax*.

—No importa —acabó diciendo el flaco lyronicano, limpiándose la espuma de los labios con el dorso de la mano—. Ése fue el inicio de los juegos actuales. Cada Casa tiene sus propias tierras y animales. La Casa de Varcour, por ejemplo, tiene sus dominios en las zonas pantanosas del Sur y les encanta enviar sus enormes lagartos-leones a los pozos de juego. Feridian, una tierra montañosa, ha logrado labrar su fortuna actual con una especie de simio de las rocas al cual, naturalmente, llamamos *feridian*. Mi casa, Norn, se encuentra en las llanuras herbosas del continente Norte. Hemos enviado cien bestias diferentes a los combates, pero se nos conoce principalmente por nuestros colmillos de hierro.

—Colmillos de hierro —dijo Tuf—. Un nombre de lo más sugestivo.

Norn le sonrió con cierto orgullo.

—Sí —dijo—. En mi calidad de Maestre de Animales he entrenado a miles de ellos. ¡Oh, son unos animales preciosos! Son tan altos como usted, tienen el pelo de un soberbio color negro azulado y resultan tan feroces como implacables.

—¿Puedo aventurar la hipótesis de que sus colmillos de hierro tengan ciertos antepasados caninos?

—Sí, pero... ¡qué caninos!

—Y, sin embargo, me pide usted un monstruo.

Norn bebió más cerveza.

—Cierto, cierto. Los habitantes de muchos mundos cercanos viajan a Lyronica para ver cómo las bestias luchan en los pozos y hacen apuestas en cuanto a los resultados. La Arena de Bronce, que lleva seiscientos años situada en la Ciudad de Todas las Casas, es particularmente concurrida y allí es donde se celebran los mayores combates. La riqueza de nuestras Casas y de nuestro planeta ha llegado a depender de ellos y, sin dicha riqueza, la opulenta Lyronica sería tan pobre como los granjeros de Tamber.

—Sí —dijo Tuf.

—Debe comprender que esa riqueza afluye a las Casas según el honor que hayan ganado mediante sus victorias. La Casa de Arneth se ha vuelto muy grande y poderosa, porque en sus tierras, que abarcan una gran variedad de climas, hay muchas bestias mortíferas, y las demás la siguen según sus fortunas y tanteos en la Arena de Bronce.

Tuf pestañeó.

—La Casa de Norn ocupa el último lugar entre las Doce Grandes Casas de Lyronica —dijo. *Dax* ronroneó más fuerte.

—¿Lo sabía?

—Caballero, eso resulta obvio. Sin embargo, se me ocurre una posible objeción. Teniendo en cuenta las reglas de su Arena de Bronce, ¿no podría acaso considerarse falto de ética comprar e introducir en ella una especie no nativa de su fabuloso mundo?

—Ya hay precedentes. Hace unos setenta años un jugador volvió de la mismísima Vieja Tierra, con una criatura llamada lobo del bosque, entrenada por él mismo. La Casa de Colin le apoyó siguiendo un impulso enloquecido. Su pobre animal tuvo por oponente a un colmillo de hierro y demostró no estar precisamente a la altura de su misión. Hay otros casos.

»Por desgracia, nuestros colmillos de hierro se han reproducido muy mal en los últimos años. Los especímenes salvajes han desaparecido prácticamente de todos los lugares, excepto de alguna llanura, y los pocos que aún subsisten se han vuelto cautelosos y esquivos, siendo muy difíciles de capturar. Los animales que criamos en cautiverio parecen haberse ablandado, pese a mis esfuerzos y a los de mis predecesores en el cargo. Norn ha conseguido muy pocas victorias últimamente y no seguiré ostentando mi posición durante mucho tiempo, si no se hace algo para evitarlo. Nos estamos empobreciendo. Cuando me enteré de que su *Arca* había llegado a Tamber decidí ir en su busca. Con su ayuda podré dar inicio a una nueva era de gloria para Norn.

Haviland Tuf siguió sentado sin mover ni un músculo.

—Comprendo el dilema al que se enfrenta, pero debo informarle que no estoy acostumbrado a vender monstruos. El *Arca* es una antigua sembradora diseñada por los Imperiales de la Tierra hace miles de años con el fin de diezmar a los Hranganos mediante la bioguerra. Puedo desencadenar un auténtico diluvio de enfermedades y plagas y en mi biblioteca celular se almacena material con el que clonar un increíble número de especies, procedentes de más de mil mundos, pero los monstruos auténticos, del tipo que usted ha dado a entender que necesita, no son tan abundantes.

Herold Norn le miró con expresión abatida.

—Entonces, ¿no tiene nada?

—No han sido tales mis palabras —dijo Haviland Tuf—. Los hombres y mujeres del ya desaparecido Cuerpo de Ingeniería Ecológica, utilizaron, de vez en cuando, especies que gentes supersticiosas o mal informadas podrían etiquetar como monstruos, por razones tanto ecológicas como psicológicas. A decir verdad, en mi repertorio figuran algunos animales de tal tipo, si bien no en número demasiado abundante. Puede que unos miles y con toda seguridad no más de diez mil. Si tuviera que precisar la cifra, debería consultar con mis ordenadores.

—¡Unos miles de monstruos! —Norn parecía otra vez animado—. ¡Eso es más que suficiente! ¡Estoy seguro de que entre todos ellos será posible hallar una bestia para Norn!

—Quizá sí —dijo Tuf—, o quizá no. Existen las dos posibilidades. —Estudió durante unos segundos a Norn con expresión tan fría como desapasionada—. Debo confesar que Lyronica ha logrado despertar un cierto interés en mí y, dado que en estos momentos carezco de compromisos profesionales tras haberles entregado a los naturales de Tamber un pájaro capaz de poner coto a la plaga de gusanos que ataca sus raíces de árboles frutales, siento cierta inclinación a visitar su mundo y estudiar el asunto de cerca. Vuelva a su planeta, señor mío. Iré con el *Arca* a Lyronica, veré sus pozos de juego y entonces decidiremos lo que puede hacerse al respecto.

Norn sonrió.

—Excelente —dijo—. Entonces, yo me encargo de la siguiente ronda.

Dax empezó a ronronear tan estruendosamente como una lanzadera entrando en la atmósfera.

La Arena de Bronce alzaba su masa cuadrada en el centro de la Ciudad de Todas las Casas, justo en el punto donde los sectores dominados por las Doce Grandes Casas se unían como las rebanadas de un enorme pastel. Cada enclave de la pétrea ciudad estaba rodeado de murallas, en cada uno ondeaba el estandarte de sus colores distintivos y cada uno de ellos poseía su ambiente y estilo propios, pero todos se fundían en la Arena de Bronce.

A decir verdad, la Arena no estaba hecha de bronce, sino básicamente de piedra negra y madera pulida por el tiempo. Era más alta que casi todos los demás edificios de la ciudad, con excepción de algunas torres y minaretes, y estaba coronada por una reluciente cúpula de bronce que ahora brillaba con los rayos anaranjados de un sol a punto de ocultarse. Desde sus angostas ventanas atisbaban las gárgolas talladas en piedra y recubiertas luego con bronce y hierro labrado. Las grandes puertas, que permitían franquear los muros de piedra negra eran también metálicas y su número ascendía a doce, cada una de ellas encarada a un sector distinto de la ciudad. Los colores y las tallas de cada puerta hacían referencia a la historia y tradiciones de su casa titular.

El sol de Lyronica era apenas un puñado de llamas rojizas, que teñían el horizonte occidental, cuando Herold Norn y Haviland Tuf asistieron a los juegos. Unos segundos antes, los encargados habían encendido las antorchas de gas, unos obeliscos metálicos que brotaban como dientes enormes en un anillo alrededor de la Arena, el gigantesco edificio quedó rodeado por las vacilantes llamas azules y anaranjadas. Tuf siguió a Herold Norn, entre una multitud de apostadores y hombres de las Casas, desde las medio desiertas callejas de los suburbios nórdicos hasta un sendero de grava. Pasaron por entre doce colmillos de hierro reproducidos en bronce y situados a ambos lados de la calle, y cruzaron, por fin, la gran Puerta de Norn, en cuyo intrincado diseño se mezclaban el ébano y el bronce. Los guardias uniformados, que llevaban atuendos de cuero negro y piel gris idénticos a los de Harold Norn, reconocieron al Maestre de Animales y le permitieron la entrada, en tanto que otros, no tan afortunados, debían detenerse a pagarla con monedas de oro y hierro.

La Arena contenía el mayor de todos los pozos de juego. Se trataba realmente de un pozo. El suelo arenoso, donde tenía lugar el combate, se encontraba muy por debajo del nivel del suelo y estaba rodeado por muros de piedra que tendrían unos cuatro metros de altura. Más allá de los muros empezaban los asientos y éstos iban rodeando la arena, en niveles cada vez más altos, hasta llegar a las puertas. Norn le dijo, con voz orgullosa, que había sitio para treinta mil personas sentadas. Aunque Tuf notó que, en la parte superior, la visibilidad resultaría casi nula, en tanto que algunos asientos desaparecían tras grandes pilares de hierro. Dispersas por todo el edificio se veían garitas para apostar.

Herold Norn condujo a Tuf hasta los mejores asientos de la sección correspondiente a Norn, con sólo un parapeto de piedra separándoles del lugar para el combate, situado cuatro metros más abajo. Aquí, los asientos no estaban hechos de madera y hierro, como en la parte más elevada, sino que eran verdaderos tronos de cuero, tan grandes que incluso la considerable masa corporal de Tuf pudo encajar en ellos sin dificultad. Al sentarse, Tuf descubrió que los asientos no sólo eran imponentes, sino también muy cómodos.

—Cada uno de estos asientos ha sido recubierto con la piel de una bestia, que ha muerto noblemente ahí abajo —le dijo Herold Norn, una vez instalados.

Bajo ellos, una cuadrilla de hombres vestidos con monos azules estaba arrastrando hacia una portilla los despojos de un flaco animal cubierto de plumas.

—Un ave de combate de la Casa de la Colina de Wrai —le explicó Norn—. El Maestre de Wrai lo envió para enfrentarse a un lagarto-león de Varcour y la elección no ha resultado particularmente afortunada.

Haviland Tuf no le respondió. Estaba sentado con el cuerpo muy tieso y vestía un gabán de vinilo gris que le llegaba a los tobillos, con unas hombreras algo aparatosas. En la cabeza lucía una gorra de color verde en cuya visera brillaba la insignia dorada de los Ingenieros Ecológicos. Sus pálidas y enormes manos reposaban entrelazadas sobre su enorme vientre, mientras Herold Norn hablaba y hablaba sin parar.

De pronto a su alrededor retumbó desde los amplificadores la voz del locutor de la Arena.

—Quinto combate —dijo—. De la Casa de Norn, un colmillos de hierro macho, dos años de edad y 2,6 quintales de peso, entrenado por el Aspirante a Maestre Kers Norn. Es su primer combate en la Arena de Bronce —un instante después se oyó un áspero rechinar metálico a sus pies y una criatura de pesadilla entró dando saltos en el pozo. El colmillos de hierro era un gigante peludo con los ojos hundidos en el cráneo y una doble hilera de dientes, de los cuales goteaba un reguero de baba. Recordaba a un lobo que hubiera crecido más allá de toda proporción imaginable y al cual hubieran cruzado con un tigre dientes de sable. Tenía las piernas tan gruesas como un árbol mediano y su veloz gracia asesina sólo era disimulada en parte por el pelaje negro azulado que no permitía ver bien sus enormes músculos en incesante movimiento. El colmillos de hierro gruñó y la arena resonó con el eco de su gruñido. Grupos dispersos de espectadores empezaron a lanzar vítores.

Herold Norn sonrió.

—Kers es primo mío y uno de nuestros jóvenes más prometedores. Me ha contado que este animal puede hacer que nos sintamos orgullosos de él. Sí, sí, me gusta su aspecto, ¿no le parece?

—Dado que visito por primera vez Lyronica y su Arena de Bronce, no puedo hacer comparaciones demasiado fundadas —dijo Tuf con voz átona.

El altavoz retumbó nuevamente

—De la Casa de Arneth-en-el-Bosque-Dorado, un mono estrangulador, seis años de edad y 3,1 quintales de peso, entrenado por el Maestre de Animales Danel Leigh Arneth. Veterano por tres veces de la Arena de Bronce y por tres veces superviviente en el combate.

En el otro extremo del pozo se abrió una portilla, pintada de escarlata y oro, y unos instantes después la segunda bestia apareció en la arena caminando erguida sobre dos gruesas patas y mirando todo lo que le rodeaba. El mono era de baja estatura, pero sus hombros eran de una anchura increíble. Tenía el torso triangular y la cabeza en forma de bala, con los ojos apenas visibles bajo una gruesa prominencia ósea. Sus brazos, musculosos y provistos de dos articulaciones, eran tan largos que rozaban la arena del pozo al andar. El animal carecía de vello con la excepción de algunos mechones de un pelo rojo oscuro bajo los brazos. Su piel era de un blanco sucio. Y olía. Aún encontrándose al otro extremo del pozo, Haviland Tuf pudo distinguir el hedor almizclado que exhalaba.

—Está sudando —le explicó Norn— Danel Leigh lo ha hecho enloquecer de rabia antes de soltarlo en la arena. Debe comprender que su animal posee la ventaja de la experiencia y el mono estrangulador es una criatura salvaje. A diferencia de su primo, el feridian montañés, es por naturaleza un carnívoro y no le hace falta mucho entrenamiento. Pero el colmillos de hierro de Norn es más joven, así que el combate debería resultar interesante —el Maestre de Animales de Norn se inclinó hacia adelante, en tanto que Tuf permanecía tranquilo e inmóvil.

El mono fue dando vueltas por la arena gruñendo roncamente. El colmillos de hierro se dirigía ya hacia él, rugiendo, su silueta convertida en un confuso manchón negroazulado que lanzaba chorros de arena a cada lado de su veloz curso. El mono estrangulador le esperó sin moverse, abriendo al máximo sus grandes brazos y Tuf distinguió confusamente cómo el enorme asesino de Norn salía despedido del suelo en un tremendo salto. Un instante después los dos animales se convirtieron en una masa oscura, que rodaba sobre la arena en tanto que el aire se llenaba con una sinfonía de rugidos.

—El cuello —le gritaba Norn—. ¡Ábrele el cuello! ¡Ábrele el cuello a mordiscos!

Los dos animales se apartaron el uno del otro con la misma velocidad con que se habían enzarzado. El colmillos de hierro empezó a moverse en lentos círculos y Tuf vio que una de sus patas delanteras estaba rota. Cojeaba, con sólo tres miembros útiles, pero seguía moviéndose alrededor de su enemigo. El mono estrangulador giraba constantemente para impedir que le cogiera por sorpresa. En su potente torso había largas heridas sangrientas fruto de los sables del animal de Norn, pero el mono parecía muy poco afectado por ellas. Herold Norn había empezado a murmurar en voz baja.

Cada vez más impaciente a causa de la inactividad de los dos animales, el público de la Arena de Bronce empezó a entonar un canto rítmico, una especie de pulsación carente de palabras que fue subiendo de tono a medida que un mayor número de voces nuevas se unían al coro. Tuf notó inmediatamente que el sonido afectaba a los animales. Empezaron a gruñir y bufar, emitiendo salvajes rugidos que parecían gritos de batalla. El mono estrangulador se balanceaba alternativamente, primero sobre una pata y luego sobre otra, como en un baile macabro. Mientras, de las fauces del colmillos de hierro, fluía un torrente de baba sanguinolenta.

El cántico asesino subía y bajaba, haciéndose cada vez más poderoso hasta que la cúpula pareció retumbar lentamente. Los animales enloquecieron. El colmillos de hierro se lanzó nuevamente a la carga y los largos brazos del mono se extendieron para recibir el feroz impacto de su salto. El golpe hizo caer al mono de espaldas, pero Tuf vio que los dientes del colmillos de hierro se habían cerrado sobre el vacío y que, en cambio, las manos del simio habían logrado apresar la garganta negroazulada. El colmillos de hierro se debatió locamente y los dos animales rodaron sobre la arena. Entonces se oyó un horrible chasquido y la criatura parecida a un lobo se convirtió en un fláccido amasijo de pieles, cuya cabeza colgaba grotescamente a un lado.

Los espectadores interrumpieron su cántico y empezaron a silbar y aplaudir. Unos instantes después la puerta escarlata y oro se abrió nuevamente y el mono estrangulador se fue por donde había venido. Cuatro hombres vestidos con los colores de Norn se encargaron de llevarse el cadáver del colmillos de hierro.

Herold Norn parecía algo abatido.

—Otra derrota. Hablaré con Kers. Su animal no supo encontrar la garganta.

—¿Qué se hará del cuerpo? —le preguntó Tuf.

—Lo despellejarán y luego lo harán pedazos —murmuró Herold Norn—. La Casa de Arneth utilizará su piel para tapizar un asiento en su parte de la arena. La carne será repartida entre los mendigos que ahora están lanzando vítores junto a su puerta. Las Grandes Casas siempre han sido caritativas.

—Ya veo —dijo Haviland Tuf, levantándose de su asiento con lenta dignidad—. Bien, ya he contemplado su Arena de Bronce.

—¿Se marcha? —le preguntó Norn con ansiedad—. ¡No debe irse tan pronto! Aún faltan cinco combates más y en el siguiente un feridian gigante combatirá contra un escorpión acuático de la Isla de Amar.

—Sólo deseaba ver si todo lo que había oído comentar sobre la afamada Arena de Bronce de Lyronica era cierto. Ya he visto que lo es y, por lo tanto, no hay necesidad de que permanezca más tiempo aquí. No es necesario consumir todo el contenido de una botella para juzgar si la cosecha resulta agradable o no.

Herold Norn se puso en pie.

—Bien —dijo—, entonces acompáñeme a la Casa de Norn. Le enseñaré los cubiles y los pozos de entrenamiento. ¡Le daremos un banquete como jamás ha visto antes!

—No es necesario —dijo Haviland Tuf—. Habiendo visto ya su Arena de Bronce confío en mi imaginación y mis poderes deductivos para que me proporcionen una imagen adecuada de sus cubiles y pozos de entrenamiento. Volveré al *Arca* sin perder ni un instante más.

Norn extendió una mano, temblorosa hacia el brazo de Tuf para detenerle.

—Entonces, ¿nos venderá un monstruo? Ya ha visto la situación en la que estamos...

Tuf esquivó la mano del Maestre de Animales con una habilidad que parecía imposible en un corpachón de su talla.

—Caballero, no pierda el control, se lo ruego. —Cuando Norn hubo apartado la mano, Tuf inclinó la cabeza para mirarle—. No me cabe duda alguna de que en Lyronica hay un problema y quizás un hombre más práctico que yo podría juzgar que dicho problema no le concierne, pero dado que, en el fondo de mi corazón, soy un altruista, no soy capaz de abandonarle en su situación actual. Meditaré sobre lo que he visto y me encargaré de poner en práctica las necesarias medidas correctoras. Puede llamarme al *Arca* dentro de tres días y quizá para ese tiempo se me hayan ocurrido una o dos ideas, de las cuales pueda hacerle partícipe.

Y, sin decir ni una palabra más, Haviland Tuf le dio la espalda y abandonó la Arena de Bronce para volver al espaciopuerto de la Ciudad de Todas las Casas, donde le aguardaba su lanzadera, el *Basilisco*.

Obviamente, Herold Norn no estaba preparado para ver el *Arca*.

Emergió de su pequeña lanzadera gris y negra, que no tenía demasiado buen aspecto, para encontrarse con la

inmensidad de la cubierta de aterrizaje y se quedó paralizado, con la boca abierta, inclinando la cabeza a un lado y a
otro para contemplar la oscuridad llena de ecos que tenía
encima, las gigantescas naves alienígenas y aquel objeto que
parecía un inmenso dragón metálico y que casi se confun-
día con las sombras lejanas. Cuando Haviland Tuf apareció
en su vehículo para recibirle, el Maestre de Animales no
hizo esfuerzo alguno por ocultar su sorpresa.

—Tendría que haberlo imaginado —repetía una y
otra vez—. El tamaño de esta nave, su tamaño... Pero,
naturalmente, tendría que haberlo imaginado.

Haviland Tuf permaneció inmóvil durante unos segundos, sosteniendo a *Dax* en un brazo y acariciándolo
con gestos lentos y mesurados

—Quizás haya quien encuentre al *Arca* excesivamente
grande y algunos pueden llegar al extremo de considerar
sus amplios recintos inquietantes, pero yo me encuentro
muy cómodo en ella —dijo con voz impasible—. Las
viejas sembradoras del CIE tenían en su tiempo unos
doscientos tripulantes y la única teoría que puedo avanzar al respecto es que compartían mi repugnancia a los
lugares pequeños.

Herold Norn se instaló junto a Tuf.

—¿Cuántos hombres tiene en su tripulación? —le
preguntó mientras que Tuf ponía en marcha el vehículo
de tres ruedas.

—Uno o cinco, según se quiera contar a los miembros de la especie felina o solamente a los humanoides.

—¿Usted es el único tripulante? —dijo Norn.

Dax se irguió repentinamente en el regazo de Tuf,
con el largo pelaje negro totalmente erizado.

—La población del *Arca* está formada por mi humilde persona, *Dax* y otros tres gatos, llamados *Caos*, *Hostilidad* y *Sospecha*. Por favor, Maestre de Animales Norn,

le ruego que no se deje alarmar por sus nombres. Son criaturas amables e inofensivas.

—Un hombre y cuatro gatos —dijo Herold Norn con expresión pensativa—. Una tripulación muy pequeña para una nave tan grande, sí, sí...

Dax lanzó un bufido. Tuf, que conducía el vehículo con una sola mano, utilizó la otra para acariciar al gato, que pareció calmarse un poco.

—Claro que también podría mencionar a los durmientes, dado que parece haber desarrollado, repentinamente, un agudo interés por los habitantes del *Arca*.

—¿Los durmientes? —dijo Herold Norn—. ¿Qué son?

—Se trata de organismos vivos, cuyo tamaño va desde lo microscópico hasta lo monstruoso, cuyo proceso de clonación ya ha terminado, pero a los que se mantiene en estado de coma gracias a la estasis perpetua que reina en las cubas del *Arca*. Aunque siento un cariño bastante acusado hacia los animales de todo tipo, en el caso de los durmientes, le he permitido sabiamente a mi intelecto que dominara mis emociones y, por lo tanto, no he tomado ninguna medida para poner fin a su largo sopor no turbado por los sueños. Tras haber investigado la naturaleza de dichas especies, decidí, hace largo tiempo, que resultarían mucho menos agradables como compañeros de viaje que mis gatos y debo admitir que en algunos momentos he llegado a considerarles como una molestia. A intervalos regulares debo cumplir la pesada tarea de introducir cierta orden secreta en los ordenadores del *Arca* para que su largo sueño no se interrumpa. Mi gran temor es que un día olvide dicha labor, sea por la razón que sea, y que mi nave se vea repentinamente inundada de plagas extrañas y carnívoros babeantes, con lo cual se me impondría la necesidad de perder mucho tiempo y tomarme grandes molestias en la subsiguiente labor de limpieza. Quién sabe si incluso podría llegar a sufrir algún daño personal, por no mencionar a mis felinos.

Herold Norn estudió durante unos segundos el rostro inmutable de Tuf y luego el de su enorme y hostil felino.

—Ah —dijo por fin—. Sí, sí, parece peligroso., desde luego, Tuf. Quizá debería... bueno, abortar o poner fin a esos durmientes. Entonces se encontraría más.... más seguro.

Dax le miró y volvió a echar un bufido.

—Una idea interesante —replicó Tuf—. Sin duda fueron las vicisitudes de la guerra las culpables de que los hombres y mujeres del CIE se vieran dominados por todo tipo de ideas paranoicas y acabaran sintiendo la obligación de programar tan temibles defensas biológicas. Siendo por naturaleza más confiado y honesto que ellos, algunas veces he pensado en deshacerme de los durmientes pero, a decir verdad, no me siento capaz de abolir mediante una decisión unilateral una práctica que ha sido mantenida durante más de un milenio y ha llegado a ser histórica. Ésa es la razón de que les permita continuar su sueño y que me esfuerce al máximo para recordar constantemente las contraórdenes secretas.

—Claro, claro —dijo Herold Norn torciendo el gesto.

Dax se dejó caer nuevamente en el regazo de Tuf y empezó a ronronear.

—¿Ha tenido alguna idea? —le preguntó Norn.

—Mis esfuerzos no han sido enteramente en vano —le respondió Tuf con cierta sequedad, mientras emergían de un gran pasillo para desembocar en el enorme eje central del *Arca*. Herold Norn quedó nuevamente boquiabierto. Rodeándoles en todas direcciones, hasta perderse en la oscuridad, se encontraba una interminable sucesión de cubas de todos los tamaños y formas imaginables. En algunas, generalmente de tamaño intermedio, se veían confusas siluetas que se agitaban dentro de bolsas traslúcidas.

—Durmientes —murmuró Norn.

—Ciertamente —dijo Haviland Tuf, mientras seguía conduciendo con la mirada fija y *Dax* estaba hecho una bola en su regazo. Norn iba mirando a un lado y a otro con asombro.

Un rato después salieron del gran eje en penumbra, cruzaron un pasillo más angosto y, tras abandonar el vehículo, entraron en una gran habitación blanca. En las cuatro esquinas de la habitación se veían cuatro grandes asientos acolchados, con paneles de control en sus gruesos brazos. En el centro del suelo había una placa circular de metal azulado. Haviland Tuf depositó a *Dax* en uno de los asientos y se instaló luego en otro. Norn miró alrededor y acabó escogiendo el asiento diagonalmente opuesto a Tuf.

—Hay varias cosas de las cuales debo informarle —dijo Tuf.

—Sí, sí —replicó Norn.

—Los monstruos son caros —dijo Tuf—. Mi precio son cien mil unidades.

—¿Cómo? ¡Un precio escandaloso! Ya le dije que Norn era una casa pobre.

—Muy bien. Entonces quizás una Casa más rica, sea capaz de satisfacer el precio requerido. El Cuerpo de Ingeniería Ecológica desapareció hace siglos, caballero. No hay ninguna sembradora en condiciones de operar con la excepción del *Arca* y su ciencia ha sido olvidada. Las técnicas de la ingeniería genética y la clonación, tal y como eran practicadas en aquel entonces, existen sólo en el lejano mundo de Prometeo y puede que en la Vieja Tierra, pero ésta resulta inaccesible y los habitantes de

Prometeo protegen sus secretos biológicos con celoso fervor. —Tuf miró a *Dax*—. Y, sin embargo, a Herold Norn mi precio le parece excesivo.

—Cincuenta mil unidades —dijo Norn—, y nos resultará difícil pagar esa suma.

Haviland Tuf guardó silencio.

—¡Entonces, ochenta mil! No puedo subir más el precio. ¡La Casa de Norn irá a la quiebra! ¡Harán pedazos nuestras estatuas de bronce y sellarán la Puerta de Norn!

Haviland Tuf siguió callado.

—¡Maldición! Cien mil unidades, sí, sí..., pero sólo en caso de que el monstruo luche tal como queremos.

—La suma total será pagada en el momento de la entrega.

—¡Imposible!

Tuf no despegó los labios.

Herold Norn intentó superarle a base de paciencia. Miró lo que le rodeaba con fingida despreocupación. Tuf seguía mirándole. Se pasó los dedos por el pelo. Tuf seguía mirándole. Se removió en el asiento. Tuf seguía mirándole.

—¡Oh, está bien! —dijo Norn, finalmente derrotado.

—En cuanto a la bestia —dijo Tuf—, he estudiado muy atentamente sus necesidades y he consultado con mis ordenadores. En la biblioteca celular del *Arca* hay muestras de miles y miles de depredadores procedentes de una increíble cantidad de planetas, incluyendo muestras de tejido fósil. Dentro de tales muestras pueden encontrarse los modelos genéticos de seres legendarios, seres que llevan mucho tiempo extinguidos en sus mundos natales, y ello me permite obtener duplicados de tales especies. Por lo tanto, hay una amplia gama de elección y, para simplificar el asunto he tomado en cuenta varios criterios adicionales, aparte de la simple ferocidad de los animales. Por ejemplo, me he limitado a las especies que respiran oxígeno y posteriormente a las que pueden encontrarse cómodas en un clima como el reinante en las praderas de la Casa de Norn.

—Una idea excelente —dijo Herold Norn—. De vez en cuando hemos intentado criar lagartos-león y feridians, así como otros animales de las Doce Casas, pero el resultado siempre ha sido pésimo. El clima, la vegetación... —movió la mano en un ademán enfadado.

—Exactamente —dijo Haviland Tuf—. Veo que comprende las abundantes y pesadas dificultades que he debido afrontar en mi búsqueda

—Sí, sí, pero vayamos al grano. ¿Que ha encontrado? ¿Cuál ha sido el monstruo elegido entre todos esos millares

—Le ofrezco mi selección final —dijo Tuf—, efectuada entre unas treinta especies. ¡Un segundo!

Apretó un botón que relucía en el brazo de su asiento y de pronto en la placa de metal azulado apareció una bestia agazapada. Tendría unos dos metros de alto y su piel era de un color gris rosado, con un aspecto ligeramente gomoso y un ralo pelaje blanco. La bestia apenas si tenía frente y su hocico, era parecido al de un cerdo. Estaba provista de unos cuernos curvados, de aspecto más bien inquietante, y tenía afiladas garras en las patas.

—No pienso abrumarle con nomenclaturas formales, dado que ya me he dado cuenta de cuán poco se sigue tal regla en la Arena de Bronce —dijo Haviland Tuf—. Tenemos aquí al llamado cerdo vagabundo de Heydey, que habita tanto en el bosque como en la llanura. Es básicamente un devorador de carroña, pero se han dado casos en que consume carne fresca y cuando se le ataca es capaz de luchar ferozmente. Según los informes más dignos de confianza, posee una considerable inteligencia pero es imposible domesticarle. Se reproduce con gran facilidad y en número muy abundante. Los colonos procedentes de Gulliver acabaron abandonando sus posiciones en Heydey a causa de este animal. Ello ocurrió hace unos mil doscientos años.

Herold Norn se rascó la cabeza por entre su oscura cabellera y su diadema de bronce.

—No. Es demasiado delgado y pesa muy poco. ¡Mire ese cuello! Piense en lo que un feridian podría hacerle. —Agitó la cabeza violentamente—. Además, es horrible. Y me siento algo ofendido ante la presentación de este carroñero, sin importar lo feroz que pueda llegar a ser. ¡La Casa de Norn necesita combatientes orgullosos y siempre ha criado bestias capaces de matar a sus presas por sí solas!

—Ciertamente —dijo Tuf. Apretó nuevamente el botón y el cerdo vagabundo se desvaneció. En su lugar apareció una enorme bola de carne acorazada de un color grisáceo y tan carente de rasgos distintivos como el blindaje de una nave de combate. Era tan grande que apenas si cabía dentro de la placa metálica.

—El árido planeta natal de esta criatura jamás ha sido bautizado y nunca fue utilizado para la colonización, pero un grupo de exploradores de Viejo Poseidón trazaron un mapa de él y lo reclamaron como propiedad, obteniendo muestras celulares. Durante un breve tiempo hubo algunos especímenes en ciertos zoos, pero no subsistieron. El animal fue conocido como ariete rodante y los adultos pesan aproximadamente unas seis toneladas métricas. En las llanuras de su mundo natal los arietes rodantes pueden lograr una velocidad superior a los cincuenta kilómetros por hora, aplastando a sus presas bajo ellos. En cierto sentido, dicha bestia es toda ella una boca y cualquier parte de su piel es capaz de exudar enzimas digestivas, con lo cual sólo debe posarse sobre su presa, quedarse inmóvil y esperar hasta que la carne haya sido absorbida. Puedo dar fe de la irracional hostilidad típica de la especie, pues en una ocasión, por una serie bastante rara de circunstancias en las cuales no hace falta detenerse, un ariete rodante quedó libre en una de mis cubiertas y logró causar una sorprendente cantidad de daños en mis mamparas e instrumentos antes de acabar muriendo de modo fútil a causa de su misma ferocidad. Su carácter implacable era increíble y cada vez que penetré en sus dominios para alimentarle, se lanzó contra mí para aplastarme.

Herold Norn, medio sumergido en los confines del enorme holograma, parecía francamente impresionado.

—Ah, sí. Mejor, mucho mejor. Una criatura imponente. Quizá... —De pronto su tono cambió—. No, es imposible que sirva. Una criatura que pese seis toneladas y sea capaz de rodar tan aprisa podría escapar de la Arena de Bronce y matar a centenares de personas. Además, ¿quién pagaría dinero para ver cómo esta cosa aplasta a un lagarto-león o a un estrangulador? No, resultaría muy poco deportivo. Su ariete rodante es demasiado monstruoso, Tuf.

Tuf, impasible, oprimió nuevamente el botón y la enorme criatura grisácea desapareció, cediéndole el sitio a un felino esbelto y de aire feroz, tan grande como un colmillos de hierro, con los ojos amarillos y potentes músculos recubiertos por un pelaje negro azulado. El pelaje cambiaba de color formando dibujos en los flancos y largas líneas de un color plateado iban de la cabeza del animal hasta sus patas traseras.

—Ahhhhh... —dijo Norn—. Una verdadera belleza, cierto, cierto.

—La pantera cobalto del Mundo de Celia —dijo

Tuf—, muchas veces conocida como gato de cobalto. Uno de los grandes felinos más mortíferos que existe. Este animal es un cazador insuperable y sus sentidos son auténticos milagros de ingeniería biológica. Puede ver en la gama infrarroja para cazar de noche y sus orejas... observe su tamaño y la forma en que se abren hacia fuera, Maestre de Animales... sus orejas son extremadamente sensibles. Dado que pertenece a la familia de los felinos, el gato de cobalto, tiene habilidades psiónicas, pero en su caso dichas habilidades se encuentran mucho más desarrolladas de lo normal. El miedo, el hambre y la sed de matar actúan siempre como desencadenantes y en dicho momento el gato de cobalto se convierte en un lector de mentes.

Norn alzó la cabeza, sobresaltado.

—¿Cómo?

—Psiónica, caballero. Supongo que conocerá usted tal concepto. El gato de cobalto es un asesino perfecto, porque sabe lo que hará su antagonista antes de que actúe. ¿Me comprende?

—Sí, sí —dijo Norn con voz nerviosa. Tuf miró a *Dax* y el gran gato negro, al cual no había afectado en lo más mínimo el desfile de espectros inodoros que había estado encendiéndose y apagándose en la placa metálica, pestañeó un par de veces y se estiró con voluptuosidad—. ¡Perfecto, perfecto! Casi estoy seguro de que podríamos entrenar a esos animales como hacemos ahora con los colmillos de hierro, ¿eh? ¡Y además lectores de mentes! Perfecto. Incluso los colores son los adecuados... azul oscuro, ya sabe, igual que nuestros colmillos de hierro. ¡Esos gatos serán un perfecto emblema para Norn, sí, sí!

Tuf apretó el botón y el gato de cobalto se desvaneció.

—Ciertamente. Bien, entonces doy por sentado que

no hace falta continuar con la exhibición. Empezaré el proceso de clonación inmediatamente después de su marcha y la entrega se realizará dentro de tres semanas. Espero que no tenga inconvenientes al respecto. En cuanto a la cantidad, por la suma acordada les entregaré tres parejas. Dos de edad no muy avanzada que deberían ser liberadas en sus tierras salvajes para que se reproduzcan y una pareja ya plenamente adulta que puede ser inmediatamente enviada a la Arena de Bronce.

—Qué pronto —empezó a decir Norn—. Me parece estupendo, pero...

—Utilizo un cronobucle, Maestre de Animales. Es cierto que necesita un vasto consumo energético, pero posee el poder de acelerar el paso del tiempo, produciendo en el tanque una distorsión cronológica que me permite llevar aceleradamente el clon a la madurez. Quizá resulte prudente añadir que, aunque le entregaré a Norn seis animales, en realidad sólo existirán tres individuos auténticos. El *Arca* posee en sus archivos una célula triple de gato de cobalto. Clonaré a cada espécimen dos veces, en macho y en hembra, esperando que la mezcla genética resultante sea adecuada para su posterior reproducción en Lyronica.

—Estupendo, estupendo, lo que usted diga —replicó Norn—. Enviaré las naves para recoger a los animales sin perder ni un segundo y luego le pagaremos.

Dax lanzó un suave maullido.

—Caballero —dijo Tuf—, se me ha ocurrido una idea mejor. Pueden pagarme la suma total antes de la entrega de los animales.

—¡Pero usted dijo que pagaríamos a la entrega!

—Lo admito. Pero soy por naturaleza proclive a seguir mis impulsos y el impulso me dice, ahora, que cobre primero.

—Oh, muy bien —dijo Norn—, aunque encuentro

sus demandas tan arbitrarias, como excesivas. Con esos gatos de cobalto no tardaremos en recuperar la suma entregada. —Empezó a levantarse.

Haviland Tuf alzó un dedo.

—Un instante más. No me ha informado usted demasiado sobre la ecología de Lyronica, ni sobre las tierras que pertenecen a la Casa de Norn. Puede que existan presas adecuadas, pero debo advertirle, sin embargo, que los gatos de cobalto son cazadores natos y que por lo tanto necesitan presas adecuadas.

—Sí, sí, naturalmente.

—Por fortuna, estoy en condiciones de ayudarle. A cambio de cinco mil unidades más, puedo clonar para usted unos excelentes saltadores celianos. Se trata de unos deliciosos herbívoros, cubiertos de pelo, que son muy apreciados en más de una docena de planetas por la suculencia de su carne y que constituyen uno de los platos favoritos de los amantes de la buena mesa.

Herold Norn frunció el ceño.

—Debería usted entregárnoslos gratis, Tuf. Ya nos ha sacado el dinero suficiente.

Tuf se puso en pie y se encogió lentamente de hombros.

—*Dax*, este hombre pretende humillarme —le dijo a su gato—. ¿Qué debo hacer? Yo no busco sino un medio honesto de ganarme la vida y por doquiera que voy se aprovechan de mí. —Miró a Norn—. Siento un nuevo impulso. Tengo la sensación de que no cederá en su postura, ni tan siquiera en el caso de que le ofreciera un soberbio descuento. Por lo tanto, me rendiré. Los saltadores son suyos sin ningún tipo de recargo.

—Bien, excelente. —Norn se volvió hacia la puerta—. Los recogeremos junto con los gatos de cobalto y los dejaremos sueltos en nuestras tierras.

Haviland Tuf y *Dax* le siguieron abandonando la estancia y luego, en silencio, los tres volvieron a la nave de Norn.

La Casa de Norn mandó el dinero un día antes de la entrega. A la tarde siguiente una docena de hombres, vestidos de negro y gris, se presentaron en el *Arca* y se llevaron a seis gatos de cobalto narcotizados procedentes de los tanques de clonación, de Haviland Tuf, después de introducirlos en las jaulas que esperaban en su lanzadera. Tuf les despidió con el rostro impasible y no tuvo más noticias de Herold Norn. Pero mantuvo el *Arca* en órbita sobre Lyronica.

Menos de tres días de Lyronica, más breves que los días estándar, transcurrieron antes de que Tuf viera que sus clientes habían programado una pelea en la Arena de Bronce, con uno de sus gatos de cobalto.

Cuando llegó la tarde del combate, Tuf, se disfrazó mediante una falsa barba y una larga peluca pelirroja, añadiendo a su camuflaje un holgado traje de color amarillo chillón y un turbante recubierto de pieles. Luego bajó en su lanzadera a la Ciudad de Todas las Casas, esperando pasar desapercibido. Cuando se anunció el combate en los altavoces, estaba sentado en la parte superior de la Arena, con un muro de piedra rugosa a la espalda y un angosto asiento de madera luchando por soportar su peso. Había pagado unas cuantas monedas de hierro para ser admitido, pero había logrado evitar las taquillas donde se vendían las entradas.

—Tercer combate —exclamó el locutor mientras las cuadrillas se encargaban de retirar los pedazos de carne sanguinolenta, en que se había convertido el perdedor del segundo combate—. De la Casa de Varcour, una hembra

406

de lagarto-león, de nueve meses de edad y 1,4 quintales de peso, entrenada por el Aspirante a Maestre Ammari y Varcour Otheni. Veterana y superviviente, por una vez, en la Arena de Bronce.

Los espectadores más cercanos a Tuf empezaron a lanzar vítores y agitar las manos salvajemente, como era de esperar. Había elegido entrar esta vez por la Puerta de Varcour, recorriendo antes un sendero de cemento verde y pasando por la gigantesca boca de un monstruoso lagarto dorado, por lo cual se hallaba rodeado por los partidarios de esta casa. En las profundidades del pozo se abrió una gran puerta esmaltada en verde y oro. Tuf alzó los binoculares que había alquilado y vio cómo el lagarto-león salía por ella. Eran dos metros de escamoso reptil verde, con una cola delgada como un látigo, que tendría tres veces su longitud, y el largo morro típico de los cocodrilos de la Vieja Tierra. Sus mandíbulas se abrían y cerraban sin hacer el menor ruido, dejando entrever una impresionante hilera de dientes.

—De la Casa de Norn, importada a este planeta para entretenimiento del público, una hembra de gato de cobalto. Edad... —El locutor hizo una pausa—... ah, tres años de edad y 2,3 quintales de peso, entrenada por el Maestre de Animales Herold Norn. Nueva en la Arena de Bronce. —La cúpula metálica que cubría el edificio se estremeció con los vítores procedentes del sector de Norn. Herold Norn había hecho acudir a la Arena de Bronce a todos sus partidarios, vestidos con los colores de la Casa y dispuestos a celebrar la victoria.

La gata de cobalto salió lentamente de la oscuridad moviéndose con una gracia cautelosa y sus grandes ojos dorados barrieron la arena. Era en todo, tal y como Tuf había prometido: una masa de músculos letales y movimientos congelados a la espera del salto, con su pelo negro azulado cruzado por las rayas plateadas. Su gruñido apenas era audible, ya que Tuf se encontraba muy lejos del pozo, pero a través de sus binoculares vio moverse las fauces de la gata.

También el lagarto-león la vio y avanzó hacia ella con sus cortas patas escamosas levantando pequeños chorros de arena en tanto que su cola, de una longitud casi increíble, se arqueaba sobre su cuerpo, como el aguijón de un escorpión ofidio. Cuando la gata de cobalto volvió sus líquidos ojos hacia el enemigo, el lagarto-león dejó caer su cola con inmensa fuerza, pero, antes de que hubiera podido dar en su blanco, la gata de cobalto ya se había movido ágilmente a un lado y las únicas víctimas del impacto fueron la arena y el aire.

La gata empezó a moverse en círculos, gruñendo sordamente. El lagarto-león, implacable, se volvió levantando de nuevo su cola, abrió las fauces y se lanzó hacia adelante. La gata de cobalto evitó, tanto el látigo de la cola, como sus dientes. La cola chasqueó una y otra vez, pero la gata era demasiado rápida. Entre el público empezó a sonar el cántico de la muerte y gradualmente fue acogido por más y más espectadores. Tuf giró sus binoculares y vio que la gente se balanceaba rítmicamente en las gradas de Norn. El lagarto-león hizo entrechocar sus fauces con frenesí, estrellando su cola en una de las puertas de la arena, moviéndose cada vez con mayor nerviosismo. La gata, sintiendo su oportunidad, se colocó tras su enemigo, con un grácil salto, inmovilizando al enorme lagarto con una gran zarpa azul y desgarrando ferozmente sus flancos y su vientre, no protegidos por las escamas. Después de unos segundos y de unos cuantos fútiles chasquidos de cola, que sólo consiguieron distraer momentáneamente a la gata, el lagarto-león se quedó inmóvil.

Los partidarios de Norn gritaban a pleno pulmón.

Haviland Tuf, con sus pálidos rasgos medio ocultos por la barba, se puso en pie y abandonó la Arena y su incómodo asiento.

Pasaron semanas y el *Arca* permaneció en órbita alrededor de Lyronica. Haviland Tuf observaba cuidadosamente los resultados de la Arena de Bronce y vio que los gatos de Norn vencían un combate tras otro. Herold Norn siguió perdiendo, de vez en cuando, si usaba un colmillos de hierro, pero esas derrotas eran fácilmente contrapesadas, por una cada vez más larga lista de victorias.

Tuf se dedicó a conversar con *Dax*, jugó con sus demás gatos, se entretuvo con los holodramas que había comprado recientemente, sometió numerosas y detalladas proyecciones ecológicas al juicio de sus ordenadores, bebió incontables jarras de la negra cerveza de Tamber, se dedicó a envejecer cuidadosamente su vino de hongos y esperó.

Unas tres semanas después de que los gatos hubieran hecho su debut en los combates, recibió las llamadas que había previsto.

Su esbelta lanzadera estaba pintada de verde y oro y los tripulantes vestían una imponente armadura de esmalte verde y placas de oro. Cuando Tuf acudió a recibirles, se encontró a tres visitantes aguardándole inmóviles y algo envarados al pie de la nave. El cuarto visitante, un hombre corpulento y de aire algo pomposo, llevaba un casco dorado, con un penacho verde brillante, para ocultar una cabeza tan calva como la de Tuf y, dando un paso hacia adelante, le ofreció la mano.

—Aprecio su intención —dijo Tuf, manteniendo sus dos manos impávidamente cruzadas sobre *Dax*—, y ya me he dado cuenta de que no blande usted arma alguna ¿Puedo preguntarle cuál es su nombre y su ocupación, caballero?

—Morbo y Varcour Otheni —empezó a decir el líder de los visitantes.

—Ya —dijo Tuf alzando una mano—. Y ocupa el cargo de Maestre de Animales de la Casa de Varcour y ha venido a comprar un monstruo. Debo confesar que este reciente giro de los acontecimientos no me resulta del todo sorprendente.

Los gruesos labios del Maestre de Animales se abrieron formando una «O» de asombro.

—Sus acompañantes deben quedarse aquí —dijo Tuf—. Suba al vehículo y haremos lo necesario.

Haviland Tuf apenas si dejó que Morho y Varcour Otheni pronunciara una palabra, hasta que se encontraron solos en la misma habitación a la cual había llevado antes a Herold Norn, ocupando asientos diagonalmente opuestos

—Obviamente —dijo entonces Tuf—, habrá oído mi nombre en boca de Norn.

Morho sonrió con cierto disgusto.

—Pues sí. Un hombre de Norn fue persuadido para que revelara el origen de sus gatos de cobalto y para nuestro gran deleite resultó que el *Arca* aún se hallaba en órbita. ¿Ha encontrado Lyronica divertida?

—La diversión no es el meollo del asunto —dijo Tuf—. Cuando hay problemas mi orgullo profesional me exige prestar todos los servicios que estén en mi mano, por pequeños que sean. Y, por desgracia, Lyronica está repleta de problemas. Por ejemplo, ahí está su dificultad actual. Varcour es ahora, estoy casi seguro de ello, la última y menos considerada de las Doce Grandes Casas. Un hombre más dado a la crítica que yo podría llegar incluso a observar que sus lagartos-leones, no son gran cosa como monstruos y sabiendo, como sé que sus tierras son en su mayor parte pantanosas, su gama de elección para los combatientes de la arena debe resultar un tanto limitada. ¿He adivinado la esencia de sus quejas?

—¡Hum... sí, ciertamente! Se me ha adelantado usted, caballero, pero ha dado en el blanco. Nos iba todo bastante bien hasta su interferencia y desde entonces... bueno, no hemos conseguido ganar a Norn ni una sola vez y antes eran nuestras víctimas habituales. Unas cuantas victorias misérrimas sobre la Colina de Wrai y la Isla de Amar, un golpe de suerte contra Feridian y un par de triunfos en el último segundo sobre Arneth y Sin Doon. Eso ha sido todo lo que hemos conseguido durante el último mes. ¡Bah!, así no podremos sobrevivir. Me harán cuidador de rebaños y me enviarán de vuelta a nuestras tierras, a menos que actúe.

Tuf acarició a *Dax* y levantó la mano para calmar a Morho.

—No es preciso que sigamos discutiendo tales asuntos. Me he dado cuenta de cuál es su problema y desde mis tratos con Harold Norn he tenido la fortuna de poder consagrar abundantes ratos a la ociosidad. Por lo tanto, y para ejercitar mi cerebro, me he podido dedicar a los problemas de las Grandes Casas, una por una. No es preciso que sigamos malgastando un tiempo precioso. Puedo resolver sus actuales dificultades, aunque habrá ciertos gastos, claro.

Morho sonrió.

—He venido preparado. Ya oí hablar de su precio. Es alto, no hay discusión posible al respecto, pero estamos dispuestos a pagar siempre que pueda...

411

—Caballero —le dijo Tuf—, soy hombre caritativo. Norn era una Casa pobre y su Maestre de Animales prácticamente un mendigo. Por compasión le fijé un precio bajo, pero los dominios de Varcour son más ricos, sus historiales más brillantes y sus victorias han sido ampliamente celebradas. El precio que debo fijarles es de doscientas setenta y cinco mil unidades... De esta forma, compensaré las pérdidas que sufrí al tratar tan generosamente a la casa de Norn.

Morho emitió una especie de balbuceo atónito y las escamas de su traje tintinearon al removerse en su asiento.

—Demasiado, demasiado... —protestó—. Se lo imploro. Es cierto que nuestra gloria supera a la de Norn, pero, aún así, no es tan grande como piensa. Para pagar su precio nos veremos obligados a pasar hambre. Los lagartos-leones atacarán nuestras moradas y nuestras ciudades lacustres se hundirían sobre sus soportes, hasta quedar cubiertas por el barro, en el que se ahogarían nuestras criaturas...

Dax se agitó en el regazo de Tuf y emitió un leve maullido.

—Ya entiendo —dijo Tuf—, y me apenaría pensar que puedo llegar a causar tales sufrimientos. Quizás un precio de doscientas mil unidades resultaría más equitativo.

Morho y Varcour Othení empezó a protestar e implorar de nuevo, pero esta vez Tuf se limitó a esperar en silencio, cruzado de brazos, hasta que el Maestre de Animales, con el rostro enrojecido y sudoroso, se quedó finalmente sin argumentos y accedió a pagar el precio.

Tuf oprimió un botón situado en el brazo de su asiento. La imagen de un saurio, tan enorme como musculoso, se materializó entre él y Morho. Tenía dos metros de alto, estaba cubierto de escamas grises y verdes y se sostenía sobre cuatro patas cortas y achaparradas, tan gruesas como troncos de árbol. Tenía una cabeza muy grande, protegida por una gruesa placa de hueso amarillento, que se prolongaba hacia adelante, como el espolón de una antigua nave de guerra, y en cuya parte superior había dos cuernos. El cuello de la criatura era corto y grueso y bajo su frente acorazada asomaban dos ojillos de color amarillento. Situado entre los dos ojos, justo en el centro de la cabeza se distinguía un oscuro agujero que atravesaba el hueso del cráneo.

Morho tragó saliva.

—Oh —dijo—. Sí. Muy... esto... muy grande. Pero parece... ¿no tendría originalmente un tercer cuerno en la frente, verdad? Parece como si se lo hubieran... bueno, que se lo hubieran quitado. Tuf, nuestros especímenes deben encontrarse en perfecto estado.

—El *tris neryei*, del Aterrizaje de Cable —dijo Tuf—. Al menos, ése fue el nombre que le dieron los Fyndii, cuyos colonos precedieron a la humanidad en ese mundo, con una ventaja de varios milenios. No le falta ningún cuerno, caballero, y la traducción literal del término es «cuchillo viviente» —un largo dedo se movió con suave precisión sobre los controles y el *tris neryei* giró su inmensa cabeza hacia el Maestre de Animales de Varcour, el cual se apresuró a inclinarse hacia adelante, con cierta torpeza, para estudiarla más de cerca.

Al aproximarse hacia el fantasma, en el grueso cuello del animal se movieron unos potentes tendones y una afilada cuchilla de hueso, tan gruesa como el antebrazo de Tuf y de un metro de longitud, brotó del agujero con una velocidad increíble. Morho y Varcour Otheni lanzó un chillido asustado y se volvió lívido al verse atravesado por aquel cuerno, que le empaló en el asiento. Un olor más bien repulsivo invadió la estancia.

Tuf siguió sin decir palabra. Morho, farfullando, bajó la vista hacia el punto de su estómago que había sido atravesado por la cuchilla de hueso y por su expresión parecía a punto de vomitar. Le costó un largo y más bien horrible minuto darse cuenta de que no había sangre, de que no sentía dolor alguno y que el monstruo era solamente un holograma. Su boca se abrió formando una «O» silenciosa, pero fue incapaz de emitir sonido alguno, hasta que no hubo tragado saliva un par de veces.

—Muy... eh... muy dramático —le dijo a Tuf.

El final de la cuchilla de un pálido color hueso estaba estrechamente sostenido por anillos y fibras de un músculo negro azulado que latía lentamente. Poco a poco, la cuchilla fue siendo absorbida en el interior del cráneo.

—La bayoneta, si puedo atreverme a llamarla así, se encuentra escondida en una vaina recubierta de mucosidad que va a lo largo del cuello de la criatura, y los anillos de musculatura que la rodean, son capaces de proyectarla a una velocidad aproximada de setenta kilómetros por hora, con una fuerza en relación a la velocidad que he citado. El hábitat nativo de esta especie es bastante parecido al de las zonas de Lyronica que se hallan bajo el control de la Casa de Varcour.

Morho se removió en el asiento haciéndolo crujir bajo su peso. *Dax* ronroneó estruendosamente.

—¡Magnífico! —dijo el Maestre de Animales—. Aunque el nombre me parece un poco... bien, un poco extraño. Le llamaremos... a ver, déjeme pensar... ¡ah, sí, le llamaremos lancero! ¡Sí!

—Llámele como quiera —dijo Tuf—, ya que dicho asunto no me concierne en lo más mínimo. Estos saurios poseen muchas ventajas obvias para la Casa de Varcour y pienso que debería optar por ellos. Además, y sin ningún recargo adicional, les entregaré unas cuantas babosas arbóreas de Cathadayn. Descubrirán que...

Tuf siguió con toda diligencia las nuevas que llegaban de la Arena de Bronce, aunque no se arriesgó nuevamente a pisar el suelo de Lyronica. Los gatos de cobalto seguían barriendo a todos sus enemigos y, en el último combate transmitido, una de las bestias de Norn había logrado destruir a un mono estrangulador de primera clase de Arneth y a una rana carnosa de la Isla de Amar durante un combate triple.

Pero la fortuna de Varcour empezaba también a seguir un rumbo ascendente. Los recién introducidos lanceros habían resultado ser una auténtica sensación en la Arena de Bronce. Sus retumbantes gritos, su pesado andar y el rápido e implacable golpe con que sus gigantescas bayonetas óseas impartían la muerte a sus enemigos estaban causando furor. En los tres combates celebrados, un enorme feridian, un escorpión acuático y un gato-araña de Gnethin, se habían revelado como incapaces de competir con el saurio de Varcour. Morho y Varcour Otheni tenía un aspecto radiante. A la semana siguiente, un gato de cobalto se enfrentaría a un lancero en un combate, por la supremacía de la Arena y ya se afirmaba que no habría ni un asiento libre.

Herold Norn llamó una vez al *Arca*, poco tiempo después de que los lanceros hubieran conseguido su primera victoria.

—¡Tuf! —dijo secamente— Le ha vendido un monstruo a Varcour. No aprobamos dicha venta.

—No me había dado cuenta de que su aprobación fuera necesaria —replicó Tuf—. Trabajo según la idea de que soy un agente libre, al igual que lo son los señores y los Maestres de todas las Grandes Casas de Lyronica.

—Sí, sí —gritó Herold Norn—, pero no pensamos dejar que nos estafe, ¿me ha oído?

Haviland Tuf permaneció tranquilamente inmóvil, contemplando el ceño fruncido de Norn mientras acariciaba a *Dax*.

—Me tomo grandes trabajos para ser siempre justo, en los negocios que concluyo —le dijo—. De haber insistido en la concesión exclusiva de los monstruos para Lyronica quizás hubiéramos llegado a discutir tal posibilidad, pero por lo que yo recuerdo esto no se llegó ni tan siquiera a sugerir. Naturalmente, me habría resultado muy difícil concederle tales privilegios exclusivos a la Casa de Norn sin un precio adecuado, ya que tal acto me habría indudablemente privado luego de una fuente de ingresos muy necesaria. De todos modos, me temo que esta discusión carece de utilidad, pues, mi transacción con la Casa de Varcour ya ha sido completada y sería para mí un acto totalmente desprovisto de ética y prácticamente imposible, si me negara ahora a satisfacer sus peticiones.

—Esto no me gusta, Tuf —dijo Norn.

—No llego a ver que haya causa legítima para quejarse. Sus monstruos se están portando tal y como esperaba y no me parece demasiado generoso por su parte irritarse sencillamente porque otra Casa comparte ahora la buena fortuna de Norn.

—Sí. No. Es decir... bueno, dejémoslo. Supongo que no podré detenerle. Si otras Casas llegan a conseguir animales capaces de vencer a nuestros gatos, sin embargo, espero que nos proveerá con algo capaz de vencer a los que les haya vendido, sea lo que sea. ¿Me ha entendido?

—La idea es fácil de comprender. —Tuf miró a *Dax*—. Le he dado a la Casa de Norn una serie de victorias sin precedentes y pese a ello Herold Norn arroja ahora dudas sobre mi honestidad y mis capacidades intelectivas. Me temo que no se nos aprecia en lo que valemos.

Herold Norn torció el gesto.

—Sí, sí... Bien, cuando necesitemos más monstruos supongo que nuestras victorias nos habrán permitido afrontar los espantosos precios que sin duda alguna tendrá entonces la pretensión de imponernos.

—Confío en que por lo demás todo vaya bien —dijo Tuf.

—Bueno, sí y no. En la Arena, sí, sí, decididamente sí. Pero en cuanto a lo demás... bueno, ésa es la razón de mi llamada. Los cuatro gatos jóvenes no parecen demasiado interesados en reproducirse y no sabemos por qué. Y nuestros cuidadores se quejan de que están adelgazando mucho: quizás estén enfermos. No puedo decirlo con toda seguridad, ya que me encuentro en la Ciudad y los animales están ahora en las llanuras de Norn, pero, al parecer, hay motivos para preocuparse. Los gatos se encuentran en libertad, naturalmente, pero tenemos sensores que nos dicen...

Tuf cruzó las manos formando un puente con ellas.

—Es indudable que su temporada de celo aún no ha empezado y mi consejo al respecto es que tenga paciencia. Todas las criaturas vivientes se dedican tarde o temprano a re producirse, algunas incluso en exceso, y puedo asegurarle que, cuando las hembras empiecen su fase de estro, todo irá con la debida rapidez.

—Ah, sí, parece sensato. Entonces, supongo que todo es cuestión de tiempo. La otra pregunta que tenía preparada se refiere a esos saltadores que nos entregó. Les soltamos en la llanura y no han tenido ninguna dificultad a la hora de reproducirse. De hecho, los viejos pastizales de la Casa han sido destruidos, lo cual resulta muy molesto. Andan por todas partes dando saltos de un lado a otro. ¿Qué podemos hacer?

—Ese problema se resolverá igualmente cuando los gatos empiecen a reproducirse —dijo Tuf—. Las panteras cobalto son voraces y eficientes depredadoras y se encuentran perfectamente equipadas para poner coto a su plaga de saltadores.

Herold Norn pareció no quedar demasiado contento con la respuesta.

—Sí, sí —dijo—, pero... —Tuf se puso en pie.

—Me temo que debo poner punto final a nuestra charla —dijo—. Una lanzadera acaba de ponerse en órbita de entrada alrededor del *Arca*. Quizás usted sea capaz de reconocerla. Es de un color azul acero y tiene grandes alas triangulares de color gris.

—¡La Casa de la Colina de Wrai! —exclamó Norn.

—Fascinante —dijo Tuf—. Buenos días.

El Maestre de Animales Denis Lon Wrai pagó doscientas treinta mil unidades por su monstruo, un potente ursoide pelirrojo procedente de las colinas de Vagabundo. Haviland Tuf selló la transacción con una carga adicional de huevos de oruga saltarina.

A la semana siguiente cuatro hombres vestidos de seda anaranjada y cubiertos con largas capas de color rojo fuego visitaron el *Arca*. Volvieron a la Casa de Feridian doscientas cincuenta mil unidades más pobres y con un contrato que les garantizaba la entrega de seis gigantescos alces venenosos provistos de coraza, más el regalo de un buen rebaño de cerdos Hranganos.

El Maestre de Animales de Sin Doon recibió una serpiente gigante y el emisario de la Isla de Amar quedó muy contento con su godzilla. Un comité enviado por

Dant, ataviado con capas blancas como la leche y cinturones de plata, se prendó inmediatamente de la babeante gárgola-ogro, que Haviland Tuf les ofreció con el regalo adicional de una bagatela Y, de ese modo, una a una, las Doce Grandes Casas de Lyronica fueron a comprar su monstruo, lo recibieron y pagaron un precio cada vez más elevado por él.

Para aquel entonces los dos gatos de Norn habían muerto. El primero fue empalado por la bayoneta de un lancero de Varcour y el segundo fue aplastado entre las inmensas garras del ursoide de la Colina de Wrai (aunque también el ursoide murió en dicho combate). Indudablemente, los grandes gatos habían percibido cuál sería su destino final, pero, en los letales recintos de la Arena de Bronce, no habían logrado escapar a él. Herold Norn llamaba diariamente al *Arca*, pero Tuf le había dado instrucciones a su ordenador para que rechazara las llamadas.

Finalmente, cuando once Casas hubieron acudido para adquirir sus compras y llevarse los regalos incluidos en el precio inicial, Haviland Tuf se encontró sentado ante Danel Leigh Arneth, Maestre de Animales de Arneth-en-el-Bosque-Dorado, en tiempos la más altiva y orgullosa de las Doce Grandes Casas de Lyronica y ahora la última y más humillada de todas. Arneth era un hombre tan alto que podía contemplar a Tuf desde su mismo nivel, pero no tenía ni pizca de la grasa de Tuf. Su piel era de color ébano, su cuerpo era todo músculos y su rostro parecía tallado a golpes de hacha. Llevaba el pelo, de un color gris hierro, casi cortado al cero. El Maestre de Animales acudió a la conferencia vestido de color oro, con un cinturón escarlata, botas rojas y una pequeña boina igualmente roja en la cabeza. A modo de bastón llevaba un enervador, utilizado por los entrenadores de animales.

Cuando Danel Leight Arneth emergió de su nave; *Dax* se encrespó y cuando se instaló en el vehículo al lado de Tuf le echó un par de bufidos. Siguiendo tales indicaciones, Haviland Tuf empezó de inmediato su interminable discurso sobre los durmientes. Arneth le contempló en silencio, le escuchó atentamente y *Dax* acabó por calmarse de nuevo.

—La fuerza de Arneth ha reposado siempre en su variedad —empezó a decir Danel Leigh Arneth una vez concluido el discurso de Tuf—. Cuando las demás Casas de Lyronica confiaban toda su fortuna en una sola bestia, nuestros padres y abuelos trabajaban con docenas de ellas. A cada animal de sus Casas nosotros podíamos oponerles una estrategia basada en la elección óptima. Ésa ha sido nuestra grandeza y nuestro orgullo. Pero contra esas bestias demoníacas que ha traído usted, mercader, no tenemos ninguna estrategia posible. No importa cuál de nuestros cien combatientes sea enviado a la arena. Cualquiera volverá muerto de ella. Nos ha obligado a tratar con usted.

—Debo oponerme a tal afirmación —dijo Tuf—. ¿Cómo podría un mero vendedor de animales obligar al mayor Maestre de Animales de toda Lyronica a que hiciera algo en contra de sus deseos? Si es cierto que no quiere contratar mis servicios, por favor, le ruego que me crea si le digo que no me ofenderé por ello. Podemos comer juntos, conversar durante un rato y luego olvidar todo este asunto.

—No juegue con las palabras, mercader —le replicó secamente Arneth—. Estoy aquí solamente para hacer un negocio y no siento ningún deseo de soportar su odiosa compañía.

Haviland Tuf pestañeó.

—Me encuentro realmente atónito —dijo con voz

inexpresiva—. Sin embargo, lejos de mí, el rechazar a un cliente, sea cual sea la opinión que tenga de mí. Considérese totalmente libre de examinar mi repertorio y rebuscar, entre esas escasas y miserables especies, algo que pueda despertar su interés, sea por lo que sea. Quizá la fortuna tenga a bien devolverle su libertad de opción estratégica —empezó a manipular los controles de su asiento, dirigiendo una sinfonía de carne ficticia y de luces brillantes. Un desfile de monstruos apareció ante los ojos del Maestre de Animales de Arneth, para desvanecerse luego. La colección incluía criaturas cubiertas de pelo o de plumas, escamosas o protegidas por placas óseas, bestias de la colina, del bosque, el lago y la llanura, depredadores, carroñeros y herbívoros letales. Había animales de todos los tamaños posibles.

Danel Leigh Arneth, con los labios firmemente apretados, acabó pidiendo cuatro ejemplares de las doce especies más grandes y mortíferas que había visto, al precio de un millón de unidades base.

El final de la transacción (completada, al igual que había ocurrido con las otras Casas, con el regalo de algún pequeño animal inofensivo) no pareció suavizar demasiado el mal humor de Arneth.

—Tuf —dijo una vez cerrado el trato—, es usted un hombre listo y tortuoso, pero no me ha engañado.

Haviland Tuf guardó silencio.

—Ha logrado hacerse inmensamente rico y ha engañado a todos los que comerciaron con usted pensando sacar provecho de ello. La Casa de Norn, por ejemplo, sus gatos son inútiles. Eran una casa pobre y su precio les llevó al borde de la quiebra, igual que ha hecho luego con todos nosotros. Pensaron recuperarse mediante las victorias. ¡Bah! ¡Ahora no habrá victorias para Norn! Cada una de las Casas que han acudido a usted adquirió ventaja sobre las que le habían comprado antes sus monstruos y de este modo Arneth, la última en comprar, sigue siendo la mayor de todas las Casas. Nuestros monstruos sembrarán la destrucción y las arenas se oscurecerán con la sangre de todas las bestias inferiores.

Tuf cruzó las manos sobre su prominente estómago. Su rostro permanecía plácido e inmutable.

—¡No ha cambiado nada! Las Grandes Casas permanecen como antes. Arneth es la más grande y Norn la última de todas. Ha conseguido usted chuparnos la sangre, como buen mercader, hasta que cada señor de Lyronica se ha visto obligado a luchar duramente para conseguir el dinero necesario. Ahora, nuestros rivales esperan la victoria, rezan por ella y sólo pueden salvarse consiguiéndola, pero todas las victorias serán para Arneth. Somos los únicos a los cuales no ha logrado engañar porque yo pensé en comprar el último y, de ese modo, compro lo mejor.

—Una agudeza y una previsión realmente admirables —dijo Haviland Tuf—. Resulta claro que ante un hombre tan sabio y astuto como usted, me encuentro en lamentable inferioridad de condiciones. De muy poco me serviría cualquier intento de refutar o negar sus palabras, por no mencionar ni tan siquiera la posibilidad de superarle en ingenio. Un hombre tan inteligente sería capaz de penetrar inmediatamente en mis pobres planes y destruirlos. Quizá sería mejor que guardara silencio.

—Puede hacer algo mejor que eso, Tuf —dijo Arneth—. Quédese callado y yo tampoco hablaré. Ésta es su última venta en Lyronica.

—Quizá —dijo Tuf—, pero quizá no sea así. Pueden llegar a surgir ciertas circunstancias que impulsen a los Maestres de Animales de las demás Grandes Casas a dirigirse nuevamente en busca de mis servicios y mucho me temo entonces que no podría negárselos.

—Puede y lo hará —dijo con voz gélida Danel Leigh Arneth—. Arneth ha hecho la última compra y no consentiremos que alguien adquiera cartas mejores que las nuestras. Encárguese de la clonación de nuestros animales y váyase inmediatamente después de hacer la entrega. De ese modo no hará ningún otro negocio con las Grandes Casas. Dudo de que ese estúpido llamado Herold Norn pudiera pagar por segunda vez su precio, pero, incluso si encontrara el dinero preciso, no le venderá nada. ¿Me ha entendido? No pensamos andar dando vueltas eternamente, enredados en este fútil juego que se ha inventado, empobreciéndonos más y más para comprar monstruos, perdiéndolos y comprando más, sin llegar a conseguir nunca nada permanente. Estoy seguro de que sería capaz de vendernos monstruos hasta que en Lyronica no quedara ni una sola moneda, pero la Casa de Arneth se lo prohíbe. Si ignora mi aviso quizá pierda la vida, mercader. No soy hombre amante de perdonar.

—Creo que ha expresado con suma claridad su idea —dijo Tuf, rascando a *Dax* detrás de la oreja—, aunque no siento demasiado agrado, ante la forma en que ha sido expresada. Con todo, mientras que el acuerdo sugerido por usted de modo tan imperioso resultaría indudablemente benéfico para la Casa de Arneth, todas las demás Grandes Casas de Lyronica perderían mucho y yo me vería obligado a sacrificar toda esperanza de futuras ganancias. Quizá no haya entendido del todo bien lo que se me proponía. Me distraigo con suma facilidad y es posible que no haya estado escuchando con la debida atención, cuando me explicó los incentivos que se me ofrecerían para acceder a su petición de que no haga negocios con las demás Grandes Casas de Lyronica.

—Estoy dispuesto a ofrecerle otro millón —dijo Arneth con los ojos echando fuego—. Me gustaría metérselo por la boca, si debo decir la verdad, pero a largo plazo resultará más barato pagarle esa suma, que seguir jugando a su condenado tiovivo.

—Ya veo —dijo Tuf—. Por lo tanto, la elección es mía. Puedo aceptar un millón de unidades y partir o permanecer aquí para enfrentarme a su ira y a sus tremendas amenazas. Debo admitir que me he enfrentado a decisiones mucho más difíciles. En cualquier caso, no soy el tipo de hombre inclinado a permanecer en un mundo donde ya no se desea mi presencia, y debo confesar que en los últimos tiempos he sentido cierto impulso de reanudar mis vagabundeos. Muy bien, me inclino ante su petición.

Danel Leigh Arneth sonrió con ferocidad y *Dax* empezó a ronronear.

La última lanzadera de la flota de doce naves cubiertas de oro había partido ya, transportando las adquisiciones de Danel Leigh Arneth con destino a Lyronica y a la Arena de Bronce, cuando Haviland Tuf condescendió finalmente a recibir una llamada de Herold Norn.

El siempre delgado Maestre de Animales parecía ahora un esqueleto.

—¡Tuf! —exclamó—. Todo va mal...

—¿De veras? —dijo Tuf con voz impasible.

Norn torció los rasgos en una mueca más bien atroz.

—No, escúcheme. Los gatos han muerto en combate o están enfermos. Cuatro murieron en la Arena de Bronce. Sabíamos que la segunda pareja era demasiado joven, entiéndame, pero cuando la primera fue derrotada no teníamos otra opción. Era eso o volver a los colmillos de hierro. Ahora sólo nos quedan dos. Apenas comen. Han capturado unos cuantos salteadores, pero muy pocos. Y tampoco podemos entrenarles. Cuando el entrenador penetra en el cubil con su enervador, los malditos animales ya saben lo que pretende. Siempre se adelantan a sus gestos, ¿entiende? Y en la arena se niegan a responder al cántico asesino. Es terrible. Lo peor de todo es que ni tan siquiera se reproducen. Necesitamos más. ¿Qué vamos a presentar en los pozos de combate?

—La temporada de celo de los gatos no ha llegado todavía —dijo Tuf—. Quizá recuerde que ya hablamos de ello con anterioridad.

—Sí, sí... ¿Pero, cuándo es su temporada de celo?

—Una pregunta fascinante —dijo Tuf—, y es una pena que no la formulara antes. Según tengo entendido, la hembra entra en celo cada primavera, cuando los copos de nieve florecen en el Mundo de Celia. Tengo entendido que se trata de algún complicado tipo de respuesta biológica.

Herold Norn se rascó la frente por debajo de la diadema.

—Pero... —dijo— Lyronica no tiene esas cosas de nieve, que ha mencionado usted. Ahora supongo que pretenderá cobrarnos una fortuna por las flores.

—Caballero, me está insultando. Ni tan siquiera en sueños pensaría en aprovecharme de su infortunio. Si estuviera en mis manos, me encantaría entregarles, sin costo alguno, los copos de nieve celianos necesarios, pero lo cierto es que he concluido ahora mismo un trato con Danel Leigh Arneth, para no hacer más negocios con las Grandes Casas de Lyronica —se encogió lentamente de hombros.

—Ganamos muchas victorias con sus gatos —dijo Norn y en su voz había una cierta desesperación—. Nuestro tesoro ha estado creciendo y ahora tenemos algo así como cuarenta mil unidades. Son suyas. Véndanos las flores. O mejor aún, un nuevo animal. Mayor, más fiero. Vi las gárgolas-ogro de Dant, véndanos algo parecido. ¡No tenemos nada que presentar en la Arena de Bronce!

—¿Nada? ¿Y sus colmillos de hierro? Me había dicho que eran el orgullo de Norn.

Herold Norn agitó la mano con impaciencia.

—Problemas, ¿me entiende?, hemos tenido muchos problemas. Esos saltadores suyos se lo están comiendo todo, son imposibles de controlar. Hay millares y millares de ellos, puede que sean millones, están por todas partes, se están comiendo la hierba, las cosechas, todo. ¡Lo que le han hecho a nuestra tierra cultivable! A los gatos de cobalto les encanta su carne, sí, pero no tenemos suficientes gatos. Y los colmillos de hierro salvajes ni siquiera quieren tocarlos, supongo que no les gusta su sabor, pero realmente no estoy seguro de ello. Pero, entiéndame, todas las demás especies han desaparecido, las han expulsado esos saltadores suyos, y los colmillos de hierro se fueron con ellas. No sé adónde han ido, pero se han esfumado, puede que se hayan ido a tierras sin amo, fuera de los dominios de Norn. Aún quedan unas cuantas aldeas de granjeros que odian a las Grandes Casas. En Tamber ni tan siquiera había peleas de perros y es probable que intenten domesticar a los colmillos de hierro, por increíble que le parezca. Son el tipo de gente capaz de tener precisamente esa idea.

—Inconcebible —dijo Tuf con voz átona—. Sin embargo, aún les quedan sus cubiles, ¿no?

—Ya no —dijo Norn con la voz de un hombre acosado—. Ordené que los cerraran. Los colmillos de hierro estaban perdiendo todos los combates, especialmente después de que usted empezara a tratar con las demás Casas y me pareció una pérdida inútil de tiempo y dinero mantener esos terrenos abiertos. Además, el gasto... necesitábamos cada moneda posible, nos había dejado sin recursos. Teníamos que pagar las tarifas de la Arena y además, naturalmente, teníamos que apostar, y en los últimos tiempos nos vimos obligados a comprarle provisiones a Tamber para alimentar a nuestros entrenadores y el resto del personal. Créame, le resultaría imposible imaginar lo que los saltadores han hecho con nuestra cosecha.

—Caballero —dijo Tuf—, tenga la bondad de confiar un poco en mi imaginación. Soy ecólogo de profesión y sé muchas cosas sobre los saltadores y sus costumbres. ¿Debo entender, según me dice, que ahora ya no les quedan tampoco colmillos de hierro?

—Sí, sí... Dejamos sueltas a esas criaturas inútiles y ahora se han esfumado con el resto de las especies. ¿Qué vamos a hacer? Los saltadores se están apoderando de las llanuras, los gatos no quieren aparearse y vamos a quedarnos sin dinero muy pronto, si debemos continuar importando alimentos y pagar las tarifas de la Arena sin la menor esperanza de conseguir victorias.

Tuf se cruzó de manos.

—Ciertamente, veo que se enfrentan a una serie de problemas muy delicados. Y soy el hombre adecuado para ayudarles a encontrar la solución. Por desgracia, le he dado mi palabra a Danel Leigh Arneth y he aceptado su dinero empeñando con ello mi buen nombre.

—Entonces, ¿no hay esperanza? Tuf, le estoy suplicando... Yo, todo un Maestre de Animales de la Casa de Norn. Muy pronto nos veremos obligados a abandonar los juegos por completo. No tendremos fondos para pagar las tarifas de la Arena y menos aún para apostar y tampoco dispondremos de animales para presentar a los pozos. La desgracia ha caído sobre nosotros. En toda la historia de nuestro mundo jamás hubo una Gran Casa que no pudiera presentar sus combatientes a los juegos, ni tan siquiera Feridian durante su Sequía de los Doce Años.

La vergüenza nos hundirá. La Casa de Norn manchará su orgulloso linaje enviando a la arena animales de granja que serán ignominiosamente hechos jirones, por los inmensos animales que le ha vendido a las demás Casas.

—Caballero —dijo Tuf—, si me permite avanzar un tímido pronóstico de cara al futuro, pienso que quizá Norn no se encuentre sola en tan apurada situación. Tengo el pálpito... sí, pálpito es la palabra más adecuada, y ahora que pienso en ella me doy cuenta de lo extraña que resulta. Sí, tengo el pálpito, tal y como iba diciendo, de que esos monstruos, que tanto temor le inspiran, pueden ir escaseando a medida que pasen las semanas y que éstas se conviertan en meses. Por ejemplo, los especímenes más jóvenes de los ursoides procedentes de Vagabundo pueden entrar muy pronto en su fase de hibernación. Debe entender que aún no tienen ni un año de edad. Espero que los señores de la Colina de Wrai no queden muy desconcertados por ello, aunque me temo que tal vaya a ser su reacción. Vagabundo, como estoy seguro ya sabrá, traza una órbita extremadamente irregular alrededor de su estrella primaria, con lo cual sus Largos Inviernos duran aproximadamente veinte años estándar. Los ursoides se encuentran adaptados a tal ciclo y muy pronto sus procesos corporales se harán tan lentos, que un observador carente de experiencia podría llegar a darles por muertos. Me temo que resultará muy difícil despertarles, aunque teniendo en consideración el agudo intelecto que distingue a los entrenadores de la Colina de Wrai, puede que encuentren un medio adecuado para ello. Pero me siento fuertemente inclinado a sospechar que, la mayor parte de sus energías y fondos deberán consagrarse a la alimentación de su gente, dado el voraz apetito que caracteriza a las orugas saltarinas.

»Y, de forma bastante similar, los hombres de Varcour se verán obligados a entendérselas con un aumento excepcional de sus labores arbóreas procedentes de Cathadayn. Las babosas arbóreas son criaturas especialmente fascinantes. Hay un momento de su ciclo vital durante el que se convierten en auténticas esponjas y su tamaño llega a doblarse. Un grupo de ellas, lo bastante numeroso, es capaz de secar un pantano de tamaño medio. —Tuf hizo una pausa y sus rechonchos dedos tamborilearon rítmicamente sobre su estómago—. Mucho me temo que estoy divagando y es posible que le aburra. ¿Ha comprendido la idea que intento transmitirle? ¿Ha sentido su impacto?

Herold Norn tenía un aspecto más bien cadavérico.

—Está loco. Nos ha destruido. Nuestra economía, nuestra ecología... dentro de cinco años habremos muerto de hambre.

—Es improbable —dijo Tuf—. Mi experiencia en tales asuntos me sugiere que Lyronica sufrirá ciertamente durante un tiempo de una grave inestabilidad ecológica y que de ello se derivarán ciertas privaciones, pero la duración del problema será muy limitada y no me cabe duda alguna de que, con el paso del tiempo, un nuevo ecosistema acabará emergiendo. ¡Ay!, mucho me temo que la ecología sucesora de la actual, no proveerá los ámbitos adecuados para albergar a grandes depredadores, pero, en cuanto a la calidad de la vida en Lyronica, me siento más bien optimista y tiendo a pensar que no sufrirá graves daños.

—¿No habrá depredadores? Pero, entonces, los juegos, la arena... ¡nadie pagará por ver a un saltador luchando con una babosa arbórea! ¿Cómo podremos seguir celebrando los juegos? ¡Nadie podrá enviar combatientes a la Arena de Bronce!

Haviland Tuf pestañeó.

—Ciertamente —dijo—. Una idea muy intrigante. Tendré que pensar en ella a fondo durante mucho tiempo. —Desconectó la pantalla y empezó a hablar con *Dax*.

6

Llamadle Moisés

Normalmente los rumores no preocupaban mucho a Haviland Tuf. Para empezar, casi nunca se enteraba de ellos. Tuf no sentía demasiada repugnancia a moverse como turista por los mundos que visitaba, pero, incluso cuando se mezclaba con otras personas en los lugares públicos, siempre permanecía un tanto distante e inalcanzable. Su piel blanca como la tiza y su total carencia de vello corporal le hacían destacar entre los habitantes de los planetas que visitaba para ejercer su profesión e, incluso en las poco frecuentes ocasiones en que su complexión le habría permitido pasar desapercibido entre ellos, su talla le hacía destacar. Por ello, aunque la gente podía quedarse mirando a Tuf y hacer comentarios sobre él, donde quiera que fuese, eran muy pocos los que hablaban con él, a menos que fuera por razones de negocios.

Dada su naturaleza, pues, no hay nada de particular en el hecho de que Haviland Tuf jamás hubiera oído hablar del hombre llamado Moisés, hasta la tarde en que él y *Dax* se vieron repentinamente asaltados por Jaime Kreen en un restaurante de K'theddion.

El local, poco amplio y más bien miserable, se encontraba junto al espaciopuerto. Tuf había terminado con un plato de raíces ahumadas y neohierba y estaba empezando su tercer litro de vino de hongos, cuando, de pronto, *Dax* alzó la cabeza de la mesa. Tuf dejó caer un poco de vino sobre su manga y logró mover la cabeza a un lado, con la rapidez suficiente para que la botella blandida por Kreen se hiciera pedazos en el respaldo del asiento, en vez de estrellarse sobre la coronilla de su calvo cráneo. Hubo una explosión de cristal mezclado con el líquido contenido en su interior (un licor local, más bien fuerte de aroma) que salpicó tanto a la silla y la mesa como al gato y a los dos hombres. Jaime Kreen, un joven delgado y rubio con los ojos azules algo embotados por el licor, permaneció inmóvil, mirándole con expresión idiota y sosteniendo la botella rota en su puño ensangrentado.

Haviland Tuf se puso lentamente en pie con su largo y pálido rostro singularmente impasible. Contempló a su atacante, pestañeó y luego recogió a *Dax*, que estaba cubierto de líquido y no parecía nada feliz.

—¿Puedes entender este enigma, *Dax*? —dijo con su profunda voz de bajo—. Nos enfrentamos a un misterio de naturaleza más bien molesta. Me pregunto por qué nos habrá atacado este extraño desconocido. ¿Tienes alguna idea al respecto? —Acarició lentamente a *Dax* y sólo cuando el gato empezó a ronronear miró nuevamente a Jaime Kreen—. Caballero —le dijo—, quizá fuera más inteligente por su parte soltar los fragmentos de esa botella. Tengo la impresión de que su mano está cubierta de sangre, cristales y de un brebaje particularmente nocivo y tengo grandes dudas de que la combinación resultante sea beneficiosa para su salud.

Al oír tales palabras el atónito Kreen pareció recobrar un poco de vida. Sus delgados labios se fruncieron en una mueca de ira y arrojó los restos de la botella al otro extremo del local.

432

—¿Se burla de mí, criminal? —dijo con voz algo espesa y cargada de amenaza.

—Caballero... —dijo Haviland Tuf. En el restaurante no había el menor movimiento. Los demás clientes permanecían sentados contemplando la escena y el propietario se había esfumado. La grave voz de Tuf podía oírse en cualquier punto del local, tal era el silencio reinante—. Podría avanzar la hipótesis de que la palabra «criminal» es más aplicable a usted que a mí, pero quizás ése no sea el punto a discutir por el momento. No, no me estoy burlando de usted. Aparentemente, se encuentra muy nervioso y trastornado y bajo tales condiciones sería una estupidez que me burlara. No soy hombre dado a cometer estupideces. —Colocó nuevamente a *Dax* sobre la mesa y le rascó detrás de la oreja.

—Se está burlando de mí —dijo Jaime Kreen—. ¡Pienso hacerle mucho daño!

Haviland Tuf no dio muestra alguna de emoción.

—No lo hará, caballero, aunque tengo la impresión de que está pensando en atacarme por segunda vez. No apruebo la violencia, pero dado que su torpe conducta no me deja otra opción... —Y, con estas palabras, avanzó hacia él y levantó en vilo a Jaime Kreen antes de que el joven pudiera reaccionar. Luego, con gestos lentos y precisos, le rompió los dos brazos.

Kreen emergió, con el rostro lívido y la mirada perdida, de la sepulcral oscuridad que reinaba en la Prisión de K'theddion, al resplandor de la calle. Llevaba los dos brazos en cabestrillo y parecía tan cansado como aturdido.

Haviland Tuf le estaba esperando, sosteniendo con una mano a *Dax*, mientras le acariciaba con la otra. Al ver salir a Kreen alzó la mirada.

—Tengo la impresión de que ahora ya está más tranquilo —comentó Tuf—. Además, le encuentro mucho más sobrio.

—¡Usted! —Kreen pareció más asombrado que nunca y su rostro se retorció de tal modo que por unos instantes pareció a punto de hacerse pedazos—. ¿Debo entender que usted pagó para que me pusieran en libertad?

—Un punto muy interesante —dijo Haviland Tuf—. Ciertamente, pagué cierta suma, doscientas unidades, si debo ser preciso, y mediante ese pago se le ha permitido salir. Pese a ello, resulta incorrecto decir que he pagado por su libertad pues el meollo del asunto radica en que no es usted libre. Teniendo en cuenta la ley de K'theddion me pertenece en calidad de sirviente y puedo hacerle trabajar en lo que me parezca, hasta que haya pagado la totalidad de su deuda.

—¿Deuda?

—Le expongo mi sistema de cálculo —dijo Haviland Tuf—. Doscientas unidades por la suma que le pagué a las autoridades locales, para obtener el deleite de su presencia. Cien unidades por mi traje, que era auténtico algodón de Lambereen y resultó totalmente destruido. Cuarenta unidades por los daños causados en el restaurante y que me vi obligado a pagar para cancelar la denuncia presentada por el propietario contra usted. Siete unidades por el delicioso vino de hongos que no me dio la oportunidad de paladear. El vino de hongos es uno de los motivos por los cuales se ha hecho famoso este planeta y aquella cosecha en particular era especialmente apreciada. Con todo ello obtenemos el total de trescientas cuarenta y siete unidades por los daños causados. Y, lo que es más, su asalto sin provocación alguna por mi parte convirtió a *Dax* y a mi persona en el centro de una escena francamente desagradable, causando los lógicos inconvenientes a nuestra tranquilidad. Por todo ello estimo que debe imponerse la suma adicional de otras cincuenta y tres unidades, cantidad que me parece generosamente baja. Con ello, el total estimado se eleva a la redonda cifra de cuatrocientas unidades.

Jaime Kreen se rió maliciosamente,

—Pues, le va a costar lo suyo obtener de mí ni siquiera la décima parte de esa cantidad, vendedor de animales —dijo—. No tengo dinero y no voy a servirle de mucho a la hora de trabajar. Ya sabrá que tengo los dos brazos rotos.

—Caballero —dijo Haviland Tuf—, si estuviera en posesión de alguna cantidad en efectivo, podría haber comprado usted mismo su libertad y, en tal caso, no le habría sido necesaria mi ayuda. Y dado que fui yo mismo quien le rompió los brazos, estoy igualmente al corriente de dicho particular. Tenga la bondad de no recalcar lo ya obvio con frases en las cuales no hay ninguna información pertinente. Pese a sus actuales menoscabos físicos, tengo la intención de llevarle a mi nave y hacerle trabajar hasta que haya satisfecho la suma que me debe. Venga conmigo.

Haviland Tuf se dio la vuelta y empezó a andar por la calle. Cuando Kreen no hizo ningún ademán de seguirle, Tuf se detuvo y se volvió a mirarle. Kreen estaba sonriendo.

—Si quiere que vaya a algún sitio, ya puede empezar a llevarme —le dijo.

Tuf acarició a *Dax* con expresión impasible.

—No tengo ninguna intención de llevarle a ninguna parte —dijo con voz átona—. Ya me obligó a tocarle una vez y esa experiencia fue lo suficientemente desagradable como para disuadirme de repetirla. Si se niega a seguirme, volveré a las autoridades y contrataré dos guardias para que le lleven a la fuerza hasta donde yo quiera. Sus salarios se añadirán a la deuda. La elección es suya. —Tuf se dio nuevamente la vuelta y avanzó hacia el espaciopuerto.

Jaime Kreen le siguió con repentina docilidad, mascullando entre dientes.

La nave que les esperaba en el Espaciopuerto de K'theddion era impresionante incluso para Kreen. Era bastante antigua y tenía un aspecto más bien mortífero, aumentado por sus pequeñas alas triangulares de aire amenazador. Su altura era superior a la de las naves mercantes más modernas que la rodeaban con sus abultadas bodegas. Como solía ocurrirle a los no demasiado numerosos visitantes de Haviland Tuf (aunque no lo admitió), Kreen se quedó todavía más impresionado al descubrir que el *Grifo* no era sino una lanzadera y que el *Arca* les estaba aguardando en órbita.

La cubierta del *Arca* tenía dos veces el tamaño del campo de aterrizaje del Espaciopuerto de K'theddion y estaba repleta de naves. Entre ellas había otras cuatro lanzaderas iguales al *Grifo*; una vieja nave mercante con el casco en forma de lágrima, típica de Avalon, reposando sobre sus algo torcidos soportes de aterrizaje; un caza militar de aspecto más bien maligno; una especie de barcaza de un tamaño absurdamente grande, recubierta de barrocos ornamentos dorados y con un primitivo cañón de arpones montado encima; dos naves que parecían de diseño alienígena y no inspiraban demasiada confianza y otra que aparentaba no ser sino una gran placa cuadrada con un pilón en el centro.

—¿Colecciona naves espaciales? —le preguntó Jaime Kreen una vez que Tuf hubo posado el *Grifo* y los dos hubieron bajado a la cubierta.

—Una idea interesante —replicó Tuf—, pero no es así.

436

Las cinco lanzaderas son parte del equipo original del *Arca* y conservo la vieja nave mercante por razones sentimentales, ya que fue mi primera propiedad. Las demás las he ido adquiriendo durante mis viajes. Quizá debería ir pensando en limpiar un poco la cubierta, pero siempre existe la posibilidad de que alguna de tales naves pueda revelarse dotada de valor comercial, por lo que, hasta el momento, me he abstenido de hacerlo. Es un asunto en el cual debo meditar. Ahora, haga el favor de acompañarme.

Avanzaron por una serie de salas de recepción y luego tomaron por varios corredores hasta llegar a un garaje en el que había varios pequeños vehículos de tres ruedas. Haviland Tuf le indicó a Kreen que subiera a uno, dejó a *Dax* en el espacio intermedio del asiento y luego lo puso en marcha, enfilando por un enorme túnel lleno de ecos que parecía tener muchos kilómetros de largo. El túnel estaba ocupado a los lados por tanques de cristal de muchas formas y tamaños distintos, todos llenos de fluidos y líquidos de variable consistencia. En algunas de las cubas se veían siluetas oscuras que se apilaban lentamente en el interior de bolsas traslúcidas, y algunas de ellas daban la impresión de seguirles con la mirada al pasar. Kreen encontró esos movimientos más bien terribles y espantosos, pero Tuf no pareció prestarles la más mínima atención. Guiaba el vehículo con los ojos clavados en la lejanía.

Tuf acabó deteniendo el vehículo en una habitación idéntica a la primera que habían visitado, recogió a *Dax* y condujo a su prisionero, por otro pasillo, hasta una estancia algo polvorienta, pero de aspecto cómodo, que se encontraba atiborrada de muebles. Le indicó con una seña a Kreen que tomara asiento y él hizo lo mismo, depositando a *Dax* en un tercer asiento ya que, una vez sentado, Tuf se había convertido en una masa esférica carente de regazo.

—Y ahora —dijo Haviland Tuf—, hablaremos.

Las vastas dimensiones de la nave de Tuf habían logrado amansar un tanto a Jaime Kreen, pero al oír esas palabras pareció recobrar el ánimo.

—No tenemos nada de qué hablar —replicó.

—¿Eso es lo que piensa? —dijo Haviland Tuf—. No estoy de acuerdo. No obré por un simple impulso generoso cuando le rescaté de su ignominiosa prisión. Me ha planteado un misterio, tal y como le hice notar a *Dax*, cuando nos atacó por primera vez. Los misterios me ponen nervioso. Deseo algunas aclaraciones al respecto.

El delgado rostro de Jaime Kreen adoptó una expresión levemente calculadora.

—¿Qué razón tengo para ayudarle? Sus falsas acusaciones me llevaron a la cárcel y ahora me ha comprado en calidad de esclavo. ¡Además, me rompió los brazos! No le debo nada.

—Caballero —dijo Haviland Tuf, cruzando sus manazas sobre la inmensidad de su estómago—, ya hemos dejado claramente sentado el hecho de que me debe cuatrocientas unidades. Estoy dispuesto a ser razonable. Le haré preguntas y usted me dará respuestas. Por cada respuesta, deducirá una unidad de la deuda que tiene para conmigo.

—¡Una! Absurdo. No importa lo que desee saber. Sea lo que sea, ya vale más que eso. ¡Diez unidades por cada respuesta! ¡Ni una pizca menos!

—Le aseguro —dijo Haviland Tuf—, que sea cual sea la información que posee lo más probable es que no valga nada. Sólo siento curiosidad. Soy un esclavo de tal emoción. Es un defecto que soy incapaz de corregir y del cual ahora se encuentra usted en posición de sacar provecho. Pero no creo que deba intentar aprovechar excesivamente tal ventaja. Me niego a ser estafado. Dos unidades.

—Nueve —dijo Kreen.

—Tres y no pienso subir más el precio. Me estoy

impacientando. —El rostro de Tuf permanecía totalmente inexpresivo.

—Ocho —dijo Kreen—, y no intente jugar conmigo.

Haviland Tuf no le respondió. No hizo el menor gesto, pero sus ojos se volvieron hacia *Dax*. El enorme gato negro bostezó y se estiró voluptuosamente.

Después de unos cinco minutos de silencio Kreen dijo:

—Seis unidades y el precio es barato. Sé muchas cosas importantes, cosas que Moisés estaría muy contento de conocer. Seis.

Haviland Tuf siguió callado. Transcurrieron unos cuantos minutos más.

—Cinco —dijo Kreen frunciendo el ceño.

Haviland Tuf guardó silencio.

—De acuerdo —acabó diciendo Kreen—, tres unidades. Es usted un estafador y un canalla, aparte de un criminal. Carece de ética.

—No pienso hacer caso alguno de sus desahogos verbales —dijo Haviland Tuf—. Entonces, la suma acordada es de tres unidades. Se me ha ocurrido la repentina idea de que quizá sienta la tentación de proporcionarme respuestas evasivas o que puedan inducirme a error, para con ello obligarme a formular muchas preguntas obteniendo una información insignificante. Le advierto que no consentiré tal tipo de estupideces y que tampoco pienso tolerar engaño alguno. Por cada mentira que intente hacerme tragar añadiré otras diez unidades a su deuda.

Kreen se rió.

—No tengo intención alguna de mentir, Tuf. Pero incluso si lo hiciera, ¿cómo podría saberlo? No soy tan transparente.

Haviland Tuf se permitió entonces una pequeña sonrisa, pero era un fruncimiento tan imperceptible de labios que una vez desaparecido era imposible estar seguro de que había existido.

—Caballero —dijo—, puedo asegurarle que lo sabría de inmediato. *Dax* me lo diría, del mismo modo que me indicó cuanto pensaba rebajar su absurda petición de diez unidades y me advirtió de su cobarde ataque en K'theddion. *Dax* pertenece a la especie felina, caballero, como no dudo de que, incluso usted, habrá sido capaz de notar. Todos los felinos poseen cierta habilidad psiónica, como la humanidad ha sabido muy bien a lo largo de su historia, y *Dax* es el resultado final de generaciones de crianza dirigida y de manipulación genética que han fortalecido enormemente ese rasgo en él. Por lo tanto, todos nos ahorraremos buena cantidad de tiempo y esfuerzos, si me da respuestas completas y honestas. En tanto que los talentos de *Dax* no alcanzan el grado suficiente de sofisticación, como para discernir en su mente las siempre difíciles ideas abstractas, le aseguro que le resulta sumamente fácil saber si miente o si está reteniendo alguna información. Por lo tanto, y teniendo ello bien presente, ¿podemos empezar?

Jaime Kreen estaba mirando fijamente al enorme gato negro con expresión venenosa. *Dax* volvió a bostezar.

—Adelante —acabó diciendo Kreen con súbito desánimo.

—Primero —dijo Tuf—, tenemos el misterio de su ataque contra nosotros. No le conozco, caballero. Su persona me resulta totalmente desconocida. No soy más que un sencillo mercader y mis servicios benefician a todos los que me emplean. No le ofendí en nada y pese a ello me atacó. Con ello surgen varios interrogantes. ¿Por qué? ¿Cuál era su motivo? ¿Me conoce de algo? ¿Le ofendí acaso por alguna acción de la cual me he olvidado?

—¿Es una sola pregunta o son cuatro a la vez? —dijo Kreen.

Haviland Tuf cruzó nuevamente las manos sobre su estómago.

—Un buen tanto, señor. Empecemos con ésta: ¿me conoce?

—No —dijo Kreen—, pero conozco su reputación. Tanto usted como su *Arca*, Tuf, son únicos y su fama es grande. Y cuando le encontré por casualidad en ese sucio restaurante, no me resultó difícil reconocerle. Los gigantes gordinflones, pálidos y sin un solo pelo, no resultan excepcionalmente comunes, ya podrá suponerlo.

—Tres unidades —dijo Tuf—. No pienso darme por enterado, ni de sus insultos ni de sus halagos. Así pues, no me conocía. ¿Por qué me atacó?

—Estaba borracho.

—No es suficiente. Es cierto que lo estaba, pero había otros clientes en el local y cualquiera de ellos habría estado dispuesto a complacerle, caso de que sencillamente hubiera estado buscando pelea. No era así. Me eligió entre todos los demás. ¿Por qué?

—No me gusta usted. Según mi punto de vista, es un criminal.

—Los puntos de vista varían, claro está, según la persona —replicó Tuf—. En algunos planetas, mi simple estatura ya sería un crimen. En otros mundos, el hecho de que sus botas estén hechas con piel de vaca, podría proporcionarle una larga condena de prisión. Así pues y en dicho sentido, ambos somos criminales. Pero tengo la sensación de que es injusto juzgar a un hombre por otras leyes distintas a las de la cultura en la cual vive o se encuentra en un momento dado. En dicho sentido no soy un criminal y su respuesta sigue siendo insuficiente. Explique mejor las razones de que no le gusta mi persona. ¿De qué crímenes me acusa?

—Soy caritano —dijo Kreen y tosió—. Quizá debería decir que lo he sido. De hecho era administrador, aunque sólo del sexto grado. Moisés destruyó mi carrera. Mi acusación criminal es que usted le ayudó. Eso es algo que todos saben y no deseo que me aburra con sus negativas.

Haviland Tuf miró a *Dax*.

—Parece que me está diciendo la verdad y su respuesta contiene una buena cantidad de información, aunque al mismo tiempo hace surgir nuevos interrogantes y dista mucho de resultar clara. Sin embargo, seré bondadoso y la contaré como respuesta válida. Así pues, seis unidades. Y mis siguientes preguntas serán muy sencillas. ¿Quién es Moisés y qué es un caritano?

Jaime Kreen le miró con incredulidad.

—¿Pretende regalarme seis unidades? No finja, Tuf, porque no pienso tragarme eso. Sabe muy bien quién es Moisés.

—Ciertamente, lo sé, aunque no del todo —replicó Tuf—. Moisés es una figura mítica, asociada a las diversas religiones ortodoxas cristianas, una figura que se supone vivió en la Vieja Tierra en algún lejano momento del pasado. Creo que tiene cierta relación con Noé, de quien deriva el nombre de mi *Arca*, aunque no sé muy bien cómo. Puede que fueran hermanos, no conozco bien los detalles. De cualquier modo, ambos se contaron entre los primeros practicantes de la guerra ecológica, campo con el cual me encuentro muy familiarizado. Así pues y en cierto sentido sé quién era Moisés. Sin embargo, ese Moisés lleva muerto un periodo de tiempo lo bastante prolongado, como para hacer sumamente improbable que fuera el causante de la destrucción de su carrera y aún más improbable el que fuera a importarme un comino las informaciones que usted pudiera darme sobre él. Por lo tanto, debo juzgar que me está hablando de algún otro

Moisés al cual no conozco. Y ése, caballero, era el punto hacia el cual pretendía apuntar mi pregunta.

—Muy bien —dijo Kreen—. Si insiste en fingir ignorancia, seguiré su estúpido juego. Un caritano es un ciudadano de Caridad, como usted sabe perfectamente. Moisés, tal y como se llama a sí mismo, es un demagogo religioso que dirige la Sacra Restauración Altruista. Con su ayuda ha emprendido una devastadora campaña de guerra ecológica, contra la Ciudad de Esperanza, nuestra única gran arcología y el centro de la vida caritana.

—Doce unidades —dijo Tuf—. Amplíe su explicación.

Kreen suspiró y se removió en su asiento.

—Los Sacros Altruistas fueron hace siglos los colonizadores originales de Caridad. Abandonaron su planeta de origen al ver ofendidas sus sensibilidades religiosas por el avance tecnológico. La Sacra Iglesia Altruista enseña que la salvación se consigue viviendo de modo sencillo en la proximidad de la naturaleza, sufriendo y sacrificándose. Por lo tanto, los Altruistas decidieron buscar un planeta inhóspito, sufrir, sacrificarse y morir felizmente, cosa que hicieron durante unos cien años o más. Los recién llegados construyeron la arcología que llamamos Ciudad de Esperanza, cultivaron la tierra con avanzada maquinaria robotizada, abrieron un espaciopuerto y pecaron en modos muy variados contra Dios. Lo que es aún peor, unos cuantos años después, los hijos de los Altruistas empezaron a huir en gran número del desierto, para ir a la Ciudad y disfrutar un poco de la vida. En unas cuantas generaciones, de los Altruistas sólo quedaba un puñado de viejos. Pero entonces apareció Moisés conduciendo el movimiento que llaman la Restauración. Fue a la Ciudad de Esperanza, se enfrentó al consejo de los administradores y pidió que dejáramos marchar a su gente. Los administradores le explicaron que su gente no quería marcharse, pero Moisés no se dejó impresionar por ello. Dijo que si no dejábamos marchar a su gente, si no cerrábamos el espaciopuerto y no desmantelábamos la Ciudad de Esperanza, para vivir cerca de Dios, haría caer plagas incontables sobre nosotros.

—Interesante —dijo Haviland Tuf—. Continúe.

—El dinero es suyo —replicó Jaime Kreen—. Bueno, los administradores le dieron a Moisés una patada en su peludo trasero y todo el mundo se rió mucho de él. Pero también hicimos algunas comprobaciones, por si acaso. Todos habíamos oído viejas historias de horror sobre la guerra biológica, claro está, pero dábamos por sentado que sus secretos se habían perdido hacía mucho tiempo, cosa que nuestros ordenadores confirmaron. Las técnicas de clonación y manipulación genética empleadas por los Imperiales de la Tierra sobrevivieron sólo en un puñado de planetas muy alejados unos de otros y el más cercano de los cuales estaba a siete años de nosotros, utilizando impulsores mrl.

—Ya veo —dijo Haviland Tuf—. Pero no me cabe duda alguna de que también debieron oír algo sobre las sembradoras del extinguido Cuerpo de Ingeniería Ecológica del Imperio Federal.

—Sí, algo oímos —dijo Kreen con una sonrisa amarga—. No quedaba ya ninguna. Todas habían sido destruidas o se habían perdido hacía siglos y no debíamos preocuparnos por ellas. Al menos así lo creímos hasta que el capitán de una nave mercante, que hizo escala en Puerto Fe, nos trajo otras informaciones. Los rumores viajan, Tuf, aunque sea entre las estrellas. Su fama le precede y le condena. Nos lo contó todo sobre usted y su *Arca* descubierta por casualidad, esa nave que estaba usando para llenarse los bolsillos de dinero y la tripa de grasa. Otras naves de otros mundos nos confirmaron su existencia y el hecho de que controlaba una sembradora del CIE todavía en funcionamiento. Pero no teníamos ni idea de que estuviera aliado a Moisés, hasta que empezaron las plagas.

En la gigantesca frente de Haviland Tuf, blanca como el hueso, apareció una diminuta arruga que se esfumó un instante después.

Se puso en pie con un lento y majestuoso movimiento que hacía pensar en las mareas y su inmensa estatura empequeñeció a Jaime Kreen.

—Empiezo a entender cuáles son sus quejas contra mí —dijo—. Pondré en su cuenta la suma de quince unidades.

Kreen emitió un ruido bastante grosero.

—Sólo tres unidades por todo eso, Tuf, es usted un...

—Entonces que sean veinte con tal de silenciarle y hacer que reine de nuevo cierta tranquilidad en el *Arca*. Como puede ver, soy de naturaleza generosa. Ahora su deuda asciende a la cantidad de trescientas ochenta unidades. Voy a hacerle una pregunta más y le daré la oportunidad de reducirla a trescientas setenta y siete.

—Hágala.

—¿Cuáles son las coordenadas de su mundo, de Caridad?

Teniendo en cuenta lo que suelen ser las distancias interestelares, Caridad no se encontraba demasiado lejos de K'theddion y el viaje entre los dos planetas sólo duró tres semanas. Para Jaime Kreen fueron semanas muy ocupadas. Mientras el *Arca* iba devorando silenciosamente los años luz, Kreen trabajaba. En algunos de los pasillos más lejanos, el polvo llevaba siglos acumulándose. Haviland Tuf le entregó una escoba y le dijo que lo limpiara.

Kreen empezó a quejarse y dijo que sus brazos rotos eran excusa más que suficiente para no hacer tal trabajo.

Entonces Haviland Tuf le dio un sedante y le metió en el cronobucle del *Arca*, el lugar donde las mismas e inmensas energías que deformaban la textura del espacio podían utilizarse para producir extraños efectos sobre el tiempo. Tuf afirmaba que el cronobucle era el último y el mayor secreto de los Imperiales de la Tierra y que no se conservaba en ningún otro lugar. Lo utilizaba para que sus clones llegaran a la madurez en cuestión de días y lo utilizó para envejecer a Jaime Kreen y, de paso, hacer que sus brazos rotos curaran en cuestión de horas.

Y, con sus brazos ya arreglados, Jaime Kreen empezó a barrer la nave a razón de cinco unidades por hora de trabajo.

Barrió kilómetros de pasillos, más habitaciones de las que podía contar y toda clase de jaulas vacías, en las cuales se había acumulado algo más que polvo. Barrió hasta que le dolieron los brazos y cuando no tenía la escoba entre las manos, Haviland Tuf, se encargó de buscarle otras labores. A la hora de las comidas Kreen hacía de mayordomo y le traía a Tuf las jarras de cerveza negra y las bandejas en las que se amontonaban humeantes vegetales de todas clases. Tuf lo aceptaba todo con aire impasible, en el gran sillón acolchado, donde tenía la costumbre de entretenerse leyendo. Kreen se vio obligado a servir igualmente a *Dax*, en ocasiones hasta tres o cuatro veces durante cada comida, pues el enorme gato negro era bastante melindroso en sus costumbres alimenticias y Tuf había insistido en que todos sus caprichos debían verse satisfechos. Sólo cuando *Dax* estaba saciado, se le permitía a Jaime Kreen ocuparse de su propia comida.

En una ocasión, a Kreen se le encargó que hiciera una reparación de poca importancia que la maquinaria del *Arca*, no se sabía muy bien por qué, había pasado por alto, pero lo hizo tan mal que Haviland Tuf decidió rápidamente no asignarle en el futuro más labores de tal clase.

—La culpa es totalmente mía, caballero —dijo Tuf al ver lo ocurrido—. Me había olvidado de que es usted un burócrata y que, como tal, no sirve prácticamente para nada.

Pese a todos sus laboriosos esfuerzos, la deuda de Jaime Kreen se iba reduciendo con penosa lentitud y algunas veces no se reducía en lo más mínimo. Kreen no tardó mucho en descubrir que Haviland Tuf no regalaba absolutamente nada. Por arreglarle los brazos fracturados, Tuf añadió cien unidades en concepto de «servicios médicos» a la factura total y también le cobraba un décimo de unidad por cada litro de agua, medio por una jarra de cerveza y una unidad entera, al día, en concepto de aire. Las comidas eran bastante baratas. Si Kreen se limitaba a los platos más sencillos, sólo dos unidades por cada una. Pero los platos sencillos consistían únicamente en una papilla más bien poco sabrosa por lo cual, bastante a menudo, Kreen acababa pagando precios más altos, por los sabrosos guisos de vegetales con los que el propio Tuf se regalaba. Habría estado dispuesto a pagar incluso más por comer carne, pero Tuf se negaba a ello. En la única ocasión en que le pidió la clonación de un buen bistec, el comerciante se le quedó mirando fijamente y dijo:

—Aquí no se come carne de animales —dijo, y luego prosiguió su camino tan impertérrito como siempre.

Durante su primer día en el *Arca*, Jaime Kreen le preguntó a Haviland Tuf dónde se encontraban los sanitarios. Tuf le cobró tres unidades a cambio de la respuesta y luego un décimo de unidad más por utilizarlos.

De vez en cuando Kreen pensaba en el asesinato, pero incluso en sus instantes más homicidas, cuando estaba borracho como una cuba, la idea no le parecía demasiado factible. *Dax* estaba siempre junto a Tuf, caminando por los pasillos al lado del gigante o cabalgando serenamente en sus brazos y Kreen estaba seguro de que su anfitrión contaba también con otros aliados. Los había distinguido fugazmente en sus desplazamientos por la nave. Oscuras siluetas aladas que giraban sobre su cabeza en las habitaciones más cavernosas y sombras furtivas, que se escurrían entre la colosal maquinaria cuando eran sorprendidas. Nunca logró verlas con claridad, pero estaba razonablemente seguro de que si intentaba agredir a Haviland Tuf, tendría la ocasión de echarles un buen vistazo.

En vez de ello, y esperando reducir su deuda un poco más aprisa, empezó a jugar.

Quizá no fuera una idea muy inteligente, pero Jaime Kreen sentía cierta debilidad por el juego y, cada noche, pasaban varias horas jugando a una estupidez que Tuf parecía amar muchísimo. Había que tirar los dados e ir moviendo fichas situadas en un imaginario grupo de estrellas, comprando, vendiendo y cambiando unos planetas por otros, construyendo ciudades y arcologías y cobrándole a los demás viajeros estelares todo tipo de impuestos y tarifas por el aterrizaje. Desgraciadamente para Kreen, Tuf era mucho mejor en el juego que él y el final más típico de las partidas consistía en que Tuf le ganaba una buena parte de los salarios que le había pagado a Kreen durante el día.

Cuando no se encontraban en la mesa de juego, Haviland Tuf apenas si le dirigía la palabra a Kreen, excepto para indicarle los trabajos a realizar y regatear interminablemente sobre el dinero a cobrar y a descontar. Fueran cuales fueran sus intenciones hacia Caridad, lo cierto es que no le había informado de ellas y Kreen no tenía ninguna intención de interrogarle, dado que cada pregunta añadía tres unidades más al total de su deuda. Tampoco

Tuf le hacía ninguna pregunta que le pudiera orientar al respecto, limitándose a proseguir con sus hábitos de solitario, trabajando en las salas de clonación y en los laboratorios del *Arca*, leyendo polvorientos libros escritos en idiomas que Kreen no podía entender y sosteniendo largas conversaciones con *Dax*.

Así fue transcurriendo la vida hasta el día en que se colocaron en órbita alrededor de Caridad y Haviland Tuf llamó a Kreen para que acudiera a la sala de comunicaciones.

La sala de comunicaciones era larga y más bien angosta. Sus paredes estaban cubiertas de pantallas, ahora apagadas, y consolas de instrumentos que brillaban con luces suaves. Haviland Tuf estaba sentado ante una de las pantallas apagadas, con *Dax* sobre la rodilla. Al oír el ruido de la puerta deslizante hizo girar su asiento para encararse a ella.

—He intentado conseguir canales de comunicación con Ciudad de Esperanza —le dijo—. Observe —y oprimió un botón de su consola.

Jaime Kreen se instaló en un asiento vacío y en ese mismo instante la pantalla que había ante Tuf se iluminó con un estallido luminoso que fue concretándose hasta formar el rostro de Moisés, un hombre de edad algo avanzada, con rasgos regulares y casi apuestos, de ya algo escasa cabellera entre grisácea y marrón y ojos engañosamente amables, color avellana.

—Márchate, nave espacial —dijo la grabación del líder Altruista. Por ásperas que fueran sus palabras, su voz era suave y más bien melosa—. Puerto Fe está cerrado y Caridad se encuentra bajo un nuevo gobierno. La gente de este mundo no desea tener tráfico alguno con los pecadores y no necesita los lujos que le traes. Déjanos en paz. —Alzó la mano en un gesto que tanto podría querer indicar: «Bendición» como «Alto» y luego la pantalla se quedó en blanco.

—Así que ha ganado —dijo Jaime Kreen con voz cansada.

—Eso parece —dijo Haviland Tuf, rascando a *Dax* detrás de la oreja y empezando luego a pasarle la mano por el lomo—. Su deuda actual asciende a la cantidad de doscientas ochenta y cuatro unidades, caballero.

—Ya —dijo Kreen con expresión suspicaz—. ¿Y qué?

—Deseo que realice una misión para mí. Bajará en secreto a la superficie de Caridad, localizará a los antiguos líderes de su consejo de administradores y los traerá hasta aquí para que hable con ellos. A cambio le deduciré cincuenta unidades de su deuda.

Jaime Kreen se rió.

—No sea ridículo, Tuf. La suma resulta absurdamente pequeña para una misión tan peligrosa y no lo haría ni en el caso de que hiciera una oferta más justa, lo cual estoy seguro que no piensa hacer. Debería ser algo así como cancelar la totalidad de mi deuda y pagarme, además, digamos que doscientas unidades.

Haviland Tuf acarició a *Dax*.

—Al parecer este hombre, Jaime Kreen, nos toma por imbéciles sin remedio —le dijo a su gato—. Tengo la sospecha de que su siguiente petición será la entrega del *Arca* y quizás uno o dos planetas de tamaño mediano. Carece de todo sentido de la proporción. —*Dax* emitió un leve ronroneo que tanto podía significar algo como no. Tuf alzó nuevamente la cabeza hacia Jaime Kreen—. Hoy me siento de un humor desusadamente generoso y puede que por ello le permita que, por una vez, se aproveche de mí. Cien unidades, señor, exactamente el doble de lo que vale esa pequeña tarea.

—Bah —replicó Kreen—. Estoy seguro de que *Dax* le está diciendo lo que pienso de su oferta. Su plan es una estupidez. No tengo ni la menor idea de si los miembros del consejo están vivos o muertos y tampoco sé si los encontraré en Ciudad de Esperanza o si estarán en otro lugar, y menos si estarán libres o prisioneros. No creo que vayan a cooperar conmigo, y menos cuando sepan que vengo a ellos con un mensaje de usted, un conocido aliado de Moisés. Y si Moisés me captura, me pasaré el resto de mi vida cultivando lechugas. Lo más probable es que me capturen. ¿Dónde piensa dejarme? Puede que Moisés tenga una grabación para contestar a las naves espaciales que se acerquen a Caridad, pero estoy seguro de que tendrá centinelas alrededor de Puerto Fe para mantenerlo cerrado. ¡Piense en los riesgos, Tuf! ¡Es imposible que intente esa misión por algo que no sea, como. mínimo, la cancelación total de mi deuda! ¡Toda ella! ¡Ni una sola unidad menos! ¿Me ha oído? —cruzó los brazos encima del pecho con expresión tozuda—. Díselo, *Dax*. Ya sabes lo firmes que pueden llegar a ser mis decisiones.

Los rasgos de Tuf, blancos como el hueso, permanecieron impasibles pero, de sus labios se escapó un leve suspiro. Luego habló con tono calmo.

—Caballero, ciertamente es usted un hombre cruel. Me hace lamentar el día en que incautamente le conté que *Dax* era algo más que un felino corriente. Está privando a un anciano de una muy útil herramienta de negocios y le chantajea inflexiblemente con su tozudez. Sin embargo, no tengo más opción que ceder. Así pues, doscientas ochenta y cuatro unidades, quedemos de acuerdo en ello.

Jaime Kreen sonrió.

—Por fin está empezando a mostrarse razonable. Bien. Cogeré el *Grifo*.

—No, caballero —dijo Haviland Tuf—, no lo hará. Cogerá la nave mercante que vio en la cubierta, la *Cornucopia de Mercancías Excelentes a Bajos Precios*, la nave con la cual empecé mi carrera hace ya muchos años.

—¡Ésa! Decididamente no, Tuf. Esa nave está averiada, es fácil verlo. Tendré que hacer un aterrizaje muy difícil en alguna zona salvaje, e insisto en tener una nave que pueda sobrevivir a cierta dosis de malos tratos. El *Grifo*, o alguna otra lanzadera.

—*Dax* —le dijo Tuf al silencioso gato—, estoy empezando a temer por nosotros. Nos encontramos presos, en este pequeño recinto, con un idiota congénito, un hombre que carece tanto de ética y cortesía como de comprensión. Debo explicarle todas y cada una de las más obvias ramificaciones de la tarea que le asigno, tarea que era, para empezar, de una sencillez ridícula y casi infantil.

—¿Cómo?

—Caballero —dijo Haviland Tuf—, el *Grifo* es una lanzadera. Su diseño es único y carece de motores de impulso estelar. Si le atraparan aterrizando en tal nave, incluso una persona menos equipada intelectualmente que usted, sería capaz de suponer que una nave más grande, tal como el *Arca*, permanecía en órbita sobre el planeta, dado que las lanzaderas suelen necesitar algo desde lo cual lanzarse y, normalmente, no suelen materializarse en el vacío espacial. La *Cornucopia de Mercancías Excelentes a Bajos Precios*, en cambio, es un modelo común de nave espacial fabricado en Avalón y posee impulsor espacial, aunque no se encuentre en condiciones de emplearlo. ¿Ha comprendido, caballero? ¿Ha logrado captar las diferencias esenciales existentes entre las dos naves?

—Sí, Tuf. Pero dado que no tengo ni la menor intención de ser capturado, la distinción sigue pareciéndome académica. Con todo, le complaceré en ello y por una cantidad adicional de cincuenta unidades más consentiré en usar su *Cornucopia*.

Haviland Tuf guardó silencio.

Jaime Kreen se removió en su asiento.

—*Dax* le está diciendo que si espera un tiempo cederé, ¿verdad? Bueno, pues no es así. No puede engañarme más con ese truco, ¿me ha entendido? —Cruzó los brazos, apretándolos con más fuerza que nunca—. Soy una roca. Estoy hecho de acero. Mi decisión al respecto es tan inquebrantable como un diamante.

Haviland Tuf acarició a *Dax* y siguió callado.

—Espere cuanto quiera, Tuf —dijo Kreen—. Aunque sólo sea por esta vez pienso engañarle. Yo también puedo esperar. Esperaremos juntos. Y nunca me rendiré. ¡Nunca! ¡Nunca! ¡Nunca!

Cuando la *Cornucopia de Mercancías Excelentes a Bajos Precios* volvió de Caridad una semana y media después, Jaime Kreen llevaba consigo a tres pasajeros, todos ellos antiguos administradores de Ciudad de Esperanza. Rej Laithor era una mujer de rostro afilado y cabellera gris metálico que había ocupado la presidencia del consejo. Desde que Moisés había tomado el poder, había tenido que encargarse de manejar un telar. La acompañaban una mujer más joven y un hombretón que daba la impresión de haber sido gordo en alguna época pasada, aunque ahora la piel colgaba de su rostro en pliegues amarillentos.

Haviland Tuf les recibió en la sala de conferencias. Cuando Kreen hizo pasar a los caritanos, estaba sentado a la cabecera de la mesa con las manos cruzadas sobre ella y *Dax* enroscado en una postura indolente sobre el pulido metal.

—Me complace que hayan podido acudir —dijo, mientras los antiguos administradores tomaban asiento—. Sin embargo, me dan la impresión de sentir hostilidad hacia mí y lo lamento. Permítanme empezar asegurándoles que no tuve el menor papel en todas sus vicisitudes.

Rej Laithor lanzó un bufido.

—Hablé con Kreen cuando me vino a buscar, Tuf, y él me contó todas sus protestas de inocencia. No las creo ahora, más de lo que cree él en ellas. Nuestra ciudad y nuestra forma de vida fueron destruidas mediante la guerra ecológica y las plagas que Moisés desencadenó sobre nosotros. Nuestros ordenadores nos indicaron que sólo usted y esta nave son capaces de utilizar tal tipo de guerra.

—Ciertamente —dijo Haviland Tuf—, pero quizá pueda sugerir que si cometen errores de tal calibre con mucha frecuencia, piensen en irlos reprogramando.

—Ya no tenemos ordenadores —dijo con voz lúgubre el enflaquecido hombretón—. Pero yo ocupaba el cargo de jefe de programación y me duele ese ataque a mis capacidades profesionales.

—No debían ser muy buenas, Rikken, o de lo contrario, jamás habrías dejado que esos piojos se cebaran en los sistemas —dijo Rej Laithor—. Sin embargo, eso no hace que Tuf sea menos culpable. Los piojos eran suyos.

—No tengo monopolio alguno sobre los piojos —se limitó a responder Haviland Tuf y levantó una mano—. Creo que deberíamos dejar de insultarnos de este modo ya que así no lograremos nada. En vez de ello, sugiero que discutamos la triste historia y el infortunio sufrido por Ciudad de Esperanza, y que hablemos de Moisés y sus plagas. Puede que se encuentren familiarizados con el Moisés original, el de la Vieja Tierra escogido como modelo por su antagonista actual. Ese viejo Moisés no tenía en su poder ninguna sembradora, ni las herramientas habituales de la guerra biológica. Sin embargo, tenía un dios y ese dios acabó demostrando que era igualmente efectivo. Su gente se encontraba sometida al cautiverio y para liberarles envió diez plagas contra sus enemigos. ¿Siguió su Moisés el mismo esquema en sus actos? ¿Soportaron las diez plagas?

—No le contesten, sin que les pague antes —dijo Jaime Kreen, apoyado en el quicio de la puerta.

Rej Laithor le miró como si estuviera loco.

—Ya comprobamos cuál era la historia de ese Moisés original —dijo volviéndose de nuevo hacia Tuf—, y cuando las plagas empezaron a llegar sabíamos lo que podía esperarse. Moisés utilizó las mismas plagas que en la historia original pero varió un poco el orden y sólo llegamos a sufrir seis de ellas. En ese momento el consejo cedió ante las demandas de los Altruistas, cerró Puerto Fe y evacuó la Ciudad de Esperanza —extendió las manos hacia Tuf—. Mírelas, fíjese en las ampollas y en las callosidades. Nos ha dispersado por sus podridas aldeas Altruistas y nos hace vivir como primitivos. Y además pasamos hambre. Está loco.

—Primero Moisés convirtió las aguas del río en sangre —dijo Haviland Tuf.

—Fue repugnante —dijo la mujer más joven—. Toda el agua que había en la arcología, las fuentes, las piscinas, la que salía de los grifos. Si abrías el grifo o te metías en la ducha te encontrabas de repente cubierto de sangre. Hasta los lavabos se llenaron de sangre.

—No era sangre auténtica —añadió Jaime Kreen—. La analizamos y encontramos que al agua de la ciudad se le había añadido cierto veneno orgánico. Pero, fuera lo que fuera, el agua se volvió más espesa, su color cambió al rojo y además resultaba imposible beberla. ¿Cómo lo hizo, Tuf?

Haviland Tuf no hizo caso de su pregunta.

—La segunda plaga consistía en ranas.

—En nuestros tanques de levadura, así como en toda la sección hidropónica —dijo Kreen—. Yo estaba encargado de la supervisión y esa plaga me arruinó. Las ranas atacaron toda la maquinaria con sus cuerpos y luego empezaron a morirse, se pudrieron y estropearon toda la comida. Cuando fui incapaz de contenerlas Laithor me despidió. ¡Como si todo hubiera sido culpa mía! —Se volvió hacia su antigua jefa torciendo el gesto—. Bueno, al menos no acabé trabajando como esclavo de Moisés. Me marché a K'theddion cuando aún era posible marcharse del planeta.

—En tercer lugar —dijo Haviland Tuf—, la plaga de los piojos.

—Estaban en todas partes —murmuró el hombre—, en todas partes. No podían vivir dentro del sistema, claro, y una vez allí se morían, pero eso ya era un buen problema por sí solo. El sistema acabó derrumbándose y los piojos siguieron viniendo. Todo el mundo tenía piojos, era imposible librarse de ellos por mucho que te limpiaras.

—En cuarto lugar vino la plaga de las moscas.

Todos los caritanos adoptaron una expresión peculiarmente lúgubre. Ninguno le contestó.

—En quinto lugar —prosiguió Haviland Tuf—, Moisés desencadenó una peste que acabó con todo el ganado de sus enemigos.

—Ésa la pasó por alto —dijo Rej Laithor—. Teníamos todo el ganado en las praderas, pero pusimos centinelas alrededor de él y también en los sótanos donde guardábamos las bestias de carne. Lo estábamos esperando, pero no sucedió nada. Por suerte, también pasó por alto el granizo y las llagas, aunque me habría gustado ver cómo conseguía un buen granizo dentro de la arcología. Pasó directamente a las langostas.

—Ciertamente —dijo Haviland Tuf—, la octava plaga. ¿Sus campos fueron devorados por langostas?

—Las langostas no tocaron nuestros campos. Se metieron en la ciudad, dentro de los compartimientos sellados donde guardábamos el grano. Tres años de cosechas desaparecieron en una noche.

—La novena plaga —dijo Haviland Tuf— era la oscuridad.

—Me alegro de haberme perdido ésa —dijo Jaime Kreen.

—Todas las luces de la ciudad se apagaron —dijo Rej Laithor—. Nuestras cuadrillas de reparaciones tuvieron que abrirse paso, a través de montones de moscas muertas y langostas vivas, mientras se rascaban sin cesar las picaduras de los piojos. Pero ya era inútil, la gente se iba a millares. Ordené el abandono de la ciudad cuando descubrimos que incluso las estaciones energéticas de emergencia estaban llenas de bichos. Después de eso, todo ocurrió muy aprisa. Una semana después estaba viviendo en una cabaña sin calefacción, situada en las Colinas del Honesto Trabajo, y aprendía a hacer funcionar un telar. —En su voz había una furia salvaje.

—Su destino me parece realmente digno de compasión —dijo Haviland Tuf con voz plácida—, pero no creo que deban desesperar todavía. Cuando me enteré de sus apuros, por boca de Jaime Kreen, decidí inmediatamente ayudarles. Y aquí estoy.

Rej Laithor le miró con suspicacia.

—¿Ayudarnos? —dijo.

—Les haré recuperar de nuevo la Ciudad de Esperanza —dijo Haviland Tuf—. Haré pedazos a Moisés y su Sacra Restauración Altruista. La liberaré de su telar y le devolveré su terminal de ordenador.

La joven y el hombretón enflaquecido sonreían con cierta incredulidad. Rej Laithor seguía con el ceño fruncido.

—¿Por qué?

—Rej Laithor me pregunta el porqué —le dijo Haviland Tuf a *Dax*, acariciándole con suavidad—. Mis motivos siempre son puestos en tela de juicio. En esta dura edad moderna que nos ha tocado vivir, *Dax*, la gente ha perdido la confianza. —Miró nuevamente a la administradora—. Les ayudaré porque la situación de Caridad me conmueve y porque es obvio que su gente está atravesando grandes dolores y sufrimientos. Moisés no es ningún altruista auténtico, como bien sabemos los dos, pero ello no quiere decir que el impulso de la benevolencia y el autosacrificio haya perecido en la humanidad. Aborrezco a Moisés y a sus tácticas, el uso que hace de animales e insectos inocentes, de un modo totalmente antinatural, para imponer su voluntad sobre su prójimo. ¿Le parecen suficientes dichos motivos, Rej Laithor? Si no se lo parecen, basta con que me lo diga y me llevaré a mi *Arca* rumbo a otros lugares.

—No —dijo ella—, no lo haga. Aceptamos. Acepto en nombre de Ciudad de Esperanza. Si triunfa le construiremos una estatua y la colocaremos en lo alto de la ciudad para que sea visible a kilómetros de distancia.

—Los pájaros que pasaran sobre ella muy probablemente la usarían como blanco de sus deyecciones —dijo Haviland Tuf—. El viento la iría erosionando y estaría en un lugar tan alto que nadie podría ver sus rasgos con claridad. Quizás una estatua como ésa pudiera halagar mi vanidad pues, a pesar de mi talla, soy un hombre insignificante al que le complacen ese tipo de cosas. Pero me gustaría más verla colocada en su mayor plaza pública, donde estuviera a salvo de todos esos posibles daños.

—Naturalmente —se apresuró a decir Laithor—, lo que quiera.

—Lo que quiera —dijo Haviland Tuf y no lo dijo como si fuera una pregunta—. Además de la estatua, pediré también la suma de cincuenta mil unidades.

El rostro de Rej Laithor se volvió primero lívido y luego de un subido color rojizo.

—Dijo... —su voz era un murmullo ahogado—... usted... benevolencia... altruismo... nuestras necesidades... el telar...

—Debo hacer frente a mis gastos —dijo Haviland Tuf—. Estoy ciertamente dispuesto a sacrificar mi tiempo para este asunto, pero los recursos del *Arca* son demasiado valiosos para dilapidarlos sin compensación. Debo comer. Estoy seguro de que los cofres de Ciudad de Esperanza serán lo bastante amplios como para satisfacer esa pequeña suma.

Rej Laithor emitió un balbuceo ininteligible.

—Yo me encargaré de esto —dijo Jaime Kreen volviéndose hacia Tuf—. Diez mil unidades y ni una más. Nada que no sea diez mil unidades.

—Imposible —dijo Haviland Tuf—. Mis costes operacionales superarán con toda seguridad las cuarenta mil unidades. Es posible que pueda conformarme con esa suma y hacer un pequeño sacrificio ya que su pueblo está sufriendo.

—Quince mil —dijo Kreen.

Haviland Tuf siguió callado.

—¡Oh, infiernos! —dijo Jaime Kreen—. Entonces, que sean cuarenta mil y ojalá reviente ese maldito gato.

El hombre llamado Moisés tenía la costumbre de dar cada tarde un paseo por las toscas sendas labradas en las Colinas del Honesto Trabajo. Admiraba la belleza del crepúsculo y meditaba en soledad sobre los problemas del día que llegaba a su final. Andaba con largas zancadas que pocos hombres eran capaces de igualar, aun siendo más jóvenes que él, sosteniendo en una mano su largo y nudoso cayado. Mostraba una expresión apacible en el rostro y mantenía los ojos clavados en la lejanía del horizonte. Muchas veces caminaba más de doce kilómetros antes de emprender nuevamente el camino de vuelta a su casa y a su lecho. Durante uno de esos paseos, apareció ante él la columna de fuego.

Acababa de subir a una pequeña elevación del terreno y allí se la encontró. Un ondulante embudo de llamas anaranjadas, a través del cual ardían fugaces chispas amarillas y azules, se movía por entre las rocas y el polvo, en línea recta hacia él. Tendría unos treinta metros de alto y estaba coronada por una nubecilla gris, que se movía al mismo ritmo que la columna de llamas.

Moisés se paró en lo alto de la colina, apoyado en su bastón, y la observó.

La columna de fuego se detuvo a unos cinco metros de él, dominándole con su altura.

—Moisés —dijo una voz de trueno que parecía venir directamente del cielo—. Soy el Señor, tu Dios, y has pecado contra mí. *¡Devuélveme a mi pueblo!*

Moisés se rió levemente.

—¡Muy bueno! —dijo con su dulce voz—. Realmente muy bueno.

La columna de fuego tembló girando sobre sí misma.

—Libera a la gente de la Ciudad de Esperanza de tu cruel tiranía —exigió—, o mi ira hará llover las plagas sobre ti.

Moisés frunció el ceño y apuntó con su cayado hacia la columna de fuego.

—Yo soy el único que se encarga de las plagas por aquí, te agradecería que lo recordaras bien —en su voz había una leve dureza, escondida por su habitual melosidad.

—Falsas plagas de un falso profeta, tal como tú y yo sabemos muy bien —retumbó la columna de fuego—. Todos tus torpes trucos y engaños me son conocidos, pues yo soy el Dios cuyo nombre has profanado. ¡Entrégame a mi pueblo, o te enfrentarás a la más auténtica y terrible de las pestes!

—Tonterías —dijo Moisés, empezando a bajar la cuesta en dirección a la columna de llamas—. ¿Quién eres?

—Yo soy el que soy —dijo la columna, retirándose apresuradamente ante el avance de Moisés—. Soy Dios, tu Señor.

—Eres una proyección holográfica —dijo Moisés—, que emana de esa ridícula nube que tenemos encima. Soy un hombre santo, no un imbécil. Largo.

La columna de fuego permaneció inmóvil y emitió un rugido amenazador. Moisés caminó a través de ella y luego siguió bajando por la cuesta. La columna de fuego permaneció girando y retorciéndose, un largo tiempo después de que Moisés hubiera desaparecido.

—Ciertamente —retumbó su cavernosa voz, dirigiéndose a la noche desierta. Luego tembló levemente y se esfumó.

La nubecilla gris cruzó a toda velocidad las colinas y encontró a Moisés un kilómetro más lejos. La columna de fuego se materializó nuevamente, chasqueando con un ominoso despliegue de energía. Moisés dio la vuelta a su alrededor y la columna de fuego empezó a seguirle.

—Esa gente de tu ciudad empieza a cansarme —dijo Moisés mientras caminaba—. Has seducido a mi pueblo con tus costumbres pecaminosas, llenas de pereza, y ahora interrumpes mis reflexiones vespertinas. He tenido un duro día de santo trabajo y te advierto que estás empezando a provocarme. He prohibido todo manejo de la ciencia. Llévate tu nave y tu holograma y esfúmate antes de que haga llover las llagas sobre tu gente.

—Palabras vacías, señor —dijo la columna de fuego, casi pisándole los talones—. Las llagas se encuentran mucho más allá de vuestras limitadas artes. ¿O acaso es tan fácil engañarme a mí como lo fue engañar a ese rebaño de burócratas miopes?

Moisés vaciló durante unos segundos y contempló pensativo la columna de fuego por encima del hombro.

—¿Pones en duda los poderes de mi Dios? Había creído que con mis demostraciones había dado prueba más que suficiente de ellos.

—Ciertamente —dijo la columna de fuego—, pero lo único demostrado fueron las propias limitaciones de Moisés y las de sus oponentes. Está claro que los planes fueron trazados con inteligencia y a largo plazo, pero ése era el único poder que había en ellos.

—Entonces, sin duda creerás que las plagas que azotaron la Ciudad de Esperanza se debían a la casualidad y a la mala suerte.

—En absoluto, caballero, no me malinterpretéis. Sé muy bien lo que eran, y en ninguna de ellas había nada de sobrenatural. Durante generaciones, los más jóvenes y los más incrédulos Altruistas han ido emigrando a la Ciudad y habrá resultado muy sencillo disimular entre ellos espías, agentes y saboteadores. Ha sido muy astuto aguardar un año, dos o cinco hasta que cada uno de ellos fuera plenamente aceptado por la gente de la Ciudad, dándoseles posiciones de alta responsabilidad. Las ranas y los insectos son susceptibles de crianza, caballero, cosa que no presenta además excesivas dificultades, ya sea en una cabaña situada en las Colinas del Honesto Trabajo o en un complejo de apartamentos situado en el interior de la Ciudad. Caso de que tales criaturas sean soltadas en la tierra baldía, se disiparán rápidamente para morir ya que los elementos se encargarán de acabar con ellas, sus enemigos naturales las perseguirán y acabarán pereciendo por falta de alimento. El complejo e implacable mecanismo de la ecología las reducirá a su espacio natural. Pero, qué diferente es todo en el interior de una arcología, esa verdadera arquitectura ecológica que en realidad no es una ecología real, pues carece de todo ámbito que no sea el de la humanidad y sólo el de ella. El clima en su interior es siempre bueno y agradable, no hay especies que puedan presentar competencia alguna, ni hay depredadores enemigos y resulta muy sencillo encontrar la fuente adecuada de alimentos. Bajo tales condiciones, el resultado inevitable es la plaga, pero dicha plaga es falsa y sólo puede adquirir proporciones amenazadoras dentro del recinto ciudadano. En el exterior esas pequeñas plagas de ranas, piojos y moscas no serían nada ante los embates del viento, la lluvia y la tierra salvaje.

—Convertí su agua en sangre —insistió Moisés.

—Ciertamente, ya que vuestros agentes colocaron sustancias químicas en el depósito de agua de la Ciudad.

—Desencadené la plaga de la oscuridad —dijo Moisés, ahora ya claramente a la defensiva.

—Caballero —dijo la columna de fuego—, que no se insulte a mi inteligencia con algo tan obvio. Lo que se hizo fue apagar la luz.

Moisés giró en redondo para encararse a la columna llameante y alzó la mirada hacia su cima con expresión desafiante, el rostro enrojecido por los reflejos del fuego.

—Lo niego, lo niego todo. Soy un auténtico profeta.

—El auténtico Moisés hizo llover sobre sus enemigos una terrible peste —retumbó la columna de fuego con voz tranquila... al menos, tan tranquila como puede serlo una explosión—. Aquí no hubo ninguna. El auténtico Moisés hizo que sus enemigos se cubrieran de llagas y ninguno pudo enfrentarse a él. No las hubo tampoco. Caballero, esas omisiones le traicionan. La auténtica peste queda más allá de sus poderes. El auténtico Moisés devastó las tierras de sus enemigos con un granizo que duró todo el día y toda la noche. También ese tipo de plaga queda más allá de sus limitadas capacidades, señor mío. Pero sus enemigos, engañados por tanto truco, le rindieron la Ciudad de Esperanza antes de la décima plaga, antes de la muerte de los primogénitos, y creo que ahí hubo un auténtico golpe de suerte. Porque, si hubiera sido necesario llegar hasta dicha plaga, me parece que se habría enfrentado a considerables problemas.

Moisés golpeó la columna de fuego con su cayado. No hubo ningún efecto, ni en la columna ni en el cayado.

—Largo, vete —gritó—. Seas quien seas, no eres mi Dios. Te desafío. ¡Haz lo que quieras! Tú mismo lo has dicho: en la naturaleza las plagas no resultan tan fáciles de manejar como dentro de una arcología. Nos encontramos sanos y salvos en la vida sencilla de las Colinas del Honesto Trabajo, cerca de nuestro Dios. Estamos llenos de gracia y no podrás hacernos daño alguno.

—Ciertamente —retumbó la columna de fuego—, ciertamente que te equivocas, Moisés. *¡Devuélveme a mi pueblo!*

Pero Moisés ya no estaba escuchándola. Atravesó nuevamente las llamas y, ahora claramente furioso, echó a correr hacia la aldea.

—¿Cuándo piensa empezar? —le preguntó un nervioso Jaime Kreen a Haviland Tuf una vez hubo vuelto al *Arca*. Tras haber llevado a los demás caritanos a la superficie del planeta se había quedado a bordo pues, tal y como había recalcado, Ciudad de Esperanza era inhabitable y en las aldeas y campos de trabajo de los Altruistas no había lugar alguno para él—. ¿Por qué no hace nada? ¿Cuándo...?

—Caballero —dijo Haviland Tuf, sentado en su silla favorita y comiendo un cuenco de setas con crema y guisantes al limón. A su lado, sobre la mesa, había una jarra de cerveza—, tenga la amabilidad de no darme órdenes, a no ser que prefiera la hospitalidad de Moisés a la mía. —Tomó un sorbo de cerveza—. Todo lo que debía hacerse ha sido hecho. A diferencia de las suyas, mis manos no permanecieron totalmente ociosas durante nuestro viaje desde K'theddion.

—Pero eso fue antes de...

—Detalles —dijo Haviland Tuf—. Casi todo el proceso básico de clonación ya ha sido realizado y los clones han tenido el tiempo suficiente para entretenerse. Mis tanques de cría están llenos —miró a Kreen y pestañeó—. Permítame ocuparme de mi cena.

—Las plagas... —dijo Kreen—. ¿Cuándo empezarán?

—La primera —le contestó Haviland Tuf—, ha empezado hace ya unas cuantas horas.

Al cruzar las Colinas del Honesto Trabajo, al pasar junto a las seis aldeas y a los campos rocosos de los Sacros Altruistas, así como junto a las grandes extensiones de campos baldíos en los que se encontraban los refugiados, el lento y perezoso río, que los Altruistas llamaban la Gracia de Dios y el resto de caritanos el río del Sudor, seguía su pausado camino. Cuando el alba empezó a despuntar en el lejano horizonte quienes habían acudido a él para pescar, llenar sus recipientes o lavar la ropa, volvieron a las aldeas y a los campos de trabajo lanzando gritos de horror.

—Sangre —exclamaban—, el río se ha vuelto de sangre al igual que lo hicieron antes las aguas de la Ciudad.

Se llamó a Moisés y él acudió al río con cierta desgana, arrugando la nariz ante el hedor que emanaba de los peces muertos y de los que aún agonizaban, mezclado con el omnipresente olor de la sangre.

—Es un truco de los pecadores de la Ciudad de Esperanza —dijo al ver el lento curso de la corriente escarlata—. Dios renueva el mundo natural. Rezaré y dentro de un día, el río volverá a estar limpio y fresco. —Permaneció inmóvil en el fango, con un charco ensangrentado lleno de peces muertos a los pies, extendió su cayado sobre las aguas enfermas y se puso a rezar. Rezó durante un día y una noche, pero las aguas no se limpiaron.

Cuando llegó el nuevo día, Moisés se retiró a su cabaña, dio ciertas órdenes y Rej Laithor junto con otros cinco administradores fueron separados de sus familias e interrogados con gran intensidad. Los interrogadores no lograron averiguar nada. Patrullas armadas de Altruistas ascendieron por el curso del río, en busca de los conspiradores que estaban arrojando sustancias contaminantes en sus aguas. No encontraron nada. Viajaron durante tres días y tres noches hasta llegar a la gran cascada de las Tierras Altas e, incluso allí, descubrieron que el gran salto de agua se había convertido en sangre y nada más que sangre.

Moisés rezó sin descanso día y noche hasta que, finalmente, se derrumbó inconsciente y sus subordinados le llevaron de nuevo hasta su austera cabaña. El río siguió fluyendo escarlata.

—Está vencido —dijo Jaime Kreen una semana después, cuando Haviland Tuf volvió de explorar la situación en su barcaza aérea—. ¿Porqué sigue esperando?

—Espera a que el río se limpie por sí mismo —dijo Haviland Tuf—. Una cosa es contaminar el suministro de agua en un sistema cerrado como el de su arcología, donde basta con una limitada cantidad de sustancia contaminante para lograr los fines deseados. Pero un río es una empresa de magnitud mucho mayor. Inyecte en sus aguas toda la cantidad de sustancia química que desee y más pronto o más tarde habrá fluido por su curso y el agua volverá a quedar limpia. Sin duda, Moisés cree que pronto nos quedaremos sin sustancia contaminante.

—Entonces, ¿cómo lo ha conseguido?

—Los microorganismos, a diferencia de las sustancias químicas, se multiplican y son capaces de renovarse a sí mismos —dijo Haviland Tuf—. Hasta las aguas de la Vieja Tierra estaban sujetas de vez en cuando a tales mareas rojas, como nos cuentan los viejos registros del CIE. Hay un mundo llamado Scarne donde la forma de vida que las produce es tan virulenta que incluso los océanos están teñidos por ella y todas las demás formas de vida deben adaptarse o morir. Los constructores del *Arca* visitaron Scarne y tomaron un poco de material para someterlo a clonación posteriormente.

Esa noche la columna de fuego apareció ante la cabaña de Moisés y asustó a los centinelas haciéndoles huir.

—*¡Devuélveme a mi pueblo!* —rugió.

Moisés fue tambaleándose hacia la puerta y la abrió de par en par.

—Eres una ilusión obra de Satán —gritó—, pero no me dejaré engañar. Márchate. No beberemos más de ese río, creador de engaños. Hay pozos muy hondos en los cuales podemos obtener agua y siempre podemos cavar otros.

La columna de fuego se retorció emitiendo un diluvio de chispas.

—No lo dudo —observó—, pero con ello no se hará sino retrasar lo inevitable. Si la gente de Ciudad de Esperanza no es liberada, desencadenaré la plaga de las ranas.

—Me las comeré —chilló Moisés—. Serán un manjar delicioso.

—Las ranas vendrán del río —dijo la columna de fuego—, y serán más terribles de lo que puedes imaginar.

—No hay nada capaz de vivir en esa cloaca envenenada —dijo Moisés—, ya te has cuidado de ello tú mismo.

—Luego cerró la puerta de golpe e hizo oídos sordos a las palabras de la columna de fuego.

Los centinelas que Moisés envió al río, a la mañana siguiente volvieron cubiertos de sangre y enloquecidos por el miedo.

—Ahí dentro hay cosas —dijo uno de ellos—, cosas que se agitan en los charcos de sangre. Son una especie de serpientes escarlata, largas como un dedo, pero tienen patas el doble de largas. Parecían ranas rojas pero, cuando nos acercamos más, vimos que tenían dientes y estaban haciendo pedazos a los peces muertos. Ya no quedaba casi ninguno y los pocos que había estaban cubiertos de esas cosas que parecen ranas. Entonces Danel intentó coger una y la rana le mordió en la mano y él gritó y de repente el aire estaba lleno de esas malditas criaturas, saltando de un lado a otro, como si pudieran volar, mordiéndonos e intentando hacernos trizas. Fue horrible. ¿Cómo se puede luchar con una rana? ¿La apuñalas, le pegas un tiro? ¿Qué haces? —Estaba temblando.

Moisés envió otro grupo al río, provisto con sacos,

veneno y antorchas. Volvieron en total confusión, llevando a dos de los hombres heridos, incapaces de caminar. Uno de ellos murió esa misma mañana, con el cuello desgarrado por una rana. Otro sucumbió unas cuantas horas después, a causa de la fiebre que había atacado a casi todos los que habían sido mordidos.

Al llegar la noche los peces habían desaparecido y las ranas empezaron a salir del río y se dirigieron hacia las aldeas. Los Altruistas cavaron trincheras y las llenaron de agua, prendiendo fuego a la maleza. Las ranas saltaron sobre el agua y las llamas. Los Altruistas lucharon con porras y cuchillos, y llegaron a utilizar las armas modernas que les habían arrebatado a la gente de la ciudad. Al amanecer había seis muertos más. Moisés y sus seguidores se encerraron en sus cabañas.

—Nuestra gente no tiene refugio alguno —le dijo Jaime Kreen con cierto temor—. Las ranas entrarán en los campos de trabajo y les matarán.

—No —replicó Haviland Tuf—. Si Rej Laithor consigue mantenerles tranquilos e impide que se muevan no tienen nada que temer. Las ranas sangrientas de Scarnish comen básicamente carroña, y sólo atacan a criaturas de tamaño superior al suyo cuando se las ataca o cuando están asustadas.

Kreen pareció algo incrédulo y luego una lenta sonrisa fue abriéndose paso por su rostro.

—¡Y Moisés se oculta lleno de miedo! Estupendo, Tuf.

—Estupendo —dijo Haviland Tuf, pero, en su voz impasible, no había nada que permitiera saber si se burlaba o si estaba de acuerdo con Kreen, aunque tenía a *Dax* en el regazo y de pronto Kreen se dio cuenta de que el gato permanecía muy tieso y que su pelaje se iba encrespando lentamente.

Esa noche, la columna de fuego no acudió al hombre llamado Moisés sino a los refugiados de la Ciudad de Esperanza, que permanecían acurrucados en su miserable campamento llenos de miedo, viendo cómo las ranas iban y venían más allá de las trincheras que les separaban de los Altruistas.

—Rej Laithor —dijo la columna llameante—, vuestros enemigos están ahora aprisionados, por su propia voluntad, tras las puertas de sus cabañas. Sois libres. Marchaos, volved a la arcología. Caminad lentamente, tened mucho cuidado de mirar por donde pisáis y no hagáis movimientos bruscos. Haced todo esto sin ningún temor y las ranas no os harán daño. Limpiad y arreglad vuestra Ciudad de Esperanza e id preparando mis cuarenta mil unidades.

Rej Laithor, rodeada por sus administradores, alzó la mirada hacia las llamas que se retorcían.

—Moisés nos atacará de nuevo apenas se haya ido, Tuf —gritó—. Acabe con él, suelte sus otras plagas.

La columna de fuego no respondió. Durante interminables minutos permaneció en silencio, dando vueltas sobre sí misma y emitiendo chispazos, y luego se esfumó por completo.

Con paso lento y cansino la gente de la Ciudad de Esperanza empezó a salir en fila india del campamento, teniendo gran cuidado de fijarse por donde pisaban.

—Los generadores funcionan de nuevo —le informó Jaime Kreen dos semanas después—, y la Ciudad no tardará en estar como antes. Pero eso es sólo la mitad de nuestro trato, Tuf. Moisés y sus seguidores permanecen en sus aldeas. Las ranas sangrientas han muerto casi todas al haberse quedado sin otra carroña que devorar que no fuera ellas mismas. Y el río da señales de que pronto se limpiará. ¿Cuándo les va a soltar encima los piojos? ¿Y las moscas? Se merecen todos esos picores, Tuf.

—Coja el *Grifo* —le ordenó Haviland Tuf—. Tráigame a Moisés, lo quiera él o no. Haga lo que le digo y cien unidades procedentes de los fondos de su Ciudad le pertenecerán.

Jaime Kreen pareció asombrado.

—¿Moisés? ¿Por qué? Moisés es nuestro enemigo. Si piensa que puede cambiar de chaqueta y hacer ahora un trato con él, vendiéndonos como esclavos por un precio mejor...

—Ponga freno a sus sospechas —replicó Tuf acariciando a *Dax*—. La gente siempre piensa mal de nosotros, *Dax*, y quizá nuestro triste destino consista en ser eternos sospechosos. —Se volvió nuevamente hacia Kreen y le dijo—. Sólo deseo hablar con Moisés. Haga lo que le he dicho.

—Ya no estoy en deuda con usted, Tuf —le contestó secamente Kreen—. Le sigo prestando ayuda sólo en tanto que patriota caritano. Explíqueme cuáles son sus motivos y puede que haga lo que me pide. De lo contrario, tendrá que hacerlo usted mismo. Me niego —y se cruzó de brazos.

—Caballero —dijo Haviland Tuf—, ¿es usted consciente de cuántas veces ha comido y bebido cerveza en el *Arca* desde que nuestra deuda fue liquidada? ¿Se da cuenta de la cantidad de aire, propiedad mía, que ha respirado y de cuántas veces ha usado mis instalaciones sanitarias? Yo sí me doy cuenta de ello, créame. ¿Se da cuenta, además, de que el pasaje más barato de K'theddion a Caridad suele ascender a unas trescientas setenta y nueve unidades? Me resultaría muy sencillo añadir tal cifra a su factura. Lo he pasado por alto, para mi gran desgracia financiera, solamente porque me ha prestado ciertos servicios de escasa cuantía, pero ahora me doy cuenta de que he cometido un grave error siendo tan tolerante. Creo que voy a rectificar todos los errores cometidos en mi contabilidad.

—No juegue conmigo, Tuf —le dijo Kreen con voz decidida—. Estamos en paz y nos encontramos muy lejos de la Prisión de K'theddion. Cualquier tipo de pretensiones que pueda tener sobre mi persona, teniendo en cuenta sus absurdas leyes, carecen de valor en Caridad.

—Las leyes de K'theddion y las de Caridad tienen para mí idéntica importancia, excepto cuando sirven a mis propósitos —le replicó Haviland Tuf sin alzar la voz y con el rostro inmutable—. Yo soy mi propia ley, Jaime Kreen. Y si decido convertirle en mi esclavo hasta que muera, ni Rej Laithor, ni Moisés, ni sus fanfarronadas podrán ayudarle en lo más mínimo. —Tuf habló como siempre y en su lenta voz de bajo resultaba imposible detectar la menor inflexión emocional.

Pero de pronto Jaime Kreen tuvo la sensación de que la temperatura ambiental había bajado muchos grados. Y se apresuró a obrar tal y como le habían dicho.

Moisés era alto y fuerte, pero Tuf le había hablado a Jaime Kreen de sus meditaciones nocturnas y fue bastante fácil esperarle una noche en las colinas que había detrás de la aldea, escondido en la espesura con tres hombres más, y apoderarse de él cuando pasaba. Uno de los ayudantes de Kreen sugirió que mataran allí mismo al líder de los Altruistas, pero Kreen lo prohibió. Transportaron a un inconsciente Moisés hasta el *Grifo*, que les estaba esperando, y una vez allí Kreen despidió a los demás.

Un tiempo después, Kreen se lo entregó a Haviland Tuf y se dio la vuelta dispuesto a marcharse.

—Quédese —dijo Tuf. Se encontraban en una habitación que Kreen no había visto nunca, una gran estancia llena de ecos, cuyas paredes y techo eran de un blanco impoluto. Tuf estaba sentado en el centro de la estancia, ante un panel de instrumentos en forma de herradura. *Dax* reposaba sobre la consola, con el aire de quien espera algo.

Moisés aún estaba algo aturdido.

—¿Dónde estoy? —preguntó.

—Se encuentra a bordo de la sembradora llamada *Arca*, la última nave destinada a la guerra biológica que todavía funciona, creada por el Cuerpo de Ingeniería Ecológica. Soy Haviland Tuf.

—Su voz... —dijo Moisés.

—Soy el Señor, tu Dios —dijo Haviland Tuf.

—Sí —dijo Moisés, incorporándose de repente. Jaime Kreen, que estaba detrás suyo, le cogió por los hombros y le empujó con bastante rudeza hacia el respaldo de su asiento. Moisés protestó débilmente, pero no intentó incorporarse de nuevo—. ¡Tú trajiste las plagas!, tú eras la voz de la columna de fuego, el diablo que fingía ser Dios.

—Ciertamente —dijo Haviland Tuf—. Sin embargo, he sido malinterpretado. Moisés, de todos los presentes el único que ha fingido algo es usted. Intentó presentarse como un profeta y pretendió poseer vastos poderes sobrenaturales de los que carecía. Usó muchos trucos y desencadenó una forma más bien primitiva de guerra ecológica. Yo, por contraste, no finjo. Soy Dios, tu Señor.

Moisés escupió.

—Eres un hombre con una nave espacial y un ejército de máquinas. Has sabido jugar muy bien con las plagas, pero dos plagas no convierten a un hombre en Dios.

—Dos —dijo Haviland Tuf—. ¿Dudas acaso de las otras ocho? —Sus grandes manos se movieron sobre los instrumentos que tenía delante y la estancia se oscureció en tanto que la cúpula se encendía, dando la impresión de estar en pleno espacio, con el planeta Caridad bajo ellos. Luego Haviland Tuf hizo algo más en sus instrumentos y los hologramas cambiaron. Ahora estaban entre las nubes, bajando con un rugido ensordecedor, hasta que las imágenes se aclararon de nuevo. Se encontraban flotando sobre las cabañas de los Sacros Altruistas, en las Colinas del Honesto Trabajo—. Observe —le ordenó Haviland Tuf—. Esto es una simulación efectuada por el ordenador. Estas cosas no han ocurrido, pero habrían podido hacerse verdad. Tengo la confianza de que todo esto le resultará altamente educativo.

En la cúpula y en las paredes de la estancia, rodeándoles, vieron las aldeas y a gentes de rostro sombrío que iban por ellas. Echaban los cuerpos de las ranas muertas en las trincheras para incinerarlos. Vieron también el interior de las cabañas, donde los enfermos ardían en las garras de la fiebre.

—Después de la segunda plaga —anunció Haviland Tuf—, la situación actual. Las ranas sangrientas han desaparecido consumidas por su propia voracidad —sus manos bailaron sobre el panel—. Los piojos —dijo.

Y entonces llegaron los piojos. El polvo pareció hervir a causa de ellos y en unos segundos estuvieron por todas partes. En las imágenes, los Altruistas empezaron a rascarse frenéticamente y Jaime Kreen (que se había estado rascando durante cierto tiempo antes de partir para K'theddion) se rió en voz baja. Unos instantes después dejó de reírse. Los piojos no tenían el aspecto de los piojos corrientes. Los cuerpos de los Altruistas se cubrieron de heridas ensangrentadas y muchos tuvieron que guardar cama, aullando a causa del horrible escozor que sentían. Algunos llegaron a abrirse hondas heridas en la piel y se arrancaron las uñas en su furioso delirio.

—Las moscas —dijo Haviland Tuf.

Y vieron enjambres de moscas de todos los tamaños, desde las moscas de la Vieja Tierra con sus casi olvidadas enfermedades, hasta las hinchadas moscas con aguijón de Dam Tullian, pasando por los moscardones grises de Gulliver y las lentas moscas de Pesadilla que depositan sus huevos en el tejido viviente. Las moscas cayeron como inmensos nubarrones sobre las aldeas y las Colinas del Honesto Trabajo y las cubrieron como si no fueran más que un estercolero algo más grande de lo normal, depositando sobre ellas una pestilente capa negra de cuerpos que se retorcían zumbando.

—La peste —dijo Haviland Tuf.

Y vieron cómo los rebaños morían a millares. Las gigantescas bestias de carne, que yacían inmóviles bajo la Ciudad de Esperanza, se convirtieron en montañas nauseabundas. Ni tan siquiera quemarlas sirvió de nada. Muy pronto no hubo carne y los escasos supervivientes vagaron de un lado para otro como flacos espectros de mirada enloquecida. Haviland Tuf pronunció algunos nombres: ántrax, la enfermedad de Ryerson, la peste rosada, la calierosia.

—Las llagas —dijo Haviland Tuf.

Y de nuevo la enfermedad se hizo incontenible, pero esta vez sus víctimas eran los seres humanos y no los animales. Las víctimas sudaban y gemían a medida que las llagas cubrían sus rostros, sus manos y su pecho, hinchándose hasta reventar entre borbotones de sangre y pus. Las nuevas llagas crecían apenas las viejas se habían esfumado. Los hombres y las mujeres andaban a tientas por las calles de las aldeas, ciegos y cubiertos de cicatrices, con los cuerpos repletos de llagas y costras, con el sudor corriendo sobre su piel como si fuera aceite. Cuando caían en el polvo, entre los piojos muertos y los restos del ganado cubierto de moscas, se pudrían allí sin que hubiera nadie para darles sepultura.

—El granizo —dijo Haviland Tuf.

Y el granizo llegó entre truenos y relámpagos, con gotas de hielo grandes como guijarros, lloviendo del cielo durante un día y una noche, a los que siguieron otro día y otra noche y luego otro y otro más, sin parar nunca. Y entre el granizo vino también el fuego. Los que salieron de sus cabañas murieron aplastados por el granizo y muchos de los que permanecieron dentro de ellas murieron. Cuando el granizo se detuvo por fin, apenas si quedaba una cabaña en pie.

—Las langostas —dijo Haviland Tuf.

Cubrieron la tierra y el cielo, en nubes aún más inmensas que las formadas por las moscas. Aterrizaron por todas partes, arrastrándose, tanto sobre los vivos como sobre los muertos, devorando los escasos alimentos que aún quedaban, hasta que no hubo nada que comer.

—La oscuridad —dijo Haviland Tuf.

Y la oscuridad avanzó, parecida a una espesa nube de gas negro que vagaba empujada por el viento. Era un líquido que fluía como un río de azabache reluciente. Era el silencio y era la noche y estaba vivo. Por donde iba no quedaba nada que alentara a su paso. Las malezas y la hierba se volvían amarillentas y morían. El suelo se cubría de grietas negruzcas. La nube era más grande que las aldeas, más inmensa que las Colinas del Trabajo Honesto y aún mayor que las anteriores nubes de langosta. Lo cubrió todo, y durante un día y una noche, nada se movió bajo su manto. Después, la oscuridad viviente se marchó y tras ella sólo quedaron el polvo y la tierra reseca.

Haviland Tuf tocó nuevamente sus instrumentos y las visiones se esfumaron.

Las luces volvieron a encenderse iluminando la blancura de los muros.

—La décima plaga —dijo entonces Moisés lentamente, con una voz que ya no parecía tan dulce, ni tan segura como antes—. La muerte de los primogénitos.

—Sé admitir mis fracasos —dijo Haviland Tuf—, y soy incapaz de hacer tal tipo de distinciones. Sin embargo, me gustaría indicar que en esas escenas, que nunca llegaron a ser realidad, todos los primogénitos murieron, al igual que los nacidos en último lugar dentro de cada familia. Debo confesar que en cuanto a materias tan delicadas, soy un dios más bien torpe. Tengo que matarles a todos.

Moisés tenía el rostro lívido, pero en su interior ardía aún una chispa de su indomable tozudez.

—No eres más que un hombre —susurró.

—Un hombre —dijo Haviland Tuf con voz impasible. Su pálida manaza seguía acariciando a *Dax*—. Nací hombre y viví durante largos años como tal, Moisés. Pero luego encontré el *Arca* y he dejado de ser hombre. Los poderes que tengo en mi mano superan a los de casi todos los dioses adorados por la humanidad. No hay hombre alguno a quien no pueda quitarle la vida. No hay mundo en el que me detenga, al cual no pueda destruir por completo o remodelar según mi voluntad. Soy el Señor, tu Dios, o al menos soy lo más parecido a Él que vas a encontrar en tu vida. Tienes mucha suerte de que sea por naturaleza bondadoso, benévolo e inclinado a la piedad y de que me aburra con demasiada frecuencia. Para mí no sois más que fichas, peones y piezas de juego que habría dejado de jugar hace unas cuantas semanas si de mí hubiera dependido. Las plagas me parecieron un juego interesante y lo fueron durante un tiempo, pero no tardaron en hacerse aburridas. Bastaron dos plagas para dejar muy claro que no tenía delante enemigo alguno y que Moisés era incapaz de hacer nada que me

477

sorprendiera. Mis objetivos se habían cumplido. Había rescatado al pueblo de Ciudad de Esperanza y lo demás sería meramente un ritual carente de significado. Por ello, he preferido ponerle fin.

»Márchate, Moisés, deja de molestarme y de jugar con tus plagas. He terminado contigo.

»Y tú, Jaime Kreen, cuida de que tus caritanos no tomen venganza sobre él. Ya habéis tenido victorias suficientes. Dentro de una generación, su cultura, su religión y su modo de vida habrán muerto.

»Recordad quién soy y recordad que *Dax* es capaz de ver en vuestros pensamientos. Si el *Arca* volviera a estos lugares y me encontrara con que mis órdenes no han sido cumplidas, todo ocurrirá tal y como os he mostrado. Las plagas barrerán vuestro pequeño planeta hasta que nada aliente sobre él.

Jaime Kreen utilizó el *Grifo* para devolver a Moisés al planeta y luego, siguiendo las instrucciones de Tuf, recogió cuarenta mil unidades de Rej Laithor y se las llevó al *Arca*. Haviland Tuf le recibió en la cubierta de aterrizaje, con *Dax* en brazos.

Aceptó su paga con un leve pestañeo que no habría desentonado en el rostro de un rey.

Jaime Kreen parecía algo pensativo.

—Está fanfarroneando, Tuf —le dijo—. No es ningún dios. Lo que nos enseñó eran meramente simulaciones. Jamás podría haber logrado todo eso, pero a un ordenador se le puede programar para que muestre cualquier cosa.

—Ciertamente —dijo Haviland Tuf.

—Ciertamente —dijo Jaime Kreen, cada vez más irritado—. Consiguió darle un susto de muerte a Moisés, pero a mí no me engañó ni por un instante, a pesar de todas sus imágenes. El granizo fue la clave. Bacterias, enfermedades, pestilencia. Todo eso queda dentro de los confines de la guerra ecológica. Puede que incluso esa cosa oscura entre en ella, aunque creo que no era sino un invento. Pero el *granizo* es un fenómeno meteorológico y no tiene nada que ver con la biología o la ecología. Ahí dio un patinazo, Tuf. Pero el resultado final fue muy encomiable y espero que ayude a mantener la humildad de Moisés en el futuro.

—Humildad, cierto —replicó Haviland Tuf—. Tendría que haberme tomado un tiempo y trazar mis planes, con más cuidado, para engañar a un hombre dotado de su clarividente percepción, no me cabe duda de ello. Siempre consigue derrotar mis pequeños planes.

Jaime Kreen se rió.

—Me debe cien unidades —le dijo—, a cambio de haber traído y llevado a Moisés.

—Caballero —dijo Haviland Tuf—, jamás olvidaría tal deuda y no es necesario que me la recuerde con semejante brusquedad. —Abrió la caja que Kreen había traído de Caridad y le entregó cien unidades—. Encontrará una escotilla del tamaño adecuado a su persona en la sección nueve, más allá de las puertas en las que se ve el letrero Control Climático.

Jaime Kreen frunció el ceño.

—¿Escotilla? ¿A qué se refiere?

Haviland Tuf lo miró sin inmutarse.

—Caballero —dijo—, había pensado que le resultaría obvio. Me refiero a una escotilla, un ingenio mediante el cual podrá abandonar el *Arca*, sin que mi valiosa atmósfera la abandone al mismo tiempo que usted. Dado que no posee nave espacial alguna, resultaría estúpido utilizar una escotilla de mayor tamaño. Tal y como he dicho, en la sección nueve podrá encontrar una escotilla más pequeña y conveniente a su talla.

Kreen parecía atónito.

—¿Piensa expulsarme de la nave?

—No ha elegido usted del modo adecuado sus palabras —dijo Haviland Tuf—, y ésa debe ser la razón de que suenen tan mal al oído. Pero no puedo mantenerle a bordo del *Arca* y si se marchara en una de mis lanzaderas, no habría nadie capaz de entregármela de nuevo. No puedo permitirme sacrificar una valiosa parte de mi equipo para su conveniencia personal.

Kreen torció el gesto.

Intentó replicar sin denotar inquietud.

—La solución a su dilema es muy simple. Iremos los dos en el *Grifo*. Me llevará hasta Puerto Fe y luego volverá a su nave.

Haviland Tuf acarició a *Dax*.

—Interesante —dijo—, pero no creo que tal arreglo pudiera funcionar ya que, naturalmente, debe comprender que el viaje me supondría una grave molestia. Estoy totalmente seguro de que debería recibir cierta compensación a cambio de dicho desplazamiento.

Jaime Kreen contempló durante todo un minuto al pálido e impasible rostro de Haviland Tuf. Luego, con un suspiro, le devolvió las cien unidades.

7

Maná del cielo

La flota s'uthlamesa patrullaba los límites del sistema solar, avanzando por la aterciopelada oscuridad del espacio con la callada y majestuosa gracia de un tigre al acecho, en un rumbo que la llevaría directamente hacia el *Arca*.

Haviland Tuf estaba sentado ante su consola principal, observando las hileras de pantallas y los monitores del ordenador, con leves y cuidadosos giros de cabeza. La flota que ahora se estaba desviando para recibirle, parecía más y más formidable a cada instante que pasaba. Sus instrumentos habían informado sobre unas catorce naves de gran tamaño y abundantes enjambres de cazas. Nueve globos, de un color blanco plateado, erizados con armamento que no le resultaba familiar, formaban las alas del despliegue. Cuatro largos acorazados de color negro iban en los flancos de la cuña, con sus oscuros cascos emitiendo destellos de energía y la nave insignia, situada en el centro, era un colosal fuerte en forma de disco con un diámetro que los sensores de Tuf evaluaban en unos seis kilómetros. Era la nave espacial más grande que Haviland Tuf había visto desde el día en que, diez años antes, había encontrado el *Arca* a la deriva. Los cazas iban y venían alrededor del disco, como insectos furiosos dispuestos a utilizar su aguijón.

El largo y pálido rostro de Haviland Tuf seguía tan inmóvil e indescifrable como siempre pero *Dax*, sentado en su regazo, emitió un leve sonido de inquietud y Tuf juntó sus manos formando un puente con los dedos.

Una luz se encendió indicando una comunicación.

Haviland Tuf pestañeó, extendió la mano con tranquila decisión y conectó el receptor.

Había esperado que en la pantalla se materializaría un rostro, pero quedó decepcionado. Los rasgos de su interlocutor estaban ocultos por un visor de plastiacero negro formando parte de un traje de combate que relucía como un espejo. Una estilizada representación del globo de S'uthlam adornaba la cresta metálica que brotaba encima del casco y, detrás del visor, grandes sensores rojizos ardían dando la impresión de dos ojos. A Haviland Tuf la imagen le hizo acordarse de un hombre muy desagradable que había conocido en el pasado.

—No resultaba necesario vestirse con tal formalidad por mi causa —dijo Haviland Tuf con voz átona—. Aún más, en tanto que el tamaño de la guardia de honor que han enviado para recibirme, halaga un poco mi vanidad, con un escuadrón mucho más pequeño y no tan imponente habría sido más que suficiente. La formación actual es tan grande y formidable que invita a pensar, y un hombre de naturaleza menos confiada que la mía podría sentir la tentación de malinterpretar su propósito y ver en ella alguna intención intimidatoria.

—Aquí Wald Ober, comandante de la Flota Defensiva Planetaria de S'uthlam, Ala Siete —dijo la imagen de la pantalla con una voz grave, electrónicamente distorsionada.

—Ala Siete —repitió Tuf—. Ciertamente. Ello sugiere la posibilidad de que existan como mínimo otros seis escuadrones igualmente dignos de temor. Al parecer las defensas planetarias de S'uthlam han aumentado un tanto desde mi última visita.

Wald Ober no pareció nada interesado en sus palabras.

—Ríndase de inmediato o será destruido —le dijo secamente.

Tuf pestañeó.

—Me temo que existe un lamentable malentendido.

—Se ha declarado un estado de guerra entre la República Cibernética de S'uthlam y la alianza de Vandeen, Jazbo, el Mundo de Henry, Skrymir, Roggandor y el Triuno Azur. Ha entrado en una zona restringida. Ríndase o será destruido.

—No me ha entendido usted, señor —dijo Tuf—. En tan desgraciada confrontación yo soy neutral, aunque no me hubiera dado cuenta de tal calidad hasta ahora mismo. No formo parte de facción, cábala ni alianza alguna y sólo me represento a mí mismo, un ingeniero ecológico con los motivos más benignos que imaginarse puedan. Por favor, no se alarme ante el tamaño de mi nave. Estoy seguro de que en el pequeño lapso de cinco años, los afamados trabajadores y cibertecs del Puerto de S'uthlam no pueden haber olvidado por completo mis previas visitas a su interesantísimo mundo. Soy Haviland...

—Sabemos quién es, Tuf —dijo Wald Ober—. Reconocimos el *Arca* apenas desconectó el hiperimpulso. La alianza no tiene acorazados que midan treinta kilómetros de largo, alabada sea la vida. Tengo órdenes específicas del Consejo, el cual me indicó que vigilara la zona esperándole.

—Ya veo —dijo Haviland Tuf.

—¿Por qué cree que nuestra ala le está rodeando? —dijo Ober.

—Tenía la esperanza de que fuera un gesto afectuoso

de bienvenida —dijo Tuf—. Pensaba que podía tratarse de una escolta amistosa que me trajera sus saludos y cestillas de regalo consistentes en hongos frescos y suculentos, abundantemente sazonados. Pero veo que mis suposiciones carecían de todo fundamento.

—Tuf, nuestra última advertencia. Dentro de unos cuatro minutos nos encontraremos a la distancia de tiro. Ríndase ahora o será destruido.

—Caballero —dijo Tuf—, le ruego consulte con sus jefes antes de que cometa un lamentable error. Estoy seguro de que se ha dado alguna confusión en las comunicaciones y...

—Ha sido juzgado en ausencia y se le ha considerado culpable de ser un criminal, un hereje y un enemigo del pueblo de S'uthlam.

—He sido espantosamente malinterpretado —protestó Tuf.

—Hace diez años escapó a nuestra flota, Tuf. No crea que podrá hacerlo de nuevo. La tecnología s'uthlamesa no se ha quedado quieta y nuestras nuevas armas pueden hacer trizas sus anticuados escudos defensivos, se lo prometo. Nuestros mejores historiadores estudiaron esa pesada reliquia del CIE que tiene usted y yo mismo supervisé las simulaciones. Tenemos su bienvenida perfectamente preparada.

—No tengo el menor deseo de parecer poco agradecido, pero no era necesario tomarse tales molestias —dijo Tuf. Volvió la cabeza hacia las pantallas que había a los dos lados de la angosta sala de comunicaciones y estudió la falange de naves s'uthlamesas que se iba cerrando rápidamente sobre el *Arca*—. Si esta hostilidad no provocada hunde sus raíces en mi cuantiosa deuda para con el Puerto de S'uthlam, puedo tranquilizarle y asegurarle que estoy dispuesto a efectuar su pago de forma inmediata.

—Dos minutos —dijo Wald Ober.

—Lo que es más, caso de que S'uthlam necesite más servicios de ingeniería ecológica me siento repentinamente inclinado a ofrecérselo por un precio sumamente reducido.

—Ya hemos tenido bastante con sus soluciones. Un minuto.

—Al parecer sólo se me permite una opción viable —dijo Haviland Tuf.

—Entonces, ¿se rinde? —le preguntó con suspicacia el comandante.

—Creo que no —dijo Haviland Tuf. Extendió la mano y sus largos dedos bailaron sobre una serie de teclas holográficas, levantando las viejas pantallas defensivas del *Arca*.

El rostro de Wald Ober no resultaba visible, pero en su voz era fácilmente perceptible un matiz sarcástico.

—Pantallas imperiales de la cuarta generación, con triple redundancia y frecuencias superpuestas, con todas las fases de protección coordinadas por los ordenadores de su nave. Su casco está hecho con placas de aleación especial. Le dije que habíamos estado investigando.

—Su avidez de conocimientos me parece de lo más encomiable —dijo Tuf.

—Puede que su siguiente sarcasmo sea el último que profiera, mercader. Así que más le valdría intentar que, al menos, sea bueno. Lo que intento decirle es que conocemos a la perfección todos sus recursos y sabemos, hasta el decimocuarto decimal, la cantidad de castigo que pueden absorber las defensas de una sembradora del CIE y que estamos preparados para darle más de lo que puede manejar —giró la cabeza a un lado—. Listos para empezar el fuego —le ordenó secamente a un subordinado invisible. Cuando el oscuro casco giró nuevamente hacia Tuf, Ober añadió—. Queremos el *Arca* y no podrá impedir que la consigamos. Treinta segundos.

—Me temo que no estoy de acuerdo con ello —dijo Tuf con voz tranquila.

—Harán fuego cuando yo dé la orden —dijo Ober—. Si insiste en ello, me encargaré de ir contando los últimos segundos de su vida. Veinte. Diecinueve. Dieciocho...

—Jamás había oído contar con tal vigor —dijo Tuf—. Por favor, le ruego que no se deje distraer por mis malas noticias y no cometa ningún error...

—... Catorce. Trece. Doce.

Tuf cruzó las manos sobre el estómago.

—Once. Diez. Nueve —Ober miró con cierta inquietud a un lado y luego nuevamente hacia la pantalla.

—Nueve —anunció Tuf—, un número precioso. Normalmente le sigue el ocho y luego el siete.

—Seis —dijo, con voz algo vacilante—. Cinco.

Tuf aguardó en silencio.

—Cuatro. Tres. —Ober dejó de contar— ¿Qué malas noticias? —rugió súbitamente encarándose con la pantalla.

—Caballero —dijo Tuf—, si piensa usted gritar, tenga la bondad de ajustar el volumen de su comunicación —alzó un dedo—. Las malas noticias son que el mero acto de abrir un agujero en las pantallas defensivas del *Arca*, lo cual no tengo duda alguna de que le resultará fácil conseguir, pondrá en funcionamiento un pequeño dispositivo termonuclear que he situado con anterioridad en la biblioteca celular de la nave, destruyendo con ello todo el material de clonación que hacen del *Arca* una nave sin parangón, de valor incalculable y ampliamente codiciada por todos.

Hubo un largo silencio. Los relucientes sensores escarlata que ardían bajo el oscuro visor de Wald Ober parecieron arder aún más ferozmente al clavarse en la pantalla que mostraba los impasibles rasgos de Tuf.

—Está mintiendo —dijo por último el comandante.

—Ciertamente —dijo Tuf—, me ha descubierto. Qué idiotez por mi parte el suponer que me resultaría fácil engañar a un hombre de su perspicacia con un engaño tan claramente infantil. Y ahora me temo que abrirá fuego contra mí, haciendo pedazos mis pobres y anticuadas defensas, con lo cual demostrará que he mentido. Permítame un instante para despedirme de mis gatos —cruzó las manos lentamente sobre su gran estómago y esperó a que el comandante le contestara. La flota de S'uthlam, según indicaban sus instrumentos, se encontraba ahora a distancia de tiro.

—¡Eso es justamente lo que haré, condenado aborto! —gritó Wald Ober.

—Aguardaré con abatida resignación —dijo Tuf sin moverse.

—Tiene veinte segundos —dijo Ober.

—Me temo que mis noticias le han confundido, ya que la cuenta anterior se había detenido en el número tres. Sin embargo, aprovecharé sin vergüenza alguna su error para saborear todos los instantes de vida que aún me quedan.

Durante un tiempo que pareció interminable se contemplaron en silencio. Cómodamente instalado en el regazo de Tuf, *Dax* empezó a ronronear. Haviland Tuf movió la mano y empezó a pasarla suavemente sobre su largo pelaje negro. *Dax* aumentó el volumen de su ronroneo y empezó a clavar sus garras en las rodillas de Tuf.

—¡Oh! ¡Váyase al infierno, condenado aborto! —dijo Wald Ober señalando con un dedo la pantalla—. Puede que haya logrado detenernos por el momento, Tuf, pero le advierto que ni sueñe con la posibilidad de irse. Su biblioteca celular se perdería igualmente para nosotros si escapara y caso de tener que elegir entre su huida y su muerte, me quedo con su muerte.

—Comprendo su posición —dijo Haviland Tuf—, aunque yo, por supuesto, optaría por la huida. Sin embargo, tengo una deuda que saldar con el Puerto de S'uthlam y no puedo huir tal y como usted teme sin perder mi honor, con lo cual le ruego acepte mis garantías de que tendrá todas las oportunidades del mundo para contemplar mi rostro, y yo su temible máscara, mientras permanecemos atrapados en esta incómoda situación.

Wald Ober nunca tuvo la ocasión de replicar. Su máscara de combate se esfumó de la pantalla y fue reemplazada por un rostro femenino, no demasiado agraciado. Tenía labios anchos; una nariz que había sido rota en más de una ocasión; una piel aparentemente dura como el cuero y con el tono entre azul y negro que es resultado de una prolongada exposición a las radiaciones duras y de muchas décadas consumiendo píldoras anticarcinoma, y unos ojos claros que brillaban entre una red de pequeñas arrugas. Todo ello iba rodeado por una asombrosa aureola de cabellos grises.

—Eso es lo que pasa por hacernos los duros —dijo ella—. Ha ganado, Tuf. Ober, a partir de ahora es usted una escolta honorífica. Cambie la formación y acompáñele a la telaraña, ¡maldición!

—Qué amabilidad y consideración —dijo Haviland Tuf—. Me complace informarle de que estoy en condiciones de efectuar el último pago que se le debe al Puerto de S'uthlam por las reparaciones del *Arca*.

—Espero que haya traído también un poco de comida para gatos —dijo secamente Tolly Mune—. Ese teórico suministro «para cinco años» que me dejó, se agotó hace ya dos. —Suspiró—. Supongo que no sentirá deseos de retirarse y vendernos el *Arca*.

—No, ciertamente —replicó Tuf.

—Ya me lo pensaba. De acuerdo, Tuf, vaya abriendo la cerveza. Hablaré con usted tan pronto llegue a la telaraña.

—Sin la menor intención de ser irrespetuoso, debo confesar que en este momento no me encuentro en el estado anímico más propicio para atender a una huésped tan distinguida. El comandante Ober me ha informado, hace muy poco, que fui juzgado y declarado criminal y hereje, concepto que me resultaba de lo más curioso dado que, ni soy ciudadano de S'uthlam, ni profeso su religión dominante, pero no por ello ha dejado de inquietarme. En estos momentos me encuentro dominado por el miedo y la preocupación.

—Oh, eso —dijo ella—. Era sólo una formalidad carente de todo significado práctico.

—Ya veo —dijo Tuf.

—¡Infiernos y maldición! Tuf, si vamos a robar su nave necesitamos una buena excusa legal, ¿no? Somos un condenado gobierno. Se nos permite robar todo lo que nos venga en gana, siempre que podamos adornarlo con una reluciente cobertura legal.

—Rara vez durante mis viajes me he encontrado con un funcionario político dotado de una franqueza como la suya, debo admitirlo. La experiencia me resulta más bien refrescante. Con todo, y pese a encontrarme ahora algo más tranquilo, ¿qué garantías tengo de que no continuará en sus esfuerzos por apoderarse del *Arca* una vez esté a bordo?

—¿Quién, yo? —dijo Tolly Mune—. Vamos, ¿cómo podría hacer algo semejante? No se preocupe, vendré sola. —Sonrió—. Bueno, casi sola. Espero que no tendrá objeción a que me acompañe un gato, ¿verdad?

—Ciertamente que no —dijo Tuf—, y me complace

saber que los felinos entregados a su custodia han prosperado durante mi ausencia. Estaré esperando ansiosamente su llegada, Maestre de Puerto Mune.

—Tuf, para usted ahora soy la Primera Consejera Mune —dijo ella con cierta irritación antes de apagar la pantalla.

Nadie había acusado en toda su vida a Haviland Tuf de ser un temerario. Escogió una posición, doce kilómetros más allá del final de uno de los grandes muelles radiales que emanaban de la comunidad orbital conocida como el Puerto de S'uthlam, y mantuvo sus pantallas conectadas mientras aguardaba. Tolly Mune acudió a la cita, en la pequeña nave espacial que Tuf le había entregado cinco años antes con ocasión de su visita anterior a S'uthlam.

Tuf desconectó las pantallas para dejarla pasar y luego abrió la gran cúpula de la cubierta de aterrizaje para que pudiera posarse en ella. Los instrumentos del *Arca* indicaban que su nave estaba llena de formas vitales, sólo una de las cuales era humana en tanto que el resto mostraban los parámetros correspondientes a la especie felina. Tuf fue a recibirla con uno de sus vehículos de tres ruedas. Vestía un traje de terciopelo verde oscuro que sujetaba con un cinturón alrededor de su amplio estómago. Sobre la cabeza llevaba una algo maltrecha gorra decorada con la insignia dorada del Cuerpo de Ingeniería Ecológica. *Dax* le acompañaba, tendido sobre sus grandes rodillas, como una enorme piel negra que alguien hubiera dejado olvidada.

Cuando la escotilla se abrió por fin, Tuf aceleró decididamente por entre el confuso montón de maltrechas naves espaciales que se habían ido acumulando durante los años en la cubierta y fue en línea recta hacia la rampa de la nave recién llegada, por la cual ya estaba bajando Tolly Mune, la antigua Maestre del Puerto de S'uthlam.

Junto a ella venía un gato.

Dax se incorporó al instante con su negro pelo erizado y su gorda cola tan hinchada como si acabara de introducirla en un enchufe. Su habitual aletargamiento se había esfumado y de un salto abandonó el regazo de Tuf para subirse a la capota del vehículo, con las orejas pegadas al cráneo y bufando enfurecido.

—Vaya, *Dax* —dijo Tolly Mune—, ¿ése es modo de recibir a un condenado pariente? —Sonrió y se agachó para acariciar al enorme animal que estaba a su lado.

—Había esperado ver a *Ingratitud* o a *Duda* —dijo Haviland Tuf.

—Oh, se encuentran muy bien —dijo ella—, al igual que toda su maldita descendencia que ya se cuenta por varias generaciones. Tendría que haberlo supuesto cuando me entregó una pareja. Un macho fértil y una hembra. Ahora tengo... —frunció el ceño, hizo unos rápidos cálculos con los dedos y añadió—... veamos, creo que tengo dieciséis. Sí. Y dos embarazadas. —Señaló con el pulgar la nave espacial que tenía a la espalda—. Mi nave se ha convertido en un inmenso asilo de gatos. A la mayoría la gravedad les preocupa tan poco como a mí. Han nacido y se han criado sin ella. Pero nunca entenderé cómo pueden estar llenos de gracia, en un momento dado, y al siguiente cometer las más hilarantes torpezas.

—La herencia felina abunda en contradicciones —dijo Tuf.

—Éste es *Blackjack* —le cogió en brazos y luego se incorporó con él—. Maldición, pesa. Eso es algo que nunca se nota en gravedad cero.

Dax miró fijamente al otro felino y le echó un bufido.

Blackjack, pegado al viejo y algo maltrecho dermotraje de Tolly Mune, bajó la vista hacia el gran gato negro, con desinteresada altivez.

Haviland Tuf tenía dos metros y medio de alto y su corpulencia corría pareja a su talla, en tanto que, comparado con los demás gatos, *Dax* era tan grande como Tuf lo era, en relación a los demás hombres.

Blackjack lo era más aún.

Tenía el pelo largo y sedoso, gris en la parte superior y de un leve tono plateado en los flancos. Sus ojos eran también de un gris plateado y al mirarlos daba la impresión de que se contemplaban dos inmensos lagos sin fondo, llenos de serenidad, pero algo inquietantes al mismo tiempo. Era el animal más increíblemente hermoso que existiría jamás en el Universo, por mucho que éste se expandiera, y lo sabía. Tenía los modales de un príncipe de la realeza.

Tolly Mune se instaló con cierta torpeza en el asiento contiguo al de Tuf.

—También es telepático —le dijo con voz alegre—, igual que el suyo.

—Ya veo —dijo Haviland Tuf. *Dax* había vuelto a su regazo, pero seguía tenso e irritado y no paraba de bufar.

—*Jack* me dio el modo de salvar a los demás gatos —dijo Tolly Mune y en su rostro apareció una expresión de reproches—. Dijo que me dejaba comida para cinco años.

—Para dos gatos, señora —dijo Tuf—. Es obvio que dieciséis felinos consumen bastante más que *Duda* e *Ingratitud* por sí solos. —*Dax* se acercó un poco más al recién llegado, le enseñó los dientes y volvió a bufar.

—Tuve bastantes problemas cuando se terminó la comida. Dada nuestra eterna falta de provisiones, me resultaba bastante difícil justificar que estuviera malgastando calorías en unas alimañas.

—Quizá pudiera haber considerado la posibilidad de poner ciertos frenos a la reproducción de sus felinos —dijo Tuf—. Opino que dicha estrategia habría dado indudablemente sus resultados y de ese modo su hogar podría haberse convertido en un microcosmos educativo de los problemas s'uthlameses y de sus posibles soluciones.

—¿Esterilización? —dijo Tolly Mune—. Tuf, eso va contra la vida. Descartado. Tuve una idea mejor. Les describí cómo era *Dax* a ciertos amigos, técnicos en biología y cibertecs, ya sabe... y me fabricaron mi propio ejemplar, a partir de células de *Ingratitud*.

—Cuán adecuado —replicó Tuf.

Tolly Mune sonrió.

—*Blackjack* ya casi tiene dos años. Me ha sido tan útil que me ha permitido conseguir un permiso alimenticio para los otros. Además, ha sido una preciosa ayuda en mi carrera política.

—No lo pongo en duda —dijo Tuf—. Me doy cuenta de que no parece incomodado por la gravedad.

—A *Blackjack* no le molesta. En los últimos tiempos me necesitan abajo con mucha más frecuencia que antes y *Jack* siempre me acompaña. A todas partes.

Dax bufó nuevamente y emitió un sordo y amenazador gruñido. Hizo un amago de lanzarse sobre *Blackjack* y luego retrocedió bruscamente, bufando despectivo.

—Será mejor que le controle, Tuf —dijo Tolly Mune.

—Los felinos a veces demuestran una compulsión biológica hacia el combate para establecer de tal modo sus órdenes de importancia —dijo Tuf—, y ello es particularmente acentuado en los machos. *Dax*, indudablemente ayudado por sus grandes capacidades psiónicas, dejó establecida hace tiempo su indiscutible supremacía sobre *Caos* y los demás gatos. No me cabe duda de que ahora siente su posición amenazada, pero no creo que debamos preocuparnos seriamente por ello, Primera Consejera Mune.

—*Dax* sí debería preocuparse —dijo ella al acercarse un poco más el gato negro a *Blackjack* que, instalado en su regazo, contemplaba a su rival con un aburrimiento infinito.

—No acabo de entenderla —dijo Tuf.

—*Blackjack* también posee esas capacidades psiónicas —replicó Tolly Mune—. Y unas cuantas... bueno, unas cuantas ventajas más. Por ejemplo, unas garras de aleación especial tan afiladas como unas malditas navajas y ocultas en fundas especiales situadas en sus garras. También posee una red de plastiacero antialérgico, implantada bajo la piel, que le hace terriblemente resistente a las heridas, y sus reflejos han sido genéticamente acelerados para hacerle dos veces más rápido y diestro que un gato normal. Su umbral de resistencia al dolor es muy elevado. No me gustaría ser descortés, pero si se enfada *Blackjack*, convertirá a *Dax* en pequeñas bolas de pelo y sangre.

Haviland Tuf pestañeó y empujó la palanca de dirección hacia Tolly Mune.

—Quizá será mejor que conduzca usted. —Extendió la mano, cogió a su irritado gato por la piel del cuello y lo depositó, bufando y gruñendo, sobre su regazo, encargándose a partir de entonces de que no hiciera el menor movimiento—. Vaya en esa dirección —dijo extendiendo un largo y pálido dedo.

—Al parecer —dijo Haviland Tuf, formando un puente con los dedos y medio hundido en un gigantesco sillón—, las circunstancias han cambiado bastante desde mi última visita a S'uthlam.

Tolly Mune le había examinado con gran atención. Su estómago era aún más prominente que antes y su largo rostro seguía tan desnudo de expresión como al principio, pero sin *Dax* en su regazo, Haviland Tuf parecía casi desnudo. Tuf había encerrado al gran gato negro en una cubierta inferior para mantenerle lejos de *Blackjack*. Dado que la vieja sembradora tenía treinta kilómetros de largo y que en dicha cubierta había también algunos de los demás gatos de Tuf, era difícil que a *Dax* le faltaran el espacio o la compañía pero, de todos modos, debía encontrarse perplejo y algo inquieto. El gatazo psiónico había sido el constante e inseparable compañero de Tuf durante años y cuando era sólo un cachorro había ido a todas partes en sus grandes bolsillos. Tolly Mune sentía cierta tristeza por todo ello.

Pero no demasiada. *Dax* había sido la carta maestra de Tuf y ella había logrado quitársela. Sonrió y pasó los dedos por entre el espeso pelaje gris plateado de *Blackjack*, desencadenando con ello otra ensordecedora explosión de ronroneos.

—Cuanto más cambian las cosas, más iguales siguen —dijo en respuesta al comentario de Tuf.

—Ése es uno de los muchos refranes venerables que se derrumban sometidos a un examen lógico —dijo Tuf—, dado que enfrentados a él se revelan como obviamente contradictorios por sí mismos. Si las cosas han cambiado realmente sobre S'uthlam, es obvio que no pueden haber seguido igual. En cuanto a mí, viniendo como vengo de una gran distancia, son los cambios lo que me resulta más notable. Empezando por esta guerra y por su ascenso al cargo que ahora ocupa, que me parece una promoción tan considerable como difícil de prever.

—Y además es un trabajo condenadamente horrible —dijo Tolly Mune torciendo el gesto—. Si pudiera, volvería enseguida al cargo de Maestre de Puerto.

—No estamos discutiendo ahora las satisfacciones que le proporciona su cargo —dijo Tuf, y añadió—. También debo recalcar que mi bienvenida a S'uthlam fue mucho menos cordial que la recibida en ocasión de mi visita anterior, lo cual me apena, y más teniendo en cuenta que por dos veces me he interpuesto entre S'uthlam y el hambre, la peste, el canibalismo, el derrumbe de su sociedad y otros acontecimientos tan desagradables como molestos. Lo que es más, incluso las razas más toscas y salvajes suelen observar cierta etiqueta rudimentaria hacia alguien que les traiga once millones de unidades, suma que recordará, es el resto de mi deuda para con el Puerto de S'uthlam. Por lo tanto, tenía abundantes razones para esperar una bienvenida de naturaleza muy diferente.

—Se equivocaba —dijo ella.

—Ciertamente —replicó Tuf—. Y ahora, habiéndome enterado de que ocupa usted el primer cargo político de S'uthlam, en lugar de una más bien indigna posición en una granja penal, me siento francamente más asombrado que nunca en cuanto a las razones por las que la Flota Defensiva Planetaria creyó necesario acogerme con amenazas tan feroces como pomposas, por no mencionar las agrias advertencias y las exclamaciones de hostilidad.

Tolly Mune le rascó la oreja a *Blackjack*.

—Fueron órdenes mías, Tuf.

Tuf cruzó las manos sobre el estómago.

—Aguardo su explicación.

—Cuanto más cambian las cosas... —empezó a decir ella.

Tuf la interrumpió.

—Habiendo sido ya agredido con tal frase hecha, creo que ahora empiezo a encontrarme en condiciones de apreciar la pequeña ironía que encierra, por lo cual no es necesario que me la repita una y otra vez, Primera

Consejera Mune. Si quiere ir a la esencia del asunto le quedaría muy hondamente agradecido.

Ella suspiró.

—Ya conoce nuestra situación.

—Ciertamente, la conozco en líneas generales —admitió Tuf—. S'uthlam sufre un exceso de humanidad y una escasez de alimentos. Por dos veces he realizado formidables hazañas de ingeniería ecológica a fin de permitir que S'uthlam pudiera alejar el lúgubre espectro del hambre. Los detalles de su crisis alimenticia varían de año en año, pero confío en que la esencia de la situación siga siendo la que he descrito.

—Los últimos cálculos son los peores de todos los realizados hasta hoy.

—Ya veo —dijo Tuf—. Creo recordar que a S'uthlam le faltaban unos ciento nueve años para encontrarse con el hambre a escala planetaria y con el colapso de la sociedad, suponiendo que mis sugerencias y recomendaciones fueran puestas en práctica.

Tolly Mune se crispó.

—Lo intentaron, ¡maldita sea!, lo intentaron. Las bestias de carne, las vainas, los ororos, el chal de Neptuno... todo está en su sitio, pero el cambio obtenido fue sólo parcial. Había demasiada gente poderosa que no estaba dispuesta a renunciar a sus alimentos de lujo y, por lo tanto, sigue habiendo grandes extensiones de tierra cultivable, dedicada a mantener rebaños de animales, plantaciones enteras con neohierba, omnigrano y nanotrigo... ese tipo de cosas. Mientras tanto, la curva de la población ha seguido subiendo más aprisa que nunca y la maldita Iglesia de la Vida en Evolución predica la santidad de la vida y el papel dorado que tiene la reproducción en la evolución de la humanidad hacia la trascendencia y la divinidad.

—¿Cuáles son los cálculos actuales? —le preguntó con cierta sequedad Tuf.

—Doce años —dijo Tolly Mune.

Tuf alzó un dedo.

—Para dramatizar un poco su situación actual, creo que debería encargarle al comandante Wald Ober la tarea de ir contando el tiempo que les resta en las redes de vídeo. Tal demostración podría poseer cierta austera urgencia, capaz de inspirar a los s'uthlameses, para que se enmendaran de una vez en sus costumbres.

Tolly Mune frunció el ceño.

—Tuf, ahórreme sus chistes. Ahora soy Primera Consejera, ¡maldición!, y me encuentro contemplando el rostro feo y granujiento del desastre. La guerra y las restricciones alimenticias son sólo parte de él y no puede imaginarse los problemas que tengo.

—Quizá no pueda imaginarlos en detalle —dijo Tuf—, pero las líneas generales me resultan fáciles de discernir. No pretendo ser omnisciente, pero cualquier persona dotada de una inteligencia razonable puede observar ciertos hechos y hacer a partir de ellos ciertas deducciones. Quizá las deducciones a que he llegado sean erróneas, y sin *Dax* no puedo estar seguro de ello, pero me siento inclinado a pensar que no es así.

—¿Qué condenados hechos? ¿Qué deducciones?

—En primer lugar —dijo Tuf—, S'uthlam se encuentra en guerra con Vandeen y sus aliados. Ergo, puedo inferir que la facción tecnocrática, que en tiempos dominó la política s'uthlamesa, ha cedido al poder a sus rivales, los expansionistas.

—No del todo —dijo Tolly Mune—, pero la idea, en principio, es condenadamente acertada. Los expansionistas han ido ganando puestos en cada elección desde que se fue, pero hemos logrado mantenerles fuera del poder mediante una serie de gobiernos de coalición. Los aliados dejaron bien claro, hace años, que un gobierno expansionista supondría la guerra. ¡Infiernos!, de momento no tenemos aún a los expansionistas en el gobierno pero ya tenemos la condenada guerra —meneó la cabeza—. En los últimos cinco años hemos tenido cinco Primeros Consejeros distintos. Yo soy la última, pero probablemente vendrá alguien detrás mío.

—Sus últimos cálculos parecen más bien sugerir que la guerra no ha tenido aún efectos sobre la población —dijo Tuf.

—No, gracias a la vida —dijo Tolly Mune—. Cuando la flota de guerra aliada llegó, estábamos preparados. Teníamos nuevas naves y nuevos sistemas de armamento, todo construido en secreto. Cuando los aliados vieron lo que les aguardaba se retiraron sin hacer ni un disparo. Pero volverán, ¡maldita sea!, sólo es cuestión de tiempo. Y ya tenemos informes de que se preparan para un ataque en serio.

—Partiendo de su actitud general y de cierta desesperación que se refleja en ella —dijo Tuf—, también podría deducir que las condiciones en la misma S'uthlam se están deteriorando con rapidez.

—¿Cómo diablos lo sabe?

—Es obvio —dijo Tuf—. Puede que sus cálculos indiquen hambre de masas y el derrumbe para dentro de unos doce años, pero ello no quiere decir que la vida en S'uthlam vaya a permanecer agradable y tranquila hasta ese momento y que entonces vaya a oírse un sonoro repique de campanas, durante el cual su mundo se haga pedazos. Tal idea es ridícula. Dado que se encuentran muy cerca del punto crucial es lógico y esperable que muchas de las calamidades, típicas de una cultura en desintegración estén ya presentes en su mundo.

—Las cosas están... ¡Infiernos! ¿Por dónde empiezo?

—Normalmente el principio es un buen lugar para hacerlo —dijo Tuf.

—Son mi gente, Tuf. El mundo que da vueltas ahí abajo es el mío. Es un buen planeta, pero últimamente... Si no estuviera mejor informada diría que la locura es contagiosa. El crimen ha subido un doscientos por cien desde su última visita y los homicidios han subido un quinientos por cien, en tanto que el suicidio se ha multiplicado un dos mil por cien. Cada día fallan con mayor frecuencia los servicios básicos, hay apagones, fallos de sistemas, huelgas salvajes, vandalismo. Hemos tenido informes de canibalismo en lo más hondo de las ciudades subterráneas. Y no casos aislados, sino realizados por malditas pandillas enteras. De hecho tenemos sociedades secretas de todo tipo. Un grupo se apoderó de una factoría alimenticia, la mantuvo en su poder durante dos semanas y acabó librando una batalla campal con la policía. Hay otro grupo de chiflados que ha empezado a secuestrar mujeres embarazadas y... —Tolly Mune torció el gesto y *Blackjack* lanzó un bufido—. Es difícil hablar de ello. Una mujer con un niño dentro es algo muy especial para nosotros, Tuf, pero esos... me cuesta llamarles personas, Tuf. Estos monstruos han llegado al extremo de aficionarse al sabor de...

Haviland Tuf alzó la mano hacia ella.

—No diga más, ya lo he comprendido. Continúe.

—También tenemos montones de maníacos en solitario —dijo—. Alguien dejó caer una sustancia altamente tóxica en los tanques de una factoría alimenticia, hace dieciocho meses, y tuvimos más de doce mil muertos. La cultura de masas... S'uthlam siempre ha sido tolerante, pero últimamente hay un infierno de cosas que tolerar, si es que me entiende. Tenemos una creciente obsesión hacia la muerte, la violencia y las mutilaciones. Hemos tenido varios episodios de resistencia masiva a nuestros intentos de remodelar el ecosistema siguiendo sus recomendaciones. Algunas bestias de carne fueron envenenadas, otras murieron en explosiones y se le ha prendido fuego a plantaciones enteras de vainas jersi. Bandas organizadas de buscadores de emociones se dedican a cazar a esos malditos jinetes del viento con arpones y planeadores especiales. No tiene sentido. El consenso religioso... tenemos todo tipo de nuevos cultos raros. ¡Y la guerra! Sólo la vida puede saber cuánta gente morirá, pero es tan popular como... diablos, no lo sé. Creo que es más popular que el sexo.

—Ciertamente —dijo Tuf—. No me siento demasiado sorprendido. Doy por sentado que la cercanía del desastre sigue siendo un secreto estrechamente guardado por el Consejo de S'uthlam, al igual que lo fue en el pasado.

—Por desgracia no —dijo Tolly Mune—. Una de las consejeras de la minoría decidió que era incapaz de tener la boca cerrada, así que llamó a los malditos fisgones y vomitó la noticia por todas las redes de vídeo. Quizá quería ganar unos cuantos millones más de votos, creo yo. Pero funcionó. Además, puso en marcha otro condenado escándalo y obligó a dimitir, una vez más, a otro Primer Consejero. Para aquel entonces ya no había donde encontrar otra víctima propiciatoria salvo en lo alto y, ¿adivina a quién cogieron? A nuestra heroína favorita del vídeo, a la burócrata controvertida, a Mamá Araña, a mí. A ésa escogieron.

—Me había resultado obvio que se refería a usted misma —dijo Tuf.

—Por aquel entonces ya nadie me odiaba demasiado. Tenía una cierta reputación de eficiencia, los restos de

501

una imagen romántica popular y resultaba mínimamente aceptable para todas las grandes facciones del Consejo. De eso hace ya tres meses y de momento puedo decir que mi mandato ha sido un condenado infierno —su sonrisa parecía algo forzada—. También en Vandeen reciben nuestros noticiarios y, al mismo tiempo que tenía lugar mi maldito ascenso, decidieron que S'uthlam era, y cito textualmente, una amenaza a la paz y a la estabilidad del sector. Fin de la cita. Luego reunieron a sus condenados aliados para decidir lo que debían hacer con nosotros. Acabaron dándonos un ultimátum: o poníamos en vigor, por la fuerza, el racionamiento inmediato y el control de nacimientos obligatorio o la alianza ocuparía S'uthlam y lo haría por nosotros.

—Una solución viable, pero con muy poco tacto —comentó Tuf—. De ahí viene su guerra actual. Pero todo eso no explica la actitud con que se me ha recibido. Por dos veces he podido ayudar a su mundo y estoy seguro de que no pensarán que voy a negarles mi asistencia profesional en una tercera ocasión.

—Yo pensaba que haría cuanto pudiera —le señaló con un dedo—. Pero siguiendo sus propios términos, Tuf. Infiernos, nos ha ayudado, sí, pero siempre ha sido a su manera y todas sus soluciones han acabado resultando por desgracia poco duraderas.

—Le advertí repetidamente que todos mis esfuerzos eran sólo meras dilaciones al problema básico —replicó Tuf.

—No hay calorías en las advertencias, Tuf. Lo siento pero no tenemos elección. Esta vez no podemos permitirle que ponga un vendaje sobre nuestra hemorragia y que se marche. Cuando volviera para enterarse de qué tal nos iban las cosas no encontraría ningún condenado planeta al que volver. Necesitamos el *Arca*, Tuf, y la necesitamos de forma permanente. Estamos preparados para utilizarla.

Hace diez años dijo que la biotecnología y la ecología no eran campos en los que fuéramos muy expertos y entonces, tenía razón. Pero los tiempos cambian. Somos uno de los mundos más avanzados de toda la civilización humana y durante una década hemos estado consagrando casi todos nuestros esfuerzos educativos a la preparación de ecólogos y bioespecialistas. Mis predecesores nos trajeron teóricos de Avalón, Newholme y de una docena de mundos más. Eran gente muy brillante, algunos auténticos genios. Incluso logramos atraer unos cuantos brujos genéticos de Prometeo. —Acarició a su gato y sonrió—. Fueron de gran ayuda para crear a *Blackjack*.

—Ciertamente —dijo Tuf.

—Estamos listos para usar el *Arca*. No importa lo capaz que sea usted, Tuf, sólo es un maldito hombre. Queremos tener su sembradora permanentemente en órbita alrededor de S'uthlam, con una tripulación continua de doscientos científicos y expertos en genética de lo mejorcito que poseemos, de modo que podamos tratar la crisis alimenticia día a día. Esta nave y su biblioteca celular, así como todos los datos que hay perdidos en sus ordenadores, representan nuestra última y mejor esperanza, estoy segura de que se da cuenta de ello. Créame, Tuf, no le di órdenes a Ober para que se apoderara de su nave, sin tomar antes en consideración todas las malditas opciones que se me ocurrieron. Sabía que jamás querrá venderla, ¡maldición! ¿Qué otra elección tengo? No queremos engañarle y yo personalmente habría insistido en que se le pagara un buen precio.

—Todo ello suponiendo que siguiera con vida después del asalto —indicó Tuf—. Lo que, en el mejor de los casos, me parece bastante dudoso.

—Ahora está vivo y sigo dispuesta a comprarle esta maldita nave. Podría quedarse a bordo y trabajar con nuestra gente. Estoy preparada para ofrecerle un empleo vitalicio. Fije usted mismo su salario, lo que desee. ¿Quiere quedarse con esos once millones? Son suyos. ¿Quiere que le cambiemos el nombre al condenado planeta en su honor? Dígalo y se hará.

—Se llamara Planeta S'uthlam o Planeta Tuf seguiría estando igual de repleto —contestó Haviland Tuf—. Si me mostrara de acuerdo con esta oferta que me hace, es indudable que tienen ustedes la intención de usar el *Arca* solamente para incrementar su productividad calórica y de ese modo poder alimentar a su gente.

—Por supuesto —dijo Tolly Mune.

El rostro de Tuf permanecía inmutable y carente de toda expresión.

—Me complace saber que jamás se le ha pasado por la cabeza, ni a usted, ni a ninguno de sus asociados del Consejo, que el *Arca* podría ser utilizada en su forma original, como instrumento de guerra biológica. Por desgracia yo he perdido tan refrescante inocencia, y me encuentro muy a menudo presa de visiones, tan cínicas como poco caritativas, en las cuales el *Arca* es usada para desencadenar el caos ecológico sobre Vandeen, Skrymir, Jazbo y el resto de planetas de la alianza. Llego incluso a imaginar el genocidio que prepararían en dichos mundos para la colonización en masa. Lo cual, creo recordar, es la política que propugna su siempre belicosa facción expansionista.

—Eso es ir demasiado lejos, ¡maldita sea! —le replicó secamente Tolly Mune—. Tuf, la vida es sagrada para los s'uthlameses.

—Ciertamente. Sin embargo, dado que me encuentro irremisiblemente envenenado por el cinismo, no puedo evitar la sospecha de que los s'utlameses acaben decidiendo que algunas vidas son más sagradas que otras.

—Tuf, usted me conoce —dijo ella con voz gélida y tensa—. Nunca permitiría algo así.

—Y caso de que un plan semejante fuera puesto en marcha, pese a todas sus protestas, no me cabe ni la menor duda de que su carta de dimisión estaría formulada en un lenguaje más bien cortante —dijo Tuf con voz átona—. No me parece suficiente garantía y siento el pálpito... sí, el pálpito, de que los aliados pueden llegar a compartir mis sentimientos en cuanto a ese punto concreto del problema.

Tolly Mune acarició a *Blackjack* bajo la barbilla. El gato empezó a gruñir guturalmente. Lo dos observaban a Tuf.

—Tuf —dijo ella—, hay millones de vidas en juego, puede que miles de millones. Podría enseñarle cosas que le harían erizar el cabello. Es decir, si es que tuviera algún condenado pelo, claro.

—Dado que no lo tengo, se trata de una obvia hipérbole —dijo Tuf.

—Si consiente en ir en una lanzadera hasta la Casa de la Araña, podríamos tomar los ascensores que llevan a la superficie de S'uthlam y...

—Creo que no lo haré. Me parecería un acto de lo más estúpido abandonar el *Arca* dejándola vacía y sin defensas, en pleno clima de beligerancia y con la desconfianza que se ha apoderado ahora de toda S'uthlam. Lo que es más, aunque pueda tenerme por arbitrario y excesivamente remilgado, con el paso de los años he acabado perdiendo el grado de tolerancia que antaño tuve hacia las multitudes, el vocerío, las miradas groseras, las manos que no deseo tocar, la cerveza aguada y las porciones minúsculas de alimentos sin el menor sabor. Tal y como recuerdo, ésas eran las principales delicias que se podían hallar en S'uthlam.

—Tuf, no deseo amenazarle...

—Pero está a punto de hacerlo.

—Me temo que no se le permitirá salir del sistema. No intente tomarme el pelo como se lo tomó a Ober. Todo eso de la bomba es un condenado invento y los dos lo sabemos.

—Me ha descubierto —dijo Tuf con rostro inexpresivo.

Blackjack le bufó.

Tolly Mune bajó la mirada hacia el gran gato, sobresaltada.

—¿Que no lo es? —dijo horrorizada—. ¡Oh! ¡Infiernos y maldición!

Tuf estaba manteniendo una silenciosa competición de miradas con el felino de pelo gris plateado. Ninguno de los dos pestañeaba.

—No importa —dijo Tolly Mune—. No puede moverse de aquí. Resígnese a ello. Nuestras nuevas naves pueden destruirle y lo harán si intenta huir.

—Ciertamente —dijo Tuf—. Y, por mi parte, yo destruiré la biblioteca celular caso de que intenten abordar el *Arca*. Al parecer hemos llegado a una situación de tablas, pero afortunadamente no es preciso que dure mucho tiempo. Mientras iba viajando de un lado a otro por la estrellada inmensidad del espacio, S'uthlam nunca ha estado demasiado lejos de mis pensamientos y, durante los periodos en los cuales carecía de compromisos profesionales, he mantenido una metódica serie de investigaciones para construir una solución auténtica, justa y permanente de sus dificultades.

Blackjack se dejó caer nuevamente en el regazo de su dueña y empezó a ronronear.

—¿Lo ha conseguido? —dijo Tolly Mune con aire no muy convencido.

—Por dos veces S'uthlam ha venido a mí en busca de una salvación milagrosa de las consecuencias de su propia locura reproductiva y de la rigidez de sus creencias religiosas —dijo Tuf—. Por dos veces se me ha llamado para que multiplicara los panes y los peces. Pero recientemente se me ocurrió, mientras estaba estudiando un libro que contiene casi todos los viejos mitos, de entre los cuales se ha sacado tal anécdota, que se me estaba pidiendo un milagro equivocado. La simple multiplicación es una réplica poco adecuada a una continua progresión geométrica y los panes y los peces, aunque sean muy abundantes y sabrosos, deben resultar en última instancia insuficientes para sus necesidades.

—¿De qué diablos está hablando? —inquirió Tolly Mune.

—Esta vez —dijo Tuf—, les ofrezco una respuesta duradera.

—¿Cuál?

—Maná —dijo Tuf.

—Maná —dijo Tolly Mune.

—Un alimento realmente milagroso —dijo Haviland Tuf—, por cuyos detalles no debe preocuparse. Los revelaré todos en el momento adecuado.

La Primera Consejera y su gato le contemplaron con suspicacia.

—¿El momento adecuado? ¿Y cuando será ese maldito momento?

—Cuando se haya hecho caso de mis condiciones —dijo Tuf.

—¿Qué condiciones?

—Primero —dijo Tuf—, teniendo en cuenta que no me atrae en lo más mínimo la perspectiva de pasar el resto de mi vida en órbita alrededor de S'uthlam, debe acordarse mi libertad para que pueda partir una vez completada mi labor aquí.

—No puedo acceder a eso —dijo Tolly Mune—, y aunque lo hiciera el Consejo me echaría del puesto en un maldito instante.

—Segundo —prosiguió Tuf—, la guerra debe terminar. Me temo que no seré capaz de concentrarme adecuadamente en mi trabajo, cuando es muy probable que a mi alrededor estalle en cualquier momento una batalla espacial. Me distraen fácilmente las espacionaves que explotan en pedazos, los dibujos formados por el fuego de los láser y los alaridos de los agonizantes. Lo que es más, no me parece muy útil esforzarme por convertir la ecología de S'uthlam en un mecanismo nuevamente equilibrado y funcional cuando las flotas aliadas amenazan con soltar bombas de plasma encima de mi obra, deshaciendo de tal forma mis pequeños logros.

—Le pondría fin a esta guerra si pudiera —dijo Tolly Mune—. Tuf, no es tan condenadamente fácil. Me temo que me está pidiendo un imposible.

—Si no se puede tratar de una paz permanente, al menos que sea una pequeña pausa en las hostilidades —dijo Tuf—. Podría enviar una embajada a las fuerzas aliadas y pedirles un armisticio temporal.

—Quizá fuera posible —dijo Tolly Mune no muy segura—. Pero, ¿por qué? —*Blackjack* emitió un maullido de inquietud—. Está tramando algo, ¡maldita sea!

—Su salvación —admitió Tuf—. Le ruego me excuse si me entrometo en sus diligentes esfuerzos por animar a las mutaciones mediante la radiactividad.

—¡Nos estamos defendiendo! ¡No queríamos la guerra!

—Estupendo. En tal caso, un leve retraso no les causará ningún inconveniente excesivo.

—Los aliados nunca estarán de acuerdo y el Consejo tampoco.

—Lamentable —dijo Tuf—. Quizá deberíamos darle a S'uthlam algún tiempo para meditar. Dentro de doce años puede que los supervivientes se muestren más flexibles en su actitud.

Tolly Mune extendió la mano y rascó a *Blackjack* detrás de las orejas. *Blackjack* miró fijamente a Tuf y un minuto después emitió un maullido extrañamente agudo. Cuando la Primera Consejera se puso bruscamente en pie, el inmenso gato gris plateado saltó melindrosamente de su regazo al suelo.

—Usted gana, Tuf —dijo—. Lléveme a un aparato de comunicaciones y arreglaré todo el maldito tinglado. Cada momento de retraso representa más muertes. —Hablaba con voz dura pero, en su interior, por primera vez en meses, Tolly Mune sintió que algo de esperanza se había mezclado a su inquietud. Quizá pudiera poner fin a la guerra y solucionar la crisis. Quizás hubiera realmente una oportunidad, pero no permitió que en su voz se filtrara ni una pizca de sus sentimientos. Extendió un dedo hacia Tuf y dijo—: Pero no crea que voy a consentir ninguna broma de las suyas.

—¡Ay! —dijo Haviland Tuf—, el humor nunca ha sido mi gran virtud.

—Recuerde que tengo a *Blackjack*. *Dax* está demasiado asustado como para servirle de algo y apenas empiece a pensar en traicionarnos, *Jack* me avisará.

—Mis buenas intenciones siempre son recibidas con sospecha.

—Tuf, a partir de ahora *Blackjack* y yo vamos a ser sus condenadas sombras. No pienso irme de esta nave hasta que todo se haya solucionado y estaré observando con mucho cuidado todo lo que haga.

—Ciertamente —dijo Tuf.

—Intente no olvidarlo —dijo Tolly Mune—. Ahora

soy la Primera Consejera. No tiene delante a Josen Rael ni a Cregor Blaxon, sino a mí. Cuando era Maestre de Puerto les gustaba llamarme la Viuda de Acero. Puede pasar una o dos horas meditando en cómo llegué a conseguir ese maldito nombre.

—Lo haré, no lo dude —dijo Tuf poniéndose en pie—. ¿Le gustaría recordarme alguna otra cosa, señora?

—Sólo una —dijo ella—, una escena de *Tuf y Mune*.

—He luchado con suma diligencia para expulsar esa ficción de mi recuerdo —dijo Tuf—. ¿Cuál de sus detalles piensa obligarme a recordar?

—La escena en que la gata hace pedazos al centinela con sus garras —dijo Tolly Mune con una leve sonrisa llena de dulzura. *Blackjack* se frotó en su rodilla y luego alzó sus enigmáticos ojos hacia Tuf, con su inmenso cuerpo estremecido por un sordo ronroneo.

Hicieron falta casi diez días para lograr el armisticio y otros tres para que los embajadores de los aliados llegaran a S'uthlam. Tolly Mune pasó ese tiempo recorriendo el *Arca*, dos pasos recelosamente detrás de Tuf, preguntándole por las razones de todos sus actos, mirando por encima de su hombro cuando trabajaba en su consola, acompañándole durante las rondas a sus tanques de clonación y ayudándole a dar de comer a sus gatos (así como a mantener apartado de *Blackjack* a un *Dax* cada vez más hostil). Tuf no intentó nada que le pareciera abiertamente sospechoso.

Cada día tenía docenas de llamadas. Instaló una oficina en la sala de comunicaciones, para no estar nunca muy lejos de Tuf, y se encargó de resolver los problemas que no podían esperar a su vuelta.

Cada día llegaban cientos de llamadas para Haviland Tuf y éste le dio instrucciones a su ordenador para que las rechazara todas.

Cuando, por fin, llegó el día, los enviados emergieron de sus amplias y lujosas lanzaderas diplomáticas para contemplar la inmensa y cavernosa cubierta de aterrizaje del *Arca* y su flota de espacionaves en ruinas. Componían un grupo tan diverso como abigarrado. La mujer de Jazbo tenía una cabellera negro azulada que le llegaba hasta la cintura y que relucía por haber sido untada con aceites aromáticos, sus mejillas estaban cubiertas por una intrincada serie de cicatrices indicativas de su rango. Skrymir había enviado un hombre corpulento, con el rostro más bien cuadrado y rojizo, cuyo cabello tenía el color del hielo. Sus ojos eran de un azul cristalino que armonizaba con el de su traje de placas metálicas. El enviado del Triuno Azur avanzaba por entre un borroso torbellino de proyecciones holográficas y su casi indistinguible silueta no dejaba de cambiar mientras hablaba en un murmullo casi inaudible. El embajador cíborg de Roggandor era tan ancho como alto y estaba hecho con partes iguales de plastiacero, aleaciones inoxidables y carne de un rojo oscuro cubierta de pecas. Una mujer delgada y de aire delicado, ataviada con sedas transparentes de color pastel, representaba al Mundo de Henry. Tenía el cuerpo asexuado de una adolescente y ojos escarlata que no parecían tener edad. El grupo era dirigido por un hombretón opulentamente vestido que procedía de Vandeen. Su piel, arrugada por la edad, tenía el color del cobre y su larga cabellera, anudada en multitud de trencillas, le cubría los hombros y parte de la espalda.

Haviland Tuf, conduciendo un vehículo articulado que cruzó la cubierta como una serpiente sobre ruedas, se detuvo justo ante los embajadores. El hombre de Vandeen dio un paso hacia adelante, sonrió ampliamente, alzó la mano y se pellizcó con entusiasta vigor la mejilla en tanto hacía una reverencia.

—Le ofrecería mi mano, pero recuerdo su opinión acerca de tal costumbre —dijo—. ¿Se acuerda de mí, mosca?

Haviland Tuf pestañeó.

—Tengo el vago recuerdo de haberle encontrado en el tren que lleva a la superficie de S'uthlam, hace unos diez años —dijo.

—Ratch Norren —dijo el hombre—. No soy lo que podría llamarse un diplomático de carrera, pero los Coordinadores creyeron mejor enviar alguien ya conocido por usted y que conociera también a los sutis.

—Norren, ese término es ofensivo —dijo Tolly Mune secamente.

—Igual que ustedes —replicó Ratch Norren.

—Y peligrosos —murmuró el enviado del Triuno Azur, desde el centro de su neblina holográfica.

—Aquí los únicos malditos agresores son ustedes... —empezó a decir Tolly Mune.

—Agresión defensiva —retumbó el cíborg de Roggandor.

—Recordamos la última guerra —dijo el jazboíta—, y esta vez nos negamos a esperar hasta que sus malditos expansionistas estallen de nuevo, para intentar colonizar nuestros mundos.

—No tenemos ese tipo de planes —dijo Tolly Mune.

—Usted no los tiene, hilandera —dijo Ratch Norren—, pero míreme con fijeza a los ópticos y dígame que sus expansionistas no mojan la cama, cada noche, soñando con reproducirse por todo Vandeen.

—Y Skrymir.

—Roggandor no quiere que le toque parte alguna de sus basuras humanas.

—Nunca conseguirán apoderarse del Triuno Azur.

—¿Quién infiernos querría el Triuno Azur para nada? —replicó secamente Tolly Mune. *Blackjack* ronroneó aprobatoriamente.

—Este primer vistazo a los mecanismos internos de la alta diplomacia interestelar ha sido muy ilustrativo —anunció Haviland Tuf—. Sin embargo, tengo la impresión de que nos aguardan asuntos más apremiantes. Si los enviados tuvieran la bondad de subir a mi vehículo, podríamos dirigirnos sin más dilación al lugar donde conferenciaremos.

Todavía murmurando entre dientes, los embajadores aliados hicieron tal y como les había pedido Tuf. Una vez lleno el vehículo, cruzó nuevamente la cubierta de aterrizaje serpenteando por entre la miríada de naves abandonadas. Una escotilla redonda, y tan oscura como la boca de un túnel o como las fauces de una bestia insaciable, se abrió ante ellos para engullirles. Una vez la hubieron cruzado, el vehículo se detuvo y la escotilla se cerró detrás de ellos, sumergiendo al grupo en la más absoluta oscuridad. Tuf no hizo caso alguno de los susurros de queja. A su alrededor se oyó un chirrido metálico y el suelo empezó a bajar. Cuando hubieron bajado dos niveles se abrió otra puerta. Tuf conectó los faros del vehículo y dirigió éste hacia un pasillo negro como la pez.

Atravesaron un laberinto de corredores sumidos en una gélida penumbra, pasaron ante una incontable sucesión de puertas cerradas y finalmente acabaron siguiendo una tenue cinta de color índigo que parpadeaba ante ellos, como un fantasma empotrado en el suelo cubierto de polvo. La única iluminación era la que daban los faros del vehículo y el débil brillo del panel de instrumentos que Tuf tenía delante. Al principio los enviados hablaron entre ellos, pero las negras profundidades del *Arca* eran tan opresivas como claustrofóbicas y, uno a uno, los miembros de la delegación fueron quedándose callados. *Blackjack* empezó a clavar rítmicamente las garras en los pantalones de Tolly Mune.

Tras haber rodado un largo rato a través del polvo, la oscuridad y el silencio, el vehículo se encontró ante un inmenso par de puertas que se abrieron con un silbido amenazador y se cerraron con un pesado golpe detrás suyo. En el interior, la atmósfera era más bien cálida y estaba cargada de humedad. Haviland Tuf desconectó el motor y apagó las luces. Una tiniebla impenetrable les envolvió.

—¿Dónde estamos? —inquirió Tolly Mune. Su voz rebotó en un techo lejano aunque el eco pareció curiosamente ahogado. Aunque negra como un pozo, era obvio que la estancia tenía unas dimensiones muy grandes. *Blackjack* lanzó un bufido de inquietud, husmeó el aire y luego emitió un sordo maullido de preocupación.

Tolly Mune oyó pisadas y, entonces, una luz no muy potente se encendió a dos metros de distancia. Era Tuf, inclinado sobre una consola de instrumentos mientras observaba un monitor. Oprimió una tecla de un tablero luminoso y se volvió hacia ellos. Un asiento flotante emergió, con un leve zumbido, de la cálida oscuridad. Tuf subió a él, como un rey ascendiendo a su trono, y manipuló el control que había en uno de los brazos. El asiento empezó a relucir con una débil fosforescencia violeta.

—Tengan la amabilidad de seguirme —dijo Tuf. El asiento flotante giró en redondo y empezó a moverse.

—¡Infiernos y maldición! —murmuró Tolly Mune. Abandonó a toda prisa el vehículo, con *Blackjack* en brazos, y partió en pos del ya lejano trono de Tuf. Los embajadores aliados la siguieron en masa, gimiendo y quejándose amargamente a cada paso que daban. Detrás de ella resonaban las fuertes pisadas del cíborg. El asiento de Tuf se había convertido en un puntito luminoso perdido en el mar de tinieblas que les rodeaba. Tolly Mune echó a correr y tropezó con algo.

El repentino maullido la hizo retroceder tropezando con el pecho acorazado del cíborg. Confundida, Tolly Mune se arrodilló, extendiendo una mano e intentando sostener a *Blackjack* con su otro brazo. Sus dedos rozaron un pelaje suave. El gato se frotó entusiásticamente contra sus dedos, ronroneando de placer. Apenas si podía verle, pero le pareció que era pequeño, casi un cachorro. El gato rodó sobre sí mismo, para permitirle que le rascara la barriga, y el jazboíta estuvo a punto de caer, al tropezar con ella. De pronto, *Blackjack* saltó al suelo y empezó a husmear al recién llegado, que le devolvió el cumplido durante unos instantes para girar luego en redondo y desaparecer de un salto en las tinieblas. *Blackjack* vaciló durante unos segundos y luego, con un potente maullido, partió en su busca.

—¡Maldito seas! —gritó Tolly Mune— *Jack*, maldición, no alejes tu condenado culo de mí! —su voz levantó una tempestad de ecos, pero el gato no volvió. El resto del grupo es taba cada vez más lejos. Tolly Mune lanzó una ristra de blasfemias y apretó el paso para alcanzarles.

Ante ella apareció una isla de luz y cuando llegó allí, se encontró a los demás instalados en una hilera de asientos junto a una larga mesa metálica. Haviland Tuf, en su trono flotante, se hallaba al otro lado de la mesa, con el rostro inmutable y las manos cruzadas sobre el estómago.

Dax iba y venía por encima de sus hombros, ronroneando.

Tolly Mune se detuvo unos instantes para contemplarle fijamente y lanzó una maldición.

—¡Váyase al infierno! —dijo a Tuf y luego giró en redondo— ¡*Blackjack*! —chilló con toda la potencia de que eran capaces sus pulmones. Los ecos parecían extrañamente ahogados, como si la atmósfera del lugar fuera más espesa de lo normal— ¡*Jack*! —No obtuvo respuesta alguna.

—Espero que no hayamos recorrido toda esta distancia sólo para contemplar cómo la Primera Consejera de S'uthlam practica llamando a su animal —dijo el enviado de Skrymir.

—No, ciertamente —dijo Tuf—. Primera Consejera Mune, si tiene la amabilidad de ocupar su asiento, empezaremos de inmediato.

Ella frunció el ceño y se dejó caer en el único asiento que aún estaba sin ocupar.

—¿Dónde diablos está *Blackjack*?

—No me arriesgaría a emitir ninguna teoría al respecto —dijo Tuf con voz átona—. Después de todo, es su gato.

—Salió corriendo detrás de uno de los suyos —le replicó secamente Tolly Mune.

—Ya veo —dijo Tuf—. Muy interesante. Lo cierto es que, en estos momentos, una de mis hembras acaba de entrar en celo y puede que ello explique sus acciones. No tengo la menor duda de que se encuentra perfectamente a salvo, Primera Consejera.

—¡Quiero tenerle aquí, durante esta maldita conferencia! —gritó ella.

—¡Ay! —dijo Tuf—, el *Arca* es una nave muy grande y es posible que se encuentren divirtiéndose en mil lugares distintos y, en cualquier caso, interferir en sus relaciones sexuales sería incuestionablemente un acto contrario a la vida, según las costumbres de S'uthlam. Me costaría mucho decidirme a cometer tal violencia en contra de sus hábitos culturales, más aún cuando me ha recalcado usted misma, con insistencia, que el tiempo es vital, dado que se hallan en juego muchas vidas humanas. Por lo tanto, creo que lo mejor será empezar.

Tuf movió la mano a un lado, para tocar un control, y una parte de la gran mesa empezó a hundirse hasta desaparecer. Un instante después de su interior surgió una planta, casi ante las narices de Tolly Mune.

—Contemplen el maná —dijo Tuf.

En la base de la planta había una especie de amasijo de fibras verdosas que tendrían casi un metro de alto y que parecían un nudo gordiano súbitamente dotado de vida. Los zarcillos no dejaban de moverse, a un lado y a otro, como si intentaran salir del recipiente que los contenía. A lo largo de las fibras había pequeños grupos de hojas tan pequeñas como uñas humanas y en cuya pálida superficie verdosa se distinguía una delicada red de venas negras. Tolly Mune extendió la mano y tocó cautelosamente la hoja más cercana, descubriendo que en su parte inferior había una fina capa de polvo, que se desprendió ante el roce, cubriéndole las puntas de los dedos. Entre los grupos de hojas había una especie de gruesas vainas blancas, que iban haciéndose más grandes y cobraban un aspecto semejante al de heridas infectadas a medida que ascendían por el tallo central. Tolly Mune vio una, medio escondida por un dosel de hojas, que era tan grande como la mano de un hombre.

—Una planta más bien repugnante —declaró Ratch Norren.

—No logro entender la necesidad de que haya sido preciso el armisticio y un viaje tan prolongado sólo para contemplar una especie de monstruo de invernadero a medio pudrir —dijo el hombre de Skrymir.

517

—El Triuno Azul se está impacientando —murmuró su enviado.

—Debe existir algún maldito motivo en toda esta locura —le dijo Tolly Mune a Tuf—, así que, adelante. Maná, según nos ha dicho. ¿De qué se trata?

—Dará de comer a los s'uthlameses —dijo Tuf. *Dax* ronroneaba.

—¿Durante cuántos días? —preguntó la mujer del Mundo de Henry, con una voz muy suave y empapada de sarcasmo.

—Primera Consejera, si tiene la bondad de arrancar una de esas vainas descubrirá que su sabor es tan suculento como nutritiva es la sustancia —dijo Tuf.

Tolly Mune miró a su alrededor con el ceño fruncido. Luego rodeó con los dedos la vaina de mayor tamaño que pudo encontrar. Su tacto era suave y pulposo. Dio un tirón y arrancó fácilmente la vaina de un tallo. La abrió con cierta cautela y descubrió que tenía la consistencia interior del pan recién hecho. En el centro de la vaina había una especie de saco que contenía un líquido oscuro y viscoso que fluía con una seductora lentitud. Sintió de pronto un maravilloso aroma y la boca se le hizo agua. Vaciló durante unos segundos, pero el olor era demasiado bueno. Le dio un mordisco, masticó y tragó, dando luego otro mordisco y luego otro más. Cuatro bocados bastaron para acabar con la vaina y Tolly Mune se encontró lamiéndose los dedos.

—Pan de leche y miel —dijo ella—. Algo espeso, pero muy bueno.

—El sabor no puede llegar a cansar nunca —anunció Tuf—. Las secreciones generadas dentro de cada vaina son levemente narcóticas. Cada espécimen de la planta maná produce su propia clase, y sus sabores, tan variados como sutiles, son un factor fruto de la composición química del suelo, en el cual ha enraizado la planta y de su propia herencia genética. La gama de sabores es muy amplia y puede hacerse aún más amplia cruzando las plantas entre sí.

—Espere un momento —dijo Ratch Norren. Se pellizcó la mejilla y frunció el ceño—. Así que esta maldita fruta de pan y miel sabe muy bien... ya, claro, claro. ¿Y qué? Entonces los sutis tendrán algo sabroso con que abrir el apetito, después de haber fabricado unos cuantos pequeños sutis más. Será estupendo para hacerles olvidar el aburrimiento de conquistar Vandeen y llenarlo con su gente. Lo siento, amigos, pero Ratch no tiene por el momento demasiadas ganas de aplaudir.

Tolly Mune torció el gesto.

—No es muy educado —dijo—, pero tiene razón. Ya nos ha dado antes plantas milagrosas, Tuf. ¿Se acuerda del omnigrano? El chal de Neptuno, las vainas jersi. ¿Qué diferencia va a suponer el maná?

—Supondrá una gran diferencia en varios aspectos —dijo Tuf—. Para empezar, mis esfuerzos anteriores iban dirigidos a incrementar la eficiencia de su ecología, aumentando la producción calórica de las limitadas áreas de S'uthlam, dedicadas a la agricultura. Es decir, a obtener más de menos. Por desgracia, no había tomado en consideración la innata perversidad de la especie humana y tal como usted misma me ha dicho, la cadena alimenticia en S'uthlam se encuentra muy lejos de haber alcanzado una eficiencia máxima. Aunque poseen las bestias de carne para obtener proteínas, insisten en mantener y alimentar rebaños de animales que son un desperdicio, sencillamente porque algunos de sus carnívoros más acomodados prefieren el sabor de tal carne al de una tajada de las bestias. De modo similar, continúan cultivando el omnigrano y el nanotrigo, obedeciendo a

519

razones de sabor y variedad culinaria, en tanto que las vainas jersi les darían más calorías por metro cuadrado. Para expresarlo de forma breve y sucinta, los s'uthlameses siguen insistiendo en preferir el hedonismo a la racionalidad. Que así sea. Las propiedades adictivas y el sabor del maná son únicos. Una vez que los s'uthlameses lo hayan probado, no encontrarán la menor resistencia por razones de paladar.

—Quizá —dijo Tolly Mune no muy convencida—, pero aún así...

—En segundo lugar —prosiguió Tuf—, el maná crece muy aprisa. Las dificultades extremas piden soluciones extremas y el maná representa tal solución. Se trata de un híbrido artificial, una especie de complicado encaje, tejido con hebras del DNA, obtenidas en una docena de mundos y entre sus antepasados naturales se incluyen el arbusto de pan de Hafeer, la hierba nocturna de Nostos, los sacos de azúcar de Gulliver y una variedad, muy especialmente manipulada, del kudzu procedente de la mismísima Vieja Tierra. Descubrirán que es resistente y que se extiende con suma rapidez, que le hace falta muy poco cuidado y que es capaz de transformar un ecosistema con sorprendente rapidez.

—¿Muy sorprendente? —le preguntó con sequedad Tolly Mune.

Tuf movió levemente el dedo oprimiendo una tecla que brillaba en el brazo de su asiento. *Dax* ronroneó.

Las luces se encendieron de repente.

Tolly Mune pestañeó deslumbrada por la súbita claridad.

Estaban sentados en el centro de una inmensa sala circular que tendría como medio kilómetro de un extremo a otro. Su techo, en forma de cúpula, se curvaba por encima de sus cabezas a unos cien metros de distancia.

De la pared que había a espaldas de Tuf, emergieron una docena de grandes ecosferas hechas de plastiacero, cada una de las cuales estaba abierta por la parte superior y llena de tierra. Contenían doce tipos distintos de suelo, cada uno de los cuales representaba un hábitat distinto: arena blanca que parecía polvo, espesa arcilla roja, gravilla de un azul cristalino, fango verde grisáceo de un pantano, suelo de tundra prácticamente helado, tierra fértil cubierta de mantillo negro, de cada ecosfera brotaba una planta de maná.

Y ésta crecía.

Y crecía.

Y crecía.

Las plantas del centro tendrían unos cinco metros de alto y sus zarcillos exploratorios habían rebasado ya hacía tiempo el borde de sus hábitats. Las fibras vegetales se alargaban hacia el suelo y estaban a medio metro de Tuf, entrelazándose y creciendo constantemente. Tres cuartas partes de los muros se habían cubierto con zarcillos de maná y éstos se aferraban precariamente al pulido techo de plastiacero, medio escondiendo los paneles luminosos de tal modo que la luz que llegaba al suelo parecía filtrarse por entre una intrincada madeja de sombras selváticas. Hasta la luz parecía haberse vuelto algo verdosa. Los frutos del maná crecían por todas partes. De los zarcillos del techo colgaban vainas blancas tan grandes como cabezas humanas, abriéndose paso a través de las fibras en continuo progreso. Mientras las contemplaban, una de las vainas cayó al suelo con un sonido suave y viscoso. Ahora comprendía la razón de que en la estancia, el eco sonara tan curiosamente ahogado.

—Estos especímenes en particular —anunció Haviland Tuf con voz impasible— nacieron hace unos catorce días, de las esporas que usé un poco antes de mi primer encuentro con la estimada Primera Consejera. Sólo hizo falta una espora por hábitat y durante todo ese tiempo no he tenido necesidad de regar, ni de abonar las plantas. De haberlo hecho, no serían tan pequeñas y débiles, como estos pobres ejemplos que ahora tienen delante.

Tolly Mune se puso en pie. Había vivido durante muchos años en gravedad cero, por lo que incorporarse en un ambiente de gravedad normal le suponía un cierto esfuerzo, pero ahora sentía una opresión en el pecho y un extraño mal sabor de boca, que le indicaban muy claramente la necesidad de aprovechar cualquier ventaja psicológica, incluso una tan minúscula y obvia como la de estar en pie mientras que los demás se encontraban sentados. Tuf la había dejado sin aliento con su maná sacado de la manga, la superaban en número y *Blackjack* se encontraba en algún lugar lejano, en tanto que *Dax* estaba sentado junto a la oreja de Tuf, ronroneando complacido y contemplándola con sus enormes ojos dorados que eran capaces de poner al descubierto cualquiera de sus malditos trucos.

—Muy impresionante —dijo.

—Me alegra que se lo haya parecido —dijo Tuf acariciando a *Dax*.

—¿Qué está proponiendo exactamente?

—Ésta es mi proposición: empezaremos inmediatamente la siembra de S'uthlam con maná. La entrega puede realizarse usando las lanzaderas del *Arca*. Me he tomado la libertad de llenar sus bodegas de carga con cápsulas de aire comprimido, cada una de las cuales contiene esporas de maná. Si se las libera en la atmósfera, siguiendo una pauta predeterminada que ya he calculado, las esporas serán trasladadas por el viento y se distribuirán por todo S'uthlam. El crecimiento empezará de inmediato y los s'uthlameses no deberán realizar ningún esfuerzo subsiguiente, como no sea el de recoger las vainas y comérselas. —Su rostro impasible se apartó de Tolly Mune para volverse hacia los enviados de los demás planetas—. Caballeros —dijo—, sospecho que en el momento actual se están preguntando cuál es la parte que les corresponde jugar en todo esto.

Ratch Norren se pellizcó la mejilla y habló en nombre de todos.

—Correcto —dijo con voz algo inquieta—, y con eso volvemos a lo que he dicho antes. Esta planta dará de comer a todos los sutis, pero eso a nosotros no nos importa en lo más mínimo.

—Habría creído que las consecuencias serían obvias para todos ustedes —dijo Tuf—. S'uthlam representa una amenaza a sus planetas, solamente porque su población se encuentra perpetuamente a un paso de acabar con el suministro alimenticio de S'uthlam. Ello convierte su planeta, que por lo demás es pacífico y civilizado, en una sociedad inestable por naturaleza. En tanto que los tecnócratas se han mantenido en el poder y han logrado conservar la ecuación en un equilibrio más o menos aproximado, S'uthlam ha sido un vecino útil y dispuesto a cooperar. Pero ese equilibrio, por mucho virtuosismo que se le aplique, acabará haciéndose pedazos y, con ese fracaso, es inevitable que los expansionistas tomen el poder y los s'uthlameses se conviertan en peligrosos agresores.

—¡Yo no soy una maldita expansionista! —dijo Tolly Mune con voz irritada.

—No pretendía afirmar tal cosa —dijo Tuf—, y pese a sus obvias calificaciones para ello, la actual Primera Consejera tampoco mantiene una actitud totalmente próvida. La guerra está ya muy cerca, por mucho que vaya a ser una guerra defensiva. Cuando pierda el poder y sea reemplazada por un expansionista, el conflicto se convertirá en una guerra de agresión. Con las circunstancias que los s'uthlameses han conseguido crear en su planeta, la guerra es algo tan seguro e ineludible como el hambre. Y no hay ningún líder, por competente y bien intencionado que sea, capaz de evitarla mediante su esfuerzo individual.

—Exactamente —dijo la joven procedente del Mundo de Henry, articulando cuidadosamente la palabra. En sus ojos ardía un brillo de astucia que no encajaba demasiado bien con su cuerpo de adolescente—. Y si la guerra es inevitable, entonces bien podemos librarla ahora, resolviendo el problema de una vez y para siempre.

—El Triuno Azul debe mostrar su acuerdo en ello —dijo en un susurro su enviado.

—Cierto —dijo Tuf—, siempre que demos por sentada su premisa inicial de que la guerra es inevitable.

—Acaba de afirmar usted mismo que los expansionistas empezarían la guerra con toda seguridad, Tuf —se quejó Ratch Norren.

Tuf acarició a su enorme gato negro con una pálida manaza.

—Incorrecto, señor mío. Mis afirmaciones en cuanto a lo inevitable de la guerra y el hambre se basaban en el derrumbe final del inestable equilibrio mantenido entre la población de S'uthlam y sus recursos alimenticios. Si esa frágil ecuación pudiera ser reforzada, S'uthlam no representaría ningún tipo de amenaza a los demás planetas del sector. Bajo esas condiciones la guerra sería tanto innecesaria como moralmente reprobable, pienso yo.

—¿Y nos dice que esa sucia hierba de usted, puede conseguir todo eso? —replicó despectivamente la mujer de Jazbo.

—Ciertamente —dijo Tuf.

El embajador de Skrymir meneó la cabeza.

—No. Es un esfuerzo muy valioso, Tuf, y respeto su dedicación al trabajo ecológico, pero no lo creo así. Hablo en nombre de los aliados si le digo que no podemos confiar en otro avance tecnológico. S'uthlam ya ha pasado por unos cuantos florecimientos y revoluciones ecológicas con anterioridad, pero al final nada ha cambiado. Debemos terminar con el problema de una vez para siempre.

—Muy lejos de mí la intención de ponerle trabas a su locura suicida —dijo Tuf, rascando a *Dax* detrás de una oreja.

—¿Locura suicida? —dijo Ratch Norren—. ¿A qué se refiere?

Tolly Mune, que lo había estado escuchando todo atentamente, se volvió hacia los aliados.

—Eso quiere decir que perderían, Norren —afirmó.

Los enviados emitieron una amplia gama de sonidos que iban desde la risita cortés de la mujer del Mundo de Henry hasta la clara carcajada del jazboíta, pasando por el rugido ensordecedor del cíborg.

—La arrogancia de los s'uthlameses jamás dejará de sorprenderme —dijo el hombre de Skrymir—. No deje que la engañe esta situación de tablas temporales, Primera Consejera. Somos seis mundos unidos firmemente e, incluso con su nueva flota, les superamos en número y en poder de fuego. Ya recordará que les derrotamos una vez con anterioridad y volveremos a hacerlo.

—No lo harán —dijo Haviland Tuf.

Los enviados se volvieron como una sola persona hacia él.

—En los últimos días me he tomado la libertad de

hacer una pequeña investigación y ciertos hechos han llegado a resultarme obvios. En primer lugar, la última guerra local tuvo lugar hace siglos. S'uthlam sufrió una derrota innegable, pero los aliados aún se están recobrando de su victoria. Sin embargo, S'uthlam, con su mayor base de población y su tecnología más voraz, ha dejado atrás ya hace mucho tiempo los efectos de la contienda. Durante ese lapso de tiempo la ciencia de S'uthlam ha crecido tan rápidamente como el maná, si se me permite utilizar metáfora tan pintoresca, y los mundos de la alianza deben los pequeños avances de que pueden presumir al conocimiento y las técnicas importadas de S'uthlam. Es innegable que las flotas combinadas de los aliados son significativamente más numerosas que la Flota Defensiva Planetaria de S'uthlam, pero la mayor parte de su armada está muy anticuada en comparación a la sofisticada tecnología y armamento que han sido incorporados a las nuevas espacionaves s'uthlamesas. Lo que es más, me parece un error de cálculo muy grosero decir que los aliados superan realmente a S'uthlam en cualquier sentido numérico. Es cierto que son seis mundos contra uno, pero las poblaciones combinadas de Vandeen, el Mundo de Henry, Jazbo, Roggandor, Skrymir y el Triuno Azur no llegan a los cuatro mil millones de personas. Apenas una décima parte de la población existente en S'uthlam.

—¿Una décima parte? —graznó el jazboíta—. Es un error, ¿verdad? Debe serlo.

—El Triuno Azur había entendido que su población era apenas unas seis veces la nuestra.

—Dos terceras partes de esa población son mujeres y criaturas —señaló rápidamente el enviado de Skrymir.

—Nuestras mujeres también luchan —le replicó secamente Tolly Mune.

—Cuando encuentran un momento entre parto y parto

—comentó Ratch Norren—. Tuf, no pueden tener diez veces nuestra población. Estoy de acuerdo en que son muchísimos, cierto, pero según nuestros mejores cálculos...

—Caballero —dijo Tuf—, sus mejores cálculos son erróneos. Contenga su pena. El secreto está muy bien guardado y cuando se trata de contar tales multitudes, es muy fácil sumar o restar equivocadamente mil millones más o menos. Sin embargo, los hechos son tal y como he afirmado. En este momento se mantiene un delicado equilibrio marcial. Las naves de los aliados son más numerosas, pero la flota de S'uthlam está más avanzada y se encuentra mejor armada. El equilibrio, obviamente, no va a durar, ya que la tecnología de S'uthlam le permite producir nuevas flotas de guerra más deprisa que cualquiera de los aliados. Me atrevería a decir que en estos momentos, ya se están realizando esfuerzos en tal dirección. —Tuf miró a Tolly Mune.

—No —dijo ella.

Pero también *Dax* la estaba mirando.

—Sí —les anunció Tuf a los enviados, levantando un dedo—. Por lo tanto, propongo que aprovechen la inestable igualdad del momento, para sacar partido de la oportunidad que les estoy ofreciendo de resolver el problema planteado por S'uthlam, sin recurrir al bombardeo nuclear y otras tácticas igualmente desagradables. Mantengan el actual armisticio durante un año estándar y permítanme sembrar S'uthlam con maná. Cuando haya pasado ese plazo y si creen que S'uthlam sigue representando una amenaza para sus mundos natales, podrán reanudar con toda libertad las hostilidades.

—Negativo, comerciante —dijo con voz grave el cíborg de Roggandor—. Es usted increíblemente ingenuo. Dice que les demos un año y mientras tanto usted hará sus trucos. ¿Cuántas flotas nuevas construirán en un año?

—Estamos dispuestos a firmar una moratoria en la construcción de nuevas armas, si sus planetas hacen lo mismo —dijo Tolly Mune.

—Eso es lo que usted dice. ¿Supone que vamos a confiar en ello? —replicó Ratch Norren con voz burlona—. ¡Al demonio con todo eso! Los sutis ya han demostrado lo poco dignos de confianza que son al haberse rearmado en secreto, violando el tratado. ¡Para que luego nos hablen de mala fe!

—¡Oh, claro! Habrían preferido que estuviéramos indefensos cuando vinieran para ocuparnos. ¡Infiernos y maldición, qué condenado hipócrita! —dijo con irritación Tolly Mune.

—Ya es demasiado tarde para pactos —dijo el jazboíta.

—Usted mismo lo ha dejado claro, Tuf —añadió el skrymiriano—. Cuanto más consintamos en retrasar las cosas, peor será nuestra situación. Por lo tanto, no tenemos más opción que desencadenar de inmediato el ataque sobre S'uthlam. Nunca tendremos una oportunidad mejor que ahora. —*Dax* le bufó y Haviland Tuf pestañeó, cruzando luego las manos sobre el estómago.

—Quizá reconsideren la postura a tomar si apelo a su amor por la paz y el horror que sienten hacia la guerra y hacia la destrucción, por no mencionar su calidad común de seres humanos. —Ratch Norren emitió un bufido despectivo. Uno a uno, los demás miembros de la delegación apartaron la vista en silencio—. En tal caso —dijo Tuf—, no me dejan opción. —Y se puso en pie.

El enviado de Vandeen frunció el ceño.

—Eh, ¿adónde va?

Tuf se encogió de hombros.

—Dentro de unos segundos, a un sanitario —replicó—, y luego a mi centro de control. Por favor, acepten mis garantías de que no siento ningún tipo de animosidad personal hacia ustedes, mas por desgracia tengo la impresión de que no me queda otro remedio que destruir inmediatamente sus planetas. Quizá deseen echar a suertes cual será el primero.

La mujer de Jazbo tosió, se atragantó y emitió un hilillo de saliva.

El enviado de Triuno Azul carraspeó levemente en el interior de su confusa nube de hologramas, pero el sonido resultante fue tan difícil de oír como el de un insecto correteando sobre una hoja de papel.

—No se atreverá —dijo el cíborg de Roggandor.

El skrymiriano se cruzó de brazos en un gélido silencio.

—Ah —dijo Ratch Norren—. Usted, ah... de eso se trata. No lo hará. Sí, pero naturalmente... Ah.

Tolly Mune les miró a todos y se rió.

—¡Oh!, lo dice en serio —afirmó, aunque estaba tan asombrada como todos ellos—. Y además, puede hacerlo. Mejor dicho, el *Arca* puede hacerlo. Además, el comandante Ober se asegurará de que no le falte una escolta armada.

—No hace falta tomar decisiones con tanta prisa —dijo la mujer del Mundo de Henry con voz clara y mesurada—. Quizá podríamos pensar nuevamente en todo el asunto.

—Excelente —dijo Haviland Tuf, volviéndose a sentar—. Actuaremos con decisión y celeridad —dijo—. Se pondrá en vigor un armisticio de un año, tal y como ya he explicado, y sembraré inmediatamente el maná en S'uthlam.

—No tan rápido —protestó Tolly Mune. Tenía la sensación de que la victoria se le había subido un poco a la cabeza. No sabía muy bien cómo, pero la guerra había terminado. Tuf lo había logrado, S'uthlam estaba a salvo, por lo menos durante un año más. Pero el alivio no le había hecho perder totalmente el buen juicio—. Todo esto suena muy bien, pero antes tendremos que hacer unos cuantos estudios sobre su planta del maná. Nuestros ecólogos y especialistas en biología querrán examinar esa condenada cosa, antes de sembrar sus esporas sobre S'uthlam. Creo que un mes sería suficiente. Y, naturalmente, Tuf, lo que dije antes sigue teniendo validez. No crea que va a soltar su maná sobre nosotros, marchándose luego. Esta vez deberá quedarse mientras dure el armisticio y puede que aún más tiempo, hasta que tengamos una buena idea de cómo va a funcionar este nuevo milagro suyo.

—¡Ay! —dijo Tuf—, me temo que tengo urgentes compromisos en otros lugares de la galaxia. Una estancia de un año o más me resulta tan inaceptable como inconveniente, al igual que el retraso de un mes antes de empezar mi programa de siembra.

—¡Espere un maldito segundo! —dijo Tolly Mune—. No puede...

—Tenga la seguridad de que sí puedo —dijo Tuf. Sus ojos fueron de ella a los enviados y luego volvieron a Tolly Mune—. Primera Consejera Mune, permítame que le indique lo que es obvio. Ahora existe un cierto equilibrio de fuerzas militares entre S'uthlam y sus adversarios. El *Arca* es un formidable instrumento de guerra capaz de aniquilar mundos enteros. Al igual que me es posible unirme a sus fuerzas y destruir cualquiera de los planetas aliados, también entra en el reino de lo posible, que haga todo lo contrario.

Tolly Mune sintió de pronto como si la hubieran agredido físicamente y se quedó boquiabierta.

—¿Está...? Tuf, ¿nos está amenazando? No puedo creerlo. ¿Está amenazando con usar el *Arca* contra S'uthlam?

—Sencillamente, estoy haciéndole notar ciertas posibilidades de acción —dijo Haviland Tuf, con voz tan impasible como de costumbre.

Dax debió sentir su rabia pues empezó a bufar. Tolly Mune permaneció inmóvil, sin saber qué hacer, y sus manos se fueron apretando gradualmente hasta convertirse en puños.

—No cobraré tarifa alguna por mis labores como mediador e ingeniero ecológico —anunció Tuf—, pero exigiré ciertas seguridades y concesiones, por las dos partes del acuerdo. Los mundos aliados me proporcionarán lo que podría calificarse de una guardia personal, consistente en una flotilla de naves cuyo número y armamento sea suficiente para proteger el *Arca* de los posibles ataques de la Flota Defensiva Planetaria de S'uthlam, y me escoltarán luego hasta haber salido del sistema sano y salvo, cuando mi labor haya terminado. Los s'uthlameses, por su parte, permitirán que dicha flota aliada permanezca dentro de su sistema natal con el objetivo de calmar mis temores. Si alguno de los dos bandos diera inicio a las hostilidades, durante el periodo del armisticio, lo harán con pleno conocimiento de que dicho acto producirá en mí un incontrolable estallido de ira. No soy persona que se excite con facilidad, pero cuando mi ira escapa a todo control, hay ocasiones en que yo mismo me asusto de ella. Cuando haya pasado un año, hará ya mucho tiempo que habré partido y, si tal es su decisión, podrán continuar con su carnicería. Sin embargo, tengo la esperanza y creo que casi la seguridad, de que esta vez mis acciones se revelarán tan eficaces que ninguno de los bandos se sentirá inclinado a reanudar las hostilidades. —Acarició el espeso pelaje negro de *Dax* y el gato les fue mirando uno a uno con sus enormes ojos dorados, conociendo lo que pensaban y sopesándolo.

Tolly Mune sintió de pronto un frío increíble.

—Nos está imponiendo la paz —dijo.

—Sólo de forma temporal —dijo Tuf.

—Y nos está imponiendo su solución, queramos o no —dijo ella.

Tuf la miró sin contestarle.

—¿Pero quién demonios se ha creído que es usted? —le gritó, soltando por fin todo el furor que se había ido acumulando dentro de ella.

—Soy Haviland Tuf —le replicó él sin alzar la voz—, y se me ha terminado la paciencia con S'uthlam y con los s'uthlameses, señora mía.

Cuando la conferencia hubo terminado, Tuf condujo a los embajadores nuevamente hasta su lanzadera diplomática, pero Tolly Mune se negó a ir con ellos.

Durante largas horas recorrió sin compañía alguna el *Arca*, sintiendo cada vez más frío y cansancio, pero negándose a ceder. «¡*Blackjack*!», gritaba a pleno pulmón desde lo alto de las escaleras mecánicas. «Ven, *Blacky*, ven», canturreaba en el laberinto de los corredores. «¡*Jack*!», gritó al oír un sonido detrás de una esquina, pero era sólo una puerta abriéndose o cerrándose, el zumbido de alguna máquina reparándose o quizás un gato desconocido que se escurría furtivamente. «¡*Blaaaaaackjaaaaaack*!», gritó en las intersecciones, donde confluían una docena de pasillos, y su voz despertó ecos retumbantes en los muros lejanos, rebotando de unos a otros hasta volver a ella casi agonizantes.

Pero no halló rastro alguno de su gato.

Finalmente, su vagabundeo la hizo ascender varios niveles y se encontró en el oscuro eje central que perforaba de un extremo a otro la inmensa espacionave. Una gigantesca línea recta, de casi treinta kilómetros de largo, cuyo techo se perdía entre las sombras y cuyas paredes estaban medio ocultas por cubas de todos los tamaños posibles. Escogió una dirección al azar y caminó, caminó y caminó llamando en voz alta a *Blackjack*.

Y a lo lejos le pareció oír un leve maullido.

—¿*Blackjack*? —gritó— ¿Dónde estás?

De nuevo oyó el maullido. Ahí, delante de ella. Apretó el paso y luego, sin poder contenerse, echó a correr.

Haviland Tuf surgió de entre la sombra proyectada por un tanque de plastiacero que tendría unos veinte metros de alto. En sus brazos estaba *Blackjack*, ronroneando.

Tolly Mune dejó de correr.

—He encontrado a su gato —dijo Tuf.

—Ya lo veo —le contestó ella con cierta frialdad.

Tuf le entregó delicadamente el gigantesco gato gris y, al cambiar de manos, sus dedos rozaron levemente los brazos de Tolly Mune.

—Descubrirá que no le ha pasado nada malo durante sus vagabundeos —afirmó Tuf—. Me tomé la libertad de hacerle un examen médico completo, para asegurarme de que no hubiera tenido ningún percance y de ese modo pude llegar a la conclusión de que se encuentra en un estado de salud perfecto. Podrá imaginar mi sorpresa cuando descubrí por casualidad, durante tal examen, que todas las mejoras biónicas de las cuales me había informado, parecían haberse esfumado de modo tan misterioso como inexplicable. No consigo imaginar cómo ha sido posible.

Tolly Mune apretó el gato contra su pecho.

—Mentí —dijo—. Es telépata, igual que *Dax*. Puede

que no sea tan bueno como él. Y eso es todo. No podía correr el riesgo de que se peleara con *Dax*. Quizás hubiera ganado, quizá no. Pero no deseaba verle acobardado e inútil. —Miró a Tuf, frunciendo el ceño—. Así que ha conseguido proporcionarle una buena aventura amorosa. ¿Dónde estaba?

—Abandonó la estancia del maná, mediante una salida secundaria, en busca de su amada y luego descubrió que las puertas habían sido programadas para negarle la entrada. Así pues, se vio obligado a pasar unas cuantas horas recorriendo el *Arca* y trabando amistad con algunas de las hembras de la especie felina que la pueblan.

—¿Cuántos gatos tiene? —le preguntó ella.

—Menos que usted —dijo Tuf—, aunque ya me lo había imaginado. Después de todo, usted es nativa de S'uthlam.

La presencia de *Blackjack* en sus brazos le resultaba cálida y reconfortante y de pronto Tolly Mune se dio cuenta de que *Dax* no estaba presente. Ahora tenía nuevamente la ventaja. Rascó suavemente a *Jack* detrás de una oreja y el gato clavó sus límpidos ojos gris plata en la figura de Tuf.

—No ha logrado engañarme —dijo ella.

—Me había parecido altamente improbable conseguirlo —admitió Tuf.

—El maná... —dijo ella—. Es una trampa, ¿verdad? Nos ha soltado un montón de patrañas, confiéselo.

—Todo lo que les he dicho sobre el maná es cierto.

Blackjack lanzó un leve maullido.

—La verdad —dijo Tolly Mune—, ¡oh! ¡la condenada verdad! Eso quiere decir que se ha guardado unas cuantas cosas sobre el maná.

—El universo está lleno de conocimientos. En última instancia hay más cosas por conocer que seres humanos en condiciones de conocerlas, algo realmente asombroso teniendo en cuenta que la populosa S'uthlam figura incluida en las filas de la humanidad. Me resultaría francamente difícil decirlo todo respecto a un tema, por limitado que éste fuera.

Tolly Mune emitió un bufido despectivo.

—¿Qué pretende hacer con nosotros, Tuf?

—Voy a resolver sus crisis alimenticia —replicó él con su voz eternamente impasible, plácida y fría como un lago sin fondo y, al igual que éste, llena de secretos ocultos.

—*Blackjack* está ronroneando —dijo ella—, así que eso es cierto. Pero, Tuf, cómo... ¿cómo?

—El maná es mi instrumento.

—¡Y un dolor de tripas! —replicó ella—. Me importa una maldita verruga lo sabroso y adictivo que pueda ser su fruto o lo rápido que pueda crecer esa condenada cosa, pero ninguna planta va a resolver nuestra crisis de población. Ya lo intentó antes. Ya hemos recorrido todas esas coordenadas con el omnigrano, las vainas, los jinetes del viento y las granjas de hongos. Hay algo que no me está contando. Suéltelo, abra la boca de una vez.

Haviland Tuf la estuvo contemplando en silencio durante más de un minuto.

Sus ojos parecían incapaces de apartarse de los suyos y, por un instante, tuvo la sensación de que Tuf estaba mirando en lo más hondo de su ser, como si también él fuera capaz de leer la mente.

Quizá fuera otra cosa lo que intentaba leer. Finalmente, Tuf le respondió.

—Una vez que la planta haya sido sembrada, nunca podrá llegar a ser eliminada por completo, sin importar la diligencia con que lo intenten. Dentro de ciertos parámetros climáticos se extenderá con inexorable rapidez.

El maná no será capaz de crecer por doquier, ya que el frío extremado puede matarlo y una temperatura baja constituye un freno efectivo a su desarrollo, pero lo cierto es que se extenderá hasta cubrir las regiones tropical y subtropical de S'uthlam y eso será suficiente.

—¿Suficiente para qué?

—El fruto del maná resulta extremadamente nutritivo. Durante los primeros años tendrá un efecto muy notable en cuanto a la mejora de su situación calórica y, con ello, hará que las condiciones de vida en S'uthlam se mantengan estabilizadas. Luego, habiendo agotado el suelo con su vigoroso avance, las plantas empezarán a morir y se verán obligados a utilizar una rotación de cosechas, durante algunos años, antes de que el suelo sea nuevamente capaz de sostener al maná. Pero, mientras tanto, el maná habrá completado su auténtica labor, Primera Consejera Mune. El polvo que se acumula en la parte inferior de cada hoja es en realidad un microorganismo simbiótico, vital para la polinización del maná, pero que posee al mismo tiempo otras propiedades. Transportado por el viento, por los animales y los seres humanos, se extenderá hasta hallarse presente en toda la superficie de su planeta.

—El polvo —dijo ella. Cuando había tocado la planta del maná lo había sentido en sus dedos.

Blackjack gruñó de un modo tan leve que más que oír el ruido lo sintió.

Haviland Tuf cruzó las manos sobre su estómago.

—El maná podría ser considerado como una especie de profiláctico orgánico —dijo—. Sus biotécnicos descubrirán que interfiere de un modo muy potente sobre la libido en el macho de la especie humana, así como sobre la fertilidad de la hembra. Sus efectos son permanentes y no hace falta que se preocupe por el mecanismo concreto de funcionamiento.

Tolly Mune le miró fijamente, abrió la boca, la volvió a cerrar y pestañeó para contener el llanto. ¿Llanto de rabia, quizá desesperación? No lo sabía, pero no eran lágrimas de alegría. No iba a dejar que fueran lágrimas de alegría.

—Un genocidio lento —dijo, luchando consigo misma para obligarse a pronunciar las palabras. Notaba la garganta seca y su voz se había vuelto ronca y gutural.

—No, en lo más mínimo —dijo Tuf—. Algunos s'uthlameses serán naturalmente inmunes a los efectos del polvo. Mis cálculos indican que entre un 0,7 y un 1,1 por ciento de su población básica no resultan afectados. Se reproducirán naturalmente y, de este modo, la inmunidad pasará a las generaciones futuras y en ellas irá creciendo hasta volverse más abundante. Sin embargo, durante este año empezará a darse una considerable implosión de sus efectivos humanos a medida que la curva de nacimientos deje de ascender y empiece a caer de golpe.

—No tiene ningún derecho a... —dijo Tolly Mune con lentitud.

—La naturaleza del problema s'uthlamés es tal que sólo admite una solución duradera y efectiva —dijo Tuf—, tal y como le he repetido una y otra vez desde que nos conocemos.

—Quizá —dijo ella—. Pero, ¿qué hay de la libertad, Tuf? ¿Dónde, queda la opción del individuo? Puede que mi gente sea estúpida y egoísta, pero siguen siendo personas, igual que usted. Tienen el derecho a decidir si van a tener niños y cuántos quieren. ¿Quién diablos le ha dado la autoridad para arrogarse esa decisión en su nombre? ¿Quién diablos le dijo que se pusiera en marcha para esterilizar nuestro mundo? —A cada palabra que pronunciaba, su ira iba haciéndose más y más incontenible—. No es usted mejor que nosotros, Tuf, no es más que un ser humano. Estoy de acuerdo en que es un ser humano condenadamente fuera de lo normal, pero sigue siendo sólo un ser humano, ni más ni menos. ¿Qué le da el condenado derecho de jugar con nuestro mundo y nuestras vidas como si fuera un dios?

—El *Arca* —se limitó a responder Haviland Tuf.

Blackjack se retorció en sus brazos, repentinamente inquieto. Tolly Mune le dejó saltar al suelo, sin apartar ni un segundo los ojos del pálido e inmutable rostro de Tuf. De pronto, sentía el agudo deseo de golpearle, de hacerle daño, de herir esa máscara de complaciente indiferencia, de marcar su piel y su cuerpo.

—Se lo advertí, Tuf —le dijo—. El poder corrompe y el poder absoluto corrompe de un modo irremisible, ¿lo recuerda?

—Gozo de una memoria perfectamente sana.

—Es una lástima que no pueda decir lo mismo en cuanto a su maldito sentido de la moral —le replicó con acidez Tolly Mune. *Blackjack*, a sus pies, emitió un gruñido como de contrapunto a sus palabras— ¿Por qué diablos le ayudé a conservar esta maldita nave? ¡Qué condenada idiota he sido! Tuf, lleva demasiado tiempo viviendo sin compañía en el interior de un delirio de poder. Cree que alguien le ha nombrado dios, ¿no es cierto?

—Se nombra a los burócratas —dijo—. Los dioses, si es que existen, son elegidos mediante otros procedimientos. No hago ninguna afirmación en cuanto a mi divinidad, en el sentido mitológico de la palabra, pero debo confesar que ciertamente tengo en mis manos el poder de un dios. Creo que usted misma se dio cuenta de ello hace mucho tiempo, cuando acudió a mí en busca de los panes y los peces. —Tolly Mune abrió la boca para contestarle, pero él levantó la mano—. No, tenga la bondad de no interrumpirme. Intentaré ser breve. Usted y yo no somos tan distintos, Tolly Mune.

—¡No nos parecemos en nada, maldito sea! —gritó ella.

—No somos tan distintos —repitió Tuf con voz firme y tranquila—. Una vez me confesó que no era muy religiosa y yo no soy hombre propenso a la adoración de mitos. Empecé mi vida como mercader pero, después de encontrar esta nave llamada el *Arca*, a cada paso que daba me he visto perseguido por dioses, profetas y demonios. Noé y su diluvio. Moisés y sus plagas, los panes y los peces, el maná, columnas de fuego y mujeres convertidas en sal. Debo admitir que he llegado a familiarizarme con todo eso. Me está desafiando para que me proclame como un dios, pero no es lo que pretendo. Y, sin embargo, debo decir que mi primer acto dentro de esta nave, hace ya muchos años, fue resucitar a los muertos. —Señaló con gesto majestuoso hacia una subestación que se encontraba a unos metros de distancia—. Ése es el lugar donde realicé el primero de mis milagros, Tolly Mune, y aparte de ello, lo cierto es que poseo poderes semejantes a los de la divinidad y que está en mi mano la vida y la muerte de los planetas. Con lo mucho que me complacen esas habilidades casi divinas, ¿puedo, en justicia, negarme a cargar con la responsabilidad que las acompaña, con el impresionante peso de su autoridad moral? No lo creo así.

Ella deseaba contestarle, pero las palabras se negaban a brotar de sus labios. *Está loco*, pensó Tolly Mune.

—Más aún —dijo Tuf—, la naturaleza de la crisis que sufre S'uthlam era tal que la única solución admisible era la intervención divina. Supongamos por unos momentos que consintiera en venderles el *Arca*, tal y como deseaba. ¿Supone realmente que unos ecólogos y técnicos en biología, por expertos y entusiastas que fueran, habrían sido capaces de dar con una solución duradera? Creo que es usted demasiado inteligente para engañarse de tal modo. No tengo ni la menor duda de que, con todos los recursos de esta sembradora a su disposición, tales hombres y mujeres, genios con intelectos y una educación muy superiores a la mía, podrían y habrían indudablemente diseñado gran número de ingeniosos trucos con los cuales permitir a los s'uthlameses que siguieran reproduciéndose durante otro siglo, y puede que incluso durante dos, tres o cuatro centurias más. Pero, finalmente, también sus respuestas habrían acabado siendo insuficientes, al igual que lo fueron mis pequeños intentos de hace cinco años y los que precedieron a esos intentos hace diez. Tolly Mune, no existe ninguna respuesta racional, equitativa, científica, tecnológica o humana al dilema de una población que aumenta siguiendo una enloquecida progresión geométrica. Dicho dilema sólo puede ser resuelto con milagros como el de los panes y los peces o el maná caído del cielo. Por dos veces he fracasado como ingeniero ecológico y ahora me propongo triunfar como un dios necesario a S'uthlam. Si intentara solucionar el problema una tercera vez, como simple ser humano, estoy seguro de que fracasaría por tercera vez y entonces sus dificultades serían resueltas por dioses mucho más crueles que yo. Los cuatro jinetes de mamíferos de la antigua leyenda, conocidos como peste, hambre, guerra y muerte. Por lo tanto, debo hacer a un lado mi humanidad y obrar como un dios. —Se quedó callado y la contempló, pestañeando.

—Hace ya mucho que se olvidó de su condenada humanidad —le replicó ella con voz rabiosa—. Pero no es usted ningún dios, Tuf. Puede que sea un demonio y estoy segura de que es un maldito megalómano. Puede que sea un monstruo. Sí, es un condenado aborto. Un monstruo, pero no un dios.

—Un monstruo —dijo Tuf—, ciertamente —y pestañeó—. Había tenido la esperanza de que una persona dotada de su indudable capacidad intelectual y competencia fuera capaz de mostrarse más comprensiva. —Pestañeó de nuevo. Dos, tres veces. Su pálido rostro seguía tan inmutable como siempre, pero en la voz de Tuf había algo muy extraño que ella no había oído nunca anteriormente, algo que le dio miedo, que la asombró y la inquietó, algo que se parecía a la emoción—. Tolly, me ofende usted muy dolorosamente —protestó él.

Blackjack emitió un maullido quejumbroso.

—Su gato parece capaz de aprehender con mayor agudez las frías ecuaciones de la realidad a la que nos enfrentamos —dijo Tuf—. Quizá debería explicarlo todo otra vez desde el principio.

—¡Monstruo! —dijo ella.

Tuf pestañeó.

—Mis esfuerzos son eternamente pasados por alto y sólo reciben calumnias inmerecidas.

—¡Monstruo! —repitió ella.

La mano derecha de Tuf se convirtió por unos segundos en un puño que él aflojó lentamente y con cierta dificultad.

—Al parecer algún tic cerebral ha reducido dramáticamente su vocabulario, Primera Consejera.

—No —dijo ella—, pero ésa es la única palabra que puedo aplicarle, ¡maldición!

—Ciertamente —dijo Tuf—. Y, en tal caso, el ser un monstruo hace que deba comportarme como tal. Vaya pensando en ello, si lo desea, mientras lucha por tomar una decisión, Primera Consejera.

Blackjack alzó la cabeza y clavó sus ojos en Tuf, como si algo invisible estuviera revoloteando alrededor de su blanco rostro. Empezó a bufar y su espeso pelaje gris plateado se fue poniendo de punta lentamente. El gato retrocedió. Tolly Mune se inclinó y lo cogió en brazos, pero el gato temblaba y volvió a bufar mirando a Tuf.

—¿Cuál? —dijo ella con inquietud—. ¿Qué decisión? Usted ha tomado todas las malditas decisiones. ¿De qué infiernos está hablando?

—Permítame indicar que, por el momento, ni una sola espora del maná ha sido liberada en la atmósfera de S'uthlam —dijo Haviland Tuf.

Ella lanzó un resoplido despectivo.

—¿Y? Ya hemos accedido a su maldito trato. No tengo modo alguno de pararle los pies.

—Ciertamente, y es lamentable. Pero quizá pueda ocurrírsele alguno. Mientras tanto sugiero que volvamos a mis aposentos. *Dax* está esperando su cena. He preparado una excelente crema de hongos, procedentes de mi propio suministro, y también hay cerveza helada de Moghoun, un brebaje lo bastante fuerte para complacer tanto a los dioses como a los monstruos. Y, por supuesto, mi equipo de comunicaciones se encuentra a su disposición, para el caso de que acabe descubriendo la necesidad de hablar con su gobierno.

Tolly Mune abrió la boca para replicarle de modo cortante, pero volvió a cerrarla, asombrada.

—¿Quiere usted decir, lo que me parece que quiere decir? —preguntó.

—Resulta difícil afirmarlo, señora —dijo Tuf—. Aquí la única poseedora de un gato psiónico es usted.

El camino hasta los aposentos de Tuf fue tan silencioso como interminable, al igual que la cena fue un tormento que parecía no tener fin. Comieron en un rincón de la sala de comunicaciones, rodeados de consolas, pantallas y gatos. Tuf permaneció muy inmóvil con *Dax* en el regazo y se dedicó a engullir su comida con metódica concentración. Al otro extremo de la mesa, Tolly Mune fue comiendo, sin enterarse muy bien de lo que había en su plato. No tenía apetito. Se encontraba muy cansada y tenía la impresión de haber envejecido de golpe. Y estaba asustada.

Blackjack reflejaba su confusión. Con toda su anterior serenidad desaparecida, permanecía acurrucado en su regazo, levantando de vez en cuando la cabeza, por encima de la mesa, para lanzar un gruñido de advertencia al otro extremo, donde estaba sentado Tuf.

Y, finalmente, llegó el momento, tal y como ella había sabido que ocurriría. Un zumbido y una lucecita azul que se encendió señalando la llegada de una transmisión. Tolly Mune contempló fijamente la luz y, con un gesto rígido que hizo chirriar la silla sobre el suelo metálico, se volvió hacia la consola. *Blackjack*, asustado, abandonó de un salto su regazo. Tolly Mune empezó a levantarse, pero se quedó inmóvil, en una agonía de indecisión.

—Está programado según mis instrucciones para que no se me moleste mientras como —anunció Tuf—. Ergo, y siguiendo un lógico proceso de eliminación, la llamada es para usted.

La aguja de luz azul se encendía y se apagaba, se encendía y se apagaba, se encendía y se apagaba.

—Usted no es un maldito dios —dijo Tolly Mune—. Maldición, y yo tampoco lo soy. Tuf, no quiero aceptar esta condenada carga.

La luz seguía encendiéndose y apagándose.

—Quizá sea el comandante Wald Ober —sugirió Tuf—. Creo que debería recibir su llamada antes de que decida empezar la cuenta atrás.

—Nadie tiene ese derecho, Tuf —dijo ella—. Ni usted ni yo.

Tuf se encogió pesadamente de hombros. La luz se encendía y se apagaba. *Blackjack* lanzó un maullido.

Tolly Mune dio dos pasos hacia la consola, se detuvo y se volvió hacia Tuf.

—La creación es parte de la divinidad —dijo con voz repentinamente segura—. Tuf, usted puede destruir, pero no puede crear, y eso es lo que le convierte en un monstruo y no en un dios.

—La creación de vida en los tanques de clonación es un elemento perfectamente normal y cotidiano de mi profesión —dijo Tuf.

La luz se encendía y se apagaba sin cesar.

—No —dijo ella—, aquí puede copiar la vida, pero no puede crearla. Esa vida tiene que haber existido ya en algún otro lugar y en algún otro tiempo, y necesita una célula de muestra, un fósil, algo. De lo contrario no puede hacer nada. ¡Sí, infiernos y maldición! ¡Oh!, de acuerdo, tiene el poder de la creación, pero es el mismo maldito poder que tengo yo y cada hombre y mujer enterrado en una ciudad subterránea. La procreación, Tuf. Ahí está su impresionante poder, ése es el único milagro existente. Lo único que hace de los seres humanos criaturas semejantes a los dioses y eso mismo es lo que usted se propone arrebatarle al noventa y nueve, coma, noventa y nueve por ciento de los s'uthlameses. ¡Al infierno con eso! No es usted un creador y no es ningún dios.

—Ciertamente —dijo Haviland Tuf, impasible e inexpresivo.

—Por lo tanto no tiene derecho alguno a decidir como tal —dijo ella—. Y yo tampoco lo tengo, ¡maldita sea! —Avanzó hacia la consola con tres zancadas llenas de seguridad y oprimió un botón. Una pantalla se iluminó con un remolino de colores que acabaron formando la imagen de un casco de combate pulido cual un espejo y en cuyo penacho se veía un globo estilizado. Dos sensores escarlata ardían bajo el oscuro visor de plastiacero—. Comandante Ober... —dijo ella.

—Primera Consejera Mune —replicó Wald Ober—. Estaba algo preocupado. Los embajadores aliados están soltando unas tonterías increíbles delante de los reporteros. Algo sobre un tratado de paz y un nuevo florecimiento... ¿Puede confirmar todo eso? ¿Qué está pasando? ¿Tiene problemas?

—Sí —dijo ella—. Escúcheme bien, Ober, y...

—Tolly Mune —dijo Tuf.

Ella giró en redondo.

—¿Qué?

—Si la procreación es la señal distintiva de la divinidad —dijo Tuf—, entonces creo que puedo argumentar que los gatos también son dioses, ya que también ellos se reproducen. Permítame indicarle que, en muy corto espacio de tiempo, hemos llegado a una situación en la cual tiene usted más gatos que yo, pese a haber empezado con sólo una pareja.

Ella frunció el ceño.

—¿Qué está diciendo? —quitó el sonido, para que las palabras de Tuf no fueran transmitidas.

Wald Ober gesticuló nerviosamente en un repentino silencio.

Haviland Tuf formó un puente con sus dedos sobre la mesa.

—Estoy meramente indicando que, pese a mi gran aprecio hacia las propiedades de los felinos, tomo medidas para controlar su reproducción. Llegué a tal decisión tras haber meditado cuidadosamente en ello y sopesando todas las alternativas. En último extremo, tal y como usted misma descubrirá, sólo hay dos opciones fundamentales. Debe reconciliarse con la idea de inhibir de alguna forma la fertilidad de sus felinos, y podría añadir que, por supuesto, sin ningún consentimiento por parte de ellos o, si no lo hace, le aseguro que algún día se encontrará echando por su escotilla una bolsa repleta de gatitos recién nacidos al frío espacio. Caso de que no elija ya habrá elegido. El fracaso a la hora de tomar una decisión, basándose en que no tiene derecho a ello, es por sí mismo una decisión, Primera Consejera. Si se abstiene ya ha votado.

—Tuf —dijo ella con la voz llena de dolor— ¡No! ¡No quiero este maldito poder!

Dax subió de un salto a la mesa y sus ojos dorados se clavaron en ella.

—La divinidad es una profesión todavía más exigente que la ecología —dijo Tuf—, aunque podría decirse que ya conocía los riesgos de la profesión cuando decidí asumir esa carga.

—No —empezó a decir ella, balbuceando—, no puede decir que... Los gatitos y las criaturas humanas no son... Son gente, ellos... ellos tienen el poder de... eso es, mentes, mentes y corazones al igual que gónadas. Son seres racionales, es su decisión, es suya, no mía... No puedo decidir por ellos... por millones, por miles de millones.

—Ciertamente —dijo Tuf—. Había olvidado a la buena gente de S'uthlam y su larga historia de muy racionales decisiones. Indudablemente verán ante ellos la guerra, el hambre y la plaga y de pronto, por miles de millones, decidirán cambiar su modo de vida y, de ese modo, evitarán diestramente el oscuro abismo que amenaza con tragarse S'uthlam y sus altivas torres. Resulta muy extraño que no me haya dado cuenta de ello anteriormente.

Tolly Mune y Haviland Tuf se contemplaron en silencio. *Dax* empezó a ronronear y luego, apartando sus ojos de Tolly Mune, se acercó al cuenco de Tuf para lamer la crema. *Blackjack* empezó a frotarse en su pierna, sin quitarle la vista de encima a Dax, al otro extremo de la estancia.

Tolly Mune se volvió muy lentamente hacia la consola y ese giro le llevó todo un día... no, una semana, un año, una vida entera. Necesitó cuarenta mil millones de vidas para completarlo, pero una vez que lo hubo hecho, se dio cuenta de que sólo había necesitado un instante y que todas esas vidas habían desaparecido cual si no hubieran existido nunca.

Contempló la fría y silenciosa máscara que la miraba desde la pantalla y en el plastiacero negro y reluciente vio reflejarse todo el horror sin rostro de la guerra y detrás de él vio arder los implacables ojos febriles del hambre y de la enfermedad. Luego tocó un control y restableció el sonido.

—¿Qué está pasando ahí? —preguntaba una y otra vez Wald Ober—. Primera Consejera, no puedo oírle. ¿Cuáles son sus órdenes? ¿Me oye? ¿Qué está pasando ahí?

—Comandante Ober —dijo Tolly Mune, obligándose a sonreír.

—¿Qué ocurre, algo anda mal?

Tolly Mune tragó saliva.

—¿Mal? Nada, nada en absoluto. ¡Infiernos y maldición! Todo anda increíblemente bien. La guerra ha terminado y la crisis también, Comandante.

—¿Le están obligando a decir eso? —ladró Wald Ober.

—No —se apresuró a responder ella—. ¿Por qué piensa semejante cosa?

—Lágrimas —replicó él—. Veo sus lágrimas, Primera Consejera.

—Son de alegría, Comandante. Son lágrimas de alegría. Maná, Ober, así lo llama él, maná del cielo. —Rió en voz baja—. Comida de las estrellas. Tuf es un genio. A veces... —Se mordió el labio con dureza, haciéndose daño—. A veces incluso pienso que quizá sea...

—¿Qué?

—... un dios —dijo ella. Apretó un botón y la pantalla se apagó.

Su nombre era Tolly Mune, pero en los libros de historia ha recibido muchos nombres distintos.

ÍNDICE

11/18 ① · 5/17